Unverkäufliches Leseexemplar

Leinen, ca. € 19,90
Erstverkaufstag: 26. Januar 2005
Wir bitten Sie, Rezensionen nicht vor dem
Erstverkaufstag zu veröffentlichen.
Wir danken für Ihr Verständnis

Gerhard Roth
Das Labyrinth
Roman

S. Fischer

© 2005 S. Fischer Verlag GmbH, Frankfurt am Main
© 2005 by Gerhard Roth
Druck und Bindung: Clausen & Bosse, Leck
Satz: H & G Herstellung, Hamburg
Printed in Germany
ISBN 3-10-066059-5

Doktor Andrej Jefimytsch, von dem noch die Rede sein wird, verschrieb ihm kalte Kompressen für den Kopf und Kirschlorbeertropfen, schüttelte traurig den Kopf und ging weiter; der Wirtin sagte er, daß er jetzt nicht mehr kommen würde, weil man Menschen nicht daran hindern dürfe, den Verstand zu verlieren.

Anton Tschechow, Krankensaal Nr. 6

Der Prozeß der Geschichte ist ein Verbrennen.

Novalis

Erstes Buch
Das Feuer

Teil 1
Stourzh

Prolog
Krankenbericht

Mein Name ist Heinrich Pollanzy. Als Psychiater und Leiter der Anstalt Gugging bin ich es gewohnt, seltsame Lebensläufe und Ansichten zu hören. Meinen ehemaligen Patienten und heutigen Pflegegehilfen Philipp Stourzh kenne ich seit mehr als fünfzehn Jahren. Er wurde mit einem epileptischen Anfall in meine Abteilung eingeliefert, der auf den Schuß aus einem Flobertgewehr zurückzuführen war. Das Projektil war in den Hinterkopf des Patienten eingedrungen und, ohne das Gehirn zu verletzen, in einem Bogen unter der knöchernen Schädeldecke bis zur Nasenwurzel gelangt.

Auf der Röntgenaufnahme ist das steckengebliebene Geschoß deutlich zu erkennen. Hunderte Ärzte haben es auf Kongressen gesehen. Die Neurologen sind sich jedoch darüber einig, daß eine Operation ausgeschlossen ist, da die Gefährlichkeit eines Eingriffes in keinem Verhältnis zum Resultat steht. Zudem ist der Status quo für den Patienten nicht bedrohlich. Jedenfalls konnten keine Anzeichen festgestellt werden, daß das Projektil wandert, und auch der epileptische Anfall blieb ein einmaliges Ereignis.

Die Erinnerung an den Unfall ist vollständig aus dem Gedächtnis des Patienten gelöscht.

Philipp Stourzh hatte seinen Vater, einen Sportschützen, in das Überschwemmungsgebiet an der Donau begleitet und auf der Zielscheibe, wie er es immer tat, gerade die Treffer abgelesen, als sich aus dem Flobertgewehr der verhängnisvolle Schuß löste.

Der unglückliche Vater hatte bis vor kurzem das

größte Briefmarkengeschäft von Wien besessen, in dem Philipp sechs Jahre nach dem Ereignis einen Brand legte, der aber keinen großen Schaden verursachte und daher von den Eltern vertuscht wurde. Sie bestanden jedoch auf einer therapeutischen Behandlung ihres Sohnes, aus der sich ein gewisses Nahverhältnis zwischen Philipp und mir entwickelte. Ich fand heraus, daß er schon seit seiner Pubertät ein heftiges pyromanisches Verlangen verspürte.

Wann immer sich die Gelegenheit ergab, »zündelte« er an der Alten Donau. Dabei trug er eine Flugtasche der Austrian Airlines aus rotem Kunststoff mit sich, in die er alte Zeitungen, Kartonstücke und eine Flasche Petroleum gestopft hatte. Am Ufer eines versteckten Nebenarmes legte er dann Feuer. Der pyromanische Drang steht also nicht in Zusammenhang mit dem Kopfschuß. Ich halte Philipps Besessenheit vielmehr für das Ergebnis von unterdrücktem Haß auf die eigene Familie. Er warf seinen Eltern vor, daß ihr Briefmarkengeschäft vom Großvater Johann Stourzh nach dem Einmarsch Hitlers in Österreich dem jüdischen Eigentümer geraubt worden sei. Johann war ein sogenannter »Illegaler« gewesen, das heißt Mitglied der NSDAP, als sie in Österreich verboten war. Nach der Verschleppung des jüdischen Besitzers, der später in Dachau ermordet wurde, hatte er das Geschäft mit seltenen und kostbaren Postwertzeichen wie der *British Guiana 1C* aus dem Jahr 1856, der *Bayerischen Schwarzen Einser mit Mühlradstempel »317«* und der schwarzen *One Penny mit Malteserstempel* zugesprochen erhalten. Sein Großvater log später, daß es sich bei den Raritäten um Fälschungen gehandelt hätte, die er nach der »Übernahme« des Geschäftes in den Ofen geworfen habe. Ich führe Philipps versuchte Brandstiftung auf diesen Vorfall zurück und auch seine pyromanische Leidenschaft, die etwas mit Rache zu tun hat, denn sein Vater hat ihm stets eine Antwort auf die Frage, woher der Reichtum der Familie komme, verweigert. Außerdem war Johann Stourzh in die »beschlagnahmte« Wohnung des jüdischen Besitzers eingezogen und hatte dessen Bücher, Ölbilder, Silbergeschirr und Teppiche geraubt, die er seinem einzigen Sohn Adolf weitervererbt hatte.

Ich vermittelte Philipp als Therapie gegen seine pyromanische Leidenschaft in den Sommerferien an eine Feuerversicherung (ein riskantes Experiment, wie ich zugebe), wo er in der Schadensabteilung aushalf. Dort lernte er Wolfgang Unger kennen. Unger ist von Beruf Restaurator im Kunsthistorischen Museum und arbeitet nur nebenbei als Fotograf für Brandschäden. Er zeigte Philipp das Archiv mit über 700 Ordnern, von dem Stourzh so fasziniert war, daß er stundenlang Akten und Fotografien studierte. Noch immer fuhr er an die Alte Donau, um alles mögliche anzuzünden und Zigaretten zu rauchen. Unger zeigte auch mir die ungewöhnliche Sammlung von Aufnahmen ausgebrannter Wohnungen und verkohlter Leichen, Ruinen von Gebäuden und verrußter Autowracks. Auf die Frage, warum die vom Feuer beschädigten und zerstörten Gegenstände auch einzeln fotografiert würden, Kleidungsstücke, Möbel, Uhren, Haushaltsgeräte, Bücher, Bilder, Füllhalter oder Brillen, erklärte er, dies sei notwendig, um die Höhe des Schadensersatzes zu bestimmen.

Ich machte damals Notizen über Philipp für einen Artikel in einer psychiatrischen Fachzeitschrift. Dabei verwendete ich einen Taschenkalender, den ich vom Vertreter einer Medikamentenfirma als Geschenk erhalten hatte.

Bevor ich mit den Ereignissen fortfahre, muß ich eine Einzelheit erwähnen, die von Bedeutung ist: Stourzh trug damals fast immer eine Postkarte mit sich, die er bei einem Besuch des Kunsthistorischen Museums gekauft hatte und als sein »Lieblingsbild« bezeichnete. Sie zeigte Guiseppe Arcimboldos »Ignis«* aus dem Jahr 1566, eine brennende Büste, die aus verschiedenen Gegenständen zusammengesetzt ist. Philipp beschrieb das Bild so: »Brennende Holzscheite bilden das Haar, der Kopf besteht aus einem Wachsstock, Kerzen, einem Docht, einer Öllampe, einem Feuereisen und Feuersteinen, der Oberkörper aus einer Pistole, einer Kanone und einem Mörser. Die Gestalt trägt eine prächtige Kette um den Hals, die mit dem Orden des Goldenen Vlieses – einem toten Widderkopf – geschmückt ist.** Außerdem ziert der Doppeladler der Habsburger die Brust aus Waffen, ein Symbol der kriegerischen Macht Maximilians II. im Kampf gegen die Türken.«

In einer der Sitzungen ging es um Arcimboldos »Ignis«-Figur und um Philipps Drang, Feuer zu legen. Ich mußte jedoch das Gespräch unterbrechen, da ich zu einer Notaufnahme in die Ambulanz gerufen wurde, die längere Zeit beanspruchte. Bei meiner Rückkehr war Philipp verschwunden. Gleich darauf stellte ich fest, daß auch mein Taschenkalender mit den Eintragungen über Stourzh nicht mehr vorhanden war. Ich war mir

---

* »Feuer«
** Das Goldene Vlies stand nur den Habsburgern zu und sollte ihre Auserwähltheit sichtbar machen.

sicher, ihn auf dem Schreibtisch liegengelassen zu haben. Beim nächsten Mal stellte ich Philipp zur Rede, er bestritt den Diebstahl jedoch. Damals überlegte ich ernsthaft, die Therapie abzubrechen. Schließlich fand die Putzfrau das kleine Buch unter dem Teppich. Wäre es mir bei jener Sitzung mit Philipp heruntergefallen, hätte sie es schon früher finden müssen, also hatte Stourzh es bei seiner letzten Therapiestunde (vielleicht als ich telefonierte) dorthin geschoben.

Philipp war versessen auf Taschenkalender, sie füllten die Schubladen seines Schreibtisches, den er sorgfältig versperrte. Er liebte besonders solche mit bunten Landkarten, Maßeinheiten, Telefon-Vorwahl-Codes, Währungstabellen und Angaben über Zeitunterschiede auf den fünf Kontinenten. Häufig verwendete er bei seinen Eintragungen eine Geheimschrift.

Ich habe, als er stationär in Gugging behandelt wurde, seine Aufzeichnungen ohne sein Wissen fotokopiert. Zuvor hatte er versucht, die Gardinen im Schlafzimmer seiner Eltern in Brand zu stecken, und war dabei überrascht worden. Daraufhin sei er mit krampfartigen Zuckungen zusammengebrochen, gab der Vater an. Wir wiesen jedoch nach, daß sein Anfall nur vorgetäuscht war. Ich war wegen des Brandattentates beunruhigt, weshalb ich, während er zu einer Untersuchung in ein anderes Gebäude gebracht wurde, sein Zimmer durchsuchte, wo ich in der roten Flugtasche fündig wurde. Trotz größter Bemühungen konnte ich jedoch die Zeichen in seinem Taschenkalender nicht deuten. Ich wandte mich zuletzt an einen Kryptoanalysten, den ich noch von meiner Militärzeit her kannte. Er rief mich bald darauf an und teilte mir mit, daß auch er nicht in der Lage sei, das Geschriebene zu entschlüsseln, da mein Patient den Code bei jeder Eintragung ändere und wahrscheinlich selbst nach einiger Zeit nicht mehr lesen könne, was er notiert habe.

Vielleicht, überlegte ich mir, ging es Stourzh nur darum, Geständnisse abzulegen? (Daß er alles schriftlich niederlegte, befreite ihn vielleicht von Schuldgefühlen.) Die Geheimschrift wechselte mit gut lesbaren tagebuchartigen Eintragungen ab – ein verwirrendes Selbstporträt mit vielen Leerstellen. Schließlich gelang es mir, das System hinter den Aufzeichnungen zu verstehen: In Normalschrift abgefaßt war alles, was Philipp anderen mitteilen wollte. Es waren übrigens auch Zeichnungen darunter, groteske Porträts der Personen, mit denen er zu tun hatte. Mich selbst stellte er riesig groß dar, einen winzigen Patienten in der Faust, den ich gerade verspeiste. Selbstverständlich vergaß er meine schwarze Augenbinde nicht. An anderer Stelle kam ich als Sammler von Nachtfaltern vor, die ich mit Chloroform betäubte, auf Nadeln spießte und in eine Vitrine steckte. Die Nachtfalter hatten winzige Menschenköpfe. Hin und wieder las er mir sogar eine seiner Eintragungen vor. Ich fragte ihn, ob er auch das Feuerlegen an der Alten Donau schriftlich festhielte, und er antwortete, ja, aber er habe die betreffenden Seiten inzwischen herausgerissen und verbrannt, da er nicht wolle, daß jemand etwas darüber erfahre.

Plötzlich, von einem Tag auf den anderen, hörte Philipp mit dem »Zündeln« auf, er habe sich wieder der Philatelie zugewandt, behauptete er. Mit Hilfe der Briefmarken hatte er bereits als Kind ein erstaunliches Wissen erworben. Die gesamte österreichische Geschichte der letzten 150 Jahre sei auf den Postwertzeichen ersichtlich, erklärte er mir einmal in einer Therapiestunde und redete sich dabei in Begeisterung. Er wußte über jede Einzelheit Bescheid, egal, ob es sich um Kaisermarken oder Postwertzeichen des Ersten Weltkrieges mit Soldaten in Schützengräben, Ulanen auf galoppierenden Pferden und Artilleristen mit Mörsern handelte. Besonders der junge Kaiser Karl hatte es ihm angetan. Nach Karls Abdankung im Jahr 1918 seien die alten Briefmarken eine Zeitlang weiterverwendet worden, überstempelt mit *Deutschösterreich*, so als habe man sich erst daran gewöhnen müssen, daß die Monarchie aufgehört hatte zu existieren.

Immer wieder ereiferte er sich, daß Österreich 1938 gänzlich von der Landkarte verschwunden war, weswegen es für sieben Jahre auch keine postalische Erinnerung daran gebe. Nach dem Ende des Zweiten Weltkrieges 1945 waren dann verschiedenfarbige Hitlermarken mit »Österreich«-Aufdruck ausgegeben worden, was er als die Rache der Post an der Vergeßlichkeit seiner Landsleute bezeichnete.

Nach der Matura begann Philipp Geschichte und Kunstgeschichte zu studieren.

Ich hatte keinen Grund daran zu zweifeln, daß er auf dem Weg zu einem ruhigeren Leben war.

Eine Zeitlang verlor ich ihn aus den Augen. Das einzige Zusammentreffen war eine zufällige Begegnung, bei der er mir gestand, seine Sammlung von Taschenkalendern – mehr als hundert – an der Alten Donau verbrannt zu haben. Er sah mich nach dem Geständnis schweigend an, auf eine Weise, daß ich ahnte, er führte irgend etwas im Schilde. Es waren nur Sekundenbruchteile eines Blickes, aber sie offenbarten mir, daß alles in ihm noch weiterlebte, was er an Gedanken und Absichten im Kopf gehabt hatte, als ich mit der Therapie begann.

Kapitel 1

In Gugging

Eines Tages, vier Jahre nach dem Ende der Therapie, erschien Philipp unangemeldet in der Anstalt, verlangte mich zu sprechen und fragte mich, ob ich etwas für ihn tun könne. Er sah blaß aus, sein Kopf war kahlgeschoren, und seine scharfe Nase verlieh ihm das Gesicht eines Vogels. Etwas Unverschämtes war in seinem Blick und in seinem Gehabe. Der Mund schien zu einem spöttischen Grinsen bereit, und seine Fingernägel waren abgebissen. Man konnte ihm ansehen, daß es ihm nicht gutging. Ich hatte immer wieder an ihn gedacht und bei jedem Brand, von dem ich in der Zeitung las, zuerst angenommen, er habe ihn gelegt. Daher platzte es förmlich aus mir heraus, ob er mit dem Feuerlegen aufgehört habe. In seinem kurzen Lachen war ein Anflug von Hohn, ja, ja, sagte er rasch, das sei Vergangenheit. Er habe nach der Matura seine Briefmarkensammlung verbrannt, weil sie aus dem Geschäft seines Vaters stammte – »in effigie«, spottete er, »und damit Schluß«. Mir fiel erst jetzt auf, wie rasch, wie hektisch er sich bewegte, wie unruhig er war. Er konnte nicht stillhalten, sprang auf, setzte sich nieder und nestelte an einer Packung Zigaretten.

»Ich möchte im ›Haus der Künstler‹ arbeiten, als Hilfspfleger«, stieß er hervor. »Wäre das möglich?«

Ich antwortete ausweichend, das komme darauf an.

»Ich finanziere mein Studium selbst – vorläufig als Statist beim Film und mit Gelegenheitsarbeiten. Ich wohne zwar noch im selben Gebäude wie meine Eltern, aber ich habe eine eigene Garçonnière.«

Er hatte alle Prüfungen mit Auszeichnung bestanden

und erzählte mir von seinen Besuchen im Kunsthistorischen Museum und der Freundschaft mit Wolfgang Unger, den er häufig in der Restaurierungswerkstatt besuchte und über Bilder befragte, vor allem über die Kinder-Porträts der Infantin Margarita Teresa von Velázquez. Stourzh hatte diese Gemälde förmlich in sich aufgesogen, kannte jedes Detail und hatte erst vor kurzem das Bildnis der Infantin im blauen Kleid mit Ungers Kopflupe Pinselstrich für Pinselstrich betrachtet.

Er zog eine Kunstpostkarte aus der Jacke und legte sie auf den Tisch.

»Für Sie«, sagte Philipp.*

Er knipste das Feuerzeug an, nahm einen hastigen Zug aus der Zigarette und griff nach dem Aschenbecher.

»An mehreren Stellen war das Original beschädigt«, sagte er, den Rauch ausstoßend. Er sprach in einem eigenwilligen Stakkato, das er sich offenbar angewöhnt hatte, und ich bemerkte zum erstenmal den durchdringenden Blick aus seinen grünen Augen. Er hatte schöne lange Wimpern, fiel mir auf, und schob den Unterkiefer vor, wenn er zuhörte.

»Beschädigungen vor allem im Bereich des Gesichts«, fuhr er fort. »Im 18. Jahrhundert wurde das Gemälde in eine ovale Form geschnitten, weil man damit die Stallburg dekorierte. Irgendwann hat sich dann seine Spur verloren, man hielt es für eine Kopie von Cerreno. Erst Anfang der zwanziger Jahre wurde es in einem Depot der Hofburg wiederentdeckt und restauriert...«

---

* Es war das erste Geschenk, das er mir machte. Außerdem war es kein Zufall, daß er mir ausgerechnet eine Velázquez-Kunstpostkarte schenkte, denn ich hatte ihm von den Hofnarren, Zwergen und Verrückten erzählt, die der spanische Maler dargestellt hatte.

Ich nickte.

Er war nervös und tippte mit der Zigarette während er sprach am Aschenbecher.

»Ich möchte im ›Haus der Künstler‹ mit den Patienten zeichnen...«, wiederholte Philipp. »Ich glaube, ich könnte das gut...«

Philipp konnte sich höchstens als Hilfskraft verdingen, und ich sagte ihm das auch, aber es machte ihm nichts aus. Er wollte am Vormittag seinen Dienst versehen und bat, mit den Patienten essen zu dürfen. Er fuhr übrigens einen zweitürigen, roten VW-Golf, den ihm sein Vater gekauft hatte und der, wie ich bei einem Blick aus dem Fenster feststellte, ziemlich verrostet war.

Allmählich begriff ich, daß Philipps Idee für mich eine glückliche Fügung war, denn ich hatte mir insgeheim gewünscht, ihn weiter beobachten zu können.

Das »Haus der Künstler« ist eine Erfindung von Primarius Neumann, den ich verehre. Er läßt die eingelieferten Patienten beim Aufnahmegespräch eine Zeichnung anfertigen und zieht daraus Schlüsse, die nicht nur medizinischer Natur sind, denn er hat auch einen Doktortitel in Kunstgeschichte erworben und kannte »Die Bildnerei der Geisteskranken« von Prinzhorn und Morgenthalers »Ein Geisteskranker als Künstler«, das Buch über Adolf Wölfli. Seit einem Jahr arbeitete sich außerdem der Bildhauer und Arzt Dr. Lesky bei ihm ein, da Neumann kurz vor der Pensionierung stand. Der Primarius war eine eindrucksvolle Persönlichkeit. Er hatte aus den anonymen Patienten angesehene Künstler gemacht, von denen auch ich Werke besaß.

Ich schickte Stourzh zu Neumann, der erwartungsgemäß über finanzielle Probleme klagte, aber Philipp, dessen Fall er natürlich kannte, interessierte ihn schon lange wegen seiner Amnesie. Eine Woche später nahm Stourzh den Dienst im »Haus der Künstler« auf. Ich sah ihn öfter mit seinem klapprigen Golf an unserem Anstaltsgebäude vorbeifahren, die Allee hinauf zu der kleinen Erhebung, wo sich das von den Patienten mit Figuren, Gesichtern, Ornamenten und blauen Sternen bemalte Haus befindet.

Längere Zeit meldete Philipp sich nicht bei mir. Wenn ich zu neugierig wurde und dem »Haus der Künstler« einen Besuch abstattete, traf ich ihn rauchend neben einem der Insassen an, während er zugleich amüsiert mit ihm sprach. Besonders mit einem Langzeitpatienten, Franz Lindner, schien er ein gutes Einvernehmen zu haben. Tatsächlich hatte ihn der Primar auf den schwierigen Fall angesetzt, denn es gab gewisse Parallelen zwischen den beiden. Lindner zeichnete häufig Brände, aber auch Morde, und immer wieder tauchten Gewehre, Pistolen und Messer in seinen Bildern auf. Geschahen diese Morde im Freien, war auch Wasser in der Nähe: ein Bach, ein Fluß, ein Teich ... Ereigneten sie sich in geschlossenen Räumen, stellte Lindner den flüchtenden Täter und das Opfer von Flammen umgeben dar. Die Ermordeten waren meistens Frauen, aber sie sahen auf jeder Zeichnung anders aus. Der Täter hingegen war immer derselbe, wenn auch verschieden gekleidet. Einmal trug er Tracht, dann wieder einen dunklen Anzug, einmal eine Brille, dann wieder einen Hut, einmal war er halbnackt, dann wieder in einen Mantel gehüllt. Ich wußte, daß es sich um Lindners Vormund handelte, den Anwalt in Strafsachen, Alois Jenner, einen Jugendfreund des Patienten. (Tatsächlich war Jenner während seines Jusstudiums des Mordes an einer Frau angeklagt gewesen, der Prozeß war jedoch wegen erwiesener Unschuld vorzeitig beendet worden, weil der Täter, ein Obdachloser, verhaftet worden war und das Verbrechen gestanden hatte.) Neumann vermutete einen Racheakt Lindners, der Jenner für seine Einweisung in Gugging verantwortlich machte. Inzwischen ließ Lindner auch das »Irrenhaus« in seinen Zeichnungen brennen, selbst den Primarius verschonte er nicht vor den Flammen. Er war ein medizinisches Rätsel, denn er sprach nicht, obwohl es keinen Befund einer organischen Behinderung gab. Die Aufnahmediagnose war *Schizophrenie* gewesen, und seinem Verhalten nach traf dieser Befund zu. Aber Neumann schien daran zu zweifeln. Er überredete vor kurzem einen bekannten Schriftsteller, eine Monographie über Franz Lindner zu verfassen, die auch zahlreiche Zeichnungen und Texte des Patienten enthalten sollte. Es überraschte niemanden, daß Stourzh gerade von den Feuermotiven angetan war. Er breitete Lindners Bilder mitunter auf dem großen Tisch des Zeichenraumes aus, der zugleich als Speisesaal diente. Von weitem erweckten die zusammengelegten Blätter dann den Eindruck einer überdimensionalen Branddarstellung. (Oder als ob die Tischplatte in Flammen stehe.)

Neumann war mit Philipp außerordentlich zufrieden, auch die Patienten mochten ihn, und seine Studienerfolge an der Universität ließen nichts zu wünschen übrig.

Kapitel 2
Rückfälle

Drei Jahre ereignete sich nichts Ungewöhnliches, außer daß Philipp seine Magisterarbeit über die Infantinnenbilder von Velázquez abbrach und das Manuskript vernichtete. Wir nahmen an, daß er es im Heizkeller des »Hauses der Künstler« verbrannt hatte, denn jemand sah ihn dort öfter am Ofen hantieren. Philipp bestritt das, aber als der Primarius eine Untersuchung anordnete, wurden in der Asche Papierreste mit der Handschrift von Stourzh gefunden. Was hatte das zu bedeuten? Philipp weigerte sich, Fragen darüber zu beantworten. Nach einigem Zögern beschloss Neumann, ihn trotzdem zu behalten, und schon eine Woche später erfuhren wir, daß Stourzh ein neues Thema für eine Magisterarbeit erhalten hatte: »Leben und Tod des letzten österreichischen Kaisers Karl oder der Untergang der Donaumonarchie.« Niemand hatte damit gerechnet, daß er nicht in Kunstgeschichte, sondern in Geschichte seinen Abschluß machen wollte, war Philipp doch ein künstlerischer Mensch und kein Wissenschafter. Er hatte sogar eine Abneigung gegenüber »der geisteswissenschaftlichen Passion am Detektivischen, am Pedantischen, am Spekulativen« (bis es sich endlich zur Theorie und zum Beweis entwickelt), wie er mir mehrmals sagte. Er vertraute mehr der Inspiration und Improvisation.

Es gelang mir, ihn in ein Gespräch zu verwickeln, in dem er mir eröffnete, daß alles historische und kunsthistorische Forschen ohnedies nur Fälscherarbeit sei, zum Teil wissentlich, zum Teil unwissentlich.

Am nächsten Tag, es war der 23. November, suchte er

mich ohne Anmeldung auf, wartete, bis ich die Morgenvisite gemacht hatte, und fragte mich ohne Umschweife über die »1000 ermordeten Geisteskranken« aus, die in der Gugginger Anstalt dem Unternehmen *lebensunwertes Leben* der Nationalsozialisten zum Opfer gefallen waren. Er hatte den Essayband jenes österreichischen Schriftstellers, der die Monographie über Franz Lindner verfassen wird, gelesen, in dem dieser das »Haus der Künstler« beschreibt und auf die Gedenktafel im Park der Anstalt hinweist. Ehrlich gesagt, ich mag den Schriftsteller nicht. Ich kenne ihn nur flüchtig, doch hört man über ihn selbst in Kollegenkreisen wenig Gutes. Denn sein zuvorkommendes Äußeres steht in keinem Einklang zu seiner mitunter taktlosen Unerbittlichkeit. Es ist auch allgemein bekannt, daß er übermäßig trinkt und zu Wutausbrüchen neigt. Sein hervorstechendstes Merkmal allerdings ist seine Monomanie. Er besitzt eine umfangreiche Bibliothek und arbeitet seit Jahrzehnten an einem Projekt über den Wahnsinn. Philipp zitiert gerne aus seinem Essay »Was für den einen das Paradies ist, kann für den anderen die Hölle sein«, in dem der Schriftsteller mit Österreich abrechnet, was mir aber mißfällt.*

Als Stourzh mich nach der Gedenktafel fragte und in einem Atemzug den Autor nannte, verspürte ich daher Widerwillen. Ich muß gestehen, daß ich auch nicht sehr viel darüber wußte. Wer will schon in einem Gebäude therapieren, in dem Hunderte Menschen mit einer Injek-

---

* Meines Erachtens sollte die Literatur etwas schaffen, das eine Identifikation mit den Menschen des Landes ausdrückt, genauer gesagt, etwas, in dem sie sich wiedererkennen können, wie zum Beispiel die Russen in den Werken Tolstois oder Dostojewskis oder wir in den Romanen Robert Musils oder Heimito von Doderers.

tion oder durch Inanition ermordet wurden? (Fast allen, die hier länger arbeiten, sind die Vorfälle bekannt, aber keiner will Genaueres erfahren.) Ich sagte etwas in diesem Sinne. Stourzh fragte sofort, was Inanition bedeute. Er stellte die Frage mit leiser Stimme, aber in einem Tonfall, den man als »Knurren« bezeichnen könnte.

Ich antwortete »durch Verhungern« und, indem ich es aussprach, wurde mir die Heimtücke und Gemeinheit der Morde doppelt bewußt. »Die Nahrung wurde reduziert, und die Patienten starben an Infektionen oder Kreislaufschwäche«, ergänzte ich monoton.

»Und wo ist das passiert?«

»In allen Gebäuden und in den meisten Räumen, denn es sollte ja unauffällig vor sich gehen.« Mir wurde immer unbehaglicher zumute ... Ich fühlte mich schuldig, hier zu sitzen und meine Arbeit zu verrichten, als sei ich logischerweise ein Nachfolger der Ärzte, die die Verbrechen begangen hatten. Genauer gesagt: Als hätte ich gedankenlos hingenommen, was geschehen war, und würde dort fortsetzen, wo sie aufgehört hatten, nur daß die Verhältnisse andere geworden waren.

»Gibt es etwas darüber zu lesen?« fragte Stourzh.

»Ich müßte nachfragen.«

Philipp erhob sich, und ich erkannte an seinem durchdringenden Blick, daß er streitlustig war. Aber er sagte nichts, sondern ging stumm hinaus, und ich sah ihn durch das Fenster im Schneefall, der eingesetzt hatte, zum »Haus der Künstler« hinaufstapfen.

Natürlich telefonierte ich sofort mit dem Primarius und erfuhr, daß Stourzh inzwischen das Vertrauen von Lindner gewonnen hatte. Lindner erlaubte ihm sogar, seine Manuskripte zu lesen, die er ansonsten in seinem

Schrank einschloß. Am Vortag hatte Stourzh in der Anstaltsumgebung eine tote Amsel gefunden und sie in seiner roten Flugtasche mitgenommen, damit Lindner sie abzeichnete. Dann aber verbrannte er den Vogel in Anwesenheit Lindners hinter dem Haus. Selbstverständlich ist es verboten, in der Nähe der Anstaltsgebäude mit Feuer zu hantieren, vor allem wegen der Laubbäume.

Stourzh habe sich beim Primar entschuldigt und herausgeredet. Im Laufe des Gespräches habe Philipp dann Neumann für den 26. November um Urlaub gebeten, da er am Nachmittag als Statist für eine Filmgesellschaft arbeiten wolle, die einen prunkvollen Ball im großen Redoutensaal der Wiener Hofburg und anschließend den Selbstmord eines österreichischen Verteidigungsministers drehen werde, der in Waffengeschäfte verwickelt gewesen sei.[*]

Die Hofburg ist für mich von besonderem Interesse, weil ich einer der 120 Bewohner bin und dort seit meiner Geburt lebe. Daher machte mich diese Nebensächlichkeit neugierig.

Kapitel 3
Der Brand

Am 26. November fuhr ich vorzeitig von meiner Arbeit nach Hause, denn ich hatte eine Karte für »La Bohème« in der Wiener Staatsoper. Ich versorgte meinen Kater, der sich in den großen Räumen wohl fühlt, und ging die we-

---

[*] Der Film griff auf ein Geschehen zurück, das sich tatsächlich ereignet hat und unter dem Begriff »Lucona-Affäre« bekannt wurde.

nigen Schritte bis zum Ring, wo ich Dr. Mayerhofer traf. Dr. Mayerhofer leitet den Verlag, bei dem ich mein Buch »Über die Erscheinungsformen von Schizophrenie« in einer Neuauflage herausbringe.

Die Musik von Puccini hat mich immer bezaubert. An diesem Abend aber war ich seltsam unruhig.

Nach der Vorstellung fuhren wir in die Wohnung meines Verlegers, ein kleineres Palais in der Esterhazygasse, wo ich ihm die Krankengeschichte von Philipp Stourzh erzählte. Um 1 Uhr 30 bestellte ich ein Taxi, das längere Zeit nicht kam. Bei einem neuerlichen Anruf erhielt Dr. Mayerhofer die Auskunft, daß die Hofburg brenne und man nicht sagen könne, wann der Fahrer bei uns eintreffen werde. Ich war erschrocken, denn wir hatten den ganzen Abend über Feuer und Brände gesprochen. Dr. Mayerhofer war sofort der Meinung, wir hätten das Unglück heraufbeschworen oder vorausgeahnt. (Er sagte das mit einem ironischen Unterton, weil er weiß, daß ich gegenüber den Lehren von C. G. Jung aufgeschlossen bin.) Aber bevor ich noch etwas antworten konnte, läutete der Taxifahrer an der Tür.

Ich fragte ihn über den Brand aus, er bedauerte jedoch, nicht mehr darüber zu wissen, als daß die Hofburg in Flammen stünde und Feuerwehrautos und Polizeieinsatzwagen die Straßen versperrten. Mir fiel mein Kater ein, ich befürchtete, daß er ein Opfer der Rauchgase werden könnte, und eine geheime Wut auf Philipp Stourzh stieg in mir auf, der sich in meiner Vorstellung am Brand ergötzte ... Hatte er für diesen Tag nicht dienstfrei genommen, um bei der Filmszene, die im großen Redoutensaal der Hofburg gedreht wurde, als Statist mitzuwirken? – schoß es mir durch den Kopf –, und wenn ich an die Amsel dachte, die er mit Franz Lindner hinter dem »Haus der Künstler« verbrannt hatte, hielt ich es auch für möglich, daß er ... Andererseits ist die Hofburg ein so gewaltiges Bauwerk mit langen Gängen, riesigen Räumen, düsteren, oft menschenleeren Stiegen und die Mauern und den Himmel spiegelnden Fenstern, daß man sie sich nicht zerstört vorstellen kann.

Ich lebe im Schweizerhof, dem ältesten Teil des Gebäudes, und wie die meisten Mieter habe ich meine Wohnung von den Eltern übernommen. (Mein Vater erhielt sie nach dem Krieg als Direktor des Museums für Völkerkunde, das sich in der angebauten Neuen Hofburg befindet.) Ich bin daher in der Hofburg aufgewachsen und finde mich in ihr zurecht wie kaum jemand.*

Je näher wir unserem Ziel kamen, desto mehr Polizeifahrzeuge standen auf der Straße, voller Ungeduld stieg ich beim Hotel Sacher aus und lief zu Fuß weiter. Ich

---

* Das Gebäude war über 600 Jahre Sitz der Habsburger und zweieinhalb Jahrhunderte der Deutsch-Römischen Kaiser, heute wird es vom Bundespräsidenten »bewohnt«, der in den Zimmern Maria Theresias und Josephs II. residiert. Die Hofburg wurde 700 Jahre lang immer wieder erweitert, restauriert und umgebaut – in den verschiedensten Stilrichtungen von Gotik über Renaissance, Barock, Rokoko und Klassizismus bis zur Gründerzeit, so daß die 240 000 m^2 heute aus einem Wirrwarr von 18 Trakten, 54 Stiegenhäusern, 19 Höfen, 2600 Räumen und unzähligen Gängen bestehen, in denen 5000 Menschen arbeiten. Man findet in diesem unübersichtlichen, verwinkelten Bauwerk die Stallungen für die Lipizzaner, die Nationalbibliothek, in der 3 Millionen Bücher und Handschriften sowie wertvolle Papyri lagern, die Winterreitschule, die Kaiserappartements, die Hoftafel- und Silberkammer und die Schatzkammer; ferner die Augustinerkirche mit der Lorettokapelle, in der die Herzen der Habsburger Herrscher in Urnen aufbewahrt werden, sowie die Albertina, die 45 000 Zeichnungen und Aquarelle besitzt: von Dürer bis Raffael, Holbein, Fra Angelico, Leonardo da Vinci, Michelangelo, Brueghel, van Dyck, Rembrandt, Munch, Goya, Schiele, Kubin und Klimt. Die Schatzkammer verwahrt in ihren 21 Räumen die Krone des Heiligen Römischen Reiches, das Reichskreuz, den Reichsapfel, das Zepter und das Lehensschwert Maximilians I., außerdem die Habsburger-Krone und die dazugehörigen Insignien sowie Reliquien, Gewänder, Juwelen und den Orden vom Goldenen Vlies.

nahm sofort den Brandgeruch wahr wie etwas Tödliches, nicht mehr rückgängig zu Machendes. Mit klopfendem Herzen eilte ich weiter und bemerkte erst jetzt die schwarzen Rauchschwaden an dem vom Feuerschein rot gefärbten Himmel. Mehr und mehr Nachtschwärmer bevölkerten, angezogen vom Brand, die Gehsteige. Inzwischen war es zwei Uhr geworden. An einer Absperrung erfuhr ich, daß der Josefsplatz gesperrt sei, da man befürchte, daß die Steinskulpturen auf dem Gesims herunterstürzten. Ich benutzte jedoch einen Seiteneingang zum Redoutentrakt neben der Stallburg und der Nationalbibliothek und erreichte unbemerkt eines der Tore zum Platz, über den Feuerwehrmänner liefen. In diesem Augenblick geschah etwas Seltsames. Während ich entsetzt zu den Flammen hinaufstierte, die aus dem Dach tobten, fiel lautlos, und ohne daß ein Grund dafür zu erkennen war, dichter Feuerregen. Es sah aus, als lebten die Funken, als hätten sie Flügel und schwebten langsam durch die Luft. Andere wirbelten hoch und verloschen wieder, noch andere lösten sich aus den Flammen und bildeten bedrohliche Schwärme über den Gebäudedächern, als seien sie giftige Leuchtkäfer. Der Gestank war so heftig und der Rauch so dicht, daß ich mich hustend und keuchend in das Gebäude zurückzog, um gleich darauf wieder hinauszutreten. Die Frage war nur, auf welchen Teil der Hofburg das Feuer als nächstes übergreifen würde. In unmittelbarer Nähe befanden sich auf der einen Seite die Spanische Reitschule (mit den Lipizzanerstallungen) und die Schatzkammer, auf der anderen die Nationalbibliothek. Aus keinem der Fenster des großen Redoutensaales drang Feuerschein oder Rauch, da es sich um Attrappen handelt, aber auf der gegenüberliegenden Seite des Platzes spiegelte sich das zuckende Gelbrot des Dachbrandes in den Scheiben der oberen Stockwerke, als würde auch die Nationalbibliothek brennen. In der Mitte des Platzes trabte unverdrossen Kaiser Joseph I. mit seinem Bronzepferd im Stillstand. In ihrer bewegten Unbeweglichkeit erweckte die Statue den Eindruck, die Dauer zu repräsentieren, etwas, das dieser Bedrohung entgehen würde. Ich versuchte mich hinter einem der Einsatzwagen zu verstecken, um den Brand besser beobachten zu können, da brach mit dumpfem Getöse die Decke des Redoutensaales ein, und im auftosenden Feuer sah ich die Dachbalken, die noch nicht brannten. Funken stoben jetzt wie ein leuchtender Strichregen zu Boden. Ein aufgebrachter Feuerwehrmann befahl mir, sofort zu verschwinden, und ich beeilte mich, zum Schweizerhof zu kommen, in dem sich meine Wohnung befindet und der Zugang zu den Schatzkammern. Da man mich vor dem Durchgang nicht passieren lassen wollte, wartete ich im allgemeinen Wirrwarr, bis ich mich unbemerkt hindurchschwindeln konnte. Beim Betreten des Stiegenhauses wurde ich erneut von einem Polizisten aufgehalten, der mir erklärte, daß der Trakt evakuiert sei, die Bewohner habe man in Bussen untergebracht. Ich begab mich also zurück ins Freie und wartete. Der Schweizerhof wurde wegen der Schatzkammer besonders scharf bewacht, als jedoch einige Beamten erschienen, die sich für eine Räumung bereitmachten (denn um ein Übergreifen des Brandes zu verhindern, wurde Löschwasser auf das Gebäude gespritzt), gelangte ich unbemerkt über die Stiege bis vor meine Wohnung. Dort prallte ich auf einen entgeisterten Polizisten, der mir mit der Taschenlampe ins Gesicht leuchtete. Er fragte mich, was ich hier suchte, und ich antwortete wahrheitsgemäß, meinen Kater.

Etwas Licht von den Scheinwerfern, die für die Löscharbeiten aufgestellt worden waren, drang durch die Gangfenster und fiel auf sein jugendliches Gesicht.

»Und wie sind Sie in das Haus gekommen?« forschte er argwöhnisch weiter. Der Eingang sei »polizeilich«, wie er sich ausdrückte, gesperrt. Als ich keine Antwort gab, wollte er einen Ausweis von mir sehen. Ich suchte meinen Führerschein heraus, und er hielt die Taschenlampe über die Papiere. Dann sagte er rasch: »Entschuldigen Sie, Herr Doktor.«

Ich durfte zu meinem Kater in die Wohnung und fand ihn unter dem Bett, wohin er sich gerne verzieht. Da mir der Polizist versicherte, daß keine Gefahr bestünde, wenn nicht Unvorhersehbares geschähe, ließ ich das Tier zurück und ging in Begleitung des Beamten wieder auf die Straße. Dort sah ich einen abgekämpften Feuerwehrmann mit einem Journalisten sprechen und blieb stehen, um zuzuhören: »Wir haben über die Reitschule versucht, in das Gebäude einzudringen...«, sagte der Feuerwehrmann, »die Türen waren zugesperrt... Wir haben die erste Tür aufgebrochen, dann eine zweite, dritte, vierte... Schließlich haben wir versucht, über Wendeltreppen, Quergänge und Nebenräume vorzudringen. Wo immer wir hingekommen sind: irgendeine Tür war immer versperrt, irgendeine Treppe führte ins Nichts... Niemand war da, der sich im riesigen Palast ausgekannt hätte, keiner hat uns instruiert... Wir haben zwar unzählige Schlüssel bekommen, man konnte aber sicher sein, daß der richtige nicht darunter war... Wir sind hilflos herumgeirrt. Brandschutzeinrichtungen waren kaum vorhanden, Wachen habe ich keine gesehen. Wir mußten uns sogar mit verschlossenen schmiedeeisernen Toren herumquälen.«

Ich kannte den Journalisten, es war der innenpolitische Redakteur Viktor Gartner, der vielleicht zufällig zum Schauplatz des Brandes gekommen war und seiner Profession nachging.

Der erschöpfte Feuerwehrmann erklärte ihm auf die Frage, wie der Brand entdeckt worden sei, daß ein Angestellter des Österreichischen Wachdienstes gemeinsam mit zwei Beamten des Brandschutzes routinemäßig die Dachböden kontrolliert hätte. Um 1:08 Uhr habe der Kollege vom Wachdienst durch eine Öffnung der Decke – wo die Luster befestigt sind – das Inferno entdeckt. Zu dieser Zeit müsse es im Festsaal schon längere Zeit gebrannt haben. Der Feuerwehrmann nahm einen Schluck aus einer Wasserflasche und verstummte.

Ich folgte Gartner zum Josefsplatz. Man ließ ihn, nachdem er sich ausgewiesen hatte, passieren, und ich folgte ihm unbemerkt. Es war knapp nach drei Uhr. Funken ergossen sich über uns, es sah aus wie ein religiöses Ereignis, als hätte sich der Nachthimmel geöffnet und ließe rotgoldene Flammentropfen auf die Gebäude und Straßen niedergehen. Der Gestank nach Rauch war noch intensiver geworden. Dicke Schläuche lagen quer über den Pflastersteinen, ich hatte sie beim ersten Mal nicht registriert, obwohl sie schon dort gelegen haben mußten, und von zwei Drehleitern aus bekämpften Feuerwehrmänner scheinbar vergeblich den immer mehr um sich greifenden Brand. Über dem Redoutentrakt standen jetzt nur noch die schwarzen Balken des ehemaligen Dachgeschosses – Ziegel und Querverstrebungen waren weggebrochen –, und soeben stürzte eine der riesigen steinernen Amphoren vom Gesims auf das Kopfsteinpflaster und zersprang mit einem dumpfen Knall. Die Flammen schlugen jetzt hoch aus dem Bauwerk und schienen sich gegen die Ställe der Spanischen Reitschule, aber auch zum Michaelertrakt hin auszubreiten. Funken strömten von allen Seiten, gegen alle Seiten, und dieses Flimmern und Flirren von brennenden, winzigen Teilen der Hofburg, dieses Wirbeln ließ mich flüchten. Vor allem die glimmenden Partikel, die gegen mein Gesicht stießen wie heiße Nadelspitzen, irritierten mich, und ich fürchtete, selbst in Brand zu geraten.

Ich eilte zusammen mit dem Journalisten Gartner um die Häuser herum bis zum Graben. Gerade wurden dort die weißen Hengste, die Lipizzaner – mit Reitdecken vor der Kälte geschützt –, von Polizisten und Pferdeknechten über eine Hintertreppe ins Freie geführt, weitere und weitere drängten mit klappernden Hufen nach, manche in Panik, mit geblähten Nüstern und wiehernd. Die Polizisten beeilten sich, die Pferde blindlings an Anwesende zu übergeben, da zuwenig Stallburschen vorhanden waren. Einige Hengste schlugen mit den Hinterläufen aus, ihre Hufe schlugen Funken auf dem Pflaster, es war zweifellos gefährlich, die Zügel eines der Tiere zu übernehmen. Plötzlich erblickte ich Philipp Stourzh zwischen den Pferden und Polizisten.

»Wir müssen die Stallungen räumen, helfen Sie uns!« rief im selben Augenblick ein Tierpfleger und drückte den Passanten weiter Zügel von verschreckten Lipizzanern in die Hand, »es ist höchste Zeit, die Stallungen sind voll Rauch.«

Philipp übernahm eines der nervösen Pferde, ein geschecktes, noch junges Exemplar, und Viktor Gartner ein anderes, das sofort scheute.

»Ich muß Sie leider bitten. Nehman's das Roß und reden's gut drauf ein. Und führen Sie's um Himmels willen zum Graben«, sprach mich ein Pferdeknecht an, und schon mußte ich ein gewaltiges Tier unter Kontrolle halten, das weiße Atemwolken ausstieß und mit hervorquellenden Augen nach einem Fluchtweg suchte.

Auch der Junghengst von Stourzh biß um sich. Philipp war so sehr mit ihm beschäftigt, daß er mich nicht sah. Zu meinem Glück lief ein älterer Herr mit einem der weißen Pferde hinter mir her und bot mir an, meinen wiehernden und wild ausschlagenden Lipizzaner zu übernehmen.

»Wohin geht's?« fragte ich.

»Zum Volksgarten!« rief er... Und nachdem er den Lipizzaner beruhigt hatte: »Stellen Sie sich vor, nur sechs Pfleger sind im Dienst!«*

An der Straßenecke ging mein verängstigter Hengst durch. Zuvor hatten sich schon andere losgerissen, ohne daß jemand etwas dagegen hätte unternehmen können, und selbst ein Kutscher auf einem Fiaker, der sich aus Neugier zum Schauplatz begeben hatte, verlor die Herrschaft über seine Tiere, die in Panik den fliehenden Hengsten folgten. Es war absurd: Die Passanten einer Millionenstadt wurden mitten in der Nacht vom Getöse einer Herde galoppierender Pferde und einer ziellos dahinrasenden Kutsche überrascht, die durch die Gassen jagten. Einer der Lipizzaner traf mit seinem Huf eine

---

* Ich wußte nicht, für wie viele Pferde, aber am nächsten Tag las ich in den Zeitungen, daß es 69 gewesen waren.

junge Frau im Gesicht, die augenblicklich zu Boden stürzte. Benommen versuchte sie sich aufzurichten, tastete mit den Fingern nach den blutenden Lippen und starrte zwei ausgeschlagene Vorderzähne in ihrer Hand an. Ich führte sie zu einer Ambulanz in der Dorotheergasse, wo inzwischen mehrere Rettungswagen bereitgestellt waren. Man versorgte die Verletzte und brachte sie in ein Krankenhaus.

Die Polizei hatte in der Zwischenzeit begonnen, die Zugänge zur Hofburg abzusperren. Ich konnte gerade noch in den Michaelertrakt laufen, wo sich mir ein ungewohnter Anblick bot. Meine Nachbarn waren im Burghof in Bussen evakuiert, manche in Mänteln über gestreiften Flanellpyjamas, andere in Trainingsanzügen. Neben dem Chauffeur saß die 94jährige Tochter des ehemaligen Verwalters der kaiserlichen Gärten, die ihre Katzen in Käfigen mitgenommen hatte. Der Anblick der unruhigen Tiere ließ mich an meinen eigenen Kater denken, und da ich mich in der Hofburg ja auskenne, kam ich über ein wenig frequentiertes Stiegenhaus zur Schatzkammer. Dort herrschte die größte Aufregung. Die Beamten berieten lautstark über den Abtransport der wertvollsten Stücke, denn an den Wänden lief bereits das Löschwasser herunter. Es war jedoch weder etwas vom Brand zu riechen noch vom Einsatz der Feuerwehr zu hören, man konnte den Eindruck gewinnen, es spielte sich gleichzeitig ein ganz anderes Drama ab, das die Schatzkammer in einer Überschwemmung untergehen ließ. Ich wurde im allgemeinen Durcheinander nicht beachtet und benutzte einen Durchgang, der nur den Eingeweihten des Hofburglabyrinths bekannt ist. Unbemerkt lief ich die Treppen, über die Schläuche gelegt waren, bis in das zweite Stockwerk hinauf. Als ich den Treppenabsatz erreichte, kam mir ein junger Feuerwehrmann entgegen, der mich fragte, ob ich der Eigentümer der Wohnung sei. Er wischte sich den Schweiß von der Stirn und erklärte mir, daß man von einem meiner Zimmer aus versuchen wolle, den Brand zu bekämpfen. Ich sperrte die Tür auf, aber kaum hatte ich sie einen Spaltbreit geöffnet, schoß mein Kater zwischen meinen Beinen hindurch in das Stiegenhaus. Vielleicht flüchtete er auf den Dachboden, wo er sich am liebsten herumtreibt, oder in einen abgelegenen Winkel, wo er hoffte, nicht entdeckt zu werden, dachte ich. Jedenfalls rief ich ihn erfolglos bei seinem Namen. Ich öffnete das Fenster, von dem aus ich das Feuer sehen konnte, und ließ die Männer hereintrampeln. Zuerst war ich unentschlossen, wohin ich gehen sollte. In der Wohnung wollte ich nicht bleiben, denn die Löscharbeiten verursachten das gräßlichste Chaos, und mich in den Bus zu den Nachbarn zu setzen, reizte mich nicht. Also entschied ich mich, weiter Augenzeuge zu sein und meine Ortskenntnisse zu nutzen, um einen besseren Überblick zu erhalten. Ich bin davon überzeugt, daß nicht einmal der Burghauptmann alle Querverbindungen, Abkürzungen, Nebenstiegen, Wege und Umwege, die die Gebäudekomplexe miteinander verbinden, besser kennt als ich. Gerade wurde die Neue Galerie geräumt, in der fast 1000 Gemälde, darunter Werke von Degas, van Gogh, Monet, Manet und Toulouse-Lautrec, hingen. Aus den geöffneten Stallungen im Hof quoll Rauch, es sah bedrohlich aus. Da ich zielbewußt durch die Gänge eilte, fiel ich nicht weiter auf, außerdem waren die vorüberhuschenden Gestalten mit dem Tragen der gerahmten Bilder, die in Decken gehüllt waren, beschäftigt.

Schon stand ich wieder auf dem Josefsplatz, über den Feuerwehrleute liefen, und stellte fest, daß ich (außer den Fotografen und Journalisten) der einzige Zuschauer auf dem abgesperrten Areal war, weshalb ich rasch nach einem Kugelschreiber und meinem Taschenkalender griff.

Der Funkenflug war durch den starken Wind, gegen dessen einzelne Böen ich mich stemmen mußte, so heftig, daß ich zuerst glaubte, in ein fürchterliches Flammengestöber geraten zusein. Oben am Dachstuhl lösten Feuerwehrmänner die Holzbalken, die sich zu entzünden drohten und den Brand dadurch noch weiter anfachen konnten. Zum ersten Mal verspürte ich Angst, und meine Angst verband sich mit dem Gedanken an Philipp Stourzh. Der Verdacht, daß er den Brand gelegt haben konnte, ging mir nicht aus dem Kopf. Während ich mich vorankämpfte, ereignete sich der nächste Zwischenfall. Zuerst krachte eine weitere Steinamphore in einer Wolke aus glimmenden Teilchen vom Dach, weshalb ich erschrocken den Kopf hob. Mein Blick fiel dabei auf die beiden Seitenflügel der Nationalbibliothek, wo ich im Feuerschein die steinerne Figurengruppe, die ich seit meiner Kindheit kenne, sah: Atlas mit der Himmelskugel auf dem Rücken, zu beiden Seiten Astronomie und Astrologie und Gaea mit der Erdkugel in der Hand, umgeben von Geometrie und Geographie. (Die Vorstellung, daß die Statuen vernichtet werden könnten, schmerzte mich auf eine irrationale Weise.) Dann tauchten plötzlich uniformierte Polizeischüler aus der Dunkelheit auf, die im Laufschritt die Stufen zum Prunksaal, dem Herzstück der Nationalbibliothek, hinaufstürmten, gefolgt vom Journalisten Gartner und einem Fotografen. Ich hatte die ganze Zeit über gefroren, diesen Zustand aber als etwas Selbstverständliches empfunden. Jetzt aber wurde mir die Winterkälte bewußt. Ich war überdies müde, hatte bei meinem Verleger zuviel getrunken und war mit Abendanzug, Mantel und Halbschuhen nicht für einen nächtlichen Aufenthalt im Freien gekleidet. Ich schloß mich indessen vor Kälte zitternd Gartner an. Als wir das Vestibül betraten, wurden wir von einem Wachebeamten aufgehalten, der Gartner erkannte und durchließ. Ich gab an, Arzt zu sein und mich für den Notfall bereitzuhalten, worauf auch ich passieren durfte.*

Ich steckte den Kalender und den Kugelschreiber wieder ein und eilte die Stufen zum Prunksaal hinauf. Der beißende Brandgeruch und der hektische Funkenflug draußen, der durch die Gangfenster als wirbelnde Leuchtspuren bemerkbar war, steigerten noch meine Ängste. Inzwischen trafen die Generaldirektorin der Nationalbiblio-

---

* Weshalb ich das alles tat, hätte ich nicht erklären können. Ich gab mir auch keine Rechenschaft darüber. Heute glaube ich, daß es mein Zugehörigkeitsgefühl zur Hofburg war, die ich durchforscht habe wie kaum ein anderer. Ich kenne die Dachböden ebenso wie die Keller, die Gemälde ebenso wie die Bücher, die Lipizzaner wie die Beamten. Ich bin stolz darauf, mich überall und jederzeit in diesem verschachtelten, verwinkelten, unübersichtlichen und bizarren Bauwerk zurechtzufinden. Und es ist für mich im nachhinein betrachtet kein Zufall, daß ich ein gutes Gedächtnis habe, denn ich habe von Kindheit an gelernt, mir, um mir etwas zu merken, ein Gebäude vorzustellen mit einer großen Anzahl von Zimmern und in diesen Zimmern mein Wissen zu deponieren, das ich nach den bildlichen Vorstellungen dieser Räume, mit denen ich es verknüpfe, abrufen kann. Ich bin auf diese Weise in der Lage, mir in kürzester Zeit die verschiedensten Eindrücke zu merken oder eine Rede, die ich auswendig halte, mit einem der Räume eines Gebäudes samt seinen Möbeln zu verbinden, so daß ich bei meiner Ansprache geistig einen bestimmten Weg, bestimmte Stiegen, bestimmte Zimmer durchquere, die für meine Themen und Bemerkungen stehen und die ich daher nicht vergesse. Nichts anderes als die Hofburg war die Vorgabe für dieses Gedächtnis-Gebäude, und im nachhinein interpretiere ich meine Verstörung und Betroffenheit beim Brand der Redoutensäle als existentielle Angst vor einer Beschädigung meines Erinnerungsvermögens.

thek und der Bürgermeister ein, während die Polizeischüler – es waren 200 bis 300 – im Prunksaal eine Menschenkette gebildet hatten und Stapel alter Bücher weiterreichten. Andere trugen die wertvollen Folianten durch den Saal. Das Feuer war jetzt, erfuhren wir zur allgemeinen Beunruhigung, nur noch zwei Räume weit entfernt.*

Es schmerzte mich, daß ich zusehen mußte, wie die kostbaren Bücher aus dem 16., 17. und 18. Jahrhundert (zum Teil aus den Beständen Prinz Eugens und mit Kupferstichen reich illuminiert) aus ihrer Umgebung herausgerissen und weitergereicht wurden. Man hörte jeden Schritt und jeden Ruf, denn die akustischen Qualitäten des Prunksaales sind einzigartig.**

Die Flügeltüren standen weit offen, die Räume und Flure waren hell erleuchtet. Ich schaute – den scharfen Brandgeruch in der Nase – in den Katalograum, wo die bibliophilen Prachtstücke wie Dutzendware aufgetürmt waren. Mir war sofort klar: Noch katastrophaler würde eine Ausdehnung des Brandes oder das Eindringen von Löschwasser in die Handschriftensammlung sein.***

---

* Die geistige Schatzkammer Österreichs mit ihren 190 000 Büchern ist immer der wichtigste und kostbarste Erinnerungsraum gewesen. Dort habe ich in meiner Vorstellung mein gesamtes Wissen als Psychiater und Neurologe gespeichert. Sie ist fast 80 Meter lang, circa 15 Meter breit und 20 Meter hoch. Die Kuppel bedeckt ein leuchtendes, phantastisches Fresko des Barockmalers Daniel Gran mit historischen und allegorischen Szenen, durch die jetzt, wie ich sah, Löschwasser tropfte. An den Wänden entlang stehen numerierte Bücherschränke und Drehregale, hinter denen Studierkämmerchen entstanden sind, ebenfalls mit Bücherregalen ausgefüllt – ähnlich den »Carrels« in amerikanischen Bibliotheken.
** Zu Recht gilt dieser Raum, in dem einst Mozart dirigiert hat, als einer der schönsten und größten Bibliothekssäle der Welt.
*** Die meisten Stücke sind unersetzlich, wie zum Beispiel die älteste, durchgehend illuminierte Bibel-Handschrift, die Wiener Genesis aus dem 6. Jahrhundert n. Chr. in Gold- und Silbertinte auf Purpurpergament, in der sich durch den fortschreitenden Tintenfraß die Schrift auflöst. Ich hatte sie schon

Als ich vor den aufgeschichteten Folianten und Büchern stand, zu denen in einem fort weitere kamen, fiel mir wieder Philipp Stourzh ein und gleich darauf mein Kater. Das Tier zu suchen war sinnlos – aber Stourzh, so sagte mir mein Instinkt, mußte sich irgendwo in der Nähe aufhalten. Ich war davon überzeugt, daß er den Lipizzanerhengst, wie es die Absicht der Tierpfleger war, in den Volksgarten gebracht hatte.

Der Rauch war so beißend scharf, daß ich den von Polizeischülern wimmelnden Prunksaal verließ und unbeachtet an der Absperrung vorbei zum Park ging. Um den Redoutensaal herrschte eine Art Schneetreiben aus Glutstücken, dazwischen apfelgroße Trümmer; man hörte das Zubodenprasseln der glühenden Brocken auf dem Pflaster und dem Asphalt wie bei einem vulkanischen Steinschlag. Und an einen Vulkanausbruch erinnerten mich auch die Rauchfahnen und -schwaden, die zum rotgefärbten Nachthimmel emporzogen.

Als ich mich über den Heldenplatz dem Volksgarten näherte, hörte ich schon von Weitem Gewieher. Die Innenstadt mußte inzwischen abgesperrt worden sein, denn die Straßen waren frei. Im Park selbst gab es kleinere Menschenansammlungen, aber es war zunächst nur das Dröhnen von Pferdehufen wahrzunehmen. Als ich nähertrat, galoppierte gerade einer der Hengste mit Schaum vor dem Maul an mir vorbei. Ein Passant kommentierte das Verhalten der Lipizzaner, die jetzt von allen Seiten wiehernd und schnaufend auf uns zustürm-

---

einmal in der Hand, da ein Beamter, Konrad Feldt, mein Patient ist. Mit Feldt entdeckte ich die entlegensten Räume der Nationalbibliothek, und ich kann sagen, daß ich mich heute noch in den alten, aufgelassenen Speicherräumen zurechtfinde.

ten, mit dem Hinweis, daß sie die Beete verwüstet und Bänke umgestoßen hätten.

In den weichen Rasen, sah ich, waren Löcher gestampft, auf den Wegen lagen Pferdemist und ausgerissene Grasbüschel, und die Reihen der Parkbänke waren gelichtet, die Trümmer überall verstreut. Währenddessen rasten die Hengste weiter ziellos umher, konnten aber aus dem umzäunten Gartengelände nicht entweichen. Einige der Tiere hatten Abschürfungen erlitten, die wegen des Blutes auf dem weißen Fell den Eindruck schwerer Verletzungen machten. Inzwischen hatten die Stallburschen begonnen, die Pferde einzufangen und an den Zaun zu binden. Aber noch immer hörte man von allen Seiten das Schnaufen, Schnauben und Wiehern der Lipizzaner, die plötzlich aus dem Dunkeln auftauchten und wild auf einen zugaloppierten, so daß man sich gerade noch mit einem Satz hinter einen Baum retten konnte. Ich bin oft in der Stallburg gewesen. Im Innenhof habe ich die Morgenarbeit der herrlichen weißen Pferde beobachtet. Daher kannte ich einen der Tierpfleger vom Sehen. Er war gerade dabei, das herbeigeschaffte Heu an das älteste Tier, den 24jährigen »Neapolitano«, zu verfüttern. Mit aufmerksam gespitzten Ohren fraß der Lipizzaner, während der Betreuer einen Schritt zurücktrat und einen Pappbecher Tee aus einem dampfenden Eimer schöpfte. Windstöße bogen die blattlosen Kronen der Parkbäume. Ein anderer Stallbursche machte seine Kollegen darauf aufmerksam, daß die Pferde nicht von den giftigen Buchsbaumrabatten fressen dürften.*

---

* Es war übrigens nicht sicher, ob die Lipizzaner so bald wieder in der Winterreitschule ihren Exerzitien nachgehen konnten, denn die Statiker mußten nach dem Löschen erst prüfen, ob die Zwischendecke über der Reithalle halten

Im Hintergrund konnte ich den Feuerschein wie eine leuchtende, blutige Wunde in der Dunkelheit sehen. Die ganze Zeit über, während ich mich im Volksgarten aufhielt, war das Getrampel der Hengste zu hören, mitunter das Krachen von Holz und der Pfiff oder Ruf eines Tierpflegers. Unter den Lipizzanern entdeckte ich einige Remonten, die an ihrem dunklen Fell zu erkennen waren. (Da sie noch am Vortag auf der Weide in der Steiermark gewesen waren, waren sie abgehärtet und galoppierten daher ohne Decke herum.) Ich suchte vorsichtig zwischen den Bäumen und Bänken nach Stourzh, sah mich auch vor dem geschlossenen Café um, entdeckte aber nirgendwo eine Spur von ihm. Ich fror nun noch stärker, denn im Park traf mich der kalte Wind mit voller Wucht ... Ich blickte auf die Uhr, es war 5 Uhr 16. Erst jetzt kam mir zu Bewußtsein, daß ich die ganze Nacht auf den Beinen gewesen war. Außerdem fängt mein Dienst in Gugging um 8 Uhr an, und ich mußte spätestens um 7 Uhr 30 in meinem Wagen sitzen, um noch zurechtzukommen.

Ich ging rasch über den Michaelerplatz zur Stallburg, wo ich erfuhr, daß die Feuerwehr den Brand unter Kontrolle gebracht und die Gefahr für die Nationalbibliothek gebannt hatte. Auch die Winterreitschule war gerettet, allerdings war der Josefsplatz noch immer gesperrt. Ich konnte einen Blick in den Innenhof der Stallburg mit seinen schönen Arkaden werfen: Er war mit Löschwasser bedeckt, in dem schwarze Holzstücke schwammen. Die

würde, da sie inzwischen mit Wasser vollgepumpt war. Die Hengste, hörte ich, die bereits im Training stünden, würden in den nächsten Tagen weniger Futter erhalten, sie müßten aber nach dem Wochenende wieder bewegt werden, sonst bestünde die Gefahr von Koliken, die durch das »derzeitige Wetter« sowieso gegeben sei. Ich weiß nicht warum, aber diese belanglosen Sätze habe ich mir bis heute gemerkt.

Skulpturen, von denen ich Meuniers »Lastträger« und Renoirs »Vénus Victorieuse« am meisten schätze, spiegelten sich fragmentarisch in den Pfützen, alles war in das traurige Gelb einer schwachen elektrischen Beleuchtung getaucht. Verkohlte Teilchen lagen auf dem Gehsteig, ich bückte mich und hob eines auf, wickelte es in ein Papiertaschentuch und steckte es ein. Es liegt heute vor mir auf dem Schreibtisch, ein Stück schwarzer Materie, wie aus einer anderen Welt. Woher stammt es? Vom Dachstuhl? Der Winterreitschule? Einem blinden Fenster?

Kapitel 4
Die Begegnung

Ich stieg die Schatzkammerstiege hinauf und traf dort auf einen Polizeibeamten, der mir mit verquollenen Augen Auskunft gab, daß die Schauräume keinen Schaden erlitten hätten, auch die Vitrinen seien heil geblieben, ebenso die Bücher der Nationalbibliothek und die Gemälde der Neuen Galerie. Jetzt wollte ich unbedingt meinen Kater wiederfinden, ich eilte quer über den Hof zurück in das Stiegenhaus und rief mehrmals seinen Namen. Da ich nichts von ihm hörte, fing ich halblaut zu miauen an.*

---

* Ich kann mich mit meinem Kater miauend unterhalten. Er blickt mich dabei nicht an, sondern schreitet mit gesenktem Kopf an mir vorbei und antwortet mir speziell dann, wenn er unzufrieden ist oder ich ihn getadelt oder ihm etwas nicht erlaubt habe. Dann versuche ich ihm durch Laute zu erklären, daß meine Entscheidung nicht anders möglich sei, daß ich ihn aber liebe und das Ganze nicht böse gemeint sei.

Miauend stieg ich langsam höher, hielt an, lauschte. Machte wieder ein paar Schritte aufwärts, wartete, miaute kräftiger und horchte wieder. Angestrengt haftete mein Blick auf den Stufen, da entdeckte ich ein Bündel Federn. Es war eine tote, halbverbrannte Taube. Ich war mir sicher, daß mein Kater sie vom Dachboden heruntergeschleppt hatte. Daher rief ich noch einmal lauter seinen Namen.

Des öfteren hatte er mir erlegte Tiere vom Dachboden in die Wohnung gebracht, vorzugsweise Fledermäuse, und ich war davon überzeugt, daß er in der Nähe war. War die Taube nicht ein Beweis? Ich miaute wieder, und endlich erhielt ich eine Antwort aus dem oberen Stockwerk. (Also wartete er schon vor meiner Wohnungstür.) Ich ging hinauf, miaute begütigend und bemüht freundlich, schnalzte mit der Zunge und sah, daß meine Wohnungstür nur angelehnt war. Offenbar hatte die Feuerwehr vergessen, sie zu schließen ... Ich trat ein und gab einen freudigen Begrüßungslaut von mir, worauf mir mein Kater ebenso antwortete. Das Geräusch kam aus dem finsteren Wohnzimmer, ich stieß vorsichtig die angelehnte Tür auf, um ihn nicht zu verletzen, falls er dahinter sein würde, da erhob sich eine Gestalt aus einem der Polsterstühle.

»Ich bin es«, sagte jemand.

Ich schaltete das Licht ein, und vor mir stand Philipp. Er war verschwitzt und betrunken und musterte mich mit glasigem Blick. Ungefragt erklärte er mir, daß er in einem Lokal in der Habsburggasse vom Brand erfahren habe und gerade rechtzeitig gekommen sei, um bei der Rettung der Lipizzaner mitzuhelfen. (Aus seinem Gesicht schloß ich, daß er mich bei der Übernahme der Tiere nicht bemerkt hatte.) Nachdem er seinen widerspenstigen Hengst in den Volksgarten gebracht habe, sei er von den Tierpflegern auf heißen Tee und einen Becher Rum eingeladen worden. Er habe schon zuvor »dem Alkohol zugesprochen« und sei ziemlich betrunken gewesen.

Er ließ den Kopf nach vorne fallen, starrte auf seine Brust und sagte, ich könne mit ihm machen, was ich wolle.

Jetzt erst bemerkte ich, daß er rauchte, Asche und Glut fielen aus seiner Zigarette auf den Teppich.

»Entschuldigen Sie«, sagte er, kniete nieder, griff nach einer Tasse auf dem Tisch und bemühte sich, mit Hilfe von Speichel, den er auf die Kuppe eines Mittelfingers spuckte, die Tabakreste einzusammeln.

»Warum haben Sie auf mein Miauen geantwortet?« fragte ich ungehalten.

Er sah mich traumverloren an und antwortete: »Ach, Sie waren das! Ich dachte mir, da miaut ein Kater, und wollte ihn anlocken!« Er lachte offenbar sich selbst aus.

»Ich habe seinen Namen gerufen«, insistierte ich.

»Ich muß lachen... Aber ich habe das nicht gehört... Tut mir leid... Ich nahm nur das Miauen wahr!«

Mit Sicherheit log er.

»Wo waren Sie gestern abend?« fragte ich.

Er hatte sich ächzend vom Boden erhoben und stand schwankend, in einer Hand die Tasse, in der anderen die Zigarette, vor mir.

»Gestern abend?« Er lachte weiter auf eine so verrückte Weise, als amüsierte er sich über sein eigenes Verhalten. »Ich habe als Statist für den ›Lucona-Film‹ gearbeitet – im großen Redoutensaal.«

»Wie lange?«

»Ich weiß es nicht mehr. Vielleicht bis 17 Uhr...«

»Und dann? Was haben Sie dann gemacht?«
Er schwieg.

»Sie werden diese Frage vor der Polizei beantworten müssen.«

Er räusperte sich, und seiner Stimme waren jetzt deutlich Argwohn und Ärger zu entnehmen. (Offenbar hatte er den Braten gerochen, und das war die Botschaft an mich: Eine Warnung, weiter zu fragen, oder besser gesagt eine Drohung.)

»Wie-sooo?« fragte er, das »O« am Schluß in höherer Tonlage.

»Sie glauben, daß ich den Redoutensaal in Brand gesteckt habe?« Sein Blick war stechend geworden und seine Stimme scharf. Man sah ihm seinen schlechten Zustand plötzlich nicht mehr an.

»Es spielt keine Rolle, was ich glaube –«

»Doooch!« unterbrach er mich herausfordernd. »Es kommt sehr wohl darauf an, was Sie glauben!«

»Ich schließe zunächst nichts aus –«

Er lachte abfällig. »Das ist ja gut so«, sagte er gönnerhaft und lachte erneut, als applaudierte er sich selbst, und mir war klar, daß er Streit suchte.

»Wie haben Sie überhaupt hierher gefunden?« fragte ich und schaute auf meine Uhr.

»Das war nicht schwer«, antwortete er zerstreut. »Ich kenne Ihre Adresse schon lange. Einmal habe ich mir die Mühe gemacht, Sie zu suchen ... Es war Neugierde.«

Ich sagte nichts.

»Ist das verboten?« fragte er. Etwas von Überlegenheit und Mißtrauen lag in seiner Stimme.

»Mich interessiert nur, wo Sie gestern waren«, bohrte ich weiter.

»Ich habe schon gesagt: im großen Redoutensaal«, antwortete er aufsässig.

»Wie lange?«

»Wie lange! Wie lange!« Er grinste, als amüsierte er sich über meine Frage.

»Ich habe nicht auf die Uhr geschaut.«

»Aber Sie werden bestimmt wissen, ob Sie als Letzter gegangen sind?«

»Nein, nicht als Letzter.« Und jetzt lachte er auf eine verächtliche Weise: »Aber ich bin noch einmal zurückgekehrt.«

Ich wartete, was er sagen würde, denn ich fürchtete, ihn durch weitere Fragen aus dem Konzept zu bringen. Er dachte nach und bewegte stumm seine Lippen.

»Ich habe mich im Gebäude verlaufen...«, sprach er wie zu sich selbst. Dann wandte er sich wieder mir zu: »Ich nehme, wie Sie wissen, Beruhigungstabletten, es hat Alkohol zu trinken gegeben ... und ich bin auf irgendeiner Stiege eingeschlafen!«

Er machte wieder eine Pause und drückte seine Zigarette aus.

»Dann bin ich auf der Suche nach dem Ausgang in den Redoutensaal zurückgekehrt. Da ging gerade so ein komisches Diplomatentreffen zu Ende, und es gab noch etwas zu trinken.«

»Wie lange blieben Sie?« Die Frage war mir entschlüpft, und ich wußte im selben Moment, daß es ein Fehler war, sie zu stellen.

»Das weiß ich nicht!« antwortete er barsch.

Ich war mir sicher, daß er etwas angestellt hatte, sonst wäre er nicht zu mir gekommen. Mir fiel ein, daß ich längst zur Arbeit fahren mußte, und als ich das sagte, wollte er mich unbedingt begleiten. So begaben wir uns gemeinsam zu meinem Wagen, der auf dem Parkplatz vor dem Palmenhaus abgestellt war. Ich hatte mir inzwischen vorgenommen, zu schweigen und ihn dadurch vielleicht so weit zu bringen, daß er sich rechtfertigte.

Kapitel 5
Kafka

Philipp nahm mein Schweigen an und schwieg selbst. Auf dem Weg nach Klosterneuburg, die Donau entlang, nickte er ein, als wir uns jedoch Kierling näherten, schlug er die Augen auf und fragte mich, wo wir seien. Ich sagte es ihm. Er wurde ganz aufgeregt und erklärte mir, daß Franz Kafka ganz in der Nähe gestorben sei. Ich wußte es, hatte aber noch nie das Sterbehaus betreten.

»Halten Sie an der Hauptstraße 71!« wies er mich an. »Es ist sehr wichtig.«

Ich glaubte ihm nicht. Aber konnte ich eine, wenn auch noch so geringe Möglichkeit, von ihm etwas zu erfahren, ignorieren, nur weil ich nicht zu spät kommen wollte und ihm mißtraute?

Ich rief meine Sekretärin an, sagte, daß ich erst in einer halben Stunde erscheinen würde, und hielt vor dem betreffenden Haus. An dem Gebäude war nichts Besonderes, ein dreistöckiges Haus, das ich seither mehrmals aufgesucht habe.*

---

* Es handelt sich um das ehemalige Privatsanatorium Dr. Hugo Hoffmann, in dem sich Franz Kafka vom 19. April bis zu seinem Tod am 3. Juni 1924 aufhielt. Das Sanatorium hatte acht Einzelzimmer, in einem davon sagte Kafka einen

Das Sterbezimmer kann man nicht betreten, es ist bewohnt. Statt dessen wird man in einen nüchternen, bürokratischen Raum geführt, der als Sterbezimmer ausgegeben wird. Ein paar Aktenschränke, ein eisernes Bücherregal, nicht einmal eine Kafka-Bibliothek ist vorhanden, selbst Fotografien fehlen.

Als ich mit Stourzh eintraf, lagen Wochenzeitschriften herum, es war so still, als lägen Haus und Hof in einem Universum des Vergessenen. Dorthin waren nicht nur die unausgesprochenen Gedanken Kafkas entschwunden, sondern auch die Möbel des Krankenzimmers, die Atemzüge des Sterbenden, seine Ängste und Schmerzen.

»Ist es nicht so, als ob die Seele des Hauses mit Kafka gestorben ist?« fragte Stourzh zu meiner Überraschung.

Tag vor seinem Tod zu seinem Arzt: »Töten Sie mich, sonst sind Sie ein Mörder.«
Das Sanatorium am Rande Wiens besaß damals schon einen Lift, und die Dorfbewohner erzählten, daß bei Betrieb in den umliegenden Häusern das Licht flackerte, weil das Stromnetz zu schwach war. Auf Fotografien kann man die einfachen, weißen Möbel der Zimmer sehen: Metallbett, Nachtkästchen, Tisch und zwei Stühle, Waschtisch, Schrank, weißer Leinenvorhang und gelber Fußboden. Kafkas Zimmer war im zweiten Stock, gartenseitig mit Blick auf Rosenbeete, Fichten und Tannen, weiter hinten Weinberge und der Wiener Wald, davor ein Bach. Einmal fuhr Kafka allein in einem Einspänner in Richtung Gugging zur Irrenanstalt, um einen Blick auf die Patienten im Park zu werfen. Er fiel durch seinen dunklen Anzug und sein gepflegtes Aussehen auf. Selbst kurz vor seinem Tod ließ er sich vom jungen Friseurgehilfen Leopold Gschirrmeister, der jeden zweiten Tag ins Sanatorium kam, rasieren. Gschirrmeister erzählte, daß Kafka wie ein »Knochengerüst« ausgesehen und er große Mühe gehabt habe, den Dichter bei der Rasur nicht zu verletzten. Der Friseurgehilfe glaubte übrigens, Kafka verstehe nicht Deutsch, weil er mit ihm kein Wort wechselte, und begriff nicht, daß dieser alles verstand, was gesprochen wurde. Er beschrieb nur noch Zettel, die er dem Betreffenden übergab. Kafka wog zu diesem Zeitpunkt 45 Kilogramm. Er litt an Kehlkopftuberkulose und konnte nichts schlucken. In seinen letzten Lebensstunden korrigierte er den Erzählband »Ein Hungerkünstler«, in dem er das Verhungern eines Artisten beschreibt, das er jetzt selbst durchlitt. Tränen sollen ihm dabei über das Gesicht gelaufen sein.

»Jedes Haus hat eine Seele, eine Art Geist. Nach Kafkas Tod starb das Gebäude, und nach dem Tod des Hauses blieben nur seelenlose Räume zurück.«

Man hatte Stourzh, der das Zimmer immer wieder aufsucht, sofort erkannt und nicht den sonst üblichen Eintritt von uns verlangt. Eine ungepflegte Frau mit Bubikopf und großgeblümtem Morgenmantel hatte uns umständlich die Tür aufgeschlossen. Für eine halbe Minute war sie angestrengt nachdenkend neben uns stehengeblieben und anschließend wortlos hinausgegangen.

Stourzh öffnete – kaum hatte sie das angebliche Sterbezimmer verlassen – die Balkontür, wir gingen über den Bretterboden zum Geländer und schauten in die Landschaft hinaus.

»Unter dem ersten Balkon war eine kleine Liegehalle«, sagte Stourzh. Er zündete sich eine Zigarette an, nahm einen Lungenzug und fügte hinzu: »Kafka starb um die Mittagszeit, gerade als ein Regenbogen am Himmel stand, aber, wie gesagt, nicht in diesem Zimmer.«

Damals erschien mir jedes seiner Worte bedeutungsvoll. Ich täuschte mich jedoch oder besser gesagt, er war es, der die falsche Spur legte. Das Sterbehaus Kafkas war nur als Widerspruch zu meiner Besorgnis um die Hofburg gedacht. Hier Prunk, Macht, Ewigkeit: angehaltene, stillstehende Zeit, in der Hunderte von Menschen noch immer mit weißen Pferden, Büchern, Bildern, Globen, Landkarten, Papyri und so weiter lebten – da Tod, Vergänglichkeit, Unwiederbringlichkeit eines geistigen Reiches, das zwar untergegangen war mit seinem Schöpfer, aber in den Köpfen vieler tausend Leser immer wieder aufs neue erstand. Jedenfalls deutete ich Stourzh' Drängen, Kafkas Sterbehaus aufzusuchen, nachträglich so.

Wir fuhren anschließend den Hügel zum »Haus der Künstler« hinauf, an den tristen Anstaltsgebäuden und der Kinderstation vorbei. Stourzh rauchte hektisch weiter. Ich hasse das Rauchen in meinem Auto. Natürlich redete er über den Hofburgbrand, aber er sagte mir nichts anderes als in meiner Wohnung – er erzählte alles nur ausführlicher, und oft verlor er dabei den Faden. Da er übernächtigt und angetrunken war, wiederholte er sich in einem fort.

Ich ließ ihn vor dem »Haus der Künstler« aussteigen. Er war so mit sich selbst beschäftigt, daß er sich nicht einmal von mir verabschiedete.

Kapitel 6
Überlegungen

Während die Feuerwehr auf einem Kabelbrand als Ursache der Katastrophe beharrte, kamen Spezialisten der Polizei und des Innenministeriums zu einem anderen Ergebnis: Glimmende Teilchen hätten das Feuer auf der Bühne des großen Redoutensaales entfacht. Die Ermittlungen bestärkten meinen Verdacht, daß Stourzh der Brandstifter gewesen war. In einem Telefonat mit Primarius Neumann erfuhr ich, daß Philipp im »Haus der Künstler« als Patient aufgenommen worden war. Er habe einen Zusammenbruch erlitten, teilte mir der Primarius mit.

Da ich nur Vermutungen hatte, behielt ich mein Wissen für mich und überlegte, was zu tun sei. Ich glaubte, daß Stourzh mir in Kafkas Sterbehaus einen Hinweis gegeben hatte. Er betraf den Tod des Dichters; die Erzählung »Ein Hungerkünstler«, deren Druckbögen Kafka noch in seinen letzten Lebensstunden korrigiert hatte, und seine Fahrt im Einspänner nach Gugging, um dort einen Blick auf die Geisteskranken im Park zu werfen, hatten eine bestimmte Bedeutung. Ich selbst war es, der Stourzh erzählt hatte, daß Patienten der Anstalt in der Zeit des Nationalsozialismus durch Verhungernlassen umgebracht worden waren. – Kafka hatte in seinen Augen, nehme ich an, seherisch darüber geschrieben und mit seinem eigenen Tod den der Geisteskranken vorweggenommen. Zugegeben ein kühner Schluß, der mir selbst Zweifel bereitete, aber je länger ich darüber nachdachte, desto mehr war ich davon überzeugt, daß er stimmte.* Philipp sah überdies in mir jemanden, der sich der Frage nach den Folgen des Nationalsozialismus nicht genügend stellte und statt dessen einem idealistischen Geschichtsbild nachhing. Die Hofburg mußte für ihn geradezu ein Symbol für meine geistige Haltung sein, noch dazu, wo ich in ihr wohnte und diese Wohnung gewissermaßen geerbt hatte.

---

* Ich wäre nie darauf gekommen, daß Kafka für Stourzh' Geistesverfassung wichtig war, denn gesprochen hatte er immer nur über einen anderen Dichter, über Fernando Pessoa, den Portugiesen, der das legendäre »Buch der Unruhe« geschrieben und zahlreiche Heteronyme entworfen hat: Personen mit eigenem Namen, eigenen Biographien, eigenen Horoskopen, eigenen Dichtungen, die aber allesamt Pessoa selbst waren. Erst über Stourzh habe ich Fernando Pessoas Werk und Leben kennengelernt. Selbstverständlich hatte ich versucht, meinen Patienten über den Dichter zu verstehen. Ich kam dahinter, daß Stourzh Pessoa für exemplarisch hielt. Er war davon überzeugt, daß jeder Mensch viele Charaktere in sich vereinigte, die sich widersprüchlich verhielten. Krankhaft fand er nur den Versuch, eine einzige Person sein zu wollen, »alles in das Scheinbild einer einzigen Persönlichkeit zu pressen«, wie er sagte, was seiner Meinung nach nur durch Verstellung möglich war. Machte er es sich dadurch nicht zu leicht? Wollte er die Verantwortung für seine pyromanische Veranlagung auf einen anderen »in ihm« schieben?

»Ein Hungerkünstler« von Franz Kafka, um darauf zurückzukommen, beschreibt einen Artisten des Hungerns. Dieser fühlt sich insgeheim als Betrüger, denn nur er selbst weiß, wie leicht ihm seine Darbietung fällt. Hätte er die Speise gefunden, die ihm schmeckte, erklärt er, hätte er sich vollgegessen »wie du und alle«. Das Publikum mißtraut dem radikalen Hungern des Artisten, es läßt ihn durch Wärter, vorzugsweise Fleischhauer, beobachten. Unglücklich ist dieser aber nur, wenn der Impresario nach 40 Tagen das Hungern abbricht. Allmählich erlischt das Interesse der Menschen am Artisten. Er wird in einen Zirkus aufgenommen, wo er vor der Tierschau in einem Käfig sitzt. Auch dort wird er mit der Zeit übersehen, und schließlich hungert er so lange fort, bis er unbemerkt auf seinem Strohlager stirbt. An seiner Stelle wird nun ein junger Panther in den Käfig gesperrt, mit dem Ausdruck einer Freiheit, die »irgendwo im Gebiß« zu stecken scheint. Und dieses wilde Tier wird eine große Attraktion für das Publikum, dem der Hungerkünstler nicht fehlt. (Stand dieser Panther nicht für das Feuer?)

Vielleicht sah sich Stourzh als Schöpfer des Brandes, hielt sich für einen Dombaumeister des Feuers, das Kuppeln und Säulen formt, mit goldenen Funken Kerzenflammen in die Luft malt und ein Fresko aus Licht und Schatten auf die Wände zaubert. Und darüber standen die schwarzen Rauchwolken wie Türme und riesige Dächer.

Ich gebe zu, es war eine Spekulation, aber ich klammerte mich bildlich gesprochen an diesen Strohhalm, da er das einzige Feste war, das ich auf der fließenden, spiegelnden Oberfläche meiner Vermutungen entdeckte. Die

Zweifel aber blieben: Ich zwängte vielleicht die Ereignisse in ein Theoriegebäude, das mich in meiner Überzeugung bestätigte, und übersah möglicherweise die entscheidenden Tatsachen.

Kapitel 7
Die Schaulust

Nach Dienstschluss ging ich vom Schweizerhof aus um die Hofburg herum. Eine ungeheure Menschenmenge war auf der Straße, aber die Absperrungen verhinderten, daß sie den Orten des Geschehens zu nahekam. Vor der Tür in der Stallburggasse, aus der die Lipizzaner in der Nacht ins Freie gestürmt waren, lag noch Pferdemist.*

Von überall versuchten Neugierige einen Blick zu erhaschen. Die meisten strömten zur Bräunerstraße und dann zum Josefsplatz, vor dem ein hohes Gatter errichtet worden war. Durch die Absperrung sah man nur zwei geborstene Fensterflügel des Gebäudes und einen Kran, der ein riesiges Stück Blech in die Tiefe hievte. Ekelhafter Brandgeruch lag über dem ganzen Viertel. »Die Glut aus dem Rachen« des Panthers, von der Kafka im »Hungerkünstler« sprach, war einem beißenden Gestank gewichen. Ein Fiaker fuhr mit Fahrgästen vorüber, und ich hörte den Kutscher sagen: »Here you can see the big Hofburg-fire!« – während er mit der Hand auf den Verbindungstrakt zu den Hofstallungen wies und mit der ande-

---

* Im Volksmund »Pferdeäpfel« genannt, wie auch der Hundekot in Wien »Hundewürstel« heißt. Ich habe vor, einmal einen Artikel zu verfassen: »Menschliche Exkremente, Körpersäfte und Speisen« und denke dabei an »Pferdeurin« und »Bier«, »Stierblut« und »Rotwein« und anderes mehr.

ren sein Gefährt in die Habsburggasse leitete. Ein Betrunkener rief mehrmals laut: »Advent, Advent, die Hofburg brennt!« (was allgemeinen Unmut erregte).

Die Schaulustigen trugen in weihnachtliches Papier eingeschlagene Geschenkpakete mit sich, andere führten Kinder und Enkelkinder spazieren, Liebespaare umarmten sich, Touristen machten Fotos der Brandschäden an den Gebäuden im Hintergrund.

In der Augustinerstraße vor dem Fremdenverkehrsbüro eröffnete sich für die Neugierigen der beste Ausblick auf den ausgebrannten Trakt. Daß das Dach über dem Redoutensaal fehlte, machte den größten Eindruck. Ich dachte noch immer an den »Hungerkünstler«. Ich hatte in meinem Kopf kein geschlossenes Gedankensystem, mit dem ich Stourzh' pyromanische Passion beweisen konnte, es waren nur bewegliche Elemente, herausgebrochene Eisschollen aus einem früher zugefrorenen See, deren angestammter Platz am ehesten aus der Vogelperspektive zu erkennen war. Mit diesen Gedanken spazierte ich zum Kunsthistorischen Museum, vielleicht nur, um den Brandgeruch aus der Nase zu bekommen.

Kapitel 8
Die Vision

Als ich den Ring überquerte, wußte ich auf einmal, weshalb ich ausgerechnet das Kunsthistorische Museum aufsuchte: Stourzh hatte doch immer Arcimboldos »Feuer« mit sich herumgetragen und dann die Kunstpostkarte mit der Infantin Margarita Teresa im blauen Kleid ...

War die Bildergalerie sein nächstes Ziel? ... Oder dachte er an die Kapuzinergruft?*

Vor meinem geistigen Auge sah ich halb Wien in Flammen aufgehen: Das Kunsthistorische Museum entzündete sich an Arcimboldos »Feuer«, das sich rasend schnell ausbreitete und alle Brueghels, die Rembrandts und Rubens', die Landschaften und Porträts, biblischen Szenen, See- und Blumenstücke in Brand steckte. Ich sah die Flammen aus Vermeer van Delfts Atelier lodern, den Vorhang und die Landkarte verbrennen und schließlich auf das Modell und den Maler übergreifen. Als nächstes glomm Lucas Cranachs »Hirschjagd« auf, Qualm erfüllte die Säle und verschluckte die Bilder, Dürers »Kaiser Maximilian I.« und Gainsboroughs »Suffolk«, Ruisdals »Der große Wald« und José Riberas »Der zwölfjährige Jesus unter den Schriftgelehrten« ebenso wie Raffaels »Madonna im Grünen«. Ich sah auch das Naturhistorische Museum brennen, die Hunderte ausgestopften Tiere in ihren Glaskästen zu Asche zerfallen, die präparierte Welt: Affen und Fische, Nashörner, Krokodile und Elefanten, Steinböcke und Eisbären, Löwen, Hyänen, Hirsche, Vögel und

---

* Auf die Kapuzinergruft war ich spontan gekommen, Margarita Teresa, die Velázquez als Kind viermal gemalt hatte, war spanisch-habsburgische Infantin und Tochter Philipps IV. und Annas von Österreich gewesen. Sie war als Braut des Österreich-Habsburgischen Kaisers Leopold I., der gleichzeitig ihr Onkel und Cousin war, ausersehen gewesen, ein hübsches, blondlockiges Mädchen. Drei der herrlichen Porträts hingen im Kunsthistorischen Museum in Wien. Margarita Teresa starb mit 21 Jahren bei ihrer sechsten Geburt und wurde in der Kapuzinergruft bestattet. Sie war eine römisch-katholische Antisemitin gewesen, auf deren Drängen Leopold I. die Juden aus dem »Unteren Werd« vertrieben hatte, 1600 Männer, Frauen und Kinder. Diese Grundstücke gingen in den Besitz der Stadt Wien über. Anstelle der Synagoge wurde die Leopoldskirche gebaut, und statt »Unterer Werd« hieß der Stadtteil von nun an »Leopoldstadt«. Hatte Stourzh seine Magisterarbeit über die Bilder deshalb abgebrochen?

Murmeltiere in giftigen Qualm verwandelt, die knöchernen Menschenköpfe und Skelette von Sauriern und Chamäleons, Gürteltieren und Fledermäusen verkohlt, die mit Alkohol gefüllten Glasbehälter für Amphibien, Reptilien und Meerestiere zerspringend und in Stichflammen aufgehend: Eidechsen, Molche, Quallen und Seesterne. Als nächstes fiel mir das Josephinum ein, die Sammlung florentinischer Wachspräparate des menschlichen Körpers, mit deren Hilfe ich mich für die Anatomieprüfung vorbereitet hatte: Männliche Figuren, die alle Muskelschichten zeigten, ein Schädel mit Gehirn und Halsteil des Rückenmarks, vor dem ich viele Stunden gesessen und die lateinischen Bezeichnungen gebüffelt hatte – sie zerschmolzen in meiner Phantasie wie die Unterseite des Gehirns mit seinen Gefäßen und Nerven und das zerlegbare Modell eines weiblichen Körpers: eine junge Frau mit blondem Haar, die mich an Botticellis Frühlingsbild erinnerte, und die durch den Embryo in ihrem Uterus etwas Sakrales hatte. Ich dachte immer an eine Madonna auf dem Seziertisch.* In meiner Besorgnis sah ich sie schon zu einem Wachsbrei deformiert in den verrußten Holz- und Glasresten einer zerstörten Vitrine liegen.

Das nächste Objekt, das in meinem Alptraum Feuer fing, war der Narrenturm im Allgemeinen Krankenhaus, in dem in der Zeit Josephs II. die Geisteskranken

---

* Seltsamerweise hat sie auch eine zweireihige Perlenkette um den Hals hängen, und ihre Eingeweide im geöffneten Körper sehen aus wie Schätze: die grüngemaserte Lunge scheint aus kostbarem Schildpatt zu sein, das Herz aus roten Korallen und der gelbe Magen aus Bernstein. Vor allem erschütterten mich immer wieder die genau ausgeführten Fingernägel, die den Anschein erwecken, bei dem Wachspräparat handle es sich um einen wirklichen Menschen.

interniert gewesen waren und jetzt Tausende pathologische menschliche und tierische Präparate lagerten. Dann das prachtvolle k. k. Hofkammerarchiv mit den gedrechselten und bemalten Holzregalen, in denen dickleibige Lederfolianten und Dokumente hinter kalligraphisch verzierten Aktendeckeln aufgeschichtet sind, und mit Räumen, die sich scheinbar ins Unendliche fortsetzen, wie manche Säle von Schlössern in geschickten Spiegelkonstruktionen: Sie würden dem Feuer Nahrung geben und den Brand auf das sechsstöckige Gebäude übertragen bis zur völligen Zerstörung des gesamten Häuserzuges. Und schon sah ich das Sigmund Freud-Museum lodern, die mir geradezu heiligen Zimmer, von denen ich jede Parkette, jeden Fenstergriff, jede antike Statue kenne (und sogar jede Schramme an dem berühmten, unter Glas stehenden braunen Reisekoffer), den schwarzen Spazierstock mit dem Elfenbeingriff und den Hut mit dem Stoffband ... Und zuletzt das Heeresgeschichtliche Museum mit den Kostbarkeiten aus Österreichs Geschichte, von den Beutestücken aus den Türkenbelagerungen über die gewaltigen Schlachtengemälde vom Dreißigjährigen Krieg bis zur blutigen Uniform des Kronprinzen Ferdinand, die von der tödlichen Kugel des Attentäters in Sarajewo zerrissen ist. (Ich gebe zu, ich habe mich in meine Phantasien lustvoll hineingesteigert, mich sogar zwischendurch am Schauder ergötzt, den meine aus Angst geborenen Vorstellungen hervorbrachten.)

Am Eingang des Kunsthistorischen Museums benutzte ich nicht das Hauptportal, sondern suchte die Portierloge hinter dem Seitentor auf und verlangte Wolfgang Unger zu sprechen.

Kapitel 9
Die Restaurationswerkstatt

Der Restaurator erschien mit fragendem Gesicht in der Einfahrt und kam zögernd auf mich zu, denn er hatte mich nicht erwartet.

Ich sagte ihm, es ginge um Philipp Stourzh. Er nickte, und ich folgte ihm in die Werkstatt, einen Saal, der durch Glaswände in Abteile gegliedert ist. In jedem dieser Räume waren Staffeleien aufgestellt, Stühle und Tischchen mit Pinseln, Farben und Arbeitsgeräten. An den Wänden lehnten Gemälde, die, wie ich erfuhr, an Ausstellungen verliehen oder restauriert werden sollten. Zu meiner Freude entdeckte ich Velázquez' Porträt der Infantin Margarita Teresa »im weißen Kleid« auf einer Staffelei, im nächsten Abteil arbeitete eine Restauratorin an Hans Holbeins d. J. Bildnis der Königin Jane Seymour. Ich durfte durch die Kopflupe das Bild betrachten, und es eröffnete sich mir ein Reich aus Farbkratern, Farbschuppen und Craqueluren, ein Netz von Haarrissen, die das Kunstwerk durchzogen. Ich verlor mich in den Stickereien der Kleidung von Jane Seymour: der Ärmel, grau und weiß wie ein Muster aus sonnendurchschienenen und im Schatten liegenden Eisblumen, weiter oben ein Karo-Ornament aus Rot und Gold.*

Jeder Ring, jeder Edelstein, jede Perle, jeder Ausschnitt waren ein Bild für sich, und aus diesen unzähligen Details setzte sich das Gemälde zusammen.

---

* Diese nahe, vergrößerte Sicht auf das Kleid erinnerte mich an meine eigene Arbeit, wenn ich mich mit Details befasse, die mir meine Patienten erzählen.

Unger hatte inzwischen das Velázquez-Porträt der Infantin Margarita Teresa auf einen großen Tisch gelegt, um es unter dem Mikroskop zu begutachten.

Er hatte offenbar nicht vor, mich an seiner Arbeit teilhaben zu lassen, sondern fragte mich, welche Auskünfte ich benötigte.

Ich antwortete (die Infantin im weißen Kleid aus der Nähe bestaunend, indem ich mich über das Ölbild beugte), ob er sich daran erinnern könne, welche Gemälde des Museums auf Stourzh den größten Eindruck gemacht hätten.

»Arcimboldos ›Feuer‹«, sagte Unger sofort. »Er trieb einen regelrechten Kult damit...«

»Gibt es noch andere?«

Er dachte nach.

»Ja. Die Infantinnenporträts von Velázquez, besonders das im blauen Kleid ... Dieses hier liebte er auch sehr«, sagte er und wies auf die Leinwand, die aufgerollt wie eine Landkarte vor uns lag.

»Glauben Sie, daß es die abgebildete Person war, die ihn interessierte, oder die Malerei?«

»Beides ... Er mochte auch Giorgiones Darstellung der jungen ›Laura vor dem Lorbeerstrauch‹ und Tizians ›Veilchen‹, das Porträt einer hübschen, jungen Prostituierten.«

»Hatte er etwas mit Frauen?« Ich beugte mich wohl zu tief über das Bild, denn Unger bat mich, den Kopf zu heben, da mein Atem den Firnis beschädigen könne.

»Wollen Sie einen Blick durch das Mikroskop werfen?« fragte er mich anstatt einer Antwort.

Ich sagte nur »ja«. Unger stellte die Okulare für mich ein, ich beugte mich vor und verschwand in der Farbe Rot. Erst als ich die Augen vom Mikroskop nahm, erkannte ich, daß es die Rosette des Kleides war, in der ich mich wie auf einer riesigen Pfingstrose umgeschaut hatte. Das Bewegendste war das Gewirr der flüchtigen Pinselstriche. Ich konnte jetzt den Schöpfungsvorgang in allen Einzelheiten nachvollziehen. Jede Winzigkeit war sichtbar, ein Farbengestrüpp lag vor mir, in dem ich versuchte mich zu orientieren.*

Um mich weiter anzuregen, bat ich, eine andere Stelle des Kleides betrachten zu dürfen, wobei ich den Kopf wegdrehte, da ich nicht im voraus wissen wollte, welche es sein würde.

Ich sah ein rosafarbenes Etwas.**

»Tintorettos ›Susanna im Bade‹ machte auf Philipp einen großen Eindruck«, sagte Unger inzwischen. »Er gab die Hoffnung nicht auf, daß die Bilder sich eines Tages bewegen würden.«

Ich schaute ihm ins Gesicht und wiederholte die Frage: »Hatte er etwas mit Frauen?«

Unger zuckte mit den Schultern: »Keine Ahnung«, sagte er, »er ist ein Einzelgänger. Ich kann Ihnen nicht mehr dazu sagen ... In letzter Zeit hat es ihm Parmigianinos ›Selbstbildnis im Konvexspiegel‹ angetan. Ich glaube, er ist von der Infantin abgekommen.«

---

* Mir war jedoch klar, daß Velázquez nicht jeden Pinselstrich durchdacht haben konnte.
** Ich erinnere mich, daß auf der rechten Schulter der Infantin eine weitere Rosette gemalt war, und nahm an, daß es sich um diese handelte.

»Sagte er, weshalb?«

»Nein. Ich habe mir darüber keine Gedanken gemacht.«

Das »Selbstbildnis im Konvexspiegel« ist auch eines der von mir am meisten geschätzten Gemälde. Es zeigt den jungen Maler Parmigianino als verzerrtes Spiegelbild mit einer grotesk riesigen, fast krakenförmigen Hand im Vordergrund. Parmigianino ist darauf ein verträumter Jüngling mit langem Haar. Der Raum, in dem er sich befindet, könnte eine Kugel sein, die sich dreht. Ich studierte dieses Bild mehrmals, um es interpretieren zu können. Es kam mir immer vor, als habe Parmigianino, der mit 37 Jahren starb und mit wirklichem Namen Francesco Mazzola hieß, den Versuch unternommen, mit seinem Selbstporträt zugleich sein Unterbewußtsein darzustellen. Eigentlich glotzt er mich an wie ein Goldfisch aus einem runden Aquarium, und gerade dieser Umstand gibt mir zu denken.

»Wollen Sie das Bild sehen?« fragte mich Unger. Das Selbstporträt, stellte sich heraus, wurde gerade zum Verpacken fertiggemacht, denn es sollte für eine Ausstellung in Rom verliehen werden. Bis zu diesem Zeitpunkt war das kleine Gemälde, wie ich mich erinnerte, in schwarzen Stoff gebettet gewesen, zum ersten Mal sah ich es nun in der neuen Aufmachung von weißem Leinen umgeben. Das Weiß erinnerte an medizinische Präparate oder ein Riesenauge, durch das man in ein Gehirn blicken konnte, in dem der junge Mann saß und mich prüfend musterte.

Was faszinierte Stourzh an diesem Bild? Die Selbstbetrachtung? Die aufgelöste, chaotisch anmutende »Wirklichkeit«? Plötzlich war mir, als säße ich Stourzh gegenüber – dem jungen Mann, der eine Kugel im Kopf hatte. Und ich begriff, daß das runde Bild und die Form der nach außen gewölbten Malerei dem Porträt eines Mannes mit einer Kugel im Kopf entsprach. Das mochte vielleicht auch Stourzh empfunden haben. Links oben am Rand war verzerrt ein Stück des Fensters zu sehen, durch das gelbes Licht fiel. Die Zimmerdecke stürzte in einem leichten Bogen nach rechts unten ab. Es erweckte den Eindruck, als sei dieser junge Mann, der sich in einer Kajüte befand, mit seinem Schiff in einen Mahlstrom geraten, der ihn in die Tiefe zog. Natürlich konnte man meine Deuterei als lächerlich abtun, denn auch ich weiß, daß Parmigianino beim Rasieren von dem eigenen Spiegelbild zu seinem Selbstporträt angeregt wurde. Aber was besagt das schon? Die Hand im Vordergrund zum Beispiel ist viel zu groß im Vergleich zur tatsächlichen Reflexion, und der fast schon durcheinandergewirbelte Raum wirkt, als beobachte man etwas Schwankendes, Zusammenstürzendes. Nein, Parmigianino war sich über die Doppelbödigkeit seines Werkes im klaren, er malte sich in eine irrationale Welt hinein. Es ist der Moment eines unendlich langsamen Sturzes.

»Weshalb befragen Sie gerade mich über Philipp?« hörte ich Unger wie aus dunkler Ferne.

Ich erzählte ihm andeutungsweise von der Begegnung mit Stourzh nach dem Brand in der Hofburg, behielt jedoch vieles für mich.

Unger hörte mir aufmerksam zu, überlegte und sagte dann »Warten Sie!«, bevor er verschwand.

Ich hatte wieder hinter dem Mikroskop Platz genommen und fuhr mit der Betrachtung des Porträts der Infantin fort. Ich spürte, wie mich Ehrfurcht und Begeisterung ergriffen. Nicht nur sah ich die Einzelheiten, aus denen sich Velázquez' genialer Wurf zusammensetzte, sondern es offenbarte sich mir auch, wie er entstanden war ... Das Rot der Schleife auf dem Kleid war unter dem Mikroskop von weißen Strichen unterbrochen, die mich an einen gescheckten Tulpenkelch erinnerten, und im linken Bildrand entdeckte ich den schwarzen Streifen, der das Band sein mußte, unter dem die Rosette festgenäht war. Ich wiederhole, daß mich der Anblick jedes Pinselstriches bezauberte.

Ich hörte Unger zurückkommen und neben mir Platz nehmen und fragte ihn, ob er das Gemälde ein wenig bewegen könne. Ein Ruck verschob die Leinwand unter meinem Objektiv nach links oben, wo meiner Erinnerung nach die Schulter der Infantin war, und tatsächlich lag nun die weißliche Farbe des Kleides vor meinen Augen. »Ich sehe jetzt die Rosette an der Schulter und das Kleid«, dachte ich, dabei schloß ich insgeheim eine Wette mit mir ab, daß ich, wenn ich recht behalten würde, Stourzh' Schuld oder Unschuld beweisen, anderenfalls aber scheitern würde. Ich bereute sofort meinen törichten Einfall, aber Unger fragte mich hierauf, in welche Richtung er das Gemälde weiter verschieben solle.

»Nach unten«, antwortete ich, da ich über das schwarze Band zum Muster des Stoffes gelangen wollte.

Es war mir, als würde mir der Stuhl weggezogen, so heftig ruckte die Fläche vor meinen Augen, und als nächstes sah ich eine andere Farbe, wenn ich es richtig erkannte, war es ein Fleischton. Vermutlich betrachtete ich also gerade den Hals. Vielleicht täuschte ich mich aber auch, und er hatte die Infantin statt dessen nach oben gezogen? Wenn das stimmte, dann mußte auf der rechten Seite das Haar zum Vorschein kommen.

»Nach rechts«, verlangte ich.

Schon ruckte die Fläche in die gewünschte Richtung, gerade so weit, daß ich einen Spalt zwischen zwei Farbflächen erblickte. Waren es Locken, die im Schatten lagen?

Ich hob den Kopf und sah, daß ich die linke Hand betrachtete, die auf dem Reifenkleid lag. Ich befand mich also an einer ganz anderen Stelle, als ich vermutet hatte, und all meine Kombinationen und topographischen Überlegungen waren falsch gewesen. Ich hatte mich getäuscht und, wenn der stumme Handel mit mir selbst mehr war als nur ein neurotisches Spielchen, wenn er tatsächlich durch eine Art esoterischer oder okkulter Gerechtigkeit in Kraft trat, befand ich mich, was Stourzh betraf, von jetzt an auf der Verliererstraße. Der Gedanke deprimierte mich.

Unger hatte das Bild inzwischen auf einen anderen Arbeitstisch gelegt und überreichte mir einen Computerausdruck.

»Ich habe damals eine Aufstellung gemacht, wofür Stourzh sich, als er im Sommer bei der Feuerversicherung aushalf, besonders interessierte. Von diesen Bränden kopierte er die Akten.«

Noch benommen von den mikroskopischen Bildern, hielt ich das Blatt Papier in den Händen und überflog die Liste:

13. April 1956: Die Wiener Börse steht in Flammen. Das Gebäude wird zu einem Großteil zerstört.
8. Februar 1961: Ein Großbrand in der Alten Universität vernichtet den Dachstuhl.

Und weiter:

7. Jänner 1963: Bei einem Feuer im Parkhotel Hübner in Hietzing brennen die beiden obersten Stockwerke völlig aus.
26. August 1969: Spektakuläre Brandkatastrophe mit mehreren Toten in der kanadischen Botschaft am Donaukanal. Brandstiftung durch einen ausgewanderten Kanadier ungarischer Nationalität.
7. Februar 1979: Durch Schweißarbeiten an einer Rolltreppe im Keller wird im Kaufhaus Gerngroß in der Mariahilfer Straße ein Großbrand verursacht. Als die Flammen auch aus dem Dach schlugen, gab die Feuerwehr die höchstmögliche Alarmstufe acht. Mehr als 500 Mann standen im Löscheinsatz.
30. August 1979: In einem Vorraum zu einem Herren-WC der Nationalbank bricht Feuer aus. Das Gebäude wird ab dem vierten Stock vernichtet.
28. Sept. 1979: Ein Brand im Hotel »Am Augarten« in Wien, Leopoldstadt, fordert 25 Todesopfer, darunter fünf Österreicher. Das Feuer war kurz nach Mitternacht von einem Papierkorb in der – zu dieser Zeit unbesetzten – Portierloge ausgegangen.

Ich faltete die Aufstellung sorgfältig zusammen und verabschiedete mich, denn ich hatte das Gefühl, mit dem letzten Vermerk einen Hinweis erhalten zu haben.

Als wir die Tür zur Werkstatt hinter uns schlossen, wandte sich Unger wieder an mich.

»Ich bin als Gutachter für die Brandschäden in der Hofburg hinzugezogen worden. Wollen Sie mich bei der Begehung begleiten?«

»Wann?« fragte ich erfreut.

»Am Montag.«

Kapitel 10
Die Schachpartie

Ich nahm ein Taxi zum Café Prückel, da mir der pensionierte Untersuchungsrichter Sonnenberg einfiel, der dort bis in die Nacht hinein mit wechselnden Partnern Schach spielt.

Sonnenberg ist mein Patient. Wir beherrschen allerdings die Krankheitssymptome – schizophrene Schübe – inzwischen, so daß er mit den Medikamenten ein relativ normales Leben führt. Er ist groß, schwer, bärtig und trägt wegen seiner Kurzsichtigkeit neuerdings eine randlose Brille, wodurch er distinguierter aussieht. Sonnenberg registriert feinfühlig die Vorboten seiner Schübe und sucht mich dann sofort auf. Wir haben eher ein freundschaftliches, denn ein Arzt- und Patientenverhältnis. Ich bewundere seine Intelligenz und seine autistische Merkfähigkeit. Schon seit Jahren bespreche ich, wenn es sein Gesundheitszustand erlaubt, schwierige Fälle mit ihm, und es gelingt ihm, mir Aspekte aufzuzeigen, die mir ein besseres Verstehen der jeweiligen Krankheiten ermöglichen.

Sonnenberg hatte die Brille auf den Schachtisch gelegt und las Zeitung – die Berichte über den Hofburgbrand. Ich selbst hatte mir die Abendausgabe auf der Heimfahrt besorgt und sie in meiner Wohnung gelesen. Als ich Platz nahm, fragte er im Scherz: »Bin ich krank?«

Er legte die Zeitung auf einen Stuhl und begann wortlos die Schachfiguren aus einer Pappschachtel herauszunehmen. Währenddessen erkannte ich zu meinem Erstaunen Stourzh auf einer Schwarzweißfotografie der aufgeschlagenen Zeitung. Er war im Hintergrund des Bildes zu sehen, das die Lipizzaner im nächtlichen Volksgarten zeigte.

Sonnenberg warf mir einen unbeteiligten Blick zu und fing dann an, die Steine aufzustellen.

Immer wieder haben wir es im Schach miteinander zu tun bekommen, und ich kann aus seinem Spiel inzwischen auf seinen geistigen Zustand schließen. Natürlich muß ich meinen Patienten für seine Künste bezahlen, da wir um Geld spielen und er mich in den meisten Partien besiegt.

»Wieviel?« fragte er.

Ich schlug ihm einen nicht allzu großen Betrag vor. Inzwischen hatte er mir die weißen Steine zugeteilt, ein kleiner Vorteil.

Ich fragte Sonnenberg, ob er Erfahrung mit Brandstiftern habe, es ist nicht ungewöhnlich, daß wir beim Schach über ein anderes Thema sprechen.

Ich wählte die Réti-Eröffnung und zog den Springer.

»Es war vor ein paar Jahren, als ein Unbekannter in einem leerstehenden Haus am Handelskai Feuer legte«, begann er stockend. Fast war es, als spreche er mit sich selbst. Nachdem er mit dem Damebauern geantwortet hatte, wurde er lebhafter.

»Fünf Tage später brannte der Dachboden eines Hauses in der Innenstadt. Nach drei Tagen ein anderer Dachboden und am nächsten Tag ein weiterer... Beim fünften Mal ertappte die Polizei den Brandstifter auf frischer Tat. Ich wurde ihm nach seiner Verhaftung und der Einweisung in das Graue Haus als Untersuchungsrichter zugeteilt. Es war ein 23jähriger Mann. Noch während ich versuchte, ihn zu verhören, forderte ein Brandanschlag auf eine Diskothek in der Wiener Innenstadt drei Todesopfer.«

Wir hatten inzwischen einige Züge gemacht, und er dachte kurz nach, bevor er entschlossen einen schwarzen Läufer ins Spiel brachte.

»Ich erinnere mich daran«, sagte ich.

»Ich sah Fotografien des Tatortes und der verkohlten Leichen«, fuhr Sonnenberg fort. »Obwohl ich mit diesen Fällen nichts zu tun hatte, begann ich in den Polizeiarchiven nach Brandstiftungen, die nicht weit zurücklagen, zu suchen ... Und ich stieß auf eine Serie, die im Kaufhaus Gerngroß begann. Wenige Tage später schlug vermutlich derselbe Täter im Kaufhaus Boecker zu. In den nächsten vier Monaten brach in mehreren Stiegenhäusern der Innenstadt Feuer aus, dann stand die Spielwarenabteilung des Kaufhauses Steffl in Flammen.«

Sonnenberg hatte bei diesen Sätzen meinen ungedeckten Bauern geschlagen, ein Fehler, der mir nicht leicht unterläuft, aber ich war zu abgelenkt gewesen, denn ich vermutete, daß er irgend etwas wußte, das für mich von Bedeutung war.

Er brachte einen Turm in Stellung, während er mich anschaute.

»Waren Sie als Kind öfter auf Dachböden?« fragte Sonnenberg.

Ich sah, daß er mir einen Läufer zum Abtausch anbot, war aber im Zweifel, ob er dadurch nicht seine Stellung verbesserte. Da ich zu gespannt war, das Weitere zu hören, überlegte ich nicht lange und nahm das Angebot an.

»Ich kenne die Dachböden der Hofburg«, antwortete ich. »Sie sind ein eigenes, ein vergessenes Reich. Unter ihnen liegen die prächtigsten Säle und Sammlungen, aber Sie bemerken nichts davon, wenn Sie sich im Halbdunkel oben herumtreiben.«

»Haben Sie Angst, daß es in der Hofburg noch einmal zu brennen anfängt?« Sonnenberg hatte die Augenbrauen gehoben.

Ich zuckte mit den Schultern.

Wir widmeten uns einige Minuten dem Spiel, bis der pensionierte Untersuchungsrichter wieder zu sprechen begann.

»Ich habe mir die fünf Dachböden angeschaut, die mein 23jähriger Täter in Brand gesteckt hatte. Immer hatte ich das Gefühl des Unentdecktseins, der völligen Einsamkeit, als sei ich von den Menschen abgeschieden. Nur das Gurren der Tauben war zu hören oder ein verlorenes Hupgeräusch von der Straße herauf, und dadurch gewann ich den Eindruck, auch selbst nicht gehört zu werden. Andererseits konnte ich unbemerkt durch eine Luke auf die Dächer und die Straße schauen, was mir das Gefühl gab, unsichtbar zu sein.«

Ich überlegte, ob ich seinen Springer angreifen sollte, und tat es.

Sofort beugte er sich über das Brett, und ich konnte ihn dabei beobachten, wie er von einem Moment auf den anderen in das Spiel versank.

Einige Minuten blieb er stumm und wandte seinen Blick nicht von den Figuren ab. Dann machte er rasch einen Zug und fragte mich, wo wir stehengeblieben seien. Ich sagte es ihm, und er nahm den Faden wieder auf.

»Die Diskothek interessierte mich weniger. Ich hielt die Tat für einen Racheakt, aber die Kaufhäuser ... Ich ging auch dorthin, um mir ein Bild zu machen. Sofort begriff ich einen Aspekt: die Gefahr. Der Brandstifter mußte geschickt vorgehen und darauf achten, nicht von einer Überwachungskamera erfaßt zu werden. Vielleicht war gerade das der Reiz? Aber warum versuchte er in der Spielwarenabteilung Feuer zu legen? Ich suchte hierauf die Stiegenhäuser auf, die zum Glück nicht in Flammen aufgegangen waren. Man hatte sie inzwischen frisch gestrichen. Sie waren still und verlassen.«

Ich hatte erkannt, daß Sonnenberg mir, indem er mir einen ungedeckten Springer zum Schlagen überließ, eine Falle gestellt hatte. Sie war so raffiniert getarnt, daß ich Lust verspürte hineinzutappen, um den weiteren Verlauf Zug um Zug zu sehen. Daher beging ich mit meinem König Selbstmord, indem ich den Springer schlug, und sofort vernahm ich ein »Schach!« aus Sonnenbergs Mund.

»Schließlich arbeitete ich mit der Polizei zusammen, und beim Brand einer Farbenfabrik begriff ich plötzlich die Faszination der Flammen«, fuhr Sonnenberg fort. »Sie besteht nicht in der Schönheit des Feuers, sondern in der Gefahr und der theatralischen Zerstörung, die es auslöst. Das brennende Objekt verändert sich, die Mauern stürzen ein, Rauch quillt aus den Gebäuden, Löschfahrzeuge nehmen Aufstellung, Menschen werden verletzt und kommen ums Leben.«

Er spielte nur noch automatisch, warf flüchtige Blicke auf das Brett, und ich konnte jetzt sein Denken anhand der Züge nachvollziehen. Es war ein Denken voller Täuschungen, Hinterlist und Witz, das sich vor mir ausbreitete. Obwohl es nicht zum ersten Mal war, beglückwünschte ich mich, mich blind gestellt zu haben, denn ich verstand jeden seiner Winkelzüge.

»Bei fast zwei Dritteln aller gelegten Brände wird der Täter nicht gefaßt. Daher wissen wir sowenig über Brandstifter... Überdies findet sich eine größere Anzahl von Schwachsinnigen und Dementen unter ihnen...«

Ich stemmte mich in einem jähen Meinungsumschwung gegen die Niederlage, verzögerte dadurch meinen Untergang aber nur, den Sonnenberg kalt und teilnahmslos herbeiführte.

»Sie haben verloren, daher spielen Sie noch einmal mit Weiß«, stellte er sachlich fest.

»Ich möchte lieber die schwarzen Steine.«

Sonnenberg schob sie mir wortlos hin und stellte die anderen vor sich auf. Ich kannte ihn gut genug, um zu wissen, daß er mit dem Vorteil des ersten Zuges riskanter spielen würde. Dadurch rechnete ich mir bessere Chancen aus.

Er eröffnete mit dem Königsbauern.

»Was haben Sie aus den Gesprächen mit dem Täter erfahren?« fragte ich beiläufig.

Er antwortete nicht, sondern starrte auf das Schachbrett. Als ich meinen Zug gemacht hatte, versuchte er sich zu erinnern. Plötzlich hellten sich seine Gesichtszüge auf.

»Das war ein merkwürdiger junger Mann. Er war der Polizei schon aufgefallen, weil er mehrmals Feuermelder betätigt hatte ... Übrigens war er Alkoholiker.«

»Nahm er Medikamente?«

»Ja, aber sehr undiszipliniert.«

Wenn ich zu genau nachdenke, wird mein Spiel einfallslos. Es entgleitet mir und verselbständigt sich zu einer Art arithmetischer Operation, bei der ich die linke Seite vor dem Ist-Zeichen ausrechne und mein Gegner die rechte. Ich versuchte daher angestrengt auf eine originelle Idee zu kommen und ließ mir dabei verschiedene Möglichkeiten durch den Kopf gehen.

Sonnenberg denkt ganz anders als ich – das erkennt man an seiner Spielweise. Ich habe den Eindruck, er registriert die Konstellation der Steine und sieht dabei die gedachten Veränderungen vor seinem geistigen Auge in unendlich vielen Varianten.

»Er stammte aus einer guten Familie«, sagte er und nickte. Offenbar wußte er bereits, was er wollte.

Ich überprüfte, ob meine Figuren gedeckt waren, ob ich ihre Positionen verbessern konnte, und versuchte herauszubekommen, was er im Schilde führte. Da ich keinen Anhaltspunkt fand, arbeitete ich vorsichtig an der Entwicklung meines Spieles weiter. Sonnenberg aber zog so schnell, daß ich überzeugt davon war, mich so verhalten zu haben, wie er es von mir erwartet hatte.

»Ich erlebte ihn als reizbar und eigensinnig«, hörte ich ihn sagen. »Natürlich hat er Schulschwierigkeiten gehabt.«

Ich hatte meine Figuren in eine, wie ich glaubte, günstige Position gebracht, als Sonnenberg einen Springer abtauschte, mit einem Läufer meine Dame angriff und mich in die Defensive drängte. Ich wurde unruhig. Er hingegen wirkte entspannt und amüsiert.

»Schon als Kind hatten ihn Feuerwehrautos mit Blaulicht interessiert, auch Brände. An einem Wintertag – er war inzwischen erwachsen geworden – verdächtigte man ihn in der Firma, in der er als kaufmännischer Angestellter beschäftigt war, des Gelddiebstahles. Ich konnte nicht herausfinden, ob zu Recht oder zu Unrecht, er stritt natürlich alles ab und behauptete, man habe ihn denunziert. Jedenfalls wurde er entlassen, fand aber bald darauf wieder Arbeit, um sie nach kurzer Zeit erneut zu verlieren. Was dann geschah, war merkwürdig.«

Er machte einen Zug, den ich nicht verstand.

»Was war das Merkwürdige?« fragte ich, um Zeit zu gewinnen.

»Er befriedigte sich zu Hause selbst und betrachtete dabei Einsatzfahrzeuge, die er unmittelbar zuvor durch einen Notruf angefordert hatte. Er wohnte nämlich in der Nähe der Städtischen Feuerwehr und konnte den Turm und das große Tor sehen. Er gab an, seit der Pubertät täglich Selbstbefriedigung geübt zu haben, sofern er nicht Gelegenheit zum Geschlechtsverkehr hatte.«

Im Schachspiel war ich in eine Art Wirbelwind geraten. Sonnenbergs Züge machten mich schwindlig und erweckten in mir den Eindruck, daß ich meine Figuren nur planlos hin- und herbewegte.

»Ich glaube, es gibt keinen Ausweg mehr«, lächelte er und meinte jetzt das Spiel.

Ich befürchtete, er würde mir, wie schon öfter, erklären, welche Folgen jeder meiner weiteren Züge für mich haben würde.

»Was geschah dann mit ihm?« lenkte ich ab.

»Er wurde zu einer Haftstrafe verurteilt«, gab Sonnenberg gutgelaunt zurück. »Außerdem wurde er in eine Anstalt für geistig abnorme Rechtsbrecher eingewiesen, zwei Jahre später aber bedingt entlassen. Von da an versuchte ich wieder in Kontakt mit ihm zu treten. Ich rief ihn mehrmals an und lud ihn beiläufig auf einen Kaffee ein. Er kam auch wirklich und saß da, wo Sie gerade selbst Platz genommen haben.«

In diesem Augenblick entdeckte ich eine Lücke in Sonnenbergs Phalanx, durch die ich ihm vielleicht entwischen würde. Ich konnte es zuerst nicht glauben, aber der Untersuchungsrichter hatte diese Möglichkeit offenbar übersehen. Ich ging alle Züge noch einmal durch, doch es gab keinen Zweifel, daß er trotz seiner überlegenen Spielweise eine Variante nicht bedacht hatte. Oder war das, was ich entdeckt hatte, in Wirklichkeit nur ein taktisches Manöver, hinter dem er den entscheidenden Schlag vorbereitete?

»Er betrank sich«, ergänzte Sonnenberg lakonisch, und als ich meinen Springer in Stellung brachte, bemerkte ich, daß er irritiert war. Er schwieg abrupt und schob dann einen Turm mit ausgestrecktem Finger zaghaft zwei Felder weiter.

Darauf hatte ich gewartet. Ich spreizte Daumen, Zeige- und Mittelfinger, schlug Ring- und kleinen Finger ein und griff mit meiner Dame den Turm an.

Sonnenberg zog den Turm sofort zurück, wie ich es erwartet hatte. Er war perplex. Ich bemerkte, daß ich ihn in die Enge getrieben hatte. Er schneuzte sich und hüstelte, was er nur tat, wenn die Partie schlecht für ihn stand. Und als ich nachsetzte, überlegte er gute drei Minuten. Dann machte er mit unbewegter Miene einen Zug. Ich kann in der Regel aus seinem Gesicht wenig lesen, trotzdem versuche ich es immer aus Gewohnheit – ich entdeckte jedoch nicht den geringsten Hinweis, daß er etwas im Schilde führte.

»Haben Sie ihn wiedergesehen?« fragte ich und rückte mit dem Läufer planmäßig um ein Feld vor.

Ich hatte einen Turmangriff erwartet – statt dessen schlug er einen meiner Bauern und setzte mich in Schach.

Ich stutzte, starrte die Figuren an und erschauerte vor Enttäuschung, Wut und Erniedrigung.

Ich hatte in meiner Entdeckerfreude selbst eine Nebensächlichkeit übersehen, die sich als elementar erwies. Es gab keinen Zweifel, ich hatte verloren. Mit unterdrückter Wut legte ich den König zum Zeichen meiner Niederlage um. Sonnenberg blickte melancholisch auf die Steine, nahm das Geld, steckte es in die Jackentasche und lud mich auf einen Drink ein, so als wollte er mir keine Zeit lassen, mich weiter zu ärgern.

»Ach ja, seine bedingte Entlassung«, setzte er abwesend fort, »ich verschaffte ihm eine Stelle als Lagerarbeiter, und in diesem Augenblick der Dankbarkeit, als er sich gerettet sah, sprach er zu mir über Brände. Er behauptete, er habe das Empfinden, es sei nicht Wirklichkeit, was geschehe, so als spiele sich alles nur in seinem Kopf ab.« Er führte aus, daß er dem Brandstifter geraten habe, eine Frau zu finden, und tatsächlich habe er zwei Jahre später geheiratet. Von da an habe es eine Zeitlang keinen Kontakt mehr zwischen ihnen gegeben, aber zehn Monate später sei der Mann neuerlich verdächtigt worden, den Notruf betätigt zu haben – das Verfahren wurde jedoch eingestellt. »Auf mein Betreiben«, fügte Sonnenberg hinzu. »Er war schlecht beisammen, da er wieder trank ... Ich versuchte, ihn zu einem Entzug zu überreden. Kurz darauf wurde er von seinem Vorgesetzten am Arbeitsplatz kritisiert und mit Entlassung bedroht. Daraufhin betrank er sich neuerlich und kehrte in der Nacht in die Firma zurück, wo er Feuer legte, das einen ziemlichen Sachschaden verursachte. Ungefähr eine Stunde nach der Tat wurde er gefaßt, bei der Verhaftung wurden Brandwunden an seinen Händen festgestellt.«

Ich nahm einen Schluck Wasser und verglich das Gehörte mit dem, was ich über Stourzh wußte.

»Er stritt alles ab«, fuhr Sonnenberg fort. »Die Verbrennungen begründete er damit, daß er sich selbst habe anzünden wollen. Auf alle Fragen grinste er nur wissend. Es war das letzte Mal, daß ich ihn gesehen habe ...«

Ich trank mein Glas leer, sagte ein paar belanglose Sätze und verabschiedete mich, denn ich war plötzlich müde geworden.

Bevor ich den Mantel überstreifte, trat jemand an den Schachtisch, den Sonnenberg mir als den Schriftsteller vorstellte, der das Buch über Wien und das »Haus der Künstler« in Gugging geschrieben hatte. Ich kannte sein Gesicht natürlich aus der Zeitung und vom Fernsehen. Er war groß, massig, grauhaarig und graubärtig, trug eine schwarzgerahmte Brille und ein schwarzes Sakko. Der Schriftsteller schüttelte mir die Hand und sagte in leicht ironischem Tonfall: »Dr. Pollanzy? Ich habe schon oft von ihnen gehört.«

Ich blickte ihn wortlos an.

Und als ich nichts sagte und ihn nur weiter anschaute, fuhr er fort: »Wie lange schweigt Lindner schon? Mehr als zehn Jahre?«

»Ja«, sagte ich.

Er lachte vertraulich, als seien wir gute Freunde.

»Neuerdings geht in Lindners Zeichnungen alles in Flammen auf. Er malt riesige, komplexe Gebäude, die Feuer gefangen haben, und in jedem Bild begeht Jenner im größten Durcheinander einen Mord.«

Währenddessen nahm er auf meinem Stuhl Platz und legte ein schwarzes Notizbuch neben sich. Hierauf zog er eine Digitalkamera aus der Jackentasche und fing an, das Kaffeehaus und seine Gäste zu fotografieren. Ich bemerkte, daß er das Objektiv gegen einen der großen Spiegel hielt und beiläufig die Gäste aufnahm. Er erhob sich und machte einige Aufnahmen aus einer anderen Perspektive. Das geschah alles mit großer Selbstverständlichkeit. Er zögerte auch keinen Moment, die Schach- und Kartenspieler festzuhalten, und er tat es mit einer solchen Unauffälligkeit und gleichzeitig Autorität, daß kein Widerspruch aufkommen konnte, außerdem schloß ich aus der Geschwindigkeit, mit der er arbeitete, auf lange Übung. Schnell hatte er seine Bilder gemacht, zuletzt ein Porträt von Sonnenberg, der inzwischen wieder die Schachfiguren aufgestellt hatte.

Dann trat er an mich heran und zeigte mir stolz das Display der Digitalkamera, auf dem gespeicherte Fotografien aus dem »Haus der Künstler« zu sehen waren, vor allem Werke von Franz Lindner. Deutlich konnte ich auf den bunten Zeichnungen den Anwalt Jenner erkennen. Wie erwartet erschoß, erwürgte, erstach er unauffällig Menschen in kasernenartigen Gebäuden, Burgen, Fabriken und Tiefgaragen. Ohne es zu beabsichtigen hatte der Schriftsteller ein weiteres Foto auf dem Display erscheinen lassen. Es war eine Nachtaufnahme, und sie zeigte die brennende Hofburg.

Ich war erstaunt. War auch der Schriftsteller Augenzeuge des Brandes gewesen?

Inzwischen war Sonnenberg aufgestanden, um einen Blick auf die Bilder zu werfen. Bevor ich eine Frage an den Schriftsteller richten konnte, wandte er mir den Rücken zu.

»Zuerst muß ich mit Ihnen über Jenner sprechen«, wies er den Untersuchungsrichter an. Er schaltete das Display aus und steckte die Kamera ein.

Ich kenne Sonnenbergs Wahn. Er war Untersuchungsrichter im Fall Jenner gewesen und hatte noch vor seiner Pensionierung abstruse Theorien über den Mord entwickelt, die allerdings niemand erst nahm. Er behauptet noch immer, Jenner sei zu Recht angeklagt gewesen, kann es aber nicht beweisen.

Hundemüde trat ich aus dem Café Prückel in die eisigkalte Nacht. Trotzdem beschloß ich, zu Fuß nach Hause zu gehen und über alles nachzudenken.

Kapitel 11
Die Brandstätte

Zwei Tage später, es war ein Montag, traf ich Unger zur verabredeten Zeit vor dem Büro der Burghauptmannschaft, wo sich die Kommission zur Begehung der Brandstätte versammelte. Im gesamten Gebäudekomplex war noch immer der Brandgeruch wahrzunehmen, natürlich auch in meiner Wohnung.

Zur Überraschung aller traf der Wirtschaftsminister ein, ein kleiner, scharfzüngiger Mann, der Höflichkeit und gute Laune vorgibt, aber zu Sarkasmen neigt. Er meditiert gerne in Klöstern und hat auch eine gewisse Ähnlichkeit mit einem Kaplan oder einem zynischen Steuerprüfer, der mit Vergnügen Fehler in der Buchhaltung aufdeckt. Plötzlich wandte er sich an Unger: »Sie sind also Restaurator.« Unger, eine Kamera in der Hand, wurde bei diesen Worten rot im Gesicht. Im Plauderton fragte ihn der Wirtschaftsminister, ob es denn keine alten Pläne gebe, nach denen man den Redoutensaal rekonstruieren könne. Der Restaurator verwies ihn sachlich auf das Hofkammerarchiv und die Burghauptmannschaft. Man verfüge dort über Unterlagen, sie seien jedoch zu ungenau. »Wenn wir uns an diese Pläne hielten, würde jeder Fehler bei der Wiederherstellung hundertmal so groß wiedergegeben wie auf den Detailskizzen dargestellt.«

»Wozu haben wir dann überhaupt die Architekturzeichnungen?« erwiderte der Wirtschaftsminister mit gespielter Neugierde und starrte seine Beamten mit einem Ausdruck naiven Staunens an, um sie zum Lachen zu bringen. Unger ließ den schadenfrohen Heiterkeitsausbruch über sich ergehen und schwieg achselzuckend, worauf der Minister die Kommission aufforderte, jetzt die Brandstätte aufzusuchen. Im Gehen erteilte er dem Burghauptmann das Wort. Dr. Schnarck, ein guter Bekannter von mir, gab umständlich einen historischen Überblick. Er führte aus, daß im großen Redoutensaal, der direkt mit den Repräsentationsräumen der Burg in Verbindung gestanden habe, Tanzveranstaltungen und Opernaufführungen stattgefunden hätten. Bei der Generalsanierung im Jahre 1699 sei aber im großen Komödiensaal ein Brand ausgebrochen, der das Innere des Hauses völlig vernichtet habe.

Der Wirtschaftsminister blickte nach dieser Einleitung triumphierend um sich, so als ob er nichts anderes erwartet hätte. Daraufhin holte der Burghauptmann aus der Brusttasche eine Kopie heraus, die das Hoftheater zeigte. Jeder von uns konnte erkennen, daß seine Hände zitterten. Der Kupferstich stellte den Saal aus der Bühnenperspektive dar. Er war dreistöckig und reich verziert mit Säulen, Logen und einem Deckenfresko. »Knapp 45 Jahre später fiel der letzte Vorhang, denn am Michaelerplatz wurde ein neues Hoftheater erbaut, während der Redoutensaaltrakt langsam seine heutige Form annahm. Die Räume wurden aber noch viermal umgestaltet«, schloß Dr. Schnarck. Der Wirtschaftsminister hatte genug gehört und fragte nach bemerkenswerten Ereignissen, und wir erfuhren, daß bei den Hofbällen niemand geringerer als Wolfgang Amadeus Mozart die Musik lieferte. Da der Wirtschaftsminister den gleichen Vornamen wie der berühmte Komponist hat, richtete er bei dessen Nennung seine rotgerahmte Brille und zupfte mit beiden Händen an seinem »Mascherl«, das er zum Kennzeichen seiner Person gemacht hatte. Der noch immer zitternde Burghauptmann bemerkte es und schmückte die Episode mit dem Rückgriff aus, daß schon Maria Theresia als junge Frau hier ganze Nächte hindurch Menuette getanzt habe. Der Wirtschaftsminister nickte dazu beifällig wie ein Lehrer bei der Redeübung seines Vorzugsschülers.

Während wir durch Gänge und Stiegenhäuser eilten – unsere Schritte hallten durch das ganze Gebäude – und von Dr. Schnarck geführt durch Geheimtüren traten, die er mit Schlüsseln seines gewaltigen Bundes öffnete und hinter uns wieder verschloss, wurde der Brandgeruch immer stärker.

»Gebrannt hat die Hofburg erst wieder 1848«, als die Revolution gegen den Kaiser »getobt« habe, führte er unter dem zufriedenen Lächeln des Ministers aus. Der Oberbefehlshaber der kaiserlichen Truppen habe nämlich die Hofburg, in der sich die »aufständische Nationalgarde und die Volksvertretung« verbarrikadiert hatten, beschießen lassen. »Daraufhin brach im Dachstuhl der Hofbibliothek – in unmittelbarer Nähe des großen Redoutensaales – ein Feuer aus, das rasch um sich griff. Es dauerte drei Tage, bis der Brand gelöscht werden konnte«, schloss Dr. Schnarck abrupt.

Wir hielten vor einem großen Tisch, auf dem Helme gestapelt waren, die wir aufsetzen mußten. Vor uns, mitten im Gemäuer, erhob sich eine riesige Halde. Arbeiter wühlten in einer stinkenden, undefinierbar schwarzgrauen Masse aus Metallteilen, zu Holzkohle verglühten Balken und verbogenen Eisentraversen. Immer wieder stiegen Rauchwolken von Glutnestern aus dem freigeschaufelten Schutt auf, die von Feuerwehrleuten mit Löschwasser bekämpft wurden, was den Untergrund in Schlamm verwandelte. Die Fenster und Türen waren nicht mehr vorhanden, quadratische schwarze Löcher öffneten sich an ihrer Stelle in den Wänden. Der Gestank war so scharf, daß ich den Schal vor Mund und Nase preßte. Ich hatte noch nie ein solches Ausmaß an Zerstörung gesehen. Der Wirtschaftsminister verschwand mit der Kommission zwischen den dampfenden Haufen, und ich schaute mich alleine um. Nichts war vom prächtigen Redoutensaal übriggeblieben. Anstelle der Stukkaturen erblickte ich, wenn ich den Kopf hob, ein riesiges gerahmtes Stück Violett, von einer so gleichmäßigen und tiefen Farbe, wie man sie im Winter sonst nicht am Himmel sieht. Natürlich stieg Qualm auf und verdeckte sofort wieder die Sicht, aber ich hatte einen Moment lang das Gefühl, eine Fata Morgana wahrgenommen zu haben.

Sobald die Arbeiter ihre Schubkarren vollgeschaufelt hatten, kämpften sie sich zu den Löchern im Boden des Redoutensaales vor, in die sie den Brandschutt hineinkippten. Einer der Arbeiter war stehengeblieben, und ich sah in seinem Handschuh einen Gegenstand, schwarz von Ruß. Er wischte darüber, und es kam ein geschliffenes Glasoval zum Vorschein, ich erkannte es gleich: es war ein Fragment des Lusters, dessen Reste in den dampfenden Glutnestern liegen mußten. Der Mann legte es auf den Mauervorsprung, wo schon andere Bruchstücke der Innenausstattung lagen. Ein zwergenhaft kleiner Beamter des Denkmalschutzes wachte aufmerksam über das Geschehen in der Ruine. Unger hatte mich inzwischen gesehen und eilte auf mich zu.

»Alles, was gefunden wird«, rief er inmitten des Lärms und Höllengestanks, »hat einen Wert. Jedes noch so winzige Detail. Wir versuchen, wenn man so will, ein Ruinen-Puzzle herzustellen.« Er deutete auf eine Rosette. »Auch wenn nur Reste einer Verzierung vorhanden sind, kann man die Stukkatur nachformen. Wir müssen uns allerdings beeilen, denn die wenigen Überreste drohen sich aufzulösen: Sobald es regnet und frostig wird, werden sie zerbröseln.« Bei den Glutnestern wiederum, die von den Feuerwehrmännern bekämpft würden, bestehe die Gefahr, daß sie sich unterirdisch weiterfräßen.

Um eine der rauchenden Schutthalden bog jetzt gerade der Wirtschaftsminister mit der Beamtenkommission und blieb vor uns stehen. Sie hielten sich Taschentücher vor Mund und Nase und keuchten.

»Wir können momentan nichts ausschließen«, rief ein dicker Mann mit Spazierstock, offenbar ein Experte des Innenministeriums, »die Brandursache ist vorläufig noch unklar.« Der Minister nickte und sah mit seinem roten Helm, der roten Brille und seiner ebenfalls roten Masche wie eine Karikatur seiner selbst aus. Der Experte brachte die Sprache auf den »Lucona«-Film, genauer gesagt auf den Ball, der am Nachmittag vor Ausbruch des Brandes im großen Redoutensaal gefilmt worden war. »Wenn durch die Dreharbeiten wirklich eine Leitung überhitzt worden wäre und ein Kabel zu brennen begonnen hätte, wäre es sofort zu einem Kurzschluß gekommen«, führte er mit Bestimmtheit aus und stieß dabei mit dem Spazierstock mehrmals auf den Boden. Die wahrscheinlichste Ursache des Feuers sehe er in »glimmenden Teilchen«, aber dieser Ansicht schließe sich der Branddirektor nicht an, der nach wie vor von einer Kabelüberhitzung ausgehe.

»Was heißt das: glimmende Teilchen?« fragte der Minister.

Er stand unbewegt inmitten der Rauchschwaden, die von einem der Haufen zu uns herübergetrieben wurden.

»Zum Beispiel eine brennende Zigarette«, antwortete der Experte hustend.

Der Minister sagte nichts, sondern verschwand hinter einem Schutthaufen und schlug dort eilig sein Wasser ab. Sein Geschlechtsteil war winzig klein, was ich auf die schrecklichen Umstände zurückführte.

Anschließend hieß man uns das Dach besichtigen.

Rasch kletterten wir eine Leiter hinauf, allen voran Unger, hinter mir ein Sektionschef des Wirtschaftsministeriums – während der Minister, wie ich hörte, es vorzog, sich mit den übrigen Herren zu verabschieden. Als ich mich umdrehte, verlor ich vor Schreck fast den Halt. Tief unten dampfte und rauchte es, und ich starrte entsetzt die Sprünge in der Ziegelmauer an, um mich abzulenken. Meine Angst wuchs nicht nur wegen meiner Schwindelgefühle. Jeder, der einmal einen Ort, den er kennt, zerstört vorfindet, wird das begreifen. Ich fühlte mich in Todesnähe. Es war das vollständige Verschwinden des Saales, das mich zusätzlich betroffen machte, das plötzliche Nichtvorhandensein der gewohnten Einrichtungsgegenstände, Tapeten, Vorhänge, Stukkaturen und Möbel. Vor allem aber, weil ein Teil meiner eigenen Erinnerung ausgelöscht worden war, bezog ich die Katastrophe auf mich selbst.

Auf dem Sims angelangt, stiegen wir die nächste Leiter zum Dach hinauf. Unger hatte es schon erreicht, und ich zwang mich, an nichts anderes als an das Ziel zu denken, doch als ich oben angekommen war, erkannte ich erst, worauf ich mich eingelassen hatte: Wir standen auf einem verrußten, zwei Schuhe breiten First und blickten auf der einen Seite zum Josefsplatz hinunter, auf der anderen in das Vakuum, das der Redoutensaal hinterlassen hatte. Während ich vor Schreck bebte, erschien der Brandmeister, der gerade neben einem freistehenden Kamin wachte, und fuhr uns an, ob wir verrückt seien. Ich gab ihm sofort recht.

Angeseilte Feuerwehrleute mit silbernen Helmen errichteten ein Gerüst aus Brettern, um voranzukommen. Die Signalstreifen auf ihren Jacken blitzten im Sonnenlicht bei jeder ihrer Bewegungen auf. Um mich drehte sich alles, und die Tiefe auf beiden Seiten zerrte an mir. Ich konnte von meinem Platz aus die zum Teil noch erhaltene Decke des kleinen Redoutensaales unter mir erkennen. Sparren, Balken und Ziegel lagen verkohlt und zertrümmert darauf, und überall ragten freistehende Kamine heraus wie die Zähne eines Ungeheuers aus einem riesigen Kieferknochen. Sie waren beim Einsturz der Mauern stehengeblieben. Zerknüllte Bänder von Dachblech hingen an einer Wand oder waren auf das Dach des kleinen Redoutensaales gestürzt, ebenso steinerne Amphoren. Die noch auf dem First übriggebliebenen kamen mir jetzt wie Urnen mit der Asche des verbrannten Traktes vor. Rauch stieg ohne Unterlaß zu uns empor, und ein Krähenschwarm krächzte über die Dächer und ließ sich irgendwo in einem Hinterhof nieder. Wie diese Vögel konnte ich alles von oben sehen, und ich klammerte mich in Panik an Unger, der zu meinem Entsetzen den Halt verlor. Ein Laut des Schreckens entfuhr mir. Gleichzeitig sah ich den Hof der Reitschule, der wie ausgestorben dalag, und den abgesperrten Josefsplatz, wo spielzeuggroße Feuerwehrwagen parkten. Ich spürte noch, wie mich ein Angstschauer durchfuhr, und glaubte schon, mitsamt Unger in die Tiefe zu stürzen, aber dieser hatte zum Glück eine Stange des Gerüstes erfaßt, an der er sich festklammerte.

»Hinunter! Hinunter!« schrie der Brandmeister. Ich schaffte es jedoch in meiner Verzweiflung nicht, mich von der Stelle zu rühren.

»Haben Sie mich nicht verstanden?« wandte sich der

Brandmeister jetzt wütend an mich. Er packte mich an den Schultern, drehte mich um, stieß mich ein Stück nach vorn und befahl mir, auf die Leiter zu steigen, die zurück in die Tiefe führte.

Was, wenn sie umstürzte, ging es mir durch den Kopf. Ich gehorchte jedoch und kletterte zitternd, Tritt für Tritt und tränenden Auges (der Wind? der Rauch? der Schrecken?) hinab. Fast ohnmächtig landete ich auf einem Mauervorsprung, von wo ich in die nächste Leiter stieg. Es war der ausgebrannte kleine Redoutensaal, der jetzt unter mir lag. Der Weg führte durch einen klaffenden Riß in der Decke. Ich stieg an einem Luster vorbei und hörte das helle, leise Klirren der geschliffenen, rußigen Glasstücke. Plötzlich schoß etwas raschelnd auf mich zu, es war eine verirrte Krähe, die sich ins Freie rettete, und als ich mit den Füßen den Boden berührte, mußte ich mich für einen Augenblick auf eine Schutthalde setzen. Fassungslos blickte ich zu dem schwarzgefärbten Luster hinauf, der über mir im Raum schwebte. Ein Arbeiter brachte mich schließlich zu einer der Maueröffnungen, und ich stolperte in einen düsteren Raum und von dort in den Gang zu dem großen Tisch mit den Schutzhelmen.

Ich spürte, daß mein Kreislauf versagte, aber ich konnte mich an eine Fensterbank lehnen und erhielt ein Glas Wasser, das von irgendwoher geholt wurde. Als ich es leergetrunken hatte, taumelte gerade Unger wie betrunken in den Gang. Er begleitete mich nach Hause, ich weiß jedoch nicht mehr, ob und worüber wir gesprochen haben.

In der Nacht hatte ich Alpträume. Ich erwachte mehrmals und sprang aus dem Bett.

Um sieben Uhr früh fuhr ich nach Gugging. Als ich meine Praxis betrat, sah ich einen Zettel meiner Sekretärin auf dem zusammengeräumten Schreibtisch liegen, darauf stand der Name des Schriftstellers.

Er befinde sich im »Haus der Künstler«, las ich, und wolle mich sprechen.

Teil 2
Selbstbildnis im Konvexspiegel

Kapitel 1
Krisis

19 Tage später.

Der Schriftsteller kam mir damals wie ein Spion vor, der im Auftrag der Normalität in das Land des Wahnsinns reiste. Vermutlich würde er mich über Lindner ausfragen, aber was sollte ich ihm antworten? Ich war übernächtigt und empfand plötzlich selbst den Wunsch nach Wahnsinn. Dieser Gedanke kehrt übrigens immer wieder. Manchmal beneide ich die Wahnsinnigen um den Wahnsinn, einen Wahn, der mich vielleicht das Universum besser begreifen ließe, der mir in einem Stein, in einer Eisblume oder in einem Fingernagel sein Geheimnis enthüllte wie in den Farbstrichen und Pigmentsprüngen eines Gemäldes, im Vogelflug oder im Rätsel, das jedes sich in nichts auflösende Schachspiel hinterläßt, sobald es beendet ist: Wohin ist es entschwunden? Wohin entschwinden die Gedanken, die Wörter und Taten? (Ich sehe nebenbei gesagt in den meisten Wahnsinnigen religiöse Menschen.) Was trieb den Schriftsteller, den ich im Café Prückel kennengelernt hatte, dazu, sich mit Sonnenberg, dem »Haus der Künstler«, Lindner, Stourzh und all den anderen Patienten zu befassen? Was sucht er, frage ich mich. Das Schöpferische? Und dieses Schöpferische: Was versteht er darunter? Beneidet er die Patienten um ihre ver-rückte Wahrnehmung der Welt, ihr inneres Ungleichgewicht, ihre irrationalen Überzeugungen? Hat er in geheimen Momenten, allein mit sich selbst, ähnliche Erfahrungen gemacht? – Ich kenne das Werk des Schriftstellers nur vom Hörensagen, daher kann ich nichts daraus zitieren, doch denke ich mir, daß er den Dialog mit den

Verrückten braucht. Und wenn es kein Dialog ist, so ist es die Forschungsreise in den Wahnsinn, die er seit Jahren unternimmt, von der er mit unbekannten Pflanzen, Mineralien, Tieren und Menschen beladen zurückkehrt. Und wenn es nicht einer dieser beiden Gründe ist, welcher andere sollte es sein? Insgeheim bewundere ich den Mut der Geisteskranken, daß sie ihr radikales Leben auf sich genommen haben. Ich habe den Eindruck, daß sich ihr Inneres mit dem, was sie sagen und tun, deckt, jedenfalls öfter als bei uns sogenannten Normalen. Manche Patienten wurden in ihre mönchische Existenz hineingezwungen, weil sie Opfer einer Verfolgung sind (gleichgültig, ob eingebildet oder »real«), weil sie das Leid zu Boden wirft oder sie einer Sucht verfallen sind. Es ist Schwäche beziehungsweise das, was wir als Schwäche bezeichnen, das sie den Mord an ihrer Normalität begehen läßt. Wenn ich ein Resümee meiner Erfahrungen ziehen sollte, würde ich behaupten, daß es eine geheime, brennende Sehnsucht nach Wahnsinn und Religion gibt. Vielleicht ist es das, was Stourzh mir sagen wollte, als er mich in Kafkas Sterbehaus führte? Nach der Beschreibung des Dichters befinden wir uns in der Hölle, aus der wir nicht hinausfinden. Die Welt ist eine Falle, die uns mit Irrlichtern der Schönheit lockt. Was wir suchen, sind Betäubung und Visionen. Was wir besitzen, sind der Käfig und Gefangenschaft. Ich ziehe meine Schlüsse aus dem, was mir meine Patienten anvertraut haben, über ihr Unglück, ihre Ängste, ihre geheimen Gedanken, ihre Verzweiflung. Welcher Art ist die Störung, die ich behandeln soll? Was kann ich ihnen aus Überzeugung vermitteln? Ich muß ihnen eigentlich recht geben. Ihre Krankheit ist die Folge der alltäglichen Zerstörungsprozesse – es ergibt einen Sinn, daß sie darauf reagieren. Und ich beneide sie darum, daß sie sich fallengelassen haben. Ich bin auch davon überzeugt, daß die Liebe zwischen den Geschlechtern nichts anderes ist als die Substanz, aus der der Wahn besteht. Aber das größte Rätsel ist das Schweigen des Universums, das überall gegenwärtig ist, in jedem Ding, in jeder Pflanze, in den Steinen ebenso wie in der Nacht. Ich versuchte in dieses Schweigen einzudringen, indem ich mich dem »Wahn« der Religion hingab, aber ich war trotzdem nicht imstande, es zu begreifen. Ich habe schon festgehalten, daß mein Vater Direktor des Völkerkundemuseums war. Es befindet sich in der Neuen Hofburg, in der auch die Sammlung Alter Musikinstrumente, das Ephesosmuseum und die Hofjagd- und Rüstkammer untergebracht sind. Wer das Gebäude mit seinen Depots nicht selbst durchwandert hat, macht sich keine Vorstellung von der Größe und Anzahl der Säle und der Vielfalt der ausgestellten Gegenstände. Ich kenne dort die Gänge, Flure, Stiegen und die meisten Objekte. Stundenlang streifte ich durch die oft leeren, stillen Räume, gebannt von der Kraft der kultischen Gegenstände: der Federkrone Montezumas, des gewaltigen chinesischen Räuchergefäßes, das einem Ofen ähnelt, oder der Schrumpfköpfe der Jivaro-Indianer aus Ecuador.*

---

* Die Schrumpfköpfe beschäftigten mich damals bis in meine Träume hinein. Die Jivaro-Indianer erhielten durch bestimmte Visionen mehr Seelenkraft, worauf sie den Wunsch zu töten verspürten, erfuhr ich von meinem Vater. Sie seien davon überzeugt gewesen, daß, wenn sie einen Mann mit starker Seelenkraft umbrachten, aus dessen Mund eine Racheseele austrete. Diese Racheseele konnte verschiedene Gestalten annehmen, um den Tod ihres Besitzers zu rächen. Durch das Schrumpfen des Kopfes habe man die Racheseele wehrlos gemacht und sie durch das Zunähen des Mundes eingesperrt, so daß die verbleibenden Seelenkräfte des Schrumpfkopfes nutzbar gemacht werden konnten. Das erschien mir ungeheuer grausam, und gleichzeitig war ich davon überzeugt, daß die Jivaro-Indianer recht hatten.

Manchmal begleitete ich meinen Vater auf Rundgängen in der Nacht. Wir meldeten uns bei den Wachebeamten und begaben uns dann allein in die dunklen, unheimlichen Säle, in denen mein Vater, wenn er ein bestimmtes Objekt für seine Arbeit studieren wollte, erst Licht machte, sobald wir das Ausstellungsstück erreichten. Es gab Gegenstände, vor denen ich besondere Furcht empfand, wie den Jaguarmantel der Bororo aus dem Mato Grosso, dem besondere spirituelle Kräfte zugeschrieben wurden, der Bestattungsurne aus dem Mündungsdelta des Amazonas, die ein gespenstisches Gesicht hatte und von der mein Vater behauptete, daß sie die Asche des toten Kriegers enthielt, den Steinfiguren und -masken von Göttern nordamerikanischer Indianer, den Kopf eines Maori-Häuptlings und den Stülpmasken der Papuas. Andere Gegenstände strahlten einen Zauber aus, den ich heute noch, wenn ich an sie denke, verspüre: afrikanische Teppiche mit einem Muster aus Schlangen, Schmuck von Buschmännern, der Opferbehälter aus Bali in Form einer goldenen Himmelsnymphe mit Vogelkörper und vor allem die »vier Weltenhüter«. Es sind, so erklärte mir mein Vater, indische Brüder mit Königskronen. Die Buddhisten stellten sie als überlebensgroße Figuren paarweise zu beiden Seiten von Tempeltoren auf, damit sie Angriffe von bösen Geistern aus den vier Himmelsrichtungen abwehrten.*

---

* Mo-li Hung hieß der Hüter des Südens. Er trug den Schirm des Chaos. Wenn er ihn hob, verfinsterte sich die Welt, kehrte er ihn um, entstanden Orkane und Erdbeben. Mo-li Ching, der Hüter des Ostens, war der Träger des magischen Schwertes. Der Hüter des Nordens, Mo-li Shon, besaß hingegen zwei Peitschen und eine Tasche aus Pantherleder, in der, wie mein Vater mit geheimnisvollem Flüstern ergänzte, ein kleines, rattenähnliches Wesen wohnte, das auf Befehl zum geflügelten, menschenfressenden Elefanten wurde. Der Hüter des Westens, Mo-li Hai, trug eine Laute, deren Klang feindliche Lager in Brand setzte.

Die Hofburg ist schon als Kind zum Mittelpunkt meines Lebens geworden, und die Macht des Glaubens prägte sich mir dort im Völkerkundemuseum ein, denn ich konnte mich in den Ausstellungsräumen davon überzeugen, daß alle Menschen ihren Religionen anhingen und Rituale entwickelt hatten, mit Hilfe derer sie zu ihren Göttern, die aus dem Schweigen kamen, Verbindung aufnahmen. Besonders die Gegenstände primitiver Kulturen brachten mich auf die Verwandtschaft von Wahnsinn und religiösem Empfinden und Verhalten. Wie rätselhaft mußten diese Religionen einem Entdecker, der zum ersten Mal mit ihnen bekanntwurde, erschienen sein und wie grauenhaft, wenn Menschenopfer oder Kannibalismus damit verbunden waren.

Ich liebte es besonders, mit meinem Vater in die Depots zu gehen, die sich im Keller der Neuen Hofburg befinden. Hunderte, tausende Objekte: Mumien, Speere, Masken, Figuren lagen unverpackt in den Schränken mit Glastüren und Regalen und gaben den hohen Kellerräumen einen schaurigen Glanz. Da lag ein Einbaum neben Elfenbeinschnitzereien, der Palmenweinkrug neben den Wurfmessern aus Nordzaire, ein Stück Felsen mit der Zeichnung einer Antilope neben dem Spiegelfetisch. Mein Vater nahm ihn auf mein Drängen mit nach Hause, und ich konnte ihn drei Tage lang auf seinem Schreibtisch bewundern.* Mich faszinierten auch die Muster

---

* Ein Spiegelfetisch soll dem Zauberpriester oder Medizinmann helfen, erzählte mein Vater, einen Schuldigen zu bannen. Er fängt den Böswilligen im Spiegel (bildlich) ein und setzt ihn damit der Wirkung seiner Zauberkraft aus, die ihn unschädlich macht. Der Fetisch war aus Holz geschnitzt, ein Männchen mit einem Tierschädel auf dem Kopf. Der Tierschädel hatte das Maul weit aufgerissen und zeigte die Zähne. Die Augen waren die Gehäuse von Meeresschnecken, deren Perlmutt das Sonnenlicht blendend zurückwarf. Unauf den Kamelsatteltaschen der Tuareg, einem tunesischen Hochzeitskleid, der Tischplatte aus Nordafrika und den Glasampeln aus Kairo, die ich zuerst für Vasen hielt. Es ist unmöglich, die Vielfalt auch nur annähernd zu beschreiben, ich kam mir vor wie in einem Traumreich, das ich durch die Auserwähltheit meines Vaters betreten durfte. Nach dem Fetisch entdeckte ich das Totem aus Melanesien, eine Krokodilfigur, die aus Hunderten kleinen Muscheln zusammengesetzt war.*

Daneben stand eine geschnitzte Ahnenkult-Figur, die eine schnabelartig verlängerte Nase aufwies und aufgerissene große, starre Augen. Unter einer hohen, spitzen Mütze waren Fellreste als Haare befestigt.** Mein Vater bot mir an, die Ahnenfigur über die Weihnachtsferien mit nach Hause zu nehmen, aber ich lehnte erschrocken ab. (Bis heute mißtraue ich der Harmlosigkeit von »Vorfahren«.) Allmählich entdeckte ich die verschiedenen, oft komplizierten Religionen, und dadurch wurde auch mein eigenes Verlangen geweckt, religiös zu sein.

ter dem Brustkorb steckte ein Nagel, und darunter war in das Holz ein viereckiger Spiegel eingebaut. Die Beine des Männchens, das auf einem Sockel stand und den rechten Arm emporhielt, waren mit einem Lederriemen gefesselt, damit es nicht zu den Dämonen überlaufen konnte. Die magische Kraft erhielt es von Substanzen, die der Zauberpriester hinter dem Spiegel im Bauch angebracht hatte: Klauen, Haare, Knochen und Zähne von Tieren. Ich nahm, wie gesagt, den Fetisch mit nach Hause, und eine Schwarzweißfotografie steht noch heute auf meinem Schreibtisch, da ich hoffe, daß er mir bei meiner Suche nach dem Wahnsinn behilflich ist.
* Das Totem konnte einem einzelnen Menschen gehört haben oder einer Gruppe gemeinsam. Die Menschen waren in der Behandlung des Totems an Vorschriften gebunden, dafür übte dieses eine Schutzfunktion für sie aus.
** Ich hatte Angst vor der Ahnenfigur. Sie war die Wohnstätte einer Seele, wie mein Vater ausführte, die Figur galt als Nachbildung des Körpers des Verstorbenen und wurde im Kulthaus aufgestellt. Auf diese Weise war der Ahn, dessen Seele in der Figur ihren Aufenthalt nahm, bei allen wichtigen Ereignissen der Dorfgemeinschaft anwesend und konnte sich überzeugen, daß die Stammesgesetze eingehalten wurden.

Ich kam auf die Idee, daß die Religionen Sprachen sind, jede mit einer eigenen Grammatik und jede aus dem Wunsch heraus entstanden, mit dem Schweigen Kontakt aufzunehmen.

Meist unternahm ich meine Reisen in die Ausstellungsräume allein und, obwohl es nur Reisen von Saal zu Saal waren, war ich in Gedanken weit fort.

Ich las später alle berühmten Reisebücher.*

Als ich Konrad Feldt, einen Beamten der Nationalbibliothek, in meiner Studienzeit kennenlernte, diskutierten wir über Ethnologie, Sigmund Freud, C. G. Jung und Lévi-Strauss. Feldt zeigte mir jeden Winkel der Nationalbibliothek und ich ihm jeden des Völkerkundemuseums. Ich führte ihn auch auf den Balkon der Neuen Hofburg. Durch die Glastür erkennt man in der Ferne das Rathaus und den Volksgarten. Tritt man an die Brüstung, sieht man auf den Heldenplatz hinunter – wie Adolf Hitler, als er am 15. März 1938 von hier aus den Anschluß Österreichs an Deutschland verkündete. Des öfteren betrat ich mit meinem Vater diesen Balkon, wir schauten jedesmal auf den Heldenplatz und gingen dann ins Freie zum Prinz Eugen-Denkmal, um von dort wieder zum Balkon hinaufzuschauen.** Dabei fiel kein

---

* Marco Polos »Il Milione«, Vasco da Gamas »Die Entdeckung des Seewegs nach Indien« und Kolumbus' »Bordbuch«, vor allem aber James Cooks »Entdeckungsfahrten im Pazifik«. Später: Hernan Cortez' »Die Eroberung Mexikos«, Stanleys »Wie ich Livingstone fand« und Fridtjof Nansens »In Nacht und Eis«.
** Und er zeigte mir auch den Belüftungskeller unter der Neuen Hofburg. Er grenzt an den Keller des Völkerkundemuseums und liegt zwölf Meter unter der Straße. Die zahlreichen Gänge lassen einen leicht die Orientierung verlieren. Um den Kern herum zieht sich ein Tunnelsystem. In der Zeit vom 6. bis 9. April 1945 bezog der Gauleiter von Wien, Baldur von Schirach, die Räumlichkeiten. Er ließ ein Büro für seinen Stab einrichten und Abluftventilatoren installieren, da er einen Gasangriff befürchtete. Außerdem bestand er auf einer Einrichtung mit prachtvollen Teppichen, Schlachtbildern und Porträts von

Wort zwischen uns. Das war außergewöhnlich, denn wir tauschten ansonsten pausenlos unsere Ansichten aus.* Angeregt durch Feldt las ich Bücher über den Sufismus, die Kabbala und den Zen-Buddhismus. Immer wieder stieß ich auf das Schweigen. Es gibt Schweigeklöster, religiöse Techniken, die das Schweigen als unabdingbar voraussetzen, und Einsiedler. Anfangs empfand ich Scheu vor dem apodiktisch geforderten Schweigen, aber je mehr ich mich damit beschäftigte, desto stärker wurde mein Wunsch, diese Kunst selbst zu erlernen. Schweigen zu können erschien mir als eine Fähigkeit, ein Geheimnis, eine Kraft. Die Frage war, ob es sich um ein denkendes Schweigen handelt oder ein Schweigen, in dem das Denken ausgeschaltet ist. Beides versuchte ich ohne nennenswerten Erfolg, das heißt, ich erlernte bloß das Zuhören (– das Schweigenkönnen ist dafür eine unabdingbare Voraussetzung). Obwohl ich einen drängenden, raschen Verstand besitze, kann ich mich inzwischen zwingen, keine Antworten auf Fragen zu geben. Manchmal lege ich es auch darauf an, Dinge im Raum stehen zu lassen. Weiter reicht meine Schweigekraft allerdings nicht. Das finde ich bedauerlich, weil ich davon überzeugt bin, daß sich manches durch Schweigen besser regeln ließe und der Schweigende zumeist im Vorteil ist. Gott ist das vollendete Schweigen, davon bin ich überzeugt. Am göttlichen Schweigen zerschellt der Wille, zerschellt die Pro-

---

Generälen aus dem 18. Jahrhundert sowie antiken Möbeln aus dem k.u.k. Immobiliendepot. Da es keinen Strom gab, labte man sich bei Kerzenlicht an den reichlichen Eß- und Trinkvorräten. Natürlich verzichtete er auf den Pomp, als die Russen die Stadt einnahmen, und setzte sich rechtzeitig nach Deutschland ab.
* Unsere Gespräche gingen zumeist über Menschenopfer, Kannibalismus, Inquisition, Hexenverbrennungen und Kreuzzüge.

vokation, die Schmähung, der Haß. Das göttliche Schweigen überdauert das Elend, das Aufbegehren, die Freude, den Dank, die Angst. Es ist kein Verschweigen, sondern die Konsequenz des Alles-Verstehens und doch ein auf immer ungelöstes Rätsel. Tatsächlich versuchen wir, uns unter diesem Schweigen etwas vorzustellen, es begreifbar zu machen – umsonst. Es ist dieses allumfassende Schweigen, das uns einsam und andererseits auch Mut macht. Die Religionen, die mir bekannt sind, versuchen mit diesem Schweigen zu korrespondieren, es zu deuten, zu übersetzen. Das Schweigen beläßt uns auch diese Freiheit. Es wirft uns auf uns selbst zurück. Es ist vollkommener als jede noch so weise Antwort. Und zuletzt hüllt es uns ein und macht uns unwiderruflich zu einem Teil seiner Existenz. Wir sprechen ja nur, weil wir nichts verstehen. Je mehr wir verstehen, denke ich, desto weniger lohnt es sich zu reden. Das Sprechen ist eine Selbstsuche, ich gehe inzwischen sogar davon aus, daß Sprechen Lügen ist. (Mein Beruf hat mich dieses Theorem gelehrt.) Ich drehe stets alles um, was mir meine Patienten anfangs sagen, und allmählich, kaum merklich, sickert die Wahrheit ein. Zu mir kommen zumeist nur Patienten, die in der Lüge leben und die sich ihre Lügen von mir bestätigen lassen wollen. Je skrupelloser ein Psychiater ist, desto mehr geht er auf ihr Lügengewebe ein und hilft seinen Patienten, sich darin einzurichten. Sehe ich von einigen Notlügen ab, ist das das ganze Berufsgeheimnis. Werde ich darüber mit dem Schriftsteller im »Haus der Künstler« sprechen? Oder über Franz Lindner und seinen Anwalt Jenner?

Kapitel 2
Lindner und Jenner

Mich hat Franz Lindner von Anfang an fasziniert. Er läßt sich durch nichts von seinem Schweigen abhalten, niemandem gelingt es, ihm ein Wort zu entlocken – dabei sind sich die Ärzte einig, daß er sprechen kann. Er hat Hunderte Seiten vollgeschrieben, ein seltsames Opus mit dem Titel »Landläufiger Tod«, das ich in einer Kopie gelesen habe. Ich kenne auch die Zeichnungen Lindners. Hält er sich für Gott? Für einen Auserwählten? Ist er ein Heiliger? Ich bin davon überzeugt, daß er niemandem vertraut, weil er sich selbst kennt. Er gesteht sich seine Schwächen, Begierden, seine Bodenlosigkeit ein und versucht nicht, ein bestimmtes Bild von sich zu machen. Sein Vormund Alois Jenner hingegen hält ihn für verrückt. Einerseits verwöhnt er ihn mit Geld und Geschenken, die Lindner gleichgültig lassen, andererseits betreibt er seine Hospitalisierung. Auch Jenner kennt sich selbst. Ich habe seine Prozesse verfolgt und bin verblüfft von seinen Fähigkeiten. Er versteht es vom ersten Prozeßtag an, Zweifel zu schüren. Wie ein Holzwurm bohrt er sich in Gewißheiten. (Es ist, als verteidige er sich selbst oder als sei er davon überzeugt, daß alle Menschen schuldig seien und daher kein Recht hätten, über andere zu Gericht zu sitzen.) Lindner beschreibt und zeichnet ihn als Mörder, ich weiß nicht, was ich davon halten soll.

Ist Jenner wirklich ein Mörder? Es ist möglich – aber auch nicht. Daß er noch während seines Prozesses auf freien Fuß gesetzt wurde, spricht für ihn – doch was sind schon menschliche Wahrheiten? Andererseits werden

Angeklagte hingerichtet, deren Unschuld sich später herausstellt – weshalb soll also nicht ein Schuldiger freigesprochen werden?

Daß Stourzh Lindner im »Haus der Künstler« näherkommt, ist nicht überraschend. Entweder, dachte ich mir, stoßen sie sich ab, oder sie ziehen sich an.

Kapitel 3
»Der Wahn«

Ich verspüre jetzt den Wunsch nach Religiosität und Wahnsinn so stark wie in meiner Jugend. Ich bin bereit, den Preis dafür – den Verzicht auf andere Menschen – zu bezahlen. Natürlich war und bin ich religiös, aber nicht von der Besessenheit, wie ich sie mir wünsche. Ich will, daß die Besessenheit nicht meinem Wollen entspringt, sondern mich überfällt und verwandelt wie eine Geisteskrankheit – denn Religiosität ohne diese brennende Leidenschaft, ohne Verwandlung ist für mich etwas Niederschmetterndes, Trostloses, schrecklich Lebloses. Genausogut könnte ich mit einem alles umfassenden Gefühl der Sinnlosigkeit leben. Ein tiefes Gefühl der Sinnlosigkeit ist dem Wahnsinn und der leidenschaftlichen Religiosität meiner Meinung nach am nächsten. Aus diesen Gründen habe ich auch nie gegen die Verzweiflung angekämpft, sondern mich ihr widerstandslos ergeben, bis sie von mir gewichen ist. Ich gebe zu, daß meine Beschäftigung mit Geisteskranken, dem Wahnsinn, eine Suche ist. Ich versetze mich häufig in einen Bewohner des »Hauses der Künstler« und stelle mir vor, wie meine Gedanken mich überfluten und daß ich die banale, eintönige Welt losgelassen und mir den Rückweg abgeschnitten habe. Ich liefere mich meiner Innenwelt aus, ich träume, ich gehe jedem noch so unwichtigen Gedanken nach, bis er unbegreiflich groß geworden ist, etwas, das mir vom Mikroskopieren her vertraut ist. (Je kleiner die Wesen sind und je größer sie werden, desto mehr lassen sie mich an das Ganze, an das Universum denken.) Es ist richtig, daß ein Teil meiner Aufmerksamkeit auf Neugierde beruht: Ich will meine Patienten nicht nur heilen, sondern ich studiere die Geisteskrankheiten und probiere sie in Gedanken auch an mir aus. Ich schreibe mir die Gespräche mit meinen Patienten Wort für Wort auf, ich brüte über ihren Zeichnungen und habe ihnen beim Malen jahrelang zugesehen, dabei empfand ich allmählich den Wunsch, selbst geisteskrank oder bis zum Exzeß religiös zu werden. Ich erwarte mir davon keine »Erlösung«.* Kurz gesagt, mein Verlangen läuft darauf hinaus, den Wahnsinn von innen her kennenzulernen, ihn vielleicht eines Tages von innen her zu beschreiben, wie die Patienten im »Haus der Künstler« (von denen übrigens zwei Lyriker sind). Aber es gibt noch keinen, der den Wahnsinn so beschrieben hat, wie ich es vorhabe.

Ich stehe auf, ziehe meinen Mantel an und hinterlasse meiner Sekretärin eine Nachricht, daß ich den Schriftsteller im »Haus der Künstler« treffen und in einer Stunde zurück sein werde. Als ich das Gebäude verlasse, begegnet mir niemand. Ich stelle den Kragen auf und gehe im Nebel die Allee hinauf. Die Luft, die ich einatme und die sich düster verfärbt hat, kündigt Schneefall an. Einerseits

---

* Wonach ich strebe, ist eine intensivere Erfahrung der Welt.

bin ich in meine Gedanken versunken, andererseits ist mein Blick von einer geradezu wahnhaften Aufmerksamkeit.

Kapitel 4
Das »Haus der Künstler«

Ich komme gerade am Wegweiser mit dem blauen Stern vorbei, den einer der Patienten gemalt hat (der blaue Stern ist sein Markenzeichen). Ich werde durch die Zeichnungen der Patienten im allgemeinen unruhig, die Arbeiten wirken ansteckend auf mich, sie mobilisieren meine Energie. Mir fällt ein leeres Schneckenhaus am Wegrand auf, ich bücke mich, um es aufzuheben, und höre gleichzeitig, wie jemand an mich herantritt. Als ich aufblicke, sehe ich das glückliche Gesicht eines Patienten aus dem »Haus der Künstler« vor mir. Er ist dick und sieht gutmütig aus, aber ich nehme mich in acht, weil ich seine Krankengeschichte kenne: Er hat Zerstückelungsphantasien. Er verspürt den Wunsch, Tiere und Menschen in Teile zu zerlegen, und hat schon mehrmals den Versuch unternommen, jemanden zu töten. Das ist bereits fünfzehn Jahre her, aber seine Phantasien sind geblieben, wie man aus seinen Zeichnungen ersehen kann. Im allgemeinen habe ich keine Angst vor Geisteskranken, schon gar nicht, wenn sie in der Anstalt sind, wo sie unter Medikamenteneinfluß stehen. Doch in einem geheimen Winkel meiner Seele, um es so auszudrücken, mißtraue ich ihnen. Ich kenne die Mordgedanken in den Köpfen sogenannter normaler Menschen, den Wunsch nach Gewalt, das erotische Fluidum, mit dem die Gewalt in ihren Köpfen verhaftet ist. Und ich kenne meine eigenen Phantasien, meine Vorliebe für Filme und Bücher, in denen die Gewalt ein wichtiger Bestandteil ist. Ich habe aber auch eine andere Seite, den Wunsch nach Schönheit – ich meine einer betäubenden Schönheit, wie ich sie in der Oper empfinde oder wenn ich botanische Studien mit dem Mikroskop betreibe. Und gerade bei diesen Gedanken spricht mich der Patient mit den Worten an: »Schön, nicht?« Ich gebe ihm recht. Dabei fällt mir ein, daß er Schneckenhäuser bemalt und verkauft und sich damit ein kleines Taschengeld verdient, das er in der Kantine, die den großartigen Namen »Caféhaus« trägt, für Zigaretten und Coca-Cola ausgibt. Während ich geantwortet habe, habe ich dem Patienten in die Augen geblickt. Ich kann in ihnen oft lesen, in welchem Zustand sich die Kranken befinden. Mein Patient, bemerke ich, ist nicht erregt. Er trägt eine grüne Wollmütze. Der Kopf mit dem feisten Gesicht ruht auf einem kräftigen, kurzen Hals, und seine Hände sind große Klumpen. Jeden seiner fleischigen Finger ziert ein Silberring, wie man sie auf dem Flohmarkt kaufen kann, außerdem hängt im Knopfloch seines Wintermantels ein Schlüsselanhänger mit dem heiligen Christophorus. Mein Blick fällt inzwischen auf das Schneckenhaus. Jedermann weiß, wie es aussieht, und doch ist mir, als gehörte ich zu den wenigen, die wissen, wie kostbar und herrlich so ein Schneckenhaus ist. Es hat etwas Vollkommenes, als sei es der Schlüssel zu einem besseren Verstehen der Welt. Und ganz unter dem Eindruck der Schönheit dieses Fundstückes überreiche ich es dem Patienten, der mir ins Gesicht lacht und es ohne weiteres in die Manteltasche steckt, wo es hoffentlich nicht zerbrechen wird. Hierauf will er mich in ein Gespräch verwickeln, doch ich sage ihm geradeheraus, daß ich nachdenken will.

Er nickt und wartet. Eine Krähe krächzt laut im Wald. Von ferne hört man die Autos auf der Landstraße.

Da er keine Anstalten macht zu gehen, strecke ich ihm meine Hand entgegen und schüttle seine. Er ist begeistert und erwidert meinen Abschiedsgruß, bevor er sich eilig zum »Caféhaus«, wie er mir mitteilt, davonmacht.

Ich schaue ihm so lange nach, bis er verschwunden ist, und sehe dann einen großen Knopf auf der Straße. Es ist dunkel, ein dämmriger Wintertag, der mich den Tod fühlen läßt, die Einsamkeit und meine Machtlosigkeit. Ich bin nur ein Spielball meiner Gene und der anderer Menschen, kommt es mir vor. Während ich langsam weitergehe, fällt mir ein, daß der Knopf vom Mantel des Patienten stammen könnte, der inzwischen schon das »Caféhaus« erreicht haben dürfte. Mein Atem strömt weiß aus meinem Mund in die Dämmerung. Automatisch denke ich an die Kälte, die mich umgibt, und ich fröstle. Ich hasse die Kälte, die Dunkelheit, auch friere ich leichter als die meisten Menschen und muß mich daher im Winter wärmer anziehen. Ich bin sozusagen »ein Erfrorener«. Und ich hasse auch diese ausweglose Landschaft, die blattlosen Bäume, die Lichtlosigkeit und die Lähmung, die sie auslöst. Ich wünsche mir Schnee. Er macht den Winter halbwegs erträglich, selbst wenn er tagelang fällt und Eiszapfen von den Dächern hängen. Ich habe das Personalhaus erreicht, das ich in meiner Vorstellung kurz von innen sehe, denn ich war längere Zeit mit einer Kollegin zusammen, genauer gesagt einer Logopädin, die hier wohnt. Inzwischen ist sie mir abhanden gekommen, ein Umstand, der mich noch deutlicher meine

Einsamkeit fühlen läßt. Während ich mehrere Zigarettenkippen am Straßenrand sehe, überkommt mich die Erinnerung an die Umarmungen hinter der Tür des Personalhauses, bevor ich mit in die Wohnung hinauf durfte. Die Zigarettenkippen müssen von jemandem stammen, der hier lange stand und das Personalhaus beobachtet hat oder im Auto saß und rauchte und die Stummel aus dem Fenster warf. Ich hasse die Zeit, in der mich wegen einer Frau die Eifersucht befiel und noch mehr die Entdeckungen, die ich – angetrieben durch meinen Argwohn – machte. Nie mehr habe ich mich so erniedrigt gefühlt wie damals in meiner Studentenzeit, das Betrogenwerden gab mir einen Vorgeschmack auf das Sterben. Anders gesagt: Ich kenne seither den Tod.

Ich gehe rascher weiter, finde eine Krähenfeder und betrachte sie. Als ich sie lange genug angeschaut habe, begreife ich, weshalb man sich durch eine Feder beschützt fühlen kann, ja, es kommt mir geradezu logisch vor. Es gibt keine Argumente und keine Einzelheiten, die ich dafür als Begründung anzuführen vermag. Ich versuche mich selbst als Feder zu fühlen, denke an Leichtigkeit, Schweben, Fliegen, dann an *Dumbo*, den kleinen Elefanten, der durch eine Krähenfeder das Fliegen erlernte. (Ich habe als Kind den Elefanten *Dumbo* im Kino gesehen und war gleichermaßen ergriffen und beglückt von seinem Schicksal.) Abermals spüre ich die Kälte bis in meine Knochen. Die Straße führt bergauf, und ich atme schneller. Auch gehe ich rascher, damit mir wärmer wird. Wenn ich an das Kellerdepot des Völkerkundemuseums denke, erscheinen mir die Gegenstände dort wie das verlorene Unterbewußte, der verlorene Wahn, die verlorene Religiosität. Der Gedanke erscheint mir plötzlich als eine Offenbarung, ich halte an, suche nach meinem Notizbuch (das ich mir vor ein paar Tagen bei meinem Besuch im Shop des Kunsthistorischen Museums gekauft habe, weil das »Feuer«-Bild von Arcimboldo auf dem Umschlag abgebildet ist) und meinem Kugelschreiber, blättere, bis ich zu einer leeren Seite komme und schreibe mit klammen Fingern: »Völkerkundemuseum – Depot – verlorenes Unterbewußtsein.« Dann stecke ich das Notizbuch und den Kugelschreiber wieder ein. Ich drehe mich um, entdecke aber niemanden, der mir folgt, während mir der Satz nun gar nicht mehr so bemerkenswert vorkommt. Soll ich ihn durchstreichen?

Mitten in meinen Überlegungen höre ich die entsetzlichsten Schreie. Sie sind das Signal, daß ich die Kinderstation erreicht habe. Immer wenn ich zu Fuß an der psychiatrischen Kinderabteilung vorbeikomme, ist dieses Geschrei zu hören, manchmal nur von einer Stimme, die ihr Entsetzen hinauskreischt, manchmal bildet sich ein gräßlicher Lärm aus panischem Gebrüll und lautem Weinen, das man Geheul nennen könnte und unweigerlich an Mord denken läßt. Niemand, der diese Entsetzens- und Angstlaute gehört hat, wird sie jemals vergessen können. Man fragt sich in einem fort: Wer wird hinter diesen Mauern umgebracht? Wer wird gefoltert? Zu Tode geprügelt? – Ich hatte einmal dienstlich im Gebäude zu tun, die Zustände sind unbeschreiblich, denn es fehlt an Personal, und die Kinder schreien tatsächlich aus Angst. Plötzlich wird einem von ihnen seine ungeheure Einsamkeit bewußt. Es beginnt, seinem Entsetzen freien Lauf zu lassen. Die anderen hören und verstehen dieses Kreischen und Heulen, es erinnert sie an ihre eigene furchtbare Lage, und sie stimmen in das Gebrüll mit ein, oder es gelingt dem Pflegepersonal rechtzeitig, das entsetzte Kind zu beruhigen und (wenn das nicht mehr möglich ist) in einen Raum zu sperren, in dem die anderen es nicht mehr hören können. Von dort aus dringen jetzt die Entsetzensschreie des isolierten Kindes auf die Straße. Ich trete näher und sehe den karg möblierten Krankenraum vor mir, die Isolierstation mit den weißen Stahlrohrbetten und den breiten braunen Ledergürtel, mit dem das Kind gefesselt ist und dadurch noch mehr schreit, jetzt auch aus Todesangst und Atemnot. An einer versperrten Tür rinnt ein rohes Ei herunter, aber niemand ist zu sehen. Wer hat es hingeworfen? Es kann nicht länger als eine halbe Minute seit dem Wurf vergangen sein, denn Eigelb und Eiklar rinnen noch immer die Tür hinunter, einige Schalensplitter kleben auf dem schäbigen braunen Anstrich, und zwei große Teile liegen zerbrochen auf dem Betonboden. Ich bin davon überzeugt, daß es jemand aus Wut auf die Schreie gegen die Tür geworfen hat. Vielleicht war es ein Patient, der die Tat begangen hat, um zu protestieren. Wenn es so war, muß der Betreffende noch in der Nähe sein und sich irgendwo hinter den Bäumen versteckt halten. Oder er hat längst die Flucht ergriffen und läuft durch den Wald, von Furcht getrieben, entdeckt zu werden. Zwei Schritte weiter finde ich eine Haarnadel auf dem Betonboden, die aber schon länger hier liegen kann. Währenddessen überschlägt sich die Stimme des Kindes, es hört sich an, als würden die Schreie platzen und sich auflösen. Überhaupt erscheint mir das Ei jetzt nicht mehr als Zufall, es zeigt, daß etwas zerbrochen ist, und der Schrei ist das Entsetzen darüber. Ich schaue mich um, entdecke aber niemanden. Es ist der Moment, in dem ich am dringendsten das Bedürfnis nach Alkohol empfinde. Ich habe immer die Wirkung des Alkohols geschätzt und seine Zerstörungskraft als zusätzlichen Reiz empfunden. Oft ist es für mich mühsam, die Fassade aufrechtzuerhalten, das heißt, immer die Rolle des gedankenlesenden Psychiaters zu spielen, des »Gehirndetektivs«, wie Stourzh es einmal spöttisch genannt hat. Genauer gesagt: des »sadistischen Gehirndetektivs«, der die Gedanken beherrschen wolle, die er ans Tageslicht gebracht habe. Er lachte dabei sein höhnisches Lachen, mit dem er die provozierenden Bemerkungen begleitet, wie ein Musiker mit dem Fuß den Takt tritt. Noch immer stehe ich vor dem zerbrochenen Ei und höre das Schreien. Ich nehme mir vor zu warten, bis es aufhört. Schließlich rufe ich laut: »Hallo!«, worauf sich das mißtrauische Gesicht eines Pflegers in einem Fenster zeigt. Er erkennt mich, öffnet die Flügel und fragt mich, was ich will.

Ich antworte nicht, sondern schaue ihn nur an. Daraufhin verschwindet er, und gleich darauf geht das Schreien in ein haltloses Weinen über, dann in ein stoßweises Schluchzen, das immer wiederkehrt, aber jedesmal leiser wird, bis es verstummt. Wenn man die Kinder losschnallt, hören sie auf zu schreien und weinen statt dessen nur. Das Schluchzen zeigt Beruhigung an, immer folgt darauf ein Einschlafen des Erschöpften, der sich für den Augenblick gerettet wähnt. Der Pfleger erscheint nicht mehr. In die Stille hinein höre ich gedämpft die Krähen aus der Ferne und meine Schritte, denn ich bin inzwischen weitergegangen. Ja, es ist wirklich kalt, durch das Stehen und Warten friere ich noch mehr. Hinter dem Gebäude der Kinderstation taucht zwischen dem Geäst das »Haus der Künstler« auf, mit den großen, bunten Figuren an den Mauern, die die Patienten gemalt haben. Es ist im Vergleich zu anderen Stationen anziehend, ich meine, dort zeigt sich der Wahnsinn von seiner besten Seite. Alle möglichen Leute kommen die künstlerisch begabten Patienten besuchen, vor allem Maler, Schriftsteller und Journalisten, aber auch Ärzte, Richter und Studenten der verschiedensten Fakultäten. Fast immer, wenn ich es nicht eilig habe, gehe ich um das Gebäude herum, bevor ich es betrete, denn ein um das andere Mal hat sich etwas geändert. In der Wiese hinter dem Haus stehen signalfarbene Skulpturen, und die weiße Wand ist von den typischen Kopffüßlern bedeckt, wie sie der älteste Patient zu zeichnen pflegt. Auch die Tür zum Hintereingang ist bemalt, und durch ein Fenster kann ich in den Heizungskeller sehen, in dem der große Ofen gelb mit roten Tupfen angemalt ist. Ich erkenne die Arbeit der Patienten auf den ersten Blick. Ihr Charakteristikum ändert sich auch in vielen Jahren nicht, jeder hat seine eigene Handschrift, und es ist bemerkenswert, daß sie schon seit Jahrzehnten zusammen sind, ohne daß einer von dem anderen etwas übernommen hätte. Es ist egal, was geschieht, ob jemand stirbt, ein Neuer hinzukommt oder der behandelnde Arzt ausgetauscht wird: Ihr Stil ändert sich nicht; die Künstler, so nenne ich sie, zeigen auch keine Entwicklung – wie ein Ahornbaum Ahornblätter hervorbringt, die man sofort erkennt, bringt jeder der Künstler Zeichnungen hervor, die für ihn signifikant sind. Am auffälligsten sind die Doppelpenisse des glatzköpfigen, riesigen August, mit denen alle seine seltsamen Gestalten ausgestattet sind. Er hat eine eigene Mythologie erfunden mit einem Gott Isoth und zahlreichen

Dämonen und Engeln, die auch die Wände und die Decke seines Zimmers bevölkern, das anzumalen man ihm gestattet hat. Außerdem hat er große Flächen des Hauses mit Herzen verziert und mit Schrift bedeckt. Fast jeder der hier Hospitalisierten hat zu den Fresken der Außenwand etwas beigetragen, auch die Gartenhütte ist rundherum bis unter das Dach mit Figuren bemalt, die in allen Farben und bizarren Körperhaltungen sichtbar werden, sobald man sich dem Vordereingang nähert. Dort ist es still. Stille umgibt das Haus. Franz Lindner, der stumme Patient, hat sich geweigert, etwas zur Verschönerung des Hauses beizutragen. Man kann durch das Fenster in sein Zimmer, in dem die Schreibtischlampe brennt, hineinsehen, und ich beuge mich vor und muß mit meinem Blick zuerst die Spiegelung meines eigenen Gesichts durchdringen (das mich in seiner oberflächlichen Normalität und Gepflegtheit erschreckt), um zu sehen, was drinnen vor sich geht. Lindner, den ich an seinen abstehenden Ohren erkenne, sitzt vor einer Zeichnung und scheint in seine Arbeit vertieft, denn er blickt nicht auf. Eine Weile stehe ich so da und beobachte ihn, bis sich ein Gefühl der Irritation in mir bemerkbar macht. Ich hebe den Kopf und bemerke, daß Stourzh hinter der Gartenhütte steht und mich seinerseits beobachtet. Als er sieht, daß er entdeckt ist, kommt er in seinem weißen Pflegermantel auf mich zu und stellt mich zur Rede, was ich hier mache?

Ich antworte – wenig überzeugend – »nichts«, worauf er, wie erwartet, sein höhnisches Lachen hören läßt und mir die nächste Frage stellt: weshalb ich hier sei.

»Wegen des Schriftstellers«, gebe ich zurück.

Stourzh lächelt wissend und geht mir, ohne sich weiter um mich zu kümmern, durch den schmalen Gang in die

Anstalt voraus. Wann immer man das »Haus der Künstler« betritt, hat man den Eindruck, daß dort alles seinen gewohnten Lauf nimmt, obwohl der Anblick ungewöhnlich ist. Alle Wände und Winkel sind bemalt oder mit gerahmten Bildern der Patienten behängt. Im großen Aufenthaltsraum, in dem auch die Mahlzeiten eingenommen werden, zeichnet einer der Bewohner. Es besteht dort die Möglichkeit fernzusehen, und einmal in vierzehn Tagen erscheint eine Musikpädagogin, um mit den Anwesenden zu üben, ein Anlaß, zu dem ich immer besonders gerne gekommen bin, da ich die Zufallsmusik, die dabei zu hören ist, anregend finde. Der Raum ist hoch und hat vier große Fenster nach zwei Seiten hinaus. Die Wände zeigen Bilder von jedem der Künstler und einige Fotografien von den bereits verstorbenen. In einer Ecke befindet sich ein schwarzer Kasten, der von einem an Schizophrenie erkrankten und inzwischen entlassenen Patienten mit astrologischen Zeichen bemalt ist. Gegenüber liegt das Untersuchungszimmer des Herrn Primarius, anschließend der Personal- und der Wohntrakt. Am langen, schlecht beleuchteten Gang, von dem links und rechts weiße Türen zu den Schlafräumen führen, stehen Tische und Stühle und ein Aquarium auf einer gelben, blaubetupften Kommode. Es hat etwas Irreales, die Fische im beleuchteten, von Pflanzen grünen Wasser schwimmen zu sehen. Die ganze Zeit frage ich mich, welche Rolle diese Tierchen in den Gedanken der Patienten spielen. Die Krankenzimmer sind einfach möbliert.* Einige sehen aus wie kleine Bildergalerien, an-

---

* Stahlrohrbetten, weiße Schränke, ein Fernsehapparat, mancher besitzt einen bequemen Polsterstuhl.

dere wiederum machen einen strengen Spitalseindruck. Die Bewohner tragen allesamt Zivilkleidung. Unten im Keller gibt es zwei Verkaufsräume, in die sich manche gerne flüchten, wenn dort gerade niemand anwesend ist, um zu zeichnen oder allein zu sein. Natürlich kennen sich alle untereinander. Einige vertragen sich, andere nicht – das geht bis zu Feindschaften und sogar Ohrfeigen. Streit ist trotz der Medikamente, die verabreicht werden, keine Seltenheit. Am häufigsten sind kurz aufbrausende Meinungsverschiedenheiten und plötzlich aufflammende Antipathien. Mitunter gibt es so etwas wie Partnerschaften mit Patientinnen in der Frauenabteilung, das aber betrifft immer nur dieselben zwei oder drei Bewohner des »Hauses der Künstler«.

Im Untersuchungszimmer, das ich mit Stourzh betrete, hängen der Reihe nach die gerahmten Schwarzweißfotografien aller Künstler an der Wand.

Der Schriftsteller, höre ich von einer Pflegerin, sei vor einer halben Stunde weggefahren, weil ich mich nicht gemeldet hätte, und der Primarius hat einen Tag Urlaub genommen, während Dr. Lesky einen Termin habe und erst zu Mittag wiederkommen werde.

Stourzh weiß offenbar nichts davon, daß der Schriftsteller mich sprechen wollte, denn er sagt nichts.

Der Gang stinkt nach abgestandenem Zigarettenrauch. Kaum einer der Kranken, der nicht süchtig nach Tabak ist. Sie lehnen an der Wand oder hocken auf Stühlen, starren vor sich hin und machen gierig Lungenzüge, dabei hat man den Eindruck, sie würden schlafen oder seien in Gedanken versunken, so abwesend sind sie. Dann geht unerwartet ein Ruck durch ihre Glieder, die Zigarette wird heftig zum Mund geführt, die Lippen saugen, und gleichzeitig fällt der Körper wieder zurück in seine Lethargie, und die Hand sinkt oder fällt nach unten. Erst wenn die Zigarette so weit niedergebrannt ist, daß der Betreffende sie nur noch zwischen den Fingerspitzen des Daumens und Zeigefingers eingeklemmt halten und mit eingezogenen Lippen den letzten Zug heraussaugen kann, wird der Stumpen in einem Glasaschenbecher ausgedrückt, in dem sich schon ein Häufchen Kippen befindet – oder, wenn man ihn gerade geleert hat, ein schwarzer Fleck, den die Glut hinterlassen hat. Die andere Hand sucht indessen bereits wieder nach der Schachtel und den Streichhölzern. Es ist klar, daß überall Rauchmelder angebracht sind, aber seit ich Stourzh behandle und besonders seit dem Hofburgbrand, der womöglich durch ein »glimmendes Teilchen« ausgelöst wurde, fürchte ich, daß eines Nachts das Gebäude abbrennt, denn aus Einsparungsgründen gibt es vom Abend bis zum Morgen keine Aufsicht mehr, und die Patienten sind in dieser Zeit sich selbst überlassen.

Ich darf das Untersuchungszimmer benutzen, schließe die Tür, nehme auf dem Stuhl hinter dem Schreibtisch Platz, wie immer, wenn ich gerufen werde, und beginne – die Gelegenheit nutzend – Stourzh erneut über den Hofburgbrand Fragen zu stellen.

Aber Philipp ist mürrisch und schweigt. Ich spreche meinen Verdacht aus und versuche ihn zu provozieren. Er raucht und blickt zum Fenster hinaus. Plötzlich fragt er mich in scharfem Tonfall: »Was wollen Sie von mir? Was reden Sie da?« Dann kritisiert er mich heftig. Ich kenne das von unseren Therapiestunden. Schweige ich zu seinen provokanten Fragen, lenkt er allmählich ein. Seine Aggressionen laufen sich tot, und er wird friedlich

– gebe ich jedoch nach, oder versuche ich, ihn zu beruhigen, steigert es noch seine Wutausbrüche. Ich kann sein Verhalten also (bis zu einem gewissen Grad) steuern. Diesmal aber ist es anders. Stourzh springt auf und verläßt empört schimpfend den Raum. Kurz darauf sehe ich ihn durch das Fenster den Weg zum »Caféhaus« hinuntereilen. Er hat seinen Kopf gesenkt und geht mit zappelnden Gliedern zuletzt am Kinderpavillon vorbei, von dem ich halb verdeckt noch eine Hausecke sehen kann.

Eine Weile warte ich. Es ist mir peinlich, nach dem Geschrei von Stourzh auf den Gang zu treten, sicher sind einige Patienten aufgescheucht, und die Pflegerinnen haben die Ohren gespitzt.

Als ich die Tür öffne, macht alles den Eindruck, als sei nichts vorgefallen. Daher beschließe ich, nicht sofort zu gehen, sondern abzuwarten, ob Philipp zurückkehrt, da ich ihm jetzt nicht begegnen möchte. Am klügsten erscheint es mir, das Zimmer von Lindner zu betreten, der, wie ich beim Kommen gesehen habe, hinter seiner Lampe sitzt und zeichnet. Ich kann von seinem Zimmer aus durch das Fenster den Eingang kontrollieren und feststellen, ob Stourzh sich wieder blicken läßt oder nicht. Ich besuche Lindner mit einer geheimen Freude. Es ist ungeheuerlich, was er zutage fördert. Stellt er wissentlich seine Welt dar, oder arbeitet er so, daß die Einfälle spontan aus ihm fließen und er sich nachträglich an nichts erinnert? Er dreht sich zu mir hin, will aufstehen, aber ich bedeute ihm sitzenzubleiben. Schon der Anblick seines Schreibtischs ist frappierend. Lindner hat kein Blatt Papier vor sich liegen, sondern viereckige kleine Pappkartonstücke. Tatsächlich handelt es sich um eine Art Kartenspiel. Anstelle der Farben Herz, Kreuz, Karo und Pik sind verschiedene Fingerstellungen einer Hand gezeichnet – ich bin mir sicher, daß es sich um Zeichen der Taubstummensprache handelt. Da ich sie nicht verstehe, erscheinen sie mir wie Warnsignale. Inzwischen hat mir Lindner sein Gesicht zugedreht: Er hat grotesk abstehende Ohren, sein Kopf ist geschoren, und seine großen Augen scheinen aus dem Brillengestell zu kugeln; er sieht kindlich aus wie ein junger Schüler, allerdings sind manche Haare schon grau, und an den Mundwinkeln zeigen sich Ansätze von Bitterkeit. Seine Lippen sind voll, die Nase ist schön. Sie springt nicht hervor und hat auffällig feine Flügel, ich denke an Membranen oder die zarten Lamellen unter den Hüten von manchen Pilzen. Und doch ist in seinen Zügen ein Ausdruck von Verstörung zu erkennen. Es ist ein verschattetes Gesicht, ich lese Trauer in ihm und Zorn und etwas von Abwesenheit. Ich darf Lindner nicht lange anschauen, weil er sonst mißtrauisch wird und sich beobachtet, wenn nicht gar verfolgt fühlt. Er hat sich jetzt von mir abgewandt, ich bemerke jedoch seine verstohlenen Blicke aus den Augenwinkeln. Gerade zeichnet er ein Zimmer: ein Fauteuil, eine Stehlampe, hellblauer Teppichboden, dunkelblaue und -grüne Wände und rechts oben eine Hand, bei der Zeigefinger und Daumen ausgestreckt sind. Zunächst weiß ich nicht, was daraus werden soll, aber Lindner hat inzwischen mit Buntstiften einen alten Mann gemalt, der in das Fauteuil gesunken ist und Arme und Beine von sich streckt – seine Augen sind geschlossen. »Ein Schlafender, ein Betrunkener«, denke ich und »die Perspektive stimmt nicht. Einen Kopf kann man nicht so verdrehen, wie auf dem Bild, es sei denn, das Genick ist gebrochen.« Dann fängt Lindner an, mit gelber Farbe heftige Striche zu malen: Über die Wände und den Fußboden, kein Zweifel, das Zimmer brennt! Angespannt warte ich, was weiter geschieht. Lindner rahmt die Flammen mit roter Farbe ein und legt die gemalte Karte dann sorgsam auf ein Päckchen anderer Karten, das zuoberst eine Biene auf weißem Grund zeigt und eine Hand, die mit ausgestrecktem Zeige- und Mittelfinger wie zum Schwur erhoben ist. Ich sehe das Bild nur flüchtig und höre, während er die nächste Karte vor sich hinlegt, seinen Magen knurren. Er kann nicht hungrig sein, denn ein angebissener Kuchen und eine halbleere Schale Kakao stehen auf einem Stuhl. Ich weiß übrigens sofort, was die Biene bedeutet, da mir bekannt ist, daß Lindner mit seinem Vater eine Imkerei betrieb. Inzwischen beugt er sich schon wie ein Volksschüler, der die ersten Buchstaben in ein Heft krakelt, über den Tisch und zeichnet etwas, das zunächst aussieht wie der Chitinpanzer eines Käfers, kurz darauf ist es jedoch ein umgedrehtes Ruderboot, aus dem eine Hand und ein Fuß herausragen. Das Ruderboot liegt offenbar auf einem Toten, und ich denke an einen Sarg, der mit seinem Leichnam umgestürzt ist. Die Hand im rechten oberen Eck ist mit geschlossenen Fingern und von vorne dargestellt, wobei der abgebogene Zeigefinger mit dem mittleren Gelenk herausragt. Sind es Schattenspiele, die Lindner entwirft? Ich frage ihn, ob ich das Päckchen, das aufgeschichtet vor uns liegt, ansehen darf, er reagiert jedoch nicht auf meine Frage, womit er in der Regel sein Einverständnis bekundet. Ich bin wirklich überrascht, wie eindrucksvoll er die Motive gezeichnet hat und wie gekonnt die Farbgebung ist, während ich die einzelnen Karten aufdecke. Auch Lindner scheint neugierig zu sein, denn er hat seine Tätigkeit unterbrochen und wartet darauf, welche Wirkung sein Werk hervorruft. Ich erkenne sofort sein Selbstporträt mit den abstehenden Ohren und dem kahlgeschorenen Kopf und das Gesicht von Jenner, den er mit Brille und einer Schere in der Hand geradezu unheimlich aussehen läßt. Die Umrisse der Schere sind mit roter Farbe nachgezogen (wie von einem blutigen Fluidum umgeben). Desweiteren sind auf den Karten ein Koffer zu sehen, ein Mikroskop, ein Zirkuszelt, eine Pistole sowie zwei Männer, die offenbar in einer Eishöhle über ein Geländer in die Tiefe schauen. Diese Karte beeindruckt mich am meisten, denn sie erinnert mich an meine Schwindelgefühle auf dem Sims des ausgebrannten Redoutentraktes der Hofburg. Die Hand in der oberen Ecke ist zur Faust geballt, als wolle sie zuschlagen. Eine weitere Karte stellt ein aufgeklapptes Rasiermesser auf rotem Hintergrund dar. Es ist so gemalt, als handle es sich um eine Tatwaffe in einer Blutpfütze. Die Hand jedoch drückt in der Zeichensprache etwas aus, das üblicherweise für Begeisterung steht, denn alle Finger sind leicht geöffnet und berühren den Daumen. Was will Lindner damit sagen? Ich kenne ihn lange genug, um zu wissen, wie sinnlos es ist, ihn danach zu fragen, und da ich mir selbst vorkomme wie jemand, der ohne den geringsten Anhaltspunkt eine Hieroglyphenschrift entziffern soll, stehe ich auf und verabschiede mich.

Unterwegs begegne ich Philipp nicht mehr. Wieder höre ich Schreie aus dem Kinderpavillon, und ich fühle mich plötzlich elend. Je weiter ich mich vom »Haus der Künstler« entferne, desto müder werde ich, daher kehre ich nicht mehr in meine Praxis zurück, sondern fahre in meine Wohnung. (Es ist erst zehn Uhr vormittags, aber ich habe das Gefühl, daß es schon viel später ist.) Bevor ich Klosterneuburg erreicht habe, rufe ich meine Sekretärin an und sage ihr, daß ich mich grippig fühle. Es ist noch nie vorgekommen, daß ich eine Krankheit vorgetäuscht habe, um nicht zur Arbeit gehen zu müssen, denn ich weiß, daß immer jemand auf mich wartet. Diesmal aber habe ich den Eindruck, eine Last mit mir herumzuschleppen, der ich nicht gewachsen bin. Ich muß mit mir ins klare kommen, über den Schriftsteller und Lindner und über Stourzh und den Brand in der Hofburg. Die letzte Angelegenheit beschäftigt mich viel zu sehr. Außerdem habe ich keine Lust, allein in meine Wohnung zurückzukehren und dort zu grübeln. Daher liegt es nahe, daß ich das Palmenhauscafé aufsuche, in dem ich ohnedies viele Stunden verbringe. Dort entwerfe ich meine wissenschaftlichen Publikationen und mache mir Notizen.

Kapitel 5
Im Palmenhauscafé

Das prachtvolle alte Palmenhaus ist mit der Rückseite des Prunksaales der Nationalbibliothek durch die Gartenverwaltung verbunden, und ich erreiche sie von meiner Wohnung im Schweizerhof, wenn ich vor dem Durchgang zum Josefsplatz* hinter der »Zehrgadenstiege« nach rechts in den Kapellenhof abbiege und dort

---

* Dieser Gang hat keinen Namen, andere hingegen wurden historisch bedeutsam, zum Beispiel der Adjutantengang, der Fürstengang, der Fräuleingang, der Gondrecourtgang, der Nopcsagang, der Theatergang oder der Johanngang.

durch ein (nur Beamten und Bewohnern bekanntes) Tor an der sogenannten »Küchenstiege«* vorbei in den »Bibliothekshof«** trete. Von dort, wo ich mein Auto parke, schlendert man am gläsernen Schmetterlingshaus und der Orangerie des Palmenhauses entlang, die sich über dem alten, aber gepflegten Burggarten erheben. Das Café im Palmenhaus ist eines der schönsten von Wien. Das Bauwerk selbst ist eine Stahlkonstruktion mit Glasscheiben, durch die man von außen die tropischen Pflanzen erkennen kann. Wenn ich es so der Länge nach ausgestreckt vor mir sehe, stelle ich mir immer einen Bahnhof vor, von dem ein Zug direkt zum Eiffelturm nach Paris fährt. Es hat auch etwas von einem Observatorium, denn es kann durch Leinenjalousien, die vor die Glaswände gezogen werden, geöffnet und geschlossen werden. Alte Laternen, Steinvasen, korinthische Säulen und eine niedrige weiße Steinmauer vor der Stiege zum Park hinunter unterstreichen die Exklusivität des Ortes und Gebäudes, das im Café, welches sich im Mittelteil des Palmenhauses befindet, mit den tropischen Pflanzen zu beiden Seiten seinen vollen Zauber entfaltet. An der Frontseite zum Eingang hin befindet sich eine lange Theke mit Hockern, gegenüber gewöhnliche Holztische mit Stühlen und hinten, in der Ecke, wo sich die verglaste Trennwand zur Orangerie befindet, ist mein kleines Reich mit Leder überzogener Fauteuils. Dort trinke ich abwechselnd einen großen Schwarzen oder einen Cappuccino oder ein Glas Wein, betrachte

* Es gibt, wie bereits angeführt, 54 verschiedene Stiegen, zum Beispiel die Lakaienstiege, die Kaiserschneckenstiege, die Adlerstiege, die Wasserstiege, die Alexanderstiege, die Botschafterstiege, die Marschallstiege, die Wäschestiege, die Zuckerbäckerstiege oder die Säulenstiege.
** Daneben gibt es auch den Amalienhof, den Augustinerhof, den Kaiserhof, den Kapellenhof, den Klosterhof oder den Stallburghof.

die Palmen vor mir oder brüte über meinen Aufzeichnungen. Ich liebe es, wenn Gäste eintreten, denn nicht selten bringen sie mich durch ihre äußere Erscheinung oder einen Satz, den ich zufällig höre, auf neue Gedanken. Die Architektur und der übermäßig hohe Raum verschlucken allerdings die meisten Geräusche, es ist still wie in einer Kathedrale, in der die Palmen angebetet werden.

Ich sitze immer mit dem Rücken zur Wand. Wenn ich meinen Stammplatz besetzt vorfinde, nehme ich einen Tisch in der Nähe und wechsle sofort hinüber, sobald er frei wird. (Der Ober weiß, worauf ich warte, ich gebe Trinkgelder, die im Gedächtnis bleiben.)

Kaum sitze ich in dem angenehmen Fauteuil mit Blick auf die Palmen, fühle ich mich besser. Von Krankheit spüre ich jetzt nichts mehr, und für einen Moment habe ich ein schlechtes Gewissen.

Ich mache meine Bestellung und nehme gleichzeitig das Notizbuch heraus. Es löst in mir eine ungewöhnliche Flut von Gedanken aus. Inzwischen habe ich auch meinen Kugelschreiber in der Hand und fange gewohnheitsmäßig mit dem Datum an.

Zuerst entwerfe ich in großen Zügen den Krankenbericht, den ich über Stourzh schreiben will, dann mache ich mich daran, die einzelnen Motive zusammenzufassen und (meiner Inspiration folgend) aufzuschreiben. Dabei entdecke ich den Vorteil meines neuen Spiralnotizbuches. Ich kann Seiten herausreißen und so die Themen katalogisieren – ein unschätzbarer Vorteil, wie mir jetzt vorkommt.

Ich schreibe alles auf, was mir wichtig scheint, um erst bei der Abfassung des Artikels zu entscheiden, was ich weglasse oder wo ich neues Material hinzufüge. Bei meinen wissenschaftlichen Arbeiten stütze ich mich vorwiegend auf meine Notizen und Entwürfe, die ich dann zu Hause in meine Abhandlungen einarbeite. Sie entstehen aus oft belanglosen Einzelheiten und Gedankensplittern, Beobachtungen und Einfällen und sind, so besehen, eine Summe von Fragmenten.* Die Verpflichtung zu einer vorgeblichen Objektivität erscheint mir mehr und mehr sinnlos. Auf längere Sicht gesehen halte ich nur Irrtümer fest (wie alle meine Kollegen). Nur im Subjektiven, im sogenannten Literarischen, sehe ich einen Ausweg, das heißt, ich begreife, daß ich mich selbst mit einbringen muß, damit ich der Wahrheit oder, besser gesagt, dem Leben einen Schritt näher komme. Ist nicht Lindners Vorgangsweise (trotz ihres kryptischen Inhalts) aufschlußreicher, um nicht zu sagen, »richtiger« als meine vorgebliche Objektivität? Eine Objektivität, die nur Hypothesen hervorbringt, die ihrerseits von anderen Hypothesen abgelöst werden? Wieder ergreift mich die geheime Sehnsucht nach dem Wahnsinn oder nach einer leidenschaftlichen Religiosität wie Fernweh, wenn ich vor dem Meer stehe und die Schiffe am Horizont vorüberfahren sehe. Im Augenblick beneide ich Lindner: Er hat für sich alle Voraussetzungen geschaffen – gleichgültig ob mit Absicht oder nicht (ich bin davon überzeugt, daß ein starkes Wollen dahintersteckt) –, um sich wahrhaftig auszudrükken, in einer Entschlossenheit, die ich nicht aufbringe. So betrachtet bin ich feige. Ich folge immer nur dem Pfad der Vernunft und dem Informationsstand meiner Zunft (ein zufälliger Reim). Lindner aber schafft eine neue

---

* Ich habe allerdings noch nie etwas veröffentlicht, von dem ich nicht im nachhinein wußte, daß ich letztendlich gescheitert war.

Sicht auf die Dinge. Er gibt mir Rätsel auf, die ich nur vorgebe zu lösen. Ich bin immer einige Schritte hinterher. Das bestärkt mich in dem Entschluß, mich selbst in den Krankenbericht über Stourzh einzubringen, auch wenn er dadurch etwas Novellistisches erhält. Es kann mir gleichgültig sein, sage ich mir, ob mein Artikel in einem der üblichen medizinischen Journale erscheint oder nicht. Zumindest den Versuch, die vorgeschriebene Form zu durchbrechen, will ich wagen. Je länger ich darüber nachdenke, desto mehr begreife ich, daß ich in meiner Abhandlung eine unerwartet große Rolle spielen muß, denn nur über meine Denkungsweise kann ich Stourzh' Welt begreifbar machen, nur über meine Ängste und Schlüsse seine geistige Verfassung reflektieren. Und ich sehe eine Art Spiegelkabinett vor mir: Ein Arzt, der später eine bedeutende Entdeckung macht, hat einen Patienten behandelt und darüber einen Krankenbericht verfaßt. Fatalerweise hatte diese Behandlung tödliche Folgen für den Kranken gehabt, da die medizinischen Kenntnisse zu diesem Zeitpunkt noch nicht weit genug fortgeschritten waren. Hierauf verfaßt ein angesehener Biograph die Lebensgeschichte des Forschers und stößt bei seinen Recherchen auf diesen Fall. Er beschreibt ihn nicht aus der Sicht der damaligen Zeit, sondern mit dem Wissen seiner Generation. Durch den bekannten Autor wird die Darstellung ein Standardwerk der Medizingeschichte, weshalb ein Schriftsteller sich weitere fünfzig Jahre später der Lebensbeschreibung annimmt, die er zu einem Roman verarbeitet, in dem er den Fall aus einem anderen Blickwinkel betrachtet. Da der Schriftsteller von Bedeutung ist, untersucht später ein Germanist sein Werk und damit auch den Roman – und so weiter.

Inzwischen haben sich aber alle Standpunkte über den Forscher und seinen unglücklichen Patienten mehrmals gewandelt, und auch das Verständnis dafür ist ein anderes geworden, so daß wir bei allen hervorragenden Beschreibungen, Analysen und Beurteilungen des Falles vor einem Trugbild stehen, da die ganze Angelegenheit immer wieder durch den Fleischwolf der gerade bestehenden Auffassungen gedreht oder überhaupt falsch wiedergegeben wurde. So betrachtet dürfte ich mit meiner Arbeit gar nicht erst beginnen.

Ich überlege und notiere mir meine Gedanken bis zu Mittag, nehme ein leichtes Fischgericht zu mir und trinke ein Glas Sauvignon blanc, um mich anzuregen. Allmählich kritzle ich den Spiralblock voll. Beim Essen denke ich wehmütig an meinen Kater, ich habe die Hoffnung nicht aufgegeben, daß er zurückkommt. Wo er wohl steckt? Als ich die geordneten »Zettel« vor mir auf dem Tisch betrachte – ungewohnte Nebenprodukte meiner Arbeit –, schweifen meine Gedanken zu Blaise Pascal, dem christlichen Philosophen und Mathematiker, ab, und ich bestelle ein weiteres Glas Wein. Ich habe Pascals »Pensées«, die »Gedanken«, als Mittelschüler und Student mehrmals gelesen, vorzugsweise wenn ich krank oder unglücklich war, und trug die Bildmonographie von Albert Béguin lange in der Jackentasche bei mir.* In seinem nicht einmal vierzig Jahre während Leben schrieb er auf unzähligen losen Blättern seine Gedanken auf – zwei Dutzend Papiersäcke und -pakete mit

---

* Pascal hat u. a. die Wahrscheinlichkeits- und die Differential- und Integralrechnung erfunden, den Barometer und die hydraulische Pumpe entwickelt und mit neunzehn Jahren die erste Rechenmaschine konstruiert, der fünfzig weitere Modelle folgten.

Notizen fand man nach seinem Tod, die er für seine geplante Abhandlung »Über die Wahrheit der christlichen Religion« gesammelt hatte. Am 23. November 1654 hatte er in der Nacht eine »Erleuchtung«. Auf einem Stück Papier, das er in das Rockfutter seines jeweiligen Jacketts einnähen ließ und das ein Diener nach Pascals Tod fand, hielt er das Ereignis wie eine Beschwörung unter der in Großbuchstaben gehaltenen Überschrift FEUER fest. Es ist mir, als ob ich jetzt dieses Feuer selbst fühlte, es geht von meiner Arbeit aus und erfüllt mich. Ich werde mich in Stourzh' Krankengeschichte einbringen und hierauf den heutigen Tag beschreiben, so wie ich ihn erlebt habe, und diese Aufzeichnungen als eine Art Fußnote hinzufügen, denke ich mir. In einem Anfall von Euphorie bestelle ich ein weiteres Glas Wein, denn die Sonne fällt durch das Glasdach in das Caféhaus und läßt die Palmen in meiner Vorstellung wie uralte Schachtelhalme aussehen. Die Schattenfiguren von Blättern, Stuhlbeinen, Füßen und Hunden auf dem Fußboden fließen ineinander und lösen sich wieder auf.

Als ich von der Toilette zurückkomme, sehe ich hinter der Glaswand zur Orangerie eine Wolke Schmetterlinge. Es sind Dutzende wundervoller Exemplare, die auf- und abschweben wie ein okkultes Phänomen. Ich versuche eine Erklärung dafür zu finden: Das Schmetterlingshaus liegt unmittelbar vor der Orangerie, und ein Schwarm von Insekten muß im Glashaus wohl von einem Raum in den anderen geflogen sein ... Die hell flimmernde Wolke sieht wirklich phantastisch aus und erweckt den Eindruck, daß die Schmetterlinge tanzen. Auch an andere Gedanken und Bilder erinnere ich mich, und entgegen meiner sonstigen Gewohnheit tausche ich den Platz und sitze mit dem Rücken zum Lokal, um den Schwarm im Auge zu behalten. Ich bin vorläufig der einzige, der ihm Aufmerksamkeit schenkt, die anderen Gäste sind zu sehr mit der Lektüre von Zeitschriften und sich selbst beschäftigt. Während ich weiter meine Gedanken notiere, versuche ich aus meiner Erinnerung Assoziationen zwischen meinen Notizen und der »Psychoanalyse des Feuers« von Gaston Bachelard herzustellen, die ich seit einigen Tagen – leider vergeblich – zu Rate ziehe, um mich in meinem Gedankendickicht zurechtzufinden. Es gelingt mir aber nicht, mich zu konzentrieren, vielleicht weil ich bereits zuviel Wein getrunken habe oder weil mich jemand mustert. Ich spüre sofort, wenn sich in meiner Umgebung etwas verändert, und sei es nur, daß der Ober wechselt und sein Nachfolger die Runde macht. Ich blicke neugierig auf und bemerke den Anwalt Jenner am Nebentisch. Er setzt sich gerade in ein Fauteuil und greift nach der konservativen Tageszeitung »Die Presse«, die vor ihm liegt.

Auch Jenner verkehrt öfters hier. Er ist ein diskreter Mensch und will in Ruhe gelassen werden. Zumeist studiert er Akten oder die neuesten Meldungen auf der Lokalseite – vielleicht sind zukünftige Fälle darunter. Nie habe ich ihn in Begleitung einer anderen Person gesehen. Da wir wegen Lindner, dessen Vormund er ist, immer wieder miteinander zu tun hatten, sind wir auf einer bestimmten Ebene miteinander vertraut. Sie erstreckt sich jedoch nicht auf Privates. Sowohl er als auch ich unternehmen keine Schritte, um unsere berufliche Beziehung zu vertiefen. Ehrlich gesagt könnte ich mir auch keine Privatheit mit ihm vorstellen, ich bin im Gegenteil davon überzeugt, daß er es haßt, andere Menschen zu nahe an sich herankommen zu lassen. Er ist der vollendete Zyniker. Ich glaube, er kann gar nicht anders als herablassend und sarkastisch sprechen. Auch wenn er höflich ist, schwingt ein zynischer Unterton mit, und selbst wenn er schweigt, verrät sein Mienenspiel, die hochgezogenen Augenbrauen, das maskenhafte Lächeln in den Mundwinkeln, die gerunzelte Stirn, die Bereitschaft zur Verachtung. Sein Aussehen ist unauffällig. Er neigt zur Korpulenz, hat eine Halbglatze und eine Brille und trägt fast immer einen schwarzen Anzug. Von Anfang an fielen mir seine breiten Hände auf, die auf seine bäuerliche Herkunft verweisen.

Ich habe mir soeben über Lindner Notizen gemacht, daher beuge ich mich – entgegen meiner Absicht, ungestört zu bleiben – zu ihm hinüber und sage: »Gerade habe ich über Franz Lindner nachgedacht!«

Er will sofort wissen, weshalb und hierauf, wie es seinem Mündel gehe. Ich bin selbst schuld, daß ich meine Arbeit unterbrechen muß, denn ich hätte wissen müssen, daß er aus Gewohnheit Gegenfragen stellt. Sogar wenn ich Medizinisches darlege, muß ich mit Einwänden rechnen, die sein abgrundtiefes Mißtrauen verraten. Es ist ihm eingefleischt und allumfassend und beschränkt sich daher nicht nur auf mich. Ich beuge mich weiter zu ihm hinüber und sehe dabei die prachtvolle Schmetterlingswolke auf- und absinken wie einen Mückenschwarm. Nur sind es keine winzigen Punkte, sondern es ist, als habe das Element Feuer fliegen gelernt. Jenner bemerkt es nicht, da er mit seinem Rücken zur Glaswand sitzt, und ich mache ihn auch nicht darauf aufmerksam – ich genieße es im Gegenteil, etwas zu sehen, was er nicht wahrnimmt.

Ich erzähle ihm von den Tarotkarten, die Lindner macht, und er hört mir schweigend zu und will dann wissen, ob sein Mündel ihn wie gewohnt als Mörder zeichne, dabei lächelt er überdeutlich, als wüßte er meine Antwort bereits.

Ich bestätige ihm, daß ich sein Porträt mit einer Schere in der Hand gesehen habe. (Wir kennen die Besessenheit, mit der Lindner Jenner als Mörder zeichnet, und sprechen daher nicht weiter darüber.)*

Jenner reinigt seine Brille mit dem Taschentuch und fragt mich nach meinem Befinden. Ich antworte für mich selbst überraschend, daß mir der Kopf oft vom Zuhören schmerze, es mir aber ansonsten gutgehe.

Blitzartig entgegnet mir Jenner, daß er die Heuchelei des angeblich aufmerksamen Zuhörens nicht ausstehen könne. »Die Menschen hören nur gut zu, wenn es ihnen an den Kragen geht«, sagt er bestimmt. Natürlich schmeichle es dem Sprechenden, wenn man ihm an den Lippen hänge. Aber jeder wisse, daß man dabei gleichzeitig an etwas anderes denken könne, während man aus Berechnung Aufmerksamkeit vortäusche. »Dieses ganze Zuhören von Psychiatern ist eine einzige Verlogenheit –« (Der Satz irritiert mich, denn ich frage mich, ob er mich persönlich meint.)

---

* Ich finde es großzügig, daß Jenner Lindners Kunst fördert, immerhin bezahlt er die Veröffentlichung von Werken, in denen er als Mörder dargestellt wird. Möglicherweise aber hat er ein reines Gewissen und schätzt die Zeichnungen seines Mündels so sehr, daß er sich mit der Rolle des Bösen abfindet. Vielleicht genießt er es sogar, denn er ist in den Augen der gesamten Öffentlichkeit ja ein »Justizopfer«. Oder es schmeichelt ihm, der »Held« – wenn auch ein negativer – des geplanten Buches über Lindner zu sein. Das würde seinem Zynismus entsprechen. Nicht zuletzt könnte er damit eine Reinwaschung beabsichtigen. Der Schriftsteller ist mit besonderer Raffinesse ausgewählt. Zwar hat ihn Primarius Neumann vorgeschlagen, aber die Idee könnte von Jenner selbst stammen, denn der Autor muß sich für sein Buch immer wieder mit ihm treffen. So hat er als Anwalt Kontrolle über alles, was geschieht.

Aber Jenner setzt ohne Unterbrechung fort: »Es ist natürlich Berechnung, daß ein Psychiater den Aufmerksamen mimt und schweigt – Schauspielerei, um den Patienten zur Selbstentblößung zu animieren...«

Ich wende ein, daß es mich beim Zuhören interessiere, etwas Neues zu erfahren.

»Aber die ewigen Wiederholungen! Jeder glaubt, weil ihm etwas zum ersten Mal widerfährt, sei es etwas Besonderes ... Ich kenne das aus meiner Praxis. Schon beim zweiten Satz ahne ich, wie eine Erzählung ausgehen wird, und habe bereits beim dritten Argumente, Gegenargumente und Fragen im Kopf, doch laufe ich dabei Gefahr, alles wieder zu vergessen, weil ich mir keine Notizen mache, da mein Klient dann vorsichtig wird oder von vornherein lügt.«*

Ich nicke und rücke mit dem Fauteuil näher an ihn heran, um ihn dazu zu bewegen, leiser zu sprechen, aber er läßt sich nicht beeindrucken. Daher nicke ich weiter zustimmend, als errate er meine geheimsten Gedanken, um ihm das Gefühl zu nehmen, er müsse mich von etwas überzeugen.

»Die meisten Langweiler glauben, geradezu einen Anspruch auf einen guten Zuhörer zu haben«, ereifert sich Jenner. »Der Zuhörer darf während ihrer endlosen Suaden keinen Muckser machen. Ein anstrengender und ermüdender Vorgang.« (Bei diesem Satz sehe ich wieder die Schmetterlingswolke, wie sie soeben in der Luft zer-

---

* Jenner ist einer jener unangenehmen Menschen, die in Cafés oder Gasthäusern, in Restaurants oder auf der Straße besonders laut reden. Man denkt, sie hätten nichts zu verbergen oder seien so gelassen, daß sie sich um eine schlechte Nachrede nicht kümmerten, tatsächlich aber blähen sie sich auf und wünschen sich insgeheim sogar, belauscht zu werden.

fällt und die einzelnen Insekten sich auf den Pflanzen niederlassen oder hinter ihnen verschwinden.)

Ich blicke Jenner ins Gesicht und entdecke mich selbst verzerrt gespiegelt in seinen Brillengläsern. Für einen Moment glaube ich, in seinen Kopf zu sehen. Parmigianino fällt mir ein, das Selbstbildnis! Gleichzeitig nehme ich seine Regenbogenhaut und die Pupille unter meinem verkleinerten Abbild wahr.

Jenner schaut auf die Uhr und unterbricht sich erschrocken: »Jetzt hätte ich beinahe einen Termin versäumt«, aber er bleibt sitzen, und wir schweigen. Plötzlich bringt er die Rede auf den Hofburgbrand.*

»Haben Sie schon die Geschichte mit dem Bundespräsidenten und dem kubanischen Botschafter gehört?« fragt mich Jenner launig.

Da ich sie noch nicht kenne, erzählt er mir, daß der Bundespräsident, obwohl lungenkrank, Zigarren liebe, doch verhindere seine Umgebung, speziell seine Ehefrau, Ausschweifungen dieser Art. Als der kubanische Botschafter zu ihm gekommen sei, habe er eine »Havanna« für ihn mitgebracht, die »der Herr BP« sofort zu rauchen begonnen hätte. Nachdem der Diplomat gegangen sei, habe der Bundespräsident die noch brennende Zigarre »mitsamt dem Aschenbecher« in der Schreibtischlade versteckt. Eine Stunde später sei er dann zu einem

---

* Das überrascht mich, weil ich gerade an das Phänomen der Selbstzündung eines Menschen, das Bachelard in seiner »Psychoanalyse des Feuers« beschreibt, dachte, denn das Sonnenlicht fällt durch das Glasdach so auf Jenners Haar, daß es leuchtet, als ob es brenne. Es ist ein helles, kaltes Winterlicht, und ich stelle mir vor, wie Jenners Kleider in Flammen aufgehen und Feuer aus seinen Augen und seinem Mund hervorbricht. Bachelard berichtete, daß man früher glaubte, schwere Trinker würden sich eines Tages beim Anzünden einer Zigarette selbst in Brand stecken. (Emile Zola und Honoré de Balzac beschrieben solche Szenen.)

Staatsbesuch nach Holland aufgebrochen und habe »die Zigarre vergessen«. Erst am nächsten Morgen sei ihm in seinem Hotelzimmer in Amsterdam der Aschenbecher in der Schreibtischlade eingefallen, und er habe augenblicklich den Portier der Präsidentschaftskanzlei angerufen und ihn gefragt, ob es etwas Neues gebe. Ja, habe dieser geantwortet, in der Nacht sei in der Hofburg ein Brand ausgebrochen. Jenner amüsiert sich über diese Geschichte und bietet mir an, weitere, allerdings schmutzige über den Präsidenten und seine Frau zu erzählen, ich lehne jedoch dankend ab. Der Anwalt versteht sofort, daß ich weiterarbeiten will, und vertieft sich kommentarlos in die Zeitung.

Ich bin jetzt abgelenkt, bestelle ein weiteres Glas Wein, und mir fällt ein, daß Pascal in seinen »Pensées« geschrieben hat, er würde seine Gedanken ordnungslos aufschreiben ... das sei die wahre Ordnung – eine Erkenntnis, an die ich mich immer, wenn ich einen Artikel plane, halte ... Ich schreibe zuerst nur auf, was mir zu dem Thema durch den Kopf geht, und lasse die Notizen dann liegen. Ich sehe inzwischen, daß sich die Schmetterlingswolke hinter der Glaswand langsam wieder sammelt, und während ich das nächste Glas Wein trinke, genieße ich wie immer den Aufenthalt im Palmenhauscafé. Durch die Glaskonstruktion nimmt man alle Wettervorgänge wahr. Der Regen rinnt über das durchsichtige Dach, oder die Sonne scheint zu Mittag gleißend herein. Manchmal werden dann, wie gesagt, die Leinenjalousien heruntergelassen. Sie vermitteln mir den Eindruck, im Bauch eines Segelschiffs zu sitzen, denn an ihren Rändern sieht man einen kleinen Spalt Himmelsblau. Schneit es, kann man beobachten, wie die Flocken fallen, auf das Glas treffen und dort »verlöschen«. Bricht die Nacht herein, verdunkelt sich auch der Dschungel in den Gewächshäusern nebenan. Rasch ist man von Schwärze umgeben.

Da ich über Stourzh nachdenke und damit über den Hofburgbrand, ist es naheliegend, daß ich mir irgendwann auch vorstelle, wie das Palmenhaus brennt: Die tropischen Pflanzen stehen in Flammen, Rauch quillt durch die Räume ... Ich schaue mich um und stelle fest, daß Jenner verschwunden ist, und da ich die Schmetterlingswolke hinter der Glaswand nicht mehr sehe, nehme ich wieder meinen gewohnten Platz ein, blättere in meinen Notizen, bleibe bei Pascal hängen und wünsche mir, die gelbe Reclam-Ausgabe aufschlagen und darin lesen zu können. Ich konzentriere mich auf Stourzh, und mir fällt ein, daß mich seit jeher das angezogen hat, was ich nicht verstehe ... Ich kann mich stundenlang mit einer Tat beschäftigen, wenn sie mir fremd ist. Andererseits: Genügt es nicht schon, ein Rätsel ans Tageslicht zu bringen? (Ich bin meiner Denkmethoden längst überdrüssig, obwohl ich nach wie vor den Gedankenleser mime.) Lindner ist für mich ebenso ein Rätsel, wie Stourzh und die meisten Patienten der Anstalt es sind. Ich empfinde jetzt im Palmenhaus eine größere Sehnsucht nach ihrer Welt als vor dem »Haus der Künstler«. Genügt es, frage ich mich, sich einfach »gehenzulassen«, um unter den dunklen Flügeln des Wahnsinns zu verschwinden? Ich träume davon. Im Alltag verhalte ich mich so, als herrsche Übereinstimmung zwischen meinem geheimen und meinem zur Schau gestellten Verhalten. Doch ich suche nach einem Ausweg. Das Religiöse böte die Möglichkeit, das Nichtsichtbare in das Leben miteinzubeziehen, das Rätsel. Ich mache aber um Kirchen einen großen Bogen. Es sind nur profane Orte, die mich anziehen, oder leere Räume. Der Körper ist willig, aber der Geist ist schwach, hahaha! Und dieser schwache Geist ist nur wegen seiner Schwäche großartig, notiere ich jetzt. Ich weiß, daß ich eines Tages vom großen Schweigen verschluckt werde und daß nichts von mir übrigbleiben wird, nicht einmal Staub, schreibe ich weiter und: Der Wahn ist die Antwort auf das große Schweigen. Er erfindet eine Welt, aus der es verbannt ist. Ich steigere mich in mein Notizenschreiben hinein. Sicher werde ich das meiste verwerfen, aber ich will es fürs erste festhalten, um es später von meiner altklugen Vernunft überprüfen zu lassen. Ich bestelle noch ein Glas Wein und noch eines. Ich habe es längst aufgegeben mitzuzählen, wie viele es sind, als ich plötzlich begreife: Der Wahnsinn ist untrennbar mit dem Ich verbunden, mit meiner Existenz. Keine Neuigkeit, gewiß, aber ich spüre bis in die Finger- und Zehenspitzen, daß ich etwas begriffen habe. Ich bezahle und stelle mir den Kellner als Patienten im »Haus der Künstler« vor. Er würde nicht auffallen mit seiner Eigenart, die Lippen zu bewegen, wenn er das Wechselgeld abzählt. Der Gedanke kommt mir, weil ich getrunken habe, großartig vor, und ich muß über mich im stillen lachen.

Kapitel 6
Ein Vorgeschmack auf den Tod

Soeben ist das Ganglicht erloschen, aber in der Dunkelheit glaube ich, etwas zu hören. Ich bleibe stehen und lausche. Es ist ein schwaches Miauen, und wenn mich nicht alles täuscht, ist es mein Kater! Ich laufe, so gut ich kann, die Treppe hinauf, erreiche das erste Stockwerk und habe auf einmal ein klammes Gefühl. Ich spüre förmlich, daß etwas nicht stimmt. Ich bleibe stehen und warte. Das Miauen des Katers hört nicht auf. Es kommt nicht von einer bestimmten Stelle, sondern er streift offenbar herum. Ist es Stourzh? Endlich überwinde ich mich und eile auf meine Wohnung zu, wo ich den Lichtknopf neben der Tür drücke. Gleichzeitig mit dem einsetzenden Surren des Ganglichts und der aufblendenden Helligkeit erstarre ich: Meine Wohnungstür steht offen, und im Wohnzimmer, höre ich, läuft der Fernsehapparat. Ich rufe zuerst Stourzh beim Namen, dann »Hallo!«, aber niemand antwortet. Außer der Putzfrau und mir hat niemand einen Schlüssel, aber sie würde mich wohl nicht mitten in der Nacht aufsuchen, um fernzusehen. Ich registriere gleichzeitig, daß mein Homer-Simpson-Video läuft, das mir ein Patient letztes Jahr zu Weihnachten geschenkt hat.* Ich kenne das Video auswendig und weiß, daß es die Folge »Am Anfang war das Wort« ist. (Ich lernte, verstehe ich plötzlich, bei Homer Simpson, ohne es bisher begriffen zu haben, den Wahnsinn des Alltags kennen.) Jetzt entdecke ich, daß die Tür aufgebrochen ist, und ich befürchte, daß einer meiner Privatpatienten oder ein Entlassener aus der Anstalt auf mich wartet. Ich nehme vorsichtshalber das Mobiltelefon heraus und rufe die Polizei an. Währenddessen miaut mein Kater irgendwo in einem der Zimmer, und es wird dunkel. Nervös drücke ich erneut den

---

* Normalerweise liebe ich Homer Simpson, ich finde seinen Erfinder Matt Groening genial.

Lichtknopf und schildere der Stimme, die sich inzwischen am Telefon gemeldet hat, laut, was vorgefallen ist, um den Eindringling abzuschrecken. Eine Weile warte ich, bevor ich schwitzend eintrete. Im nächsten Augenblick erschrecke ich: Jemand hat im Schlafzimmer die Schränke durchwühlt, Wäschestücke sind im Raum verstreut, und die Perlmuttkiste mit den Schmucksachen (Uhren, Ringe, Broschen und Armbänder meiner verstorbenen Frau) ist aufgebrochen. Aus einem Berg Kleider kriecht jetzt ängstlich mein Kater. Ich bin als erstes in das Schlafzimmer gegangen, weil ich von dort sein Miauen vernommen habe. Plötzlich habe ich das Gefühl, daß der Einbrecher sich noch in der Wohnung versteckt hält, vielleicht im Badezimmer ... Homer Simpson würgt auf dem Videoband, stelle ich gleichzeitig fest, gerade seinen Sohn, weil dieser nicht »Daddy«, sondern »Homer« zu ihm sagt, als der Nachbar an seine Tür klopft. Dadurch erinnere ich mich, daß ich für die Polizei später das Haustor aufsperren muß. Dann erst realisiere ich, daß aus der Perlmuttkiste, die ich in Istanbul gekauft habe, auch meine Papiere fehlen: Mein Paß und mein Ärzteausweis sind gestohlen, meine Geburtsurkunde, der Staatsbürgerschaftsnachweis, die Heiratsurkunde und sogar die wenigen Fotografien aus meiner Kindheit und Studentenzeit. Nicht einmal die Negativfilme hat der Einbrecher zurückgelassen. Er muß den Inhalt einfach in einen Sack gekippt haben! Während ich noch darüber entsetzt bin, frage ich mich, weshalb er (vielleicht waren es auch mehrere?) das Homer-Simpson-Video eingelegt hat ... Aus der Story von »Am Anfang war das Wort« schließe ich, wie lange es her ist, daß er sich den makaberen Scherz erlaubt hat. Es ist der fünfte von sechs Teilen. Jeder dauert zwanzig Minuten, das heißt, daß der Täter vor längstens eineinhalb Stunden die Wohnung verlassen hat. Ich überlege während ich Fernsehapparat und Videogerät abschalte, was ich zu diesem Zeitpunkt gerade notiert habe, kann mich aber nicht erinnern.* Wieder fällt mir meine Frau ein. Wie bestürzt sie gewesen wäre! Ein Teil des Schmucks stammt von ihrer Mutter, und selbstverständlich sind auch ihre Fotografien, die Bilder ihres Lebens, verschwunden. Als nächstes kommt mir der Gedanke, daß ich auf dem Laptop und den CDs meine wissenschaftlichen Artikel gespeichert habe, meine Patientenkartei mit allen Befunden und Medikamentationen sowie meine Selbstbeobachtungen, an denen ich mich orientiere. Ich öffne die Tür zum Arbeitszimmer, in dem wie überall das Licht brennt. Der Boden ist mit Unterlagen übersät und der Laptop auf meinem Schreibtisch mit den CDs gestohlen. Als mein Blick auf die geöffneten Schreibtischladen fällt, ist mir sofort klar, daß auch die Medikamente, die ich dort aufbewahre, dem Einbrecher in die Hände gefallen sind: Muskelrelaxanzien, Sedativa, Hypnotica, alle möglichen Psychopharmaka, außerdem Amphetamine und Benzedrine – die ich selbst nehme, um mit meiner Arbeit rascher voranzukommen.

Nach dem Tod meiner Frau drohte ich in Depressionen zu versinken. Die große Linie, der Zusammenhang in meinem Leben waren zerstört, und das Nebensächliche, das ich bislang nicht beachtet hatte, trat in den Vordergrund: Das Schattenbild eines Zweiges auf den Vor-

---

* Was, wenn ich früher nach Hause gekommen wäre? frage ich mich.

hängen, der Ausschnitt eines Musters auf dem Teppich, die Faltenlandschaft meiner Bettdecke ...

Ich stehe erstarrt vor den verstreuten Papieren auf dem Boden. Am heftigsten überkommt mich das Gefühl des Ausgeliefertseins. Ich setze mich auf einen Stuhl und warte, bis die Polizei läutet.

Die Beamten haben verschlafene Augen und gähnen in einem fort. Ich bemerke aus den verschlüsselten Hinweisen, die sie in ihr Gespräch einfließen lassen, daß sie gut aufgelegt sind. Endlich sind sie mit ihrer Arbeit fertig. Einer läßt auf dem Gang rasch einen Furz, höre ich.

Ich betrete das Wohnzimmer. Die Bücher, die der Einbrecher aus den Regalen gerissen hat, um dahinter einen Safe oder ein Versteck zu entdecken, liegen zu kleinen Haufen geworfen da, manche wie tote, vertrocknete Vögel. Durch einen Zufall finde ich das »Buch der Unruhe« von Fernando Pessoa. Ich zögere einen Moment, ob ich die aufgeschlagene Stelle lesen soll. »Ich beneide alle Leute darum, nicht ich zu sein«, steht da. Mir ist, als habe jemand Allwissender zu mir gesprochen. Ich setze mich inmitten der Papiere und Bücher auf einen Stuhl und blicke um mich. Mein Kater, der sich inzwischen verkrochen hat, miaut wieder, ich habe vergessen, ihn zu füttern. Ich bin der einzige Mensch in der dunklen Nacht um mich herum.

Epilog

Ich habe diese Berichte verfaßt. Es war für mich ein leichtes, mich in Dr. Pollanzy hineinzuversetzen, wie er es ansonsten mit mir zu tun pflegt. Er schließt sein Auge (das andere ist durch eine schwarze Klappe verdeckt) und gibt beim Zuhörer vor, daß er schläft. Wir alle kennen ihn, aber wir sind ihm untertan, denn er verfaßt unsere Krankengeschichten. Sein Befund hält uns im »Haus der Künstler« gefangen wie in einer Höhle. Ich habe Dr. Pollanzy gestanden, daß ich mehrere Personen zugleich bin. Ich wollte ihm etwas Unerhörtes sagen, etwas, wovor er Furcht empfinden sollte. Das eine Auge öffnete sich und starrte mich an. Er schwieg. (In letzter Zeit versuchte er es häufiger mit dem Schweigen.) Ich setzte wahrheitsgemäß fort, ich könne meine Aufsplitterung nicht begründen, ich spürte sie nur. Er schwieg weiter und schloß das Auge wieder. Später blätterte Dr. Pollanzy in seinen Aufzeichnungen und las mir eine Äußerung über das Feuer vor, die ich einem Patienten gegenüber gemacht hatte: daß ich am liebsten die Anstalt in Brand stecken würde. Ich war wütend und empfand den Wunsch, auch etwas über ihn zu wissen. Woher kam es, daß er nur *ein* Auge hatte? Während er mich bei Kongressen vorführte, seinen Kollegen meine Verletzung demonstrierte, spürte ich, daß sein Interesse an mir vor allem mit meinem Unfall zusammenhing. Konnte es sein, daß uns die beiden Unfälle, meine Kugel im Kopf und der Verlust seines Auges, miteinander verbanden? Jedenfalls begann ich meinerseits ihn auszuspionieren. Ich folgte ihm bis zu seiner Wohnung in der Hofburg. Ich fand heraus, daß er regelmäßig im Palmenhaus-Café verkehrte und im Café Prückel den pensionierten Untersuchungsrichter Sonnenberg traf, der sowohl sein Patient als auch sein Schachpartner ist. Und ich stellte fest, daß er Opern liebt und Damenbesuch hat. Er lebt von Personen mit krankem Geist, er ernährt sich gewissermaßen von ihnen.

Schließlich entdeckte ich seine enge Beziehung zum Völkerkundemuseum. Trotz seiner zahlreichen Kontakte ist er ein einsamer und merkwürdiger Mann. Eines Tages brachte ich den Mut auf, ihn nach dem Verlust seines Auges zu fragen. Er öffnete das andere und sagte zu meiner Überraschung, daß die Ursache ein Autounfall gewesen sei, bei dem seine Frau ihr Leben verloren habe. Er selbst sei am Steuer des Unglückswagens gesessen. Ein anderes Mal folgte ich ihm zum Zentralfriedhof. Ich stand hinter einem Baum und konnte beobachten, wie er am Grab der Verstorbenen das Gesicht in seinen Händen vergrub. Es war ein sonniger Herbsttag, das Licht durchstrahlte hell die gelben Blätter, die von den Bäumen fielen. Der Unfall war übrigens allgemein bekannt, Dr. Pollanzy war nach einem Sonntagsausflug im Burgenland auf der Rückfahrt nach Wien gegen einen Baum gerast. Das war einige Zeit bevor ich ihn kennenlernte ...

Rätselhafter als Pollanzy ist der Fall Franz Lindner. Schweigt er mit Absicht? Spielt er den Verrückten? Und wenn ja: Woher nimmt er den Willen, sein Schweigen durchzuhalten? Lindner interessierte mich von Anfang an. Ein Geheimnis umgibt ihn. Ich versuchte Kontakt mit ihm aufzunehmen, brachte ihm Farbstifte und Zeitschriften, aus denen er Fotografien ausschnitt, die er in Hefte klebte: Porträts von Mördern und Opfern, Bilder von Verbrechen, Gerichtsverhandlungen, Attentaten,

Diktatoren, von Erdbeben und Vulkanausbrüchen, Flugzeugunglücken, Eisenbahnzusammenstößen, Bergunfällen, Überschwemmungen und Lawinenabgängen – aber auch gänzlich anderes wie Anatomisches, Physikalisches, Botanisches oder Astronomisches aus »Spectrum«- und »Bild der Wissenschaft«-Heften. Er schreibt und zeichnet, und er ist ruhelos, als ob er auf der Suche nach etwas wäre. Zumeist trägt er Stifte und Papier mit sich und läuft den Berg hinunter in das »Caféhaus«, wo er an einem Tisch Platz nimmt und im allgemeinen Lärm arbeitet. Wenn es das Wetter erlaubt, läßt er sich auch im Park auf einer Bank nieder und breitet dort seine Sachen aus.

Einige Male verschlug es ihn in eines der umliegenden Gasthäuser, aber er betrank sich so schwer, daß er beim nächsten Besuch abgewiesen wurde. Auch versuchte er, an Tabletten heranzukommen, um sich zu betäuben – manche waren der Ansicht, um sich zu töten. Jedenfalls achtet man darauf, daß er die Medikamente, die für ihn vorgesehen sind, sofort einnimmt und nicht heimlich sammelt. Ich glaube nicht, daß er Selbstmord begehen will, wer könnte ihn daran hindern, sich vor ein Auto zu werfen oder aus dem Fenster zu stürzen? Ich zeigte ihm die Fotografien von verbrannten Zimmern, Häusern und Gegenständen, die mir Wolfgang Unger in Kopien überlassen hat. Kurz darauf fing er an, das Feuer in seine Zeichnungen einzuarbeiten. Vom Oberpfleger habe ich schon bald erfahren, daß Lindner einen Stapel Papier beschrieben hat – die Verwandtschaft zwischen uns erstaunte mich, und ich versuchte an das Geschriebene, das er in einem Schrank aufbewahrte, heranzukommen, aber es war unmöglich, denn ich erhielt keine Erlaubnis, das Schloß in seiner Abwesenheit zu öffnen. Daher versuchte ich ihn mit Versprechungen zu überreden, es mich lesen zu lassen, und er übergab mir tatsächlich – nachdem ich ihm mein Feuerzeug geschenkt hatte – ein halbes Dutzend Fragmente eines größeren Werkes. Das Konvolut war in Nylonsäcken mit Reklameaufschriften gesammelt und hatte den Titel »Landläufiger Tod«. Es bestand aus Prosastücken, die er noch in keine Ordnung gebracht hatte. Wie viele Nylonsäcke es insgesamt sind, weiß ich nicht, sie nehmen jedenfalls den gesamten Schrank ein, wie der Oberpfleger behauptete. Die Papiere, die Franz mir zu lesen gestattete, hatten die Überschrift »Der Bericht des Freundes« und handelten vom Tod des Vaters seines Vormundes Jenner. (Damals muß er mit dem Anwalt, dessen Jugendfreund er war, noch befreundet gewesen sein.) Sich selbst beschrieb Lindner als Außenseiter, der wegen seiner Stummheit und seines Verhaltens auf Ablehnung stößt. Von seiner Mutter war nicht die Rede. Er schenkte mir eines Tages ein Schulheft mit der Beschriftung FEUER-ABC, das er für mich gemalt hatte. Es begann mit dem Philosophen »Feuerbach«, den er mit brennendem Bart darstellte, es folgte »Feuerbestattung«, ein brennender Ofen, aus dem das Gesicht Dr. Pollanzys mit Augenbinde ragte (ich blättere in dem wunderbaren Heft), dann kam der »Feuerdorn«, ein immergrüner Strauch mit dunkel glänzenden Blättern und roten Früchten, die er als Flammen zeichnete, sodann der »Feuerfalter«, die »Feuerfliege«, »Feuerkorallen«, »Feuerland«, »Feuersalamander«, »Feuerschwamm«, »Feuerstein«, »Feuerwanzen«, »Feuerwehren« und »Feuerwehrmänner«, »Feuerwerk« und zuletzt das »Feuerzeug«, das ich ihm geschenkt hatte. Ich blätterte zwei Leerseiten weiter, und da war die brennende Hofburg dargestellt.

Ich erschrak, als ich es zum ersten Mal sah, denn ich habe die Hofburg ...

Eigentlich war es nur ein Experiment: Ich habe damals meine brennende Zigarette in einen Papierkorb geworfen und als einer der letzten Anwesenden den Redoutensaal verlassen. Niemand hat etwas bemerkt. Ich gebe zu, ich habe mit dem Gedanken, die Hofburg in Brand zu stecken, gespielt, es war jedoch kein geplantes Verbrechen, sondern eine spontane Eingebung. Ich dachte, ich werde ganz Österreich von seiner Geschichte befreien. Wenn die Hofburg abbrannte, würde auch die Vergangenheit so weit zurückliegen wie das Römische Reich. Die Kaiserkrone, die Dokumente in der Nationalbibliothek, der Schweizerhof, der Balkon, auf dem sich Hitler zeigte, alles ausgelöscht. Nebenbei gesagt, war ich betrunken. Als ich die Zigarette in den Papierkorb geworfen hatte, mußte ich die Toilette aufsuchen und urinieren. Dabei überwältigte mich ein Schauer bei der Vorstellung der brennenden Säle. Meine Haare an den Armen stellten sich auf, ich spürte sie in meinen Hemdsärmeln kitzeln. Ich war für Augenblicke glücklich. Aber ich war zu betrunken, um den Einfall weiterzuspinnen. Zuerst stürmte ich nach Hause und sah mir zum hundertsten Mal das Video »Shining« von Stanley Kubrick mit Jack Nicholson an. Ich liebe die Stelle, wo seine Frau entdeckt, daß er nichts anderes auf seiner Schreibmaschine heruntergeklopft hat als: »Was du heute kannst besorgen, das verschiebe nicht auf morgen.« Das große, leere Hotel ließ mich an die Hofburg denken. Ich trank eine halbe Flasche Whisky aus und begab mich wieder auf die Straße, um zu sehen, was geschehen war. Während ich das notiere, verspüre ich den starken Wunsch, das Ganze noch einmal zu erleben. (Ich bin nur verängstigt bei dem Gedanken, daß Lindner im FEUER-ABC die brennende Hofburg festgehalten hat.*)

Obwohl ich weiß, daß es an Irrsinn grenzt, diesen Epilog aufzuschreiben, kann ich nicht anders, als »es« auszusprechen. Ich empfinde Genuß, zu lesen, was nur ich selbst weiß, den Beweis meiner Täterschaft in Händen zu halten und damit zu spielen, daß ich ihn verbrennen werde, sobald ich glaube, daß ich in Gefahr bin, entdeckt zu werden. Und wenn ich schon dabei bin, ein Geständnis abzulegen, dann halte ich fest, daß ich auch den Drang verspüre, einen Mord zu begehen.

Einen Mord, bei dem ich das unbekannte Opfer aus heiterem Himmel töte. Ich habe keine festen Vorstellungen davon, jedenfalls trage ich ein Taschenmesser mit Horngriff bei mir, das sich für diese Zwecke eignet. Immer wenn es im Kino ums Alltägliche geht und unvermutet das Böse eintritt, habe ich das Gefühl, daß wir, die Zuschauer und ich, der Wahrheit ein Stück näher kommen. Eigentlich hassen wir unsere Zeitgenossen, davon bin ich überzeugt, warum also nicht jemandem das Licht ausblasen, stellvertretend für alle anderen? Ich schreibe das mitleidlos mit mir selbst nieder, auch nicht, um zu prahlen, sondern um es schwarz auf weiß vor mir zu sehen.**

---

* Es ist auszuschließen, daß ihm jemand von dem Verdacht, der in den Augen Pollanzys auf mir ruht, erzählt hat, am allerwenigsten Pollanzy selbst. Habe ich mit ihm zu oft über Brände gesprochen? Obwohl es der Wahrscheinlichkeit nach nur ein Zufall sein kann, daß Lindner die Hofburg brennend zeichnete, fühle ich mich ertappt, und ich frage mich, wie ich mich Lindner gegenüber in Zukunft verhalten soll. Wie auch immer es sein wird, es wird mir gekünstelt vorkommen, und ich fürchte mich davor, mich durch ein unnatürliches Verhalten zu verraten.
** Ich verfluche gleichzeitig meine Leichtsinnigkeit, selbst diesen Beweis gegen mich herzustellen, gerade jetzt, wo ich verdächtigt werde, die Hofburg in Brand gesteckt zu haben.

Ich überschlage mich in Gedanken vor Begeisterung, daß meine brennende Zigarette das gesamte, riesige Gebäude in Schutt und Asche gelegt hat. Es tat mir schon damals nicht leid, das schwöre ich. Ich, eine Null, ein Nichts, ein Niemand, habe die Verhältnisse auf den Kopf gestellt.

Ich flüchtete in dieser Nacht unweit der Redoutensäle in ein Gasthaus, das »gesteckt voll« war und in dem ich mit einem pensionierten Mathematikprofessor, der sich mit Astrologie befaßte, in ein Gespräch kam. Ich fand es reizend, daß er mir ein Horoskop erstellte, das er auf Bierdeckeln ausrechnete. Natürlich hatte ich ihm ein falsches Datum, einen falschen Geburtsort und eine falsche Uhrzeit angegeben, doch erstaunlicherweise stimmte alles, was er über mich sagte, ich meine, das Charakterliche. Sicher, er ließ sich nicht auf riskante Aussagen ein, bei denen er ordentlich hätte danebenhauen können, doch ich fragte mich angesichts seiner Künste, ob es wirklich so etwas wie einen kleinsten gemeinsamen Nenner gibt, der auf alle Menschen zutrifft. Der Wirt sperrte um Mitternacht zu und schenkte für die Gesellschaft weiter Alkohol aus. Ich nahm inzwischen längst nicht mehr an, daß es mir gelungen sei, das Gebäude in Brand zu stecken. Ich hatte bloß eine Mutprobe abgelegt, nur mit den Möglichkeiten Klavier gespielt, irgendeine weiße Taste gedrückt – PING! – mehr nicht – nun war der Ton verklungen. Aber immerhin! Ich war es mir nicht schuldig geblieben.

Ich war betrunken und hatte meine Zigarette in der Hofburg schon vergessen, als plötzlich die Polizei die Straße absperrte und Feuerwehren entlang des Gehsteiges hielten. Es mag nicht glaubwürdig klingen, aber ich nahm zuerst nicht an, daß es etwas mit mir zu tun hatte. Die Gäste liefen hinaus, und da sie nicht sofort zurückkehrten, folgten auch mein Mathematikprofessor und ich den Neugierigen. Erst als ich den Flammenschein über den Häusern sah, schlug mein Herz höher. Die Erinnerung an meine Zigarette im Papierkorb kam überraschend wie eine Eingebung. Ich war außer mir vor Freude. Ich sprach sogar ein kurzes stummes Dankgebet, und ich verspürte den Drang, es jemandem zu gestehen. Irgend jemanden wollte ich ins Vertrauen ziehen, denn wenn ich die Tat vollbracht hatte und keiner wußte es, dann war es nur der halbe Triumph. Ich begab mich zurück in das Gasthaus – ich mußte ja noch bezahlen. Mein Mathematikprofessor hatte inzwischen ein paar Geldscheine auf dem Tisch liegengelassen und war gegangen, weswegen ich neben einem Mann Platz nahm, der allein an einem Tisch saß und etwas in ein Notizbuch schrieb. Ich erkannte ihn sofort, es war der Schriftsteller. Ich machte den ersten Fehler und erklärte ihm, um mich wichtig zu machen, daß die Hofburg brenne, die *Redoutensäle* stünden in Flammen, dabei konnte ich das noch gar nicht wissen. Ich hatte niemanden danach gefragt, was brannte, und niemand hatte mir etwas darüber mitgeteilt.

Seine blauen Augen blickten mich ruhig an. Er hatte einen fragenden Blick, wenn ich mich recht erinnere, so als mißtraute er mir. Seine Aufmerksamkeit, die offenbar auch durch das Trinken nicht nachließ, paßte zu den Essays, die er über das »Graue Haus« geschrieben hatte, den »Narrenturm« und die »Hitlervilla«, wie er die Geschichte über das Obdachlosenasyl nannte, weil dort Adolf Hitler seine Wiener Jahre verbracht hatte. Ein paarmal war ich ihm im »Haus der Künstler« begegnet, wo er sich mit Erlaubnis von Primarius Neumann aufhielt und die Patienten fotografierte, speziell Franz Lindner, über den er ein Buch zu verfassen beabsichtigt. Ich rechnete nicht damit, daß er mich wiedererkennen würde, denn wir hatten nie miteinander gesprochen, er kümmerte sich kaum um das Pflegepersonal, außerdem kommt es häufig vor, daß Kunststudenten den Patienten bei ihren Zeichen- und Malarbeiten assistieren, so daß es viele Gesichter gibt, die er sich hätte merken müssen.

Er hörte auf zu schreiben, und ich sagte ihm noch einmal, was ich gesehen hatte, und während ich sprach, mußte ich den Drang, ihm meine Täterschaft zu gestehen, bekämpfen. Er erhob sich, und ich sprach aus, was ich nicht durfte, aber es ging alles so schnell, daß ich mir nicht sicher war, ob er es gehört hatte, denn er bezahlte im selben Augenblick seine Rechnung, und als ich die meine beglich, hatte er sich schon davongemacht. Ich lief ihm sofort nach, sah ihn aber nirgendwo. Ich hatte die Worte ausgesprochen: »Ich war es, ich habe die Hofburg angezündet.« In Gedanken hatte ich den Satz bereits vor mir gesehen, als ich dem Schriftsteller in die Augen geblickt hatte. Was, wenn er sich jetzt an den nächsten Polizisten wandte und mich verriet? Oder, wenn er den Vorfall einer Zeitung meldete, beziehungsweise den Primarius verständigte, der Dr. Pollanzy ins Vertrauen ziehen würde!

Ich irrte in den Gassen umher, verspürte Haß auf die ganze Welt und mich selbst und gelangte durch die Bräunerstraße zum Josefsplatz, wo gerade ein Funkenregen niederging, der mich auf unerklärliche Weise aller Sorgen enthob. »Na und?« dachte ich mir angesichts des schönen Flammenschauers, soll man mich nur verhaften! Niemand geringerer als der von mir geschätzte und nun beargwöhnte Schriftsteller wird der Kronzeuge gegen mich sein, er wird ein Buch über mich schreiben! Wäre ich nicht schon betrunken gewesen, so wäre ich es jetzt vor Glück geworden. Ich wünschte mir, daß die gesamte Hofburg vom Feuer vernichtet werden würde, ich fühlte mich mächtig, ich, der Brandstifter, der Furcht und Schrecken verbreitete! Ich hatte es nicht mit Absicht getan, vorsätzlich hätte ich es gar nicht zuwege gebracht. Ich hatte nur einem kleinen Einfall nachgegeben, nein, nicht einmal das: einer Regung, einem Nebengedanken, einer Wachträumerei, als ich die brennende Zigarette in den Papierkorb fallen ließ – ohne an die Konsequenzen zu denken. Aber nun war es geschehen, und ich bekannte mich zur Urheberschaft der Katastrophe. Ich hatte einem inneren Zwang nachgegeben, und jetzt lag es in Gottes Hand, ob man mich verhaftete oder ob der Schriftsteller mein Geständnis überhört hatte.

Dann sah ich den Schriftsteller wieder! Er hatte eine kleine Kamera bei sich und fotografierte das Geschehen. Der Lärm der Feuerwehrwagen und der Schein des Brandes zogen mehr und mehr Menschen an, und ich drückte mich hinter dem Schriftsteller vorbei, als er gerade im prasselnden Funkenregen das Dach fotografierte, aus dem die Flammen loderten. Es beruhigte mich, daß er sich so intensiv mit seiner kleinen Kamera und den Bildern beschäftigte, es sagte mir zumindest, daß er es nicht eilig hatte, mich zu verraten. Vielleicht hatte ich die Worte auch zu leise ausgesprochen, und er war mit dem Wirt und der Rechnung zu beschäftigt gewesen, jedenfalls ereignete sich nichts.

Früh am Morgen suchte ich Dr. Pollanzy in seiner Wohnung im Schweizerhof auf. Ich fand die Tür offen, die Feuerwehrleute räumten gerade die Schläuche weg, und ich sagte, ich sei Untermieter hier.

Im Arbeitszimmer Pollanzys, beim Anblick von Krankenberichten, die ausgedruckt auf dem Tisch lagen, kam mir die Idee, mein Geständnis schriftlich abzufassen und mich an die Stelle des Psychiaters zu versetzen. Das sollte mir Kraft geben, ihm zu widerstehen.

Wer bei ihm eingebrochen hat, kann ich nicht sagen. Es gibt in letzter Zeit rumänische Banden, die in Wien am Werk sind, jedenfalls ist das die Meinung der Polizei und Dr. Pollanzys, von dem ich erfahren habe, wie es ihm erging, als er versuchte, aus mir herauszubekommen, ob ich der Brandstifter sei. Aber ich schwieg und dachte an Franz Lindner. Ich versuche zu schweigen, wie er.

Außerdem will ich herausfinden, weshalb Franz die brennende Hofburg gezeichnet hat.

Er aber sagt kein Wort.

Zweites Buch
Der Diebstahl

Die Uhr

Ein Taschenkalender aus dem Jahr 1985. Es finden sich, beginnend mit dem 1. Jänner, folgende Eintragungen:

Feldafing, 31. Mai 199-.

Ich erreiche gegen 17 Uhr den bayerischen Starnberger See, wo ich im Hotel »Kaiserin Elisabeth« absteige. Mein Termin mit Otto von Habsburg, der in Österreich »der Kaiser« oder einfach »der Otto« genannt wird, ist erst am nächsten Tag, und ich beschließe daher, nachdem ich mein einziges Gepäckstück, die rote Flugtasche, in meinem Zimmer zurückgelassen habe, mich im Ort umzusehen.

Otto von Habsburg ist der älteste Sohn des letzten österreichischen Kaisers Karl, der mehr als achtzig Jahre nach seinem Tod seliggesprochen wurde, aber in den Köpfen der meisten Menschen ist der alte Franz Joseph* der letzte Kaiser gewesen. Als Franz Joseph 1916 starb, bestieg sein Großneffe Karl den Thron, zu einem Zeitpunkt, als sich der Zusammenbruch der Donaumonarchie schon abzeichnete. Ich habe eine besondere Beziehung zu dem letzten Kaiser: Meine Urgroßmutter Anna Kubaczek hat nämlich von Karl, bei dem sie viele Jahre als Kindermädchen in Dienst stand, für die ihm erwiesene Treue eine goldene Taschenuhr erhalten.

Während ich hinunter zum Schloß Possenhofen** spaziere, ziehe ich das Erbstück heraus und öffne den Dek-

---

* verehelicht mit der legendären Kaiserin Elisabeth, genannt »Sisi«
** dem Geburtshaus der Kaiserin Elisabeth

kel. Ich kenne die Uhr in- und auswendig, aber heute, am Tag vor dem Gespräch mit Otto von Habsburg, den ich für meine Magisterarbeit über den Tod seines Vaters und den Untergang der Donaumonarchie befragen will, verspüre ich wieder und wieder den Wunsch, sie in die Hand zu nehmen und anzusehen. Jeder, der eine Biographie Kaiser Karls oder seiner Frau, der Kaiserin Zita, liest, wird auf den Brief über die Lebensumstände der Unglücklichen im Exil stoßen, der von meiner Urgroßmutter verfaßt worden ist. Ihr Name wurde allerdings im Laufe der Geschichtsschreibung ausgelöscht. Aus Anna Kubaczek wurde schon in einer der ersten Publikationen »Anna Kubalek« (ein Abschreibfehler), in der darauffolgenden »Anna Hubalek« und schließlich »Maria Hubalde«. Im Verlauf der weiteren Veröffentlichungen wurde ihr Name dann gänzlich weggelassen und durch »ein Kindermädchen«, »eine Kammerfrau« und zuletzt »eine Bedienstete« ersetzt. Ich bin sicher, Otto von Habsburg kennt ihren immer und immer wieder zitierten Brief, und natürlich will ich ihn auch nach anderen Einzelheiten befragen, war er doch beim Tod seines Vaters schon zehn Jahre alt und ist heute der letzte lebende Augenzeuge der historischen Ereignisse. Selbstverständlich will ich ihm die Taschenuhr zeigen und von ihm hören, was er von meiner Urgroßmutter gehalten hat, von der ich nicht einmal eine Fotografie besitze (und daher auch keine Vorstellung von ihrem Aussehen habe). Die Taschenuhr soll Kaiser Karl in den dramatischen Stunden des Verzichtes auf die Fortführung der Regierungsgeschäfte in seiner Uniformjacke getragen haben, teilte mir mein Vater mit. Sie ist aus 14karätigem Rosengold und funktioniert klaglos, allerdings muß man sie nach

Ablauf einer Woche um 5 Minuten vorstellen, da sie am Tag 40 Sekunden nachgeht. Es ist eine IWC, Modell Savonette, die, wie ich im Schaffhausener Werk anhand der Fabrikationsnummer (499 812) ermittelt habe, am 14.3.1911 beim Juwelier Ramberger in Frankfurt am Main im Auftrag des deutschen Kaisers Willhelm I. gekauft und von diesem anläßlich der Hochzeit von Karl und Zita von Bourbon Parma dem Bräutigam als Geschenk überreicht worden war. Die Gravur auf der Vorderseite, die vermutlich Karl später vornehmen ließ, stellt das Wahrzeichen der Monarchie, den Doppeladler, dar, und im Klappdeckel sind die Initialen K. K. zu sehen, in denen sich die Doppelköpfigkeit des Phantasievogels widerspiegelt. Denn abgesehen davon, daß es die Anfangsbuchstaben des letzten Habsburger-Kaisers sind, könnten die beiden Ks auch für die kaiserlich-königliche (die österreich-ungarische) Doppelmonarchie stehen. Das Zifferblatt ist weiß emailliert, und die fragilen Zeiger sind aus reinem Gold. Ein kleiner Sekundenzeiger dreht unaufhörlich in einer eigenen, kreisförmigen Arena innerhalb der großen Manege des Zifferblattes seine Runden. Es ist, als würde ein winziges Modell der Monarchie in diesem Alltagsrelikt wie unter einer gläsernen Kuppel weiter existieren, unbeeindruckt von allen Geschehnissen und unwissend von seiner eigenen Existenz, wie das letzte Exemplar einer ausgestorbenen Art.

Das Schloß Possenhofen ist keine große Sehenswürdigkeit.

Ich setze mich in ein Gasthaus, bestelle Weißbier und ziehe meinen Taschenkalender heraus. Vor mir die Uhr auf der Holzplatte im Schatten einer Glasvase mit Pfingstrosen, deren Blütenblätter schon abfallen und auf dem Tisch liegen wie Blutflecken. Die Stengel im Wasser hinter dem bauchigen Glas, die Luftblasen und das Spiel von Licht und Schatten versetzen mich beim Notieren der Gedanken in Trance. Es ist für mich ein Genuß, den Faden zu verlieren, die Wahrnehmungen auf die Gedanken einwirken zu lassen, dem Zufall entgegenzukommen, wie wenn man Tarotkarten mischt und auflegt, die die Zukunft voraussagen sollen. Seit ich die Magisterarbeit über Velázquez' Infantinnenbilder aufgegeben habe, fühle ich mich befreit. Ich mühte mich redlich ab, originelle Interpretationen zu entwickeln, bis ich in der Institutsbibliothek auf eine Seminararbeit aus dem Jahr 1921 stieß, in der meine Gedanken schon vollendet beschrieben waren. Es war mir, als entdeckte ich das Beweisstück für die Existenz eines Paralleluniversums. Alles, was ich dachte, war dort klar und unwiderleglich formuliert, so daß meine eigenen Geistesanstrengungen nur sinnlose Wiederholungen waren. Daß ich trotzdem an einer Magisterarbeit schreibe, ist eher als Versuch aufzufassen, den Wahnsinn herauszufordern, meinetwegen bis zum Selbstmord.

Das Erbstück meiner Urgroßmutter hat mich übrigens auf den Gedanken gebracht, das Thema über den letzten österreichischen Kaiser zu wählen, weil es etwas mit meiner Ahnenforschung zu tun hat ...

Das Original des Briefes meiner Urgroßmutter existiert nicht mehr. »Unauffindbar« ist die lakonische Auskunft der Archive, in denen ich Nachforschungen angestellt habe, bzw. »nicht in meinem Besitz« von monarchistischen Privatsammlern oder Adeligen, die mit der Sache zu tun haben könnten. Ich weiß nicht einmal, an wen der Brief gerichtet war und wie er in die

Hände des Sekretärs von Kaiser Karl gelangt ist. Dieser enge Vertraute, Karl Werkmann, hat das Dokument in einem Buch über den Tod des Kaisers abgedruckt. Die Erstausgabe des Berichtes vom Sterben des Kaisers aus dem Jahr 1923 habe ich in der roten Flugtasche im Hotel zurückgelassen. Auf Seite 307 steht da: »Wie sich's dort lebte, wissen wir aus dem vom 12. März 1922 datierten Brief einer Kammerfrau.« Kein Name. Dieser taucht erst in der folgenden Publikation von Zessner-Spitzenberg auf. Die Anrede ist nicht abgedruckt. Das Buch, das sich seit einiger Zeit im Familienbesitz befindet, wurde so oft aufgeschlagen, daß es sich, wenn man es in den Händen hält, von selbst an der Briefstelle öffnet.

Meine Urgroßmutter zog nach dem Tod des Kaisers nach Böhmen. Sie lebte mit ihrem Ehemann Mirek Stourzh, einem Seiler, der im Alter von 37 Jahren unter ein Fuhrwerk kam und starb, in Budweis. 1945 wurde Anna von den russischen Befreiern verschleppt. Seither hat sich ihre Spur verloren. Die goldene IWC-Savonette hatte sie vorher ihrem Sohn anvertraut, der seine Mutter nach Wien holen wollte, nachdem die Nazis an die Macht gekommen waren. Aber Anna verabscheute die Nazis im allgemeinen und Hitler im besonderen.

Kapitel 1
Der König und der Psychiater

Während ich meine Aufzeichnungen mache, setzt sich ein korpulenter Mann an den Tisch, bestellt ein Bier und mustert neugierig meine Taschenuhr. Er hat das Gesicht eines müden Genießers, sinnliche Lippen, Schnurrbart, sein ergrautes Haar ist nach vorne gekämmt. Wie er mich so versteckt beobachtet, hat er etwas von einem Diktator, der seine Kräfte ruhen läßt. Ich schätze ihn auf 60 Jahre und wohlhabend, er trägt ein dunkelrotes, kariertes Sakko und ein blau-rot-weiß gestreiftes Hemd. Natürlich will er etwas über die Uhr wissen, ich sage, ich hätte sie in einem Antiquitätenladen gekauft.

Ob er sie genauer anschauen dürfe?

Ich schiebe sie ihm vorsichtig über den Tisch, und er nimmt sie in seine Hände, dreht und wendet sie fachmännisch und läßt den Deckel aufspringen.

»Wissen Sie, daß sie von Kaiser Karl sein könnte?« fragt er mich nach einer halben Minute. »Ein schönes Stück.«

»Wie kommen Sie auf Kaiser Karl?« frage ich doppelt überrascht darüber, daß er den Kaiser kennt und die Herkunft exakt bestimmt hat.

»Ich habe damit beruflich zu tun«, erwidert er und reicht mir seine Karte: »Peter L. – Antiquitätenhändler«, lese ich und eine Münchner Adresse.

Als ich ihm berichte, daß ich einen Termin mit Otto von Habsburg habe, bietet er mir an, mich herumzuführen, damit ich den Starnberger See und die schönsten Orte kennenlerne. Insgeheim bin ich erfreut über das Angebot, aber ich lasse es mir nicht anmerken und stecke die Taschenuhr ein. Es ist Pfingstmontag, ein schöner Frühsommerabend, und die Feiertagstouristen sind schon abgereist, deshalb kann eine kleine Rundfahrt nicht schaden. Mein Blick fällt auf die roten Blütenblätter der Pfingstrose, die über den Tisch verstreut liegen, und ich muß wieder an Blutflecken denken.

Wir fahren zum Alten Forsthaus am See, wo wir weiter trinken und Herr L. mir die Roseninsel zeigt und die Sommerresidenz des Bayern-Königs Ludwig II., des Märchenschlösser-Erbauers und Richard Wagner-Anbeters.

»Er schwamm«, berichtet Herr L. und wischt sich den weißen Schaum vom Schnurrbart, »die ziemlich weite Strecke zur Roseninsel, um sich dort mit Sisi, seiner Lieblingscousine, zu treffen. Ludwig war homosexuell und Sisi narzißtisch. Es gab vielleicht recht sonderbare Gespräche zwischen den kaiserlich-königlichen Häuptern. Wissen Sie, daß Sisi ungefähr 25mal ihre Sommerferien in Feldafing verbracht hat? Und zwar in dem Gebäude, das heute ein Hotel und nach ihr benannt ist.«

Herr L. bezahlt, und wir spazieren an gepflegten hölzernen Bootshäusern am Ufer entlang. Während Herr L. weiterredet, frage ich mich, was einen Binnenländer dazu bringt, sich ein Boot zu kaufen. Schließlich ist man dann das halbe Leben an einen Ort gebunden, während doch ein Schiff gerade für das Bewegliche, das Verschwinden steht. Zugegeben, die meisten Segelboote sehen einladend aus, wie sie im tiefblauen Wasser dümpeln. Und die Bootshäuser sind geradezu ein Paradies für Träumer.

Herr L. erzählt inzwischen vom gewaltsamen Tod König Ludwigs und seines Psychiaters Bernhard von Gudden im Starnberger See. »Professor Gudden«, höre ich Herrn L. sagen, »war davon überzeugt, daß der König Selbstmord begehen würde. Ein psychiatrisches Gutachten hatte ihn für geisteskrank erklärt, und Gudden teilte seiner Majestät das mit. Am Pfingstsonntag* verließen der Psychiater und der Patient mit »Überzieher und Regenschirm« Schloß Berg, denn es regnete leicht. Die beiden waren allein, weil Gudden verfügt hatte, daß sie niemand auf dem Spaziergang begleiten dürfe. Als sie abends um acht Uhr noch nicht zurück waren, begann die Suche nach ihnen. Zwei Stunden später wurden am Seeufer der durchnäßte Hut des Königs, seine beiden Röcke und die Regenschirme gefunden. Gegen Mitternacht entdeckten dann der Schloßverwalter und ein Fischer die Leichen zwanzig Schritte vom Ufer entfernt, eineinhalb Meter tief im Wasser treibend, der Arzt im Mantel, der König in Hemdsärmeln. Die Uhr des Professors war um 20:00 Uhr stehengeblieben, die des Königs um 18:54 Uhr. War es Mord gewesen oder eine Verkettung unglücklicher Umstände?«

Ich kenne die Geschichte nicht im Detail, trotzdem lehne ich das Angebot ab, nach Berg zu fahren und den Schauplatz der Tragödie zu besichtigen.

Ich sage, ich könnte mir alles auch hier, bei den Bootshäusern gut vorstellen. Etwas hält mich an diesem Ort gefangen, und ich bringe nicht die Kraft auf, ihn zu verlassen.

»Wahrscheinlich«, sagt Herr L. nachdenklich und bleibt stehen, »war Ludwig gar nicht verrückt ... Er war nur sonderbar ... Ich denke, daß die Entmündigung, das

---

* es war der Abend des 13. Juni 1886

übereilte Verfahren und die Festnahme für den König eine tiefe Demütigung waren ... Vermutlich lief er einfach ins Wasser, und der Arzt folgte ihm. Ludwig war groß und muskulös, er war durchtrainiert, der Psychiater hingegen klein und dick. Als von Gudden den König erreichte, kam es zu einer Auseinandersetzung, bei der Ludwig den Psychiater so lange unter Wasser drückte, bis er starb.«

»Ja«, sage ich (und denke, ich sei der König und Dr. Pollanzy der Psychiater).

»Der See war damals sehr kalt, zwölf Grad. Ludwig hatte den festen Entschluß gefaßt, Selbstmord zu begehen. Ich denke, dieser Drang hat die Ermordung des Arztes, der ihn daran hindern wollte, ausgelöst. Wegen des klaren Wassers hat man am nächsten Morgen Fußspuren am Grund entdeckt, die weiter hinausführten – der König war also in den See hinaus geflohen...«

Ich betrachte nur das »schweigende Wasser«, wie ich denke.

»Es gab eine Unmenge Mord- und Verschwörungstheorien –«, sagt L.

»Und?« frage ich, »was halten Sie davon?«

»Das habe ich Ihnen bereits gesagt, aber natürlich ist es möglich, daß er einem Mordkomplott zum Opfer gefallen ist.«

Wir stehen vor Segelbooten mit blauen Schutzplanen, die im blauen Wasser unter dem tiefblauen Himmel schaukeln. Im Hintergrund leuchten die Berge von der Sonne beschienen, alles sehr idyllisch.

»Am spektakulärsten ist die These, er sei bei einem Fluchtversuch erschossen worden«, redet Herr L. inzwischen weiter. »Angeblich sei ein Fischerboot bereitgestanden, in das er steigen wollte. Außerdem gibt es eine Skizze des hellen Sommermantels Ludwigs mit zwei markierten Einschußlöchern im Rückenteil. Das Gutachten, daß Ludwig an unheilbarer Paranoia leide, stellte übrigens der erwähnte Dr. von Gudden aus. Er war nicht nur Professor für Psychiatrie in München, sondern auch Direktor der oberbayerischen Kreisirrenanstalt, ein angesehener Herr. Aber der Psychiater untersuchte den König gar nicht. Er kam mit dem Vorsitzenden des Ministerrates, Freiherrn von Lutz, überein, daß seine Majestät geisteskrank sei, und ungeschulte Beamte suchten hierauf Zeugen, die die Diagnose bestätigen sollten. Aufgrund des Gutachtens, das mit den Aussagen der analphabetischen Dienerschaft untermauert wurde (die von den Beamten mit manipulativen Fragen beeinflußt worden war), und der Bestätigung dreier Ärzte (von denen einer ein Schwiegersohn des Psychiaters war, der andere sein präsumptiver Nachfolger) wurde Ludwig entmündigt und unter die Vormundschaft zweier Grafen gestellt. Der König war allein bei den Handwerkern, die seine Schlösser bauten, mit 14 Millionen Mark verschuldet. Der Vorsitzende des Ministerrates, der erwähnte Lutz, stellte kurz darauf sogar 20 Millionen Mark Schulden fest. Ludwig drohte mit Selbstmord, Landesflucht und zuletzt der Sprengung von Schloß Herrenchiemsee, wenn das Geld nicht innerhalb von 14 Tagen bereitgestellt würde. Daraus entwickelte sich der Kampf der Minister gegen den Herrscher...«

»Das Ganze hatte noch einen ironischen Aspekt«, sagt Herr L., während wir in seinem BMW zwischen den Villen der Reichen herumkurven. »Ludwig hatte einen Bruder, der tatsächlich geisteskrank war, Otto I. Er trug noch jahrzehntelang nominell die Krone; am Tag nach Ludwigs Tod wurde er zum neuen König ausgerufen, entmündigt und die Regentschaft an Prinz Luitpold übergeben.«

Kapitel 2
Hotel »Kaiserin Elisabeth«

Ich mache mich auf meinem Zimmer frisch, während Herr L. unten auf mich wartet. Selbstverständlich spiegelt die Ludwig-Geschichte mein Innenleben wider. Ich finde sie großartig und bin jetzt von der Mordthese an dem König überzeugt. Aber schon nachdem ich geduscht habe, ändere ich meine Meinung. Das Banale kommt oft der Wirklichkeit am nächsten, sage ich mir. Natürlich geschieht alles unter den Deckmänteln der Täuschung, des Bluffs, der Lüge, aber auch diese sind nur Banalitäten. Selbstmord hin, Mord her, es war ein Gewaltverbrechen: Die Entmündigung war der Mord.

Bevor ich auf mein Zimmer ging, erzählte mir Herr L. von der fünfstündigen Obduktion des Königs, über die ich aber leider keine Einzelheiten erfuhr. Bei seiner Aufbahrung hielt Ludwig in seiner Rechten, wußte Herr L., einen kleinen Jasminstrauß, den Kaiserin Elisabeth im Garten in Feldafing selbst gepflückt hatte. Ich blicke aus dem hohen Hotelzimmer mit vier Fenstern, das ich mir eigentlich nicht leisten kann (weswegen ich mir aus der Kassa meines Vaters einen kleinen Vorschuß genommen habe), auf die Wiese, den Golfplatz und dahinter den See und die Berge. Das Hotel ist übrigens leer. Leer der Empfang, der Speisesaal, die schöne Terrasse mit einer Laube aus Glyzinien.

Zu meiner Überraschung ist Herr L. nicht mehr da. Ich sehe mich um, entdecke ihn aber nirgendwo. Ich war alles andere als gesprächig gewesen und hatte sein Angebot, mir die Schauplätze der Tragödie zu zeigen, nicht angenommen, das wird ihn verstimmt haben. Plötzlich fällt mir die goldene Taschenuhr ein, und ich befürchte, daß sie mir gestohlen wurde, finde sie dann aber in meiner Jackentasche. Ich bestelle mir ein Weißbier, und nach dem ersten Glas bin ich erleichtert, allein zu sein. Eigentlich will ich mir Notizen des Geschehenen machen, bringe jedoch die Energie dafür nicht auf.

Nein, es war doch Mord, schießt es mir durch den Kopf, sicher hat man Ludwig II. umgebracht! Und plötzlich habe ich den Verdacht, daß ich mir Herrn L. nur eingebildet habe. Herr L. war so distinguiert, daß er mir eine Nachricht hinterlassen und sich nicht einfach aus dem Staub gemacht hätte!

Die beiden Kellner in weißen Jacketts, Kroaten wie sich herausstellt, grauhaarig und älter der eine, blond und jünger der andere, sind gelangweilt und unfreundlich. Niemand sei hier gewesen, keine Nachricht für mich hinterlassen worden, sie sagen es so, als ob mir recht geschehe. Ich hätte schwören können, daß der Mann existierte, daß er meine Uhr in der Hand gehalten und vor den Bootshäusern über den Psychiater von Gudden und den König gesprochen hatte. Natürlich kenne ich die Geschichte und selbstverständlich habe ich mich kundig gemacht, bevor ich die Fahrt angetreten habe. Beim Tasten nach der Uhr finde ich in der Jacke das Taschenmesser nicht mehr. Ich stürme auf mein Zimmer, und dort entdecke ich es in der roten Flugtasche. Auf das äußerste beunruhigt kontrolliere ich die kleine Kunststoffbox, in der sich die Tabletten für die gesamte Woche befinden, und stelle fest, daß ich seit zwei Tagen kein Antidepressivum mehr genommen und am Nachmittag Alkohol getrunken habe. Nachdem ich eine Tablette mit Wasser geschluckt habe, schalte ich den Fernsehapparat ein und schaue mir eine Folge der Simpsons an, die zufällig auf einem der Kanäle läuft. Bei den Simpsons beruhige und entspanne ich mich, aber ich kann das Rätsel nicht lösen, ob ich Herrn L. begegnet bin oder nicht. Außerdem finde ich keine Visitenkarte in meiner Geldbörse, kann sein, daß ich sie im Gasthaus in Possenhofen auf dem Tisch liegengelassen habe.

Nach den Simpsons begebe ich mich zurück in den Speisesaal, wo ich noch immer der einzige Gast bin. Sofort spüre ich, daß es den Kellnern lieber wäre, ich wäre gar nicht gekommen. Ich bin nur eine Störung für sie, denn was läßt sich schon an mir verdienen? Das Weißbier, das ich bestelle, bringt bestimmt nicht soviel Trinkgeld ein, daß sich der Weg in die Küche, das Öffnen des Getränkekühlschranks und der Weg zurück auf die Terrasse lohnt. Wenn nur ein einziger Mensch in einem Restaurant sitzt und sich bedienen läßt, kommen sich die Kellner wie Lakaien vor, denn ihr Lakaientum wird ihnen dadurch erst vollständig bewußt, während sie sich bei einer großen Menge von Gästen als Respektspersonen fühlen dürfen, mit denen man sich gutstellen muß, damit sie die Wartezeit auf Speisen und Getränke möglichst kurz halten. Ich kann es den beiden Kellnern nachfühlen, auch meine Urgroßmutter Anna Kubaczek war Bedienstete, wenn auch die eines Kaisers.

Ich bestelle einen Saibling und eine Flasche Grünen

Veltliner, was die beiden Kellner noch mehr verärgert, vielleicht dürften sie ohne mich zusperren und nach Hause gehen. Beleidigt servieren sie Fisch und Wein, beleidigt stehen sie einige Tische weiter mit dem Rücken zur Wand und unterhalten sich in ihrer Muttersprache. Hin und wieder lacht einer gehässig, wahrscheinlich machen sie Witze über den einzigen Gast. Aus Scham lege ich einen großen Betrag Trinkgeld auf den Kassierteller. Der grauhaarige Kellner steckt den Schein blitzschnell ein, bevor ihn sein jüngerer Kollege erspäht, und eilt in die Küche, während der andere fast gleichzeitig das Licht im Speisesaal abdreht.

Ich setze mich im Foyer auf ein Fauteuil, ohne daß sich jemand blicken läßt. Das Hotel kommt mir gespenstisch vor, wie Herr L., der sich in Luft aufgelöst hat, und da ich mich allmählich langweile, suche ich mein Zimmer auf und drehe die Uhr mit dem Doppeladler geistig zurück in die Zeit Kaiser Franz Josephs, während ich den grünen »Fisch und Fang«-Taschenkalender aus dem Jahr 1980 aus der Flugtasche nehme, in den ich einen biographischen Abriß über Kaiser Karl geschrieben habe. Zuerst blättere ich den gedruckten Teil durch, wie ich es immer bei Taschenkalendern mache, die ich für meine Aufzeichnungen verwende.* Ich überlege, was da drau-

---

* Ich verstehe nichts von Fischen, aber ich betrachte mit Interesse die künstlichen Fliegen: Streamer, Nymphe, Rotschwanzpalmer und so weiter und die wichtigsten Hakenformen wie Limerick, Kendal, Gladia, Jamison und Sneck Bent und stoße schließlich auf eine Tabelle der größten Fischfänge in Österreich. Ein Herr Schuster hat 1969 in der Traun einen 7 Pfund und 150 Gramm schweren Aal gefangen, lese ich (aus der Gewichtsangabe kann man leicht erkennen, daß es sich um einen deutschen Kalender handelt). Herr Schmidt aus Klagenfurt 1974 in der Drau einen 47pfündigen Hecht und die Brüder Hans und Helmut Raunikar im Ossiachersee einen mehr als 108 Pfund schweren Wels. Das war im Jahr 1966, erfahre ich weiter.

ßen im Starnberger See alles herumschwimmt, sich auffrißt und fortpflanzt, ohne daß ich es je wissen werde, denke später an Otto, »den Kaiser«, der vielleicht schon zu Bett gegangen ist und von den Toten träumt, und lege die goldene IWC-Uhr auf den Nachttisch, bevor ich meine Aufzeichnungen der Lebensgeschichte des letzten österreichischen Kaisers repetiere, die ich für meine Magisterarbeit gemacht habe.

Kapitel 3
Ein biographischer Versuch

Ein Taschenkalender aus dem Jahr 1980. Es finden sich, beginnend mit dem 1. Jänner, folgende Eintragungen:

Wien, 2. Februar 199-

Wer war Kaiser Karl? – von Philipp Stourzh

Vorwort

Ursprünglich war es meine Absicht, das Leben und Sterben des letzten österreichischen Kaisers langsam, quasi in Zeitlupe zerdehnt, zu entwickeln und jede Einzelheit riesig, wie durch ein Vergrößerungsglas betrachtet, darzustellen. Ich habe mich jedoch für die gegenteilige Vorgangsweise entschieden: den Zeitraffer. Angeregt durch einen Dokumentarfilm, der die Verwesung eines Vogels mit großer Geschwindigkeit zeigte, wodurch der grauenvolle Vorgang sogar eine gewisse humoristische Note erhielt, schien mir die Methode auch für mein Vorhaben geeignet. Außerdem inspirierte mich das gebräuchliche Mittel der Wolkenbeschleunigung in manchen Filmen, die für das Vergehen der Zeit, das Sichauflösen und Verschwinden steht.

Faßt man die Fotografie als den vergeblichen Versuch des Anhaltens der Zeit auf, so ist die Zeitlupe, indem sie den Prozeß des Vergehens nicht einfriert, sondern künstlich verlangsamt, das gelungenere Beispiel einer Verewigung. Denn die Fotografie fördert bloß mit der Zeit alternde Trophäen zutage, während die Verlangsamung das Gefilmte der Zeit entrückt.

Der Zeitraffer hingegen steht für die Auslöschung, das Vergehen, die unentrinnbare Gesetzmäßigkeit der Lebensabläufe und die Sinnlosigkeit all dessen, was wir als »heilig« oder »wichtig« erachten. Jede menschliche Tätigkeit offenbart sich, im Zeitraffer betrachtet, als Lächerlichkeit und die Summe aller Lächerlichkeiten stellt schließlich eine neue, fiktive Geschichtsbetrachtung dar, die ich in meiner Skizze anzuwenden versuche.

Porträt des letzten österreichischen Kaisers

Am Ende des Ersten Weltkrieges, in den trüben Novembertagen des Jahres 1918, als Karl von Habsburg sich mit seiner Frau Zita und den damals fünf Kindern in Schloß Schönbrunn aufhielt und in die Nacht starrte, in der er die vor ihm liegende Hauptstadt der Donaumonarchie, Wien, versunken wußte, hatte sich sein Reich bereits aufgelöst wie die Millionenstadt in der Dunkelheit. Das riesige Schloß war nicht nur von den Bediensteten verlassen, sondern auch von der Garde, den Adeligen, den Beamten und den Vertretern der katholischen Kirche.

Nur noch eine Schar Kadetten schützte den jungen Monarchen. Karl war der letzte Habsburger-Kaiser von Gottes Gnaden, und wie Don Quijote es nicht wahrhaben wollte, daß die Zeit des Rittertums zu Ende gegangen war, konnte Karl, der im Bewußtsein dieses Gottesgnadentums aufgewachsen und erzogen worden war, es nicht begreifen, daß sein Glaube daran nur noch von wenigen geteilt wurde.

Wenn man den schwierigen Versuch unternehmen will, das Leben Kaiser Karls zu verstehen, ist es notwendig, sich diesen Bruch mit der sogenannten Wirklichkeit vor Augen zu halten.

Karl wurde als Sohn Erzherzog Ottos und der sächsischen Königstochter Maria Josefa geboren, einer frommen und sittsamen Frau, die ihrem Mann zwei Söhne gebar. Der Erzherzog war ein Wüstling gewesen. Berühmt wurde er durch den Skandal, den er im Hotel Sacher verursachte, wo er sich im Laufe einer Orgie nackt bis auf den Orden des Goldenen Vlieses und einen Säbel in einem der Gänge herumtrieb und Gäste belästigte, darunter auch den britischen Botschafter. Einmal hielt er mit seinen Begleitern zu Pferd einen (angeblich jüdischen) Leichenkondukt an, worauf der Reitertrupp wie bei einem Hindernisrennen über den Sarg sprang. Legendär waren seine Ausschweifungen in Separées und Hotelsuiten. Von seinen zahlreichen außerehelichen Kindern erkannte er zwei an: einen Sohn aus der Verbindung mit der Ballettänzerin Maria Schleinzer und eine Tochter mit der Schauspielerin Louise Robinson. Er steckte sich mit Syphilis an, vermutlich bei einer »Cocotte« aus Monte Carlo, und verlor nach Befall des Kehlkopfes seine Stimme. Auch seine Nase wurde von der Krankheit zerstört, weshalb für ihn eine entsprechende Prothese aus Kautschuk angefertigt wurde. Mit 41 Jahren starb Erzherzog Otto in einer Döblinger Villa, gepflegt von seiner Stiefmutter und einer aufopferungsvollen »Schwester Martha«, die allerdings die Schauspielerin Robinson war. Zurück blieben eine Reihe von ihm gemalter Tierbilder, Briefe mit grotesken Rechtschreibfehlern, Fotografien, die er zum Teil selbst gemacht hatte, und vor allem der zukünftige Kaiser von Österreich.

Karl, der 1887 in Schloß Persenbeug bei Ybbs an der Donau das Licht der Welt erblickte, geriet seiner Mutter, Maria Josefa von Sachsen, nach. Diese hatte sich in ihrer Ehe im Schweigen und Beten geübt. Ihr Glaube war wundersamerweise durch die Prüfungen, die ihr auferlegt gewesen waren, nicht geringer, sondern stärker geworden. Deshalb ordnete sie an, daß Karl eine streng katholische Erziehung erhielt, aber sie stimmte auch zu, daß er die naturwissenschaftlichen Fächer im öffentlichen Schottengymnasium erlernte. Karl war von kleiner Statur, hatte blaue Augen und ein rundes Gesicht. Seine Stimme war wohlklingend. Er liebte vor allem Hunde, denen er kleine Kunststücke beibrachte und die ihn später bis in das Exil begleiteten. (Schon sein Vater hatte eine Vorliebe für Möpse, Dackel, Boxer und Jagdhunde gehabt.) Es gibt zahlreiche Kinderfotografien, die Karls Wesen aus verschiedenen Blickwinkeln zeigen. Vorwiegend handelt es sich um Inszenierungen mit operettenhaftem Einschlag, denn der kindliche Erzherzog verschwindet zumeist hinter seinen Verkleidungen, wenngleich seine Augen auf drei hervorstechende Charaktermerkmale hinweisen: Vertrauen, Melancholie und Freundlichkeit. Die Fotografien stellen Karl in Mädchenkleidern mit Strohhut auf dem Kopf dar, in Kinderuniform, im Matrosenanzug, als Jäger, mit Tennisschläger und Eislaufschuhen oder als Lenker eines Pony-Gespanns. Nach einem militärwissenschaftlichen und juristischen Studium absolvierte der Erzherzog die vorgeschriebene militärische Laufbahn und ging als Husarenleutnant beziehungsweise Dragoner nach Böhmen und Galizien. Betrachtet man die Fotografien und Lebenszeugnisse aus dieser Zeit, so gewinnt man den Eindruck, daß Karl nicht wirklich das war, was man unter einem Soldaten oder Offizier versteht. Es hat den Anschein, als kostümierte er sich nur als solcher, als tarnte er seine angeborene Sanftmut und Arglosigkeit martialisch, wie man es ihm seinem Stande gemäß auftrug. Häufig war er zu Gast bei seinem Onkel, Thronfolger Franz Ferdinand, einem jähzornigen und schroffen Mann, der dem Jagdwahn verfallen war und tausende Stück Wild erlegte, wie es fein säuberlich in seinem Schußbuch festgehalten ist. Der sture Franz Ferdinand lehnte sich offen gegen Kaiser Franz Joseph auf und unterhielt im Schloß Belvedere eine Schattenregierung. Gegen den Willen des Kaisers heiratete er in morganatischer, das heißt nicht standesgemäßer Ehe die böhmische Gräfin Sophie Chotek.* In einem Nachtrag zum Familienstatut wurden jene Fürstenhäuser aufgezählt, denen das Recht auf Ebenbürtigkeit zustand. Die Choteks waren nicht darunter. Daher mußte Franz Ferdinand für seine Nachkommen auf die Thronfolge verzichten. Er tat es und wartete auf andere Zeiten.

---

* Eine Ehe galt nur dann als »standesgemäß«, wenn sie mit einem Angehörigen des »Allerhöchsten Erzhauses« oder Mitgliedern eines anderen regierenden Herrscherhauses geschlossen wurde, sofern diese bis zu den siebzehnten Urgroßeltern souveränen Hochadel nachweisen konnten.

Karl hingegen, den der Kaiser mit Wohlgefallen betrachtete, wie es in schönen Märchen heißt, vermählte sich am 21. Oktober 1911 auf Wunsch beider Elternpaare mit Zita von Bourbon-Parma, einer Tochter des letzten regierenden Herzogs von Parma aus zweiter Ehe. Zita war übrigens das 17. Kind des Herzogs von insgesamt 24. Aus der ersten Ehe des Vaters mit seiner Cousine Maria Pia von Neapel-Sizilien entsprossen 12 Nachkommen, zwei starben und neun waren geistig behindert, sechs davon so schwer, daß sie nicht ohne Pflege zurechtkamen.

Die Eheschließung von Karl und Zita ist eines der ersten Filmdokumente, das die Habsburger von sich herstellen ließen. Man sieht den greisen Kaiser Franz Joseph in Uniform mit Orden geschmückt und das junge Paar, Karl ebenfalls in Uniform mit Orden und Zita im weißen, langen Satinkleid mit einer goldenen kleinen Krone im Haar und Handschuhen. Die Hochzeitsgesellschaft feiert auf der Terrasse des Schlosses Schwarzau.* Nicht zu vergessen sind der Hofstaat, die zahlreichen Säbel mit Quasten, die Jungfern mit Schleifen im Haar und der Blumenstrauß der Braut aus Myrten und frischen Orangenblüten. (Das Menü bestand aus acht Gängen, dazu wurden Cherry Amontillado, Château Léoville 1900, Stein Kreuzwertheim 1892, Champagne Perrier-Jouët und Porto kredenzt.) Als die Musik des Infanterieregiments Nr. 67 den Hochzeitsmarsch von Mendelssohn spielte, herrschte freudige Stille. Zu Ehren des Brautpaares überflog eine Etrich-Taube, das einmotorige Flugzeug eines österreichischen Erfinders, Schloß Schwarz-

---

* heute ein Frauengefängnis

au. Fotografen mit großen Holzkameras und Stativen machten Aufnahmen.

1912 kam in einem der Landsitze der Parmas, in der niederösterreichischen Villa Wertholz, das erste Kind der glücklichen Ehe, Erzherzog Otto, zur Welt.

Kurz darauf übersiedelte die Familie nach Schloß Hetzendorf in Wien Hietzing, Erzherzog Karl war inzwischen zum Major befördert worden.

Am 28.6.1914 erschoß der serbische Gymnasialstudent Gavrilo Princip den österreichischen Thronfolger Franz Ferdinand und dessen Frau Sophie bei deren Staatsbesuch in Sarajewo und löste damit den Ersten Weltkrieg aus. Karl rückte zum Thronfolger auf, wurde dem Oberkommando in Teschen zugeteilt, avancierte zum Feldmarschall-Leutnant und übernahm das 20. Armeekorps. Er war später der einzige Staatsmann der kriegführenden Mächte, der den Krieg an der Front und in den Schützengräben kennengelernt hatte, denn er befand sich – häufig begleitet von seiner Frau Zita – den Großteil seiner Arbeitszeit »auf Inspektion«. So hielt der alte Kaiser ihn am besten von den Regierungsgeschäften fern. Karl hatte daher kaum Einblick in politische Prozesse. Als er das aufständische Triest besuchte, wurde ihm vom Gerichtspräsidenten der legendäre Scharfrichter Lang vorgestellt. Karl soll sich ihm gegenüber lakonisch geäußert haben: »Ja, mein Herr, wenn es nach mir ginge, würden Sie mehr zu tun haben.« Dafür sah er bald im Karst, wie sich Ratten an gefallenen Soldaten satt fraßen, und hörte die Schreie der Verwundeten und Sterbenden. Manchmal zitterte er selbst vor Angst. Die Italiener, zuerst Verbündete, dann Feinde, nannten ihn »Carlo Piria«, »Karl Trichter«, da er sich angeblich aus Furcht vor den

Inspektionen betrank. Seriöse Historiker bezeichnen das als Verleumdung; ein Originaldokument hält fest: »S. M. trank gerne ein Gläschen Bier, trank bei Tisch meist einen ganz leichten Schilcherwein ... S. M. trank nach dem Essen gern ein Gläschen Cognac anstelle des Kaffees ... Von diesen erwähnten Flüssigkeiten genoß der Kaiser wohl kaum einmal mehr als höchstens zwei kleine Glas...« Zita kann man Ängstlichkeit nicht nachsagen. Sie scheute weder Auseinandersetzungen noch Risiken, wenn es um die Erhaltung der Macht ging, und gebar Karl acht Kinder: Außer Otto Adelheid (1914), Robert (1915), Felix (1916), Karl Ludwig (1918), Rudolf (1919), Charlotte (1921) und Elisabeth (1922).

Am 30. Dezember wurde Karl in der Matthiaskirche in Budapest als Karl IV. zum König von Ungarn und seine Frau Zita zur Königin gekrönt. Bei der Krönung war der vierjährige Sohn Otto zugegen. Er trug einen Kopfschmuck aus Pelz mit einer weißen Straußenfeder und eine Prinzenuniform, Zita eine ansehnliche Krone und eine prächtige Perlenkette. Trotz der Kinderschar wandte Zita einen Großteil ihrer Energie für Karl auf, der sich nach dem Tod von Kaiser Franz Joseph am 21. November 1916, wie gesagt, ohne Vorbereitung mit Staatsgeschäften konfrontiert sah.* Karl wechselte das Oberste Armeekommando zum Teil aus und suchte sich einen neuen Generalstabschef anstelle Conrad von Hötzendorfs. Er übernahm darüber hinaus persönlich den Oberbefehl und damit die Verantwortung für alle militärischen Aktionen der k.u.k. Armee. Seine Aufmerksam-

---

* Es war die Zeit, als meine Urgroßmutter Anna Kubaczek als Kindermädchen in die Dienste der Kaiserin und des Kaisers trat.

keit war ganz auf die Isonzo-Front in Italien gerichtet. Zwar versuchte er innenpolitisch durch die Wiedereinberufung des Reichsrates, der seit März 1914 nicht mehr getagt hatte, die Versöhnung der ideologischen Gegensätze im Land zu erreichen, doch die Abhängigkeit Österreichs von seinem Bündnispartner Deutschland führte mehr und mehr zu einer Entfremdung mit den nicht deutschsprachigen Ländern der Monarchie. Von Zita beraten stürzte Karl sich in dieser Situation in eine politische Affäre, die sein Ansehen schwer beschädigte. Die seltsamen Ereignisse sind unter dem Begriff »Sixtus-Briefe« als fatale Entgleisung seiner Bemühungen um einen Separatfrieden* in die Annalen der diplomatischen Katastrophen eingegangen. Durch die Vermittlung von Zitas Brüdern Sixtus und Xavier von Bourbon-Parma wurden geheime Friedenssondierungen mit Frankreich aufgenommen. Das Ganze lief wie eine Spionage-Klamotte ab, mit illegalen Grenzübertritten, Uniformverkleidungen, nächtlichen Verschwörungsgesprächen, schriftlicher Abfassung der Dokumente durch den Beichtvater und soviel Ungeschick, daß am Schluß nur eine schwere Verstimmung mit dem deutschen Kaiser Wilhelm und die peinlichen Lügen des österreichischen Kaisers übrigblieben – der alles abstritt, aber durch die Veröffentlichung der Briefe überführt wurde. Ohne Rücksprache mit seinem Bündnispartner Deutschland hatte Karl die Ansprüche Frankreichs, Elsaß-Lothringen von Deutschland zurückzuerhalten, unterstützt, worüber er jedoch nicht zu entscheiden hatte, und die Gebietsansprüche der Italiener, die ihn betrafen, Triest und den italienisch-

---

* ohne Deutschland

sprachigen Teil Südtirols, den Trient, abgelehnt. Karl unternahm weitere Friedensversuche über den Papst, den König von Spanien und die belgische Königin, jedoch ohne Erfolg, denn die wirtschaftliche und militärische Abhängigkeit Österreich-Ungarns von Deutschland war so groß, daß die alliierten Westmächte ab dem Frühjahr 1918 die Zerstückelung der Monarchie in unabhängige Nationalstaaten als Kriegsziel verfolgten.

Die anfänglichen Bündnispartner Österreich und Italien waren seit Mai 1915 in blutige Schlachten am Isonzo und in einen absurden Gebirgskrieg in den Dolomiten und am Ortler verwickelt. Unterirdische Stollensysteme in der Marmolata durchzogen in einer Länge von 24 Kilometern den Gletscher. Andere Truppenteile errichteten in 3000 Meter Höhe an extremen Steilwänden mit Hilfe von Strickleitern Biwaks und Kavernen im Eis. Sie hatten nicht nur mit dem Feind, sondern vor allem mit den extremen Naturbedingungen zu kämpfen: Lawinenabgänge, Steinschläge und Kälte kosteten den Großteil der 150 000 Soldaten das Leben.

Die gesamte im ersten Kriegsjahr stationierte k.u.k. Armee war an der Isonzo-Front innerhalb eines Herbstes vernichtet und durch neue Soldaten ersetzt worden.

Am Morgen des 24. Oktober 1917 begann die 12. Isonzo-Schlacht bei Flitsch-Tolmein. In der Nacht hatten massive Giftgasangriffe die Italiener überrascht. 12 Tonnen Phosgen wurden über der feindlichen Armee verteilt und verursachten den Tod von mindestens 1000 italienischen Soldaten. Die Kampfgase wurden von deutschen Truppen eingesetzt, die die Österreicher bei dieser Schlacht unterstützten. Das gab später den Österreichern die Gelegenheit, für den mörderischen Angriff den Deutschen die Schuld zu geben, ein Verhalten, das auch bei späteren politischen und militärischen Ereignissen mit Erfolg angewandt wurde. Zwar wurden Kampfgase erst 1920 international geächtet, aber Karl war sich über die Fragwürdigkeit des Einsatzes chemischer Waffen im klaren. Er verurteilte die Giftgasangriffe zwar immer wieder im nachhinein, allerdings kam es nie so weit, daß österreich-ungarische Truppen später darauf verzichtet hätten. Im Gegenteil: Ein Jahr später, am 24. Oktober 1918, starteten die Italiener eine Offensive an der Piave, verstärkt durch französische, englische und amerikanische Truppen, denen 57 erschöpfte Divisionen der Monarchie gegenüberstanden. Wieder verwendeten Karls Truppen Giftgas, das sich jedoch zersetzt hatte und nur noch bedingt wirksam war. In den Städten der Monarchie verhungerten inzwischen die Menschen in einem Ausmaß, das den Folgen einer verheerenden Seuche glich. Am 26. Oktober verweigerte als erstes das ungarisch-slowenische Regiment 25 den Befehl, an die Front zu marschieren. Am 28. Oktober wurde die Piave-Stellung von den Italienern durchbrochen, ein allgemeiner Rückzug setzte ein. In dieser Situation genehmigte Karl Waffenstillstandsverhandlungen. Der Vertrag wurde am 3. November unterzeichnet und trat am 4. November 1918 um 3:00 Uhr nachmittags in Kraft. Den österreichischen Truppen war schon in den frühen Morgenstunden die Einstellung der Feindseligkeiten befohlen worden. Die Folge war ein unbeschreibliches Chaos. Die Soldaten wurden gefangengenommen, erschossen oder flüchteten, während die italienische Armee ohne Gegenwehr in das feindliche Land einmarschierte und es besetzte. Historiker sprechen davon, man habe befürchtet, daß die heimkehrenden Truppen gegen den Kaiser revoltierten, weshalb man es vorgezogen habe, sie von den Italienern gefangennehmen zu lassen. Am 11. November verzichtete Karl unter dem Druck der Ereignisse und aufgrund ultimativer Forderungen von Politikern auf jeden Anteil an den Staatsgeschäften. In der Finsternis draußen warteten Autos im Park Schönbrunn, die die kaiserliche Familie mit einigen Bediensteten* auf einem breiten Kiesweg am Schloß vorbei zum östlichen Seitentor hinausbrachten, denn man wagte es nicht, sie durch das Haupttor fahren zu lassen. Das Ziel war Schloß Eckartsau im Marchfeld, das der Konvoi ohne Zwischenfälle erreichte. Zurück blieb das unbewachte Schloß Schönbrunn. Am frühen Morgen, es war noch dunkel, schrillten in allen Räumen die elektrischen Glocken. Eine Kammerfrau, die von der Kaiserin nicht verständigt worden war und als einzige in dem riesigen Gebäude genächtigt hatte, eilte in das Zimmer ihrer Herrin und stellte fest, daß nirgendwo mehr Wachposten standen. Als sie die Tür öffnete, stieß sie auf vier Einbrecher, die gerade versuchten, den Wandsafe aufzubrechen, in dem üblicherweise der Schmuck der Kaiserin verwahrt wurde. Einer der Diebe hatte sich versehentlich auf das herausgerissene Brett gesetzt, auf dem die Klingeln angebracht waren, deren Leitungen in die verschiedenen Räume des Schlosses führten.

Auch in Eckartsau war für die kaiserliche Familie keine Sicherheit gegeben, vazierende Soldatenhorden und rote Garden bedrohten sie. Am Tag nach der Abreise des Kaisers aus Schönbrunn war die Republik ausgeru-

---

* darunter meine Urgroßmutter

fen worden, aber Karl weigerte sich, für sein Haus einen schriftlichen Thronverzicht abzugeben, und wartete mit einem 100 Personen zählenden Hofstaat ab, wie sich die Dinge entwickeln würden. Um die Ernährungslage zu sichern, ging man des öfteren auf die Jagd, was den Unmut der hungernden und frierenden Bevölkerung noch mehr erregte. Als im März 1919 der sozialdemokratische Staatskanzler Karl Renner mit einem Ausweisungsgesetz drohte und sogar eine Verhaftung und Internierung in Erwägung zog, entschloß sich Karl am 23. März 1919, in das Schweizer Exil zu gehen. In der Hofkapelle ertönte noch einmal die Kaiserhymne, Karl – in Marschallsuniform – nahm die Huldigung herbeigeeilter Anhänger entgegen, darunter einer Gruppe dekorierter Unteroffiziere, dann setzte sich der Zug mit der kaiserlichen Familie* in Bewegung. Sie wurde in das hübsche, den Bourbon-Parmas gehörende Schloß Wartegg am Bodensee in der Schweiz geführt, von wo aus Karl bei schönem Wetter in sein einstiges Reich blicken konnte. Der Hofstaat hatte sich nur geringfügig reduziert. Er verschlang Unsummen und wurde durch den Verkauf von Schmuck und Spenden finanziert. Der tiefgläubige Karl beriet sich mit Zita, seiner katholischen wie selbstbewußten Frau, die eine auffallende Neigung für theatralische Inszenierungen hatte. Mitunter verquickte sie das politische Geschäft ihres Mannes (etwa bei den Sixtus-Briefen) mit ihrer abenteuerlichen Phantasie, was dann zu kindischen Szenen führte. Von Anfang an war sie den Deutschnationalen verhaßt gewesen, die eine Diffamierungskampagne gegen sie betrieben und sie (weil die Italiener wäh-

---

* und meiner Urgroßmutter Anna Kubaczek

rend des Krieges aus dem Dreibund mit Österreich und Deutschland aus und zu den Alliierten übergetreten waren) ihrer Abstammung wegen als »italienische Verräterin« beschimpften, aber auch als »bigotte Intrigantin« und Karl als einen »seiner hohen Frau welscher Abkunft ausgelieferten Pantoffelhelden«, worin vielleicht ein Körnchen Wahrheit steckte. Es war vermutlich Zita, die die Pläne der beiden gescheiterten Restaurierungsversuche in Ungarn aushecke, jedenfalls weisen beide dieselbe Handschrift auf, ebenso wie die Sixtus-Briefe und andere mitunter lächerliche Aktionen.

Da Karl sich bekanntlich zum ungarischen König hatte krönen lassen, war er dem Gesetz nach zwar nicht mehr im Amt, jedoch noch in Würden. Denn in Ungarn war Admiral Horthy an der Macht, der als k.u.k. Offizier einen Eid auf die Monarchie und Karl geleistet hatte. 1919 hatte er seine Truppen in Budapest mit Folterungen und Morden gegen die Linken eingesetzt, die Ausschreitungen hatten zum Teil antisemitischen Charakter angenommen. Die ungarische Nationalversammlung hatte daraufhin 1920 festgestellt, daß Ungarn weiterhin eine Monarchie bleibe, ihr König jedoch seine Rechte nicht ausübe. Die Proklamation der Republik wurde für ungültig erklärt und anstelle dessen das Amt des Reichsverwesers geschaffen, zu dem Horthy gewählt wurde. Ungarn war demnach bis 1939 ein Königreich ohne König. Daher war der Plan, einen Restitutionsversuch zu unternehmen, kein Staatsstreich oder Umsturz, sondern für Karl einer Überlegung wert. Was Karl jedoch nicht begreifen wollte, war der Umstand, daß ein Großteil der ungarischen Aristokratie und Grundbesitzer, deren Exponent Horthy war, wenig Begeisterung für die Habsburger Dynastie aufbrachte. Außerdem setzte er sich über die zu erwartenden militärischen Konsequenzen hinweg, mit denen seine Rückkehr verbunden sein würde – daß das Land zum Aufmarschgebiet der Armeen seiner rumänischen, tschechoslowakischen und jugoslawischen Nachbarn würde.

Die Familie Karls lebte inzwischen mit ihrem beträchtlichen Hofstaat in Prangins, der einstigen Residenz des Prinzen Jerôme Napoléon und seiner Gemahlin Clotilde, einem zauberhaften Landschloß, in dessen Umgebung die Kinder beim Heuaufladen und Gärtnern halfen und den Hund Gustl in einer Schubkarre spazierenführten. Am 24. März 1921, dem zweiten Jahrestag des Schweizer Exils (einem Gründonnerstag), überschritt Karl illegal auf einem Waldpfad die Grenze nach Frankreich und ließ sich von einem wartenden Automobil nach Straßburg bringen. Dort bestieg er am Karfreitag, dem 25. März, einen Expreßzug nach Wien, wo im Schlafwagen 1717 für ihn die Coupés 11/12 auf den Namen »Sanchez« reserviert waren, denn er reiste mit einem gefälschten Diplomatenpaß als Angehöriger des spanischen Konsulats in Paris. Zur Sicherheit trug er eine dunkle Brille und schützte eine Krankheit vor, deretwegen er nicht gestört werden dürfe. Wie sich später herausstellte, befanden sich im selben Zug zufällig Dr. Spitzmüller und Prinz Ludwig Windisch-Graetz, zwei ehemalige Minister seiner Regierung, und sein Rechtsanwalt Coumount. Es ist schwer vorstellbar, daß Karl bei einer Begegnung mit einem der Bekannten eine glaubwürdige Erklärung dafür gefunden hätte, weswegen er unter falschem Namen in das Land einreiste, das ihm den Aufenthalt verboten hatte. Um 22 Uhr 50 nahm der Kaiser in Wien inkognito ein Taxi und ließ sich unangemeldet zu

Graf Erdödy in den Ersten Bezirk fahren, wobei er mit einer Fünfzig-Schweizer-Franken-Note bezahlte und großzügig auf das Wechselgeld verzichtete. Die Summe war derart unglaublich, daß der Fahrer den Vorfall der Polizei meldete, die jedoch die Angelegenheit als »bsoffene Gschicht« abtat. Graf Erdödy war sprachlos, als der Kaiser vor ihm stand. Am Karsamstag, dem 26. März, trieb er einen jungen Chauffeur auf, der als Werksfahrer bei der Automobilfirma Steyr in Graz gearbeitet hatte und Monarchist war. Er hieß Ladislaus Almásy und sollte später die versteckte Oase Zarzura, die Felszeichnungen im Gilf Kebir und im Uwenat in der libyschen Wüste entdecken und als Held in den Roman von Michael Ondaatje »Der englische Patient« eingehen. Für seine Verdienste, die er dem Kaiser bei seinem ersten Restaurationsversuch leistete, wurde er in den Grafenstand erhoben (das ungarische Parlament bestätigte jedoch nie die Rangerhöhung des aus niedrigem Landadel stammenden Draufgängers). Graf Erdödy, der Chauffeur und der Kaiser passierten bei Sinnersdorf ungehindert die ungarische Grenze, Karl legte diesmal einen anderen gefälschten Paß vor – er hatte die Identität eines William Codo angenommen, Beauftragter des englischen Roten Kreuzes. Die Fahrt ging nach Szombathely (Stein am Anger), wo er den Bruder des ungarischen Operettenkomponisten Franz Lehár, von dem so bekannte Werke wie »Die lustige Witwe«, »Der Zarewitsch« und »Das Land des Lächelns« stammen, aufsuchte. Oberst Lehár war kaisertreu und informiert. Er hatte die Uniform eines Feldmarschalls für Karl vorbereitet und wartete in einem Schloß auf weitere Anweisungen. Außerdem war der Bischof von Szombathely geladen. Zufällig traf noch der ungarische Ministerpräsident Teleki ein, der über die Feiertage seiner Jagdleidenschaft frönen wollte. Teleki wurde über die Vorgänge und den hohen Gast aufgeklärt und schlug vor – vielleicht, um nicht später auf der falschen Seite gestanden zu sein –, den Kaiser am nächsten Tag nach Budapest zu Admiral Horthy zu begleiten, um diesen zur Wiedereinsetzung Karls als ungarischen König zu bewegen.

Am Ostersonntag, dem 27. März 1921, fuhr der ungarische Ministerpräsident eine Stunde früher als Karl und auf einer anderen Route los, um, wie er später sagte, keinen Verdacht zu erregen und die Lage zu klären. Unterwegs ließ er auf halber Strecke eine Autopanne vortäuschen und wartete ab.

Karl traf in Feldmarschalluniform mit seinem Chauffeur Almásy und dem Grafen Erdödy in Begleitung von Oberst Lehár und Graf Sigray um 14 Uhr vor der Burg ein. Er schickte Lehár und Sigray vor und zog sich im Schloß um, denn er wollte vor dem Reichsverweser in Zivilkleidung erscheinen. Als die beiden Parlamentäre zurückkehrten, berichteten sie, daß Horthy »aus allen Wolken gefallen sei«, Sigray fügte hinzu: »Majestät werden sehr energisch sein müssen.« Die Begegnung von Horthy und dem Kaiser wurde später von Karl aufgezeichnet und läßt nur die Bezeichnung »Farce« zu. Der Reichsverweser, den Karl an seinen Eid und die Verfassung erinnerte, verlegte sich auf das Feilschen. Er sei nicht grundsätzlich abgeneigt, aber ... Was er wünschte, war das Goldene Vlies (der Orden, der nur Mitgliedern des Hauses Habsburg zustand) und, als Karl einwilligte, den Oberbefehl über die gesamte Armee, hohe militärische Auszeichnungen und die Bestätigung seines Herzogtitels, den er sich selbst verliehen hatte. Seine merkwürdige Mischung aus Eitelkeit und Machtgier hatte den hilflosen Kaiser nicht davon abgehalten, weiter in ihn zu dringen, obwohl sich doch immer deutlicher abzeichnete, daß Horthy nur Zeit gewinnen wollte. Als Karl erklärte, daß er die geheime Zustimmung Frankreichs besitze, redete sich der Reichsverweser auf den Eid aus, den er auf die neue Verfassung abgelegt habe, und ließ insgeheim die Angaben des Kaisers überprüfen. Die Franzosen dementierten erwartungsgemäß. Nach zwei Stunden endete das obskure Gespräch mit einer Formulierung Karls, die dem berühmten Inspektor Clouseau alias Peter Sellers aus dem Film »Der rosarote Panther« alle Ehre gemacht hätte. Karl erhob sich abrupt, zog seinen Taschenkalender heraus und erklärte dem verdutzten Horthy: »Heute ist der 27. März, wenn Sie in drei Wochen nicht in Szombathely sind (er blätterte im Kalender nach), also am 17. 4., so bin ich an dem Tag in Budapest.« Hierauf verließ er die Burg durch einen Nebenausgang. Die Wache, die ihn nicht erkannte, salutierte auch nicht vor ihm.

Noch am selben Tag ließ Karl in Szombathely den Kragen der Feldmarschalluniform abtrennen, um kein Beweisstück zu hinterlassen, begab sich jedoch erst auf ein Ultimatum Horthys, der mit Ausweisung drohte, am 5. 4. mit dem Hofzug in die Schweiz zurück, da er inzwischen an einer Bronchitis erkrankt war. Auf der Rückfahrt wurde er in Bruck/Mur in der Steiermark von Tausenden aufgebrachten Menschen erwartet, die ihm »die Meinung der Arbeiterschaft« sagen wollten. Daher wurde der Zug in Frohnleiten um acht Uhr abends aufgehalten und stand dort bis zwei Uhr früh.

Erst dann hatte sich die Menge verlaufen, die wenigen noch Anwesenden beschimpften Karl bei dessen Ankunft als Massenmörder, er erreichte jedoch am folgenden Tag unversehrt die Schweiz.

Der erfolglos abgebrochene Restaurationsversuch entmutigte Karl nicht, aber er bekam es mit den Behörden zu tun; der Kanton Waadt, zu dem Prangins gehört, verwehrte der ehemals kaiserlichen Familie den weiteren Verbleib. Auf Beschluß des schweizerischen Bundesrates mußte der Hof in einen anderen Kanton wechseln. Daß er überhaupt in der Schweiz bleiben durfte, hing von einem Eid ab, den Karl gegenüber einem Abgeordneten in seinem Arbeitszimmer im Schloß Prangins leisten mußte. Zita sah voraus, wie die Sache laufen würde, und trug Karls Sekretär Werkmann auf, sich im Schrank des Büros zu verstecken und die genaue Formulierung des Kaisers mit anzuhören, damit er später bezeugen könne, daß Karl keinen Meineid geschworen habe. Man verlangte nämlich von dem exilierten Monarchen, daß er schwören sollte, von der Schweiz aus keinen politischen Umsturz in einem anderen Land mehr zu unternehmen. Da aber Karl zum ungarischen König gekrönt worden war und die ungarische Verfassung, wie gesagt, eine Monarchie vorsah, würde es sich bei Karls und Zitas weiteren Plänen nicht um einen Umsturz, sondern nur um die Wahrung der ihnen zustehenden Rechte handeln. Daher konnte Karl den geforderten Eid reinen Gewissens leisten. Der Bundesrat wußte nichts von der Anwesenheit Werkmanns im Schrank und plauderte noch eine Weile mit Seiner Hoheit, während der Sekretär im Versteck schwitzte.

Der neue Wohnort, an den die kaiserliche Familie

wechseln mußte, war das Schloß Hertenstein am Vierwaldstättersee in der deutschsprachigen Schweiz. Von dort aus unternahm Karl in Begleitung der schwangeren Zita den zweiten Versuch, die Krone in Ungarn zurückzuerlangen. Er verlief alles in allem nicht weniger absurd als der erste. Karl war weiterhin davon überzeugt, daß er in Ungarn mit Jubel empfangen würde. Und Zita bestärkte ihn in seinen Träumen – gemeinsam schlugen sie alle Warnungen, wie die des Sekretärs Werkmann oder des ehemaligen Gesandten Dr. Gratz in den Wind. Das kaiserliche Paar war davon überzeugt, daß ein Generalstreik in Budapest ausbrechen würde, wenn Karl erst auf die Hauptstadt zumarschierte. Darüber hinaus rechneten sie mit monarchistischen Aufständen in der Slowakei und Kroatien – war der ungarische König nur einmal in seiner Metropole eingetroffen. Vor allem Emigranten hatten sie darin bestärkt. Karls Adjutant, der als intrigant beschriebene Boroviczeny, legte ihm sogar Zahlen über angeblich bereitgestellte Untergrundarmeen und deren Bewaffnung auf den Tisch – sie stammten allerdings aus dem Reich der Phantasie. Für den exilierten Monarchen waren sie jedoch der willkommene Stoff, mit dem er seine Träume nähren konnte.

Am 20. Oktober 1921 bestieg das Paar, ausgestattet mit 15 000 Schweizer Franken, am Flugplatz Zürich eine Junkers F13, um mit zwei ungarischen Piloten nach Denesfa zu fliegen. Die Maschine verfügte über 180 PS, erreichte eine Fluggeschwindigkeit von 170 Stundenkilometern und brachte den Monarchen mit seiner Frau in einer Höhe von 3500 Metern über Österreich nach Ungarn. Der erste Zwischenfall, dem noch viele weitere folgen sollten, ereignete sich bereits über Wien, wo der Motor mehrfach infolge der schlechten Qualität des Flugbenzins aussetzte. (Die Vorstellung einer Notlandung der Maschine auf dem Gelände des Parks von Schönbrunn ist wohl den Abenteuern des unvergleichlichen Don Quijote an die Seite zu stellen.) Schon Tage zuvor hatte man dem treuen Oberst Lehár ein Telegramm mit dem Inhalt »Der Kragen wird am 20. Oktober aufgenäht« gesandt, womit man den von der Uniform abgetrennten Feldmarschallkragen meinte und die Ankunft Karls ankündigte. Da aber zu dieser Zeit in Ungarn ein organisiertes Schmuggelwesen großen Ausmaßes herrschte, hatte die Regierung angeordnet, alle Telegramme auf ihren Inhalt zu überprüfen und bei unerklärlichen Formulierungen eine Überbringung erst zwei Tage später vorzunehmen. Oberst Lehár erhielt daher keine telegraphische Nachricht und konnte so die für den zweiten Restaurationsversuch vorgesehenen Eisenbahnen und Soldaten der Zuckerrübenernte nicht zur Verfügung stellen.

Das Flugzeug verfehlte übrigens in Ungarn den Bestimmungsort und landete auf einem Acker. Erst als einige aufgescheuchte Bauern herbeieilten, klärte sich der Irrtum auf, und die Junkers mußte auf dem holprigen Terrain noch einmal starten und nach Denesfa fliegen, wo weder die vereinbarten Leuchtfeuer brannten noch eine Delegation sie erwartete. Auf Umwegen gelangte das ehemalige Kaiserpaar nach Ödenburg und suchte dort die Kaserne auf. Karl bildete in den Offiziersräumen am 21. Oktober eine Regierung mit einem provisorischen Ministerpräsidenten sowie einem Außenminister und beförderte Lehár zum General. Die 1500 Mann starke Truppe wurde vereidigt und am späten Abend in einen Hofzug nach Budapest verfrachtet. Außerdem wurden zwei Eisenbahnzüge mit insgesamt 3000 weiteren Soldaten zusammengestellt. Zu Mittag des nächsten Tages traf der Konvoi im Bahnhof von Györ (Raab) ein, wo ihm die Bevölkerung zujubelte. Karl fühlte sich schon als regierender ungarischer König, vereidigte die Raaber Truppe, die vorbeimarschierte, und ahnte nicht, daß der Garnisonskommandant inzwischen längst Admiral Horthy verständigt hatte, der befahl, die Schienen aufzureißen und Lokomotive und Waggons unter Feuer zu nehmen. Es kam zu Verhandlungen, Telefonaten, Beratungen. Die Tschechoslowakei mobilisierte. Der Zug mit Karl fuhr jedoch weiter und erreichte am Sonntag, dem 23. Oktober, Kelenföld, eine Vorstadt Budapests. Die Budapester Garnison wurde von einem königstreuen Kommandanten befehligt, doch hatte sich dieser bei einem Unfall verletzt und war durch einen habsburgerfeindlichen ersetzt worden. Die improvisierte heilige Messe auf den Schienen des Kelenfölder Bahnhofs fehlt als Fotografie in keiner Biographie Karls. Bald darauf setzten Kampfhandlungen ein, zunächst auf der Seite des Reichsverwesers nur von Studenten geführt, denen man angeblich gesagt hatte, sie müßten eindringende tschechische Soldaten bekämpfen. Von da an geriet der Vormarsch jedoch ins Stocken und blieb schließlich gänzlich stecken. Der Generalstreik war in der ungarischen Hauptstadt nicht, wie Karl und Zita erwartet hatten, ausgebrochen.*

24 Stunden lang wurde hektisch intrigiert, Verrat geübt und der Zug unterdessen von der Budapester

---

* Nur im »Sudetenland« hatte sich die deutschsprachige Bevölkerung kurzfristig gegen das Regime in Prag erhoben, bei dem Aufstand waren zwölf Personen ums Leben gekommen.

Truppe Horthys eingekreist. Als Karl beim Studium der Kapitulationsbedingungen im Stationsgebäude von Biatorbágy beschossen wurde, drängte ihn sein Adjutant in den Zug.

Karl erschien am Waggonfenster und rief: »Ich verbiete jeden weiteren Kampf. Es ist sinnlos geworden!«

Er ließ sich zurück nach Totis bringen, wo ihn der mitfahrende Graf Esterházy aufnahm. In der darauffolgenden Nacht drangen sechs schwerbewaffnete Männer in das Schloß ein, zogen ihre Pistolen, wurden aber vor dem Schlafzimmer Zitas und Karls vom Grafen aufgehalten. In den nächsten Tagen ließ Horthy Karl und Zita in das Kloster Tihany am Plattensee bringen.

Inzwischen war es dem »Reichsverweser« gelungen, die britische Regierung dazu zu bewegen, den Kaiser an einen Ort zu bringen, von dem aus er keine weiteren Restaurationsversuche unternehmen könne. Horthy galt als Garant gegen einen kommunistischen Umsturz und hatte immerhin zweimal verhindert, daß Karl als König von Ungarn die Regierung übernahm. Daher entschied man sich, das Paar am 31. Oktober nach Baya zu bringen. Dort wartete auf Anweisung des Kommandanten der britischen Donauflotte der Monitor »Glowworm«. Und in der kleinen Kajüte des »Glühwürmchens« ging es die Donau abwärts bis zum Schwarzen Meer. Karl konnte sich, nachdem er Kapitän Snagge das Ehrenwort gegeben hatte, nicht zu fliehen, an Deck frei bewegen. Er und Zita verlangten, wie man dem Bordbuch entnehmen kann, vor allem einen Priester, heilige Messen, Beichtgelegenheit und Kommunion. In Begleitung des Paares befanden sich Graf und Gräfin Esterházy, Agnes Schönborn, verheiratete Boroviczeny, und eine Kammerzofe

»Mizzi«. In Galatz, das sie am 5.11. erreichten, war die Donau für den Monitor zu seicht, weshalb die Gefangenen auf den kleinen Luxusdampfer »Principessa Maria« wechselten, der zufälligerweise einen österreichischen Koch beschäftigte. Tags darauf verabschiedeten sich die Begleiter. Anstelle der Esterházys trafen Graf und Gräfin Hunyadi ein, und man bestieg den 500 Tonnen-Kreuzer »Cardiff«, wo Kapitän Lionel F. Maitland-Kirwan dem Kaiser ebenfalls das Ehrenwort abverlangte, nicht zu fliehen. Weder Karl noch Zita noch die Hunyadis wußten, wohin die Reise ging. Nach Malta? Asunción? Der Kreuzer geriet in einen Sturm, die See beruhigte sich wieder, so daß Karl sich am 12. November sogar im Tontaubenschießen üben konnte. Wenn er sich umblickte, sah er nur noch Wasser. Sein Reich war scheinbar im Meer, das ihn umgab, versunken, wie Atlantis. Hatte es überhaupt je existiert? War es nicht nur ein Phantasiegebilde gewesen, das er sich als Passagier auf einem fremden Schiff unter fremden Menschen ausgemalt hatte?

Am 19. November 1921 erreichte der Kreuzer den letzten Ort von Karls Lebensreise: Funchal, die Hauptstadt der portugiesischen Insel Madeira im Atlantik. Man empfing den exilierten Monarchen und Zita mit Hochachtung. Der Bürgermeister und eine Abordnung von Honoratioren fuhren ihnen auf einem kleinen Dampfboot entgegen und brachten sie an Land. Dort rief ein Prälat auf deutsch: »Willkommen!« (Der Besatzung des englischen Schiffes wurde keine Erlaubnis erteilt, an Land zu gehen.) Hatten der Kaiser und seine Frau zuletzt in der Schweiz über ein Gefolge von 80 Personen verfügt, so befanden sie sich jetzt nur noch in der Gesellschaft des Grafen und der Gräfin Hunyadi, die für Kost und Logis aufkamen. Zunächst wohnte man in der Villa Victoria des weltberühmten und luxuriösen Reid's Hotels. Die Unterbringung war mehr als komfortabel und die Insel ein mondäner Kurort für den britischen Hoch- und Geldadel.* Karl und Zita überlegten natürlich, wie sie die Familie und einen Teil des Personals nach Funchal bringen könnten, aber die Entente erteilte ihnen keine Erlaubnis, in die Schweiz zu fahren und die Kinder abzuholen. Die arme, aber katholische Bevölkerung nahm die Exilierten freundlich auf, und es galt als große Ehre, mit ihnen gesellschaftlichen Kontakt zu pflegen. Vor allem der portugiesische Graf Almeida und sein Schwager, die in der k.u.k. Armee gedient hatten, kümmerten sich um das Paar, unterstützten es finanziell und luden den Monarchen auf die Jagd und zum Picknick ein. Auch der Bankier Luis da Rocha Machado, der an allen Hotels der Insel beteiligt war, kam ihnen entgegen. Nachdem man Weihnachten getrennt von den sieben Kindern verbracht hatte, erkrankte der sechsjährige Robert in der Schweiz an Blinddarmentzündung, und Zita erhielt einen Paß, um ihm bei seiner Operation beistehen zu können. Zu diesem Zweck ließ sie sich vom Fotografen Perestrello in Funchal fotografieren, einem gutaussehenden, höflichen Mann, der eine Serie Porträts von ihr herstellte. Zita trägt darauf keinen Schmuck, sie lächelt nicht, aber ihre melancholische Schönheit ist auffallend. Ihre Pupillen sind stark vergrößert, als hätte sie sich vor den Aufnahmen Atropin in die Augen getropft, und ihr Gesicht hat etwas Geheimnisvolles. Sie reiste am

---

* Auch Kaiserin Elisabeth hielt sich dort zweimal zur Kur auf und sorgte am Wiener Hof für einige Aufregung, da sie sich auf Madeira abwechselnd von drei Kavalieren bei ihren Unternehmungen begleiten ließ.

2. Jänner 1922 ab und kehrte erst nach einem Monat wieder zurück. Karl mußte inzwischen auch auf die Gesellschaft der Hunyadis verzichten, die ihm bei ihrer Abreise noch einen großzügigen Kredit gewährten, von dem er allerdings keinen Gebrauch machte.

Aus dieser Phase des Wartens existieren auch Porträts des letzten österreichischen Kaisers, die ebenfalls Perestrello angefertigt hat. Auf einer Serie unscharfer, beschädigter, geknickter und zum Teil stark eingerissener Fotografien, die vermutlich als mißlungen aussortiert und nie veröffentlicht wurden, ist sein Aussehen gespenstisch. Sein Haar ist ergraut, der Blick nach innen gerichtet, die Züge sind ernst und schwermütig und gleichzeitig von einer tiefen Verzweiflung über die aufgenötigte Wehrlosigkeit gezeichnet. Am augenscheinlichsten aber ist sein Bemühen um einen Ausdruck von Würde, der angestrengt wirkt.

Zita kehrte nicht allein zurück. Ein anderer Fotograf auf Funchal, Vicente, hielt ihre Ankunft fest. Karl (mit Anzug und Hut) trägt seinen Sohn Rudolf auf dem Arm über das Fallreep an Land, Zita ist umringt von ihren Kindern Otto, Adelheid, Felix, Karl Ludwig und Charlotte. Es sind, wie man sieht, außergewöhnlich attraktive Kinder mit blondlockigem Haar, hübsch gekleidet und wohlerzogen, die sich selbstbewußt der Kamera stellen. (Robert, der am Blinddarm Operierte, sollte allerdings erst einen Monat später nachkommen.) Auch ein kleiner Hofstaat ist mitgereist: Erzherzogin Maria Theresia (die Witwe Erzherzog Karl Ludwigs, der aus Begeisterung für den katholischen Glauben auf einer Reise in den Nahen Osten das Wasser des Jordan getrunken und sich damit tödlich infiziert hatte), die Gräfin Mensdorff und die

Kindermädchen Franziska Kral, geborene Mold (welche auch als Hebamme ausgebildet war), Ottilie Stern, geborene Reuter, und meine Urgroßmutter Anna Kubaczek. Außerdem der ungarische Pater Zsámboky, der Lehrer Dr. Dittrich, der Chauffeur Galovic und der Diener Gregoric, deren Frauen auch als Kammerzofen arbeiteten.

Da Karl nicht mehr für die Kosten, die das Reid's Hotel verursachte, aufkommen konnte, nahm er das Angebot des Bankiers Luis da Rocha Machado an, mit dem kleinen Hofstaat kostenlos seine Sommerresidenz, die Quinta do Monte, zu beziehen, die außerhalb von Funchal auf 800 Meter Meereshöhe lag. Die Temperaturen sind dort um acht bis zehn Grad niedriger als in der Hauptstadt, und die Gegend ist im Winter feucht und neblig. Eine Zahnradbahn (sie ist inzwischen abgebrannt) fuhr jeden zweiten Tag auf den Berg, und von der nahegelegenen Wallfahrtskirche Nossa Senhora do Monte konnte man sich in Korbschlitten die gepflasterten, engen Gassen hinunter ins Tal bringen lassen.

Am 15. Februar 1922 fand die Übersiedlung statt. Karl und Zita, die ein geradezu besessenes Verlangen nach heiligen Messen hatten und so oft wie möglich die Kommunion empfingen, weshalb die Vermutung naheliegt, daß sie sich von der Alltäglichkeit des Lebens beschmutzt fühlten und andauernd um »Reinheit« rangen – Karl und Zita mußten sich nun noch mehr der irdischen »Wirklichkeit« stellen, die vor allem in der Ungewißheit ihrer Zukunft schmerzlich fühlbar wurde. Beide erfanden die Realität für sich täglich neu. Sie bestand für sie nach wie vor aus dem Habsburgerreich und der Welt des katholischen Glaubens. Unerschütterlich waren sie vom Gottesgnadentum überzeugt und betrachteten ihr

Schicksal als Willen Gottes, den auszuführen ihre Mission war.

Der Besitzer des Reid's Hotels in Funchal, Vieira de Castro, hatte den Umzug zur Quinta do Monte organisiert. Er ließ auch Hausrat und Möbel aus der Villa Victoria auf den Berg transportieren, vor allem Porzellan, Tafelsilber und Kochgeschirr. Auch sonst war Vieira de Castro behilflich, vor allem sprach er nicht vom Geld, das das Kaiserpaar ihm schuldete.

Am 2. März traf die vertraute Gräfin Kerssenbrock mit dem von der Operation genesenen Sohn Robert auf Madeira ein. Der ehemalige Kaiser Karl machte zu diesem Zeitpunkt täglich Spaziergänge mit seinen beiden älteren Kindern, dem 10jährigen Otto und der 9jährigen Adelheid, und bereitete sie auf die Stunde vor, in der sie wieder in die Erbländer zurückkehren würden. Außerdem unterrichtete Pater Zsámboky sie in allem, was das Ungarische betraf, und der Hauslehrer Dr. Dittrich in den übrigen Fächern.

Die Quinta do Monte sieht auf alten Fotografien beeindruckend aus. Ein künstlicher Teich, auf dem man mit Ruderbooten fahren konnte und der von Seerosen bewachsen war, erstreckte sich vor dem zweistöckigen Gebäude in einem zehn Hektar großen Park. Man konnte es, ohne zu zögern, luxuriös nennen. Aber die Umstände waren (wie meine Urgroßmutter in ihrem berühmten Brief schrieb) widrig, da das Klima im Winter über der Stadt Funchal wenig einladend ist. Zudem gab es keinen erkennbaren Anhaltspunkt, daß Karl die Welt, die sich ihm Schritt für Schritt entzogen hatte, jemals wiederfinden würde. Das blitzte als schreckliche Wahrheit immer wieder in seinen Gedanken auf. Sein Reich existierte nur noch in seiner Phantasie, erkannte er dann plötzlich, aber Zita bestärkte ihn in dem Glauben, daß seine Tagträume die Wirklichkeit waren, die Wirklichkeit hingegen ein böser Traum, aus dem er eines Tages erwachen würde. Übrigens war Zita wieder schwanger, und vielleicht war es gerade der Vorgang des embryonalen Wachstums in ihrem Körper, der ihr Kraft gab.

Am 9. März 1922 ging Karl mit seinen Kindern Otto und Adelheid nach Funchal, um für Karl Ludwig zu dessen viertem Geburtstag Korbspielzeug einzukaufen. Dabei, so wird vermerkt, lehnte Karl es ab, einen Mantel anzuziehen, denn oben am Berg war es zwar kalt, aber auf dem Rückweg würde er sich beim Aufstieg erhitzen.

Diesem fehlenden Mantel kommt in der Folge eine größere Bedeutung zu, denn der Kaiser begann nach seiner Rückkehr zu husten.

Am 14. März machte er sich zum letzten Mal auf den Weg nach Funchal, um Besorgungen zu erledigen. Als er in die Quinta do Monte zurückkehrte, mußte er sich mit einem Schüttelfrost zu Bett begeben. Weshalb bis zum 22. März kein Arzt geholt wurde, ist ungeklärt. (Vermutlich nahm man die Krankheit nicht ernst genug.) Erst an diesem Tag trifft Dr. Leito Montero ein. Aus dem handschriftlichen Protokoll des Arztes geht hervor, daß auch andere Bewohner des Hauses erkrankt waren. Bis zum 1. April wird »das Personal« als »verkühlt« oder »angesteckt« beschrieben, außerdem mußten die Kinder Karl Ludwig und Felix wegen einer Bronchitis und Grippe und Robert wegen einer Darminfektion ärztlich behandelt werden. Am schwersten war Karl betroffen. Er ließ unter das Kopfkissen seine »Lieblingsreliquien« legen, die ihm helfen sollten, zu gesunden: Eine Kreuzpartikel, ein Stück der Soutane Pius' X. und Reliquien des »Bruders Konrad«. Der Kranke litt vor allem an Fieber, Herpes, Schwellungen am Körper, Hustenanfällen und Atemnot, und Dr. Montero behandelte ihn mit Terpentininjektionen, Wickeln mit Leinsamen und Senfumschlägen. Als sich der Zustand am nächsten Tag nicht gebessert hatte, zog der Arzt seinen Kollegen Nuno Porto hinzu. Porto war Republikaner und Liberaler, und deshalb wurde Zita zuerst befragt, ob sie mit ihm einverstanden sei. Nach dem Konsilium ergänzten die Ärzte die Behandlung mit Kampfer- und Koffeininjektionen in das Gesäß und mit Schröpfköpfen am Rücken. Abgesehen von den Schmerzen, die die Krankheit bereitete, kamen nun die vielleicht noch größeren der Behandlung hinzu. Der Kaiser wurde vom kleinen Zimmer im ersten Stock der Quinta do Monte hinunter in die große, sonnseitig gelegene Sala Amarela getragen, die bis zu diesem Zeitpunkt von der Erzherzogin Maria Theresia bewohnt gewesen war. Es wird berichtet, daß Karl dabei selbst auf die Bahre und wieder herunterstieg. Er hörte durch das Fenster die Stimmen der spielenden Kinder und am 26. März aus der Ferne eine Prozession, die alljährlich um diese Zeit von der gläubigen Bevölkerung zur Kirche Nossa Senhora do Monte unternommen wurde. Tags darauf begann er zu phantasieren. Im Fieberwahn glaubte er, Verhandlungen mit seinen politischen Widersachern zu führen, die er von seinen Vorstellungen zu überzeugen suchte.

Am 27. 3. beschlossen die beiden Ärzte, mit denen sich Karl und Zita auf französisch verständigten, daß sich jeweils einer von ihnen in Bereitschaft halten und im Nachbarhaus ein Zimmer nehmen würde. Zum ersten Mal wurde der junge Sohn Otto von seiner Mutter Zita an das Krankenbett gerufen. Als Pater Zsámboky Karl die »Letzte Ölung« spendete, brach der Zehnjährige in Tränen aus.

Am 28. März wurden Oxygen-Ballons eingesetzt, um die Atemnot zu lindern. Neben Zita besuchte Pater Zsámboky den Kaiser mehrmals am Tag, nahm ihm auf Karls dringenden Wunsch wiederholt die Beichte ab und spendete ihm die Kommunion.

In Phasen geistiger Klarheit verzieh Karl »allen alles«.

Am 30. März wurde ein dritter Arzt hinzugezogen, Dr. Machado dos Santos. Karl, der immer tiefer in seine Fieberträumwelt versank, in der er sich verzweifelt bemühte, sein Reich zu retten, kam kurz zu sich und sagte zu seiner Frau, die ihn in den Armen hielt: »Ach, warum lassen sie uns nicht nach Hause? Ich möchte mit dir nach Hause gehen.«* Tags darauf befiel ihn nach dem Umbetten Gelenkstarre, und er konnte sich nicht mehr bewegen. Ein Fenster wurde aufgerissen, und Erzherzogin Maria Theresia hielt ihm ein Kissen vor die Augen, damit er vom Licht nicht geblendet wurde. Angeblich hat Karl in dieser Nacht die Vision gehabt, daß der spanische König Alfons XIII. – Sohn der Erzherzogin Maria Christine von Österreich – seine Familie aufnehme, und Zita nach seinem Erwachen davon berichtet. Und auch Alfons XIII. soll in derselben Nacht die starke Empfindung verspürt haben, der Familie helfen zu müssen.

Am 1. April 1922 wird Otto von seinen Geschwistern, die arglos eine »Schneeballschlacht« mit Kamelienblüten

---

* Er schenkte meiner Urgroßmutter Anna Kubaczek, die er rufen ließ, die goldene Uhr und dankte ihr für ihre geleisteten Dienste.

machten, weggeholt und in die Sala Amarela geführt, wo außer Zita noch die Gräfin Mensdorff, Erzherzogin Maria Theresia und Pater Zsámboky anwesend sind. Karl hatte mit der Begründung nach ihm verlangt, daß sein Sohn sehen solle, »wie man sich in einer solchen Lage benimmt – als Katholik und Kaiser«. Anderen Berichten zufolge begründete man Ottos Anwesenheit mit der lakonischen Feststellung, damit er erlebe, wie ein Kaiser und Katholik sterbe. Otto kniete »links vom Bett« und weinte »entsetzlich laut«. Die Erzherzogin tröstete ihn. Zita war jetzt im siebten Monat schwanger und trug ein rosafarbenes Kleid. Sie hielt Karl bis zum Schluß in den Armen, während Pater Zsámboky Gebete in das Ohr des Sterbenden flüsterte. Zwischen 12 Uhr 15 und 12 Uhr 23 Uhr – die Angaben weichen voneinander ab – trat der Tod des letzten österreichischen Kaisers ein. Von dieser Stunde an trug Zita 67 Jahre bis zu ihrem Tod im Graubündener Kloster Zizers nur noch schwarze Kleidung.*

Um 22 Uhr wurden dem Verstorbenen die bereits einige Tage zuvor bereitgestellten Injektionen zur Konservierung seines Leichnams verabreicht. Man wendete, so besagt das Protokoll, die Sucquet-Methode an, basierend auf Zinkchlorid. Im Bericht der Ärzte ist weiter zu lesen: »Die Infiltration ins Gewebe vollzog sich ohne Schwierigkeiten.« Der 1. April ist bekanntlich ein närrischer Tag. Man pflegt andere, Gutgläubige, Ahnungslose oder jene, die das Datum vergessen haben, mit Falschmeldungen »in den April zu schicken« und bezeichnet sie, wenn sie darauf hereinfallen, als »Aprilnarren«. Der Brauch ist vielleicht auf das närrische Aprilwetter zurückzuführen,

---

* Zita wurde in der Kapuzinergruft in Wien bestattet.

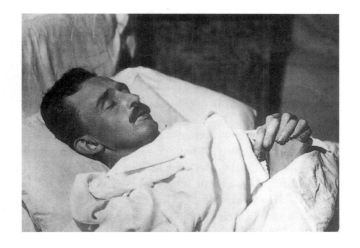

denn es heißt im Volksmund: Der April macht, was er will. Karls Tod am 1. April im Alter von 34 Jahren hörte sich wie eine derbe Falschmeldung an, mit der man den anderen zum Narren halten will. Es ist ein angemessener Sterbetag für einen, der in einer Welt lebte, die es nicht mehr gegeben hat.

Am 2. April wurde in der goldverzierten Hauskapelle der Quinta do Monte die Totenmesse gelesen. In aller Eile war ein Schneider aus Funchal gerufen worden, damit er Trauerkleider anfertigte. Zita hatte bei ihrer Rückkehr aus der Schweiz eine Fahne der österreich-ungarischen Monarchie mit dem Doppeladler mitgebracht. Sie lag noch unausgepackt in einem Reisekoffer. Vielleicht hatte sie beabsichtigt, diese in einer zukünftigen Residenz aufzuziehen und damit die Idee des Reiches für alle sichtbar am Leben zu erhalten? Nun aber lag das Stück Stoff da wie eine Landkarte, auf der die eingezeich-

195

neten Grenzen ihre Gültigkeit verloren hatten. Der Kaiser war in seiner Uniform aufgebahrt. Links und rechts in Kübeln und Behältern standen Blumensträuße, auch einige Kerzen brannten. Die Kissen, auf denen Karl sich während seiner Krankheit aufgerichtet hatte, waren zwischen das Kopfteil des Bettes und die Wand gestopft, und der Fotograf Perestrello, der herbeigeeilt war, um den Toten zu fotografieren, machte einige Aufnahmen.

Am 3. April äußerte Zita gegenüber den Ärzten plötzlich den Wunsch, das Herz des Kaisers in einer Urne aufzubewahren. Der Einfall war ihr bei der Anprobe des Trauerkleides gekommen, als der Schneider den schwarzen Stoff mit Nadeln festgeheftet und mit Kreide den Schnitt markiert hatte. Allerdings erwies sich die Angelegenheit zu diesem Zeitpunkt als äußerst kompliziert, denn es mußten alle wichtigen Blutgefäße abgeschnürt werden, um das Auslaufen der Konservierungsflüssigkeit zu verhindern. Der schwierige Eingriff gelang jedoch. Das Herz des Verstorbenen wurde mumifiziert und in einer inzwischen herbeigeschafften Urne aufbewahrt.* Hierauf wurde Karl in einen offenen Holzsarg gebettet. Er sah merkwürdig verjüngt aus. Obwohl er abgekämpft wirkte, waren seine Züge würdevoll. Das Begräbnis fand am 5. April statt, und von der Familie nahmen außer Zita die Kinder Otto, Adelheid und Robert daran teil sowie Erzherzogin Maria Theresia und die Gräfin Mensdorff. Sieben Männer trugen den Sarg, auf dem die Fahne mit dem Doppeladler lag, zu einem zweirädrigen Karren: der Lehrer Dr. Dittrich, der Diener Gre-

---

* Heute befinden sich Zitas und Karls Herz in der Loretokapelle der Klosterkirche von Muri im Schweizer Kanton Aargau.

goric und der Chauffeur Golovic, Herr Wagner, ein Wiener (der in Funchal ein Geschäft besaß), Graf Almeida und dessen Schwager sowie der Sohn des Bankiers und Hausbesitzers Luis de Rocha Machado. Zahlreiche Menschen folgten dem Karren auf dem holprigen Weg zur Kirche Nossa Senhora do Monte, wo der Tote in einer Nische seine, wie es heißt, letzte Ruhe fand.

Sechs Wochen später, am 19. Mai 1922, ließ der spanische König Alfons XIII., wie der sterbende Kaiser es in seinem Fiebertraum vorausgesehen haben soll, Karls Familie mit einem Passagierschiff, der »Infanta Isabel de Bourbon«, aus Funchal abholen und nach Cádiz bringen.* Zita war zu diesem Zeitpunkt bereits im neunten Monat schwanger. Der König brachte die Familie in El Pardo unter, einem Jagdschloß bei Madrid, wo am 31. Mai 1922 die Tochter Zitas und Karls, Elisabeth, geboren wurde.

Eigentlich müßte Karl in der Wiener Kapuzinergruft begraben liegen, aber er ruht in der kleinen Bergkirche auf Madeira, die »Unserer Heiligen Jungfrau« geweiht ist. Viele Touristen suchen den Ort auf und werfen einen Blick auf den Sarg. Bald nach seinem Tod wurde für Karl ein Seligsprechungsverfahren eingeleitet. Wegen dieses Verfahrens und wegen eines Wassereinbruchs in der Kirche wurde der beschädigte Sarg 1954 geöffnet, wobei Otto, der älteste Sohn, anwesend war. Er war zu diesem Zeitpunkt 42 Jahre alt, 8 Jahre älter als sein vor ihm ruhender Vater.

---

* An diesem Tag verliert sich die Spur meiner Urgroßmutter auf Madeira. Wie kam sie von der Atlantikinsel nach Prag? Wer gab ihr Geld für die Reise? Wurde sie ebenfalls nach Cádiz gebracht? Und dann?

Kapitel 4
Der Kaiser

Eintragung: Pöcking, 1. Juni 199-

Ich bin, nachdem ich meine Aufzeichnungen gelesen hatte, eingeschlafen, aber ich träumte die halbe Nacht von ihnen. Ich sehe die alten Schwarzweißfotografien, die ich hundertmal betrachtet habe, in Bewegung, und es ist mir, als sei ich selbst dabeigewesen, getrennt durch eine unsichtbare Wand, die es mir unmöglich machte, mit jemandem Verbindung aufzunehmen. Ich sah auch meine Urgroßmutter mit den sieben kaiserlichen Kindern spielen, Anna trug eine gestreifte Bluse und eine weiße Schürze, doch sie zeigte mir immer nur ihren Rücken, so daß ich ihr Gesicht nicht erkennen konnte. (Es war aber gerade ihr Gesicht, das ich sehen wollte.) Ich hatte viele Fragen an sie, die mir im Moment nicht einfielen, doch das Geschehen, in das ich miteingeschlossen war, lief als flimmernder Schwarzweißfilm ab, der plötzlich anhielt oder langsamer wurde, ohne daß ich es beeinflussen konnte.

Am Morgen bleibe ich eine Zeitlang bewegungslos im Bett liegen.

Das Hotelzimmer ist mit Biedermeiermöbeln eingerichtet, einem Doppelbett und einem Sofa, Kommode, Tisch, Stühlen sowie einem großen, goldgerahmten Ölgemälde der Kaiserin Elisabeth in mittleren Jahren. Ich fühle mich wie von einer Zeitmaschine zurückversetzt (ohne daß sich mein Bewußtsein verändert hat).

Um 10 Uhr 30 fahre ich nach Pöcking. Als ich das Hotel Käfer erreiche, das vis-à-vis der Hindenburgstraße 15 liegt, halte ich an und steige aus meinem VW-Golf. Das hohe, schwarz gestrichene Gittertor (aus Eisenstäben) steht offen. Ein Schild: »Privat – Eintritt verboten.« Der asphaltierte Weg führt als Allee bergauf und verschwindet hinter einer Biegung. Niemand ist zu sehen. Ich habe noch zwanzig Minuten Zeit und fahre bis zur Kirche, wo ich vor dem Friedhof stehenbleibe und warte. Ich schalte das Radio ein, aber gleich wieder aus, überprüfe mein Diktiergerät und stelle die Lautstärke ein, dann nehme ich die Kamera, kontrolliere, wie viele Aufnahmen ich noch machen kann, und lege alles zurück in die Flugtasche. Dorfbewohner gehen mit prall gefüllten Einkaufstaschen vorbei. Ich hasse das Warten, wenn es nichts zu sehen gibt. Es kommt mir vor, als sei ich ein vergessener Gedanke.

Als die Taschenuhr 10 Uhr 55 zeigt, stecke ich sie ein und fahre zurück in die Hindenburgstraße. Die zweistöckige, große Villa ragt auf einem Hügel empor, weiß, gepflegt, vermutlich aus der Gründerzeit. Kein Mensch ist im Park. In der ungemähten Wiese blühen Glockenblumen, Akelei, Hahnenfuß, Klee, Löwenzahn. Die Villa hieß übrigens früher »Australia«, den Namen erhielt sie von ihrem Erbauer, der sein Geld mit (australischer) Schafwolle gemacht hatte.

Ich parke hinter dem Gebäude im Schatten einer Garage. Ein Gärtner mit Kappe läßt sich kurz blicken und nickt mir zu, als ich vorbei an einer ausgebleichten Madonna aus Holz die schmale, unscheinbare Treppe zur Haustür hinaufsteige. Ich drücke den Klingelknopf, der das Geräusch eines chinesischen Windspieles auslöst.

Die Sekretärin, die mir öffnet, trägt eine Trachtenjoppe, eine randlose Brille und eine schwarze Hose. Sie ist blond, etwa 35 Jahre alt und führt mich umgehend durch eine Diele. (Zuvor muß ich eine graue Filzdecke zur Seite schieben, die hinter der Tür hängt und den Raum im Winter gegen Kälte abdichtet.) Sofort fällt mir eine weitere große Marienstatue auf, vor der eine Kerze brennt. (Ich kann mich des Gedankens nicht erwehren, jemand sei vor kurzem in dem Haus gestorben – so dunkel und still ist es.)

Durch die nächste Tür gelange ich in einen hellen Raum, wiederum mit Biedermeiermöbeln. Auf den ersten Blick nehme ich keine Einzelheiten wahr, ich bin zu gespannt darauf, welche Energie »der Kaiser« ausstrahlen wird. Aber der Raum ist leer. Jetzt fällt mir der braune Flügel vor dem mit einem Scherengitter abgesicherten Fenster auf, der offenbar nicht in Verwendung ist, denn es steht eine Unzahl gerahmter Fotografien darauf. Auch der Kamin rechts von der Tür dient als Abstellfläche für Fotografien. Unter dem Flügel, bemerke ich, liegt ein Cello wie ein Relikt aus vergangener Zeit. Ich mache mir zunächst den Reim »Musikzimmer« darauf und nehme gleichzeitig ein Jugendbildnis der Kaiserin Elisabeth an der Wand wahr, das auf die alten Fotografien blickt, welche das Klavier besetzt halten wie eine Armee von Toten. An den gelb tapezierten Wänden fallen mir auch zwei Ölbilder auf, die Zita und die Erzherzogin Sophie in einem roten Kleid mit dem kleinen Franz Joseph auf dem Arm darstellen. Die rechte Wand ist zur Gänze von einem hellbraunen Samtvorhang bedeckt. Während ich über die Perserteppiche gehe, bemerke ich ein Tischchen, auf dem sich weitere gerahmte Fotografien so dicht drängen, als würden sie im nächsten Augenblick über den Rand stürzen und auf dem Parkettboden aufschlagen.

Die Sekretärin läßt mich Platz nehmen, zieht sich zurück, und ich nutze die Gelegenheit, um den Raum mit meiner Kamera aufzunehmen: in einem Winkel den runden, braunen Biedermeiereckschrank wie eine Säule, die biedermeierliche Sitzgarnitur mit Pflanzenmuster und braungold gestreifter Bank, den großen, glänzenden, nußbraunen Tisch und den goldfarbenen Luster an der Decke. Mir fällt Robert Musils »Der Mann ohne Eigenschaften« ein, es ist, als öffnete sich mir ein Fenster zu dem Buch, aus dem das Licht vergangener Tage fällt und Menschen, Bilder, Möbelstücke und Landschaften in ein gedämpftes, vergessenes Grün taucht wie auf Goyas berühmtem Sonnenschirmbild. Ich trete an das Klavier, und mein Blick schweift über die Gesichter, bis ich plötzlich an einer Fotografie der Kinder Karls und Zitas hängenbleibe. Hinter den Kindern stehen zwei junge Frauen in gestreiften Blusen mit weißen Schürzen, es besteht für mich kein Zweifel, daß es die beiden Kindermädchen Franziska Kral, geborene Mold, und meine Urgroßmutter Anna Kubaczek sind. Die blonde junge Frau hat gerade ihren Kopf zur Seite gedreht, als habe sie jemand gerufen, dadurch ist ihr Gesicht verwischt, das heißt unscharf wiedergegeben, während die Dunkelhaarige den Kopf gesenkt hält. Ich kenne diese Fotografie nur ohne die beiden Frauen. Vermutlich war es eine Probeaufnahme, und man hat die Dienstboten gebeten, nachdem sie die Kleider der Kinder in Ordnung gebracht hatten, aus dem Bild zu treten. Rechts unten lese ich den Namen des Fotografen »Vicente« aus Funchal. Ohne zu zögern nehme ich das silbergerahmte Bild und lasse es in die rote Flugtasche fallen. Fast gleichzeitig öffnet sich eine braune Tür, die ich übersehen habe, und »der Kaiser« erscheint. Ich bin so perplex, daß ich vergesse, ihn zu begrüßen. Sein Gesicht ist mir aus der Zeitung bekannt, und ich frage mich, ob er meinen Diebstahl bemerkt hat. Er kommt freundlich lächelnd auf mich zu, reicht mir die Hand, bietet mir an, Platz zu nehmen, ich ersuche ihn jedoch stotternd, sich von mir fotografieren zu lassen. Ich spreche, ohne zu denken, denn es ist verrückt, daß ich nicht den Reißverschluß der Flugtasche zumache, sondern sie auf einen der Polsterstühle stelle, wo doch das gerahmte Foto darin liegt, das ich an mich genommen habe. »Der Kaiser« ist ohne Umschweife bereit, meinem Wunsch nachzukommen, und ich konzentriere mich auf das Gesicht des alten Mannes. Während ich auf den Auslöser drücke und das Blitzlicht den Raum für einen Moment erhellt, werde ich plötzlich kaltblütig. Ich mache mehrere Aufnahmen, bitte ihn, vor den Samtvorhang zu treten, gebe vor, in der Tasche nach Fotomaterial zu suchen, hole rasch Notizbuch, Kugelschreiber, Diktiergerät und Kassetten heraus und lasse die Fotografie dabei unter der Schmutzwäsche verschwinden. »Der Kaiser« ist geduldig, wartet vor dem Samtvorhang und hat ein entspanntes Gesicht. Er ist groß, schlank und trägt eine grüne Trachtenjoppe mit Hirschhornknöpfen, die ihm ein bißchen zu groß geworden ist, weil er durch sein hohes Alter vielleicht an Gewicht verloren hat. Darunter hat er ein blau in blau gestreiftes Hemd, mit einer blauen Krawatte. Er bewegt sich unerwartet jugendlich. Sein Haarkranz auf dem Kopf ist noch nicht grau (nur der Schnurrbart und die Augenbrauen), und die braune große Hornbrille erweckt eher den Eindruck, als habe er nach dem Zeitunglesen vergessen, sie abzunehmen. Am auffälligsten ist jedoch die hohe Stirn. Man würde »den

Kaiser« an den Augen und der Stirn allein erkennen. Das Gesicht ist weich, freundlich und unerwartet faltenfrei. Er spricht mit großer Höflichkeit, während ich mich noch immer hinter der Kamera verstecke. Von Anfang an bemerke ich den nasalen Sprechton und seine melodische Stimme. Manchmal verfällt er in eine Art leichten Singsang, mit einem kaum merkbaren Akzent, so daß man annimmt, er sei für längere Zeit im Ausland gewesen (Frankreich oder Italien) und daher noch eine andere Sprachmelodie gewohnt. Sein Händedruck ist übrigens fest. Er hat große, trockene, warme Hände, nicht knöchern, sondern muskulös, als seien sie es gewohnt, einen Tennisschläger zu halten oder die Zügel eines Pferdes.

Als ich meine Aufnahmen beendet habe, bittet er mich (noch bevor er sich selbst hingesetzt hat), Platz zu nehmen. Es ist außergewöhnlich, wie selbstverständlich er die Balance von Höflichkeit und Distanz hält.

Durch das Objektiv der Kamera habe ich »den Kaiser«, vielleicht weil ich auf das Licht achte, fast impressionistisch gesehen (wie ein Gemälde von Manet), jetzt sitze ich ihm aber Auge in Auge gegenüber. Die Stühle sind besonders weich, und weil das Polster mehr als erwartet nachgegeben hat, bin ich bis auf Höhe der Tischkante gesunken. (Ferne Erinnerungen an das Hausaufgabenmachen an dem zu hohen Küchentisch werden wach.)

Sofort fragt mich »der Kaiser«, der sich bereits auf einem anderen Stuhl niedergelassen hat, ob ich wohl gut sitze? Oder ob ich lieber auf der Bank Platz nehmen würde? Ich versuche es auf der Bank, sinke aber dort noch tiefer ein. Er bemerkt auch das und weist auf einen Stuhl, der in einer Ecke steht.

»Oder wollen Sie einen festen Stuhl?« fragt er besorgt.

Da der Stuhl in der Ecke, auf den er deutet, niedriger ist als die Bank und die übrigen Stühle – und sogar ein noch höheres Sitzpolster aufweist (das vielleicht noch tiefer einsinkt), lehne ich dankend ab und entscheide mich aus Verlegenheit für die Bank. »Der Kaiser« selbst wirkt auf seinem Stuhl ebenfalls zu klein – wie ein freundlicher Beamter auf einem Hocker vor einem zu hohen Arbeitstisch. Da der Sitz des Polsterstuhles tief einsank, steht der Rundkragen seiner Trachtenjoppe drei Finger breit über dem Hals, als ob ihm seine Jacke nun schon um mehrere Nummern zu groß sei. Lehnt er sich hingegen zurück und legt gleichzeitig einen Zeigefinger an seine Lippen, geht etwas Fürstliches von ihm aus, das den Eindruck natürlicher *Elegance* erweckt.

(Ich schreibe dieses Porträt Otto von Habsburgs übrigens im wieder vollkommen leeren Speisesaal des Hotels »Kaiserin Elisabeth«. Vor mir ein großes Glas Weißbier [das dritte], irgendwo im Hintergrund die beiden kroatischen Kellner. Ich halte meine Eindrücke so schnell wie möglich fest, weil ich befürchte, etwas Wichtiges zu vergessen, bis ich wieder nach Hause zurückgekehrt bin.)

Seine Zähne sehen natürlich aus und weisen nicht die übertriebene Symmetrie eines künstlichen Gebisses auf. Das Erstaunlichste, stelle ich im Laufe des Gespräches fest, ist die konzentrierte Aufmerksamkeit »des Kaisers«. Ich sah – wie durch ein umgedrehtes Fernrohr – gleichzeitig den 10jährigen Schüler Otto vor mir, der die Instruktionen seiner Hauslehrer befolgte. Was vielleicht als erstes und Wichtigstes von ihm verlangt wurde, war ungeteilte Aufmerksamkeit, mit der er zuzuhören und alles zu verfolgen, zu beobachten, wahrzunehmen hatte.

Ohne diese Aufmerksamkeit (hatte man ihm vermutlich beigebracht) war man kein Adeliger. (Undenkbar, wenn er auch nur eine Sekunde früher das Zimmer betreten hätte: Mit Sicherheit wäre es ihm nicht entgangen, daß ich das Bild in die Flugtasche hatte fallenlassen!)

»Der Kaiser«, hat es den Anschein, macht alles leicht und unauffällig und, wenn nötig, mit geschärfter Konzentration. Daraus ergibt sich ein schwer durchschaubares Licht- und Schattenspiel von Interesse und Entrücktheit und der Eindruck, es mit einem wirklichen Mann in einer unwirklichen Welt zu tun zu haben – und nicht umgekehrt. Ich finde es außerdem bemerkenswert, daß er lieber sagt, er könne sich an etwas nicht erinnern, als ein lückenloses Gedächtnis vorzutäuschen. Dadurch beläßt er der Vergangenheit das Fragmentarische der Erinnerung. Es ist eine Festigkeit in seinem: »Das weiß ich nicht mehr.« Manchmal gemischt mit Bedauern, manchmal mit Ironie, aber immer sagt er es mit Bestimmtheit. (Ein letzter Augenzeuge, in dessen Kopf, in dessen Gehirn sich die Bilder und Sätze aufgelöst haben, verfallen, verblichen, verlöscht sind oder sich zu neuen, vielleicht falschen Erinnerungen transformiert haben.) Das Kind Otto, der 10jährige, der das Sterben seines Vaters Kaiser Karl miterlebte, gehört bereits der Vergangenheit an. Es gibt keine Trauer in diesem »Das weiß ich nicht mehr«, so spricht jemand über eine andere Person, nicht über sich selbst.

Ich habe inzwischen längst meinen Schock überwunden, der mit dem plötzlichen Auftauchen »des Kaisers« verbunden war, als ich das Bild stahl. (Und jetzt, im leeren Speisesaal des Hotels »Kaiserin Elisabeth« bin ich davon überzeugt, daß es lange dauern wird, bis man das Fehlen des Bildes bemerkt. Vielleicht wird es überhaupt nie jemandem auffallen, daß es nicht mehr vorhanden ist. Und ich gehe rasch auf die Toilette, mit der Tasche in der Hand, um die Fotografie in der Kabine zu betrachten.)

Kapitel 5
Die Niederschrift

Soeben bin ich nicht mehr der einzige Gast. Am Ende des Saals schlurft eine vornehm gekleidete Dame herein, in Begleitung eines Herrn. Die Frau sieht aus wie eine aus dem Jenseits zurückgekehrte Puffmutter, ihr Gesicht ist eine Maske aus mürbem Fleisch und Schminke und verschmiertem Lippenstift. Sicher trägt sie eine Perücke. Der Mann mit in die Knochenhöhlen zurückgesunkenen Augen, das schüttere Haar glattgebürstet, den Stock in einer zitternden Hand haltend. Sie nehmen am größten Tisch, der »Hochzeitstafel«, Platz, und sofort wird von den übereifrigen Kellnern ein Luster oberhalb von ihnen eingeschaltet, so daß ich den Eindruck habe, auf eine Bühne zu blicken, selbst aber im Halbdunkel eines Zuschauerraums sitze.

Sie wolle hier ihren Geburtstag feiern in 14 Tagen, sagt die Alte so laut, daß ich es hören kann. »Ich will in der ›Kaiserin Elisabeth‹ meinen Geburtstag feiern!« schreit sie den beglückten kroatischen Kellnern ins Gesicht. Der Geschäftsführer erscheint, blitzschnell herbeigeholt, und küßt der Dame auf eklige Weise die Hand.

»Sie will in der ›Kaiserin Elisabeth‹ ihren Geburtstag feiern«, ruft dazu der Alte auftrumpfend, und der Geschäftsführer schlägt die Hacken lautlos zusammen und verbeugt sich. Während es um die Menüvorschläge geht und vor Madame eine Karaffe Likör und zwei kleine Gläschen gestellt werden, beginne ich leise, das Band mit dem Gespräch, das ich mit »dem Kaiser« geführt habe, abzuhören. Aber schon als ich das Gerät einschalte, bin ich entsetzt. Es sind nur Gekrächz, Gesprächsfetzen und das mechanische Rauschen des Gerätes zu vernehmen. Ich drehe die Lautstärke so weit als möglich auf und kann einiges mit Mühe verstehen, wenn ich das Gerät fest an mein Ohr presse. So sitze ich da und notiere, was ich höre. Zumeist muß ich zurückspulen, das Band noch einmal und noch einmal abspielen, bis ich mich erinnere, was gesprochen wurde. Die Kellner sind zu sehr mit der Alten, die ihren Geburtstag in der »Kaiserin Elisabeth« feiern will, beschäftigt, und die Greise reden laut, weshalb ich anfangs keine Aufmerksamkeit errege. Aber plötzlich starrt mich die Greisin an und fragt den jüngeren Kellner, weshalb das Telefonieren mit einem »Handy« in diesem Haus gestattet sei. Wieselflink kommt der Ober, mit wiegenden Hüften den Tischen ausweichend, auf mich zu und bedeutet mir schon von weitem mit heftigen Handbewegungen, daß ich nicht mit dem Diktiergerät arbeiten darf.

Bevor er etwas sagen kann, richte ich mich auf und sage lautstark, daß ich ein Interview auf meinem Kassettengerät abhörte. Ich sei Journalist, ich arbeitete für eine große Zeitung und müsse mein Gespräch mit Otto von Habsburg noch am Abend telefonisch durchgeben. Ich kann mir augenblicklich gratulieren: Der Ober strauchelt über den nächsten Stuhl, kann gerade noch einen Sturz vermeiden, macht kehrt und bemüht sich, Haltung zu bewahren und rasch die Nachricht zu überbringen. Sie wird diskret mitgeteilt, aber ich kann an dem Mienenspiel der Alten erkennen, daß über die Sachlage keine Freude aufkommt, eher ein Sichfügen ins Unvermeidliche. Andererseits werde ich sofort in Ruhe gelassen. Die greise Dame bleibt mit ihrem Begleiter lange. Es wird dunkel, es wird Nacht. Ich vergesse die beiden, presse mein Gerät an das Ohr und lausche und schreibe nieder, was ich verstehe. Manchmal bin ich der Verzweiflung nahe, dann bestelle ich ein Weißbier. Natürlich habe ich mich gefragt, was ich bei der Aufnahme falsch gemacht habe, aber ich kenne die genaue Ursache dafür bis heute nicht. (Ich vermute einen Fehler der Bandbeschichtung, aber den könnte ich nur nachweisen, wenn ich die Kassette überspielen würde, was ich aber trotz der katastrophalen Tonqualität nicht tun will. Oder ich habe die Empfindlichkeit irrtümlich zu schwach eingestellt, und das Gerät, das die ganze Zeit über auf dem Tisch lag, war nicht in der Lage, mehr als akustische Fragmente aufzuzeichnen.)

Was immer auch die Ursache gewesen sein mag, es gelingt mir allmählich, den Großteil des Gespräches zu rekonstruieren und in mein Notizbuch einzutragen.

Die Alten sitzen inzwischen noch immer an der riesigen Hochzeitstafel. Zuerst haben sie Fisch gegessen. Dazu genehmigte man sich Champagner. Alles geschah jetzt unauffällig, ich hatte sogar den Eindruck, daß man auf mich Rücksicht nahm. Hierauf bestellten die beiden eine Topfentorte, mit der sie auf gräßlichste Weise herumpatzten. Der Greis bekleckerte seine Krawatte, die Dame die aristokratische Seidenbluse. Ich war ihnen aber jetzt für ihre Anwesenheit dankbar, denn ich wurde bei meiner Arbeit in Ruhe gelassen, und, wenn ich ein Weißbier bestellte, ohne Verachtung bedient, ja sogar mit vorsichtigem Respekt (wie man einen bissigen Gorilla füttert). Als ich meine Arbeit beendet habe, ist es Mitternacht. Gerade erheben sich die Alten, die so lange am Champagner gesüffelt und mit den Kellnern und dem Geschäftsführer geplaudert haben (welche sich immer wieder umdrehten, um hinter vorgehaltener Hand zu gähnen) – und im selben Augenblick habe ich die Niederschrift abgeschlossen. Sofort als das Paar den Raum verlassen hat, wird der Luster ausgeschaltet, und ich sitze im Halbdämmer der Wandlampe. Mit Bedauern erklärt mir jetzt der jüngere Kellner, daß Sperrstunde sei, und als ich ihn beim Bezahlen nach den Alten frage, antwortet er: »Leni Riefenstahl«, ohne etwas hinzuzufügen.

Die Nacht verbringe ich in meinem VW-Golf am Ufer des Starnberger Sees, in der Nähe des Schlosses Berg. (Vielleicht an der Stelle, an der Ludwig II. seinen Psychiater von Gudden im Wasser ertränkt hat.) Ich schlafe schlecht, stehe auf, vertrete mir die Beine und hole die Fotografie aus meiner Flugtasche: Die Frau mit dem verzerrten, verwischten Gesicht ist meine Urgroßmutter Anna Kubaczek. Ich nehme das Taschenmesser mit dem Horngriff heraus, drehe das Bild um und schneide vorsichtig den Karton auf, um auf der Rückseite der Fotografie einen Hinweis zu finden. Schwitzend löse ich das Bild aus dem Rahmen und lese in großen Buchstaben (es ist die Handschrift Zitas, die ich von Dokumenten und Briefen her kenne): »Otto«, »Adelheid«, »Felix«, »Karl Ludwig« und »Charlotte«, darüber »Anna« und »Franziska« (sich selbst hat die Kaiserin ausgelassen). Wenn die Beschriftung stimmt, dann kann mit Anna nur meine Urgroßmutter Anna Kubaczek gemeint sein. Ich stelle jetzt fest, daß die Namen jeweils hinter der betreffenden Person aufgeschrieben sind, so daß es keinen Zweifel gibt, daß es sich bei der blonden Frau, deren Gesicht verwischt und undeutlich wiedergegeben ist, um meine Urgroßmutter handelt. Ich gebe zu, ich bin einen Augenblick glücklich. Es macht mir nicht einmal etwas aus, daß ich ihre Gesichtszüge nur erahnen kann. Ich erkenne, daß sie jung ist und schlank, und stecke das Foto in den Silberrahmen zurück, befestige den Karton provisorisch mit einem Stück Isolierband und lege das Bild zurück in die Flugtasche unter die Schmutzwäsche. Ich verspüre jetzt den Drang, das Protokoll zu lesen, das ich von dem Gespräch mit »dem Kaiser« im Speisesaal des Hotels »Kaiserin Elisabeth« angefertigt habe, und nehme den Taschenkalender heraus und die goldene IWC-Savonette, werfe einen Blick auf den Doppeladler und drehe am Aufziehrädchen. Ich halte die Uhr an mein Ohr, während ich lese, und lausche dabei dem TICK TACK TICK TACK, das mich an die Existenz meiner Urgroßmutter erinnert wie ein metallischer, leiser Herzschlag.

Kapitel 6
Der Wortlaut

ICH: Das Gespräch geht um Ihren Aufenthalt in Funchal.
OTTO VON HABSBURG: Ja.
ICH: Vom 2.2.1922 an, als Sie mit Ihrer Mutter Zita und Ihren Geschwistern –
OTTO VON HABSBURG: Ja.
ICH: ausgenommen Robert – nach Madeira gekommen sind, bis zum 19. 5. ...

OTTO VON HABSBURG: Ja.
ICH: ... als Sie abgereist sind nach Cádiz.
OTTO VON HABSBURG: Ja, bitte ...
ICH: Wie groß war bei Ihrer Ankunft am 2.2.1922 das Gefolge?
Pause.
ICH *(ich nenne einige Namen zur Erinnerung)*: Abgesehen von der Gräfin Mensdorff und der Erzherzogin Maria Theresia war es Pater Zsámboky: Hatte er den Vornamen Augustin?
OTTO VON HABSBURG: Nein ... Paul.
ICH: Wer ist Augustin? Es gibt nämlich ein Sterbezeugnis von einem Pater Augustin.
OTTO VON HABSBURG: Das weiß ich nicht ... das weiß ich nicht. Jedenfalls anwesend war der Pater Zsámboky und der hat Paul geheißen.
ICH: Die nächste Frage betrifft die Kindermädchen ... Hier habe ich den Namen Ottilie Reuter.
OTTO VON HABSBURG: Ja.
ICH: Später – verehelichte Stern.
OTTO VON HABSBURG: Das hätte ich nicht gewußt.
ICH: Dann eine Franziska Kral, geborene Mold.
OTTO VON HABSBURG: Das weiß ich nicht.
ICH *(ich nenne nun den falschen Namen, um zu überprüfen, ob er sich wirklich erinnern kann)*: UND MARIA HUBALDE.
Pause.
ICH: Nein, Anna ... Anna Hubalde.
OTTO VON HABSBURG: Das ist nicht die Kubaczek?
ICH: In einem Buch steht Kubaczek, in einem anderen Hubalde ... Vielleicht ist das ein Druckfehler.
OTTO VON HABSBURG: Ja.
ICH: Und sie heißt Kubaczek?

OTTO VON HABSBURG: Ja! – Das dürfte die Kubaczek sein.
ICH: Wie sah sie aus?
OTTO VON HABSBURG: Blond ... Sie war fröhlich ... Ich glaube, ich besitze eine Fotografie von ihr ... Warten Sie.
ICH: Nein, das ist nicht nötig.
OTTO VON HABSBURG: Bitte –
ICH: Dann ein Herr Dr. Dittrich, der Lehrer.
OTTO VON HABSBURG: Der ist jüngst gestorben in Tirol ... Außerdem Galovic und Gregoric, das waren die zwei kroatischen Chauffeure.
ICH: Aber Sie hatten ja kein Auto mehr auf Madeira!
OTTO VON HABSBURG: Was sie genau für Funktionen gehabt haben, kann ich Ihnen nicht sagen, aber sie waren bei uns, die ganze Zeit. Sie waren Dienstboten und alles mögliche ... So Faktotums ... Speziell der Galovic.
ICH: Haben sie mit Ihnen gespielt?
OTTO VON HABSBURG: Nein, das weniger, sie haben sich um die verschiedensten Sachen gekümmert ... Um alles mögliche ... was man halt alles gebraucht hat ... Bitte, es war so ... der Gregoric war etwas ... geschwächt. Aber das möchte ich nicht, daß es bekannt wird, er war halt ein Säufer ... Der Galovic war ausgezeichnet ... Mit seiner Witwe waren wir noch lange in Verbindung ... Das ganze Tito-Regime hindurch haben wir sie immer unterstützt, und sie ist dann gestorben, knapp nach der Befrei ... nach dem Sturz von ... äh ... vom jugoslawischen Regime.
ICH: Sind die beiden mit Frauen gekommen?
OTTO VON HABSBURG: Nein, nur der Galovic ... Bitte, wenn ich mich richtig erinnere ... Ja ... bitte, da ein bißchen ein Fragezeichen, denn es könnte eventuell sein

... ich erinnere mich nicht mehr an die Frau von Gregoric, aber ich erinnere mich gut an die Frau von Galovic.
ICH: Hat es einen Koch gegeben?
OTTO VON HABSBURG: Nein.
ICH: Wer hat dann gekocht?
OTTO VON HABSBURG: Das weiß ich nicht ... Nein, leider.
ICH: Als nächstes möchte ich Sie nach dem Brief fragen, in dem die Feuchtigkeit des Hauses in der Quinta do Monte beschrieben wird. Er ist in jedem Buch abgedruckt –
OTTO VON HABSBURG: Ja.
ICH: das den Tod des Kaisers abhandelt ... Von wem wurde er geschrieben?
OTTO VON HABSBURG: Das dürfte von der Kubaczek gewesen sein ... Aber bitte noch einmal, ich kann's Ihnen nicht beschwören, aber ich glaube mich daran zu erinnern, er war von der Anna Kubaczek.
ICH: Es ist ein Brief, der viel –
OTTO VON HABSBURG: Ja.
ICH: Atmosphäre
OTTO VON HABSBURG: Ja! Ja!
ICH: überträgt – Sagen Sie mir bitte, wenn ich Sie überanstrenge ... und wenn Ihnen eine Frage unangenehm ist.
OTTO VON HABSBURG: Nein, nein, um mich anzustrengen, muß man sich selbst zuerst sehr anstrengen.
(Ich nehme die goldene Taschenuhr mit dem Doppeladler aus der Jackentasche und halte sie dem »Kaiser« hin):
ICH: Kennen Sie diese Uhr?
OTTO VON HABSBURG: Die Uhr ... Ja, ja ... warten Sie ... ein Geschenk des ... ein Hochzeitsgeschenk des Deut-

schen Kaisers an meinen Vater! Darf ich Sie fragen, wie Sie zu diesem Stück kommen?

ICH: Kaiser Karl – hat er sie bei der Niederlegung der Regierungsgeschäfte in Schönbrunn getragen?

OTTO VON HABSBURG (der die Uhr in der Hand hält und mir in die Augen schaut): Nein ... mein Vater trug immer eine Armbanduhr. Er liebte seine Armbanduhr ... diese hier hat er vielleicht einmal ... nein, nie getragen, weil sie vom Kaiser Wilhelm stammte, den er nicht mochte ... Aber sagen Sie mir bitte, wie Sie zu der Uhr kommen.

ICH: Ich glaube, mein Großvater hat sie gekauft.

OTTO VON HABSBURG: Dann muß er sie von jemandem aus dem Hofstaat erstanden haben, denn mein Vater hat sie verschenkt, als er starb. Es könnte die Kubaczek gewesen sein ...

(Er gibt die Uhr mir zurück, und ich stecke sie ein.)

ICH: Was ist aus ihr, aus der Kubaczek geworden?

OTTO VON HABSBURG: Leider kann ich Ihre Frage, sogern ich es täte, nicht beantworten, weil ich nicht weiß, was aus ihr geworden ist. Ich weiß auch nicht, ob sie Nachkommen gehabt hat, aber ich glaube zu wissen, daß sie aus Böhmen war und daher in dem Augenblick, in dem sie in die Heimat zurückgekehrt ist, die Verbindungen so gut wie abgeschnitten waren. Ich erinnere mich gut an sie als Namen, aber nach Madeira ist dann alles auseinandergegangen, und daher kann ich Ihnen eben nichts Weiteres mehr sagen. Es tut mir leid. Ich wußte gar nicht, daß es die Uhr noch gibt ... Aber die Anna Kubaczek müßte auf einer Fotografie zu sehen sein (dreht sich um, ist im Begriff aufzustehen und zum Klavier zu gehen) mit mir und meinen Geschwistern zusammen –

ICH *(rasch)*: Sie sind am 2. 2. auf Madeira angekommen, da waren Sie ungefähr noch bis Mitte Februar in der Villa Victoria –

OTTO VON HABSBURG *(irritiert):* Da waren wir unten in der Villa beim Hotel Reid's. Ja.

ICH: Dort waren Sie zuerst noch ungefähr –

OTTO VON HABSBURG: Ja.

ICH: 14 Tage –

OTTO VON HABSBURG: Ja! Ja!

ICH: oder 12 Tage.

OTTO VON HABSBURG: Ja.

ICH: Dann sind Sie hinaufgezogen in die Villa Quinta do Monte, in circa 800 Meter Seehöhe in ein Sommerhaus. Hat Ihnen das gefallen, da oben? Oder waren Sie entsetzt?

OTTO VON HABSBURG: An sich habe ich gedacht ... äh ... das ist ein prachtvoller Park *(Originalton unverständlich, hierauf)*, wirkliche Eindrücke kann ich Ihnen leider nicht sagen ... Aber sagen wir, es war schön da oben ... Es war bestimmt kein Luxus um diese Jahreszeit ... *(Rest unverständlich.)*

ICH: Haben Sie die Kälte und den Schimmelpilz an den Wänden wahrgenommen, wie Anna Kubaczek schreibt?

OTTO VON HABSBURG: Den Schimmelpilz nicht – aber die Kälte: Ja. Es war kalt.

ICH: Und Sie haben mit Ihren Geschwistern in zwei oder mehreren Zimmern zusammengewohnt –

OTTO VON HABSBURG: Ja.

ICH: und kein Zimmer allein bewohnt

OTTO VON HABSBURG: Natürlich! Das habe ich ja vorher auch nicht gehabt! Wir haben zusammen gewohnt – *(unverständlich)*

ICH: Wie war der Tagesablauf auf dem Monte –

OTTO VON HABSBURG: Ach ja, wir sind sehr oft spielen gegangen, aber wir haben auch schon viel gelernt. Da war der Herr Dittrich und der Pater Zsámboky auch. Der hat die ganze ungarische Seite gemacht – *(unverständlich)* Der Unterricht hat immer parallel auf deutsch und ungarisch stattgefunden oder auf französisch. Damals war es natürlich Volksschule ... Das waren so die ersten Klassen ... also Lesen, Schreiben, Rechnen ... Die ganzen Fundamente ... Es ist natürlich auch Heimatkunde und Geographie gelehrt worden ... aber äh ... Geschichte noch wenig. Bitte, irgendwelche Ereignisse der Zeit, aber direkt der Geschichtsunterricht hat erst später angefangen.

ICH: Gab es Tiere auf der Quinta?

OTTO VON HABSBURG: Nein. Nein. Nicht, daß ich mich erinnern könnte ... Ich glaube auch nicht, daß wir welche gehabt haben.

ICH: Wie war der Kontakt zum Vater?

OTTO VON HABSBURG: Wir sind häufig oben am Monte spazieren gegangen, meine Schwester Adelheid, mein Vater und ich. Er hatte vor, uns einzuführen, wenn ich das so sagen darf ... *(unverständlich)* Ich meine, wir waren beide sehr jung, und wir hatten *(unverständlich)* früher relativ wenige Kontakte gehabt. Denn als Kaiser hatte er nicht viel Zeit ... *(unverständlich)*, er hatte oft die Front inspiziert – den Krieg gesehen ... daher hatte er uns sehr viel zu erzählen ... Das war eine relativ kurze Zeit, aber es waren immer diese ausgedehnten Spaziergänge.

ICH: Hat das am Monte stattgefunden oder sind Sie nach Funchal gegangen?

OTTO VON HABSBURG: Oben am Monte. Bitte, man ist nicht einfach auf den Monte gekommen.

ICH: Wie lange hat man bis Funchal gebraucht?

OTTO VON HABSBURG: Äh ... Hinuntergehen ... das konnte man kaum, da ist damals diese kleine Zahnradbahn gewesen oder was immer für eine Bahn das war ... Meistens sind wir in der Höhe oben geblieben und haben einfach die Wege genommen, ich könnte Ihnen nicht genau sagen wohin, aber ziemlich weit sind wir gegangen.

ICH: Er hat beim Gehen laut nachgedacht.

OTTO VON HABSBURG: Ja, er war ein Peripatetiker.

ICH: Wie war das Zusammenleben mit Ihren Geschwistern auf dem Monte ... Gab es bestimmte Spiele der Kinder?

OTTO VON HABSBURG: Nein ... nein ... ich kann's Ihnen nicht sagen ... leider ... wir haben mit der Anna Kubaczek –

(Er steht auf und geht zum Klavier und sucht die Fotografie, die ich an mich genommen habe. Ich kann es nicht mehr verhindern und muß geschehen lassen, was geschieht.) Ich habe irgendwo auf dem Klavier eine Fotografie mit der Kubaczek stehen ... Oder vielleicht ist sie auf dem Kamin, warten Sie – *(er dreht sich um und begibt sich zum Kamin, überfliegt die Fotografien, wirft einen Blick auf das Tischchen)* – ich finde sie momentan nicht, tut mir leid.

ICH: Es ist für die Geschichte nicht wichtig.

OTTO VON HABSBURG: Ich war mir sicher, daß das Bild

auf dem Klavier steht. Zumindest habe ich es immer dort gesehen –

ICH: Was haben Sie im Park gespielt, im Freien –

OTTO VON HABSBURG *(setzt sich wieder)*: Im Garten hat man Räuber und Gendarm und solche Sachen gespielt ... Echte Kinderspiele ... oder Abfangen, da haben wir die meiste Bewegung gehabt ... Die Anna Kubaczek war wieselflink. *(Steht auf und geht zu dem Tischchen, auf dem sich die Fotos drängen.)*

ICH: Wie war damals Ihre Beziehung zu Ihrer Mutter, Ihr Vater war ja sehr bald erkrankt?

OTTO VON HABSBURG: Die hat sich eigentlich sehr um meinen Vater gekümmert, aber die längste Zeit war es so, wie es immer war ... Sie hat sich mehr mit den Kleinen beschäftigt und meine Großmutter mit den Größeren. *(Nimmt ein Bild vom Tischchen, das ihn als Kind mit seiner Großmutter zeigt, stellt es vor mir auf und nimmt Platz.)* Das ist meine Großmutter, das bin ich, und von der Anna Kubaczek sieht man rechts am Bildrand nur das Kleid und die Hand mit einem Reifen, den sie gerade weggetragen hat ... Ich finde jetzt das andere Bild nicht ... Es müßte auf dem Klavier stehen ... *(Er steht auf, stellt das Bild mit seiner Großmutter dorthin, dann fällt ihm ein, daß er das Bild vom Tischchen genommen hat.)* Sehen Sie ... jetzt hätte ich die Fotografie beinahe auf den Flügel gestellt und nicht auf das Tischchen, wo es hingehört ...

ICH: Ich habe gelesen, daß Ihr Vater seine Frau gebeten hat, die Kinder zu strafen, wenn sie etwas angestellt hatten, weil er es nie selbst tun wollte.

OTTO VON HABSBURG: Ja, ja ... waren wir wirklich schlimm *(nicht verständlich; er sucht das Bild inzwischen am Tischchen, wo er das andere Bild zurückgestellt hat),* mußten wir zur Mutter.

ICH: Jetzt kommt die Zeit, als Ihr Vater krank wurde.

OTTO VON HABSBURG: Ja.

ICH: Was ist Ihnen damals selbst aufgefallen, ich meine außer die beiden Male, als Sie zu Ihrem Vater gerufen wurden?

(Otto von Habsburg schweigt und sucht weiter das Bild.)

ICH: Wie war die Atmosphäre da?

OTTO VON HABSBURG *(ruhig)*: Nein, ich finde es nicht... ich muß es später suchen, es kann ja nicht von selbst verschwunden sein... Was haben Sie mich gefragt?

(Er nimmt wieder mir gegenüber Platz und blickt mir ins Gesicht. Ich war in der Zwischenzeit wieder völlig ruhig. Während er suchte, war ich davon überzeugt, daß er es bald aufgeben würde, weil ich ihm eine Frage nach der anderen stellte und dadurch verhinderte, daß er sich auf die Suche konzentrieren konnte.)

ICH: Ich fragte –

OTTO VON HABSBURG: Ach ja, schauen Sie – wir sind nicht zugelassen worden zu meinem Vater, als er krank war... Es war ja damals die Spanische Gripp', und sie haben natürlich große Furcht gehabt, daß die Kinder das auch erwischt. Daher sind wir von ihm streng abgesondert gewesen. Ich war der einzige, der ihn zweimal in seinem Zimmer besucht hat. Ansonsten hat man uns striktest auf ärztlichen Befehl getrennt für lange Zeit ... in der ich ihn selbst nie gesehen habe.

ICH: Aber in der Literatur ist zu lesen, daß Kaiser Karl sich, weil er verschwitzt aus Funchal zurückkam und das Haus so kalt und feucht war, eine Lungenentzündung holte ... Wenn er sich aber an der Spanischen Grippe angesteckt hätte, so wäre das eine Infektionskrankheit, und es sind ja auch die Dienerschaft und einige Kinder daran erkrankt. Dann war aber nicht die Unterbringung in der Quinta do Monte die Ursache für seinen frühen Tod, sondern die Ansteckung mit der Spanischen Grippe.

OTTO VON HABSBURG: Ich habe Ihnen das mitgeteilt, was ich immer gehört habe. Da ich allerdings kein Arzt bin, kann ich zu den Einzelheiten nichts sagen.

ICH: Haben Sie gespürt, daß Ihr Vater an einer gefährlichen Krankheit leidet?

OTTO VON HABSBURG: Nein, das hat man uns nicht gesagt.

ICH: Und als die Ärzte kamen?

OTTO VON HABSBURG: Da hat man es schon gewußt. Ich hab's gewußt, und die Adelheid hat's gewußt, aber die Kleinen hatten keine Ahnung davon.

ICH: Haben Sie daran gedacht, daß er sterben könnte?

OTTO VON HABSBURG: Nein.

ICH: Oder anders gesagt, haben Sie Angst um ihn gehabt?

OTTO VON HABSBURG: Nein ... daran habe ich eigentlich nicht gedacht.

ICH: Mußten Sie darauf Rücksicht nehmen, daß ein Kranker im Haus war?

OTTO VON HABSBURG: Man hat aufgepaßt, daß wir stiller waren ... also, daß man, wenn er jemals geschlafen hat, Ruhe gibt.

ICH: Er ist ja dann übersiedelt, vom Zimmer im ersten Stock hinunter in das Parterre.

OTTO VON HABSBURG: Da durfte man eben nur noch

draußen spielen, und zwar auf der anderen Seite. Wenn Sie von der Front des Hauses ausgehen: auf der linken Seite ... Und dann weiter weg vom Gebäude natürlich. Auf der rechten Seite mußten wir achten, daß wir keinen Lärm machten. Dafür hat die Anna Kubaczek gesorgt ...

ICH *(schnell)*: Ihr Vater hat mit den Ärzten französisch gesprochen. Haben Sie mit ihnen auch Kontakt gehabt?

OTTO VON HABSBURG: Ja ... speziell mit Dr. Montero habe ich mehrfach gesprochen.

ICH: Französisch.

OTTO VON HABSBURG: Ja.

ICH: Hat er Sie auf etwas aufmerksam gemacht?

OTTO VON HABSBURG: Nein, nein ... darüber hat er nicht ... hat er keine Auskunft gegeben.

ICH: Es sind ja schmerzhafte medizinische Eingriffe vorgenommen worden.

OTTO VON HABSBURG: Davon haben wir nichts gewußt.

ICH: Auch nichts gesehen?

OTTO VON HABSBURG: Nein, nein.

ICH: Und von den Oxygen-Ballons?

OTTO VON HABSBURG: Das war ganz am Schluß. Es waren große Gummiballons.

ICH: Darf ich Ihnen darüber weitere Fragen stellen?

OTTO VON HABSBURG: Bitte! Fragen Sie nur alles mögliche! Tut mir leid, daß ich Ihnen nicht alles beantworten kann.

ICH: Es gab zwei Begegnungen mit Ihrem sterbenden Vater. Die erste war am 27. 3.

OTTO VON HABSBURG: Ja, wo ihm »die Letzte Ölung« erteilt wurde.

ICH: Ihr Vater war der Meinung, Sie sollten alles gut sehen können.

OTTO VON HABSBURG: Ja.

ICH: Ihr Vater hat vom Fenster aus die Kinder im Freien spielen hören, und Sie wurden auf seinen Wunsch hereingeholt und mußten mit ansehen –

OTTO VON HABSBURG: Von da an hab ich gewußt, daß es wirklich sehr ernst ist. Ich hab nicht an den Tod geglaubt, aber allein das Wort »Letzte Ölung« hat einem ... äh ... klargemacht ... das »Letzte«, das ist das Ende ... und äh, das hat mir gezeigt, daß es zumindest sehr ernst ist.

ICH: Sie sollen geweint haben.

OTTO VON HABSBURG: Möglich ... Ich persönlich erinnere mich nicht daran, aber es dürfte schon gestimmt haben.

ICH: Die zweite Begegnung war am 1. 4.

OTTO VON HABSBURG: Ja, das war am Sonntag. Wir sind zuerst hinausgeschickt worden, in den Garten, auf die andere Seite der Villa, also dort, wo man uns nicht gehört hat, und da haben wir eine Schneeballschlacht mit Kamelienblüten veranstaltet ... und dann ist die Mutter, meine Mutter gekommen, die damals zum letzten Mal ein farbiges Kleid, ein rosafarbenes, getragen hat ... und von da an nur noch Schwarz ... da bin ich hineingerufen worden.

ICH: Es gibt einander widersprechende Aussagen, wie lange Sie sich im Sterbezimmer aufgehalten haben: von zwanzig Minuten bis drei Stunden.

OTTO VON HABSBURG: Drei Stunden dauerte der Todeskampf ... Ich war vielleicht die letzte halbe Stunde anwesend, würde ich schätzen, ich hab natürlich keine Uhr gehabt.

ICH: Sie sollten sehen, wie ein Katholik und Kaiser stirbt.

OTTO VON HABSBURG: Ja. Ich bin links vom Bett gekniet. Ich war wirklich bis zum letzten Atemzug im Zimmer. Bis gesagt wurde: »Er ist gestorben.«

ICH: Haben Sie begriffen, was der Tod ist?

OTTO VON HABSBURG: Ja, absolut! Absolut ... Voll und ganz.

ICH: Ich habe darüber gelesen: Sie weinten entsetzlich laut und wurden getröstet.

OTTO VON HABSBURG: Ehrlich also, das weiß ich nicht.

ICH: Die Aufbahrung war dann bis zum 4. April in der Quinta do Monte, im Haus.

OTTO VON HABSBURG: Ja.

ICH: Das heißt, daß Ihr toter Vater dort gelegen ist und Sie im selben Haus geschlafen haben?

OTTO VON HABSBURG: Ja, ja ...

ICH: Haben Sie sich gefürchtet?

OTTO VON HABSBURG *(kaum hörbar)*: Nein ... *(er flüstert)* möglich ... *(lauter)* ich kann's Ihnen nicht sagen, aber ich hab nicht den Eindruck ...

ICH: Vielleicht in der Nacht?

OTTO VON HABSBURG: Man hat gewußt, was ist, ja, ja ... jeder hat sich in seinem Zimmer aufgehalten ... wie normal eigentlich ... wie die *damalige* Normalität eben war.

ICH: Waren Sie noch einmal im Sterbezimmer, oder sind Sie nicht mehr hineingegangen?

OTTO VON HABSBURG: Ich hab den Eindruck, ich war noch einmal dort, aber genau kann ich es Ihnen nicht sagen.

ICH: Es gibt Fotografien von der Aufbahrung.

OTTO VON HABSBURG: Ja ... Blumen sind um das Bett eingefrischt gewesen ... Es war ruhig wie in einer Kirche, oder wie es in einer Kirche sein sollte.

ICH: Dann hat Ihre Mutter am zweiten oder dritten Tag nach dem Tod gebeten, daß ihrem Mann das Herz entnommen wird.

OTTO VON HABSBURG: Na, also darüber weiß ich nichts ... Ich weiß nur, daß sein Herz dann entfernt worden ist.

ICH: Es kam in eine Urne.

OTTO VON HABSBURG: Ja, ja.

ICH: Sie stammte vermutlich von einem Bestatter aus Funchal.

OTTO VON HABSBURG: Darüber kann ich Ihnen nichts sagen.

ICH: Und dieses Herz hat Ihre Mutter überall hin mitgenommen.

OTTO VON HABSBURG: Ja, einen Großteil ihres Lebens. Ja.

ICH: Führte sie es in einem silbernen Behälter mit sich?

OTTO VON HABSBURG: Bitte, es war immer in einer hölzernen ... äh ... Schachtel.

ICH: Und sie hatte es immer bei sich.

OTTO VON HABSBURG: Nicht immer! Nicht immer! Manchmal war es auch in einer Kapelle gestanden, in der Schweiz, in Muri in einer Kirche.

ICH: Aber auf den Reisen nach dem Tod von Kaiser Karl: in Spanien, Belgien, Frankreich und in Amerika, da hatte sie das Herz in der hölzernen Schachtel bei sich.

OTTO VON HABSBURG: Ja.

ICH: Und was haben Sie sich als 10jähriges Kind vorgestellt, wo Ihr Vater jetzt ist? Im Himmel?

OTTO VON HABSBURG: Wahrscheinlich, ja ... gut, es war natürlich schmerzlich, daß er gestorben war ... aber er war in Sicherheit ... in Gefahr war er bestimmt nicht mehr ... Meine Mutter hat auch darauf geschaut, daß das so verstanden wird. Sie hat sich sehr um mich gekümmert und mir gesagt, was ich jetzt für Aufgaben habe.

ICH: Warum hat Ihre Mutter das mit Ihnen besprochen?

OTTO VON HABSBURG: Das hat sie gleich nach dem Tod meines Vaters zu mir gesagt: Meine Aufgaben sind es, fortzuführen, was mein Vater getan hat. Also den eigenen Völkern zu dienen, denen wir verbunden sind – das war absolut klar. Von Anfang an.

ICH: Darauf sind Sie vorbereitet worden.

OTTO VON HABSBURG: Ja, ja.

ICH: Wie war die Zeit dann nach der Beisetzung Ihres Vaters. Sind Sie in der Quinta do Monte geblieben?

OTTO VON HABSBURG: Da habe ich keine besondere Erinnerung daran. Ja, wir sind geblieben, bis das spanische Schiff, die »Infanta Isabel« uns abgeholt hat. Es war für uns in vielem gleich wie vorher. Wir haben Unterricht gehabt und gespielt.

ICH: Ist das Klima besser geworden? War das Haus weniger kalt?

OTTO VON HABSBURG: Das kann ich Ihnen nicht sagen.

ICH: Hat sich Ihre Mutter nicht um Ihre Gesundheit gesorgt, wenn es dort oben so feucht war ... Zwei Ihrer Geschwister waren schon an der Spanischen Grippe erkrankt. Wollten Sie nicht zurück hinunter nach Funchal?

OTTO VON HABSBURG: Bitte, das weiß ich nicht. Eventuell hat meine Mutter mit dem Besitzer gesprochen, ich weiß es nicht. Wir blieben jedenfalls oben, bis wir abgeholt worden sind.

ICH: Und haben Sie öfter die Kirche Nossa Senhora do Monte, wo Ihr Vater bestattet war, besucht?

OTTO VON HABSBURG: Ja – selbstverständlich ... ich könnte aber nicht sagen, wie oft.

ICH: Besondere Erinnerung daran haben Sie keine?

OTTO VON HABSBURG: Nein.

ICH: Haben Sie von Ihrem Vater geträumt?

OTTO VON HABSBURG *(lange Pause)*: Das könnte ich Ihnen nicht sagen. Daran habe ich keine Erinnerung.

ICH: Und wer hat Sie auf Madeira finanziell unterstützt? Das Begräbnis hat Geld gekostet und dann noch die darauffolgenden sieben Wochen auf der Quinta do Monte –

OTTO VON HABSBURG: Die Hunyadis gaben etwas, und da war noch jemand in Ungarn und ein portugiesischer Adeliger –

ICH: Graf Almeida.

OTTO VON HABSBURG: Der Graf Almeida! Aber da war auch noch ein anderer ... Warten Sie ... der Name fällt mir jetzt nicht ein ... *(Pause)*

ICH: Am 19. 5. sind Sie, wie gesagt, von der »Infantin Isabel de Boudon« abgeholt und nach Cádiz gebracht worden.

OTTO VON HABSBURG: Ja, nach Cádiz –

ICH: Wir machen jetzt einen Zeitsprung in das Jahr 1954. Damals wurde der Sarg von Kaiser Karl geöffnet, erinnern Sie sich daran?

OTTO VON HABSBURG: Ja, ein Wassereinbruch im Sarg hat das nötig gemacht ... und auch der Prozeß der Seligsprechung hat eine Identifikation verlangt.

ICH: Sie waren dabei?//
OTTO VON HABSBURG: Ja.
ICH: Ihr Vater soll unverändert ausgesehen haben, wie bei seinem Tod –
OTTO VON HABSBURG: Sein Gesicht war sogar noch schöner geworden. Die Uniform wurde damals gewechselt und gegen eine neue ausgetauscht –
ICH: Ich denke, daß das jetzt unangenehm für Sie ist, was ich Sie fragen möchte –
OTTO VON HABSBURG: Nein, nein, fragen Sie nur. Sie müssen sich keine Sorgen um mich machen.
ICH: Sie sind 1912 geboren. 1954 waren Sie 42 Jahre alt, also 8 Jahre älter als Ihr Vater, den Sie nun vor sich gesehen haben. Sie hätten sein älterer Bruder sein können.
OTTO VON HABSBURG *(Pause)*: Das war schon – ergreifend.
ICH: Und der Gedanke, daß er jetzt jünger war als Sie –
OTTO VON HABSBURG: Er ist mir nicht gekommen – aber jetzt, wo Sie es sagen ... Wissen Sie, ich bin nicht sehr selbstanalytisch veranlagt ... Ich mache mir nicht soviel Gedanken über mich selber ... Aber es hat mich schon beeindruckt ... und wahrscheinlich auch, daß ich älter war.
ICH: Und jetzt? Wenn Sie daran denken, daß er sich nicht mehr verändert ... Er könnte inzwischen Ihr Sohn sein.
OTTO VON HABSBURG: Mehr –
ICH: Ihr Enkel, natürlich.
OTTO VON HABSBURG: Oder sogar Urenkel ... *(denkt nach)* Ich bin jetzt schon älter als der Kaiser Franz Joseph geworden ist.

(Als das Gespräch beendet ist, bedanke ich mich und stehe auf. Das Bild in der Tasche fällt mir ein, und ich nehme mir vor, nichts zu sagen, was das Gespräch auf meine Urgroßmutter und damit auf das Bild bringen könnte. Ich zweifle jetzt nicht daran, es aus dem Haus zu bringen.)

»Und wie kommen Sie wieder zurück?« fragt »der Kaiser« mich. Als ich antworte »Mit dem Auto«, berichtet er, daß er bis vor zwei Jahren noch selbst gefahren sei, dann habe er zwei Unfälle im Verkehr gehabt, beim zweiten Mal habe er sich den linken Arm verletzt, so daß er ihn nicht mehr ganz gebrauchen könne.

Wir gehen hinaus in die Diele – (schreibe ich jetzt meine Erinnerung im Speisesaal des Hotels »Kaiserin Elisabeth« zu Ende), in der es sehr dunkel ist. Die rote Kerze brennt vor der Marienstatue.

Otto von Habsburg gibt mir die Hand, verabschiedet sich und zieht die graue Decke vor der Eingangstür zur Seite. Irgend etwas klemmt, und der Vorhang bleibt stecken, und »der Kaiser« steht so, daß ihm ein Teil des Stoffes über die Schulter und über den Kopf hängt, bevor er die Haustür öffnet und das Tageslicht hereinfällt und er mit der Stola über der Schulter aussieht, als hätte er sich in einen römischen Senator verwandelt.

Abermals drückt er mir die Hand, dann gehe ich die Stufen hinunter bis zu meinem Wagen und hoffe, daß er mir nicht nachschaut und mein schäbiges Fahrzeug sieht, in das ich steige.

Kapitel 7
Die Nacht

TICK-TACK-TICK-TACK, jetzt in der Dunkelheit, die um mich herrscht, tickt die Taschenuhr an meinem Ohr noch immer, und ich stelle fest, daß ich sie die ganze Zeit über, während ich meine Abschrift des Gesprächs las, nicht weggelegt habe. In meinem Kopf arbeitet jetzt dieses TICK-TACK-TICK-TACK weiter, das anfangs aus der vergangenen Zeit zu kommen schien, doch jetzt hat es sich verselbständigt, obwohl ich die Uhr längst eingesteckt und das Licht im Auto abgedreht habe. TICK-TACK-TICK-TACK, als hätte ich emsige Zahnrädchen im Kopf. Was will ich eigentlich? Ich habe ja gar nicht die Absicht, die Vergangenheit zu erforschen, denke ich in der Finsternis am Starnberger See. Ich verspüre ein Gefühl der Sinnlosigkeit und des Zweifels. Warum bringe ich mich mit dem Taschenmesser nicht selbst um, frage ich mich. Warum schneide ich mir beispielsweise nicht die Halsschlagader auf? Von meiner Kindheit an habe ich an Selbstmord gedacht. Ich habe mir bis ins Detail überlegt, welche Art für mich in Frage käme. Am besten ist das Ins-Herz-Schießen. Wenn es danebengeht, funktioniert das Denken wenigstens noch, und man kann überlegen, wie man es beim nächsten Mal besser macht. Ich ziehe auch Medikamente in Betracht, es gäbe da mehrere Möglichkeiten. Jedenfalls wäre das Einschlafen und Nichtmehraufwachen eine ernsthafte Alternative zum Zwang des Weiterlebens. Mich zu Tode zu stürzen kommt weniger in Frage, weil ich unter Schwindelgefühlen leide und ich mir den Aufprall am Boden schrecklich vorstelle. Außerdem möchte ich mich nicht vor eine U-Bahn werfen und in Stücke schneiden oder mir den Kopf abtrennen lassen, obwohl das schnell vor sich ginge. Ich glaube bei dieser Methode jedoch an einen häßlichen Schmerz, den man wahrnimmt, bevor der Tod eintritt. Verbrennen kommt nicht in Frage. Ich könnte höchstens die Manuskripte anzünden mit der Biographie von Kaiser Karl und dem Gespräch mit seinem Sohn Otto. Dann hätte ich etwas vernichtet, das ich für meine Magisterarbeit benötige, und mich selbst beschädigt. Zum Michaufhängen fehlt es mir an handwerklichem Geschick, ich halte es für eine bäuerliche Methode und einem urbanen Menschen nicht angemessen. Da ist es gescheiter, die Auspuffgase in den Wagen zu leiten und vorher eine Schlaftablette zu nehmen. Gegen einen Baum zu rasen erscheint mir hingegen als zu riskant. Wer weiß, in welchem Zustand man weiterleben muß, wenn man überlebt. Man sieht, die Möglichkeiten sind beschränkt. Der Gedanke an Selbstmord hat für mich etwas Anziehendes, und ich muß weiter daran denken. Diese schmutzige, trostlose Welt im Kopf von einem Moment auf den anderen zu vernichten, sich von ihr loszusagen, erscheint mir als eine verlockende Möglichkeit. Und dann? Seltsamerweise stellt sich mir diese Frage nicht, was *nachher* kommt. Du wirst ein Teilchen des Schweigens sein, sage ich mir. Der Gedanke tröstet mich. Das Geschichtsstudium ist ja nur eine Totenandacht, es ergibt keinen Sinn, habe ich begriffen. Ein Studium, um die Sinnlosigkeit der Geschichtsschreibung zu beweisen, die Sinnlosigkeit der Geschichte überhaupt. Vielleicht hat sich meine Urgroßmutter, deren Uhr in meinem Kopf tickt, umgebracht, als sie von den Russen verschleppt wurde. Sicher hat man nicht viel Federlesens mit ihr gemacht und sie vergewaltigt. Ich weiß nicht, warum ich jetzt plötzlich an Franz Lindner denke, der schon zu Lebzeiten schweigt. Ich habe ihm die Geschichte von Kaiser Karl zig Male erzählt, denn er war gierig danach, sie zu hören, als hätte er irgend etwas damit zu tun. Schließlich druckte ich ihm mit dem Computer das Manuskript aus, das ich für meine Magisterarbeit hergestellt hatte, und fand es in Teile zerschnitten zwischen seinen Zeichnungen. Was hat ihn dazu bewogen? Der Genuß am Zerstörungsvorgang? (Die Kugel in meinem Kopf, die ich seit meiner Kindheit mit mir herumtrage, was anderes ist sie als ein Beweis für die Zerstörungsvorgänge in der Welt?)

Am Morgen ziehen Nebelschwaden vom See herauf. Ich friere und stelle fest, daß ich das Ticken in meinem Kopf noch immer höre. Ich muß zurück. Zurück in das »Haus der Künstler«, sage ich laut und versuche mit meiner Stimme das TICK-TACK-TICK-TACK in meinem Kopf zu übertönen.

Editorisches Nachwort

Das vorliegende »Erste« und »Zweite Buch« sind Teile eines Manuskriptes, an dem Franz Lindner, Patient im »Haus der Künstler«, arbeitete. Ich stelle die Fragmente für einen Kongreß in Toledo zusammen, in dem der Fall des seit zwei Jahrzehnten schweigenden Franz Lindner der wissenschaftlichen Öffentlichkeit vorgestellt werden soll. Der in beiden Büchern beschriebene Hilfspfleger Philipp Stourzh wird uns begleiten, denn auch sein Fall soll zur Sprache kommen. Ihm verdanke ich im übrigen das Manuskript, denn Lindner hat es nach der Fertigstellung im Ofen des Heizungskellers verbrannt. Stourzh hatte es jedoch, sobald Lindner eingeschlafen war, Abend für Abend kopiert und die Seiten an Primarius Neumann weitergeleitet, der für mich eine Kopie erstellte. Lindner hat von der Weiterexistenz des Manuskriptes keine Kenntnis. Es ist übrigens wahr, daß sich die beschriebene IWC-Taschenuhr mit dem eingravierten Doppeladler und den Initialen K. K. in Stourzh' Besitz befindet. Auch hat Lindner Fragmente von dessen Magisterarbeit, das heißt die Kurzbiographie von Kaiser Karl und das Gespräch mit Otto von Habsburg, wortgetreu in seinen Text übernommen und da und dort mit Anmerkungen versehen. Stourzh gab ihm diese Texte im Tausch gegen Zeichnungen Lindners, die wir beim Kongreß in Toledo zeigen wollen. Natürlich hat Stourzh – er besteht darauf, daß das festgehalten wird – Otto von Habsburg keine Fotografie entwendet. Er hat die Magisterarbeit über Kaiser Karl im übrigen aufgegeben, genauso wie die geplante über Velázquez' Kinderbilder

der Infantin Margarita Teresa. Er sei in erster Linie nur an der Suche nach seiner Urgroßmutter, die den berühmten Brief aus Madeira verfaßt und seinem Großvater die goldene Taschenuhr vererbt hat, interessiert gewesen. Aus diesem Grund hat er am Anfang seiner Recherche über »Kaiser Karl und den Untergang der Donaumonarchie« auch eine Reise nach Madeira unternommen, um den Ort der Geschehnisse selbst zu erkunden. Auf meinen Wunsch hat Stourzh mir – nach langem Zögern – seinen Taschenkalender mit den Aufzeichnungen dieser Reise zur Verfügung gestellt.

Prim. Heinrich Pollanzy

Drittes Buch
Bericht über den Staub

Reisetagebuch

Kapitel 1
Der Abflug

Ein Taschenkalender aus dem Jahr 1988. Beginnend mit dem 1. Jänner, finden sich folgende Eintragungen:

Wien, 23. Juni 199-, 20 Uhr
So ein Universitätsinstitut der Geisteswissenschaften ist ja die beste Lehranstalt für den Dünkel, die Unterwürfigkeit, die Scheinheiligkeit, die Feigheit, die Selbstgefälligkeit, das Denunziantentum und die bis zur Heuchelei gesteigerte Verlogenheit. Rasch lernt man sich zu verstellen und in der Verstellung die Normalität zu empfinden. Es gibt keine verdorbeneren Menschen als die Mitarbeiter eines Institutes für Geisteswissenschaften an der Universität, die sich einmal ängstlich verkriechen, dann wieder stur die Stellung halten, je nachdem, wozu ihnen ihr Überlebensinstinkt rät. Die ganze Zeit sind sie auf der Suche nach einer Strategie, aber sie finden nur ihre eigenen Schwächen, die sie sich nicht eingestehen dürfen, weil sie dann verloren sind. So wissen sie gleichzeitig um ihre Erbärmlichkeit und leugnen sie entschieden, so schielen sie in einem fort nach Richtlinien von oben und verhöhnen sie hinter vorgehaltener Hand. In den Instituten für Geisteswissenschaften überlebt nur die Lehrer-, die Professoren-Natur. Als ewige Vorzugsschülerin ist sie bis zur späteren Pensionierung in einen Kampf mit der Autorität verwickelt, der sie sich unterwerfen muß und die sie doch gerne selbst wäre. Nirgendwo ist die innere Zerrissenheit größer, nirgendwo die Eitelkeit zugleich versteckter und aufgeblähter, der unterdrückte Haß auf Konkurrenten giftiger und die Bereitschaft, sich

am Schaden anderer zu weiden, so ausgeprägt wie in diesem Purgatorio ohne Hoffnung auf das Paradiso.

2 Uhr 16
Was mich am meisten bedrückt, ist das Desinteresse der Asistentinnen und Asistenten, der Dozentin und des außerordentlichen sowie ordentlichen Professors an mir, wenn ich im Institut auftauche, um etwas abzuklären. Kaum ist ihnen klargeworden, daß ich auf ihre Hilfe angewiesen bin, laufen sie eilig weg und müssen ein dringendes Telefonat erledigen oder eine aufwendige Suche fortsetzen, aus der ich sie gerade gerissen habe. So lernt man zuletzt das »Schlucken«, das »Abgewimmeltwerden« ohne aufzubegehren, da ja jeder Protest sinnlos ist. Alle Mitarbeiter am Institut sind permanent überarbeitet, permanent »gestreßt«, die Kinder womöglich krank, die Lebenspartnerschaft in einer Krise. Die Arbeit ist jedem über den Kopf gewachsen, so daß sie noch zu Hause bis Mitternacht und länger über ihren Büchern und Artikeln hocken und jeden zusätzlichen Handgriff, jedes Gespräch als Belastung, als Zumutung empfinden. Ich überlege ernsthaft einen Abbruch meiner Arbeit, meiner Magisterarbeit, die noch in einem Stadium der Gedankensplitter, der Einfälle und Exzerpte ist, von denen ich nicht weiß, ob sie überhaupt zusammenpassen.*

---

* Ich zweifle ohnedies, ob es überhaupt möglich ist, eine biographische oder theoretische Arbeit zuwege zu bringen, die nicht schon von Anfang an durch die Forderung nach Geschlossenheit der Darstellung die Fälschung und den Schwindel unvermeidlich macht.

3 Uhr 21
Wie vor jeder Reise finde ich keinen Schlaf. Ich weiß nicht, ob Astrid auf dem Flughafen erscheinen wird. Wir haben ein gemeinsames Zimmer im Carlton Park Hotel reserviert, aber bis jetzt hat sie mir weder ein Zeichen ihrer Zuneigung gegeben noch ist sie auf die Avancen, die ich ihr mache, eingegangen. Astrid ist Logopädin in Gugging und beschäftigt sich im »Haus der Künstler« mit Franz Lindner. Als ich sie fragte, ob sie mich nach Madeira begleiten würde, antwortete sie bloß mit »ja«. Und als ich ihr mitteilte, daß ich ein Doppelzimmer reserviert hätte, nickte sie nur.

Kapitel 2
Die Umarmung

Ohne ein Auge zugedrückt zu haben, stehe ich um 5 Uhr 30 in der Menschenschlange vor dem Schalter. Ich habe bereits jede Hoffnung aufgegeben, da kommt Astrid, die sich um eine halbe Stunde verspätet hat, winkend auf mich zu und stellt sich vor mich in die Reihe. Ich bin erschrocken vor Freude. Die Menschenschlange ist durch rote Kunststoffbänder weit in die Halle hinein zu S-Linien geformt. Auf einmal sackt Astrid, mit der ich erst ein paar Worte gewechselt habe, zu Boden. Nachträglich fällt mir ein, daß sie plötzlich unsicher um sich blickte und schwankte. Ein grauhaariger Herr versuchte sie aufzufangen, aber sie glitt ohnmächtig an seinem Körper hinunter. Ich taste nach ihrem Puls, finde ihn aber nicht. Ihr Gesicht ist weiß, automatisch registriere ich ihre silberfarben lackierten Zehennägel, das gestreifte T-Shirt, die schwarze Hose und den Rollkoffer, der neben ihr auf dem Boden liegt. Eine alte Dame in der Menschenschlange hat homöopathische Notfalltropfen zur Hand und flößt sie der Bewußtlosen ein, eine Stewardeß im roten Kostüm bringt ein Glas Wasser. Endlich kommt Astrid zu sich und wird von einer Betreuerin zur Krankenstation geführt. Ich ziehe ihren Koffer hinter mir her und trage meine Flugtasche in der anderen Hand. Nachträglich stellt sich der Zwischenfall als kleiner Vorteil heraus, denn wir müssen nicht mehr einchecken.

Ich kann es nicht erwarten, in Funchal zu landen. Astrid blättert in meinem Buch »Die Simpsons – der ultimative Serienguide von Matt Groening«. Nachdem sie ein Glas Wasser getrunken und ein Sandwich gegessen hatte, war sie schnell wieder auf den Beinen. Sie antwortet, als ich ihr die goldene Taschenuhr zeige, lachend, die Simpsons seien *ihre* Habsburger-Familie. Immer wieder verdecken Wolkenschwaden die Sicht, darunter ist nur das Wasser des Atlantiks zu sehen. Es erweckt den Eindruck von etwas Erstarrtem – als blickte man aus großer Nähe auf eine phosphoreszierende Baumrinde mit tiefen, schwarzen Rissen. Mir fällt auf, daß ich (in letzter Zeit) alle Zusammenhänge wie durch altes Fensterglas sehe, das die Außenwelt nur verzerrt durchläßt. (Natürlich denke ich an Parmigianinos »Selbstbildnis«.) Sofort frage ich mich, ob meine Gedanken genauso verändert in meinem Kopf entstehen und noch einmal von der Sprache entstellt zurück hinausgelangen, so daß ich von allem, sogar von mir selbst, nur ein schiefes Bild habe und entwerfe.

Die Insel ist bergig und die Höhen verschwinden im Nebel. Aus dem gelben Taxi fällt der Blick auf tiefe, dicht von Pflanzen bewachsene Schluchten, die an Dschungel und die Tropen denken lassen. Blühender Oleander. Astrid hat ihre Sonnenbrille aufgesetzt und läßt stumm die Palmen, Bougainvillea und Agaven an sich vorüberziehen. Unsere Körper haben sich im Flugzeug flüchtig berührt, ich mache mir Hoffnungen, besonders seit sie ihre Schulter an mich lehnt. Die Insel ist ein erloschener, aus dem Meer aufgetauchter Vulkan. An den Berghängen neugebaute, würfelförmige Häuser mit roten Ziegeldächern.

Der Direktor des Carlton Park Hotels, Herr Schermann aus Wien, ist ein »Karl-Forscher«, wie ich in Erfahrung gebracht habe. Ich verlange nach ihm an der Rezeption, und er erscheint im Blazer mit Goldknöpfen und einer Brille, die an einer dünnen langen Kette um seinen Hals hängt. Er ist groß, hat braunes, gescheiteltes Haar, das ihm in die Stirn fällt, und spricht in einem ironisch-nonchalanten Tonfall, der nach allgemeiner Ansicht für den österreichischen Adel typisch ist: »Willkommen im Paradies!« Wortlos eilt er uns voraus und beginnt erst im Lift wieder zu parlieren, weshalb ich den Eindruck gewinne, er kann seiner Lust zu schauspielern nicht widerstehen. Das Appartement, in das er uns führt, ist luxuriös – doch der riesige Hotelkasten des berühmten Architekten Niemeyer ist, wie ich erfahre, nur zur Hälfte ausgebucht.

Nachdem Herr Schermann gegangen ist, wirft sich Astrid auf das Bett und verschwindet dann im Badezimmer. Mein Hals kratzt, seit ich auf der Insel bin, und meine Augen brennen. Als erstes versuche ich Frau Barbosa im österreichischen Generalkonsulat zu erreichen, doch niemand hebt ab. Ich trete auf den Balkon. Fünf Stockwerke unter mir sehe ich ein großes Schachspiel, dessen Figuren von zwei Spielern über die schwarzen und weißen Felder getragen werden. Die Partie steht für Schwarz schlecht. Dahinter das gewaltige Casino, das aus dem Garten ragt. Angeblich soll es einer Dornenkrone nachempfunden sein, wegen der zahlreichen bogenförmigen Stützpfeiler an den runden Außenwänden. Ich finde aber, es sieht aus wie eine Fliegende Untertasse, die darauf wartet, daß sie abhebt und über dem offenen Meer verschwindet. Im Hafen, direkt vor dem Hotel, liegt ein weißes, strahlendes Passagierschiff vor Anker, von dem gedämpft Bordmusik herauftönt.

Als ich wieder in das Zimmer trete, liegt Astrid im Bett. Sie lächelt mich an, und ich setze mich zu ihr und streichle ihre Füße. Sie läßt es schweigend geschehen. Schließlich gibt sie ihre Zurückhaltung auf und zieht mich an sich. Ich bin mit meinem Kopf nicht bei der Sache, denke an das österreichische Konsulat, das ich anrufen will, und vor meinem inneren Auge erscheinen wieder die Bilder, die ich vom Balkon aus gesehen habe: das Schach, die asphaltierte, schneckenförmige Zufahrt, die zur Garage führt, der Kinderspielplatz, darauf das kleine Labyrinth aus bunten Stellwänden, mit denen man es neu zusammenstellen, umordnen, öffnen, verkleinern und vergrößern kann ... Eine schwarzweiß gewürfelte Fahne weht im Wind, und die gelben Sonnenschirme flattern.

Von einem Hubschraubergeräusch geweckt, löse ich mich aus der Umarmung. Ich empfinde abwechselnd

Freude, Angst, Stolz und Ekel. Mir ist, als sei ich aus einer Welt der Wahrheit in eine Welt der Lüge getreten, als ob von jetzt an alles falsch ist und nicht mehr mir gehört: meine Zeit, meine Absichten und Vorhaben, über die ich mir bislang keine Rechenschaft geben mußte. Ich dusche mich, und beim Ankleiden habe ich lächerlicherweise Fluchtgedanken, andererseits will ich meine Begleiterin nicht verletzen und trete deshalb wieder auf den Balkon hinaus. Die Männer unten sind noch immer in ihr Schachspiel vertieft und tragen lachend die großen Steine über die quadratischen Felder. (Diesmal verliert Weiß.) Hinter dem Labyrinth auf dem Kinderspielplatz steht eine Rutsche. »Aurora« heißt das Passagierschiff im Hafen, von dem ich die Musik wahrnehme.

Die Kirche Nossa Senhora do Monte muß links oben am Berghang liegen, ich kann sie aber nicht entdecken, da sich der Nebel bis ins Tal gesenkt hat. Ich höre den Arbeitslärm der Kräne im Hafen, das Geräusch des Hubschraubers in der Ferne, Verkehrsbrodeln, das Gezwitscher von Vögeln. Als ich in das Zimmer zurückgehe, ist Astrid noch immer nicht erwacht. Ihre Hände liegen geöffnet neben ihrem Kopf auf dem Kissen wie bei einem schlafenden Kind.

Kapitel 3
Ein Spion

Um keine Zeit zu verlieren, suche ich den Hoteldirektor in seinem Büro auf, von dem aus man auf das prachtvolle Reid's Hotel sieht. Es liegt auf einer Felsspitze, zwischen mehrstöckigen, weißen Wolkenkratzern und dem terrassenförmigen Cliff Bay-Hotel. Herr Schermann zeigt mir, wo die »Villa Victoria« stand, in der Karl am Anfang untergebracht war. Er behandelt mich wie einen Unwissenden. Bevor ich ihm noch etwas entgegnen kann, erklärt er mir, daß 40 Prozent der Bevölkerung auf der Insel Analphabeten seien. Portugal sei 30 Jahre zurück, »Sie werden es ja sehen!«. – Das Land werde von den Spaniern aufgekauft wie Österreich von den Deutschen. Er läßt eine kleine Landkarte auf den Tisch fallen und macht mir eine Anzahl von Reisevorschlägen: Tagesausflüge, Besichtigungen, die ich mir nicht merken kann. Hierauf holt er eine neue, größere Inselkarte aus einer Lade und einen Stadtplan von Funchal und zeichnet mit einem roten Filzstift Routen ein, als wolle er etwas ausbessern oder durchstreichen. Ich kenne mich zuletzt nicht mehr aus und bedanke mich. Die Leute seien verrückt und dumm, erst die jüngere Generation sei besser, fährt er ungerührt fort. »Die Alten sind zum Großteil Alkoholiker«, ruft er aus, »der Zuckerrohrschnaps!« Es dauere meist lange, bis sich eine Familie davon erhole, drei Generationen! – Er kommt vom Hundertsten ins Tausendste, von der Geschichte der Insel zum Hotelgarten. Seine Frau, erklärt er mir, als erzähle er einen Witz, »trete den Arbeitern täglich in den Arsch«, sonst würde der Garten verschlampen, wie alles hier. »Gut, dafür sind wir ja im Süden«, fügt er hinzu. Die Insel habe »von der EU« Geld bekommen, aber die riesigen Beträge verschwänden in irgendwelchen dunklen Kanälen.

Ich denke, daß ich Astrid schon zu lange allein lasse, aber andererseits hat sie noch geschlafen, als ich gegangen bin. Inzwischen gibt Herr Schermann weitere üble Befunde von sich und zeigt mir das Hotel. Auf den Gängen schlechte Gemälde von Aquarellisten und Kopien moderner Gemälde – vorzugsweise Modigliani. Der Architekt Niemeyer habe seinerzeit Brasilia, die Hauptstadt Brasiliens, entworfen. Die Bewohner dort sprängen reihenweise aus den Fenstern, ereifert er sich. Niemeyer baue Gebäude, in denen es niemand aushalte. Er schließe in seiner Planung Pflanzen generell aus. Er hasse sie. Er wolle nur Caterpillars sehen, die die Erde aushöben, dann, wie seine Gebäude errichtet würden – und Schluß. Alles weitere sei eine Verschandelung, eine Zerstörung seiner Werke. Die Arbeiter hier hätten das Casino nicht – wie von Niemeyer entworfen – »schwebend« gebaut, nämlich auf den Rundbögen aufgesetzt (also doch wie eine Fliegende Untertasse, denke ich), sondern der Statik wegen in die Erde eingegraben. Er habe Niemeyer vor kurzem in Brasilien besucht. Der Architekt sei jetzt ein uralter Mann und habe einen kurzen Blick auf die mitgebrachten Fotos geworfen, sich abgewandt und ihn gefragt, wovon er spreche? Er habe in Funchal nichts gebaut! Was, ein Hotel und ein Casino? Die seien nicht von ihm! Niemeyer habe die Gebäude in seinem Kopf einfach ausradiert! (Aber abkassiert habe er schon!) Der Hoteldirektor zeigt mir die Wendeltreppe, die endlosen Korridore, in denen man keinem Menschen begegnet und in denen sich Tür an Tür reiht mit Zimmern, in denen sich niemand aufhält. Inzwischen rät er mir, einen Aussichtsfelsen zu besuchen, 600 Meter über dem Meeresspiegel, ein Anziehungspunkt »für Touristen mit Depressionen«, wie er sagt. Dort stürzten sich jeden Monat mehrere Menschen zu Tode. Vielleicht, wenn ich eine Kamera bei mir hätte und vom Glück begünstigt sei, könne ich gerade zurechtkommen, wenn sich wieder einmal einer das Leben nehme. Manche reisten ohnedies nur zu diesem Zweck an. Herr Schermann hat in einem Nebenraum des Foyers eine Ausstellung »Kaiser Karl im Exil auf Madeira« zusammengestellt, für die ihm der Sohn des ansässigen Fotografen Perestrello Abzüge zur Verfügung gestellt hat.

»Nein«, unterbricht der Hoteldirektor meinen Wunsch, sie zu sehen, »das können Sie auch später.« Aber ich beharre darauf und darf schließlich die braunstichigen Fotos an den Wänden betrachten.* Wir sind alleine, und während ich nach meiner Urgroßmutter suche, lasse ich die Bemerkung fallen, daß der Brief über das Leben in der Quinta do Monte, der in jeder Karl-Biographie abgedruckt ist, von meiner Urgroßmutter stamme.

Der Hoteldirektor kennt den Brief natürlich. Er wartet, offensichtlich beeindruckt, bis ich jedes Bild untersucht habe, und begleitet mich mit dem Lift wieder in sein Büro. Ich habe keinen Hinweis auf meine Urgroßmutter gefunden, und Herr Schermann läßt sich Zeit, bis ich mich gesetzt habe, dann rückt er damit heraus, daß er an der Echtheit des Briefes zweifle, solange er ihn nicht zu Gesicht bekommen habe.

»Sie müssen wissen, die ›Quinta‹ ist ein Herrenhaus, ein Herrensitz mit Nebengebäuden. Nur wenn eine der Bediensteten das angeblich elende Quartier des Kaiserpaares beklagte, erzielte es vielleicht die gewünschte Wirkung bei der Entente, eine Beschwerde der Kaiserin hingegen wäre aussichtslos gewesen.«

---

* Übrigens sind die Fotografien der Ausstellung durchwegs falsch beschriftet, die zeitliche Reihenfolge ist durcheinandergebracht, Namen von Personen sind verwechselt, Vorgänge nicht richtig wiedergegeben oder einfach erfunden.

»Das ist eine Hypothese«, antworte ich unangenehm berührt, denn mir ist, als versuche jemand, mich selbst der Lüge zu überführen. Und ich ziehe die goldene Taschenuhr heraus, lege sie auf den Tisch und erkläre den Sachverhalt.

Der Hoteldirektor betrachtet sie, öffnet und wendet sie, holt eine Lupe aus der Tischlade. Er ist sichtlich irritiert und bittet mich um Entschuldigung, selbstverständlich könne er nichts beweisen, wahrscheinlich habe er sich zu viele Gedanken über den Brief gemacht. Er gibt mir die Uhr feierlich zurück, steht auf, öffnet eine Lade, holt ein Kuvert heraus und sagt, er besitze unveröffentlichte Aufnahmen des toten Kaisers Karl. Er habe sie vom Fotografen Perestrello. Das erste Bild, das er herausnimmt, zeigt die Aufbahrung des Verstorbenen. Es ist von der Seite her aufgenommen. Deutlich erkenne ich einen Paravent, der das Kopfteil des Bettes verlängert und dahinter zusammengedrückt, hastig hineingestopft (um sie den Blicken des Betrachters und des Fotografen zu entziehen) einen Haufen weißer Kissen. Vor der spanischen Wand ist eine Grünpflanze hingestellt, das Sonnenlicht fällt so in das Sterbezimmer, daß der Schatten die Pflanze bis in die kleinste Verästelung auf der Vorderseite des Paravents abbildet, so daß er zunächst wie ein Spiegel aussieht. Die Kissen dahinter zeigen die Improvisation, die Eile, mit der Ordnung gemacht wurde. Da der Kaiser beim Sterben nach Luft rang, hatte man ihm die Kissen untergelegt, so daß er saß, als er starb. Aber als sitzender Toter darf ein Kaiser nicht in die Geschichte eingehen, und wie zur Bestätigung meiner Gedanken schiebt Herr Schermann ein zweites Bild zu mir herüber, das mit dem ersten identisch ist, nur ist die spanische

Wand so abgeschnitten, daß man die Kissen nicht mehr sieht. »Das ist das offizielle Foto«, sagt er dann.

Die Kissen sind die Dienstboten, denke ich mir, so hat man auch die Dienstboten aus den Fotografien entfernt oder sie überhaupt von fotografischen Aufnahmen ferngehalten.

»Jedenfalls wären die Pölster (er verwendet das österreichische Wort für Kissen) nicht besonders schön gewesen ... 1954 mußte der Sarg, wie Sie vielleicht wissen, geöffnet werden«, sagt der Hoteldirektor. »Dem Kaiser wurde die Uniform heruntergeschnitten, da es zu einem Wassereinbruch in der Kirche gekommen und Feuchtigkeit in den Sarg eingedrungen war. Als die Uniform ausgetauscht wurde, war übrigens sein ältester Sohn Otto zugegen ... Fotografieren war selbstverständlich strengstens verboten. Aber Perestrello schmuggelte eine Leiter in die Kirche, die in der allgemeinen Unruhe nicht auffiel. Während der Prozedur gelang es ihm, von oben unbemerkt drei Aufnahmen zu machen. Diese Fotografien und die Negative existieren.« Ich sage, ich hätte kein Interesse, und verabschiede mich.

»Einen schönen Tag noch«, wünscht mir der Hoteldirektor, als ich die Tür zu seinem Büro schließe.

Zuletzt versuche ich es noch einmal im Österreichischen Konsulat, das nicht weit vom Hotel entfernt ist. Das mit Kopfsteinen gepflasterte Gäßchen führt an Hängen mit großen Agaven vorbei zu einem Reisebüro, in dem das Amt untergebracht ist. Aber auf meinen Wunsch, den Konsul oder Frau Barbosa zu sprechen, ernte ich nur ein Kopfschütteln. Auch kann mir niemand die Frage beantworten, ob morgen jemand erreichbar sein werde.

Kapitel 4
Sichtbares und Unsichtbares

Der Fischmarkt am späten Nachmittag, wenn sich die Menschen verlaufen haben, sieht aus wie ein Seziersaal. Neonlicht fällt auf die Nirosta- und Steintische mit Abflußlöchern. Verschieden große Messer liegen säuberlich geordnet neben den sorgsam geschlichteten Leichen der Meerestiere. An einem der Arbeitsplätze schneidet ein Verkäufer in dunkelblauer Gummischürze Scheiben von einem Thunfisch und legt sie mit Akribie nebeneinander wie Präparate, deren Querschnitte untersucht werden sollen. Kein Scherz, kein Ruf, die Männer sind introvertiert und mißtrauisch. Im fensterlosen, weiß verfliesten Hinterraum, den ich mit Astrid betrete, werden den Meerestieren die Eingeweide entfernt. Es stinkt, und die großen Fische bluten unter den Messern. Einer der Arbeiter hebt den Kopf und ruft uns etwas zu, ich verstehe nur soviel, daß wir nicht erwünscht sind. Trotzdem kann ich nicht sofort gehen. Der Anblick ist zu schrecklich, als daß man wegsehen könnte. In der großen Halle findet man auch schwarze Espadas, die es sonst nur in Japan gibt.* Die toten runden Augen sind milchig trüb. Manchmal sind die Köpfe abgeschnitten, sie liegen neben den Körpern und erwecken den Eindruck, als stammten sie von Vögeln. Unter dem Neonlicht glitzern die Leiber, als wären

---

* Sie leben in 1000 Meter Tiefe und kommen nachts näher an die Wasseroberfläche, dort werden sie mit mehreren hundert Meter langen Leinen gefangen. Es sind große, schmale Fische, mit mehr als zehn Zentimetern Durchmesser. Da sie keine Schuppen aufweisen, haben sie etwas Schlangenartiges an sich, wie Aale. Ihr Maul ist lang und weist zwei Reihen spitzer Zähne auf.

sie in schwarze Folien eingeschlagen. Während wir uns umsehen, hallt es im Raum von Rufen oder Pfiffen. Auf schwarzen Tafeln sind mit Kreide die Sorten und Preise angeschrieben, runde Waagen stehen bereit, wie Präzisionsinstrumente in einem gerichtsmedizinischen Institut. Astrid ist merkwürdig abwesend, stumm betrachtet sie die toten Fische.

Ein paar Schritte vom Marktgebäude entfernt, auf der anderen Seite eines kleinen Flusses, ist der ehemalige Sklavenmarkt.

Farbige bevölkern heute noch die Insel.

Langsam wandern wir hinüber zur Altstadt. Wir sprechen nicht über uns, obwohl wir es beide möchten. Wir sind nicht ineinander verliebt, etwas anderes zieht uns an, ich kann nicht sagen, was es ist. Während ich das Ausnehmen der Meerestiere beobachte, mußte ich an die Umarmung denken, an das Gewalttätige der Sexualität. Ich bin oft außerstande zu verstehen, was der Geschlechtsakt mit Liebe zu tun hat. Die Intimität ist mir unheimlich, so unheimlich, daß ich nicht nachvollziehen kann, daß jemand achtlos mit ihr umgeht. Gibt es ein noch größeres Geheimnis? Ich gebe zu, daß auch ich ein starkes Bedürfnis danach empfinde und es mich drängt, »es zu tun«, aber zumeist ergreife ich anschließend die Flucht. Ich bin erleichtert, wenn ich wieder frei bin ... Während wir die Straße hinaufgehen, frage ich mich, was im Kopf meiner Begleiterin vor sich geht. Mit Sicherheit liebt sie mich nicht. Aber was hat sie dazu gebracht, meine Einladung zur Reise anzunehmen und mit mir zu schlafen? Zwischendurch sind alle Gedanken wie ausgelöscht – dann fallen sie mir ohne Grund wieder ein. In der Auslage eines Fotogeschäftes sehe ich ein merkwürdiges Schwarzweißbild. Zwei Männer mit flachen runden Sonnenhüten tragen eine Hängematte aus besticktem Stoff, in der eine weißgekleidete Dame liegt. Es gibt zahlreiche ähnliche Aufnahmen, und ich schließe daraus, daß die feine Gesellschaft um die Jahrhundertwende sich von den Inselbewohnern über die Berge tragen ließ. Wir überqueren eine weitere Brücke und bleiben auf ihr stehen. Das Flußbett ist von Pflanzen überwachsen wie eine Laube. Weiter unten sehen wir das Meer und hinter uns, als wir uns umdrehen, zum ersten Mal die Kirche Nossa Senhora do Monte, die ich von meinen Büchern her kenne. Ich mache Astrid darauf aufmerksam und verspüre Unruhe, denn die Quinta do Monte, in der meine Urgroßmutter gearbeitet hat, muß in unmittelbarer Nähe liegen.

Wir kommen zu einer Apotheke. Ein Betrunkener, grauhaarig mit eingefallenem Gesicht, stiert dort unter den Arkaden vor sich hin und murmelt etwas, als wir vorbeigehen. Ich weiß nicht, ob er mit sich selbst spricht oder ob seine Worte an mich gerichtet sind. Ich reagiere nicht darauf, aber als ich weit genug entfernt bin, bellt er mir wie ein Hund nach. Ich drehe mich um, er aber stiert weiter vor sich hin, als habe er mit der Angelegenheit nichts zu tun.

Häufig begegnen wir Behinderten, auch Schwachsinnigen und Mongoloiden, einmal einem Zwerg, dann wieder einer Mutter mit Kind, einem unförmigen Sohn, der durch dicke Brillengläser glotzt.

Gebettelt wird übrigens nur versteckt. Man wird angeraunt, angeflüstert, zumeist mit dem englischen Wort »Money«, aber man kommt mit dem Geben nicht nach.

Dann lädt ein Händler Astrid in sein Geschäft ein. Ich

warte draußen. Stickereiwaren sind nicht meine Sache.*
Da es mir zu lange dauert, gehe ich langsam weiter.

Auf der anderen Seite des Platzes finde ich die kleine Kathedrale, die Kaiser Karl aufsuchte. Ich habe die Fotografie im Kopf, wie er die zu beiden Seiten spalierstehenden und applaudierenden Gläubigen lachend und mit geschwenktem Hut in der Hand grüßt, Zita, ebenfalls »behütet«, an seiner Seite.

Inzwischen hat Astrid mich eingeholt, sie hat ein Tischtuch erworben.**

Die Kathedrale hat etwas Ländliches: Holzbretterboden, Bänke mit Armlehnen, vergoldeter Altar. Kerzen brennen vor einem Marienstandbild. Aber ich habe nicht den Eindruck, mich am Ort leidenschaftlicher Religionsausübung zu befinden, sondern an einem »Flehort«, einem »Gehorsamsort«, in einem »Untertanenhaus«.

Ich schwitze im Freien und muß fortlaufend mein Taschentuch verwenden. Von den Akazien fallen gelbe Blüten auf den Gehsteig, der aus weißen und schwarzen flachen Steinen besteht, die Ornamente bilden. Nie sind die Gassen eben, immer führen sie auf und ab. Das fotografische Museum Vicente, das ich aufsuchen will, ist geschlossen. Im Innenhof kann man in einem Café ein Glas Madeirawein trinken, der mir ausgezeichnet schmeckt. Ich könnte hier sitzenbleiben und trinken

---

* Genau betrachtet haben sie allerdings etwas von der Symmetrie gewisser Naturerscheinungen wie Schneeflocken oder Blüten und erinnern an mikroskopische Bildchen von winzigen Meereslebewesen, wie sie der deutsche Naturforscher Ernst Haeckel gezeichnet hat. (Sofort fallen mir die Worte »Haeckelmaschine« ein und »ersticken«.)

** Ich kenne die typischen Tische mit geschliffenen Kristallaschenbechern darauf oder Kristallvasen mit halbvertrockneten Blumen.

und warten, bis das Museum mit seinen alten Fotografien wieder öffnet. Aber darüber spreche ich nicht, ich bitte Astrid statt dessen, mir ihr Tischtuch zu zeigen, wenigstens einen Zipfel davon, und ich beglückwünsche sie, als sie das Paket öffnet, zu der kunstvollen Arbeit. Beim zweiten Glas Madeirawein fühle ich mich wohl, ich entdecke einen Souvenirstand, an dem es ein botanisches Lexikon mit Farbfotografien über die Pflanzen der Insel gibt. Ich erstehe das Buch, das auf englisch abgefaßt ist, und erfahre von der Frau hinter dem Pult, daß der Wein früher in Schläuchen aus Ziegenfell über die halsbrecherischen Wege in die Stadt geschleppt wurde. Alles hier sei steil, im Grunde genommen nicht zu bewirtschaften, anders als zu Fuß komme man auch heute nicht zu den terrassenförmigen Hängen, auf denen gearbeitet wird. Für Ausländer, Engländer vor allem, habe es früher Sänften gegeben, Bretter, die an Eisenstangen befestigt waren und von den Einheimischen auf den Schultern getragen wurden. Mir fällt auf, daß sie nicht lächelt. Niemand lächelt hier. Sie hat struppiges Haar, dicke Brillengläser und raucht eine Zigarette. Dann spricht sie über die Hängematten, die ich in der Auslage des Fotogeschäftes gesehen habe. Mit diesen ließen sich die Touristen auf den höchsten Berg tragen, sagt sie. Manche seien sogar mit Markisen ausgestattet gewesen, als Schutz gegen die Sonne, aber auch wegen der schwindelerregenden Abgründe, an denen die Pfade vorbeiführten. Außerdem gab es Ochsenschlitten zum Transport von Lasten und Korbschlitten für Personen. Die Kufen seien über die mit runden, glatten Steinchen gepflasterten Straßen geglitten.

Ein paar Schritte weiter kommen wir an Häusern, die mit herrlichen Azulejos* geschmückt sind, vorbei, darauf sind die Fortbewegungsmittel, von denen die Frau gesprochen hat, zu sehen, auf anderen Arbeiten wie Fischfang, Korbflechten oder die Zuckerrohrernte.

In der Altstadt entdecke ich auffällig viele Mauerflekken. Ich denke an Unger, den Restaurator im Kunsthistorischen Museum, und fotografiere sie, aber kaum habe ich damit begonnen, beschimpft mich eine Frauenstimme aus halbgeschlossenen Jalousien. Sie will, daß ich verschwinde, der Verfall des Hauses gehe mich nichts an, schließe ich aus ihren zornigen Äußerungen. Ich kann ihre Gestalt nicht zwischen den Fensterläden erkennen, nur ihre Stimme höre ich. Ich finde den vergammelten, häßlichen Zustand der Altstadt erregend – weil er an die Zeit erinnert, als meine Urgroßmutter hier lebte: die verblaßten, gemalten Namen ehemaliger Geschäftshäuser, die mit Pappendeckeln verschlossenen Fenster einer Brandruine, durch deren Risse man die verkohlten Trümmer des eingestürzten Hauses sehen kann**, einen glatzköpfigen Schneider mit Brille, der ein halbfertiges Sakko in ein Nebenhaus trägt. Ich wechsle die Straßenseite und blicke von dort in seine Werkstatt im ersten Stock: Hinter dem offenen Fenster eine Schneiderpuppe und, in durchsichtige Nylonhüllen verpackt, verschiedene Kleidungsstücke. Mühsam lese ich die Jahreszahl unter dem Geschäftsschild: 1912, entziffere ich schließlich. Also war es möglich, daß der Vater oder

---

* blaue Fliesen.
** Ein merkwürdiger Brand, denke ich mir, der alles vernichtet, aber die Nachbarhäuser verschont hat. Ich kann noch das Feuer riechen, wenn ich mit meiner Nase an den Wänden schnuppere.

Großvater dieses glatzköpfigen Mannes Zita und ihren Kindern nach dem Tod Kaiser Karls die Trauerkleidung geschneidert hat.

Über der Straße sind an den Beleuchtungskabeln blaue und rote Kunststoffblüten befestigt und die Masten auf dem Gehsteig mit Lorbeerblättern umwickelt. Wir finden wieder eine Kirche zwischen den alten Gebäuden. Dunkelheit. Die Wände sind mit Azulejos geschmückt, erkennt man im Kerzenlicht, die Holzdecke ist vermutlich bemalt, mehrere Glasluster hängen herunter. Ich kann mir gut vorstellen, wie die Kirche brennt. Vorne der vergoldete Altar aus Holz würde als erstes in Flammen aufgehen, dann die beiden Nebenaltäre in den Seitentrakten. In einer Nische liegt in einem Glassarg eine Heilige, reich geschmückt, edel gekleidet, und sofort sehe ich die mumifizierte Tote brennen, die Scheiben bersten und das Feuer auf die Bänke und den Bretterboden übergreifen, bevor es sich entlang der Wände zum Dachstuhl hocharbeitet.

Eine Frau mit zwei mongoloiden Kindern betritt die Kirche. Sie zieht sie nach vorne, wo sie mit weit aufgerissenen Augen stehenbleiben.

Ein Klopfgeist lenkt mich ab. Er haust in den Wänden. Jetzt erst bemerke ich den Pfarrer, der mit einem Arbeiter das Mikrophon einrichtet und es zur Tonprobe mit einem Finger betupft. Die behinderten Kinder stehen inzwischen entgeistert mit Rosenkränzen in den Händen da und starren den goldenen Altar an. Ich schwitze noch immer heftig, als wir auf die Straße treten, um an den kleinen Läden vorbei zurück zum Hotel zu gehen. Wir haben kaum ein Wort miteinander gesprochen.

Es gibt seltsame verfallene Gebäude in dem Stadtteil. Aber auch solche, von denen man glaubt, sie seien aufgegeben, obwohl sie noch bewohnt sind. Als wir an einem Geschäft mit blinden Auslagenscheiben vorbeikommen, erkenne ich, daß es Papier ist, das hinter dem Glas klebt, es vergilbt, runzelt und löst sich ab. Gerade treten zwei Nonnen auf die Straße, und durch die Tür kann ich im Hintergrund eine Fahnenstickerei erkennen. Unter einem Lichtkegel sitzen ältere Frauen über eine Mariendarstellung gebeugt und nähen.

Um 20 Uhr ist es immer noch hell. Durch Zufall betreten wir »Diogos Wine Spirits Shop«, in dessen Keller ein kleines Kolumbus-Museum eingerichtet ist. Ich verkoste dort im ersten Stock verschiedene Jahrgänge Madeirawein. Während wir Platz nehmen und uns ausruhen, sagt Astrid, Pollanzy habe ihr gegenüber oft davon gesprochen, daß er sich vor mir fürchte. Er halte mich für geistesgestört. Primarius Neumann verteidige mich hingegen und habe eine andere Meinung von mir. Vor allem meine aufmerksame Pflege Lindners wisse er zu schätzen. Ich antworte, daß auch ich mich vor Dr. Pollanzy fürchte. Er hasse mich und ich ihn. Ich hätte ihn durchschaut, sage ich, in Wahrheit sei Pollanzy verrückt. Ich wüßte, was in seinem Kopf vor sich gehe. Seit Jahren lese er nur »Der goldene Zweig« von James George Frazer, ein ethnologisches Werk über die Geheimnisse religiöser Bräuche alter Völker. Sein Vater sei Direktor im Völkerkundemuseum gewesen, daher sei er mit Frazers Studien aufgewachsen. Zu meinem Schrecken eröffnet mir Astrid, daß sie die Geliebte Pollanzys sei. Aber sie hasse Pollanzy, da er sie betrüge. Als er bemerkt habe, daß sie sich nicht von ihm lösen könne, habe er begonnen, sie schlecht zu behandeln. Er halte Verabredungen mit ihr nicht ein, rufe sie wochenlang nicht an, um sie dann in die Oper einzuladen, zu sich nach Hause mitzunehmen und mit ihr zu schlafen. Aber ihr sei klar, daß sie nicht die einzige sei, die er so behandle. Sie weiß nicht, daß mich jeder ihrer Sätze verletzt, aber ich lasse mir nichts anmerken. Außerdem kennt sie meinen Fall bis in das kleinste Detail. Sie fragt mich, ob ich die Kugel in meinem Kopf spürte und ob ich für Wetterwechsel anfällig sei, was ich verneine. Ich bringe die Rede, um sie abzulenken, auf die Quinta do Monte, die ich morgen aufsuchen will, auf die Schwierigkeiten, die mit der Magisterarbeit verbunden sind, die Irrwege, die ich zwangsläufig einschlüge, die falschen Vermutungen, denen ich nachginge, die Fälschungen, auf die ich hereinfiele. Astrid versteht mich gut. Seit Jahren ist sie in den Gehirnen ihrer Patienten auf der Suche nach Worten, Erinnerungen, Sprachpartikeln. Oft stehe sie, sagt sie, vor einem riesigen Scherbenhaufen und müsse behutsam und geduldig rekonstruieren, was noch rekonstruierbar sei. Jeder winzige Fortschritt sei dann ein kleines Wunder.

Nach dem Abendessen im Hotel begeben wir uns sofort auf das Zimmer. Vor Erregung wahnsinnig, schließe ich sie in meine Arme und versichere ihr meine Liebe. Ich weiß nicht, worüber ich spreche, irgend etwas in mir bringt mich dazu, daß ich ihr Gedanken offenbare, die ich noch niemandem gesagt habe.

Kapitel 5
Erwachen

Ein Taschenkalender aus dem Jahr 1988. Eintragung unter dem Datum 27. April:

Funchal, 24. Juni 199-
Um halb sechs Uhr stehe ich auf und beginne meine Notizen zu schreiben. Die Balkontür ist offen. Astrid schläft, ich betrachte sie und denke an die Unmöglichkeit unserer Verbindung. Außerdem frage ich mich noch immer, weshalb sie sich mit mir eingelassen hat, da ich doch als verrückt gelte. Ich hatte noch nie eine solche Beziehung. Und ich weiß nicht, was kommen wird, wenn sie erwacht. Vielleicht erklärt sie mir, daß alles nur ein Irrtum war.

Auf dem Nachttisch liegt die kleine englische Broschüre über Kolumbus, die ich in »Diogos Wine Spirits Shop« gekauft habe. Kolumbus sieht darauf aus wie Don Quijote, das ist auch der Grund, weshalb ich zu lesen anfange. Schon der Name Kolumbus sei möglicherweise falsch, erfahre ich, seine Unterschrift könne nicht genau entziffert werden. Auch Cristobal Coron wäre zum Beispiel möglich. Jedenfalls beruhe sein Name nur auf Vermutungen.

Ich bin sofort begeistert von den wenigen Zeilen und habe das Gefühl, daß es etwas mit mir zu tun hat, wie immer, wenn ich auf etwas Wichtiges stoße.

Alle Bilder, die von ihm existieren, erfahre ich weiter, entstanden erst nach seinem Tod, daher weiß man weder wie er hieß noch wie er aussah. Auch seine Nationalität ist nicht bekannt. Die einen halten ihn für einen Katalanen, nicht wenige für einen spanischen Juden, andere für einen Italiener, manche sogar für einen Wikinger. Er glaubte sein ganzes Leben lang, Indien entdeckt zu haben, war aber bekanntlich in Amerika gelandet, und es ist nicht einmal gewiß, ob er überhaupt als erster dort war. Das Original seines Bordbuches wurde jedenfalls nie aufgefunden. Es existieren statt dessen nur die Aufzeichnungen des spanischen Missionars las Casas, der es abgeschrieben hat und zugibt, es dabei verkürzt und verändert zu haben. Es ist nicht einmal bekannt, in welcher Sprache Kolumbus sein Bordbuch abgefaßt hatte.

Er soll 1476 nach Portugal und 1478 nach Madeira gekommen sein, aber in den Stadtarchiven von Funchal ist darüber nichts vermerkt. Angeblich war er als Zuckereinkäufer beschäftigt, andere behaupten, er sei ein Agent des portugiesischen Königs gewesen.

Auf Porto Santo, der vorgelagerten Insel von Madeira, heiratete er die Tochter des Ersten Legatkapitäns, Filipa Moritz. Über die Hochzeit ist nichts Schriftliches zu finden, weder über das Datum noch den genauen Ort. Ebensowenig weiß man, wann und wo ihr Sohn Diego zur Welt kam. Vier Jahre hielt sich Kolumbus auf Madeira und Porto Santo auf, es ist jedoch ungewiß, wo und warum. Am wahrscheinlichsten ist die Hypothese eines Professors der spanischen Seefahrtsschule in Cádiz: Kolumbus fand vermutlich im Haus seines Schwiegervaters auf Porto Santo eine Weltkarte, vielleicht erhielt er sie auch aus den Händen eines gescheiterten Karibikfahrers, der sie ihm verkaufte oder anvertraute. Überliefert ist, daß Kolumbus Tag für Tag den Strand nach Pflanzenresten absuchte, die durch die Strömung angespült wurden: unbekannte Samen, Pinienhölzer, Bohnen, unvergleichlich große Schilfrohre, sogar Reste kunstvoll bearbeiteter Baumstämme, die ihm bestätigten, daß jenseits des Atlantiks andere Welten existierten. Er war nicht der einzige, der diesen Gedanken nachhing, das feuerte ihn an. Er studierte die Gezeiten, ließ sich in Schiffstechnik unterrichten und befragte Fischer und Seefahrer. Langsam wurde sein Glaube zur Gewißheit. Vor allem die Weltkarte, die er besaß, bestärkte ihn. Allerdings mußte er sein Wissen geheimhalten, denn eine Expedition war zugleich eine Schatzsuche. Daher könnten die Irrtümer und Unstimmigkeiten des überlieferten Bordtagebuches nicht nur der Beweis für eine nachträgliche Bearbeitung oder sogar Fälschung sein, sondern ebensogut Täuschungsmanöver des Entdeckers selbst, um möglichen Verfolgern den Kurs und die richtigen Entfernungen zu verheimlichen.

Wie wunderbar sich in Kolumbus' Person und Schicksal alles fügte! Ich bin davon überzeugt, daß man den Wahnsinn nicht anders entdecken kann als Kolumbus Amerika: Indem man in die Irre geht und selbst an der Nase herumführt und schließlich verschwindet und falsche Spuren hinterläßt.

Nicht einmal der tote Kolumbus habe gegen diese Methode verstoßen, erfahre ich weiter. Begraben sei er in Valladolid, in Spanien, von dort soll er in die Kathedrale von Santo Domingo in der Dominikanischen Republik gebracht worden sein. Schließlich habe er in Sevilla seine letzte Ruhestätte gefunden, wohin man ihn aus dem unabhängig gewordenen Kuba geholt habe, was besagt, daß er als Toter noch mehrmals zur See gefahren sei.

Ich trete auf den Balkon. Ein blendend heller Fleck erscheint über dem Bergkamm. Ein Fischerboot tuckert langsam in den Hafen. Die Wolken über dem Meer sind graublau, weiß und gelb leuchtend. Das Wasser hat eine silbrige Farbe angenommen mit einem goldenen Streifen. Die Bergkämme, stelle ich fest, sind jetzt frei von Nebel. Ich sehe ganz klar die Kirche Nossa Senhora do Monte unter grauen Wolken im Grün. Ein Gartenarbeiter mit Rechen und Kübel schlendert über den Kinderspielplatz, hält vor dem bunten Labyrinth an und stellt es um. Ununterbrochen verändern die Wolken ihre Farbe.

Als Astrid erwacht, lieben wir uns.

Inzwischen sind die Wolken dunkelgrau geworden mit einem Silberrand auf dem blauen Himmel. Eben noch sah man die Häuser ganz klar, jetzt verblassen sie im weißen, harten Sonnenlicht, das auf die Insel und das Meer fällt.

Während Astrid frühstückt, suche ich erneut das Österreichische Konsulat auf. Und wirklich finde ich Frau Barbosa (in einem winzigen Hinterzimmer des Reisebüros), die mir die Erlaubnis erteilt, morgen die Quinta do Monte aufzusuchen, und mir rät, inzwischen ein Taxi zu nehmen und die Insel zu erkunden.

Kapitel 6
Die Insel

Ausgedehnte Bananenplantagen an den Hängen, zum Meer hin blühen weißer Hibiskus und roter Oleander.

In Camara de Lobos halten wir an. Eine Bucht mit Fischerbooten in allen Bau- und Verfallsstadien. Manche türmen sich aufeinander. In der Werft wird gehämmert und gestrichen. Hunde liegen zwischen den Schiffen, aus einem blau und schwarz bemalten klettert ein spielendes Kind. Es ist der einzige Mensch, der freundlich lächelt. Die Arbeiter schauen weg, sobald man auftaucht, oder senken den Blick zu Boden. Es riecht nach Tang und Meer. Boote machen mich glücklich. Ein neugebauter, ungestrichener Kahn sieht aus wie eine riesige halbe Nußschale, an anderen ist die Farbe wunderbar abgeblättert. Ein weißes Schiff liegt am Strand. Die Nägel haben verwaschene Rostflecken gebildet.

Am Rand der Werft entdecke ich eine ehemals schwarz gestrichene Wellblechhütte, unter deren Farbe die weiße Grundierung hindurchscheint. Der Betonboden im Hafen hingegen ist dunkelblau angemalt, große, gelbe Sterne sind darauf zu sehen. Sollen sie den Nachthimmel widerspiegeln? Andererseits entdecke ich in grüner Farbe den Kontinent Afrika und die Iberische Halbinsel und dazwischen große weiße zweistellige Ziffern. Von oben betrachtet muß es eine seltsame geographisch-astronomische Karte ergeben, in der der Himmel mit der Erde vereint ist.

Von einem Felsen erhebt sich ein Leuchtturm, ihm gegenüber auf der anderen Seite der Bucht ein Restaurant, auf dessen Wand die Silhouette von Winston Churchill mit Staffelei abgebildet ist. Der Politiker wohnte im feudalen Reid's und malte das Dorf, das aus malerischer Armut bestand. Im Ort neben der Fischerkapelle sind Scharen von abgearbeiteten Männern auf der Straße versammelt. Die Kapelle ist klein. Wie überall die vergoldeten, barocken Altäre, eine Heiligenfigur auf einer Trage: San Pedro.

Die Männer verstummen, als der Chauffeur und Astrid mich über den Platz begleiten, der mit bunten Papierblumen an den elektrischen Drähten geschmückt ist. Dadurch, daß sich die Kunstblüten in den Windschutzscheiben der geparkten Autos und in den Fenstern und Schaufensterscheiben der Häuser spiegeln, sieht es aus, als sei das ganze Dorf herausgeputzt.

In einer dämmrigen Bar trinken wir »Poncha«, das Getränk aus Zuckerrohrschnaps, Honig und Zitronensaft. Während es der Barbesitzer hinter der Theke zubereitet, läuft im Fernsehen lautlos ein MTV-Video. Das alte gerahmte Schwarzweißfoto an der Wand zeigt drei Fischer mit Espadas in den Händen. Unser Fahrer erklärt uns, daß sie hier in Camara de Lobos zum ersten Mal gefangen wurden.

Auf der Fahrt in das Innere der Insel nimmt Astrid wie selbstverständlich meine Hand und drückt sie. Ich frage mich, was sie an mir findet und weshalb sich mein Leben so sehr verändert hat.

Weiße Häuser mit roten Ziegeldächern zwischen Bananenstauden mit großen, grünen Blättern und blauen Kunststoffsäcken, in denen die Früchte wachsen.

Von einer Anhöhe aus werfen wir einen Blick hinunter auf das Meer und ein Fischerdorf. Aus einer Zementfabrik in der Ferne steigt schwarzer Rauch. Eidechsen huschen über die Mauer, später kommen Kinder gelaufen. Der Fahrer sagt, wir sollen ihnen nichts geben, sie kauften sich mit dem Geld Drogen, aber wir halten uns nicht an seinen Rat. (Dabei fällt mir ein, daß ich am Morgen die vorgeschriebenen Tabletten nicht genommen habe.) Schmale Straßen führen in S-Kurven bergauf und bergab ins grüne Dickicht. Ab einer gewissen Höhe gibt es kein Wasser mehr, dorthin müssen es die Bewohner selbst befördern. Auch zum Arzt werden die Kranken steile Wege hinuntergebracht, die Toten über schmale Stiegen und Trampelpfade zum Friedhof getragen. Die Bewässerung der Insel ist unendlich kompliziert, wie der Fahrer erzählt, ein verwickeltes System netzartig verzweigter Kanäle, die »Levadas«, bringt das Wasser auf die winzigen Terrassenfelder. Es gibt Mord und Totschlag um das kostbare Naß, denn jeder erhält es nur ein paarmal und für eine bestimmte, kurze Zeit im Jahr zugeteilt. Zu diesem Zweck müssen alle Schleusen geöffnet sein, die zu dem Betreffenden führen. Übersieht nur einer der Nachbarn den Zeitpunkt, versäumt der Bauer die Bewässerung. Sklaven bauten die »Levadas«, die über Felswände und an tödlichen Abgründen vorbeiführen und Tag für Tag überprüft werden müssen, damit es zu keinem Wasserstau kommt. Jedes Jahr, sagt der Fahrer, lassen fünf bis zehn Kontrollgänger ihr Leben. Wir steigen wieder aus und blicken wie in einen Trichter auf eine senkrecht abfallende grüne Terrassenlandschaft, in der sich die Kanäle schlängeln. Es ist, als öffnete sich ein neues, fremdes Land unter uns, mit einer verborgenen, unbekannten Kultur. Die Bauern hier bewirtschaften noch die winzigsten Felder, oft unter Lebensgefahr.

Nebel fällt ein, als wir den Cabo Girao erreichen, der fast 600 Meter über dem Meer liegt. Der Hoteldirektor hat ihn mir ans Herz gelegt wegen der Selbstmörder. Die Luft duftet nach Eukalyptus. Gelb blühende Mimosenbüsche. Ein kleines Plateau mit Eisengeländer wie eine Beobachtungswarte. Der Ausblick könnte erhabener nicht sein, aber ich bleibe einen Schritt vor der Absperrung stehen, denn ich spüre die saugende Kraft aus der

Tiefe. Wolken steigen zu uns empor, lösen sich wieder auf. Als ich den letzten Schritt wage, schaue ich wie durch ein Kaleidoskop auf ein Muster: ein rundes, gelbgrünes Terrassenfeld, Schotterstrand, klares Meerwasser, so daß man von weit oben noch die Steine erkennen kann. Schäumende Wellen. Alles scheint im Blau des Meeres und des Himmels zu verschwinden. Winzig: ein Möwenpunkt. Ohne Übergang wird alles vom Nebel eingehüllt. Manche Selbstmörder zogen es vermutlich vor, in das Weiß zu springen und den Aufschlag nur als Auslöschung zu erfahren. Andere warteten vielleicht ab, bis der Dunst sich wieder verzog, um das unendliche Blau vor Augen zu haben. (Während ich das denke, bin ich überzeugt davon, daß ich eines Tages Selbstmord begehen werde.)

Der Duft des Eukalyptus macht mich benommen. Auf der linken Seite entfalten sich gelbgrüne Agaven, Kakteen und violette Malven. Weiter hinten stehen Steinbänke, sie sind eiskalt.

Später fahren wir durch einen Föhrenwald bergab. Rasch erreichen wir die Baumgrenze. Die Gärten sind mit gelben Trompetenblumen übersäht, die Terrassenfelder mit Steinmauern abgestützt. Ich habe mit Astrid kein Wort gewechselt. Sie hält nur meine Hand, und wir schauen aus den Wagenfenstern.

Die Zuckerrohrfelder erinnern an gelbes, hohes Gras. Wenige Menschen begegnen uns, ab und zu ein Bauer. Ein Mann steht auf dem Dach seines Hauses neben dem Kamin und deckt es mit Ziegeln, hoch über dem Abgrund. Rotblühende Kakteen und Lauben. Hühner pikken auf kleinen eingezäunten Erdflecken, darüber eine Plane aus Kunststoff zum Schutz gegen Raubvögel. Der

Anblick der Landschaft ist phantastisch, die Arbeit für die Bewohner mitleiderregend schwer und gefährlich.

In Camara de Lobos sei alles für das St. Peters-Fest geschmückt, erklärt der Fahrer, auch in Ribeira Brava mit seinem schachbrettartig gemusterten Kirchturm, das wir jetzt erreichen. Eine Prozession werde am späten Nachmittag von Camara nach Ribeira ziehen und hierauf würde die ganze Nacht gefeiert.

Wir gelangen rasch in felsige Schluchten. Selbst dort bebauen die Menschen winzige Felder auf halsbrecherische Weise. Manchmal kann man den Verlauf der Levadas an Abgründen entlang verfolgen und darüber staunen, wie sie vor Jahrhunderten angelegt wurden. Es wachsen Weidenbäume – die Korbflechter stellen daraus Stühle, Tische und andere Möbelstücke her –, Mais, Edelkastanien. Aber auch Hortensien, Knüppelkiefern, Adlerfarn, Heidekraut, Lilien und prächtige Natternköpfe. (Ich identifiziere sie mit dem Pflanzenbuch, das ich mir am Vortag gekauft habe.) In einem Lorbeerwald machen wir halt, um uns die Füße zu vertreten. Die ganze Insel ist dicht bewachsen, und überall stößt man auf Eidechsen, die die Madeiraner nicht mit den Händen berühren, weil sie, wie der Fahrer sagt, Unglück bringen. Der Lorbeerwald ist dicht und feucht, die Stämme sind bemoost. Es ist Mittag, aber dunkel wie am Abend. In der Einsamkeit begegnen wir einem uniformierten Wildhüter mit Schiffchenmütze und einem großen Hund. Er blickt zu Boden und geht an uns vorüber, ohne uns weiter zu beachten.

Kurz darauf sind wir wieder im Hellen. Weingärten, kleine Ställe aus Stein mit Blechdächern für die Kühe, blaue Mondwinden auf den Bäumen. Dann ein seltsamer Anblick: Hinter einem grünen Hügel taucht zuerst nur eine weiße Turmspitze auf, als ob das Gebäude in der Erde versunken sei, aber allmählich kommt es mehr und mehr zum Vorschein, bis endlich die ganze Kirche sichtbar wird. Immer wieder überrascht die Landschaft mit Veränderungen der Perspektive. In San Vicente bitte ich den Fahrer anzuhalten, ich will den Friedhof besuchen. Das Dorf ist gepflegt, Steinplatten auf den Wegen, die Fenster der Häuser sind zugleich Auslagen. Man findet Marien- und Engelsstatuen hinter den Scheiben und Touristenkeramik wie Papageien, Hirsche oder Standuhren, die von biedermeierlich gekleideten Mädchenfiguren gehalten werden. Das Dorf macht einen ausgestorbenen Eindruck. Der Chauffeur ist aus Aberglauben im Wagen sitzengeblieben, und wir orientieren uns an der alles überragenden Kirche. Schließlich gelangen wir zu einer weißen Mauer, in der wir aber keinen Eingang finden. Wir gehen suchend an ihr entlang, und Astrid spricht einen verkrüppelten Buben an, der zuerst vor ihr flüchten will und selbstverständlich kein Wort versteht. Endlich begreift er, was wir wollen, und läuft uns in einem seltsamen eiligen Hinken voraus in die Kirche, von wo wir ihm durch eine Seitentür in einen Lagerraum folgen. Und plötzlich stehen wir auf dem Friedhof.

Weiße Marmorgrabsteine mit den Namen, den Lebensdaten und einer Schwarzweißfotografie der Toten. Kieswege, hier und da eine Palme. Eine Seite des Friedhofs geht gegen einen Felsen, darunter blühende Riesenstrelizien und Kakteen. Vereinzelt Vogelgezwitscher oder das Bellen eines Hundes, sonst ist es totenstill. Als wir uns umdrehen, ist der Bub verschwunden.

Zu Mittag erreichen wir den Atlantik. Beim Anblick des grünen Wassers und der weißen Gischtwellen atmen wir auf. Der Fahrer hat die ursprüngliche, schmale Straße, die in den Fels gehauen ist, genommen. Sie führt durch dunkle, feuchte Tunnels und manchmal steil hinauf, so daß wir in Schächte sehen, auf deren Grund das Meer tost und schäumt. Einmal fahren wir durch einen kleinen Wasserfall, und ein ganzes Stück weit stürzt, sprüht, springt, stäubt und rinnt Gischt auf die Straße und in das Meer hinunter. Es riecht nach Muscheln, Salz und Tang. Direkt am Ufer wird Wein angebaut. Aus dem Atlantik erheben sich spitze, kleine Felsen, an denen sich die Wellen hoch und weiß brechen. Grasinseln mit weißen und blauen Blumen.

Seixal liegt ewig im Schatten. Dort, im Gasthof Aquário mit blau-weiß gedeckten Tischen, essen wir den wunderbaren Espada und trinken roten Wein. Wir blicken auf das Meer, während wir über unsere Eindrücke reden. Als wir uns verabschieden, stellen wir fest, daß der Restaurantbesitzer und das Personal hinter einem Schrank gerade den Mittagstisch gedeckt haben: eine große Schüssel mit Fischköpfen und Brot.

Am Nordende der Insel, in Porto Moniz, sieht man die weißschäumenden Atlantikwellen ohne Ende rollen. Am Ufer hat die erkaltete Lava Vertiefungen gebildet, die im Frühjahr vom Meerwasser überschwemmt werden. In den Becken baden Menschen. Es ist trüb und kühl. Nur langsam kommt die Sonne heraus, ein Caterpillar schaufelt Schutt zur Seite. Mitten auf einem der rotbraunen Haufen Tuffgestein ein modernes Restaurant aus Beton und Glas, wie eine große Schachtel.

Ein Stück weiter sind die Lavabecken betoniert und zu Swimmingpools geformt, über die hohe Atlantikwellen spritzen. Ein Delphin springt gerade zurück ins offene Meer.

Wir geraten in dichten Nebel. Eine Kuhherde kommt uns entgegen, und wir müssen anhalten. Es beginnt zu regnen. Milchig weiß ist es um uns, und die Tiere sind nur Schatten. Die Schwaden lichten sich, und wir erkennen eine Arena am Straßenrand, in der, wie der Fahrer sagt, die Rinder verkauft werden.

Erst als wir uns Callieta nähern, bricht die Sonne durch, wir kurbeln die Fenster herunter, um die würzige Luft zu atmen.

Der Chauffeur hält vor einer Zuckerrohrfabrik. Er hupt, aber niemand zeigt sich. Wir klettern weiße Stiegen hoch bis in eine Fabrikhalle mit einem schwarzen Räderwerk aus Eisen. (Merkwürdigerweise denke ich an meine goldene Taschenuhr mit dem Doppeladler und den sich drehenden Zahnrädchen.) Der Fahrer streift mit uns zwischen den gigantischen Bestandteilen der stillstehenden Maschine herum und erklärt uns, wie das Zuckerrohr zu Schnaps verarbeitet wird. Neben der Fabrik befindet sich eine Laube mit Korbstühlen, und eine ältere Frau bringt uns Poncha. Ihre Augen sind gerötet, sie hat es eilig, sicher haben wir sie von ihrer Arbeit abgehalten. Wir bezahlen, um sie nicht weiter zu stören, aber sie schenkt uns, kaum daß wir ausgetrunken haben, nach.

Da es noch nicht spät ist, beschließen wir, durch Tunnels und auf der Autobahn bis an das andere Ende der Insel zu fahren.

Bald erreichen wir die Bucht und sehen jetzt die Stadt Funchal von der anderen Seite. Das große, weiße Passagierschiff, die Aurora, ankert noch immer im Hafen vor dem Hotel. Die Abhänge zum Meer hinunter sind steil, mit halb vertrocknetem, braunem Gras bewachsen, dazwischen Kakteen, gelb blühend.

Erneut beginnt es zu regnen.

Wir sind vom Alkohol und Schauen müde geworden und lassen die Landschaft an uns vorüberziehen wie Kulissen.

Erst in Canical halten wir vor einem Souvenirladen, in dem eine Mulattin Schnitzereien aus Walfischknochen verkauft: bis ins Detail nachgemachte Fangboote mit Harpunen, kleine Delphine und Wale, Briefbeschwerer. Die Frau ist scheu, ihr Söhnchen kommt in Männerschuhen in das Geschäft geschlurft und schaut uns aus großen Augen an. Er sieht seiner Mutter auffallend ähnlich, so als sei er ein Puppenmodell der Frau.

Wir kaufen einige Kleinigkeiten, und ich frage, ob die Schnitzarbeiten wirklich aus Walfischknochen gemacht seien. Die Frau eilt hinaus, winkt uns nachzukommen, öffnet das Tor einer Garage und zeigt uns an der Wand errichtete hohe Stapel alter Wirbel und Rippen. Grau und vermodert sind sie und sorgsam aufgeschichtet wie Brennholzscheite.

Im Geschäft lehnen Kieferknochen an den Wänden, und aus den Wirbeln hat man Hocker gemacht. Indessen weist die Frau auf Farbfotografien an den Wänden und gerahmte Illustriertenberichte über den Walfang. Dabei zeigt sie jedesmal auf denselben dunkelhäutigen Mann und sagt stolz »My husband«. Er trägt auf allen Bildern eine grüne Baseballmütze, ist groß und hat blondes Haar.

Das Museum, das zu besuchen uns die Frau empfiehlt, ist nur einen Straßenzug weiter in einem einstökkigen Haus untergebracht. Hinter Glas das Modell der Walfabrik, in dem die Meerestiere verarbeitet wurden: die Rampe und das mit Wellblech gedeckte Gebäude. Menschenfiguren sind keine dargestellt, nur am Meeresufer ein Kutter und die Harpunenboote (an Land gezogen), von Knochen eingezäunte Wiesenflecke, Kochkessel und drei tote Wale, um den Prozeß der Verarbeitung zu veranschaulichen. Der erste wird gerade an der Schwanzflosse von einer Seilwinde die Rampe hinaufgezogen. Der blutbefleckte Schädel weist Richtung Atlantik. Neben dem Maschinenhaus liegt der zweite. Der dritte endlich vor dem Gebäude mit dem Blechdach. Der Kopf ist vom Körper getrennt, sogar die großen (im entsprechenden Maßstab wiedergegebenen) Blutflecken hat man nicht vergessen. An der Wand demonstrieren Farbfotografien den Vorgang: wie das massige Tier die Rampe hochgezogen wird, unterstützt von einer Schar angestrengt den Riesenkörper schiebender Männer, wie man dem Fisch gerade den Kopf abtrennt, und schließlich der Rumpf, neben dem ein Arbeiter mit roter Wollmütze posiert. Auch das Harpunieren sieht man: Das Meer ist von Blut rot gefärbt. Auf einem Schwarzweißbild erkennt man einen angeschwemmten riesigen Potwal, an den sich mehrere liliputanerhaft wirkende Männer lehnen. Daneben kolorierte Stiche mit Segelbooten und Walherden und Porträts alter Harpuniere mit Kappen oder Hüten, einige mit Brillen. In einer dunklen Ecke läuft ein Video: Blutfontänen, kippende Boote und der tote Fisch mit geöffnetem Maul. Der Unterkiefer ist schmal und mit spitzen Zähnen besetzt, der Schädel elefantenhaft. Eine rostige, wuchtige Zahnradmaschine zerteilt die Knochen. Die

Männer, erkennt man, sind stolz auf ihre Arbeit. Ein Plakat verkündet in mehreren Sprachen: »Ein Blauwal« (darunter ist das Tier als schwarzer Fleck gemalt) »von 100 000 Kilo hat ein Gewicht von« (darunter sind 25 schwarze Elefanten gemalt) »oder« (darunter eine Herde von 150 grasenden Ochsen). »Sobald der Harpunier das Tier getroffen hat«, lese ich weiter, »schießt der 1000 Meter lange Tampen durch das Boot, er wird hinten um den Poller geschlagen, um die enorme Kraft zu bändigen, mit der der getroffene Wal zu fliehen versucht. Der Tampen muß aus echtem Manila sein, denn die Männer halten ihn mit den bloßen Händen. Ein Mann ist stets bereit, im Falle eines zu starken Wals oder eines Unglücks, das Seil zu kappen.«

Auf der Mole von Canical angelt ein Alter. In einem weißen Kunststoffkübel neben seinen Füßen blitzblaue Fliegenfische, schillernd, flach und rund. Am Ufer arbeiten Männer an rostigen Ruderbooten, die auf Holzbökken liegen. Der Alte steckt sich eine Zigarette in den Mund und knetet einen Köder aus Brot, den er kunstvoll um ein Dutzend Widerhaken wickelt, bevor er die Leine auswirft.

Hinter Canical befindet sich die zum größten Teil abgerissene Walfabrik. Ich erkenne sie dennoch vom Modell her wieder. Langsam gleitet sie an uns vorüber wie in einem Film: Die Rampe ist zugewachsen, die Stufen, die in den Felsen gehauen wurden, sind vom Meerwasser ausgewaschen, die verrostete Halterung der Seilwinde steht sinnlos da.

Wir wollen bis zum Ende der Inselstraße fahren. In einer Bucht entdecken wir ein kleines Stück Sandstrand. Der Atlantik ist dort mild und schlägt in sanften Wellen an. Erstarrte Lavaausläufer haben rote Meeresfelsen gebildet. Eine Schulklasse badet bei starkem Wind. Wir sehen alles von hoch oben, wie von der Galerie eines Theaters aus. Ich habe das Empfinden, als stehe die Zeit still, um mir einen Blick zurück in die Kindheit zu gewähren.

Auf der Rückfahrt eine Konservenfabrik mit einer aufgemalten gelben Sardinendose. Von der Halle fehlt eine Wand, Rohre und große Armaturengehäuse ohne Zeiger und Meßscheiben sind sichtbar.

In Funchal legen wir uns in das Gras am Pool. Lastwagen laden im Hafen Container ab. Manchmal stinkt es nach Benzin und Öl. An der Kaimauer betrachten »Meerschauer«, von denen man nur den Rücken sieht, die bewegte See, die Wellen, die sich verändernde Farbe des Wassers.

Bevor wir nach dem Abendessen auf unser Zimmer gehen, besorge ich in einem Lebensmittelgeschäft eine Flasche Madeirawein. Astrid erwartet mich voller Ungeduld. Sie liebe mich, sagt sie, und umarmt mich.

Nachher beginnt sie von Pollanzy zu sprechen. Sie behauptet wieder, daß sie ihn hasse, er erniedrige und betrüge sie. Er nehme sich nicht einmal die Mühe, es zu verheimlichen. Andererseits sei es ihm egal, ob sie mit einem anderen Mann schlafe oder nicht. Wenn sie ihm Vorwürfe mache, stelle er ihr sofort frei zu gehen. Schweige sie, fordere er sie auf, die Wohnung zu verlassen. Manchmal erzürne er sich so sehr über ihre Antworten, daß er sie anbrülle, zu verschwinden, er könne sie nicht mehr sehen. Auf eine furchtbare Weise fühle sie sich dann noch mehr zu ihm hingezogen.

»Ich möchte, daß du ihn tötest«, sagt sie plötzlich.

Sie wiederholt diese Aufforderung wieder und wieder. Und selbst als wir uns lieben, sagt sie in einem fort, daß ich ihn töten solle. Erst als ich es ihr verspreche, schläft sie ein.

Kapitel 7
Der Brief

Im Februar 1922 schrieb meine Urgroßmutter Anna Kubaczek den folgenden Brief:
»Wir sind von Funchal auf den Berg übersiedelt und da waren fast keine Möbel heroben und wir mußten fast alles leihweise vom Hotel ›Victoria‹ nehmen. Unser Transport war auch noch nicht da, mit Wäsche, Geschirr und Glas, und wir mußten daher auch das vom Hotel leihweise mitnehmen. Dieser Tage soll der größere Teil an Betten, Schränken, die ganze Wäsche, Geschirr, Glas, Kübel und Kannen, Wirtschaft- und Wasserservice wieder hinunter ins Hotel. Da habe ich nachträglich viel zu tun. Unten wäre es ja sehr schön, aber die armen Majestäten haben kein Geld und konnten das teure Hotel nicht mehr bezahlen und da hat ein Bankier, der ein Mitinhaber der ganzen Hotels auf der Insel Madeira ist, den Majestäten eine Villa umsonst geboten, was bei der pekuniären Lage die armen Majestäten natürlich dankend annahmen. Nun ist es hier auf dem Monte erst Mai – Juni angenehm. Unten haben sie jeden Tag Sonne; auch wenn es regnet, dauert es nie lange, hier heroben hatten wir wirklich erst drei schöne Tage, sonst immer Regen, Nebel und feucht. Es ist natürlich viel wärmer als bei uns, aber man friert hier auf den Ber-

gen. Hier oben haben wir kein elektrisches Licht, nur ein Wasserklosett im ganzen Hause, nur im ersten Stock Wasser und unten in der Küche. Die Villa wäre ganz schön, aber wenig Platz haben wir, trotzdem nur das allernötigste Personal da ist. Zum Heizen nur ganz grünes Holz, das beständig raucht. Gewaschen wird hier nur mit kaltem Wasser und Seife. Gott sei Dank haben wir unseren Waschkessel mit, welcher im Freien aufgestellt ist. Die Leute waschen nur mit kaltem Wasser hier, die Wäsche wird nicht ausgekocht wie bei uns, dann muß alles die Sonne bleichen, welche ja tropisch brennt – wenn sie scheint. Leider hatten wir hier wenig Sonne, wir schauen ganz eifersüchtig nach Funchal hinunter, wo sie beständig scheint. Das Haus ist so feucht, es riecht im ganzen Haus nach Moder und bei jedem sieht man den Hauch. Die Verkehrsmittel sind nur Autos und Ochsen, die man beide nicht bezahlen kann; sonst geht auch eine Bergbahn herauf, aber nicht jeden Tag. Zu Fuß kann man nicht hinunter, da man fast den ganzen Tag brauchen würde, um zurückzukommen. Der arme Kaiser, der nur drei Mahlzeiten einnimmt, kann abends kein Fleisch bekommen, nur Gemüse und Mehlspeisen, das bedauern wir am meisten. Für uns wäre es ganz gleich, mir fehlt es nicht, aber nicht einmal genug zu essen haben sie hier. Wenn man hier eine Persönlichkeit wüßte, die bei der Entente Einfluß hätte, um zu erwirken, daß die Majestäten eine anständige Villa sich mieten könnten. Man muß den Majestäten eine anständige Apanage geben, damit sie doch das Leben anständig haben, doch das Nötigste, es fehlt hier an allen Ecken und Enden. Der Lehrer der Kinder, der ein Doktor ist, wohnt in einem halb verfallenen Gartenhäuschen mit bloß einem Raum, das notdürftig geflickt wurde. In einem zweiten verfallenen Häuschen und bloß einem Raum, den man durch eine Bretterwand teilte, sind die beiden Diener mit ihren Frauen, welche auch im Hause als Hausmädchen Dienst machen, untergebracht ... Was noch das Allerärgste ist, Ihre Majestät kommt im Mai nieder, da soll weder eine Hebamme noch ein Arzt geholt werden. Es ist bloß eine Kinderpflegerin da, die aber keine Erfahrung hat. Also nicht einmal eine richtige Hebamme soll kommen. Ich bin ganz desperat darüber. Ich schreibe ohne Wissen Ihrer Majestät, aber ich kann es nicht zulassen, daß man die zwei unschuldigen Menschen hier in einem gänzlich unzulänglichen Haus längere Zeit läßt. Es soll ein Protest eingelegt werden! Die Majestäten werden sich nicht rühren und lassen sich ohne zu mucken, in ein Kellerloch bei Wasser und Brot einsperren, wenn es von ihnen verlangt würde. In unserer Hauskapelle ist an der Wand ganz dicht der Pilz. In sämtlichen Zimmern könnte man es nicht aushalten, wenn nicht beständig Kaminfeuer wäre. Wir helfen natürlich alle zusammen, um dem Übel abzuhelfen; manchmal wollten wir schon verzagen, aber wenn wir sehen, wie geduldig die Majestäten alles hinnehmen, dann machen wir getrost wieder weiter. Seine Majestät hat schon seit Wochen einen argen Katarrh mit Husten. Erzherzog Karl Ludwig ist auch erkältet im Bett. Kühe gibt es hier viele, aber alle tuberkulös, die Milch muß gut gekocht werden...«

Taschenkalender 1988, Eintragung unter dem Datum 11. Juli:

Funchal, 25. Juni 199-
Durch unübersichtliche schmale Gassen und Straßen fahren wir den Monte hinauf an gepflegten weißen Häusern, Palmen, blühenden Büschen vorbei bis zur ersten schloßartigen Quinta mit Steintreppenaufgang, Kieswegen und gestutzten Pflanzen.

Die meisten Grundstücke sind von weißen Mauern umgeben, so daß man die Pracht der steil ansteigenden Gärten nur durch die Gittertore erahnen kann. Wenn wir uns umdrehen, sehen wir aus dem Heckfenster über rote Dächer auf das Meer.

Die Wolken kommen rasch näher.

»Ja«, beantwortet der Fahrer meine Frage, im Jänner und Februar könne Schnee auf den Bergspitzen liegen, aber nicht länger als zwei oder drei Tage.

Das Hotel und der Hafen unter uns sehen von oben winzig aus.

Zwischen Bäumen taucht die weiße, schwarz eingefaßte Bergkirche Nossa Senhora do Monte auf.

Das Taxi hält vor einem verwilderten Park, und wir steigen aus. Von weitem hören wir Hunde bellen.

Der Fahrer will uns nicht begleiten, es sei ein »Totenhaus«. Ich hänge mir die Flugtasche um die Schulter, in der sich mein Fotoapparat, Filme und mein Schreibzeug befinden, und trete näher. Die Glocke ist abmontiert, am Gitter des Tores splittert die Farbe ab.

Hinter dem Tor ein kleines, von Büschen umgebenes gelbes Häuschen mit rot umrahmten Fenstern und Türen und einem Spitzdach über der Eingangs. Es ist nicht bewohnt, im aufgelassenen Becken des Springbrunnens liegt Müll: eine Kunststoffkiste, ein Wasserschlauch, zerbrochene Styroporplatten. Ein Paar Kinderschuhe an einer Mauer. Wir gehen um das kleine Haus herum, rufen, aber niemand zeigt sich. Frau Barbosa hat uns versprochen, daß der Hausmeister am Eingangstor warten würde, aber wir hören nur die Hunde bellen und entdecken an der Hinterseite des Häuschens einen Hasenstall und eine rot gestrichene Werkzeughütte mit einem weißen Türknopf, an dem ein Arbeitshandschuh hängt.

Wir nehmen den überwachsenen, mit flachen Steinen gepflasterten Weg unter hohen Edelkastanien und Lorbeerbäumen. Rechts von uns läuft ein betonierter Wasserkanal zwischen Rotbuchen, Föhren und Kamelienbüschen. Wir bleiben stehen, um zu hören, ob die Hunde noch bellen, aber es ist still. Als wir weitergehen, lösen sich buntschillernde Insekten von den blauen Liliengewächsen, die überall blühen. Der Park ist dunkel und verwildert, Rhododendron, Akazien und die hohen Bäume verdecken die Sicht. Hinter einer Biegung stoßen wir auf die Mauern einer Ruine. Nur noch wenig ist vom einstöckigen Gartenhaus erhalten: die Außentreppe, eine Terrasse ohne Geländer, Fenster ohne Stöcke, der Eingang ohne Tür. Manche Mauern sind schwarz von Schimmelpilz, der Dachstuhl ist eingebrochen. Innen sind die Wände mit dicken Holzstämmen abgestützt, um ihr endgültiges Einstürzen zu verhindern. Ich betrete die Ruine, in der hohes Unkraut wuchert, und versuche, mir die Aufteilung der Räume vorzustellen. Der Fußboden ist nicht mehr vorhanden.

Hinter dem Gartenhaus entdecken wir einen grünen Peugeot, doch nirgendwo den Fahrer. Wir rufen, lauschen, aber nur die Hunde antworten mit gedämpftem Bellen. Hinter der nächsten Wegbiegung Riesenstrelizien, die uns an bunte Dschungelvögel denken lassen, ein paar Schritte weiter erkennen wir die Quinta do Monte: Das weiße Gebäude ist von rostigem Wellblech umgeben, aus dem Zaun sind einzelne Platten herausgerissen. Dahinter hohes Gras, Himbeer- und Brombeersträucher und eine Pflanze mit großen, hellgrünen Blättern ohne Blüten. Ein kleiner, etwa 45jähriger Mann kommt in Hose und Hemd über den Weg auf uns zu, stellt sich als der gesuchte Hausmeister vor und erbietet sich, uns das Gelände um die Quinta zu zeigen. Das Gebäude selbst dürften wir jedoch nicht betreten. Ich verweise auf die Erlaubnis des österreichischen Konsulats, er lehnt trotzdem ab. Daraufhin zeige ich ihm die goldene Taschenuhr, und Astrid, die ein Spanisch spricht, das der Hausmeister zum Glück versteht, erklärt ihm, daß meine Urgroßmutter eines der Kindermädchen von Kaiser Karl und Zita gewesen sei und sie ins Exil begleitet habe. Der Mann schwankt und akzeptiert schließlich, als ich ihm einen Geldschein zustecke. Er müsse die Schlüssel holen, erklärt er und läuft davon.

Wir machen inzwischen einen Rundgang um die Quinta, weil wir einen Eindruck von ihrer Größe gewinnen wollen. Die Erker verleihen ihr etwas Schloßartiges, Großzügiges. Rundbogenfenster, Balkone, über den Eingängen mit Kupferblech beschlagene Vordächer, die sich schwarz verfärbt haben. An manchen Stellen der Wände scheint die gelbe Grundfarbe durch. Die Lorbeerbäume und Pflanzen geben dem aufgelassenen Herrensitz in ihrem Wildwuchs etwas Geheimnisvolles. Außer dem Dach und dem schmalen, weißen Kamin sind nur die Regenrinnen intakt geblieben. Wieder hören wir das Bellen der Hunde, und wir stellen fest, daß es von zwei Seiten kommt: aus dem Park und der Quinta. Ich mache einige Aufnahmen, bis der Hausmeister wieder erscheint, allerdings, so sagt er, habe er nur wenig Zeit. Wir folgen ihm auf dem mit Steinen gepflasterten Pfad bergab, zwischen stacheligen Sträuchern, die den Weg überwuchern, und gelangen zu dem betonierten Becken unterhalb der Residenz. Man habe es zum Schwimmen und Bootfahren verwendet, sagt der Hausmeister, aber einem der späteren Besitzer sei ein Kind ertrunken, und deshalb habe dieser das Wasser abgelassen. Vertrocknetes Wurzel- und Astwerk, das man herausgerissen hat, liegt zu Haufen getürmt in der Wiese. Man müsse prüfen, erklärt der Hausmeister weiter, ob die Wände des Beckens noch das Wasser halten könnten, bevor man den ursprünglichen Zustand wiederherstelle.

Wir müssen durch brusthohes Gesträuch weitergehen zum Buchsbaum-Irrgarten. Er ist von hohem Gras überwachsen. Erst jetzt, nachdem der Hausmeister Astrid und mich darauf aufmerksam gemacht hat, entdecken wir Teile des Labyrinths, fast, als erblickten wir es in trübem Wasser. Der Hausmeister betont, daß die kaiserlichen Kinder darin gespielt hätten. Langsam begreifen wir den Grundriß des Labyrinths, das sich bis zu einer breiten Treppe hin erstreckt.

Am Ende der Wiese ein jäh abfallender Hang. Es ist ein klarer, sonniger Tag, und man kann jede Einzelheit in der Bucht von Funchal sehen. Der Hausmeister drängt, sobald ich fotografieren will, zum Weitergehen. Wir könnten später so lange bleiben, wie wir wollten, er werde uns den Schlüssel zum Haus übergeben, und der

Taxifahrer solle diesen beim Konsulat abliefern. Er selbst habe allerdings nur eine halbe Stunde Zeit. Daraufhin läuft er uns eilig voraus. Wir durchqueren ein von Gebüsch verfilztes Areal mit niedrigen Bäumen und stehen vor einer zugewachsenen Statue mit einem Brunnen. Weiter geht die Hetzjagd zu einem gemauerten Aussichtstürmchen, das auf einer schwindelerregenden Erhebung errichtet ist. Es ist rund und mit blau-weißen Azulejos geschmückt. Der rotbraune Fliesenboden ist aufgerissen. Sprünge und Risse auch an den Wänden des nun schiefen Pavillons, der an der Außenseite von Flechten bewachsen ist. Es sei nicht ratsam, das Innere zu betreten, warnt uns der Hausmeister. Neben dem Aussichtstürmchen liegt ein altes Kanonenrohr auf der Erde, in das Namen hineingekratzt sind. Schweiß rinnt mir über Gesicht und Körper, so schnell läuft der Hausmeister durch dichtes Gestrüpp voraus, er warnt vor überwachsenen Stufen und Hindernissen und ist gleich wieder hinter einem Gebüsch verschwunden. Licht- und Schattenflecken ziehen über unsere Körper, atemlos hetzen wir hinter ihm her, und wenn ich trotzdem kurz stehenbleibe, um zu fotografieren, tadelt er mich ungehalten, wir müßten weiter.

Wir erreichen eine Zisterne, gefüllt mit trübem Wasser. Der Kanalschacht ist geöffnet, ich beuge mich über ihn und kann tief hinuntersehen. Der Hausmeister hat plötzlich keine Eile mehr, wenn er die Bewässerungsanlage erklärt. Er weist in einem kleinen, kapellenförmigen Gemäuer auf die Rohre, die zum Haus führen. Es ist noch die alte Anlage, die zur Zeit des Exils von Kaiser Karl in Betrieb war. Der Filter ähnelt dem trichterförmigen, von Löchern durchsiebten Aufsatz einer Gießkanne, und ich denke: »Dieses Wasser haben sie getrunken.« Zahlreiche Levadas führen von der Zisterne weg in den Park.

Weiter führt uns der Hausmeister bergauf, bis wir außer Atem eine Wiese erreichen, dort zeigt er auf eine Ruine aus Natursteinen – es handelt sich um die Reste des ehemaligen Kuhstalls. Daneben, unter einer majestätischen Edelkastanie, die gelben, mit einem roten Blechdach notdürftig gedeckten Überreste eines anderen Gartenhauses, das jetzt von hohem Gras und Pflanzen umgeben ist: wild blühende Kapuzinerkresse, Malven und langstielige Liliengewächse. Innen faulen auf der Erde Blätter, der Fußboden ist herausgerissen, an den Wänden Rinnspuren von Regen, Namen und Zeichnungen. In einem zweiten Raum eine Kunststoffplane, auf der ein Hackstock steht, vermutlich hat man hier bei schlechtem Wetter Holz zerkleinert. Durch die Fenster sieht man Teile der Wiese wie gerahmte Rasenstücke. Der Hausmeister gibt uns keine Gelegenheit, darüber nachzudenken, wer von den Bediensteten in welchem der Gartenhäuser gewohnt haben mag, er erscheint in der Türöffnung und drängt uns, mit ihm an den Rand des Parks zu kommen, wo Arbeiter eine Mauer errichten. Das Ganze zu renovieren, sagt er, würde Millionen kosten. Niemand habe das Geld bisher aufgebracht. Man wolle lediglich die Anlage vor Obdachlosen schützen, die hier einen Unterschlupf suchten, mehr sei nicht möglich. Schon springt er den Weg zurück, wir folgen ihm schwitzend.

Vor der Quinta eine rasche Verbeugung, er drückt Astrid den Schlüssel in die Hand und beeilt sich zu verschwinden.

Wir kriechen durch eine Öffnung im Blechzaun und

stapfen im kniehohen Gras zu einer Tür. Ich sperre sie auf und stehe vor einem Berg Schutt, den wir überklettern müssen. Eine Stiege ohne Geländer. Sie ist mit abgeschlagenem Verputz bedeckt und schief, als würde sie jeden Augenblick zusammenstürzen. Unten im Dunklen die Küche, auch sie verfallen. Man kann die weißgeflieste Feuerstelle und das Waschbecken erkennen. Die Speisekammer ist eingebrochen, Hohlziegel sind darin auf einen Haufen geworfen, dahinter kann man durch einen schmalen Spalt unter der Decke etwas von der Goldverzierung der ehemaligen Hauskapelle sehen. Es ist jedoch unmöglich, über den Ziegelhaufen weiterzukommen. Astrid weigert sich auch, mir über die verfallene Stiege in den ersten Stock zu folgen, und will im Taxi auf mich warten. Ich gebe ihr recht und klettere allein in den ersten Stock hinauf. Glassplitter blitzen im Sonnenlicht, das durch Fugen in der Wellblechverschalung vor den Fenstern hereinfällt. Die Quinta ist erstaunlich groß. Die Räume sind jedoch verwahrlost, die Wände fleckig gelb und mit Kratzzeichnungen und Inschriften bedeckt. Hundekot im rußig schwarzen Kamin. Auf dem Boden zerbrochene Teile der Stuckdekoration: vergoldete, reich verzierte Pflanzenornamente. Ein Stromkabel hängt von einem Loch in der Decke herab. Um die hohen Bogenfenster bildet sich ein Rahmen aus gleißendem Sonnenlicht, der den Räumen etwas Sakrales und dem Verfall eine unvermutete Schönheit verleiht. An einigen Stellen fehlt der Boden, man sieht dort nur die Zwischenbalken. Rundherum in den beiden Sälen sind Streifen in die Mauern gestemmt, um das Gebäude trocken zu legen. Bizarre weiße Landkartenmuster in der gelben Farbe. »Kontinente des Wahnsinns«, denke ich. »In diesem verfallenen Totenhaus sind die letzten Reste der Donaumonarchie verschwunden und haben Spuren ihres Untergangs hinterlassen, die ich nicht deuten kann.« Vielleicht sind alle Bilder und Gedanken der Fieberträume Karls in diesen zerrissenen Flecken dargestellt, das Wahnreich, in dem er zu herrschen glaubte.

Ein blendendheller Lichtfleck in Form eines »L« erstreckt sich über den staubigen Holzboden. Und oben an der Decke sieht man wie durch eine Wunde die Schilfmatten, an denen der Verputz festgemacht war. Die Deckenbemalung ist in verschiedene Gebilde zerfallen, unter denen ein dunkleres Weiß zum Vorschein kommt: Das Bild eines sich auflösenden, zerbrechenden Eismeers. Ich befinde mich inzwischen im Salon, der sich links und rechts in weiteren Räumen fortsetzt. Dahinter gibt es eine Anzahl kleinerer, dunkelgrüner Zimmer. Als ich näher trete, vernehme ich ein Knurren. Ich halte an und lausche. Vorsichtig mache ich einen Schritt, und wieder knurrt es. Vermutlich ein streunender Hund, der sich vor mir versteckt hält. Ich trete zurück in den Vorraum, von dem aus eine steile, nahezu vollständig von Bauschutt bedeckte Stiege in das zweite Stockwerk führt. Alle Räume sind einsturzgefährdet, stelle ich fest, das war wohl der Grund, weshalb der Hausmeister uns unter keinen Umständen begleiten wollte. Die Treppe zur Kapelle fehlt, sie liegt in einem Trümmerhaufen, einen Halbstock tiefer. Auch das Stiegengeländer muß dort zu finden sein. Ich rutsche vorsichtig hinunter und sehe, daß der Hausaltar nur noch in Bruchteilen erhalten ist, er sieht aus wie ein großer, vergoldeter Wandspiegelrahmen, aus dem die Verzierungen herausgebrochen sind. Der rechte Teil fehlt zur Gänze, und das Tabernakel ist entfernt. An seiner Stelle ist nur noch dunkles Holz vorhanden, das mit Kreide beschriftet ist wie eine Schultafel. Stücke des Altarschmuckes liegen verstreut auf einem Tisch. Die Verwüstungen wirken um so auffälliger, als die Kapelle im barocken Stil gehalten ist und die Reste des einstigen Prunkaltars keinen Sinn mehr ergeben. (Sie lassen eher an den Eingang zu einem Heiligtum denken, das sich dahinter befindet.)

Ich steige wieder in den ersten Stock hinauf und nähere mich vorsichtig dem grünen Zimmer, aus dem ich das Knurren vernommen habe, als die Tiere plötzlich vor mir stehen. Zwei Straßenköter, schwarz und braun, kläffen mich an, doch als ich sie anstarre, laufen sie davon. Durch die gesamte Quinta höre ich sie von nun an bellen, einmal von dort, einmal von da. Ich versuche, in das zweite Stockwerk zu gelangen, wate in Staub, Schmutz und Verputzresten über die verschüttete Treppe, muß ein Stück auf allen vieren kriechen und stoße oben auf mehrere Zimmer mit abgeschrägten Wänden und Stauräumen. Die Fenster sind klein. An zahlreichen Stellen fehlt die Decke, man sieht von unten den Dachstuhl und die Ziegel. Im zweiten Raum fehlt der Boden vollständig, über die Balken ist nur ein Brett gelegt, damit man zur anderen Seite hinüberbalancieren kann. Die Fenster rahmen jeweils ein viereckiges Stück Baumkrone ein, die Wände sind mit Sprüchen beschmiert. Ich bin mir sicher, daß meine Urgroßmutter hier irgendwo untergebracht war. Die Schuhe knirschen auf dem Schutt, ich mache mich auf den Rückweg hinunter in den ersten Stock und von dort in das Krankenzimmer Karls, von dem so gut wie nichts mehr vorhanden ist. Der gesamte Boden fehlt, eine

Wand ist herausgebrochen, aus einer anderen hängt ein Bündel elektrischer Leitungen. Die Nebenräume sehen auch nicht besser aus. Und während ich mich abmühe, in das ebenerdige Sterbezimmer zu gelangen, die Sala Amarena, höre ich die Straßenköter wieder ganz nahe vor mir röcheln und kläffen, vielleicht sind sie hinter der Tür, die kaum einen Spaltbreit zu öffnen ist. Als mir unter großen Mühen wenigstens das gelingt, sehe ich sie neuerlich vor mir. Der braune fletscht die Zähne, dem schwarzen stellt sich das Fell auf. Ich bin so wütend, daß ich in der Flugtasche nach Zündhölzern suche, um den ganzen Laden in Brand zu stecken, als mir einfällt, daß ich dann sofort verhaftet werden würde. Statt dessen hebe ich einen Brocken Gips auf und werfe ihn nach den Tieren, die dadurch aber noch wütender bellen. Ich drücke jetzt mit aller Kraft gegen die festgeklemmte Tür und kann sie gerade so weit aufschieben, daß es mir gelingt, in das Sterbezimmer zu schlüpfen. Zu Karls Zeiten war es elegant möbliert, nun unterscheidet es sich nicht von den Sälen im ersten Stock, abgesehen von den Bogenfenstern, die abgedeckt sind. Die Hunde sind zurückgewichen, sie müssen durch irgendeine Öffnung hinausgeflüchtet sein, denn ich höre sie jetzt von draußen bellen. Die Decke ist hier am wenigsten beschädigt: auf einer grünen Fläche ein Ornament aus goldenen Blättern und weißen Blüten. Noch einmal durchstreife ich die Quinta, um alles zu fotografieren, und stoße dabei auf mehrere Kothaufen, die ich beinahe übersehen hätte. In der Schwärze der rußigen Kamine haben sich Craqueluren gebildet. Die hellgelben großen Rechtecke darüber weisen darauf hin, daß hier Spiegel gehangen haben. Und immer wieder kreisrunde, scheibenartige Stellen an den Wänden: Sind es Pilzsporen?

Alle Kamine sind vollgeräumt mit Hohlziegeln, vielleicht um zu verhindern, daß Vögel in die Quinta eindringen. Schließlich entdecke ich einen ebenerdigen Zugang zur Kapelle und finde vergoldete Bruchstücke aus Holz auf dem Boden. Sie stammen vom Altar. Durch Zufall stoße ich auch auf das Badezimmer, es ist weiß gefliest mit einem Steinboden, die Wanne ist abgeschlagen und seitlich umgestürzt, wie ein sinkendes Ruderboot liegt sie da.

Als ich aus dem Haus trete, haben sich die Hunde beruhigt. Die noch ursprüngliche, vermorschte Haustür liegt im Gras vor einem unscheinbaren Nebengebäude, in dem ich die reich mit Azulejos ausgekleidete Waschküche entdecke. Die Dusche ist aus der Wand herausgerissen, das Bassin in den Boden und in die Wand hinein versetzt. Um die Nische, in der sich das blau-weiße Becken befindet, ist sorgfältig ein Rahmen gemalt, es macht auf mich den Eindruck eines Ortes für eine religiöse Handlung. Vielleicht hat meine Urgroßmutter hier die kaiserliche Wäsche gewaschen, die Leintücher und Kissenüberzüge des Sterbenden. Damals mußten das Grundstück und die Quinta ein herrlicher Besitz gewesen sein.

Meine Nase und meine Luftröhre brennen vom Staub, und ich muß öfter niesen.

Vom Taxi aus entdecke ich ein paar Schritte weiter eine Verkaufsbude, ich steige wieder aus, um vielleicht eine Fotografie von der Quinta aus alten Zeiten zu erstehen. Es ist ein Andenkenladen, in dem man Getränke kaufen kann, Obst, Ansichtskarten und billige Souvenirs. Hinter dem Verkaufspult ein knorriger Mann mit Kappe. Ich frage ihn, ob er eine Fotografie von der Quinta hat, und deute zum Park hinauf, aber er fuchtelt abwehrend mit den Händen, schüttelt dabei mürrisch den Kopf und verschwindet wortlos im Hinterzimmer.

Vom Park aus hat man die Kirche Nossa Senhora do Monte schon zwischen den Bäumen gesehen.

»Es muß anstrengend gewesen sein, den Sarg mit dem toten Kaiser dorthin zu tragen«, sage ich zu unserem Chauffeur, der mir antwortet, es gebe eine Abkürzung, die er mit dem Taxi nicht nehmen könne.

Vor dem Eingang bietet ein alter, zahnloser Mann mit einer Holzschachtel auf dem Kopf gestickte Taschentücher feil. Er schneidet Grimassen, fordert die Touristen auf, ihn zu fotografieren, und tanzt und dreht sich mit seinem Behälter auf dem Kopf im Kreis, um gleich darauf ohne Umschweife zum Geschäft zu kommen.

Die Kirche ist unscheinbar, Bretterboden, eine bemalte Holzdecke. In einer der Seitenkapellen hinter einem Eisengitter der Sarg des letzten österreichischen Kaisers, links und rechts Bänke, die schwarzgelbe Fahne der k.u.k. Monarchie und Regimentsstandarten, darüber eine Fotografie Karls und ein Holzkreuz aus Tirol.

Wir halten uns auf der Rückfahrt nach Funchal hinter zwei Korbschlitten mit Fahrern, die auf den Kufen stehen. Knirschend und funkenschlagend sausen die Gefährte bergab. Bald springen die weißgekleideten Männer herunter und ziehen die Fahrzeuge an flachen Stellen mit Seilen hinter sich her, bald laufen sie ihnen nach und schieben sie an, springen wieder auf, lachen und rufen sich etwas zu. Die Asphaltstraße ist schmal und führt zwischen grauen, abweisenden Betonmauern in die Vorstadt hinunter. Dort halten die Korbschlitten an einer Querstraße. Die Fahrer ringen verschwitzt nach Luft, werfen die Hüte auf die Polstersitze und stecken das Trinkgeld ein.

Die Stadt ist wie verschneit von abgefallenen, gelben Akazienblüten, die auch auf den Dächern der geparkten Autos liegen.

Kapitel 8
Gedanken

Wir legen uns im Hotelgarten unter einen Ficusbaum, wo ich meine Aufzeichnungen mache und Astrid in meinem Homer-Simpson-Guide schmökert. Manchmal lacht sie leise auf. Ich frage mich die ganze Zeit über, ob sie das mit der Ermordung Pollanzys ernst gemeint hat oder ob sie mich dadurch erregen und ihre Lust steigern wollte. Häufig fällt mir, wenn ich an die Umarmungen denke, Pollanzy ein. Er hat mit Astrid geschlafen, kennt ihr Stöhnen, den Anblick ihres nackten Körpers. Ich wage es jedoch nicht, sie nach Einzelheiten ihrer Beziehung zu ihm zu fragen, aus Angst vor den Verletzungen, die ich mir dabei selbst zufügen würde. Kaum kommen wir nach dem Abendessen auf das Zimmer, umarmen wir uns, und sofort erinnert mich Astrid an mein Versprechen. Ich muß ihr schwören, Pollanzy zu töten. Sie sagt, sie halte es nicht aus, daß er am Leben sei und mit ihr machen könne, was er wolle. Sie sei nicht in der Lage, sich selbst von ihm zu befreien, also müsse ich ihr helfen. Wenn ich sie liebte, würde ich Pollanzy töten.

Während wir uns umarmen, beginnt sie zu weinen, und weinend gerät sie in einen leidenschaftlichen Taumel, in den sie mich mit hineinreißt.

Kapitel 9
Die Fotografie

Taschenkalender 1988, Eintragung unter dem Datum 3. Oktober:

Funchal, 26. Juni 199-
Vicente Gomes da Silva trug den Titel »Fotograf Ihrer Majestät, der Kaiserin von Österreich«, da er Sisi bei ihrem Aufenthalt in Funchal ablichtete. 1865 gründete er sein Atelier in der Rua da Carreia, das heute das »Museu Photographia Vicentes« ist. Sein Sohn, der den gleichen Namen wie sein Vater trug, brachte es zum »Königlichen Fotografen des Portugiesischen Königshauses«, einem etwas umständlicheren Titel. Die Vicentes malten mit begabter Hand Kulissen – den Hafen, die Kathedrale, Berggipfel –, vor denen sie Prinzessinnen und Grafen, Bankiers, Neureiche und Großgrundbesitzer posieren ließen, manche auch zu Pferde. Sie baten auch das Volk vor ihre Kameras und hinterließen der Nachwelt so 380 000 Negative von den Menschen, die die Insel besucht oder auf ihr gelebt hatten. Wo sonst würde ich eine bessere Gelegenheit finden, vielleicht doch eine Fotografie meiner Urgroßmutter zu entdecken?

Astrid hat es vorgezogen, am Pool zu liegen, daher suche ich allein den Hof mit dem Café und den weißen Stühlen auf. Im ersten Stock ein schmiedeeiserner, grün und weiß gestrichener Balkon, darunter ist der Name des Museums angebracht. Ein paar alte Leute, die in Liegestühlen und auf Sesseln beisammenhocken, beobachten von oben die Ankömmlinge und schwatzen.

Uniformierte junge Frauen flanieren im Vorraum, kassieren den Eintritt und geben Auskunft. An den Wänden hängen Porträts von Militärs, Damen, Kindern, mit Sicherheit sind sie schon alle gestorben.

Das Atelier der Vicentes mit bemalter Hafenkulisse ist in seinem ursprünglichen Zustand erhalten. In gläsernen Vitrinen sind auch die alten Fotoapparate ausgestellt: Plattenkameras, aus Holz und Messing gefertigt, mit und ohne Stativ. Vater und Sohn, erkennt man, liebten ihre technischen Geräte. Sie verfügten über bestens eingerichtete Dunkelkammern, die man betreten darf, wobei man allerdings ins Schwitzen kommt, denn es ist im Gebäude drückend schwül. Ohne es zu wollen, muß ich daran denken, daß das Museum zu brennen anfängt und alle diese Apparate und Negative und Platten vernichtet werden. Andererseits fühle ich mich in dem alchimistischen Laden wohl. Ich frage eine der uniformierten Aufseherinnen nach Fotografien von Kaiser Karl, und man geleitet mich in einen Nebenraum zu einer Kommode, in der mehrere Alben aufbewahrt sind. Ich beginne sofort zu blättern, während die junge Frau jeden meiner Handgriffe aufmerksam verfolgt. Ich suche rasch und zielbewußt, denn die meisten Aufnahmen sind mir bekannt. Ich schwitze unsäglich, der Schweiß tropft auf die Kommode, und ich wische mir die ganze Zeit mit einem der Taschentücher, die Astrid vor der Bergkirche gekauft hat, die Stirn. Ich bekomme die drei Ärzte, die den letzten österreichischen Kaiser behandelten, zu Gesicht. Immer wieder auch den »Imperador Carlos d'Austria«, Karl, mit Krawatte und Anzug, er blickt ernst und als gealterter Mann in die Kamera, und die »Imperatriz Zita« in einem leuchtend weißen Kleid und weißen Schuhen, eine zauberhafte Schönheit. Auf anderen Bildern tragen die Buben der Familie Matrosenanzüge mit langen Hosen, die Mädchen wie ihre Mutter weiße Kleider. Einmal sieht man das Ehepaar klein auf dem Balkon der »Villa Victoria« des Reid's Hotels, es hat die Kamera nicht bemerkt. Dann Fotografien des toten Kaisers. Die Bilder sind zu verschiedenen Zeiten aufgenommen. Zeigen die ersten noch ein Gesicht, das von den Anstrengungen des Sterbens gezeichnet ist, so ist die Erschöpfung später aus den Zügen gewichen, und das Antlitz des Toten strahlt Ruhe aus.

In einem weiteren Album sind die Fotografien zu sehen, die Vicente bei der Ankunft des exilierten Kaiserpaares auf Madeira gemacht hat. Es muß ein windiger, regnerischer Tag gewesen sein, und ein Boot mit einer Flagge des Reid's Hotels wartete schon im Hafen, um die beiden an Bord zu nehmen und die Küste entlang zur Villa Victoria zu bringen. Auch die Ankunft der Kinder ist festgehalten, nirgendwo finde ich jedoch ein Bild des Personals. Das letzte Album zeigt das Leben auf der Quinta do Monte, und auf einer der Fotografien geht eine blonde junge Frau in Bedientenkleidung (Schürze, gestreifte Bluse) gerade aus dem Bild. Es könnte meine Urgroßmutter sein, doch ist von der Frau nur die Hälfte des Körpers von hinten zu sehen. Ich nehme mir noch einmal die drei Alben vor, aber die Aufnahmen bleibt die einzige mögliche Fotografie meiner Urgroßmutter. Ich frage nach einer Kopie des Bildes. Die Aufseherin erklärt mir daraufhin (während sie die Alben wieder in die Kommodenlade legt und diese versperrt), daß es nur eine Auswahl von zehn Landschaftsfotografien zu kaufen gäbe, ich könne diese an der Kasse besichtigen.

Ich sage, daß ich das Bild für eine journalistische Arbeit benötigte, doch das macht auf sie keinen Eindruck. Man dürfe die Karl-Fotografien nur betrachten, der Kauf eines Abzuges sei nicht vorgesehen. Nein, auch nachsenden würde man mir kein Bild, selbst wenn ich es im voraus bezahlte. Ich schwitze so stark, als hätte ich ein schlechtes Gewissen, wieder sehe ich das Museum in Flammen stehen, ich bin mir sicher, das Feuer würde es lieben.*

Man zeigt mir jedoch, weil ich einer der wenigen Besucher bin, ein Album mit englischen Feriengästen aus dem Jahr 1920: eine Jagdgesellschaft mit bäuerlichen Treibern bei der Jause, ein Bankett am Hafen mit einer endlos langen Tafel, dahinter die High-Society beim Small talk – ein Autokorso mit vornehm gekleideten Zuschauern, Feste, Ausflüge und Picknicks, ein Violine spielender Knabe und zwei die Harfe und das Klavier bedienende ältere Damen, ein Streichsextett aus tadellos gekleideten Gentlemen, Gruppen von Tennisspielern, Herren und Damen mit weißen Hüten, Fußballspieler, Nichtstuer beim Sonnen, mondäne Quintas und Parks und nicht zuletzt über die Reling gebeugte Ladies, die Münzen in das Meer werfen, nach denen halbnackte Kinder tauchen ... Aber es sind auch die Strohhütten der bäuerlichen Bewohner zu

---

* Zuerst würde ich die Quinta do Monte in Brand stecken und dann das Museu Vicente. Wohl kaum jemand wüßte auf die Frage nach dem Motiv eine Antwort.

293

sehen, arme Frauen und Kinder bei der Zuckerrohrernte und beim Sticken, Männer bei der Weinlese, beim Korbflechten und Faßmachen, der Markt, Pferdehändler, Milchverkäufer und die Bevölkerung beim festlichen Reigen und bei Prozessionen. Und auf keiner einzigen der Fotografien läßt auch nur einer der Inselbewohner einen Anflug von Lächeln erkennen.

Nein, sage ich mir, nicht der arme Kaiser* war im Exil, sondern der Kaiser war bei den Armen im Exil.

Die restliche Zeit verbringe ich mit Astrid. Wir sprechen am Tag nie über das, was am Abend vorgefallen ist. Als gäbe es außerhalb des intimen Aktes keine Worte dafür.

Am späten Nachmittag bittet mich der Hoteldirektor zu sich.

Er habe die Fotoapparate von Perestrello nach dessen Tod geerbt, erklärt er mir. Er zeigt mir in eine Schachtel verpackte Geräte: Eine Rolleiflex, Leicas, eine Hasselblad ... alles angerostet. Perestrello hat das berühmte Foto von Churchill gemacht, wie er unter einem Sonnenschirm sitzend im Hafen von Camara de Lobos die

---

* Laut Alphonse de Sondheimer (*Vitrine XIII*, Wien, Hamburg 1966) ließ Kaiser Karl noch vor seinem (später widerrufenen) Verzicht auf alle Regierungsgeschäfte aus der Schatzkammer der Hofburg den gesamten Inhalt der Vitrine XIII – mehr als 50 wertvolle Kronjuwelen, darunter den damals viertgrößten Diamanten der Welt, den »Florentiner« und die von Rudolf II. in Auftrag gegebene Habsburgerkrone (die um einige kostbare Edelsteine erleichtert zurückerstattet wurde) – am 4.11.1918 per Eisenbahn in die Schweiz schaffen. Nachdem ein Teil verkauft worden war, verlor das Kaiserpaar auch durch Ungeschick den übrigen Schmuck im Wert von damals (1922) 1,6 Millionen Schweizer Franken an die kriminellen Juwelenhändler Jacques und Joseph Bienenfeld und den Sekretär des Kaisers Bruno Steiner de Valmont. Der illegale Transfer der Kronjuwelen ins Ausland hatte 1919 bereits die Beschlagnahme des Habsburgischen Vermögens in der Republik Österreich zufolge gehabt.

Schiffe malte. Perestrello sei der Feind Vicentes gewesen, sagt Herr Schermann. Er habe zu trinken begonnen und sein ganzes Geld verspielt, bis er mit 82 Jahren starb. Der Hoteldirektor besitzt die meisten seiner Fotografien in Klarsichtfolien und Ordnern. Da er sie bereits im Computer eingescannt hat, brennt er für mich zwei CDs mit Fotografien von Kaiser Karl und dem alten Madeira und seinen Gästen.

Ich fürchte mich vor dem Abend, und ich behalte recht. Alles spielt sich wie in den letzten beiden Nächten ab.

»Töte ihn!« flüstert Astrid. »Du mußt ihn töten!« Ich liege stumm da. Aber ich spüre, daß ich zu feige für einen Mord bin.

»Was hast du?« fragt mich Astrid. »Warum schweigst du?« Sie umarmt mich und beginnt mich zu lieben. »Du hast es mir versprochen«, flüstert sie. »Versprich mir, daß du Pollanzy umbringst!« Ich schweige, aber sie liebt mich mit großer Hingabe, setzt sich auf mich und wiederholt in einem fort: »Versprich es mir ... versprich es mir ...«

»Ja!« sage ich. »Ich werde es tun.«

»Schwörst du es mir?«

»Ja.«

»Was schwörst du mir?«

»Daß ich Pollanzy umbringen werde! Ich schwöre es.«

Nachwort

Alle drei Bücher liegen, wie ich eruiert habe, nur in Computerausdrucken vor. Von den behaupteten Kopien existiert keine, sie sind Erfindungen von Stourzh. Auch daß Lindner eines, zwei oder alle drei Bücher verfaßt haben soll, ist nicht wahr. Im Gegenteil: Lindner hat nichts damit zu tun, obwohl Stourzh ihm den Text unterschieben will. Fest steht, daß Stourzh unter pyromanischen Zwangsvorstellungen leidet. Außerdem, daß er aggressiv ist und mich haßt. Ich habe aufgrund der Lektüre Primarius Neumann empfohlen, Stourzh vom »Haus der Künstler« als Hilfspfleger abzuziehen und ihn als Patient mir zur Behandlung zu übergeben. Neumann lehnt das jedoch ab, da er selbst Interesse an dem Fall hat und der Meinung ist, Stourzh als Hilfspfleger besser unter Kontrolle zu haben. Daher habe ich mich entschlossen, die drei Manuskripte dem Schriftsteller zur Verfügung zu stellen, der dabei ist, eine Monographie über Franz Lindner herauszubringen. Vermutlich wird es ihm eher gelingen, die Angelegenheit aufzuklären, da sowohl Stourzh als auch Lindner Vertrauen zu ihm gefaßt haben.

Die Logopädin mit Namen »Astrid« arbeitet zwar in unserer Anstalt, doch unterhalte ich mit ihr keine privaten Beziehungen.

Prim. Heinrich Pollanzy

Viertes Buch
Der Wahnsinn

Kapitel 1
Der Schriftsteller

Seit 30 Jahren arbeite ich an einer Abhandlung unter dem Titel »Wahn und Sinn – Vom Sinn und Unsinn des Wahns«. Hunderte Informationen habe ich darüber in meinen Notizbüchern und auf Karteikarten festgehalten, Hunderte Kopien aus Büchern angefertigt, Hunderte Gespräche mit Nervenärzten, Pflegern, Patienten, Schriftstellern, Künstlern, aber auch mit sogenannten normalen Menschen geführt, um die es mir ja geht. Ich komme zu dem Ergebnis, daß die normalen Menschen ihr Leben lang auf der Suche nach dem Wahnsinn sind, den sie ebenso fürchten wie sie ihn herbeiwünschen. Liegt nicht der allergrößte, der schrecklichste Wahnsinn in der Geschichte der Menschheit selbst, die nach allgemeinen Übereinkünften von »normalen« Menschen gemacht wird: Kriege, Vernichtungen aller Art, Zerstörung, Plünderung, Betrug, Intrige, Wortbruch, Täuschung – nichts ist an Grauen und Gewalttätigkeit so reich wie die Geschichte der menschlichen Normalität. Geht man davon aus, daß auch die Geschichte der Religionen, die Konflikte der verschiedenen Glaubensgemeinschaften untereinander und gegeneinander, ein bedeutender, ja vielleicht sogar der bedeutendste Aspekt dieser Menschheitsgeschichte ist, also der Kampf um die einzig wahre Erfassung des unsichtbaren, unbeweisbaren, eigentlich durch und durch fiktiven, märchenhaften Gottes, so gelangt man rasch zur Grundfrage nach dem Wahnsinn und der Rolle, die dieser innerhalb der sogenannten Normalität spielt.

Ich habe noch nicht mit der Niederschrift meiner

Arbeit begonnen, da ich zuerst das ungeheure Material aufarbeiten muß, das sich angesammelt hat. Für dieses Material habe ich eine eigene Wohnung gemietet, die Wahnsinns-Archiv-Wohnung, in der ich aber erst dabei bin, eine Ordnung hineinzubringen, damit ich die Zettel, Zeitungsausschnitte, Fotografien, Bücher, Broschüren, Hefte, Tonbänder, mit einem Wort meine gesamten Unterlagen bei Bedarf auch zur Hand habe. Seit mehr als drei Jahrzehnten arbeite ich am Entwurf dieser Wahnsinns-Studie, genauer gesagt an den Entwürfen, die sich fortlaufend ausweiten und verändern, denn es kommen immer neue und neue Aspekte hinzu. Schon während meines Medizinstudiums befaßte ich mich mit dem Wahnsinn. Ich wuchs mit dem Wahnsinn auf, da es in meiner Familie Fälle von manischer Depressivität, Schizophrenie, Schwachsinn, Selbstmord und Alkoholismus gibt, wie in jeder Familie, wenn man die Genealogie nur lange genug zurückverfolgt.

Von größter Bedeutung waren für mich »Die Geschichte unserer Welt« von H. G. Wells, Herodots »Historien«, Suetons Biographien der römischen Kaiser, die »Caesarenviten«, Johan Huizingas »Herbst des Mittelalters«, Karlheinz Deschners »Kriminalgeschichte des Christentums«, »Abermals krähte der Hahn« und »Die Politik der Päpste im 20. Jahrhundert«, Golo Manns »Wallenstein«, Ian Kershaws Biographie über Adolf Hitler und Alan Bullocks »Hitler und Stalin«, um die Herausragendsten zu nennen. Aber auch literarische Werke wie Homers »Ilias« und »Odyssee«, Shakespeares Königsdramen, Grimmelshausens »Simplicius Simplicissimus« bis zu Thomas Manns »Zauberberg« und »Dr. Faustus« oder Solschenizyns »Krebsstation«. Außerdem studierte ich die Geschichte der Verbrechen, die Geschichte der Rauschgifte und schließlich die Geschichte des Wahnsinns selbst: Ich las Lombroso, Foucault, Prinzhorn, Morgenthaler, Bleuler, Basaglia, Navratil, Stanislav Grof und Ronald D. Laing und suchte schließlich auch Nervenkliniken auf. Zwangsläufig führten mich meine Studien zur Kunst. Waren es anfangs Werke geisteskranker Künstler, wie Wölfli, Hill und Josephson, so begann ich meine Studien allmählich auf die Kunst und Literatur im allgemeinen auszudehnen. Ich studierte die Höhlenmalereien von Lescaux ebenso wie die ägyptische, griechische und römische Kunst, untersuchte sie auf den historischen und religiösen Aspekt hin und schließlich auf ihre Verwandtschaft mit dem Wahn. Zwangsläufig mußte ich mich mit den Mythologien befassen, mich in ihnen zurechtfinden, in ihren Entwicklungen und ihrem Verfall. Alle diese vergangenen Mythologien beanspruchten ja den gleichen ausschließlichen Wahrheitsanspruch wie unsere heutigen Religionen. Wenn die Menschen zu diesen nicht mehr existierenden, nur noch im Gedächtnis der Menschheit vorhandenen Göttern gebetet, ihnen geopfert hatten, für sie Kriege geführt und ihr Leben gelassen hatten, waren sie dann im nachhinein betrachtet nicht von einem Wahn befallen gewesen? Und alle im Namen von Religionen hingerichteten Menschen, von Kreuzrittern abgeschlachteten Moslems und Juden und von Moslems abgeschlachteten Christen, von den Konquistadoren niedergemetzelten Eingeborenen, alle auf dem Scheiterhaufen verbrannten Opfer der Inquisition und der Hexenverfolgungen – waren sie nicht Opfer dieses religiösen Wahns geworden? Ich setzte meine Suche fort und dehnte sie auf die Literatur aus. Dabei stieß ich auf das Phänomen der Veränderung der Wirklichkeit in der Kunst. (Denn waren nicht auch die geschichtlichen und religiösen Prozesse auf dasselbe hinausgelaufen: die Wirklichkeit zu verändern?) In der Kunst besteht von Anfang an die Absicht, die dargestellte Wirklichkeit suggestiver zu gestalten als die sogenannte alltägliche. Schon in Versen zu dichten, in Hexametern, Alexandrinern oder in Sonettform, ist eine Absage an die sogenannte Wirklichkeit, genauso wie unfaßbare Ereignisse zu erfinden und die Zersplitterung und Deformierung der Zeit und der Erscheinungen. Ich erkannte die allgemeine Sehnsucht nach Verrückung, nach Ausdehnung des Wahrnehmbaren, Entdeckung des Unbekannten bis hin zum Phantastischen, das durch die Kunst und die Religion Wirklichkeit wird, auch wenn es auf einer Täuschung beruht. Und ich begriff den Drang, die Wirklichkeit durch die Politik neu zu erfinden, in der Geschichte als Machtwahn. Immer ging es um die Zerstörung der bestehenden Wirklichkeit und deren Neuformulierung nach anderen Gesetzen, so daß es schließlich unzählige Wirklichkeiten gibt, bis hin zur Wirklichkeit jedes einzelnen Wesens, das aber die Geheimnisse seines Lebens hütet wie ein begangenes Verbrechen. Ich fand Spuren, Elemente und Gesetze meiner Hypothesen besonders in den Werken von Aischylos, Sophokles und Euripides, Apuleius, Petronius Arbiter und bei vielen anderen Dichtern der Antike, in den Werken Dantes, Goethes, Cervantes', William Blakes, Edgar Allan Poes, Baudelaires, Lautréamonts, Artauds, Batailles, de Sades, Alfred Jarrys, Genets, der Surrealisten, Huysmans, Rimbauds, Mallarmés, Villons, Thomas de Quinceys, Aldous Huxleys, Novalis', E. T. A. Hoffmanns, Kleists, Büchners, Stifters,

Dostojewskijs, Gogols, Ambrose Bierce', Strindbergs, Raymond Roussels, Melvilles, Laurence Sternes oder Ezra Pounds, Joyce', Virginia Woolfs, Becketts, Burroughs', Kafkas, Günter Grass' und Marquez', Borges' und Thomas Bernhards, Ingeborg Bachmanns und Konrad Bayers, um das Gedankengebäude wenigstens in groben Umrissen sichtbar zu machen. In der bildenden Kunst ist es nicht möglich, auch nur annähernd die wichtigsten Künstler zu nennen, die die Wirklichkeit übertreffen wollten wie Giorgione, Tizian und Rembrandt, ebenso wie Brueghel, Hieronymus Bosch, Goya oder Velázquez*, Géricault, Vermeer, Odilon Redon, Gauguin, Ensor, van Gogh, Cézanne, Picasso, Monet, Manet, Magritte, Frida Kahlo, Klee, Balthus, Jackson Pollock, Kandinsky, Dalí, Malewitsch, Dubuffet, Kubin, Cy Twombly, Duchamp oder Beuys und Günter Brus. Über die Kunstwerke kam ich zu den Biographien von Mystikern und Religionsstiftern, Künstlern, Herrschern, Philosophen und Komponisten wie Jesus, Buddha, Mohammed, Teresa von Avila, Johannes vom Kreuz oder Swedenborg, Nietzsche, Hölderlin oder Robert Walser, Schumann und Hugo Wolf und so sonderbaren Kaisern wie Rudolf II., Maximilian von Mexiko oder Ferdinand dem Gütigen.**

Auch Entdecker gehören dazu, Kapitän Cook, der von Eingeborenen in der Südsee verspeist wurde, ebenso wie der Südpolforscher Robert F. Scott, der mit seiner Mann-

---

* der die Narren selbst als Motive für einige seiner Bilder nahm
** Der erste baute sich in Prag eine Traumwelt mit Alchemisten, Astrologen und phantastischen Künstlern, der zweite ernannte sich im fernen Mexiko zum Kaiser und endete vor einem Hinrichtungskommando, und der letzte war ein von epileptischen Anfällen Heimgesuchter, bei dem man zu Unrecht Schwachsinn konstatierte.

schaft erfror und Notizen seines Untergangs hinterlassen hat. Die in Kunst und Literatur dargestellten Wahnsinnigen sind unzählbar. Ich lasse in meiner Auflistung bewußt die Naturwissenschafter aus, die ohnedies in einer Welt mit anderen Begriffssystemen leben, die Physiker, Mathematiker, aber auch die Schachweltmeister. Und ich beschränke mich in der Musik auf den Hinweis, daß eine Opernaufführung nichts anderes ist als eine Wirklichkeit gewordene Gegenwirklichkeit und Komponisten sich in Klangvisionen verlieren, die so oder so überirdisch, außerirdisch, außerwirklich sind.

Alle diese Künstler, alle diese Werke und Taten haben Menschen bewegt, sie zu Anhängern, Fanatikern, Anbetern, Andächtigen, Mitlebenden gemacht, haben Industrien hervorgerufen: Fabriken für Musikinstrumente, Farben, Filme, Waffen oder Druckereien und Verlage. Und eigene Gebäude: von Opernhäusern und Bildergalerien bis zu Museen und Tempeln. Und in all diesen Gebäuden, den Kinos und Theatern halten sich Menschen auf, die die Wirklichkeit »draußen« vergessen wollten. Fernsehen und Videospiele, Computer und Internet haben neue Möglichkeiten geschaffen, den Wahn, die Vision, die Veränderung der Wirklichkeit zu erfahren – und sei es auch nur eine gleichsam touristische Reise in den Wahnsinn, die mit einem Rückfahrticket versehen ist. Und natürlich bin ich nicht der einzig wirklich Normale in einer fiktiven Wirklichkeit, sondern ein Narr, der in der Verrücktheit sich selbst zu entdecken versucht.

Zur Zeit konzentrieren sich meine Anstrengungen auf Don Quijote, die Romanfigur von Cervantes, und auf den portugiesischen Dichter Fernando Pessoa, da beide für meine Hypothese der Sehnsucht nach dem Wahnsinn exemplarisch sind. Don Quijote ist die Schöpfung eines Dichters, die paradoxerweise die Lebensgeschichte ihres Schöpfers verfaßt haben könnte, so sehr spiegeln beide die Sehnsucht nach dem Wahn wider. Pessoa verwirklichte seinen Wunsch nicht nur in der Literatur, sondern auch in seinem Leben und spaltete sich in Heteronyme auf, das heißt, er gab verschiedenen Schriftstellern in sich Platz und stattete sie mit eigenen Namen und fiktiven Lebensläufen aus, die unterschiedliche Werke hervorbrachten.

Kapitel 2
Cervantes und Don Quijote

Miguel de Cervantes Saavedra wurde als Sohn eines mittellosen, zum ritterlichen Adel zählenden Wanderchirurgen 1547 in Alcalá de Henares geboren und besuchte in Sevilla wahrscheinlich das Jesuitenkolleg. Als sein Vater 1566 vor seinen Gläubigern von Andalusien nach Madrid geflohen war, erhielt der 19jährige Sohn dort eine umfassende humanistische Ausbildung bei einem Gelehrten. Drei Jahre später gelang es ihm, vor den Folgen eines Duells als Kämmerer des Kardinals Giulio Acquaviva nach Rom zu fliehen. Schon ein Jahr später ist er »fahrender Ritter« bei den spanischen Truppen im Dienste des Vizekönigs von Neapel. Am 7. Oktober 1571 nahm er mit seinem Bruder Rodrigo auf seiten Flanderns, Spaniens und Venedigs unter dem Feldherrn Don Juan d'Austria, dem Halbbruder des spanischen Königs Philipps II., an der legendären Galeerenschlacht bei Lepanto gegen die Türken teil und blieb, wie ein schriftliches Dokument festhielt, trotz Fiebers nicht unter Deck, sondern kämpfte »wie ein Löwe, und zwar an der Pinasse, wie sein Kapitän es ihm befohlen, und er hatte auch andere Soldaten unter seinem Kommando«. Die Begründung Cervantes', weshalb er nicht, wie es ihm aufgrund der Erkrankung zugestanden wäre, unter Deck geblieben war, könnte von Don Quijote selbst stammen. Was würde denn die Nachwelt über ihn sagen, widersprach Cervantes der Aufforderung, sich zu schonen – er würde lieber für Gott und seinen König fallen, als sich verstecken und seine Gesundheit zu pflegen. Er wurde im Laufe der Schlacht zweimal an der Brust sowie an der linken Hand verwundet, die für immer verstümmelt blieb. Im 39. Kapitel des ersten Bandes von »Don Quijote« ist der Bericht eines Gefangenen zu lesen, der diese Geschichte aus Cervantes' Leben nachzeichnet (außerdem tritt der Autor selbst als ein Soldat namens Saavedra auf). Cervantes nahm an weiteren Kriegsexpeditionen teil und wurde 1575 von islamischen Korsaren gefangengenommen. Er hatte ein persönliches Empfehlungsschreiben von Don Juan d'Austria bei sich, weshalb ein astronomisch hohes Lösegeld für ihn verlangt wurde. In den fünf Jahren seiner Gefangenschaft in Algerien unternahm Cervantes fünf Ausbruchsversuche und zettelte einen Aufstand von 25000 Galeerensträflingen an. Der Bey ließ Cervantes daher in Ketten legen und streng bewachen. Der Trinitarierorden vermittelte schließlich seinen Freikauf, der seine Familie das gesamte Vermögen kostete. Rund zwanzig Jahre diente Cervantes anschließend als Proviantändler für die Armada und Steuereinnehmer in Andalusien. Mehrmals landete er in dieser Zeit im Gefängnis, in Sevilla (1597 und 1602) und in Valladolid (1605). Die ersten Male wegen angeblicher Unterschlagungen, zuletzt fälschlicherweise wegen Mordverdachts. Vermutlich entstand der »Don Quijote« Teil 1 bis zum Kapitel 52 oder 58 in Haft. Bevor Cervantes jedoch den zweiten Teil veröffentlichen konnte, erschien 1614 eine Fälschung von einem gewissen Alonso Fernandes de Avellaneda aus Tortesillas. Das Pseudonym, unter dem die apokryphe Fassung veröffentlicht wurde, ist bis heute nicht entschlüsselt. Cervantes war inzwischen verheiratet und beschleunigte die Arbeit an seiner Dichtung, die neben seinem Meisterwerk Novellen, Dramen und Romane umfaßte. Ein Jahr darauf, 1615, legte er den zweiten Band vor. Er starb am 23. April 1616 im diabetischen Koma.*

Jeder weiß, daß der Edle von La Mancha zu viele Ritterromane gelesen hat und daher verrückt geworden ist. Jeder kennt seinen Kampf mit den Windmühlenflügeln, seinen Schildknappen Sancho Pansa, sein klappriges Pferd Rosinante und seine erfundene Geliebte, die angebetete Dulcinea. Aber Don Quijote ist, wie wir wissen, mehr als ein sogenannter Verrückter. Er vermengt abwechselnd auf cholerische und dann wieder einfühlsame Weise die Wirklichkeit mit seinen Vorstellungen und Phantasien, er interpretiert die Welt um. Wie aus einer zerbeulten Barbierschüssel ein goldener Helm wird, weiß jedes Kind. Don Quijote aber besteht mit seiner gesamten Existenz auf der Richtigkeit dieser Um-

---

* William Shakespeare, der andere Großmeister der Imagination, hatte 1601 seinen »Hamlet« und 1606 seinen »König Lear« geschaffen, das heißt, fast zur selben Zeit das Thema Wahnsinn erforscht wie der Spanier, und er teilt mit ihm nicht nur das Todesjahr, sondern sogar den Todestag.

wandlung, er ist bereit, für seine andere Sicht auf die Erscheinungen zu kämpfen, sich verhöhnen und verspotten zu lassen, Prügel einzustecken und auszuteilen, zu hungern, zu darben und zu leiden. Sein Kampf ist ein Kampf gegen die Wirklichkeit, wie sie ist, und in seinem Wahn formt er die vorgefundene Welt in Szenen des Chaos um. Das Chaos aber, das er (pausenlos) hervorruft, ist für ihn die Bestätigung seiner Überzeugung und nicht ihre Widerlegung. Wie es ihm gelingt, den einfältigen, aber vernünftigen Sancho Pansa mitunter in seinen Wahn hineinzuziehen und episodenweise bis zum Ende des Buches zu einem geistigen Begleiter seiner abenteuerlichen Reisen in das Irre-Sein und seines In-die-Irre-gehens zu machen, läßt auch in diesem durch und durch irdischen Menschen die Sehnsucht nach dem Wahn durchschimmern. Ist nicht die Welt von Cervantes auch ein Wahngebilde? Ruft das Unrecht, das die Welt beherrscht und das mit Leidenschaft ausgeübt oder fatalistisch hingenommen wird, nicht unsere geheimen Phantasien hervor? Zwingt es uns nicht geradezu, zu den Mitteln der Einbildung, des Prahlens und Hochstapelns, der Vision, der sinnlosen Auseinandersetzung zu greifen? Und nötigt uns die Sinnlosigkeit dieses Aufbegehrens nicht gleichzeitig einen Widerstand auf, dessen Heldenhaftigkeit in der eigenen Lächerlichkeit besteht? Verrücktheit und Vernunft Don Quijotes gehören zusammen, sind Teile seines Charakters wie auch die seines Schöpfers, dessen abenteuerliches Leben mit seinen seltsamen Ehrbegriffen, Wendungen, Anfällen von Mut und Stolz eine einzige Suche nach größter Intensitätserfahrung der Wirklichkeit ist. »Wie ist es möglich«, fragt Don Quijote seinen Begleiter

Sancho Pansa, »daß du während der ganzen Zeit, seit du an meiner Seite bist, nicht begriffen hast, daß alles, was mit fahrenden Rittern vorgeht, wie Hirngespinste, Albernheit und Unsinn aussieht und in allem stets verkehrt ist? Und nicht etwa, weil es wirklich so ist, sondern weil mit unsereinem beständig ein Schwarm von Zauberern einherzieht, die alles, was uns betrifft, verwechseln, vertauschen und nach ihrem Belieben umwandeln, je nachdem sie Lust haben, uns zu begünstigen oder uns zugrunde zu richten.« Wer sind diese Zauberer, die in Don Quijotes Kopf herumspuken? Sind es nicht die gleichen, die etwa religiöse Menschen animieren, Ereignisse, Glück, Unglück und Zufälle nach ihrem Glauben zu interpretieren? Und doch: Don Quijotes Treiben haftet etwas Selbstmörderisches an. Anstatt sein einförmiges Leben als »Guter« zu beschließen und seine »Anständigkeit« als Lebenssinn zu interpretieren, geht er auf die Suche nach dem Wahn, um in dessen Schutz dem Bösen in der Welt den Kampf anzusagen. Was er findet, ist das Abenteuer des Sturzes aus der Konvention. Dieser Sturz ist untrennbar verbunden mit dem, was Don Quijote das Teuerste ist: seine Verehrung der Dulcinea, die in Wirklichkeit Aldonza Lorenzo aus Toboso ist. Die Verehrung steht natürlich in der Tradition des Ritterromans, aber sie verändert sich in der Biographie des fahrenden Ritters zu etwas Religiösem: »Dulcinea hat meinen Arm zum Werkzeug ihrer Heldentaten genommen. Sie kämpft in mir, und in ihr lebe ich und atme und habe Leben und Dasein in ihr«, erklärt Don Quijote seinem Schildknappen. Sancho Pansa erkennt darin aber hellsichtig die Liebe zu Gott. »Mit dieser Art Liebe«, sagt er, »habe ich predigen hören, soll

Gott lediglich um seiner selbst geliebt werden, ohne daß uns Hoffnung auf Himmelslohn oder Furcht vor Höllenstrafen treibt.« Sancho Pansa ist es dann auch, der eine Begegnung Don Quijotes mit der nicht existierenden Dulcinea herbeiführt, indem er eine gewöhnliche Bauerndirne dazu bringt, sich mit ihren Begleiterinnen als dessen Angebetete vorzustellen. Es ist die schwerste Prüfung für Don Quijote, denn plötzlich sieht er nur noch die Wirklichkeit der anderen, die aufgezwungene Wirklichkeit, die Häßlichkeit, die keine Inspiration hervorruft, weil sie die Banalität des Alltäglichen ist, die mit beiden Beinen fest auf dem Boden der (sogenannten) Tatsachen steht. Doch Don Quijote zerschlägt den Gordischen Knoten, der ihm so plump unter die Nase gehalten wird, und findet einen Ausweg: Dulcinea wurde verzaubert, Dämonen waren am Werk. Dulcinea ist jetzt sogar der Beweis für die Richtigkeit seines Denkens und Anstoß zu neuen Abenteuern, denn nun gilt es, sie zu befreien und gegen neue Feinde zu Felde zu ziehen.

Als Don Quijote nach einem verlorenen Zweikampf gegen den »Ritter vom weißen Monde«, der in Wahrheit Sanson Carrasco ist, den Don Quijote schon einmal als den »Spiegelritter« überwunden hat und der Don Quijote mit den Mitteln des Ritterromanes besiegen und nach Hause zurückholen will – als Don Quijote also nach dem verlorenen Zweikampf das Versprechen abgeben muß, für ein Jahr heimzukehren, kommt auch sein Verstand zu ihm zurück und damit die Welt, wie sie ist. Don Quijote wird todkrank »vor Schwermut und Kummer«, er erkennt den »Unsinn und Trug« der Ritterbücher, denen er auf den Leim gegangen ist, und stirbt. Der Tod des

Don Quijote aber ist nichts anderes, als die Flucht vor dem Lebendigbegrabensein in der sogenannten Wirklichkeit, die der fahrende Ritter bei klarem Verstande nicht erträgt.

Kapitel 3
Fernando Pessoa und die Heteronyme

In einer biographischen Notiz gibt der Dichter seinen vollständigen Namen mit Fernando António Nogueira Pessoa und sein Geburtsdatum mit 13. Juni 1888 an. Er bezeichnet sich als ehelichen Sohn von Joaquim de Seabra Pessoa und Dona Maria Madalena Pinheiro Nogueira. Sein Vater stammte aus Lissabon, war Musikkritiker des »Diario de Noticias« und Beamter im Justizministerium, seine Mutter wurde auf der Azoreninsel Tercerea geboren. Unter »allgemeine Herkunft« gibt Fernando »Mischung aus Adeligen und Juden« an. Seine Großmutter väterlicherseits war wahnsinnig, hielt sich zum Teil in einer Anstalt auf, lebte aber die längste Zeit bei der Familie und starb in deren Wohnung. Sein Großvater mütterlicherseits besaß eine ungewöhnliche Geschicklichkeit im Schauspielern und konnte sogar eine ganze Diskussion nachahmen, indem er die verschiedenen Stimmen imitierte. Fernando Pessoa gibt seinen Beruf mit »Übersetzer« an, genauer gesagt »Auslandskorrespondent in Handelshäusern« (Dichter und Schriftsteller sein stellten keinen Beruf dar, sondern eine Berufung). Pessoa lebte, abgesehen von seiner Kindheit und Jugend, die er zum Teil in Durban (Natal, Südafrika) verbrachte, wo sein Stiefvater Konsul war, ausschließlich in Lissabon und wohnte zuletzt in der Rua Coelho da Rocha, in der sich nun das Pessoa-Museum befindet. Die einzige Frau in seinem Leben war vermutlich Ophélia Queiroz, aller Wahrscheinlichkeit nach vollzog er die Liebe mit ihr nie. Ophélia war um 12 Jahre jünger als Fernando, sie beschreibt sich als klein und mager, »obwohl Arme und Beine mollig waren (ich hatte eine hübsche Figur)«. Sie hatten beinahe am gleichen Tag Geburtstag, Ophélia einen Tag später, am 14. Juni. Ihre Verbindung war seltsam und erfuhr eine Unterbrechung von neun Jahren. Sie begann im Februar 1920, als Pessoa 31 und Ophélia 19 Jahre alt waren, und endete im November desselben Jahres, setzte sich im September 1929 fort und endete im Januar 1930. »Ich habe Fernando an dem Tage kennengelernt, als ich mich auf eine (Stellen-)Annonce hin vorstellte«, schreibt Ophélia. »Pessoa half dort seinem Vetter bei der Korrespondenz. Er übersetzte direkt ins Französische und Englische, was der Vetter auf Portugiesisch diktierte. Bekanntlich sprach Fernando vor allem ausgezeichnet Englisch. Seine Freunde sagten scherzhaft, er ›dächte sogar in Englisch‹ ... Da es zu jener Zeit nicht üblich war, daß die Mädchen allein ausgingen, wurde ich von einer Hausangestellten ... begleitet ... Als wir ankamen und an die Tür des Büros klopften, war es noch geschlossen, weshalb wir warten mußten. Auf einmal sehen wir einen ganz in Schwarz gekleideten Herren die Treppe heraufsteigen (ich erfuhr später, daß er wegen seines Stiefvaters Trauerkleidung trug), mit einem Hut mit umgeschlagener und gesäumter Krempe, Brille und einer Fliege um den Hals. Beim Gehen schien er den Boden nicht zu berühren. Und seine Hosenbeine steckten – gar nichts Ungewöhnliches – in Gamaschen. Das reizte mich

– ich weiß nicht weshalb – schrecklich zum Lachen, und es kostete mich große Mühe zu sagen, ich wolle auf die Annonce antworten, als er uns schüchtern fragte, was wir wünschten.« Ophélia wurde aufgenommen und von Fernando auf ein Loch im Teppich hingewiesen, damit sie nicht falle ... Dann begannen die Blicke, das Werben. Fernando sei sehr eifersüchtig gewesen, er habe nicht gewollt, daß sie ein Dekolleté trüge. Eines Tages ging im Büro das Licht aus. Fernando bat sie kurz vor Büroschluß in einem Briefchen zu bleiben, und sie erfüllte seinen Wunsch, da sie ihn, wie sie festhielt, ›recht spaßig‹ fand. Als sie sich den Mantel anzog, betrat Pessoa das Arbeitszimmer, setzte sich auf ihren Stuhl, stellte die Petroleumlampe ab, die er in der Hand hielt und zitierte Hamlets Worte an Ophelia: »Meine liebe Ophélia! Meine Verse hinken; mir fehlt die Kunst, meine Seufzer abzumessen; aber ich liebe dich ganz ungeheuer. Bis zum Äußersten, glaub mir das!« Er stand auf, um sie bis zur Tür zu begleiten, faßte sie zu ihrer Überraschung um die Taille, umarmte und küßte sie, ohne ein Wort zu sagen, »wie ein Wahnsinniger«.

Trotzdem verkehrten sie zunächst nur über Blicke, Botschaften und Briefe. Zeit ihres Lebens bezeichneten sie ihre Beziehung als »Liebelei«. Fernando nannte sie »Bebezinho«, kleines Baby. Nie kam er in ihre Wohnung. Sie gingen in ihrer Freizeit spazieren und sprachen über die Bücher, die er las, über seine Bestrebungen und die Familie. Eines Tages, als sie allein im Büro waren, nahm er sie auf den Arm, trug sie in das andere Zimmer, setzte sie auf einen Stuhl, kniete zu ihren Füßen nieder und sagte ihr Zärtlichkeiten. Es kam vor, daß sie mitten im Gespräch waren und er auf einmal etwas von sich gab, was gar nichts damit zu tun hatte, zum Beispiel nannte er sie mit größter Leidenschaft »meine Schwefelsäure«. Er lebte sehr allein und beklagte sich bei ihr darüber, daß er niemanden habe, der sich um ihn kümmere. Nie gingen sie am Abend miteinander aus, da ihr Vater, der keine Ahnung von der Sache hatte, sehr streng war. Allmählich ging Fernando auf Distanz, bis sie ganz aufhörten, einander zu sehen. Nach neun Jahren brachte ihr Neffe, der Dichter Carlos Queiros, ein Foto nach Hause, das Fernando Pessoa beim Weintrinken zeigte, mit einer Widmung an den Dichterkollegen. Ophélia bat ihren Neffen um ein gleiches Bild und erhielt kurz darauf einen Abzug mit der Widmung: »Fernando Pessoa bei flagrantem Delikt (Delitro).« Sie schrieb ihm Dankesworte, und er antwortete ihr. Schließlich sahen sie sich wieder. Ophélia gibt an, er sei dann immer nervös und mit seinem Werk beschäftigt gewesen. »Ich schlafe wenig und das mit Papier und Federhalter am Kopfende. Nachts wache ich auf und schreibe, ich muß schreiben«, sagte er zu ihr und: »Sag nie jemandem, daß ich ein Dichter bin. Ich mache allerhöchstens Verse.« Gegen Ende der zweiten Phase teilte ihr Fernando ständig mit, er sei verrückt. Darüber geben auch die letzten Briefe, die er ihr schickte, Auskunft.

Obwohl Pessoa ein hermetischer Dichter war, war er ein politischer Mensch. Er war der Meinung, daß das monarchische System für eine organisch imperiale Nation wie Portugal das Geeignetste wäre. Gleichzeitig war er der Ansicht, daß die Monarchie in Portugal völlig chancenlos sei. Deshalb würde er, wenn es eine Volksabstimmung über Staatsformen gäbe, zu seinem Leidwesen für die Republikaner stimmen. Er sei ein

Konservativer englischen Stils, das heißt, liberal innerhalb des Konservativismus und vollständig antireaktionär. Andererseits sagte er zu Ophélia Queiroz: »Ich bin kein Monarchist, ich bin ein reaktionärer Monarchist. Ich kann nicht an der Tür des Cafés ›Brasileira‹ vorbeigehen, sonst bekomme ich Stockschläge.« Aber wie alles war bei Pessoa auch das unendlich kompliziert. Er bezeichnete sich als Parteigänger eines mythischen Nationalismus, aus dem jede römisch-katholische Infiltration ausgeschieden sei, wozu nach Möglichkeit ein neuer Sebastianismus geschaffen werden sollte.* Er sei ein Nationalist, der der Devise folgte: »Alles für die Menschheit; nichts gegen die Nation.« Außerdem ein Antikommunist und Antisozialist. Aber er sprach sich auch gegen den Faschismus aus. Seine Broschüre »Das Interregnum«, 1928 publiziert, stellte eine Verteidigung der Militärdiktatur in Portugal dar, Pessoa verlangte jedoch später, daß sie als »nicht existent angesehen werden müsse«, ein Verlangen, das bei einem ebenso existentiellen wie ungewöhnlichen, von einer Sehnsucht nach dem Wahnsinn getriebenen Dichter wie Pessoa nicht als Opportunismus ausgelegt werden kann. Seine religiöse Position war die eines gnostischen Christen, der gegen alle organisierten Kirchen, vor allem die Roms war. Er bezeichnete sich als der Geheimtradition des Christentums treu, die enge Beziehungen zur jüdischen Geheimtradition, der Kabbala, unterhielt und zur okkulten Essenz der Freimaurerei. Er war in die drei

---

* Der junge König Sebastian ist ein portugiesischer Mythos. Er kehrte 1578 aus einer aussichtslosen, aber heldenhaft geführten Schlacht nicht mehr zurück. Sein Leichnam jedoch wurde nie aufgefunden. Die Sebastianisten warten auf die symbolisch erhöhte Wiederkehr des Königs.

minderen Grade des scheinbar ausgelöschten Templerordens von Portugal eingeweiht und unterhielt persönliche Beziehungen zu dem Magier Aleister Crowley, der Schwarze Magie betrieb und unter anderem eine Variante des Tarotspiels kreierte. Crowley, der einige Wochen in Lissabon weilte und sich mit Pessoa wiederholt traf, verschwand eines Nachts auf der Straße angeblich spurlos, um Wochen später in London aufzutauchen. Pessoa bezeugte diesen Vorfall. Er glaube an die Existenz von Welten, die höher seien als die unsrige, und von Bewohnern dieser Welten. Diese seien erfahren in verschiedenen Graden von Geistigkeit, die sich immer mehr verfeinere, bis man zu einem höchsten Wesen gelange, das diese Welt erschaffen habe. Er schloß nicht aus, daß es andere Wesen gäbe, die andere Universen geschaffen hätten, und daß diese Universen mit dem unsrigen koexistierten. Aus diesen Gründen sprach er nicht von »Gott«, sondern vom »großen Architekten unseres Universums«, von dem er nicht wisse, ob er der Schöpfer oder lediglich der Gouverneur der Welt sei. Er bezweifelte jedoch nicht, daß man »gemäß unserer geistigen Zurichtung« mit immer höheren Wesen in Verbindung treten könne. »Es gibt drei Wege zum Okkulten«, hielt er fest: »den magischen Weg« (der Praktiken wie jene des Spiritismus einschließe, die sich geistig auf dem Niveau der Zauberei befänden, welche ja ebenfalls Magie sei), »ein in jeder Hinsicht äußerst gefährlicher Weg«. Weiterhin »den mystischen Weg« (der nicht eigentlich Gefahren berge, aber unsicher und langsam sei) »und das, was man den alchemistischen Weg nenne«, den schwierigsten und vollkommensten von allen, weil er eine Umformung der eigenen Persönlichkeit einbeziehe. Aber immer und überall wollte er »Unwissenheit, Fanatismus und Tyrannei« bekämpfen.

Pessoa schrieb für die Truhe, ein großes, hölzernes Möbelstück, in dem er seine insgesamt 27 543 Manuskriptseiten verstaute (sein Nachlaß umfaßt Lyrik, dramatische Skizzen, politische, soziologische und essayistische Schriften, darunter das großartige »Buch der Unruhe«, von dem noch die Rede sein wird). Nur das wenigste wurde zu Lebzeiten veröffentlicht, vor allem in verschiedenen Literaturzeitschriften, von denen nur einige Nummern erschienen und an deren Herausgeberschaft er häufig selbst beteiligt war. Dazu kamen Gelegenheitspublikationen und »35 Sonnetts« auf englisch, »English Poems I, II und III« (ebenfalls auf englisch) und der Band mit Gedichten »Mensagem«*. »Fernando Pessoa beabsichtigt nicht«, schrieb der eigenwillige Poet 1928, »irgendein Buch oder eine Broschüre zu veröffentlichen. Da es kein Publikum gibt, das sie lesen könnte, hält er sich für davon befreit, nutzlos bei dieser Publikation Geld zu verausgaben, das er nicht hat.« In einem Brief an Adolfo Casaias Montero lüftet Pessoa 1935, im Jahr seines Todes, das Geheimnis der Entstehung seiner »Heteronyme«, die er als »drama en gente«, ein »Drama im Menschen« bezeichnete, denn Pessoa hatte unter den verschiedensten Namen die weltanschaulich und stilistisch unterschiedlichsten Werke in Literaturzeitschriften publiziert und so für einige Verwirrung gesorgt. Es waren keine Pseudonyme, hinter denen er sich versteckte, sondern verschiedene menschliche Wesen, die er in

---

* »Botschaft«

sich entdeckte, weswegen er die Bezeichnung »Heteronyme« wählte. Der Brief ist, wenn auch bewußt stilisiert, so doch aufschlußreich genug, daß ich ihn in Auszügen wiedergebe: »Ich beginne mit dem psychiatrischen Teil«, schrieb Pessoa an Montero, »Ursprung meiner Heteronyme ist meine tief verwurzelte hysterische Veranlagung. Ich kann nicht sagen, ob ich einfach hysterisch oder eher ein Hystero-Neurastheniker bin ... Wie dem auch sei, der geistige Ursprung meiner Heteronyme beruht auf meiner angeborenen beständigen Neigung zur Entpersönlichung und Verstellung. Diese Phänomene haben sich – zu meinem und meiner Mitmenschen Glück – in mir vergeistigt; das heißt, in meinem praktischen äußeren Leben und im Umgang mit anderen treten sie nicht in Erscheinung, sie explodierten nach innen, und ich trage sie mit mir allein aus ... So mündet alles in Schweigen und Dichtung ... Ich will Ihnen nun die unmittelbare Geschichte meiner Heteronyme mitteilen ... Schon als Kind neigte ich dazu, um mich her eine erfundene Welt zu erschaffen und mich mit Freunden und Bekannten zu umgeben, die nie existiert hatten. (Wohl verstanden, ich kann nicht sagen, ob sie nicht existieren oder ob ich es bin, der nicht existiert) ... Seit ich mich als den Jemand kenne, den ich Ihnen nenne, entsinne ich mich, unwirkliche Gestalten im Geist, im Aussehen, Bewegungen, Charakter und Geschichte so präzise ausgebildet zu haben, daß sie für mich so sichtbar und mein waren, wie die Dinge des mißbräuchlicherweise sogenannten wirklichen Lebens. Diese Neigung, die mich überkommt, seit ich mich entsinne, ein Ich zu sein, hat mich immer begleitet; die Musik, mit der sie mich bezaubert, hat sich zwar ein wenig verändert, aber die Art der Bezauberung hat sich nie gewandelt. So entsinne ich mich an denjenigen, der ... mein erster inexistenter Bekannter (gewesen ist) – an einen gewissen Chevalier de Pas aus meinem 6. Lebensjahr, in dessen Namen ich mir selber Briefe schrieb ... Mit geringerer Deutlichkeit entsinne ich mich einer anderen Gestalt, deren Namen mir nicht mehr einfällt, aber ebenso ausländisch war; sie war, warum weiß ich nicht mehr, ein Nebenbuhler des Chevalier de Pas ... Einfälle, die alle Kinder haben? Zweifellos – oder vielleicht. Ich habe sie in einem solchen Grade erlebt, daß ich sie noch erlebe, denn ich erinnere mich ihrer mit solcher Stärke, daß ich mich anstrengen muß, mich davon zu überzeugen, daß sie keine Wirklichkeit gewesen sind.

Diese Neigung, um mich her eine andere, der unsrigen gleiche Welt aufzubauen, jedoch mit anderen Leuten, hat meine Einbildungskraft nicht mehr verlassen ... Es fiel mir eine geistreiche Äußerung ein, die aus irgendeinem Grunde dem, der ich bin oder vermutungsweise bin, völlig fremd war. Ich brachte sie sogleich spontan unter dem Namen eines Freundes vor, dessen Namen ich erfand, dessen Geschichte ich hinzufügte und dessen Aussehen – Gesicht, Wuchs, Kleidung und Gebärden – ich unmittelbar vor Augen hatte. So verschaffte ich mir verschiedene Freunde und Bekannte und machte sie bekannt; sie hatten zwar nie existiert, aber noch heute, nahezu dreißig Jahre später, höre, fühle und sehe ich sie. Ich wiederhole: Ich höre, fühle und sehe sie. Und empfinde Sehnsucht nach ihnen.«

Die Entstehungsgeschichte der Dichter in Pessoa ist verwickelt und zum Teil chaotisch. Am 8. März 1914 meldete sich Alberto Caeiro in Fernando Pessoa, von dem Pessoa schrieb: »Entschuldigen Sie das Absurde des Satzes, in mir war mein Meister erschienen.« Pessoa lieferte auch das wenige, was wir von seiner Lebensgeschichte wissen: Alberto Caeiro da Silva wurde 1889 geboren und starb 1915 in Ribatejo. Caeiro lebte zurückgezogen auf dem Gut seiner alten Großtante und war kränklich, weshalb er das Dorf kaum verließ. Er war ein bukolischer Dichter, ein naturliebender Schäfer, dessen bedeutendstes Werk die 44 Gedichte »Der Hüter der Herden« und das kurze Tagebuch »Der verliebte Hirte« sind.

Álvaro de Campos, ein in Glasgow ausgebildeter Schiffsingenieur, wurde am 15. Oktober 1890 in Tavira geboren und unternahm 1914 eine ausgedehnte Schiffsreise in den Orient. Ein Snob, mit einem Monokel bewaffnet, erinnerte er an Tristan Tzara, den Dadaisten. Seinem ersten Gedicht »Opiumhöhle« folgte die »Triumphode«, ein Lobgesang auf das Chaos der Wirklichkeit. Er wurde zum Wortführer der portugiesischen Avantgarde, die sich stark am Futurismus orientierte. Zum ersten Mal trat das Phänomen auf, daß sich zwei Heteronyme Pessoas, de Campos und Caeiro, angeblich bei einem Spaziergang zufällig kennenlernten. Der Avantgardist war von dem zurückhaltenden Meister aus der Provinz so beeindruckt, daß er ein Porträt über ihn verfaßte und mit ihm sogar ein Interview machte. Man darf nicht vergessen, daß sich das alles vor einem fiktiv-realen Hintergrund abspielte und Pessoa auf den Ablauf der Ereignisse keinen Einfluß hatte, weil die Heteronyme ja selbständig waren. So selbständig, daß Alvaro de Campos sich mit

Briefen in die zweite Phase der Liebe zwischen Pessoa und Ophélia Queiroz einmischte und sie drängte, die Verbindung zu beenden.

De Campos Sterbetag ist identisch mit Pessoas.

Ricardo Reis, geboren am 19. September 1887 in Porto, war Klassizist, Arzt und Monarchist. Seit Gründung der Ersten Portugiesischen Republik lebte er in selbstgewähltem Exil in Brasilien, wohl aus Protest, um seine monarchistischen Neigungen nicht verbergen zu müssen. Philosophisch hing er einem Neuheidentum an, seine Lieblingslektüre waren die Satiren des Horaz. Er äußerte sich in Rezensionen abfällig über Álvaro de Campos' Gedichte und war mit ihm in eine heftige Debatte über Kunst verwickelt. Auch er starb im selben Jahr, am selben Tag wie Pessoa.

Bernardo Soares, von ihm können wir keine genauen Daten angeben. Eines Tages begegnete ihm Pessoa in einer billigen Gastwirtschaft und kam mit ihm anläßlich einer Prügelei, deren Augenzeuge beide wurden, ins Gespräch. Pessoa liebte es, in der Rua dos Douradores, in der beide arbeiteten, im Restaurant »Pessoa« zu essen, mit dessen Besitzer er aber nicht verwandt war. Soares war ein kleiner Hilfsbuchhalter in Lissabon, er war am ehesten das Alter ego Pessoas, also vielleicht ein Halbheteronym. Er verbrachte sein gesamtes Leben als kleiner Angestellter in der Baixa, dem Geschäftsviertel der Stadt. Seine bescheidene Unterkunft bestand aus einem möblierten Zimmer. Soares übergab Pessoa sein Hauptwerk »Das Buch der Unruhe«, seine Aufzeichnungen und Tagebuchnotizen, die allgemein als Autobiographie ohne Handlung bezeichnet werden. Es sind Gedankensplitter, Aphorismen, Skizzen ohne erzählerisches Kontinuum.

Antonio Mora. Er war ein alter Philosoph und Insasse der psychiatrischen Klinik von Cascais. Vermutlich hat Pessoa ihn dort während eines eigenen kurzen Aufenthaltes kennengelernt. Mora, so beschreibt ihn Pessoa in dem Prosastück »Im Irrenhaus von Cascais«, hatte einen langen weißen Bart, war groß, lebhaft und trug eine Art römischer Toga. Pessoa bat den ihn begleitenden Arzt, ihn mit dem Patienten bekannt zu machen. Er erfuhr, daß Mora ein Paranoiker mit häufig auftretenden Psychoneurosen sei. Im Laufe seiner Bekanntschaft mit dem geisteskranken Philosophen gelangte Pessoa in den Besitz des späteren Hauptwerkes des portugiesischen Neuheidentums »Rückkehr der Götter«.

Baron von Teive. Vermutlich ebenso ein Patient, den Pessoa in derselben Anstalt, in der Mora sich befand, kennenlernte. Pessoa übertrug Teive die Aufgabe, »über die Gewißheit nachzudenken, daß die Verrückten uns einiges voraus haben«. (Soviel bekannt ist, erstellte Baron von Teive nur einige Fragmente eines pädagogischen Traktates, die in Pessoas Truhe gefunden wurden und den Titel »Die Erziehung des Stoikers« tragen.)

Die weiteren Heteronyme waren:

Frederico Reis – Cousin von Ricardo, der dessen Dichtung kritisierte.

Raphael Baldaya – von ihm fand sich eine Visitenkarte in Pessoas Truhe: »Astrologo em Lisboa.« Wie wir wissen, war Pessoa ein Virtuose der Astrologie. Er fertigte auch für einige seiner Heteronyme Horoskope an, da er ja deren Geburtsorte und -daten wußte. Baldaya erschien Pessoa 1915 und verfaßte ein »Traktat der Verneinung« und die »Prinzipien der esoterischen Metaphysik«.

Abílio Quaresma – Autor von Kriminalgeschichten

mit ihm selbst als Privatdetektiv. Er löste die Fälle, ohne in sie verwickelt zu werden, aus der Ferne, da er der direkten Beobachtung mißtraute. Er rekonstruierte die Realität, ein pedantischer, schmächtiger und schüchterner Mann, von dem Pessoa behauptete, er sei wirklich sehr mit ihm befreundet gewesen.

Thomas Crosse – von ihm findet sich in der Truhe von Pessoa nur der Entwurf eines Projektes, dem englischen Publikum Dichtungen, Motive und Themen aus der portugiesischen Literatur vorzustellen.

A. A. Crosse – löste die Kreuz(!)wort- und Preisrätsel der »Times« und war mit Pessoa eng befreundet, dem er, falls er einmal einen großen Preis gewinnen sollte, das Geld schenken wollte. Nach allem, was bekannt ist, blieb es ihm versagt, dem Dichter aus seiner permanenten finanziellen Misere zu helfen.

Jean Seul, geboren 1885, verfaßte zwischen 1913 bis 1915 französische Gedichte.

Charles Robert Anon (vielleicht für Anonym). Schrieb ein Sonett und eine Komödie sowie philosophische Betrachtungen, unter anderem über »Schopenhauer« und den »psychischen Automatismus«.

Noch weniger wissen wir über Erasmus, Mister Dare, Caesar Seek, Doktor Nabos, Ferdinand Summan, Jacob Satan. Schrieb Pero Betelho mehr als nur eine philosophische Erzählung? Mit wem korrespondierte Herr Pantaleao, dessen Briefe man fand? Alle diese Namen tauchen als Autoren in Pessoas berühmter Truhe auf. Man muß ihren Spuren nachforschen, ihre Werke entdecken oder feststellen, daß sie nur Versuche, Ideen, Zufallsbekanntschaften Pessoas waren. Die Truhe enthält einen Schatz, der noch nicht vollständig ans Tageslicht gebracht wurde.

Die bislang 520 Textfragmente, die dem Hilfsbuchhalter Bernardo Soares als »Das Buch der Unruhe« zugeschrieben werden, erschienen erst 47 Jahre nach Pessoas Tod im Jahr 1982, also noch einmal die ganze Lebensspanne später, die Pessoa zur Verfügung stand, denn es gab große Schwierigkeiten beim Auffinden und Entziffern des Manuskriptes. Da Pessoa keinen Editionsplan hinterließ, ihn wohl auch nicht erstellen wollte, existieren neben zwei portugiesischen auch französische, spanische oder zwei deutsche »Bücher der Unruhe«, die jeweils anders geordnet sind. Die Bücher sind Dokumente intensivster Einsamkeit und der »Saudade«, der Sehnsucht nach etwas jenseits des Bewußtseins.

Die Aufzeichnungen beginnen mit dem Jahr 1913 und enden ein Jahr vor dem Tod des Dichters. Zuerst schrieb Pessoa das »Buch der Unruhe« einem Vicente Guedes zu, erst seit 1930 dem Hilfsbuchhalter Bernardo Soares.*

Im »Buch der Unruhe« kämpft Pessoa um den Zauber der banalen Wirklichkeit, wie sie ist, ohne christlichen Glauben, den er, was seine Generation betrifft, für verloren hält, und ohne Hoffnung. Es wird so zu einem Vorläufer des Existentialismus eines Jean-Paul Sartre und Albert Camus.

»Ich beneide«, schreibt Pessoa, »– und weiß doch nicht, ob ich wirklich beneide – diejenigen, über die man eine Biographie schreiben kann oder die ihre eigene Biographie schreiben können. Vermittels dieser Eindrücke ohne Zusammenhang und ohne den Wunsch nach ei-

---

* Georg Rudolf Lind, der Übersetzer der ersten deutschen Ausgabe, weist darauf hin, daß wir es im Grunde mit zwei Büchern zu tun haben, »einem Protobuch spätsymbolistischen Charakters und dem aus den Jahren 1929 – 1934 stammenden Tagebuch«.

nem Zusammenhang erzähle ich gleichmütig meine faktenlose Autobiographie, meine Geschichte ohne Leben. Es sind meine Bekenntnisse und, wenn ich in ihnen nichts aussage, so weil ich nichts auszusagen habe ... Was uns zugestoßen ist, ist entweder allen zugestoßen oder uns allein; in einem Falle ist es keine Neuigkeit, im anderen unverständlich ... Was ich bekenne, hat keine Wichtigkeit, denn nichts hat Wichtigkeit.« – Allerdings fügt Pessoa hinzu: »Wenn ich das aufschreibe, was ich fühle, so tue ich es, weil ich so das Fieber zu fühlen senke.« Welches Fieber? Pessoa sucht das Abenteuer der nackten, banalen Gegenwart. Er versucht sie als das Eigentliche zu schildern, das Richtige, das Wahre, das voller kleiner Abenteuer und Überraschungen steckt. »Leben heißt Strümpfe stricken aus einer Absicht der Mitmenschen«, und schon kurz darauf schreibt er über sein »eingeschränktes« Leben: »Etwas zu verdienen, was mir mein Essen und Trinken sichert, eine Behausung verschafft und einen gewissen Spielraum in der Zeit, um zu träumen, zu schreiben und – zu schlafen ...«

Warum schreiben? Warum träumen in dieser großartigen Wirklichkeit? Soares lebt wie ein Insekt hinter einer bunten Tapete und notiert: »Jede ihrer selbst würdige Seele möchte das Leben im Extrem ausleben. Sich zufriedengeben mit dem, was man ihm gibt, ist Sklavenmentalität. Mehr erbitten ist Besonderheit der Kinder, mehr erobern ist Besonderheit der Narren ... Man kann das Leben im Extrem leben durch den extremen Besitz des Lebens, durch eine odysseehafte Reise durch alle erlebbaren Empfindungen, durch alle Formen nach außen gewendeter Energie.« Und noch später: »Die Argonauten haben gesagt, Seefahrt sei Not, aber zu leben sei nicht

Not. Mögen wir Argonauten einer krankhaften Sensibilität sagen, daß Fühlen Not ist, daß aber Leben nicht Not sei.« Und über das Schreiben: »Ich mache gerne Worte ... Wörter sind für mich berührbare Körper, sichtbare Sirenen, verkörperte Sinnlichkeit. Vielleicht gerade weil die wirkliche Sinnlichkeit für mich kein wie immer geartetes Interesse besitzt – nicht einmal ein geistiges oder ein erträumtes –, hat sich die Begierde bei mir in das verwandelt, was in mir Wortrhythmen schafft oder sie von anderen vernimmt. Ich erbebe, wenn jemand gut formuliert.« Und er kommt zu dem Schluß: »Schreiben heißt vergessen. Die Literatur ist die angenehmste Art und Weise, das Leben zu ignorieren ... Sie simuliert das Leben.« Und dann weiß er es noch besser: »Aussagen! Aussagen können! Durch die geschriebene Stimme und das geistige Bild existieren können! Das macht den Wert des Lebens aus; das übrige sind Männer und Frauen, angebliche Liebschaften und künstliche Eitelkeiten, Ausflüchte der Verdauung und des Vergessens, Leute, die zappeln wie Käfer, wenn man einen Stein aufhebt, unter dem großen, abstrakten Felsen des blauen, sinnlosen Himmels. Die Kunst befreit uns auf illusorische Weise von dem Schmutz des Seins ... Die Liebe, der Schlaf, die Drogen und die Gifte sind Elementarformen der Kunst, oder, besser gesagt, sie bringen die gleiche Wirkung hervor wie sie. Aber auf Liebe, Schlaf und Drogen folgt allemal die Desillusionierung. Die Liebe wird man satt, oder sie enttäuscht. Aus dem Schlaf erwacht man, und, während man geschlafen hat, hat man nicht gelebt. Die Drogen bezahlt man mit dem Ruin derselben Physis, zu deren Stimulierung sie gedient haben. Aber in der Kunst gibt es keine Desillusionierung, denn die Illusion war von Anfang an einkalkuliert. Aus der Kunst gibt es kein Erwachen, denn in ihr schlafen wir nicht, wenn wir auch träumen mögen. In der Kunst gibt es keinen Tribut, keine Strafe, die wir bezahlen müßten, weil wir sie genossen haben. Den Genuß, den sie uns bietet, brauchen wir, da er in gewisser Weise nicht der unsrige ist, weder zu bezahlen noch zu bereuen...« Und außerdem und nebenbei: »Ich glaube nicht, daß die Geschichte mit ihrem großen farblosen Panorama mehr ist als eine Abfolge von Deutungen, ein verworrener Konsens zerstreuter Zeugen. Romanciers sind wir alle, und wir erzählen, wenn wir sehen, weil sehen so verwickelt ist wie alles übrige.«

Unter diesen Aspekten wird die Absicht Pessoas, in die banale Wirklichkeit einzutauchen und gerade in ihrer hermetischen Banalität eine Gegenwirklichkeit zu entdecken und zu beschreiben, als künstlerische Idee sichtbar. Zum Eindringlichsten des »Buches der Unruhe« gehört die Beschreibung der Alltäglichkeit: »Dem Schein nach ist die Eintönigkeit der normalen Lebensläufe entsetzlich.« Er berichtet über das Dasein des Kochs und eines alten Obers in einem heruntergekommenen Gasthaus, in dem er speist, und streicht ihre banale trostlose Lebensweise hervor: das Sparen, das Heimfahren, das Angeschmiedetsein am Arbeitsplatz, den Verzicht auf Stadterkundung und Theater und interpretiert an ihrem Lächeln »ein großes, feierliches, friedliches Glück«. Denn: »wenn das Leben wesentlich Eintönigkeit ist, so ist es eine Tatsache, daß er der Eintönigkeit eher entkommen ist als ich ... Die Wahrheit liegt nicht bei ihm und nicht bei mir, weil sie bei niemandem liegt; aber das Glück ist wirklich bei ihm zu finden. Weise ist, wer seine Existenz eintönig gestaltet, denn dann besitzt jeder kleine Zwischenfall das Privileg eines Wunders.« Dieser letzte Satz trifft wohl eher auf Pessoas Lebensführung selbst zu, als auf die von ihm beschriebenen Leute, über die er resümiert: »Nur etwas erstaunt mich mehr als die Dummheit, in der die meisten Menschen ihr Leben leben: das ist die Intelligenz, die in dieser Dummheit steckt.«

Eine wunderbare Stelle im »Buch der Unruhe« ist die Beschreibung einer fotografischen Aufnahme des gesamten Büropersonals, also auch Soares' selbst. »Und so haben wir uns denn vorgestern alle auf Weisung des heiteren Photographen in Reih und Glied an die schmutzig weiße Trennwand gestellt ... Als ich heute etwas verspätet ins Büro kam, fand ich ... Moreira und einen der Handlungsreisenden über schwärzliche Dinge gebeugt, in denen ich sogleich erschrocken die ersten Abzüge der Photographien erkannte ... Ich durchlitt die Wahrheit, als ich mich dort erblickte, denn, wie man mit Recht vermuten darf, suchte ich zuallererst nach mir selbst. Nie habe ich mir meine körperliche Präsenz besonders nobel vorgestellt, aber auch noch nie habe ich sie als so null und nichtig empfunden wie im Vergleich mit den anderen, mir so wohl vertrauten Gesichtern bei dieser Aufzeichnung von Durchschnittsmenschen. Ich sehe aus wie ein abgewetzter Jurist. Mein mageres, ausdrucksloses Gesicht strahlt weder Intelligenz noch Intensität noch sonst irgend etwas aus, was es auch sei, was es über die Ebbe der übrigen Gesichter erheben könnte. Und Ebbe, selbst das ist falsch. Wahrhaft ausdrucksstarke Gesichter sind unter ihnen ... Sogar dem Laufburschen – ich merke das an, ohne ein Gefühl unterdrücken zu können, vom dem ich anzunehmen versuche, es sei kein Neid – steht eine Sicherheit, eine Unmittelbarkeit ins Gesicht geschrieben, die um ein mehrfaches Lächeln von meiner nichtigen Erloschenheit als Sphinx aus dem Papiergeschäft entfernt ist. Was will das heißen? Was ist das für eine Wahrheit, daß ein Film nicht irrt? Was ist das für eine Gewißheit, die eine kühle Linse dokumentarisch festhält? Wer bin ich, daß ich so sein kann?«

»›Sie sind wirklich gut getroffen‹, erklärt plötzlich Herr Moreira. Und danach sagt er, indem er sich zum Buchhalter umdreht: ›Das ist doch genau sein Gesichtchen, nicht wahr?‹ Und der Buchhalter stimmte mit einer freundschaftlichen Heiterkeit zu, die mich auf die Müllkippe beförderte.«

Und schon die nächste Eintragung beginnt mit: »Chef Vasques. Oft bin ich unerklärlicherweise von Chef Vasques hypnotisiert.«

Hypnotisiert ist Bernardo Soares alias Fernando Pessoa vom Alltag. Die Rua dos Douradores in der Lissaboner Unterstadt, wo sich das Leben des Hilfsbuchhalters abspielt, wächst sich zum Mikrokosmos aus. Dort taucht Pessoa ein und beschreibt in Soares nichts weniger als jenen Teil seines Ich, in dem Ricardo Reis, Álvaro de Campos, Alberto Caeiro und alle anderen existieren und ihr Wesen treiben dürfen. Die Welt von Chef Vasques ermöglicht zugleich auch ihr Leben. »Ein Mensch kann, wenn er wahre Weisheit besitzt«, heißt es im »Buch der Unruhe«, »das gesamte Schauspiel der Welt auf einem Stuhl genießen, ohne lesen zu können, ohne mit jemandem zu reden, nur seine Sinne gebrauchend und mit einer Seele begabt, die nicht traurig zu sein versteht. Man sollte die Existenz eintönig gestalten, damit sie nicht eintönig werde ... Die Eintönigkeit, die dumpfe Gleichheit der Tage, das Null an Unterschied zwischen gestern und heute – das verbleibe mir immer und dazu die wache Seele, um mich mit der Fliege zu unterhalten, die zufällig an meinen Augen vorbeisurrt, das Gelächter auszukosten, das unbeständig von der ungewissen Straße emporsteigt, und die weitläufige Befreiung, daß es Zeit wird, das Büro zu schließen ... Ich kann mir mich als alles vorstellen, weil ich nichts bin.«

Zuletzt lebte Pessoa in einem Haus in der Rua Coelho da Rocha 16 im Stadtteil Campo Ourique. Manchmal stieg er in die Straßenbahn, um Häuser und Menschen ungestört anschauen und beobachten zu können. Dabei faßt er jedes Detail mit so großer Intensität auf, daß er notierte: »Schlafwandlerisch erschöpft. Ich habe ein ganzes Leben durchlebt.«

Pessoa trank. Obwohl er viel trank und in der Bruderschaft der trinkenden Künstler mit Sicherheit keine schlechte Figur machte, wehrt sich alles, sobald man sein Werk liest, gegen das Wort »Säufer«. Trinker ja, Säufer nein. Sein Freund Gomes sagte: »Er trank recht viel und in der letzten Zeit vielleicht ein wenig mehr, als er gesollt hätte. Aber von da bis zu dem liederlichen Leben, wie das ein Biograph will, der wahrscheinlich bedauert, daß er nicht in einem Straßengraben geendet ist wie Poe ... ach Gott, welch ein Abstand.« Es sei im Gegenteil der echte, wahre Gentleman zum Vorschein gekommen, der er immer gewesen sei, »ohne jemals auch nur ein Tüttelchen von seiner Würde zu verlieren«.

Und weiter: »Fernando Pessoa war ein bewundernswerter Plauderer, der bezauberte und eine besondere Anziehungskraft auf Frauen ausübte. Genau das Gegenteil, was sein Biograph sagt.«

Bislang ist von Verbindungen zu Frauen oder erotischen Abenteuern nichts weiter bekannt, als wir aus dem Briefwechsel mit und der Aussage von Ophélia Queiroz wissen.

Vieles im Leben bleibt Geheimnis, vieles was überliefert wird oder nicht, hängt vom Grad des Vertrauens, das man nahestehenden Menschen entgegenbringt, und deren Aufrichtigkeit ab.

Es liegt auf der Hand, daß Pessoa sich die Leberzirrhose, an der er nicht einmal 50jährig starb, durch unmäßigen Alkoholgenuß zugezogen hat. Sein letzter Aufenthalt war das São Luis-Krankenhaus in Bairro Alto. Noch in seinem Todesjahr schrieb er in einem Brief: »Ich entwickle mich nicht, ich reise.« Der Name Pessoa bedeutet im Portugiesischen »Maske, Person, Niemand«.

Die letzten Zeilen, die der Dichter, der niemand und alles war, hinterließ, sind die Botschaft, die jeder Reisende kennt, bevor er in ein fremdes Land aufbricht: »I know not what tomorrow will bring.«

Eines der Bücher Fernando Pessoas, der vielgestaltig sein wollte wie das Weltall, erschien mir als Aufforderung, meine Studien einer Überprüfung an Ort und Stelle zu unterziehen. Es ist ein kleiner Reiseführer, wahrscheinlich 1925 in englischer Sprache verfaßt, den Pessoa selbst veröffentlichen wollte, wozu es aber niemals kam. Das maschinengeschriebene Skript aus dem Nachlaß wurde erst 1992 unter dem Titel »Lissabon, was der Reisende sehen sollte« veröffentlicht. Ich besitze eine schöne Ausgabe mit alten Schwarzweißfotografien, auf denen auch Pessoa selbst zu sehen ist, wie immer mit Hut, Fliege, Anzug, Mantel und in Gamaschen. Am besten gefällt mir die im »Abel« aufgenommene, die den

Dichter »bei flagrantem Delikt (Delitro)« zeigt, wie er die Widmung an Ophélia Queiroz formulierte. Es erweckte in mir Sehnsucht und Lust, es ihm schreibend und trinkend gleichzutun, und ich buchte einen Wochenendflug in die portugiesische Hauptstadt, mit dem festen Vorsatz, mich treiben zu lassen und nicht die von ihm empfohlenen Sehenswürdigkeiten aufzusuchen. Mit einem Wort: Ich fuhr, um die *saudade*, die Sehnsucht nach Entrückung, zu erfahren.

Kapitel 4
Auf den Spuren I

4. 4. 199-, Lissabon.*
Ich wohne im Hotel Fenix auf der Praca Marquês de Pombal, Zimmer 513. Sofort nach meiner Ankunft mache ich mich auf den Weg zur Rua Coelho da Rocha 16, der letzten Wohnstätte von Pessoa. Ich habe keinen Stadtplan bei mir, auch den Reiseführer habe ich nicht mitgenommen. Die Straße führt bergauf, der Gehsteig besteht aus kleinen, gelbgrauen Pflastersteinen, von denen man sagt, es seien die zerkleinerten Trümmer der Gebäude, die beim großen Erdbeben von 1755 zerstört wurden. Man geht also auf der Stadt, auf eingestürzten Hauswänden und Stiegen.**

---

* Strabo, der griechische Geschichtsschreiber, führt die Stadtgründung auf Ulysses zurück, denn früher hieß sie Olisipon, dann Ulysippo. Die Portugiesen taten es Odysseus gleich und eroberten mit ihren Schiffen die Weltmeere.
** Es gibt Beschreibungen des großen Erdbebens, das so gewaltig war, daß die Kompaßnadeln auf der halben Welt verrückt spielten. Auf den Weltmeeren herrschte ein unerklärlich hoher Wellengang. Am Vorabend fiel blutroter Schneeregen im Schwabenland, brauner Nebel senkte sich bei Locarno auf

Palmen führen zu einem Monument, dahinter ein Park mit blühenden Holunderbüschen, Oleander, Rotbuchen und Gänseblümchen in der Wiese. Ein Obdachloser schläft neben einem Busch. Die Häuser sind mit kleinen

die Berge. Am frühen Morgen des 1. November bebte die Erde von Marokko bis Finnland, von der Karibik bis Lissabon, wo sich das Zentrum des Unheils befand. »Um 9 Uhr 40«, schreibt ein englischer Handelsreisender, »spürte ich einen Stoß. Nicht in der Lage, die Ursache zu erkennen, rannte ich zum Fenster. Zuerst sah ich, wie eine einstürzende Hausecke zwei Passanten begrub. Es war furchtbar. Nun wurde ich Zeuge, wie meine Frau und Tochter, die sich ins Freie gerettet hatten, vom Rest des Hauses verschüttet wurden. Ich rannte, ihnen zu helfen, doch, oh weh, es war alles zu spät! Mit größter Hast begab ich mich zum Platz, weil er so sicher schien, derweil hinter mir eine der schönsten Lissaboner Straßen in sich zusammensank. All die Leute in den Häusern – es mußten Hunderte gewesen sein – kamen zu Tode.« Laut einem anderen Augenzeugen, der sich auf das Dach eines Hauses geflüchtet hatte, »herrschte soviel Staub, daß man wie im dichtesten Nebel nicht mehr als zwei Schritte sehen konnte. Erst nach einigen Minuten legte sich der Staub, und ich konnte in die Nachbarhäuser hineinsehen, da die Außenwände bis zum ersten Stock eingestürzt waren und die Dächer nur noch von den Trennwänden getragen wurden.«
Ein Wirbelsturm fegte durch die Stadt. Ein zweiter Stoß, etwa 40 Minuten später, verursachte eine 15 bis 18 Meter hohe Flutwelle über das Tejo-Ufer, die Boote und Segelschiffe mit sich riß. Voller Panik waren Tausende zum Hafen gelaufen, im Glauben, dort vor umherfliegenden Bauteilen und Feuersbrünsten sicher zusein – und liefen direkt in die Flutwelle, die bis in die Unterstadt vordrang und alles, was sich ihr in den Weg stellte, vernichtete. Zehn Minuten hielt das Beben an: Erdkrater öffneten sich und verschlangen Menschen, Kutschen, Pferde, ja sogar ganze Häuser, Paläste und Straßenzüge. Das offene Herdfeuer in den Privatwohnungen und die unzähligen Kerzen, die wegen Allerheiligen in den Kirchen brannten, verwandelten die Stadt gleichzeitig in ein Feuermeer. Das Erdbeben zerstörte drei Viertel von Lissabon, der Rest fiel den Feuern zum Opfer, die noch sechs Tage brannten. Viele Beobachtungen wurden erst später bekannt: So ging nach dem ersten Erdstoß das Wasser des Tejo so weit zurück, daß man den Grund bis hinaus zu einer Sandbank an der Flußmündung sehen konnte. Keiner beachtete das Phänomen, das von Seismologen als sicheres Zeichen dafür betrachtet wird, daß eine Erdbebenwelle im Anmarsch ist. Zwei weitere Wellen folgten, die die Bucht in einen Wasserstrudel verwandelten. Starr vor Entsetzen beobachtete ein Schiffskapitän vom Hafen aus, wie die steinernen Gebäude der auf terrassenförmigen Hügeln erbauten Stadt mit Blick auf den Tejo langsam – ja beinahe mit würdevoller Erhabenheit – vor und zurückschwankten »wie ein Weizenfeld im Wind«. Insgesamt erschütterten 500 Erdstöße die Stadt, von 270 000 Einwohnern kamen 50 000 ums Leben, manche sprechen sogar von 100 000 Toten. Ein gewaltiger

Eisenbalkons ausgestattet, bei manchen ist die Fassade mit schön gemusterten Azulejos gefliest. Vor Villen sind Mauern errichtet, dahinter erstrecken sich Gärten. Ich wandere eine Zeitlang in die Richtung, die mir der Por-

Spalt hatte sich mitten in Lissabon aufgetan, 18 000 Gebäude waren in sich zusammengefallen, darunter über hundert Kirchen (auf deren Marmor ich jetzt vielleicht bergauf schreite). Die zwei Nonnenklöster der Stadt brannten bis auf die Grundmauern nieder, das neue Opernhaus wurde eingeebnet, der Palast des Marquis de Lourical, der über 200 Bilder von Rubens, Correggio und Tizian beherbergte, wurde dem Erdboden gleichgemacht, außerdem 40 Klöster, 300 Paläste und die von Manuel I. errichtete Königsresidenz Paço da Ribeira. Die Palastbibliothek der Residenz hatte 18 000 Bände umfaßt, unter ihnen ein von Karl V. eigenhändig geschriebenes Werk sowie Weltkarten, die über die Jahrhunderte von portugiesischen Seeleuten erstellt worden waren. Nur das auf felsigem Grund stehende Alfama-Viertel und der Vorort Belèm, wo sich der König samt Hofstaat zum Zeitpunkt des Erdbebens gerade aufhielt, überstanden das Beben mehr oder weniger glimpflich. Die Katastrophe, die in ganz Europa zu spüren war, verursachte Schäden an Häusern und Tote sogar in Nordafrika. In Marokko, speziell in Fez und Mequinez, starben 10 000 Menschen durch Ausläufer des Bebens. In Luxemburg kamen 500 Soldaten beim Einsturz einer Kaserne ums Leben. In Skandinavien traten Flüsse und Seen über ihre Ufer, selbst in England, in Derbyshire, etwa 600 km vom Epizentrum entfernt, öffneten sich Spalten im Boden und fielen Ziegel von den Dächern. In Lissabon beherrschte die Inquisition die Stadt und verbreitete Furcht und Zittern. Ganze Armeen von Geistlichen, unter den schwarzen Kapuzen der Inquisition, streiften jetzt, von Denunzianten angestiftet, durch die Straßen, um »Ketzer« zu finden, die sie in den Trümmerhaufen verbrannten, als Strafe dafür, daß sie die Katastrophe nach ihrer Ansicht herbeigeführt hatten. Der Jesuit und Beichtvater der königlichen Familie, Malagrida, verfaßte rasch die Schrift »Beurteilung der wahren Ursache des Bebens« und reiht darin die Sünden auf, für die Gott Lissabon bestraft hätte. Aber nicht nur in Lissabon erlitt die Aufklärung einen schweren Rückschlag. In ganz Europa herrschte Angst und Schrecken. Goethe hielt fest, daß sich den Dämon der Angst nie so schnell über Deutschland ausgebreitet hätte wie nach der Katastrophe. Der französische Schriftsteller und Philosoph Voltaire griff den Philosophen Leibniz wegen dessen Theorie einer weltbejahenden »prästabilierten« Harmonie an. Voltaire verewigte das Beben in seinem satirischen Roman »Candide oder der Optimismus«, in dem er seinen Protagonisten mit dessen Begleiter in Lissabon ankommen läßt, gerade als das Beben im Gange ist. Er schildert Plünderungen, Raub und Mord. Dort, wo früher Lissabon gewesen war, erstreckte sich nun »ein verkohltes von Gestank erfülltes Ödland«. Als erstes ließ der junge König Dom José I. Galgen errichten, und Hunderte Gefangene, die beim Einsturz der Gefängnismauern entkommen konnten, wurden erhängt. (Ein Ereignis, das Heinrich von Kleist zu seiner Erzählung »Das

334

tier angegeben hat, und nehme mir vor, niemanden nach dem Weg zu fragen. Ich verspüre oft, wenn ich in neuen Städten ankomme, eine Lust am Michverirren. Tatsächlich aber gelange ich ohne Schwierigkeiten in die Rua Coelho da Rocha Nr. 16. Ich drücke gegen die schwere, alte Tür mit dem Messinggriff und stoße auf einen Maler, der auf der Leiter gleich hinter der Eingangstür arbeitet. Sofort fällt mir das große Horoskop im Fußboden auf, zwei Kreise, in die zwölf Sektoren der Monate geteilt, und in einem weiteren Kreis in der Mitte steht der Schriftzug: Fernando Pessoa. Das Sonnenlicht bildet die vergitterten Fenster der Eingangstür als Licht- und Schattenmuster darauf ab. Ich stelle fest, daß das gesamte Stiegenhaus frisch gestrichen wird. Der Steinboden ist mit Kartons abgedeckt, zwei Männer auf Leitern, ein dritter lackiert die Eingangstür an der Innenseite. Vor dem Raum mit der Kasse hängt eine Nylonplane, unter der ich eintrete, als verneigte ich mich vor einer imaginären Majestät. Hinter einem Pult raucht eine dicke Frau mit zu starker Dauerwelle und abgesplitterten Fingernägeln eine Zigarette. Sie erklärt mir – ich verstehe kein Portugiesisch, aber ich schließe es aus ihren Worten und Gesten –, daß ich das Pessoa-Haus nicht besuchen könne, es werde gerade renoviert, es tue ihr leid. Ich antworte, daß ich von einer deutschen Zeitung käme, um über den berühmten Dichter zu schreiben, und das Haus und die Einrichtungen daher unbedingt sehen müsse.

Erdbeben in Chili« inspirierte.) Dem Staatssekretär Marquez de Pombal war es zu verdanken, daß aus den Provinzen Nahrungsmittel herangekarrt und die Stadt in fünfzehn Jahren wieder aufgebaut wurde, mit schachbrettartig angelegten Straßen, die Plätze und Häuser wie mit dem Lineal gezogen, und Gehsteigen, für die, wie gesagt, der zerbrochene Marmor der eingestürzten Kirchen und Paläste verwendet wurde.

Die Frau entgegnet überraschend auf englisch und in einem unerbittlichen Tonfall, daß ich nichts zu Gesicht bekommen würde.

Ich antworte darauf nicht und warte. Die Frau betrachtet indessen interessiert das Splittermuster auf ihren Fingernägeln, zieht an ihrer Zigarette und hat mich scheinbar vergessen.

»Ich komme wegen der *saudade*«, sage ich.

Das kostet die dicke Frau ein Lächeln, aber sie läßt mich gehen. Und tatsächlich streife ich durch ein seltsames Haus. Alle Bilder stehen auf dem Boden. Es ist, als sei Pessoa eben erst gestorben und ein neuer Mieter entferne die persönlichen Dinge seines Vorgängers, der keine Erben hat, die diese Arbeit verrichten würden. Ein Veranstaltungsraum: In der Mitte sind die schwarzen Stühle zu einem schiefen Turm von Pisa aufgestapelt, das schwarze Klavier ist mit Schnüren in Nylon verpackt wie von Christo, es riecht penetrant nach frischer Farbe. Am Klavier lehnen die gerahmten Gemälde mit Porträts von Pessoa – das wunderbare rote von Almada Negreiros, eine Replik aus dem Jahr 1964. Pessoa sitzt mit einer Zigarette in der Hand hinter einem Tisch, mit schwarzem Hut und Fliege und einem weißen Hemd. Der Boden ist rot gefliest, an manchen Stellen vom Schatten schwarz. Auf dem Tisch eine Mokkaschale mit Löffel und ein Zuckerbehälter sowie die Literaturzeitschrift »Orpheu«, die er herausgab und in der er selbst publizierte, ein schwarzes Heft mit der silbernen Nummer 2. Das Sonnenlicht fällt so schräg auf das Gemälde, daß der Kopf und der Oberkörper des Dichters in einem reflektierten hellen Kreis nahezu unsichtbar sind, so als würde man ein glasgerahmtes Bild mit Blitzlicht fotografieren. Die Bibliothek ist noch nicht frisch gestrichen. Die Regale sind in der Mitte zusammengestellt und mit Nylonplanen überdeckt, die mit gelben Klebebändern zusammengehalten werden, auch die Stühle und die zwei Computer sind auf die gleiche Weise verpackt. In einem Nebenraum entdecke ich die Schreibmaschine in einer gläsernen Vitrine, die natürlich auch verhüllt ist, und da niemand in der Nähe ist, löse ich den Klebestreifen unauffällig, um das Gerät besser zu sehen. Es ist ein schweres Ungeheuer, Firmenbezeichnung entdecke ich auf den ersten Blick keine, vier Reihen weißer Buchstaben- und Zahlentasten wie ein Gebiß und ich denke: Schriftstellerklavier. Ein Schriftsteller-Steinway. Ich stelle mir Pessoa davor sitzend vor. Die Illusionslosigkeit, das Gefühl der nackten Existenz machte er im »Buch der Unruhe« zum Kunstprinzip. Es steckt voller Widersprüche und ergibt doch ein Porträt des Hilfsbuchhalters Bernardo Soares, ein absichtlich deformiertes, wie die Porträts von Pablo Picasso oder Francis Bacon. Die kunstvolle Widersprüchlichkeit der Aufzeichnungen ist ein weiteres Merkmal der Authentizität des dargestellten Bewußtseins. Pessoa versuchte die Ereignislosigkeit, das Sinnlose seiner Existenz auszudrücken, sich auf diese Phänomene zu konzentrieren. Das hängt auf eine gewisse Weise mit dieser Schreibmaschine zusammen, denke ich mir, die so konstruiert ist, daß man ihre gesamte Mechanik auf einen Blick erfaßt. Die Tasten, die zu den Buchstabenhebeln führen, die Farbbandrollen, die Walze. (Am Ende der Zeile warnt ein schwaches Klingeln vor dem nahenden Papierrand.) Ich habe übrigens noch häufig selbst mit einer mechanischen Schreibmaschine im Vierfingersystem geschrieben, was meinem Gedankenfluß durchaus angemessen war.

Das »Buch der Unruhe« besteht aus einer Summe von Konzentraten, als hätte Montaigne versucht, aus seinen »Essais« Aphorismen zu machen. Auch zu Blaise Pascals »Pensées« sehe ich gewisse Ähnlichkeiten, sowohl in der Art der zufällig anmutenden Zettelwirtschaft als auch der Aufbewahrung des Werks in einer Truhe beziehungsweise in Säcken und der posthumen Publikation. Bei Pascal kann man die einzelnen Fragmente ebenso verschieden zusammenstellen wie bei Pessoa. An dem weißen Sockel, auf dem die Schreibmaschine in der Kunststoffvitrine wie eine Skulptur steht, lehnt ein anderes Porträt Pessoas. Ja, so habe ich mir Herrn Bernardo Soares, der das »Buch der Unruhe« verfaßte, das Halbheteronym, vorgestellt, während Pessoa für mich etwas von einem Vogel hat. Ich sehe ihn beim Gehen (im flatternden Mantel) vor mir, immer in Eile. Die Füße berühren den Boden kaum, sie zappeln, die Hosenbeine bauschen sich, die Stulpen überstülpen sich, Knöchel und ein Stück des Fußes werden sockenbewehrt sichtbar, dünn, mager, zart, wirklich wie von einem Ibis, der sein Lieblingstier und Emblem war. Und der heimliche Verdacht, daß Pessoa so mager war, daß Mantel, Hut und Anzug nur Tarnung sind, um einen größeren Körper vorzutäuschen, bestätigt sich – besser gesagt, diese Kleidungsstücke sind so etwas wie sein Gefieder. Wie wenig von einem Vögelchen oder Hühnchen übrigbleibt, wenn man es vorher noch stolz durch die Luft segeln oder im Hühnerhof stolzieren sah, sobald es gerupft ist! Es gibt ein Foto von Pessoa, das vermutlich letzte: Sein Haar ist schütter geworden, fast bedeckt eine Glatze den Kopf, jetzt dominiert die Brille das Gesicht. Die Züge des Dichters sind voll Trauer, er trägt Anzug und Krawatte und blickt den Fotografen skeptisch an. Es ist die Skepsis eines Mannes, der sich selbst kennt und sich keine Illusionen über andere macht. Er hat seine zahlreichen Heteronyme benötigt, um sich auf die Schliche zu kommen. Um Teile, die nicht zusammenzupassen scheinen, zum Vorschein kommen zu lassen. Sein Geheimnis, vielleicht das einzige, das er mit ins Grab nahm, bleibt seine Sexualität. Es lag ihm wohl nicht, sich darüber zu verbreiten. Vielleicht gab es ein Heteronym, das die Angelegenheit für ihn erledigte, wie das Heteronym, das sich dem Alkohol hingab, aber daraus kein Kunstwerk schuf.

Der nächste Raum ist leer, weiß und mit Planen verhängt, die an meine Kleidung streifen, raschelnde Geisterhände, okkulte Materialisationen. Allerdings färben sie ab: Auf dem Anorak, meinen Jeans, den Händen, den Schuhen, überall habe ich weiße Flecken und Farbspritzer und sehe einem ungeschickten Heimwerker ähnlich. Ich steige eine Holzstiege ein Stockwerk höher, das Geländer ist frisch lackiert und glänzt. Irrtümlich gelange ich in einen Raum mit Eisengerüsten. Es ist wie eine Installation, die auf den Tod des Schriftstellers hinweist.

Das Nebenzimmer ist leer bis auf eine alte braune Kommode. Ich nehme sie als Ersatz für die berühmte Truhe, den sogenannten Manuskriptesarg. Da niemand in der Nähe ist, öffne ich die Läden, finde aber nur einen vertrockneten Nachtfalter, der, als ich ihn in die Hand nehmen will, zu Staub zerfällt, ferner einen rostigen Reißnagel und einen kleinen gelben Bleistiftstummel, der Beißspuren aufweist. Jetzt erst bemerke ich in der anderen Ecke des Raumes ein unauffällig abgestelltes Tischfußballspiel. Während die Figuren der einen Mannschaft in schwarzen Hosen und weißen Trikots aus verschiedenen Personen bestehen (die die Heteronyme Pessoas sein könnten), setzt sich das gegnerische Team aus elf Fernando Pessoas zusammen, die alle mit Mantel, Hut und Fliege gekleidet sind. Ich entdecke unter dem Spieltisch, halb durchsichtig verpackt, eine Pappskulptur Pessoas, die ihn als Charly Chaplin-Figur darstellt, mit grünem Gesicht und Drahtbrille. Sie liegt auf dem Rücken und erinnert mich an die Mumien, die ich im Kunsthistorischen Museum gesehen habe. Das Gesicht weist allerdings keine Augen auf, so daß man nicht mit Sicherheit behaupten kann, ob er nur schläft oder wirklich tot ist.

Der Lesesaal mit seinen zahlreichen Deckenleuchten ist zweistöckig, weiße Geländer und Stiegen, braune Tische und Stühle, ein abgestellter Computer. Auf einem der Tische ein weiteres Porträt Pessoas von José de Almada Negreiros, das dieser, wie ich weiß, bei der Rückkehr von der Beerdigung des Dichters angefertigt hat. Es ist in wenigen Strichen mit dünnen Linien gezeichnet, das Wesentliche ist festgehalten, und es ist unverwechselbar Pessoa: schüchtern, abwesend und sibyllinisch. Auch jenes Bild von Costa Pinheiro im Stil von René Magritte aus dem Jahr 1977 mit dem Titel »Pessoa, allein« ist in einer Reproduktion vorhanden. Pessoa sitzt vor dem Fenster mit Blick auf Meer und Möwen und blättert in einem Schreibheft, ein zweiter, quasi siamesischer Pessoa, schaut hingegen über den Bildrand hinaus auf den Boden. Ich bin etwas enttäuscht, nicht Pessoas Bibliotheksschrank aus dunklem Holz mit den gerahmten vier Glastüren zu finden. Sicher hätte sich Charles Dickens' »Pickwickier«-Ausgabe darin gefunden, die Pessoa einige Zeit mit sich herumtrug (wie auch ich immer ein Buch bei mir trage, jetzt ist es eine Ausgabe der Gedichte von Álvaro de Campos). »Ich vervielfachte mich, um mich zu fühlen, ich mußte alles fühlen, um mich zu fühlen, ich trat aus den Ufern und strömte über, entkleidete mich und gab mich hin...«, schrieb de Campos im Poem »Stundenzug« und im grandiosen »Tabakladen«: »Ich bin nichts. Ich werde nie etwas sein. Ich kann nicht einmal etwas sein wollen. Abgesehen davon, trage ich in mir alle Träume der Welt.« Welche Bücher hätte ich in Pessoas Bibliothek noch vorgefunden? In einem Manuskript mit dem Titel »Einflüsse« hielt Pessoa die Namen der ihn inspirierenden Dichter fest. Ich erinnere mich an Milton, Byron, Keats, Shelley, an E. A. Poe und Carlyle, später die Futuristen und Walt Whitman und – natürlich, den »Saudosismo«.

Auf der Suche nach dem Saudosismo steige ich hinunter in den ersten Stock und finde dort in Vitrinen, unverpackt – fast wie in einem Kriminal-Museum die Relikte eines berühmten Mörders oder Beweisstücke eines schaurigen Verbrechens gezeigt werden – persönliche Gegenstände Pessoas: den Personalausweis mit einer kleinen Schwarzweißfotografie und einem daktyloskopischen Abdruck »of the right fore finger«, wie aus dem handschriftlichen Kommentar hervorgeht. Pessoas Unterschrift ist nach rechts gelehnt – klein und gleichmäßig wie eine Dampfeisenbahn, aus unendlicher Ferne gesehen. Schwarze Buchstaben reihen sich an schwarze Buchstaben wie Waggons an Waggons. Pessoas Körpergröße, erfahre ich, war 1,73 Meter, seine Augenfarbe »brown«. In der nächsten Vitrine die randlose Brille mit abgewetztem Etui, ein an ein Klappfeuerzeug erinnernder kleiner

Silberbehälter, gerippt, darin zwei Zündhölzer, sowie ein Zigarettenspitz aus Bernstein, eine Visitenkarte lautend auf F. A. Pessoa, zwei Schreibblöcke mit geschäftlichen Eintragungen, die Krawattennadel seines Vaters, außerdem ein weiteres Etui mit einer Darstellung Jesu, der das Kreuz trägt, und Maria im Himmel mit Engeln. Von den literarischen Arbeiten sind nur »Mensagem« und die Literaturzeitschrift »Orpheu«, Nr. 2, ausgestellt. Mein Blick fällt hinaus aus den Fenstern, zuerst in einen Hinterhof, dann auf die Häuser der Rua Coelho da Rocha mit ihren schmiedeeisernen Balkons. Niemand kümmert sich darum, als ich das Haus verlasse. Die Maler malen weiter und bemerken mich nicht einmal, als sei ich eine Fliege, und die dicke Dame im Kassenraum hat vermutlich noch lange nicht die Inspektion des zersplitterten Lacks auf ihren Fingernägeln abgeschlossen.

Ich gehe ein Stück die Straße hinauf, ein Stück hinunter, entdecke aber nichts Besonderes. Dann frage ich einen Passanten nach der Baixa, der Unterstadt, in deren Rua dos Douradores der Hilfsbuchhalter Bernardo Soares seiner Arbeit nachging. »Wir alle, die wir träumen und denken, sind Buchhalter und Hilfsbuchhalter in einem Stoffgeschäft oder in einem Geschäft mit einem anderen Stoff in irgendeiner anderen Altstadt«, schrieb er. »Wir führen Buch und erleiden Verluste; wir summieren und gehen dahin; wir schließen Bilanz, und der unsichtbare Saldo spricht immer gegen uns.« Das sind berühmte Sätze, die für den ganzen Pessoa stehen.

Die Straße führt bergab, an einem Park vorbei, dem Jardim da Estrêla, wie ich erfahre. Verwitterte Häuser mit schiefen Türen und altmodischen Klinken und Klingeln, Gucklöchern, Riegeln und in Schlitze gesteckten Visitenkarten anstelle von Türschildern. Ich erfahre auf diese Weise, daß ein »Medico Dentista« mit seinem Kollegen hier seine Praxis hat. Das ganze Gebäude macht einen so vorzeitlichen Eindruck, daß ich mir einbilde, Pessoa zu sehen, wie er das Haus betritt, um seine Zahnschmerzen behandeln zu lassen.

Ich putze die weißen Flecken an meiner Kleidung so gut es geht ab und erreiche die Basilika Estrêla, aber ich habe jetzt keine Lust, eine Kirche zu betreten, auch nicht, mich in den Park mit den Palmen und Bäumen zu begeben, und so spaziere ich, wie mir empfohlen wurde, die Calcada de Estrêla hinunter. Gelbe Straßenbahnen scheppern, knirschen, dröhnen vorbei wie Aquarien auf Rädern, aus denen Menschenfische glotzen. An den Häusern kann ich mich nicht satt sehen. Sie sind mit Fliesen tapeziert, Block um Block, und davor rumpeln die Tramways vorbei. Die Muster der Azulejos sind von ausgesuchter Schönheit. Manche erinnern an Schneekristalle, manche an kleine Blätter von blauen Bäumen, manche an orientalische Ornamente, andere an Briefmarken, an geometrische Gebilde auf Badezimmerböden, an Tapeten in Jugendstilhäusern, an Sterne. Ich kaufe bei einer Maronibraterin eine Papiertüte mit heißen Kastanien und lasse mich bergab treiben. Ich habe das Gefühl, als sei die Straße, die ganze Stadt, eine unendliche, riesige Wohnung ohne Dach, und wenn auf einem sonnenbeschienenen, weniger befahrenen Straßenabschnitt eine Elektrische einsam entgegenkommt, habe ich das Gefühl zu träumen. Ich nehme die Gedichte des Álvaro de Campos heraus und lese: »Im Grunde reist man am besten, indem man fühlt.« Ich lese auch von »lichtscharfen Halluzinationen« und: »Je mehr ich zu fühlen, wie verschiedene Personen zu fühlen vermag, je mehr Persönlichkeit ich besitze, je heftiger, schriller ich sie besitze, je gleichzeitiger ich fühle mit ihnen allen, je einig – verschiedener, ja geteilt – aufmerksamer ich fühle, lebe und bin ... desto mehr kann ich sein wie Gott, er sei, wer auch immer...« So wanke ich die Straße bergab und wieder bergauf, denke längst an keine Richtung mehr, kein Ziel, sondern gebe den Eindrücken nach, die auf mich einströmen. In Fleischerläden liegen Kutteln in Blechtassen und riesige Därme in Aluminiumschalen. Es riecht nach Fisch, doch ich stehe vor einem Antiquariat und entdecke erst später den Laden für Meerestiere nebenan. Ich betrete das Antiquariat, ein alter Mann sitzt im dämmrigen Raum unter einer Leselampe, und da ich ihn nichts frage, fragt auch er mich nichts. Von draußen höre ich das gedämpfte Preßluftgeräusch der Straßenbahntüren. Ich kaufe eine portugiesische Ausgabe des »Livro do Desassossego« mit zahlreichen Unterstreichungen und Anmerkungen, die ich weder entziffern noch verstehen kann, es ist ein Fetisch, denn ich kenne das »Buch der Unruhe« seit vielen Jahren. Der Antiquar versucht mit mir ins Gespräch zu kommen, und als er begreift, daß ich kein Wort Portugiesisch spreche, zieht er eine Postkarte heraus, die den fünfjährigen Fernando im Matrosenanzug zeigt, mit Kappe, gestreiftem Piratenleibchen, Schnürstiefeln. Fernando macht darauf einen eher verstörten Eindruck. Das Gesicht wirkt ausdruckslos, er weiß, daß im selben Atemzug ein Blitzlicht aus der Kamera ihn blenden wird. Der Antiquar schenkt mir das Bild, er begreift, daß ich den Dichter verehre, daß das Buch kostbar für mich ist, weil es in der Muttersprache Pessoas gedruckt ist, und er holt eine Flasche Portwein unter dem Pult heraus, zwei Wassergläser und hält mir einen Vortrag über den Dichter. Ihm ist klar, daß ich ihm nicht folgen kann, aber er hält es für möglich, daß ich ihn trotzdem auf irgendeine Weise verstehe. »Poesie ist in allem«, wußte Pessoa, »... in diesem Tisch« (an dem wir sitzen und Portwein trinken), »in diesem Papier« (auf das sein Werk gedruckt ist) ... »Poesie ist im Rattern der Wagen auf der Straße, in jeder winzigen, alltäglichen, lächerlichen Bewegung eines Arbeiters, der auf der anderen Straßenseite das Aushängeschild eines Fleischerladens malt.« Für Pessoa liegt eine Fülle von Bedeutung in einem Türschlüssel, einem Nagel an der Wand, den Barthaaren einer Katze, im Duft von Sandelholz, in alten Büchsen auf einem Abfallhaufen, in einer Streichholzschachtel, die im Rinnstein liegt, in zwei schmutzigen Papieren, die an einem windigen Tage durch die Straßen treiben und einander jagen. »Denn Dichtung ist Erstaunen, Bewunderung, wie die eines Wesens, das vom Himmel gefallen ist, in vollem Bewußtsein von seinem Sturz, und sich verwundert über die Dinge.«

Mag sein, daß der Portwein mich schwärmerisch macht. Aber ich merke erst viel später, als ich schon in der Innenstadt bin, daß ich meinen Gedichtband von Álvaro de Campos im Antiquariat liegengelassen habe. Dafür besitze ich nun die Postkarte mit dem fünfjährigen Fernando und »Das Buch der Unruhe« in einer portugiesischen Ausgabe.

Angeregt durch das Gespräch finde ich in jeder Altwarenhandlung, jedem Obstladen, jeder Apotheke und jedem Schuhgeschäft etwas, das meine Aufmerksamkeit erregt. Zu meiner Überraschung stehe ich plötzlich vor einer steilen, schmalen Gasse, wie vor einem Schacht, der direkt hinunter zum Tejo geht. Ich schaue zu, wie ein schwarzgekleideter alter Mann mit Hut und Stock in die Straßenbahn steigt, mühsam gefolgt von einer schüchternen Frau mit zwei Plastiksäcken und einem Schirm. Alles erscheint mir nun von großer Ernsthaftigkeit und Wichtigkeit.

Dann besuche ich doch eine Kirche mit Beichtstühlen wie Sänften für ein Dutzend Menschen, mit verglasten Fenstern, Vorhängen. Die Gläubigen stellen sich hintereinander an und warten, bis sie an der Reihe sind, um sich ihre Lügen, Diebstähle, kleinen und großen Betrügereien und sexuellen Verfehlungen von der Seele zu sprechen. Draußen hört man Autos hupen. Von der Kirchenbank aus kann ich die Beichtenden niederknien, das Kreuz machen und sich an das hölzerne Gitter vorbeugen sehen, wenn sie flüstern, damit niemand ihre Geständnisse belauschen kann.

Die Auslagen der Restaurants sind dekoriert mit toten roten und silbernen Fischen. Dahinter hohe Räume und Bartresen, Reihen von Flaschen an der Wand, Cafés mit Bildern aus Azulejos. Wie zufällig erreiche ich das Café »Brasileira«, die bronzene Pessoa-Figur thront mitten unter den Flaneuren und Touristen, ungerührt und reglos, aber sie ist nicht mehr als die Pappskulptur, die ich im Museum unter dem Tischfußballspiel erblickte. Auf der anderen Seite des Platzes ein Jugendstilgeschäft für Damenmode, »Paris em Lisboa«. Zwei große, spiegelnde Auslagenscheiben, in denen man das Treiben wie auf einem beweglichen Gemälde verfolgen kann.

Ich gehe zurück, am gelben Theater mit den grünen Außenstiegen vorbei, und sehe bald darauf wieder auf die Bucht hinunter, aus der die Straßenbahnen aufzutauchen scheinen. Mittlerweile sehen die Fliesen an den Wänden aus wie Muster eines Kaleidoskops. Bei jedem Haus, an dem ich vorüberkomme, hat sich das Kaleidoskop ein Stück weitergedreht und die vollkommensten Symmetrien und Kristallformen, organische Zellen unbekannter Wesen und Geheimnisse des Schöpfungsplanes preisgegeben. So erreiche ich die Praca do Commércio am Rio Tejo, und ich will nicht verschweigen, daß ich unterwegs mehrmals eingekehrt bin, um ein Glas Portwein zu verkosten.

Ich suche das Café Martinho da Arcada auf, in dem Pessoa Teile seines Werkes nach Feierabend zu Papier gebracht haben soll. Inzwischen ist es umgebaut und als nobles Restaurant wiedereröffnet worden. Als ich davor stehe, empfinde ich Unbehagen. Ich habe heute schon in der Rua Coelho da Rocha einen Umbau mitverfolgt und keine Lust, die schändlichen Resultate zu sehen. Außerdem steckt der fünfjährige Fernando in meiner Anoraktasche. Ich gehe über den herrlichen Platz, aber sobald ich die Arkadengänge verlasse, kommen zwei Afroeuropäer und dann ein Weißer auf mich zu, bieten mir Armbanduhren an, und, als ich ablehne, zeigen sie mir Haschischbrocken – wortlos in halbgeöffneter Hand. Ich setze mich auf eine Bank, Taubenschwärme fliegen auf. Nun wird mir von einem weiteren Händler eine Sonnenbrille zum Kauf angeboten, und, als ich wieder abwinke, abermals raunend: »Haschisch!« Endlich setzt sich ein Mann neben mich, von dem ich erfahre, daß er 75 Jahre alt und Fremdenführer ist. Er klärt mich auf, wo unter den Arkadengängen das Justizministerium ist, das Landwirtschaftsministerium und welche berühmten Persönlichkeiten als Statuen zu Pferde sitzen und auf ewig den Tejo anstarren müssen. Ich verstehe nur Marco Polo und Magellan. Der Alte trägt eine Kappe auf dem Kopf, eine Strickweste und hat eine halbgefüllte Plastikwasserflasche in der Hand. Sein Gesicht ist schwammig, doch ist er energisch und beginnt mir die ganze Stadt zu erklären, Namen um Namen, Jahreszahl um Jahreszahl. Er erhebt sich von der Marmorbank und hält gerade, schließe ich aus seinen Gesten, einen Vortrag über die Stadtteile auf den Hügeln. Er weiß alles, und er ist sich dessen auch bewußt. Niemand darf sich mir weiter nähern, ich gehöre ihm. Ich bin sicher, er hat mir inzwischen das Erdbeben von 1755 geschildert, die Praca do Commércio wurde damals ja vollständig überflutet und zerstört und ist nun einer der schönsten Plätze Europas. Dann spricht er vielleicht über den großen Brand in der Altstadt, ich erahne es aus seiner Gestik.* Ich habe Zeitungsausschnitte über das Feuer gelesen, weil ich vorhatte, die Straßen aufzusuchen und nach Spuren zu fahnden, aber das ist jetzt in weite Ferne gerückt. Ebenso der Besuch des Theaters, um ein Stück zu sehen, dessen Sprache ich nicht verstehen würde.**

* 1988 stand ein großer Teil der Baixa in Flammen, die Polizei vermutete Brandstiftung, man hielt es für möglich, daß der Hauptaktionär des Großkaufhauses »Grandellar« (der Name fällt im Vortrag des Fremdenführers) beteiligt gewesen sei. Der Brand wurde als größte Katastrophe seit dem Erdbeben bezeichnet. Das Feuer fraß sich in einer Breite von mehr als 200 Metern durch die engen Altstadtgassen. Sieben Straßenblocks wurden vernichtet. Eine riesige Rauchsäule stand über der Stadt. Da das Zentrum vor allem aus Büros und Geschäften besteht, wohnten damals nur etwa 3000 Menschen dort. Daher kam nur ein 60jähriger Mann ums Leben. Das Viertel war verwüstet: Auf der Straße lag eine Schicht aus nassem Schutt, Asche und verstreutem Mobiliar. Immer wieder flackerten Brandherde auf oder brachten Gasexplosionen Hausruinen zum Einsturz. Geschwärzte Fassaden ragten bizarr in den blauen Himmel.
** Auch das Nationaltheater Maria 2 fiel 1964 einem Brand zum Opfer. Das Feuer wurde vier Stunden nach Beendigung der Abendvorstellung von »Macbeth« entdeckt. Nur die Archive konnten gerettet werden. Es war das älteste Theater Lissabons und wurde 1846 eröffnet. 1967 brannte auch das Avenida-Theater, in das das Nationaltheater übersiedelt war, zwanzig Minuten vor einer Vorstellung ab. Das Gebäude stürzte ein.

Der Fremdenführer ist mittlerweile an das Ende seines Vortrags gekommen und verlangt Bezahlung. Er will wissen, woher ich käme ... »Aha, Wien ...!« ruft er erfreut, »Mozart ... Strauß ... Hitler!« Ich bezahle den geforderten Preis und suche rasch eine Bar auf. Dann lasse ich mich weiter durch den hereinbrechenden Abend treiben.

Wie ich nach Hause gekommen bin, weiß ich am nächsten Tag nicht mehr.

Kapitel 5
Auf den Spuren II

5. 4. 199-, Lissabon.
Voller Glücksgefühle finde ich am Morgen die portugiesische Ausgabe des »Buches der Unruhe« mit den handschriftlichen Anmerkungen des Vorbesitzers auf meinem Nachttisch. Ich gehe in den Frühstücksraum und trinke dort mehrere Glas Wasser, bevor ich ein Taxi zum Mosteiro dos Jerónimos, dem Hieronymus-Kloster im Stadtteil Belém, nehme, in dem Pessoa seit 1985 ruht. Sein Tod ereignete sich so unauffällig wie sein Leben. Bis zuletzt achtete er darauf, seinen Lebensrhythmus aufrechtzuerhalten. Er schaute tagsüber in den Handelsbüros vorbei, um Geschäftspost zu erledigen, spazierte durch die Baixa und besuchte Cafés und Weinkeller. Nachts schloß er sich zu Hause ein und trank vermutlich exzessiv auf der Suche nach der »Luzidität«, die mit dem Wahnsinn und dem Rausch gelegentlich auftritt. Sein Gesundheitszustand verschlechterte sich. In der Abgeschlossenheit seiner Wohnung, wo er mit seiner Truhe al-

lein war, dachte er gewiß auch an das Scheitern und die existentielle Nüchternheit, die er in seinem »Buch der Unruhe« bis zum äußersten trieb, und fand ihr Gegengewicht in der Betäubung. Zwei oder drei Tage vor seinem Tod saß er im Café Martinho da Arcada, das ich gestern nicht betreten habe, »mit tief auf den Kopf gedrücktem Hut«, wie ein Freund schrieb, »und im hellgrauen Regenmantel, der im übrigen recht schmutzig war. Ich erinnere mich jedoch, daß ich ihn niemals so erregt gesehen habe.« Er lachte während des Gesprächs mit seinen Freunden »auf eine noch nervösere und hüstelndere Art und Weise als üblich«. Am 28. November ließ er einen Arzt kommen, zwei Eigentümer von Büros, für die Pessoa arbeitete, und ein Freund begleiteten ihn in das São Luis-Krankenhaus. Der Anfall von Leberzirrhose trat am 30. November in ein Stadium der Euphorie, um 8 Uhr verlor er das Sehvermögen. Er murmelte zur Krankenschwester, von der er nicht wußte, daß sie im Zimmer war, »reiche mir die Brille«, worauf sein Leben verlosch. Er wurde in der Gruft seiner Großmutter Dionisia Seabra Pessoa beigesetzt, sein Dichterfreund Luis de Montalvor hielt die Grabrede. Die Gruft befindet sich auf dem Friedhof Prazeres an der Straße I, rechts Nr. 4371. Zu seinem 50. Todestag überführte man die sterblichen Überreste Pessoas allerdings in das Hieronymus-Kloster, wo auch Vasco da Gama und der Nationaldichter Camões ruhen und wo auf einem leeren Grab eine lateinische Inschrift verkündet, daß der verschollene König Sebastian von Portugal, auf dessen ideelle Wiederkehr Pessoa hoffte, lebe, weil der Tod ihm ein ewiges Leben beschert habe. Während ich mit einem freundlichen Taxichauffeur diese Fahrt ins Grüne unternehme, denke ich an die letzten geschriebenen Worte Pessoas: »I know not what tomorrow will bring.« Es ist ein banaler Satz, ein selbstverständlicher, niemand wird etwas Außergewöhnliches darin erkennen. Doch könnte man Pessoas letzten formulierten Gedanken als Widerspruch zur beschriebenen Ereignislosigkeit im »Buch der Unruhe« lesen, denn diese vorgebliche Eintönigkeit, die geradezu pedantische Wiederholung des »Alltäglichen« war nichts anderes als eine Maske, die das dahinter verborgene Gesicht des Wahns verdeckte, das Pessoa in der Haltung des Gentleman und gewissenhaften Übersetzers verbarg. Überhaupt begriff ich an Leben und Werk Pessoas, daß Künstler nichts anderes sind als Übersetzer des Wahns in die Normalität. Sie lernen die Sprache des Wahns und korrespondieren mit ihm. Ein Kunstwerk ist nichts anderes als das Selbstgespräch mit dem eigenen Wahn, denke ich mir. Das bedeutet die Zeile: »I know not what tomorrow will bring.« Vielleicht ist es auch ein Hilferuf. Die Angst vor dem Verlust der sogenannten Ereignislosigkeit und der alltäglichen Wiederholung, an die er sich klammerte, und der unausweichliche Absturz in die Finsternis, die sich bald mit dem Verlust des Sehvermögens einstellte und hinter der das Unbekannte lauert.

Pinienwälder, Neubauten und Industrieviertel wechseln auf dem Weg zum Kloster einander ab, dann ein kleiner Park mit einem Denkmal, das Mahatma Gandhi darstellt.

»I know not what tomorrow will bring«, muß ich laut vor mich hin gesagt haben, denn der Fahrer verlangsamt das Tempo, blickt in den Rückspiegel und fragt mich, ob ich ein anderes Fahrtziel wünsche. Da ich keine Antwort weiß, schlägt er mir vor, mich zum Turm von Belém zu bringen. Ich bedanke mich, und wir gleiten schweigend an hübschen Villen vorbei und gelangen schließlich an den Rio Tejo. Am Wasser steht in einer Wiese der weiße Wachturm aus dem Jahr 1515. Er sieht aus wie eine Konditorarbeit der Riesen von Brobdingnag, bei denen Gulliver sich aufhielt, mit Kuppeltürmchen und Zinnen. Pessoa nannte es ein »steinernes Juwel«: »Es ist Seide, und welch feine Seide, die in diesem Steinwerk so weiß schimmert und denen, die an Bord eines Schiffes in den Fluß einfahren, ins Auge springt...« Die weiß schimmernde Festung überwachte zusammen mit einem heute verschwundenen Turm auf dem anderen Ufer des Tejo die Einfahrt in den Hafen. In den Kellergewölben schmachteten bis zum 19. Jahrhundert Gefangene. Ich stelle mir die Kasematten als Gruft und das Dasein darin als lebendiges Begrabensein vor. »Einige Gitter vermitteln uns einen Eindruck davon, wie die Gefängniszellen ausgesehen haben müssen, in die diese kärglichen Öffnungen nur zweifelhaftes Licht durchließen«, berichtet Pessoa. An den Konsolen des Gebäudes fallen mir Köpfe von Löwen, Delphinen und Widdern auf. Der Fahrer aber bringt mich zum westlichen Teil und weist auf den verwitterten Kopf eines Nashorns. Ich kenne die merkwürdige Geschichte des Rhinozeros, das König Manuel I. aus Indien als Geschenk erhielt. Es war das erste Nashorn in Europa und erregte ungeheures Aufsehen. Zunächst hielt man es in den Kasematten gefangen. Als der König es gesehen hatte, wollte er es auf der Praca do Império gegen einen seiner Elefanten kämpfen lassen, um herauszufinden, welches das stärkste Geschöpf auf Erden sei, doch es kam zu keiner Auseinandersetzung, denn der Elefant floh angeblich vor Schreck. Doch könnte es auch der Anblick des Publikums gewesen sein, der ihn in die Flucht schlug, jedenfalls erwies sich der Elefant als das zumindest klügere Tier. Der Ruhm des Rhinozeros verbreitete sich bis nach Nürnberg in die Werkstatt Albrecht Dürers, wo man aus den Gerüchten und Beschreibungen einen Holzschnitt anfertigte, auf dem man unter anderem lesen kann: »ein farb wie ein gespreckelte Schildkrot« und ein »scharffstark Horn vorn auff der Nasen«. Der portugiesische König wollte das Nashorn Papst Leo X. zum Geschenk machen und ließ es zu diesem Zweck auf ein Schiff verfrachten, das jedoch mitsamt dem unglücklichen Tier bei einem starken Sturm im Tyrrhenischen Meer versank.

Der Fahrer hatte recht gehabt, mich zuerst zu dem Turm zu bringen, denn das gewaltige Kloster öffnete erst eine halbe Stunde, nachdem wir eingetroffen waren. So hatte ich lange genug Zeit, es von außen zu betrachten. Man begann 1499 an der Stelle zu bauen, wo sich zwei Jahre zuvor Vasco da Gama zu seiner Entdeckungsreise nach Indien eingeschifft hatte. Das Gebäude aus ursprünglich weißem Kalkstein ist in einem Gemisch aus maurisch-byzantinischem und normannisch-gotischem Stil erbaut. Es wurde durch das »Pfeffergeld«, eine fünfprozentige Steuer auf Gewürze, Pfeffernelken, Gold und Edelsteine, riesige Beträge, finanziert: Allein die Ladung Pfeffer, die Vasco da Gama von seiner ersten Fahrt mitbrachte, erzielte ein 60faches von dem, was die Expedition gekostet hatte. Das Kloster unterstand dem Hieronymisten-Orden, bis dieser 1834 aufgelöst wurde. 300 Meter lang ist das Gebäude. Es lag anfangs direkt am Wasser, das dem Hafenbecken gewichen ist. Die Ornamentik ist außerordentlich, sie ist von der Arbeit der Silberschmiede inspiriert.

Endlich kann ich das langgestreckte Zauberschloß betreten.

Aus dem hellen Tageslicht gelange ich in die dreischiffige Hallenkirche, eine tiefe Grotte wie ein unterirdisches Opernhaus. Die achteckigen Säulen gleichen bis auf den Boden reichenden Stalaktiten, die sich oben zu einem Netzgewölbe verzweigen, einem Geflecht aus Spitzbögen. Jede einzelne ist reich geschmückt mit floralen Mustern, Blumen, Blättern, Früchten, Palmwedeln. Fast hundert Meter lang ist der Kircheninnenraum und 25 Meter hoch. Rechts vom Eingang, von Touristen umlagert, ist das Kenotaph des Dichters Camões, der in seinen »Lusiadas« die Entdeckungsfahrten von Vasco da Gama verherrlichte. Ich finde auch die leere Ruhestätte König Sebastians. Er war fanatisch religiös und wird als arrogant beschrieben. Eines seiner Hauptanliegen war es, Nordafrika unter christliche Herrschaft zu bringen. Er marschierte 1578 in Marokko ein, wobei es – wie erwähnt – zu einer verheerenden Schlacht kam, bei der 8000 Soldaten fielen. Daß auch »Dom Sebastião« zu den Toten zählte, wollte man in Lissabon nicht wahrhaben. Schon bei seiner Geburt hatte der Thronfolger den Beinamen »der Ersehnte« erhalten. »Der Ersehnte« erschien jedoch nicht mehr. Statt dessen meldete sich eine Reihe anderer, von denen jeder behauptete, der Vermißte zu sein. »Sebastião« wurde zur Gestalt des Retters stilisiert, so entstand der »Sebastianismus«, dem Pessoa anhing.

Am Grabmal des portugiesischen Dichters will ich ungestört sein. Ein quadratischer Hof ist von zweistöckigen Kreuzgangarkaden umgeben, die eine phantastische manuelische Ornamentik aufweisen. Fast jede Fläche ist mit stilisierten Pflanzen, Tierfiguren, Kreuzen und Königswappen geschmückt. Sonnenlicht fällt in den Hof und auf zwei Seiten des Gebäudes. Der Gedenkstein von Pessoas Grab aus gelbem Marmor ist einfach, ein rechteckiger Block, der säulenhaft aus dem Boden ragt. Neben dem Geburts- und Sterbejahr und dem Namen des Dichters finden sich auch die Namen Alberto Caeiro, Ricardo Reis und Álvaro de Campos. Pessoa liebte das Kloster. Er nannte es »ein Meisterwerk aus Stein, das alle Reisenden besuchen und nie vergessen werden ... die Fassade mit den Seitenportalen ist von einer architektonischen Vielfalt, die alle erstaunt und entzückt. Es ist ein bewundernswertes Beispiel der Steinmetzkunst, voller Nischen, Statuen, Reliefs, Wappen und Embleme ... Die Wirkung dieses monumentalen Portals als Gesamtheit ist von einer höchst erlesenen Harmonie, tief und sanft religiös, und erinnert an die erstaunlichen Hände, die sie formten und hervorbrachten...« Und zuletzt: »Der Besuch des Hieronymus muß ausgedehnter sein, sonst lohnt er sich nicht. Alle Schönheiten sollten ausführlich gewürdigt werden: darunter der Kreuzgang, der einer der schönsten der Welt ist.«

Ich mache unter den Arkaden eine Runde, kehre zum Grab zurück und werfe einen Blick in das naheliegende ehemalige Refektorium, einen großen Saal, dessen Wände mit wunderbaren Azulejos geschmückt sind.

Durch einen Zufall ist der Fahrer, der mich zum Kloster gebracht hat, der erste in der Reihe der wartenden Taxis, und so chauffiert er mich wieder zurück in die Stadt, hält an einer bestimmten Stelle und läßt mich einen Blick auf das Aquädukt im Nordwesten der Stadt werfen.* »Früher war es der Öffentlichkeit zugänglich, doch wurde es nach einigen Selbstmordversuchen und hier verübten Verbrechen geschlossen«, bemerkt Pessoa. Über die Morde ist mein Fahrer vorzüglich informiert. Die Bevölkerung benutzte das Aquädukt als Abkürzung über das Alcantara-Tal. Der Räuber Diogo Alves lauerte hier oben seinen Opfern auf, raubte sie aus und stürzte sie in die Tiefe. Auf die Frage, wie oft dies geschehen sei, meint der Fahrer, es seien sicher mehr als ein Dutzend Tote gewesen. Auch die Selbstmorde hätten zugenommen. Es sei schon zur Tradition geworden, sich vom Aquädukt zu stürzen, deshalb hätte man es für die Öffentlichkeit sperren müssen, aber es gäbe sicher Möglichkeiten, es zu besichtigen.

Ich habe im Augenblick genug von Gebäuden und beschließe, die Straßenbahnlinie Nr. 28 zu nehmen, weil die Linie am Cemitèrio dos Prazeres, auf dem Pessoa fünfzig Jahre lang begraben lag, endet ...

Es ist heiß geworden. An der Station am Largo Martim Moniz hat sich inzwischen eine größere Gruppe von Menschen angesammelt, so daß ich um meinen Fensterplatz fürchte. Es gelingt mir jedoch, einen der begehrten Sitze zu ergattern, aber es dauert noch geraume Zeit, bis sich der alte Kasten träge und dröhnend in Bewegung setzt.

Die Einrichtung ist aus schönstem braunen lackierten Holz. Ich spüre (den Arm an das Fenster gelehnt) die Kälte des Fahrtwinds. Wenn der Fahrer den Schalthebel

---

* Das Bauwerk überstand sogar das große Erdbeben unbeschadet, ist über 900 Meter lang und an seiner höchsten Stelle 65 Meter hoch. Pessoa nannte es »ein wahres Nationaldenkmal und in ganz Europa vielleicht das bemerkenswerteste seiner Art«.

bedient, ertönt ein Krachen, als hätten sich Zahnräder ineinander verkeilt. Zuerst geht die Fahrt durch breite Straßen. Preßluftgeräusche sind zu hören, sobald die Straßenbahn stehengeblieben ist und sich eine Tür öffnet. Wackelnd bewegt sich das Gefährt durch schmale Gassen bergauf, einmal im Schatten, dann wieder in der grellen Sonne. Im Wagen selbst herrscht lautes Gemurmel, die Straßenbahn klingelt, zwei Frauen mit großen Blumensträußen drängen sich herein, es werden Sitzplätze für sie frei gemacht. Die Bremsen dröhnen, wir fahren auf das Meer zu. Aber der Wagen macht kurz darauf eine scharfe Wendung wie die Gondeln einer Geisterbahn und knirscht und ächzt jetzt durch ein unübersichtliches Häusergewinkel. Man sieht durch offene Fenster eine Frau sich frisieren, eine Alte beim Kartoffelschälen, einen bebrillten Mann Zeitung lesen. Eifrig bedient der Fahrer Bremsrad und Schalthebel und ist ungerührt, wenn eine entgegenkommende »Eléctrico« beinahe mit uns zusammenzustoßen scheint. Ich habe eher den Eindruck, auf einem Schiff zu sein, und im selben Augenblick taucht links unter uns wieder das Meer im Sonnenschein auf. Plötzlich führt der Schienenstrang steil bergab, durch so enge und winkelige Gassen, daß man jeden Augenblick eine Erschütterung erwartet, wenn die Straßenbahn sich gefährlich nahe auf eine Mauer zu bewegt.

Mein Vordermann zieht, von der Sonne geblendet, die Jalousie herunter und gähnt. Bergauf und bergab zukkeln wir dahin, bis der schnauzbärtige Fahrer jäh hält, und gleich darauf erkennen wir die Ursache der Notbremsung: Ein Feuerwehrwagen versperrt uns den Weg. Still warten wir in der Mittagssonne. Der Fahrer betätigt nach fünf Minuten ungeduldig die Warnglocke, beim dritten Mal wütend. Nun fangen auch die »Eléctricos«, die sich hinter uns zu stauen beginnen, heftig zu klingeln an, eine Straßenbahnsymphonie erschallt durch die schmale Gasse. Blaulicht dreht sich gleichgültig auf dem Feuerwehrwagen. Obwohl ich mich neugierig umsehe, entdecke ich nirgendwo Anzeichen eines Brandes. *Bombeiros* steht in weißen Buchstaben auf dem roten Einsatzwagen, und ich vertreibe mir die Zeit damit, die portugiesische Tageszeitung eines Fahrgastes mitzulesen, ohne daß ich etwas verstehe. Auf den Fotografien entdecke ich kein mir bekanntes Gesicht. Als wir endlich weiterfahren, ist die Straße hoffnungslos verstopft. Aber alle verhalten sich so, als sei nichts vorgefallen. Nur der Fahrer hat es – gehetzt von den folgenden Straßenbahnen – eilig.

In diesem Augenblick habe ich ein Déjà-vu: Vor mehreren Jahren träumte ich, in einer solchen Straßenbahn zu sitzen (die ich noch aus meiner Kindheit kenne) und in die Vorstadt zu fahren. Es ging weiter in eine Friedhofsallee bis zu einem Grab, das für mich bestimmt war. Im Traum saß ich plötzlich ganz allein in der Elektrischen, und auch der Fahrer, den ich nur von hinten gesehen hatte, war nicht mehr da, und ich wußte, daß ich tot war.

Wir haben jetzt die Basílica da Estrela erreicht, wo die meisten Fahrgäste aussteigen, und als wir die Endstation sehen, sitzt mir nur noch eine blasse Frau gegenüber.

Ein Jet fliegt niedrig und dumpf pfeifend über uns hinweg.

Vor dem Friedhof und auf den Wegen begegne ich keinem Menschen. Ich habe die Absicht, Pessoas ursprüngliches Grab zu suchen, gebe mein Vorhaben aber bald auf, denn ich verfalle in eine angespannte Melancholie. Der Friedhof besteht aus lauter kleinen Grabhäusern, wie Kapellen, die die verschiedensten Formen haben. Hinter Glasscheiben sind die Särge sichtbar, in Regalen übereinander wie Menschen in den Liegewagen der Eisenbahn. Ich bemühe mich, in die Grabhäuschen hineinzusehen, und erkenne Tische mit gestickten Deckchen, darauf Vasen mit vertrockneten Blumen, nicht selten die Fotografie eines Toten. Die meisten verglasten Türen haben schmiedeeiserne Gitter, hin und wieder sind Vorhänge zugezogen. Kein Vogelgesang, kein Insektengesumm, keine menschliche Stimme, nur das Geräusch meiner Schritte und in Abständen das Dröhnen eines Verkehrsflugzeuges. In einem der Häuschen entdecke ich mit weißen Tüchern bedeckte Särge.

Die Gräber auf dem Boden sind numeriert.

Ob ich es will oder nicht, ich fühle mich unbehaglich.

Als ich zurückkomme, wartet schon die Straßenbahn. Die Fenster sind geöffnet, und ich bin erleichtert, als sie sich in Bewegung setzt. Ein präparierter Stierkopf glotzt aus einem Fleischerladen. Ein Kerzengeschäft, vor dem ein Hund bellt, Schuhputzer, Messerschleifer, eine Tierhandlung mit einem herrlich grünen Papagei.

Ich steige in der Nähe der Baixa aus, nehme einen Imbiß zu mir und flaniere dann mit leichtem, freiem Kopf an einem Geschäft für Büstenhalter vorbei, einem Restaurant, das sich auf Schnecken spezialisiert und seine Auslagen mit leeren Häuschen vollgestopft hat, einem Eckladen für Likör (der aus Flaschen, die mit kleinen Kirschen gefüllt sind, ausgeschenkt wird). Innen hängen bunt bemalte Werbebilder an den Fenstern, auf denen trinkende Menschen unter der Aufschrift »Aginjinha«

dargestellt sind. Der Likör schmeckt wäßrig und nach Zucker. Auf der anderen Seite des Platzes sehe ich durch eine Schaufensterscheibe, wie ein Kellner zwei große Langusten mit einer Schnur zusammenbindet, wobei er einer von ihnen eine Zange ausreißt.

Überall türmen sich Schinken, in Scheiben geschnittene Spanferkel, Käselaibe. Am hübschesten ist eine alte Samenhandlung mit gemalten, abblätternden Reklamebildern: Gärtner und Gärtnerin, ein junger Bauer mit riesigen Kohlköpfen, eine Bäuerin, einen Korb auf dem Kopf in einem Blumenfeld. Die Auslage ist mit bunten Samentütchen verklebt. Ich verstehe, weshalb Pessoa die Baixa liebte und die Rua dos Douradores für ihn die Welt war.

An einem alten, verkommenen Haus hängen rote Lampions. Ebenerdig ein chinesisches Restaurant, die gelben Vorhänge vor den Fenstern sind geschlossen. Im Eingang zum Nebenhaus stehen sechs oder sieben Afro-Europäer mit Zöpfen und Rastafrisuren und zwingen mich, vom Gehsteig zu treten. Einer bietet mir mit der schon gewohnt halb offenen Hand Haschisch an.

Ich nehme den Aufzug im eisernen Turm am Ende der Rua de Santa Justa, an dem ich schon mehrmals vorübergegangen bin. Er verbindet die Unter- mit der Oberstadt. Ich fahre die 30 Meter hinauf und schaue von einer Aussichtsplattform auf die roten Dächer der Stadt und den blauen Tejo. Das Liftgebäude sieht aus wie ein großer Schiedsrichterturm auf einem Pferderennplatz. Wenn man ein Ticket löst und sich anstellt, wird eine eiserne Schiebetür geöffnet, der uniformierte, schnauzbärtige Liftführer reißt die Karte ein, und man kann auf einer wackeligen Bank Platz nehmen oder sich mit den übrigen Fahrgästen in der Kabine drängen. Durch die Eisenkonstruktion des Aufzuges sieht man die Fassaden der Nachbarhäuser, steigt aus, blickt auf die Muster des Straßenpflasters wie auf Teppiche aus Stein und auf die winzigen Menschen tief unten.

Hinunter geht es rasch.

Ich bummle ziellos durch die Altstadt, in der man mitunter Geisteskranken begegnet, die grundlos zu schreien anfangen. Einer geht auf die Bäume zu und weicht ihnen erst im letzten Augenblick aus.

Ich fange wieder an, Portwein zu trinken, werde von einer Prostituierten angesprochen und lasse mir, weil mir ein alter Laden so gut gefällt, die Haare schneiden. Der Friseur ist ein Herr mit Siegelring, sehr distinguiert und vornehm. Er legt mir zuletzt einen Scheitel, obwohl ich keinen trage, ich verlange daher einen Kamm und stelle die gewohnte Frisur wieder her. Er steht stumm daneben, und ich kann ihn leiden sehen, weil ich sein Kunstwerk zerstöre.

Kapitel 6
Eine Welt der Muster

6.4.199-, Lissabon.

Vor dem Abflug beschließe ich noch, eine Ausstellung von Meeresbildern des englischen Malers William Turner im Gulbenkian-Museum zu besuchen.

Die Idee vom Wahn, der den Menschen aus der Wirklichkeit erlöst, und der Kunst, die diese Aufgabe ebenfalls erfüllt, kam mir bei der Lektüre der »Odyssee« von Homer. In der »Odyssee« sind sämtliche Elemente enthalten, die meine Auffassungen belegen: angefangen mit der Episode bei den Lotophagen, wo die Mannschaft Drogen zu sich nimmt und in Träumerei verfällt, so daß sie nicht mehr weiter nach Hause segeln will, über die Zauberin Circe, die die Zeit anhält und die Mannschaft in Schweine verwandelt, bis zu den Sirenen, die mit ihrem Lockgesang die Besatzung der Schiffe in den Wahn treiben können, und schließlich den Erscheinungen und Einflußnahmen der Götter. In meiner Abhandlung »Wahn und Sinn – Vom Sinn und Unsinn des Wahns« ist die Odyssee noch vor der Bibel Gegenstand meiner Untersuchungen. Dies steht mit William Turner insofern in Zusammenhang, als niemand das Meer als Gleichnis des Wahns so eindrucksvoll gemalt hat wie dieser englische Künstler. Und nicht zuletzt ist es das Gemälde »Odysseus verhöhnt Polyphem«, an das ich mich erinnere, in dem Turner die Geschichte der Flucht des Odysseus und seiner Männer vor dem Zyklopen Polyphem, der sie in einer Höhle gefangen hält, gemalt hat. Das Gemälde ist ein einziger Rausch der Farbe.

So früh am Morgen ist die Ausstellung noch nicht überlaufen, und ich kann mich in aller Ruhe in die Bilder vertiefen, die zu beweisen scheinen, daß auch die Materie wahnsinnig werden kann, wie bei Erdbeben, Waldbränden, Vulkanausbrüchen oder Stürmen. Turner malte einen »Sonnenaufgang mit Seeungeheuern«, den »Brand des Ober- und Unterhauses am 16. Oktober 1834«, der sich in der Themse spiegelt, ein »Brennendes Schiff«, eine »Bootsprozession mit fernem Rauch«, »Das Sklavenschiff: Sklavenhändler werfen die Toten und Sterbenden über Bord – ein Taifun kommt auf«, »Der Morgen nach der Sintflut oder Moses schreibt das Buch der Genesis«,

»Der Abend der Sintflut«, »Das Kriegsschiff Temeraira wird zu seinem letzten Ankerplatz geschleppt, um abgewrackt zu werden«, »Frieden – Bestattung zur See«, »Schneesturm – ein Dampfer vor einer Hafeneinfahrt«, »Sich der Küste nähernde Yacht« und viele hundert Meeresskizzen, alle mit einer gewollten Unschärfe und geradezu außerirdischer Farbigkeit. Den Kopf voller anregender Gedanken, begebe ich mich hinaus in den Park: Er duftet würzig, ein Bach, Blüten, Schatten.

Später zieht es mich in das Museum des armenischen Ölmillionärs Gulbenkian, dessen Skulptur aus Bronze vor dem steinernen ägyptischen Gott Horus in Gestalt eines riesigen Falken sitzt. Er erwarb Ölbilder, Goldmünzen, Sakrales, Porzellan, Teppiche, Möbel, Schmuck, Silber- und Goldgeschirr, das Kostbarste vom Kostbaren aus verschiedenen Kulturen. Es ist ein Museum für die Welt des Musters: alle diese Muster scheinen nur Ausschnitte unendlich weiter sich fortpflanzender Muster zu sein. Ob es der kunstvolle, vergoldete und reichgeschmückte Ledereinband des Koran ist, das Ornament auf türkischen Tellern, Schalen, Vasen, ob Phantasieblumen auf einem roten indischen Teppich oder Arabesken auf einem Tuch, ich betrachte diese Muster, Kalligraphien und Intarsienarbeiten wie erfundene Galaxien, in denen ein phantastisches Leben herrscht.

Nachwort

Nach meiner Rückkehr aus Lissabon erhielt ich von Primarius Neumann das Angebot, eine Studie über Franz Lindner zu verfassen, den schweigenden Patienten, der im »Haus der Künstler«, einem Pavillon der Irrenanstalt Gugging, malt und schreibt. Ich war vorher bereits mehrmals in Gugging gewesen, wo ich die Arbeiten der Hospitalisierten kennen- und schätzengelernt habe. Ich habe außerdem die Veröffentlichungen von Primarius Neumann schon seit meiner Studienzeit mit großem Interesse verfolgt, und so war das mir angebotene Honorar nicht allein ausschlaggebend für meine Zusage. Außerdem macht der Vormund des Patienten, der Anwalt Jenner, auf mich den Eindruck eines gebildeten, zurückhaltenden Mannes, der Lindners Kunst bewundert und eine Veröffentlichung trotz der unangemessenen Darstellung seiner Person als Mörder nicht nur befürwortet, sondern sogar finanziert. Er läßt mir völlig freie Hand. Doch erweist sich das Werk Lindners als wesentlich umfangreicher als erwartet. Während ich mich damit beschäftige, lerne ich den Studenten für Geschichte und Kunstgeschichte Philipp Stourzh kennen, der als Hilfspfleger halbtags im Künstlerpavillon beschäftigt und mit meinen Büchern vertraut ist. Auch mit Dr. Pollanzy, der in der Anstalt arbeitet und ein Kenner von Lindners Werk ist, nehme ich Kontakt auf. Er weist mich darauf hin, daß Stourzh früher ein Patient der Anstalt war und ein besonderer medizinischer Fall ist. Im Laufe der Auseinandersetzung mit Lindners Werk habe ich außerdem Gelegenheit, Material für meine Studie »Wahn und Sinn – Vom Sinn und Unsinn des Wahns« zu sammeln.

Schon seit längerer Zeit habe ich eine Reise nach Spanien geplant, um den Spuren Don Quijotes und Cervantes' zu folgen und die von Velázquez gemalten Narren und Geisteskranken sowie die Gemälde und Radierungen von Francisco Goya und den »Garten der Lüste« von Hieronymus Bosch im Prado zu sehen. Außerdem sind die Habsburger Herrscher von Karl V. bis Philipp IV. Gegenstand meines Interesses.

Ich will diese Studienreise nun mit einem psychiatrischen Kongreß in Toledo verbinden, bei dem der Fall Franz Lindners den internationalen Teilnehmern vorgestellt werden soll, um die Ursachen seines Schweigens herauszufinden.

Da Dr. Pollanzy in Toledo auch über Philipp Stourzh als seinen Patienten referieren will, entschied sich Dr. Neumann, auf eine Teilnahme zu verzichten und den Psychiater die Delegation anführen zu lassen. Als weitere Begleiterin ist eine Logopädin, die mit Lindners Fall vertraut ist, vorgesehen.

Fünftes Buch
Das Verbrechen

Kapitel 1
Die endoskopische Untersuchung (Koloskopie)

15. 4. 199-, Wien.
Ich wäre natürlich viel lieber nach Toledo mitgefahren, als das Krankenhaus aufzusuchen, denn in Toledo ereignet sich im »Don Quijote« die wahnwitzigste Episode. Es handelt sich um einen Kampf zwischen dem Ritter von La Mancha und einem Basken, der sich mit einem Kissen und seinem Schwert zur Wehr setzt. Beide versuchen den Gegner mit fürchterlichen Hieben auszuschalten, »die, wenn sie voll gewichtig fielen, sie gewiß bis auf den Sattelknopf teilen und zerspalten und sie wie Granatäpfel entzweischneiden mußten. In diesem Moment stand die treffliche Geschichte still« – denn unvermutet bricht das Manuskript ab. »Schade aber ist es«, heißt es weiter, »daß gerade bei dieser Stelle der Autor abbricht und diesen Zweikampf mit der Entschuldigung unausgemacht läßt«, er habe nichts mehr Geschriebenes gefunden. Und von nun an würden bis in alle Ewigkeit im Kopf des Lesers die beiden Kontrahenten mit erhobenen Schwertern aufeinander losgehen. Der plötzliche Stillstand der Ereignisse, der in der Literatur den Leser an der Nase herumführt, ist in der Malerei die Regel. Im Gemälde ist das Geschehen eingefroren, und gerade der Moment erscheint uns als Gleichnis. Ich denke an Goyas »Duell mit Stöcken«, bei dem zwei Männer aufeinanderlosprügeln. Die beiden sind bis zu den Knien im Sand versunken, und es bleibt offen, ob sie sich, falls sie den Kampf überleben, daraus werden befreien können. Ein Bild des Wahnsinns. Genauso könnte man die Stelle im »Don Quijote« interpretieren. Ist das Buch selbst wahn-

sinnig geworden? Oder der Autor über dem Buch? In Toledo trifft der Berichterstatter im Roman dann einen Buben, der Hefte in arabischer Schrift bei sich trägt. Er überredet den Kleinen, sie von einem Morisken ansehen zu lassen, der ihnen mitteilt, es handle sich um die »Historia des Don Quijote von La Mancha, geschrieben von Sidi Hamet Benengeli, arabischer Historienschreiber« ... »Auf dem ersten Blatte war Don Quijotes Schlacht mit dem Basken ganz nach dem Leben abgemalt, sie standen in derselben Stellung, wie sie die Geschichte beschreibt, die Schwerter aufgehoben, dieser mit seinem Schilde, jener mit seinem Kissen beschirmt ...« Hierauf teilt uns der Berichterstatter sicherheitshalber noch seinen Zweifel in bezug auf die Glaubwürdigkeit des arabischen Geschichtsschreibers mit, ist doch »das Lügen eine besondere Eigentümlichkeit der Nation«.

Neben dem Berichterstatter gibt es also auch noch den Verfasser des Originalmanuskriptes »Sidi Hamet Benengeli« sowie den Übersetzer aus dem Arabischen, einen Seidenhändler, den der Berichterstatter anheuert. Außerdem ist in den Anfangskapiteln von einem »ersten Verfasser« die Rede, der seinerzeit in Konkurrenz »mit anderen emsigen, in den Archiven der Mancha stöbernden Autoren« stand. Wer also ist das »Ich« des ersten Satzes: »In einem Dorfe von La Mancha, auf dessen Namen ich mich nicht entsinnen kann, lebte unlängst ein Edler ...«

Die Episode aus dem »Don Quijote« – man könnte sie (frei nach der russischen »Puppe in der Puppe«) »der Verfasser im Verfasser im Verfasser« nennen – ließ in mir den Wunsch entstehen, selbst nach Toledo zu fahren, denn Cervantes mußte mit dieser Stadt etwas Geheimnisvolles, Phantastisches verbunden haben, wenn er das literarische Zauberkunststück gerade dort vollbrachte.

Mit dem Handbuch »Die Simpsons. Der ultimative Serienguide von Matt Groening«*, das mir Dr. Pollanzy für meine Studien empfohlen und geschenkt hat, betrete ich die Klinik meines ehemaligen Studienkollegen Dr. Kerst, eines unerschöpflichen Gesprächspartners und trinkfesten Begleiters durch das nächtliche Wien. Dr. Kerst wird die von mir gefürchtete, aber aufgrund meiner Beschwerden notwendige endoskopische Untersuchung vornehmen.

Das Krankenzimmer, in dem er mich untergebracht hat, ist klein und dunkel, das Fenster geht auf den Friedhof hinaus. Ich blättere im »Simpsons-Guide«, bis Dr. Kerst erscheint und mich fragt, ob ich Angst hätte. Für ihn, sagt er, um mich zu trösten, sei das die alltäglichste Beschäftigung: den anderen Leuten in den Darm zu schauen. Ich lache, und beflügelt durch den Erfolg seiner Bemerkung fährt er fort, der Darm sei ein schönes, bernsteinfarbenes Organ. Er liebe es geradezu, ihn, wenn er sauber durchgespült sei, zu untersuchen, wie ein anderer mit Freude ins Kino gehe oder im Internet surfe. Wenn er alle Hintern zusammenzähle, derer er bei seinen Untersuchungen ansichtig geworden sei, so müßten es schon Tausende, nein Zehntausende gewesen sein.

»Ich habe«, triumphiert er, »die Welt aus der Perspektive des Arschlochs kennengelernt!« Er könne ruhigen Gewissens behaupten, die Welt sei voller Arschlöcher, und jedes Arschloch bilde sich ein, einzigartig zu sein, in

---

* Figuren, Episoden und versteckte Gags

Wirklichkeit gäbe es aber nur größere oder kleinere. Bei diesem Satz weiß ich nicht, ob er ihn ernst meint oder nur zum Spaß gesagt hat.

Inzwischen ist eine Krankenschwester hereingekommen, die mir ein »Totenhemd« auf das Bett gelegt hat, einen blau-weiß gestreiften Kittel, ähnlich einem Friseurumhang. Da ich keine Hausschuhe mitgenommen habe, stülpt man mir zwei Kunststoffsäckchen über die nackten Füße und auf den Kopf eine Duschhaube. »Zugegeben, ich bin kein Liebhaber des Furz«, ist Dr. Kerst inzwischen fortgefahren. »Ein Furz ist jedoch in erster Linie ein chemisches Produkt, Schwefelwasserstoff, Resultat eines Gärprozesses, wie du weißt. Es ekelt mich nicht sonderlich davor ... Denke an Mozarts Bäsle-Briefe ... Sie sind voller Anspielungen auf den analen Bereich ... Vielleicht haben ihn seine Blähungen zu den herrlichsten Bläserkonzerten inspiriert: Das Fagott- und das Klarinettenkonzert oder die vier Hornkonzerte, besonders das Konzert für Flöte und Harfe sind eine Huldigung an das, was wir als ›Winde‹ umschreiben, ›die uns plagen‹. Der Arsch ist zu sehr tabuisiert ... Es gibt viele Ärsche, die schöner sind als die dazugehörigen Gesichter. Denke nur an unsere Regierung. Wenn die hohen Damen und Herren mit ihrem nackten Hintern sprechen könnten, so würde das, was dabei zu hören ist, doch viel glaubwürdiger klingen als jetzt, wo man ihre öden Gesichter in Kauf nehmen muß. Ja, ich halte ein Plädoyer für den Hintern, das Arschloch, den Darm. Sie sind mir das Liebste am Menschen, denn mit ihnen verdiene ich mein Geld.«

Wieder erscheint die Krankenschwester und fragt mich, ob ich einen Morgenmantel bei mir habe.

»Nein«, antworte ich erschrocken, »ich dachte, ich kann nach dem Eingriff wieder nach Hause gehen.«

Dr. Kerst übergeht meine Bemerkung und, während mir die Schwester einen um drei Nummern zu kleinen Anstalts-Schlafrock – ebenfalls im blau-weißen Nadelstreifmuster – bringt, in den ich mich zwänge wie in einen Matrosenanzug für Kinder, fährt Kerst ungerührt fort: »Die Form des Arsches in seinen geradezu witzigen Varianten, vom runden ebenmäßigen bis zum flachen oder fetten, erinnert mich nicht selten an jemanden, den ich schon einmal gesehen habe. Das betrifft Berühmtheiten der Gegenwart ebenso wie solche aus der Vergangenheit. Ich sah Ärsche, die den Gesichtern bekannter Menschen ähnelten: Von der hohen Geistlichkeit zum Beispiel Papst Pius XII., den Kardinälen Innitzer und Groer oder Bischof Krenn, aus der Politik Benito Mussolini, Engelbert Dollfuß, Wolfgang Schüssel, Jörg Haider, dem Kanzler Sinowatz und dem Gewerkschaftspräsident Verzetnitsch, um nur einige zu nennen. Vorgestern untersuchte ich zum Beispiel einen Offizier des österreichischen Bundesheeres, dessen Arsch mich an Kaiser Leopold I. erinnerte. ›Das ist es!‹ dachte ich sofort, vielleicht wird man als Arsch eines anderen Menschen wiedergeboren!« – Er macht eine kurze Pause und denkt nach.

»Man muß sich also, das will ich dir damit sagen«, fährt Dr. Kerst fort, »einem Darm, einem Hintern, einem Arschloch, in das man hineinsieht, mit einer gewissen Neugierde nähern, obwohl es natürlich nicht immer leicht ist. Jedenfalls finde ich ›Arsch‹ als Schimpfwort nicht angebracht! Oder sogar ›Arschloch‹! Ich plädiere statt dessen für ›Antlitz‹! Oder ›Lippe‹! Oder ›Scheitel‹!«

Mir ist das Lachen längst vergangen. Ich zittere innerlich, während ich auf den Transportwagen gelegt und zum Lift gebracht werde. Don Quijote sah gegen mich sicher wie ein Apoll aus.

»Jetzt erst, wenn du meinen Gedanken nachvollziehst, wirst du verstehen, daß die Welt aus der Perspektive des Arschlochs zu betrachten hilfreich für das Verständnis der Menschen selbst ist. Gleich kommt man ins Philosophieren, manchmal, selten genug, ins Schwärmen, dann wieder packt einen, bei aller Liebe zum Hintern, das nackte Grauen, wenn man bedenkt, daß man, während man den Darm inspiziert, gleichzeitig dem Betreffenden vielleicht auch in die Seele schaut.«

Er klopft mir auf die Schulter, eilt aus dem großen Lift, der vollgestopft ist mit Nasenbeinbrüchen, Platzwunden, ausgebrochenen Zähnen, blau geschlagenen Augen und geschwollenen Lippen, und verzieht sich in das Untersuchungszimmer, während ich auf dem Gang liegenbleibe und warten muß, bis ich aufgerufen werde. Alle Bänke sind mit Kranken besetzt, viele, die keinen Platz gefunden haben, stehen herum, auf Krücken, mit Stöcken, an die Wand gelehnt. Bilde ich es mir nur ein, oder starren mich alle Patienten an? Ich muß den Eindruck eines Todeskandidaten erwecken, da die anderen Kranken mich nur aus den Augenwinkeln beobachten, wie man es mit Krüppeln und Schwachsinnigen tut. Ich bemerke, daß ich unter einer riesigen weißen Uhr liege, einem runden Ungetüm mit schwarzen Zeigern, die sich ruckartig Minute um Minute vorbewegen. Ich starre nur diese Uhr an, die Zeiger, wie sie fast unmerklich ihre Stellung verändern. Ich könnte, wäre ich nicht krank, jetzt auf dem Flug nach Toledo sein mit der Logopädin Astrid Horak, einer anziehenden Frau. Statt dessen liege ich hier... unter dieser riesigen Uhr, die plötzlich herunterfallen und mich erschlagen kann. Erst jüngst ist in einer Volksschule eine Tafel aus einer Wand gebrochen und hat ein Kind erschlagen, so weit sind wir in unserem Land schon gekommen, das alles verkauft, was nicht niet- und nagelfest ist. Als nächstes werden die Universitäten zusammenbrechen und unsere Kasernen, ganze Wohnsiedlungen und sogar das Schloß Schönbrunn und die Gloriette – nur der Ballhausplatz wird stehenbleiben, die Hofburg und die Ministerien, weil sie – mein Freund Dr. Kerst würde es nicht anders ausdrücken – das Walhalla der Arschlöcher sind.

Plötzlich wird mein Name aufgerufen. Als ich mich nicht rühre, erscheint ein schlechtgelaunter Pfleger, der mich anweist, ihm zu folgen. Es bleibt mir nichts anderes übrig, als das Transportbett zu verlassen. Nun wendet sich mir die volle Aufmerksamkeit zu. Ich stehe da mit Duschhaube, Nylonsäckchen an den Füßen, der zu kleine Morgenmantel öffnet sich, und es macht den Eindruck, als sei ich ein Exhibitionist und Nylonfetischist.

Es gelingt mir, den Blicken auszuweichen und im Koloskopiezimmer zu verschwinden, einem kleinen Raum, der von schwarzen Vorhängen verdunkelt wird. Dr. Kerst ist nicht allein, neben ihm fünf, sechs weitere Mediziner. Wie ich es befürchtet habe, hat er alles verfügbare ärztliche Personal verständigt, damit es meinen Darm kennenlernt.

In diesem Augenblick sehe ich das bedrohliche Untersuchungsgerät, einen eineinhalb Meter langen dicken, schwarzen Schlauch. Er erscheint mir gefährlich, ein

Mordinstrument, eine Schwarze Mamba. In ihm befindet sich eine kleine Kamera, mit der die Fahrt durch meine Darmschlingen auf einen Videoschirm übertragen wird. Kerst hält in einer gummibehandschuhten Hand den Bedienungsteil des Koloskops, der mich an den Steuerknüppel eines Düsenjägers erinnert. Außerdem entdecke ich Biopsiezangen, chirurgische Scheren, Polypektomieschlingen, Clips zur Blutstillung und Nadeln zum Unterspritzen von Polypen.

Und dann geht alles fast so rasch wie bei einer Hinrichtung unter der Guillotine, zu der man die Delinquenten oft im Laufschritt führte. Ich muß mich auf den Untersuchungstisch legen, spüre eine Injektionsnadel im Arm, und gleich darauf betrete ich das Nirwana. Ich weiß, daß eine Narkose oft der gefährlichste Teil eines Eingriffs ist, aber ich finde darin nur die ersehnte Erlösung von meiner Angst. Bis zu einem gewissen Grade bin ich narkosesüchtig. Nicht der Schlaf ist die Begegnung mit dem Tod, sondern die Narkose. Ich könnte genausogut als Asche in einer Urne liegen, ich bin ausgelöscht. Was hätte Buddha dafür gegeben, anstelle der schwierigen Meditationsübungen ohne Fasten oder Enthaltsamkeit einen Ausflug in das Nirwana unternehmen zu dürfen! Es ist keine Betäubung im üblichen Sinn, keine Ohnmacht mit ihren Wahrnehmungssplittern, die durch den Kopf sausen, sondern das Betreten der heiligen Hallen des Nichts, ein metaphysisches Erlebnis. Und ich habe auch mein *Satori*, bevor ich das irdische Schneckenhaus verlasse. Der Zen-Lehrer Suzuki hat es als »erleuchtende Schau in die wahre Natur aller Dinge« beschrieben, als eine Art von innerer Wahrnehmung – nicht etwa Wahrnehmung eines besonderen Gegenstandes, »sondern sozusagen das Empfindungsvermögen der wahren Wirklichkeit selbst«. Diese Sicht überfällt mich blitzartig: Auf einem Aktenschrank aus Metall in einer Ecke des Behandlungszimmers liegen zwei graue Ordner. Vielleicht ist es das Letzte, was ich von dieser Welt zu sehen bekomme, denke ich mir, und plötzlich *verstehe* ich über diese Aktenmappen das gesamte Leben.

Nachdem ich im Aufwachzimmer zu mir gekommen bin, werde ich wieder zurückgeschoben zwischen wartenden Patienten (die sich von den früheren durch nichts unterscheiden), und im Lift treffe ich wie zuvor auf blau geschlagene Augen, ausgebrochene Zähne und verschwollene Lippen.

Ich dämmere vor mich hin, werfe bald einen Blick in den »Simpsons-Guide«, bald auf den Friedhof draußen, als Dr. Kerst endlich das Zimmer betritt, um sich mit mir zu besprechen.

»Gleich vorweg«, sagt er beruhigend, »es ist alles in Ordnung, wir haben einen kleinen Polyp entfernt, das war's.«

Ich bewundere ihn.

»Ein Polyp ist, wie du weißt, nichts Aufregendes ... jetzt kennst du die Ursache deiner Sorgen und Beschwerden.« Und damit ich den Eingriff sehen kann, den er an mir vorgenommen hat, reicht er mir eine CD, auf der der gesamte Vorgang aufgezeichnet ist.

Ich fahre nach Hause, kaufe mir eine Flasche Champagner und trinke sie aus.

Ich denke an die beiden Ordner auf dem metallenen Aktenschrank. Weshalb lagen sie dort? Ich weiß, daß ich noch lange darüber nachdenken werde, über ihre Form und graue Farbe und über die Metallverschlüsse, welche mich an die Polypenzange erinnern, die in mir ihr Werk vollbrachte.

Ich lege die CD in den Computer.

Das Organ sieht aus wie eine apfelfarbene Höhle, ein Gang, der pulsiert und glänzt. Kurz darauf fällt das spiegelnde Licht auf den kleinen Polyp im Colon descendens. Eine Nadel färbt ihn mit einem Kontrastmittel, und auf dem Bildschirm sieht er jetzt aus wie ein blauer Baum in einer vulkanroten Landschaft. Die Polypektomieschlinge wird über ihn gestreift und angehoben, und von einem Augenblick auf den anderen ist es, als hätte es ihn nie gegeben.

Kapitel 2
Die Verwandlung

7.4.199-, Wien

Durch einen Anruf von Primarius Neumann erfahre ich, daß sich in Toledo eine Katastrophe ereignet hat. Dr. Pollanzy sei in seinem Hotelzimmer durch einen Stich in das Auge schwer verletzt worden, er befinde sich in Lebensgefahr. Die Waffe, ein Taschenmesser mit Horngriff, gehöre Philipp Stourzh, der jedoch behauptet, sich zur angegebenen Zeit nicht in Dr. Pollanzys Zimmer aufgehalten zu haben. Dort sei die Logopädin Astrid Horak angetroffen und festgenommen worden. Sie bestreite aber, die Tat begangen zu haben, und erklärte, Dr. Pollanzy, den sie zum Vortrag habe abholen wollen, schwer verletzt aufgefunden zu haben. Daraufhin habe sie den Portier und dieser die Polizei verständigt. Pollanzy sei nicht ansprechbar, sowohl Stourzh als auch die Horak seien festgenommen worden und würden verhört. In der Zwischenzeit sei Franz Lindner verschwunden. Es laufe jedoch eine Fahndung nach ihm.

Ich bin nicht Pessoas Heteronym Abílio Quaresma, der Detektiv, der ein Verbrechen aus großer Entfernung aufklären kann. Daher fahre ich am Abend zu Primarius Neumann in das »Haus der Künstler«. Ich komme gerade hinzu, als er zwei große graue Ordner zuschlägt. Man habe Stourzh' Spind durchsucht, berichtet er verstört, und diese beiden Ordner gefunden, in denen Stourzh die Tat ankündige. Offenbar sei die Logopädin Horak die Anstifterin zu dem Verbrechen gewesen. Inzwischen habe er den Anwalt Dr. Jenner gebeten, den Fall zu übernehmen, es sei auch bereits die österreichische Botschaft in Madrid eingeschaltet. Er schiebt mir einen Stapel Papier über den Tisch, und ich sehe, daß es Computerausdrucke sind, die er angefertigt hat. Selbstverständlich müsse er die beiden Ordner den Behörden übergeben, fährt er fort, aber er habe Kopien des Inhalts angefertigt, um unabhängig von den Ermittlungen der Polizei selbst Nachforschungen anstellen zu können. Aus diesem Grund ersuche er mich auch, Stourzh' Aufzeichnungen, so rasch es mir möglich sei, zu lesen und mich morgen mit ihm und dem Anwalt in Verbindung zu setzen.

In Gedanken versunken fahre ich von Gugging nach Wien zurück. Wie immer führt der Weg an Kierling, am Sterbehaus Franz Kafkas, vorbei. Gerade weil meine Gedanken bei dem blutigen Vorfall in Toledo sind, fällt mir »Die Verwandlung« ein. »Als Gregor Samsa eines Morgens aus unruhigen Träumen erwachte, fand er sich in seinem Bett zu einem ungeheuren Ungeziefer verwandelt.«*

Obwohl eine solche Metamorphose nie Wirklichkeit wird, weiß jeder Leser sofort, daß Kafka vom innersten Kern der Wirklichkeit spricht. Er schrieb kein Gleichnis auf, keinen Traum, sondern führt uns in den finsteren Abgrund des Entsetzens, in den wir jederzeit stürzen können. Gleichzeitig formulierte er auch den geheimen Wunsch nach diesem Schrecken. Es ist phantasielos, darin nur die Schilderung eines Alptraumes zu sehen, und noch phantasieloser, darüber herumzupsychologisieren: Hätte Kafka das gemeint, was ihm von manchen seiner Interpreten unterstellt wird, hätte er keine Zeile verfaßt. Denn bei aller Vieldeutigkeit ist es die Lust am Untergang, der die Erzählung vorantreibt. Kafka entwarf, erkenne ich, ein Drehbuch zu einem Stummfilm mit Zwischentiteln, man kann die Geschichte Satz für Satz auf einer flimmernden Leinwand sehen, und früher oder später ereignet es sich, daß man, wenn man nur aufmerksam genug in sich hineinhört, den pathetischen Klavierspieler vernimmt, der im dunklen Kinosaal der Vorstellungskraft zu klimpern beginnt.

---

* Ich könnte diese Erzählung, den Inbegriff einer Erzählung, das Konzentrat aller Märchen und alles existentiellen Entsetzens, die nebenbei die ungeheuerlichste Darstellung des Wahnsinns in der Wirklichkeit und der Wirklichkeit des Wahns ist, sofort und jederzeit Satz für Satz vortragen. Kafka war ein skrupulöser Schriftsteller und verbrannte die meisten seiner Manuskripte. Sein gesamtes Werk, verlangte er, sollte nach seinem Tod vernichtet werden ... Das Vernichtetwerden und die Vernichtung ziehen sich auch als Motiv durch sein literarisches Schaffen. Er wußte, wovon er in seiner Erzählung »Die Verwandlung« sprach.

Kapitel 3
Ein Jahr später

16. 5. 199-, Mancha.

Ich sitze im Bahnhof Estación Atocha von Madrid, genauer gesagt, einem Café in der alten Bahnhofshalle, die jetzt ein Wintergarten ist mit tropischen Gewächsen, Palmen, Bambus- und Sumpfpflanzen. Aus feinen Düsen werden die botanischen Kostbarkeiten mit Wasserstaub besprengt, das macht einen geradezu idyllischen Eindruck. Auf einem Stein sitzt eine Wasserschildkröte mit grün-weiß gestreiftem Hals. Schulkinder schreien und brüllen in der Halle. Sie sind verliebt in ihr eigenes Echo. Natürlich denke ich an das Palmenhauscafé in Wien, an Pollanzy, Stourzh und Astrid Horak, an Primarius Neumann und Franz Lindner, der noch immer verschollen ist und auf dessen Suche ich mich mache, obwohl kaum noch Hoffnung besteht, ihn wiederzufinden. Aber dem Weg Lindners zu folgen bis zu jener Stelle, an der sich seine Spuren endgültig verlieren, habe ich mir vorgenommen, da ich meine Monographie über ihn mit seinem Verschwinden abschließen will.

Dr. Pollanzy hat überlebt. Ich habe ihn in einem Sanatorium aufgesucht. Er hat den Täter im Hotelzimmer nicht erkannt.

Die Manuskripte, die ich inzwischen gelesen habe, stammen tatsächlich von Stourzh, der die Tat begangen hat und in Wien auf seinen Prozeß wartet.

Was ich über ihn weiß, habe ich nur von seinem Anwalt Jenner erfahren. Dieser legt es darauf an, Stourzh als nicht zurechnungsfähig erklären zu lassen. So war er tatsächlich nicht mit Astrid Horak auf Madeira, sondern

– das bezeugt der Hoteldirektor – allein. In Funchal habe er den Entschluß gefaßt, Dr. Pollanzy zu ermorden. Der Psychiater, so behauptet Stourzh, habe immer nach Beweisen gesucht, daß er, Stourzh, verrückt sei. Er habe ihn auch für den Brandstifter der Hofburg gehalten und verhindern wollen, daß er als Hilfspfleger im »Haus der Künstler« arbeite.

Astrid Horak ist darüber entsetzt, daß Stourzh eine Liebesreise mit ihr nach Madeira beschrieben hat, und schwört, sie habe niemals etwas mit ihm zu tun gehabt.

Es war übrigens Stourzh, mit dem Lindner in Toledo das Hotelzimmer teilte. Er scheint Lindner sogar zur Flucht verholfen zu haben, denn er gab an, ihm zu diesem Zweck Geld geschenkt zu haben, eine größere Summe. Daher wäre es auch zur Aufklärung des Verbrechens wichtig, Lindner zu finden, aber die Fahndung nach ihm ist bisher ergebnislos.

Man entdeckte nur einen Baedeker-Reiseführer in einem Hotel in Madrid, wo Lindner sich unter falschem Namen eingetragen hatte, jedoch keinen Ausweis vorlegen konnte. Da der Portier Verdacht schöpfte, verständigte er die Polizei, die das Buch im Foyer fand, wo Lindner kurz zuvor Platz genommen hatte.

Er hatte sich wortlos unter dem Namen »Frank Ryan« mit dem Herkunftsort »Auckland« eingetragen und als seinen Beruf »Biologiestudent« angegeben.

Sowohl Primarius Neumann als auch der Anwalt Jenner bestanden darauf, daß ich trotz der blutigen Ereignisse weiter an der Monographie über Lindner arbeitete. Daher packte ich meinen Koffer, um zuerst nach Toledo zu reisen und von dort zurück nach Madrid, wo ich mit dem Sekretär der österreichischen Botschaft, Herrn Peter

Zeman, zusammentreffen würde. Zeman wollte mir außerdem behilflich sein, Material, das ich für meine Studie benötigte, in Madrid und Toledo zu finden. Er schickte mir Stadtpläne, buchte Hotels und bereitete alles für mich vor.

Ich habe schon jetzt Entzugserscheinungen von meiner Bibliothek wie ein Raucher am ersten Tag seiner Abstinenz (ich bin nicht ganz aufrichtig, wenn ich das behaupte, denn ich habe »etwas« in meinem Gepäck – für den Notfall*).

Übrigens habe ich keinen Leihwagen genommen, da man mir wegen der steilen, engen Gassen davon abgeraten hat, in Toledo selbst zu fahren. Ich werde statt dessen die Mancha aus dem Fenster der Eisenbahn betrachten. Ich habe von der Mancha gelesen, daß »die Sommerhitze die Landschaft dort vibrieren läßt« und »das gleißende Sonnenlicht eine veränderte Wirklichkeit suggeriert«. Die Mancha sei, heißt es, »ein Gebiet natürlicher Steppenvegetation mit kleinen Dörfern aus weiß gekalkten, niedrigen Häusern«. In der »flirrenden Hitze« täuschte Don Quijotes überreizter Geist ihm Erscheinungen und Zusammenhänge vor, die er für Realität hielt. Es ist natürlich nicht Sommer, und von einer flirrenden Hitze merke ich im Augenblick nichts, ich sitze nämlich auf einer kalten Eisenbank, und mein hypochondrisches Naturell hat meinen Ischiasnerv aktiviert, der mich schon früher mit Anfällen quälte. Der Schmerz strahlt von meinem Rücken über den Unter-

---

* Die dreibändige Taschenbuchausgabe von Vladimir Nabokovs »Die Kunst des Lesens«

schenkel bis in die große Zehe aus. Jetzt spüre ich ihn aber innen im Oberschenkel und so stark, daß ich Mühe mit dem Gehen habe und eine Tablette nehmen muß. Während ich auf den Zug warte, treibt es weiß flimmernde Pollenwolken durch die alte Bahnhofshalle mit den Palmen und tropischen Gewächsen. Der Lautsprecher ertönt, zischend und explosionsartig entweicht aus einer Lokomotive Überdruck, und ein hohes Turbinengeräusch setzt ein. In diesem Lärm werde ich Zeuge, wie ein Mann bestohlen wird: Es geht so schnell, daß ich zuerst selbst nicht begreife, was geschieht. Ein Zeitung lesender Jugendlicher schlendert auf einen am Bahnsteig wartenden Fahrgast zu, stößt mit ihm, wie es scheint, ohne Absicht zusammen, während ein zweiter ihm die Geldbörse aus der Hosentasche zieht, sie an einen dritten weiterreicht und im selben Augenblick wegläuft. Sofort flüchten auch die anderen. Der erste Jugendliche hat zuvor die Zeitung fallengelassen, und, dadurch aufmerksam geworden, merkt der Bestohlene, daß etwas nicht stimmt. Bremsen quietschen, das schwere Rollen eines einfahrenden Zuges. Der Mann mit Brille, Anzug und Krawatte schreit vor Wut, als er erkennt, was ihm passiert ist, dann läuft auch er in die Richtung, die der Bursche mit der Zeitung eingeschlagen hat.

Die Leuchtschrift auf den Monitoren zeigt an, daß der Zug nach Toledo eintrifft, und ich erhebe mich mühsam.

Ich finde einen Platz am Fenster, das Abteil füllt sich nur langsam.

Durch die Schmerztablette ist mir leicht übel, und ich stelle Herzrhythmusstörungen fest, die bei mir immer auftreten, wenn ich Medikamente nehme und mich überanstrenge.

Langsam setzt sich die Eisenbahn in Bewegung. Ein schwarzer Gegenzug fährt vorbei, mit großen weißen Ziffern, wie der Abspann eines Kinofilms über Zahlenmystik. Mir gegenüber hat ein Mädchen Platz genommen: blond, schwarze Brille, es trägt einen mit Wasser gefüllten Plastikbeutel bei sich, in dem Zierfische schwimmen, die sie offenbar in Madrid gekauft hat, seltsam bewegungslose Tiere, die durch die Optik des durchsichtigen Beutels verzerrt werden. Das Mädchen kann sich an ihnen nicht satt sehen, hält sie gegen das Fenster, um sie im Licht zu betrachten, und stellt sie dann auf seinen Schoß. Es spricht zwischendurch mit ihnen, und, da ich für unglückliche Zwischenfälle begabt bin, stelle ich mir vor, wie das Säckchen zerreißt und die Tierchen auf dem Boden zappeln. Starkstrommasten, Lagerhallen, Kasernen, ein alter Panzer, Militärautos und Fußballplätze. Auch eine Kirche mit einer großen Jesusstatue davor sehe ich zwischen Pinien auf einem Hügel. Endlich Akazien, Olivenhaine und Wege, die sich wie Adern durch die Wiesen schlängeln. Ab und zu ein eingemauertes Grundstück. Bald wird die Vegetation spärlicher, nur noch Erdhügel, die von Tupfen grüner Grasbüschel übersät sind. Es ist heiß geworden, und insgeheim gebe ich meinem Reiseführer recht, wenn er von »vibrierender Hitze« schreibt. Über einer Sandgrube eine Siedlung, Lastwagen, dann mit Büschen und Mauern umfriedete Gehege: Korkeichen, Herden von schwarzen Stieren, gelber Ginster. Schließlich nur noch Wiesen mit Mohnblumen. Während wir in der rot blühenden Landschaft dahinfahren, beginnt das Mädchen zu singen. Wieder ändert sich die Farbe draußen: Weiden, Pferdegehege, Gemüsegärten, ein graugrüner Teich mit Silberpappeln und Enten, bevor wir am Bahnhof von Aranjuez halten. Das Mädchen steigt mit ihren Fischen aus, ein alter Mann nimmt den Platz ein. Sein Hörgerät funktioniert nicht, weshalb er es aus dem Ohr nimmt, daran manipuliert, es wieder zurücksteckt und laut zwei Worte spricht. Inzwischen zieht die Kulisse einer Neuinszenierung von »Don Quijote« an uns vorbei: Ein alter rostiger Wasserturm hat sich eingeschmuggelt, ein Schotterwerk mit einem Förderband, betonierte Wasserrinnen, die zu einem Wehr führen, Sprühanlagen auf Feldern, ein Traktor – zu welch wahnwitzigen Einfällen hätten sie wohl den fahrenden Ritter angeregt? Dann schnellt die Zeit wieder zurück, und es tauchen Olivenhaine auf, Bauernhäuser, Schafherden mit blaugekleideten Hirten.

Der alte Mann mir gegenüber spricht ein Wort aus, das wie »Cerdo!« klingt, schnauft und kitzelt das Hörgerät neuerlich aus der Ohrmuschel, um sich daran zu schaffen zu machen. Ich blättere in meinem Wörterbuch und finde die Übersetzung »Schwein«. »Cerdo! Cerdo!« beschimpft er jetzt ungehalten den kleinen Apparat in seiner Hand. Draußen erscheinen gefleckte Rinder in einer verwilderten Vorstadtlandschaft, bis sich unvermutet die große Festung von Toledo vor dem Fenster erhebt und der Alte resigniert innehält. Er steckt sich das Hörgerät wieder ins Ohr, holt ein Taschentuch aus seiner Jacke, wischt sich die Stirn und bewegt dabei stumm die Lippen. Ich beobachte ihn aus den Augenwinkeln, während ich vorgebe, aus dem Fenster zu schauen. Ich kann natürlich nicht verstehen, was er sagt, vielleicht ist es ein Gebet, oder er repetiert ein Anliegen, einen Standpunkt, den er irgendwo vorzubringen gedenkt, oder er spricht zu sich selbst, wie ich es tue, wenn ich meine Aufzeichnungen niederschreibe.

Kapitel 4
Die Zeitinsel

Der Bahnhof von Toledo läßt an eine Moschee denken. Der Reisende ist überwältigt von den Fliesen mit bunten Arabesken, den Mashrabijagittern, Ampeln und farbigen Glasfenstern. Die Bänke sind aus dunklem Holz, selbst in den roten Boden sind Fliesen eingearbeitet. Bis ein Taxi kommt, lehne ich mich mit meinem Koffer an einen Eisenzaun, durch den ich in einen verwilderten Garten schaue.

Die Fahrt durch die Mancha erschien mir anfangs wie eine fortlaufende Wiederholung. Immer wieder öffneten sich Räume, die den vorangegangenen ähnlich waren, mein Wiedererkennungsvermögen aber narrten. Cervantes spielt das gleiche Spiel des Täuschens, und sei es mit Hilfe fiktiver Autoren, die er als Zeugen vorschiebt, um sich hinter ihnen zu verstecken. 2143mal kommt der Name Don Quijote in den beiden Büchern vor und 2143mal der Name Sancho Pansa, habe ich gelesen. Die Zahl beweist, wie ausgewogen er die Abenteuer seiner beiden Helden, dem spitzfindigen Übergeschnappten und dem spitzfindigen Einfältigen, kommentierte. Weder an Don Quijotes grotesken Halluzinationen allein konnte Cervantes den Irrsinn der Welt und seiner Zeit sichtbar machen noch allein an Sancho Pansas hausbakkenem Realitätssinn. Der Dichter mußte ein sogenanntes

Lügengebäude errichten, das aus Täuschungen, die einander hervorbringen, besteht und aus der Wahrheit, mit der sie verflochten sind.

Peter Zeman hat auf meinen Wunsch im Hotel Maria Cristina, in dem das Attentat auf Dr. Pollanzy stattfand, ein Appartement für mich reserviert. Es ist ein Gebäude im orientalischen Stil, in der Vorhalle rote Fliesenböden und maurische Rundbögen. Das gelbe Schlafzimmer mit Möbeln aus Naturholz, blau gemustertem Bettüberwurf und Vorhang hat einen großen Spiegel, Schirmlampen und einen Fernsehapparat. Ich trete auf einen kleinen Balkon, von dem aus ich in eine Stierkampfarena blicke, einen sandbraunen, unverputzten Stein- und Ziegelbau. Auf der gegenüberliegenden Seite eine große runde, schwarze Uhr. Nachdem ich mein T-Shirt gewechselt habe, begebe ich mich mit dem Lift in das Foyer und erkläre dem Portier, daß ich der Arzt von Franz Lindner sei. Ich müsse den Tatort sehen, an dem das Verbrechen stattgefunden habe. Der Portier ist mittelgroß, hat glattes, zurückgebürstetes Haar, hebt beim Namen Lindner die Augenbrauen und befiehlt, ohne mich anzusehen, einem Gepäckträger, mich hinaufzubegleiten.

Der junge Mann ist ein Araber. Ich gebe ihm einen Geldschein, und er führt mich in die Zimmer von Stourzh, Lindner und der Logopädin. Sie befinden sich alle im selben Flur und unterscheiden sich kaum voneinander. Das Zimmer von Astrid Horak liegt am Ende des Ganges. Als ich auf den Balkon trete, fallen mir an der Stierkampfarena Plakate mit einem Matador in einem gelben, bestickten Anzug auf, der vor einem mächtigen schwarzen Stier die rote Mantilla schwingt.

Ich erkläre dem Hausdiener, daß ich Arzt am selben

Krankenhaus wie Dr. Pollanzy sei, und frage ihn, ob er etwas über den Vorfall wisse. Außer dem Schnurrbart und seinen großen Augen fällt mir die Ebenmäßigkeit seines Gesichtes auf.

Bei der Ankunft der Gäste habe er angenommen, daß Dr. Pollanzy »the patient« sei – wegen der Augenklappe. Auch habe »the lady« alles organisiert, so daß er sie für die Ärztin gehalten habe und Stourzh für ihren Asistenten, Lindner hingegen für einen Pfleger. Daher sei er im ersten Moment, als er das blutbespritzte Appartement gesehen habe, der Meinung gewesen, es handle sich um einen Selbstmordversuch »of the patient« und daß »the ladydoctor« ihn ärztlich versorgt habe. Stourzh sei der Großzügigste von allen gewesen. Er habe ihm Trinkgeld für das Koffertragen gegeben. Von einer Spannung innerhalb der Gruppe habe er nichts bemerkt. Mit Sicherheit sei es auch zu keinem Streit im Hotel gekommen. Niemandem sei etwas aufgefallen, weder den Stubenmädchen noch den Gästen in den benachbarten Zimmern. Das Verbrechen müsse sich ohne Vorwarnung ereignet haben, als habe »the culprit« (der Täter) in einem plötzlichen Entschluß gehandelt. Das Ganze sei rätselhaft ... Er blickt auf den Teppichboden, denkt nach und will dann wissen, ob man einen Hinweis erhalten habe, wo sich »the patient« aufhalte ... Vielleicht sei er noch am Leben ... Die Polizei habe herausgefunden, daß er im Laufe des Tages, an dem das Verbrechen geschah, unbemerkt geflüchtet sei, vielleicht aus Angst vor dem medizinischen Kongreß. Ein Beamter am Bahnhof habe bezeugt, daß er sich schon am Nachmittag ein »ticket« nach Madrid gelöst habe. Der Mann am Fahrkartenschalter habe sich auch erinnert, daß »the patient« ihm nur den Reiseführer vor die Glasscheibe gehalten und auf das Wort »Madrid« gedeutet habe. Ich höre schweigend zu und nicke, während der Hausdiener die Zimmer, die zum Teil bewohnt sind, auf- und zusperrt und mich eilig wieder auf den Gang führt, damit wir nicht von den Gästen überrascht werden. Aber er spricht plötzlich nicht mehr weiter, und als ich ihn im Lift nach seiner Meinung frage, wer die Tat begangen habe, antwortet er zögernd, es müsse ein »Verwirrter« gewesen sein, jemand, der vom »doctor« eine Gefahr habe ausgehen sehen.

Ich gehe in mein Appartement, lege mich auf das Bett und denke nach. Aber ich komme mit meinen Mutmaßungen, wo sich Lindner aufhalten könnte, nicht weiter und beschließe daher, mich in der Stadt umzuschauen.

Zuerst spaziere ich am Collegio San Juan vorbei, wo Schüler lärmend in einem Hof herumlaufen. Während ich ihnen zusehe, komme ich zur Überzeugung, daß es wohl sinnlos sei, zur Polizei zu gehen. Was kann ich schon erfahren?

Die Calle del Cardinal Tavera führt an einem Palais vorbei zum Hospital de Tavera, einem gewaltigen Gebäude mit abgetretener Messingschwelle. Es diente, wie ich dem Reiseführer entnehme, als Krankenhaus, das jeden Hilfesuchenden aufzunehmen hatte, wie auch als prunkvolle Residenz des Kardinals. Durch einen Vorraum gelange ich in eine dämmrige Säulenhalle und von dort in einen hellen Renaissancehof mit zweistöckigen Arkadengängen, die in weitere Räume führen. Der zauberhafte stereoskopische Effekt, der damit verbunden ist, bringt mich auf andere Gedanken.

Eine alte Frau händigt mir eine Eintrittskarte aus und weist mir den Weg hinunter in den Keller der Kirche. Dort erstreckt sich direkt unter der Gruft des Kardinals und der unsichtbaren Kirchenkuppel ein runder hoher und leerer Saal. Auf dem Fußboden ein schwarzer Kreis aus Marmor. Die Alte hat mich aufgefordert, mich in den Mittelpunkt zu stellen und zu sprechen. Ich erwarte ein Echo, höre aber statt dessen meine Worte überdeutlich in meinem Kopf. Es ist, als befände sich mein Sprechorgan nicht in meiner Kehle, sondern direkt in meinem Gehirn, genauer gesagt, als würde sich das Brocasche Sprachzentrum selbst ausdrücken. Was immer ich jetzt sage, meinen Namen, woher ich komme, woran ich denke: ich werde von meinen eigenen Worten durchdröhnt, ja, mein Kopf ist eine Glocke, und meine Stimme schwingt darin wie ein eiserner Schlegel. Gleichzeitig ruft es den irritierenden Effekt hervor, daß ich mich durch die Überdeutlichkeit, mit der ich jeden Buchstaben vernehme, scheinbar selbst verhöhne und das Gehörte zu einer Karikatur des Gesagten wird. Ob ich leise, lachend, gleichgültig, ironisch oder befehlend spreche – ich verspotte mich selbst. Auch alle Geräusche, das Rascheln meiner Kleidung, ein Schritt, den ich mache, ein ungewolltes Räuspern oder Husten klingen wichtigtuerisch und wie für einen unsichtbaren Lauscher (den toten Kardinal?) bestimmt, der sich darüber amüsiert.

Nach meiner Rückkehr in den Vorraum führt mich eine andere Frau in einen Salon, in dem eine Kopie von Tizians pathetischem Reitergemälde des habsburgischen Kaisers Karl V. hängt. Die Dame dreht an einem Schalter, es wird dunkel, und zugleich erhellt ein verstecktes Licht das Bild von unten, so daß Karl wie in einem Panoptikum durch eine imaginäre Kulissenlandschaft zu galoppieren scheint. Neugierig betrete ich den nächsten Raum, in dem einige Stufen tiefer ein Archiv vor uns liegt: In kunstvollen Schränken an den Wänden sind ledergebundene Krankengeschichten hinter Glas aufbewahrt. Es sind Hunderte Bände mit unzähligen Fällen, handschriftlich fein säuberlich festgehalten, wie ich mich überzeugen kann, als seien Krankheit und Tod jedes einzelnen Bewohners der Stadt Toledo im 17. Jahrhundert für ein stummes Requiem zusammengestellt worden – zur Ermahnung und Erinnerung an die Sterblichkeit des Menschen. (Bei diesem Gedanken verspüre ich meinen Ischiasnerv wieder.)

Es tröstet mich nicht, daß in einer Vitrine, wie mir die eifrige Dame erklärt, eine Sammlung von Kirchenkantaten zu besichtigen ist und wie durch Zauberhand eine davon aus einem unsichtbaren Lautsprecher ertönt.

Das Hospital ist ein bizarres Schloß mit einer alten Apotheke, Gemälden von El Greco, Tintoretto, Zurbarán, Canaletto, Caravaggio und Porträts von Fürsten und Kardinälen. Mit geheimnisvoller Miene führt mich die Dame zu einer Kammer, öffnet einen roten Samtvorhang und weist auf das Bild eines bärtigen Mannes mit einer Frauenbrust, der ein Baby säugt. Es stellt, wie ich erfahre, die vollbärtige Magdalena Ventura dar, die mit 52 Jahren ihr siebtes und letztes Kind gebar, sowie ihren Ehemann. Sie wurden von José de Ribera im Auftrag des Vizekönigs von Neapel, der es Philipp III. zeigen wollte, gemalt.

Mein Schmerz im Bein verstärkt sich noch, als wir ein Stockwerk höher steigen, und ich beginne zu hinken. Von der vierten Etage hängt an einer Schnur ein Korb bis in das Parterre hinunter. Oben wohnt das greise Hausmeisterpaar und erledigt auf diese Weise Besorgungen und den Postverkehr.

Das Schlafzimmer mit dem Himmelbett des Kardinals ist sehenswert: zwei Arbeitstische, Bilder, eine Büste der Teresa de Avila und eine schwarze Madonna. Die weiteren Räume betrachte ich nur noch abwesend, ich erinnere mich an einen Schrank, in dem die Speisepläne der Küche aufbewahrt waren, man konnte überprüfen, was seine Eminenz an Sonn- und Feiertagen speiste – er war kein Kostverächter.

Teppiche, Gemälde, altes Mobiliar und, je näher wir dem Ende der Führung kommen, um so mehr Spiegel: holländische, venezianische und spanische in allen Größen, bis man zuletzt in ein Zimmer mit Wänden und einer Decke aus Spiegeln gelangt, in denen man sich aus Perspektiven sieht, die man zuvor nie zu Gesicht bekommen hat.

(Zuerst im Keller die Stimme, die sich im Kopf spiegelte, jetzt im dritten Stock die Spiegel, die den Körper reflektieren, denke ich.)

Auf die Kirche muß ich wegen meiner Ischiasbeschwerden verzichten. Ich kaufe mir in einem Geschäft etwas Käse, Brot und Wein und lasse mich in dem Park vor dem Hospital nieder: zu geometrischen Mustern gepflanzte, niedrige Hecken, ein Springbrunnen, ein hölzerner Pavillon. Auf der anderen Seite wiederholen sich das Heckenmuster, der Springbrunnen und der Pavillon.

Das Gezwitscher von Spatzen und das Gurren von Tauben.

Ich nehme eine Schmerztablette, warte, bis meine Beschwerden nachgelassen haben, und bewundere inzwischen die hohen Palmen, Linden, Pinien und Platanen, die mich umgeben, und die violett blühenden Glyzinienlaubgänge, unter denen Touristen spazieren.

Man hat stets den Eindruck, durch ein Aufklappbilderbuch zu gehen, in dem es Verdoppelungen von Gebäuden gibt, selbst das Stadttor ist, wie ich später sehe, doppelt und hat einen Innenhof mit einer Statue Karls V. Natürlich darf der habsburgische Doppeladler nicht fehlen.

Die Straße führt steil bergauf. El Greco hat Toledo als eine vom Rio Tajo wie von einem Wassergraben umgebene Festung gemalt.*

* 400 n. Chr. fand dort das erste spanische Konzil statt, und die Stadt wurde unter den Westgoten Zentrum des Reiches, der kirchlichen und weltlichen Macht. 712 eroberten arabische Truppen das Toledo der Christen und der kleinen jüdischen Gemeinde. Die Araber bauten Moscheen und Koranschulen und gestatteten die freie Religionsausübung, allerdings lebten die Bevölkerungsgruppen in verschiedenen Vierteln.

(Lion Feuchtwanger hält fest: »Die Moslems brachten die vernachlässigte Landwirtschaft wieder hoch ... Sie förderten den Bergbau ... Ihre Weber stellten kostbare Teppiche her ... Ihre Schmiede schufen Gegenstände höchster Vollendung ... Auch ein anderes Unheimliches und sehr Gefährliches wurde hergestellt ... sogenanntes Flüssiges Feuer.«)

Den Juden, die von den christlichen Westgoten unter strenges Ausnahmerecht gestellt worden waren, gaben sie ein größeres Ansehen. Von nun ab durften sie Minister und Leibärzte, Beamte und Dolmetscher der Kalifen sein, Fabriken und Handelsunternehmungen gründen und Synagogen bauen, denen eigene Schulen angeschlossen waren. Die »Sephardim«, die spanischen Juden, nannten Toledo ihr »spanisches Jerusalem«, es stand unter der Oberherrschaft des Kalifen von Córdoba. Als der kastilische König Alfons VI. 1085 Toledo eroberte und die Reconquista, die Rückeroberung des Landes durch die katholischen Westgoten, einsetzte, wanderten vor allem die gebildeten Araber und Juden aus Südspanien in das tolerante Toledo aus und wurden von den kastilischen Königen willkommen geheißen. 200 Jahre übertrugen jüdische und muslimische Gelehrte Medizin, Astronomie, Philosophie, Geschichte, Naturwissenschaft und Dichtkunst ins Kastilische und Christen vom Kastilischen ins Lateinische. Die damals erstellten astronomischen Lehrbücher dienten später Tycho Brahe, Kepler und Kopernikus als Ausgangspunkt ihrer Forschungen. Der Alchimie und Mathematik, vor allem der rätselhaften Zahl Null, galten neben Physik und Mechanik das größte Interesse. Bis ins 16. Jahrhundert blieb Ibn Sinas medizinisches Kompendium das exemplarische Lehrbuch der Medizin in Europa. Nicht nur die Schriften des griechisch-römischen Arztes Galen wurden auf Umwegen über das Arabische bekannt, sondern auch die Werke des Aristoteles, Averroes und Maimonides. Über die Juden und deren arabische Sprachkenntnisse lernten die kastilischen Könige die

Ich gehe die engen Gassen zwischen den alten Häusern bergauf. Die verschiedenen Durchgänge ermöglichen merkwürdige Blicke, entweder auf Hauswände oder auf Stiegen. Manchmal hat man das Gefühl, öffent-

überlegene arabische Kultur kennen und finanzierten mit deren Hilfe ihre kostspieligen Pläne. Die Juden waren ihre Verbündeten, mit denen sie sich aus der machtvollen Umklammerung der katholischen Kirche zu befreien suchten. Andererseits benötigten die Juden auch den Schutz der königlichen kastilischen Staatsmacht. Deshalb verwendeten sie bei ihren Übersetzungen das volksnahe Kastilisch und nicht das Latein der Kirche und trugen so entscheidend zur Entstehung einer spanischen Nationalsprache bei. 200 Jahre wehrten sich die kastilischen Könige mit Erfolg gegen den Druck der Kirche, aber ab dem 14. Jahrhundert schwand ihre Macht. 1391 wurden die Judenviertel Toledos vom christlichen Pöbel gebrandschatzt und geplündert und acht der zehn Synagogen zerstört. Hundert Jahre später zwang das Verdikt der katholischen Könige Spaniens alle Juden zur Taufe oder Auswanderung. 30 000 Juden verließen das Land. Die Sephardim nahmen ihre Hausschlüssel mit, die sie als Symbol einer erhofften Wiederkehr ihren Nachkommen weitervererbten. Die Getauften hingegen, die »Marranen« oder »Conversos«, gerieten in die Fänge der Inquisition. In Toledo wütete Tomás de Torquemada, selbst ein »Converso«. Den verbliebenen »Morisken« oder »Mozarabern«, den getauften Arabern, erging es nicht viel besser.
Die beiden verbliebenen Synagogen wurden zu Kirchen, in späteren Zeiten nutzte man die Räumlichkeiten der einen als Kaserne und Lagerhalle. (Nun ist sie restauriert und »geschütztes Kulturerbe«.) Nur wenige Schritte entfernt liegt die zweite erhalten gebliebene Synagoge »El Tránsito« mit einem kleinen Museum der Sephardim. Die Inquisition in Spanien forderte von ihrem Bestehen gegen Ende des 15. Jahrhunderts an bis zu ihrer Abschaffung unter Karl IV. mehr als 300 000 Opfer. Die Kirche stieß die Verurteilten aus ihrer Gemeinschaft aus und übergab sie den weltlichen Behörden. »Wer nicht in mir bleibt, der wird weggeworfen wie eine Rebe und verdorrt, und man sammelt sie und wirft sie ins Feuer, und sie müssen brennen«, heißt es in der Heiligen Schrift, die als Begründung für die Verbrennungen zitiert wird. Bei einem Geständnis der Ketzerei gab es verschiedene Formen der Bestrafung: Geißelung, die Prozession im Schandkleid durch die Stadt oder die Galeerenstrafe von drei Jahren bis lebenslänglich. Leugnete der Angeklagte, wurde er verbrannt. Ein toter Ketzer wurde ebenso verurteilt wie ein lebender: Sein Leichnam wurde ausgegraben und dem Feuer übergeben. Gestand der Ketzer erst nach seiner Verurteilung, wurde er erdrosselt und nur seine Leiche in Brand gesteckt. Die Vermögen wurden konfisziert, einen Teil erhielt der Staat. Bis ins fünfte Glied durften die Nachfahren eines Verurteilten kein öffentliches Amt bekleiden oder einen angesehenen Beruf ausüben. Freisprüche erfolgten kaum. Es ist überflüssig zu erwähnen, daß die Inquisition wohlhabend war, der Staat Galeerenruderer für seine Armada brauchte und das Volk und der König das

liche Geheimgänge zu benutzen. Die meisten Kirchen sind versperrt. Einmal eine Glastür, vor der ich stehenbleibe, um hindurchzuschauen: drinnen ist es dunkel, an der Rückwand schimmert eine goldene Marienstatue in der Schwärze. Als ich die berühmte Kathedrale erreiche, die anstelle der maurischen Hauptmoschee erbaut wurde, flüchte ich vor der Hitze in das gewaltige Kirchenschiff. Tomás de Torquemada, der Großinquisitor, schickte von hier aus seine Spione und Häscher in die Stadt. Er ließ mit dem konfiszierten Vermögen der konvertierten Juden das prunkvolle Dominikanerkloster Santo Tomás auf der Plaza de Granada erbauen. (Die Inquisition hatte es mit Hilfe der Folter verstanden, ihren Opfern »Geständnisse« der Andersgläubigkeit abzupressen.) Mein Blick fällt auf die Säulen, das bunte rosettenförmige Glasfenster über der Orgel, die Fresken, die Seitenkapellen, in denen sich die Kathedrale fortsetzt. Im riesigen Gebäude sind die Einzelheiten so zahlreich, daß man sie nicht erfassen kann: die Spitzbögen an der Decke, die Monstranz aus Gold und Silber, prachtvolle Holzschnitzereien. Die Altarwand der Hauptkapelle quillt über von lebensgroßen biblischen Motiven, und die Sakristei ist eine Gemäldegale-

---

Schauspiel der Autodafés, der öffentlichen Ketzerverbrennungen, genossen. Alle, die um ein Amt ansuchten, hatten nachzuweisen, daß unter ihren Vorfahren keine Mauren oder Juden waren. Die Bestätigung des Nachweises oblag der Inquisition. Ihr war es auch vorbehalten zu beurteilen, was Ketzerei war: Die Darstellung des Nackten ebenso wie das Fluchen, Bigamie wie »unnatürliche Unzucht«. Verdächtig war schon das Lesen fremdsprachiger Bücher, ebenso profaner Werke, das Nichtessen von Schweinefleisch, vor allem wurde der Verstoß gegen ein kirchliches Dogma geahndet, worüber die Zensur befand. Von der Bezichtigung der Ketzerei an bis zur Verhaftung des Beschuldigten herrschte strenge Geheimhaltung. Erkundigungen nach dem Befinden des Verhafteten waren verboten. Sowohl Denunzianten als auch Zeugen und Angeklagte waren eidlich zum Schweigen verpflichtet, das Brechen des Schwures galt wiederum als Ketzerei.

rie der berühmtesten Maler. Ich fliehe vor der Fülle, aber ich muß zuerst suchen, bevor ich in der Ungeheuerlichkeit des Gebäudes einen Ausgang entdecke.

Eine Stunde lang treibe ich mich hinkend in den engen Gassen des Judenviertels herum, setze mich auf der Plaza de Zocodover vor ein Café, trinke ein Glas Wein mit Mineralwasser und nehme eine weitere Tablette. Hier, klärt mich der Reiseführer auf, fanden Hinrichtungen und Ketzerverbrennungen statt.* »Die blutrünstigen Aktivitäten spiegeln sich im Namen des Stadttores Arco de la Sangre (Tor des Blutes) wider.«

Als mein Schmerz nachgelassen hat, wandere ich weiter ohne Ziel durch die steile, enge Altstadt. Zufällig gelange ich zum El Greco-Museum, in dem nur ein einziges Gemälde ausgestellt ist: »Das Begräbnis des Grafen Orgaz.« Es fiele mir leicht, El Greco, den nach Toledo ausgewanderten Griechen, zu rühmen, allein das Motiv des Bildes interessiert mich mehr als jede in die Länge gezogene Figur, jeder virtuose Pinselstrich, jede noch so ausgeklügelte Komposition. Dem Künstler ging es in erster Linie darum, das Unsichtbare, das Jenseits, die Wirklichkeit nach dem Tode sichtbar zu machen.

Das Gemälde, das allein in einer Kapelle hängt, stellt dar, wie der Wohltäter Graf Orgaz von den beiden Heiligen Augustinus und Stephanus zu Grabe getragen wird. Das Bild wimmelt von Menschen und himmlischen Gestalten, unzweifelhaft ist ein universales, transzendentales Ereignis im Gange: Die unsterbliche Seele des Grafen, die die Form eines Embryos hat, wird von einem Engel zu Füßen Mariäs und Johannes

---

* In der Maurenzeit hieß der Platz »Suk al Dawâb«, Viehmarkt.

des Täufers gebettet, über welchen ein entrückter Christus schwebt. Das Irdische ist prachtvoller gemalt als das Himmlische, herrliche Priestergewänder und nicht weniger herrliche schwarze Trauerkleidung der Männer mit weißen Halskrausen. Der Verstorbene trägt eine reichverzierte Rüstung, nur ein Mönch hebt sich durch graue Schlichtheit ab. Die Heiligen Augustinus und Stephanus haben sich dem weltlichen Prunk angeglichen, sie übertreffen ihn sogar in ihren Bischofskleidern. Oben im Himmel ist nichts faßlich, kein Prunk, doch in den Gesichtern leuchtet Verklärung. Irdisches zählt nicht mehr, will El Greco zeigen, das Jenseits ist Innenschau. Er wählte für die Trauernden Toledaner Edelleute als Modelle – sie sind zu Zeugen des metaphysischen Geschehens aufgerufen. Vor ihnen weist ein Knabe, ebenso gekleidet wie die Trauergemeinde, auf den Toten, dessen Seele zum Himmel steigt: Es ist das Porträt von El Grecos eigenem Sohn. Eine uralte Angst kommt in diesem christlichen Meisterwerk der Malkunst zum Ausdruck und eine uralte Sehnsucht. Seit Jahrtausenden suggerieren Kunst und Literatur die Ewigkeit des Lebens und die Anwesenheit des Himmels in jedem Augenblick unseres Schicksals und daß jeder einzelne, so er daran glaubt, gerettet sei. Gerade die Unveränderlichkeit des Gemäldes, die Bewegungslosigkeit, erhöht seine suggestive Kraft, es ist wie eine kurze, gnadenvolle Schau hinter die Kulissen der irdischen Bühne. Der historische Herr Orgaz stiftete übrigens die Kirchen San Bartolomé, San Justo, Santo Domé und das Kloster der Barfüßigen Augustiner. Ein Wunder ereignete sich angeblich während der Beerdigung, als Sankt Augustin und Sankt Stephan erschienen und den Leichnam ins Grab legten. Gleichzeitig sei eine laute Stimme zu vernehmen gewesen: »Diese Belohnung erhält, wer Gott und seinen Heiligen diente.«

El Greco wurde 200 Jahre nachdem sich dieses »Wunder« ereignet hatte, mit dem Auftrag betraut, es festzuhalten. Er benötigte zwei Jahre dafür und erhielt 1200 Dukaten.

Ein paar Gassen hinter dem Museum öffnet sich ein anderer Platz, von dem ich weit in die Landschaft hinein sehen kann, mit El Greco-Wolken auf einem El Greco-Himmel. Unter mir El Greco-Häuser und der El Greco-Tajo. Zwei herrliche Panoramaansichten von der Stadt hat der Grieche gemalt, die das Aussehen und den Geist Toledos bis heute gültig erfassen. Ich trete an eine Steinmauer und blicke hinunter zum angeblichen El Greco-Atelier, das hinter Bäumen versteckt liegt. Weiter unten Felsen, eine Kirche und direkt vor mir, wie ich erst jetzt bemerke, ein kleines, abgedecktes Wohnhaus, so daß ich in den Dachboden schaue, auf dem zwei Männer Balken und Sparren zimmern. Über den reißenden Fluß spannt sich eine Brücke, das Wasser schäumt weiß.

Ich drehe mich um, auf einer Bank schwarz gekleidete Frauen, die mich auf Erbrochenes am Gehsteig aufmerksam machen. Sie selbst sehen darin keinen Grund, ihren Platz zu wechseln.

Bald verirre ich mich endgültig im Gassengewirr und lande in einer kleinen Bar.

Da sich wieder Schmerzen in meinem Bein einstellen, nehme ich ein Taxi zurück in das Hotel, wo ich den Abend damit verbringe, an das Attentat auf Dr. Pollanzy zu denken und meine Aufzeichnungen zu machen.

Kapitel 5
Der letzte Eindruck

17.5.199-, Toledo
Ich erwache mit unerträglichen Schmerzen, lasse mir das Frühstück auf das Zimmer bringen und nehme die doppelte Dosis des Medikamentes. Als sich mein Zustand bessert, gehe ich ins Badezimmer. Meine Tränensäcke sind geschwollen, mein Gesicht ist aufgedunsen. Vermutlich ist es vernünftig, einen Arzt zu konsultieren. Aber nach einer Stunde lasse ich mich einmal um Toledo herumfahren. Die Straße führt durch eine Schlucht. Rechter Hand der grüne, weißschäumende Tajo, Felsen, darauf Schlösser, Palais, Kakteen. Links wachsen die sandbraunen, alten Häuser in den Himmel. Es ist wie ein Phantasiegebilde. Merkwürdigerweise fällt mir Venedig ein – wenn sich plötzlich das Meer zurückziehen würde. Ich bitte den Chauffeur, mich zur Puerta del Sol zu bringen. Die Westgoten errichteten vor mehr als tausend Jahren an dieser Stelle eine Kirche, auf deren Resten die Araber eine Moschee bauten. Es ist ein unscheinbares Backsteingebäude, das aus zwei Räumen besteht, da die Christen die Moschee nach der Rückeroberung um eine Apsis erweiterten und sie wieder zu einer Kirche, »Cristo de la Luz«, weihten. An der Außenfassade verkündet ein kufischer Schriftzug »Allah ist groß«, im Chor kann

man Reste romanischer Wandmalereien sehen. Ansonsten wandelt man zwischen Säulen und unter Bögen und Kuppeln aus Ziegeln und Stuck. Die Leere ist durchaus angenehm.

Ich muß aber zurück in das Hotel.

Dort sind die Zimmermädchen gerade damit beschäftigt, die Betten zu machen und das Bad zu reinigen (mir schießt durch den Kopf, wie sie vor einem Jahr Pollanzys blutbesudeltes Appartement reinigten). Ich lasse mich auf das Fauteuil fallen, schließe die Augen und höre ihnen bei der Arbeit zu. Als ich wieder allein bin, schlafe ich ein.

Ein Schwalbenschwarm vor dem Fenster weckt mich. Der Schmerz in meinem Bein hat nicht nachgelassen, und ich frage den Portier nach einem Arzt.

Epilog

Am Nachmittag erreicht mich Herr Zeman aus Madrid: Er erklärt mir, daß man eine Spur von Lindner gefunden habe, sie liege allerdings schon drei Monate zurück. Er sei in die Notfallstation einer Nervenklinik aufgenommen worden, von dort aber am folgenden Morgen wieder geflüchtet. Und eine weitere Neuigkeit erfahre ich. Astrid Horak ist im Auftrag von Primarius Neumann auf dem Weg nach Madrid, um die Suche der Polizei nach Lindner zu unterstützen. Ob ich meine Studien schon abgeschlossen hätte? Er kennt überdies einen Spezialisten für den Ischiasnerv in Madrid, den aufzusuchen er mir empfiehlt, und so reise ich, mit einer schmerzstillenden Injektion und entzündungshemmenden Mitteln versehen mit dem nächsten Zug aus Toledo ab.

Sechstes Buch
Die Suche

Kapitel 1
Die Taschenuhr

Bevor ich das Haus verlasse, schaue ich in meinen Briefkasten im Flur. Unter dem Werbematerial fällt mir die Zuschrift von Stourzh' Anwalt und Lindners Vormund Alois Jenner auf, den ich von seinen Besuchen in der Anstalt kenne. Er ist mir gegenüber ein aufdringlicher Mensch, der mich zweimal zum Essen eingeladen hat, was ich ihm jedesmal abschlug. Ich glaube, daß er einem das Wort im Mund umdreht, was berufsbedingt sein mag. Jenner schätzt Heinrich, er fragt ihn manchmal um seine Meinung zu verschiedenen Fällen, die er vertritt. Heinrich ist der geborene Psychiater. Mehr als einmal kam ich mir von ihm durchschaut vor. Besonders liebt er die Oper, mehr noch als die Malerei. Zuletzt war ich mit ihm in Benjamin Brittens »Billy Budd« (nach einer Erzählung von Herman Melville). Über die Oper und den Autor Melville führte ich am nächsten Tag mit dem Schriftsteller ein Gespräch, bei dem wir uns nähergekommen sind.*

---

* Er bezeichnete den Roman »Moby Dick« als »einzigartig«. Ein Wal bedeute für die Matrosen und Kapitän Ahab »Arbeit«, führte er aus, er stelle die »Wirklichkeit« dar, wie auch ihr Schiff »Pequod« oder die See. Diese Arbeit, diese Wirklichkeit seien schmerzlich. Erst der Wahn mache sie erträglich. Ahab sei auf der Suche nach dem Wahn, das heißt, auf der Suche nach dem mirakulösen weißen Wal Moby Dick. Er ziehe die Mannschaft in seine Wahnvorstellungen hinein und reiße sie mit sich in den Abgrund. Nur der Chronist durchschaue den Irrsinn, verfalle ihm nicht und überlebe daher. Nicht die Suche nach dem Wahn an sich sei das Gefährliche an Ahabs Unternehmen, folgert der Schriftsteller, sondern die Dämonisierung des Wahns, der Drang, diesen herauszufordern und ihm die Stirn zu bieten. Dadurch erst erkenne Ahab den Wahn als Realität an und müsse ihm daher zwangsläufig unterliegen. Ich habe mit Heinrich über die Interpretation des Schriftstellers gesprochen, der sie merkwürdig fand. Es gäbe zahlreiche Deutungen, wofür der Wal stehe, seines Er-

Seit ich mit dem Schriftsteller zusammen bin (er ist im Augenblick nach Toledo verreist, und ich hoffe, ihn in Madrid zu sehen), habe ich nicht mehr mit Heinrich geschlafen. Das heißt, einmal oder zweimal ließ ich es noch über mich ergehen, ohne daß ich dabei etwas anderes empfunden hätte als Langeweile.

In dem Brief, den ich mit meinem Wohnungsschlüssel öffne und der sehr förmlich gehalten ist, ist zu lesen, daß Philipp Stourzh mir die kostbare goldene Taschenuhr zur Aufbewahrung übergeben möchte, bis er wieder aus dem Gefängnis entlassen werde. Ich rufe noch im Hausflur über mein Mobiltelefon die Kanzlei Jenners an. Als ich mich weigere, Stourzh' Wunsch nachzukommen, schlägt mir der Anwalt vor, daß wir uns treffen und darüber reden. Ich mache mit ihm ohne lange nachzudenken einen Termin aus, an dem ich schon in Madrid bin.

»Übermorgen um 16 Uhr im Palmenhauscafé«, sage ich.

Dann zerreiße ich den Brief und werfe ihn in den Müllkübel.

Die Begegnungen mit Philipp waren so geheim, daß ich sie abstreiten kann, denn ich wohne im Personalgebäude zwischen der Anstalt und dem »Haus der Künstler« und habe ihn dort spät nachts zwei- oder dreimal (heimlich) empfangen. Wir redeten viel über Franz Lindner und seine Zeichnungen, aber unsere Vereinigungen endeten stets damit, daß er sich selbst befriedigte. Daher war ich erleichtert, daß er, um seine

---

achtens stelle er die ungeheuerlichen Kräfte der Natur dar, die der Mensch herausfordere.

Magisterarbeit zu beenden und etwas über die Herkunft seiner Urgroßmutter zu erfahren, nach Madeira flog. Häufig trug er eine goldene Taschenuhr mit dem eingravierten Doppeladler und den Initialen K. K. bei sich, die angeblich seine Urgroßmutter als Kindermädchen von Kaiser Karl als Geschenk erhalten hatte. Ich weiß nicht, ob er die Wahrheit sagte. Meine Gedanken beschäftigen sich im Moment aber nicht mit Philipp, sondern mit Franz Lindner, der nach dem Unglück in Toledo noch immer verschwunden ist. Gestern bat mich Primarius Neumann zu sich, um mir mitzuteilen, daß Franz vor drei Monaten in eine Madrider Klinik eingeliefert worden, am nächsten Morgen jedoch wieder geflohen sei. Er schlug mir vor, die dortige Polizei bei ihrer Suche zu unterstützen. Die österreichische Botschaft sei bereits eingeschaltet. Er begründete sein Ansinnen damit, daß ich als studierte Romanistin und logopädische Betreuerin Lindners alle Voraussetzungen mitbrächte. Natürlich nahm ich sein Angebot an. Er fragte mich auch, ob ich die El Greco-Ausstellung im Kunsthistorischen Museum schon gesehen hätte, und riet mir, sie zur »Einstimmung« zu besuchen. Hierauf stellte er mich für eine Woche dienstfrei.

Kapitel 2
El Greco

Der Saal VIII ist verdunkelt. Das erste Bild ist eine Ikone: Lukas malt die Gottesmutter. Von der Gestalt des Apostels ist die Farbe fast vollständig abgeblättert. Nur sein Haar, sein Gewand und seine Hand sind erhalten. Vor ihm schwebt ein Engel mit entblößtem Bein, kopflos. Anstelle des Hauptes ist die Struktur des Holzes getreten. Die Madonna ist auf der Staffelei zu sehen. Es erweckt den Anschein, als atme Lukas beim Malen Engel aus und ein. Das ist das Bild, das auf mich den größten Eindruck macht.

Viel strahlendes Licht, verzückte Blicke, Ekstasen. Die himmlischen Heerscharen in grauen, gewittrigen Wolken. Plötzlich kann ich verstehen, wie der Schriftsteller die Welt betrachtet.

Zuletzt die schönen Porträts: ein Jurist, ein Edelmann, der seine rechte Hand auf sein Herz gelegt hat. Zufällig ist ein Sitzplatz auf der gepolsterten Bank vor dem Bild frei geworden. Neben mir schläft ein erschöpfter Besucher. Ich bilde mir ein, es sind seine Träume, die ich auf die Wand projiziert sehe.

Kapitel 3
Das Ende

Vor dem Kunsthistorischen Museum blühen die Kastanienbäume weiß und rot. Der Gehsteig wird von einem Preßluftbohrer lärmend aufgerissen. Heinrich erwartet mich in seiner Wohnung im Lehnstuhl. Ich kenne ihn, wenn er betrunken ist. Zumeist steuert er dann auf einen Konflikt zu. Er fragt mich nicht nach El Greco, aber ich berichte ihm, was ich gesehen habe. Er hört mir nur oberflächlich zu. Er trägt eine Sonnenbrille, hat sich nicht rasiert, sitzt in einem gemusterten, violetten Morgenrock da und hält seinen Stock mit Silbergriff in der Faust.

»Hast du mit ihm geschlafen?« unterbricht er mich plötzlich.*

Die Frage hat mich überrumpelt. Ich könnte mit ihm jetzt Schluß machen, denke ich, wenn ich gestehe, daß ich mit dem Schriftsteller ein Verhältnis habe und ihm morgen nach Spanien nachreise. Es wäre ein Akt der Aufrichtigkeit, den ich ihm schuldig bin.

»Was meinst du?« frage ich zurück. Das Gegenfragenstellen habe ich von Heinrich übernommen. Er benutzt es, um die Gesprächsführung zu übernehmen.

»Du weißt genau, wovon ich rede!« fährt er mich an, aber mir ist klar, daß er im dunkeln tappt.

»Ich habe keine Ahnung«, gebe ich ruhig zurück.

Er stochert mit dem Stock auf dem Teppich herum. Ich stehe auf, trete ans Fenster und denke, daß es das letzte Mal ist, daß ich den Schweitzerhof aus dieser Perspektive sehe.

»Du hast mit Stourzh geschlafen«, sagt er heiser. »Ich habe lange gebraucht, um alles zu begreifen, weil ich ein Idiot bin.«

Ich warte ab, was weiter geschieht.

»Warum schweigst du?« fragt er mich nach einer Weile. Und als ich noch immer nicht antworte, verlangt er

---

* Seit er blind ist, fürchte ich mich nicht mehr vor seinen Verhören. Früher ging von seinem Auge etwas Durchdringendes aus, ich hatte den Eindruck, er wisse alles und es bliebe mir nur übrig, zu gestehen. Immer betraf es meine Vergangenheit. Heinrich ist eifersüchtig auf jeden meiner Liebhaber gewesen, es machte ihn rasend, wenn er erfuhr, daß ich ihm einen verschwiegen hatte, weil er glaubte, es komme diesem eine besondere Bedeutung zu. Andererseits fühlte er sich gedemütigt, wenn ich einen vergessen hatte. Wie konnte ich so mit meiner Sexualität umgehen, daß ich einen Beischlaf mit einem Mann als etwas Nebensächliches auffaßte, an das ich mich nicht mehr zu erinnern brauchte? Trotzdem hörte er nicht auf, mich zu begehren. Allerdings bin ich nicht davon überzeugt, daß er mich liebt.

von mir, daß ich mich ausziehe. Er atmet schwer und beginnt, seine Hose aufzuknöpfen. Ich zögere einen Augenblick, das zu tun, woran ich mich im Laufe unserer Beziehung gewöhnt habe.

Ich antworte jedoch: »Es ist aus«, und verlasse die Wohnung.

Kapitel 4
Das Schweigen

18.5.199-, Madrid
Vor einem Jahr, als ich die gleiche Strecke mit Heinrich, Philipp und Franz Lindner flog, war ich weniger unglücklich als jetzt.

Lindner stierte fortwährend aus der Fensterluke, es war sein erster Flug. Er bestaunte die sich auftürmenden Wolkengebirge. Er aß und trank nichts, starrte nur hinaus. Über der Schweiz lockerte sich die Wolkendecke auf, und man konnte die geometrischen Einsprengsel der Äcker erkennen. Zum Horizont hin hatte man den Eindruck, auf ein weißes Meer hinauszusehen. Ich erinnere mich jetzt daran. Als der Himmel sich aufklärte, begegneten wir schwimmenden Wolkeneisbergen, für die übrigen Flugpassagiere nichts Aufregendes, aber Lindner konnte seine Augen nicht davon abwenden.

Ich weiß, daß Franz sprechen kann. Ich habe mit ihm ein paar Worte gewechselt, doch habe ich geschworen, es niemandem zu verraten.

Ich liebe meinen Beruf. Es ist mir ein Anliegen, Menschen behilflich zu sein, daß sie ihre Sprache wiederfinden. Leider gehört auch das Scheitern zu meiner Arbeit.

Nach schweren Gehirnschädigungen gelingt es mir oft nicht mehr, einer Patientin oder einem Patienten auch nur zwei zusammenhängende Worte zu entlocken. Ich arbeite häufig mit Fotografien, die mir die Angehörigen zur Verfügung stellen, und versuche, die Patienten dazu zu bringen, deren Namen auszusprechen.*

Einzelne Wolkenballen schweben über der Erde und geben dem Blick hinunter noch mehr Tiefe. Ein bleigrauer See mit Booten wie winzige weiße Striche. Bäume auf braunen Hügeln wie dichte schwarze Punkte auf einem pointillistischen Gemälde. Es sind, wie ich beim letzten Flug erfuhr, Olivenbäume auf Lößboden.

Wir sinken tiefer, wie auf eine Reliefkarte zu. Das Flugzeug macht einen Schwenk, und wir tauchen wieder in das Weiß der Wolken ... Turbulenzen ... ab und zu ein Fetzen Blau.

Ich wollte meine Beziehung zu Lindner immer für mich behalten, aber es ist notwendig, daß ich den Ablauf der blutigen Ereignisse im Hotel Marie Christine festhalte. Nach dem Abendessen am ersten Tag in Toledo – Philipp und Heinrich waren noch im Speisesaal – begleitete ich Lindner hinauf. Warum ich ihn nicht in sein Zimmer brachte, sondern in meines, kann ich mir heute nicht er-

---

* Ich selbst habe übrigens seit Monaten eine Fotografie in meiner Handtasche, die vor Weihnachten im »Haus der Künstler« aufgenommen wurde. Ein Gruppenbild vor der gerahmten Zeichnung eines Patienten, die Primarius Neumann darstellt, und davor Franz Lindner, Pflegerinnen und Pfleger, Philipp, Heinrich, Dr. Lesky und ich. Die Gruppe ist in Unordnung geraten. Im Hintergrund öffnet sich eine Tür, und der Oberpfleger tritt unerwartet aus seinem Arbeitszimmer. Der Fotograf (der Schriftsteller, der die Fotografie ohne Blitzlicht mit einem hochempfindlichen Film aufgenommen hat) spiegelt sich im Glas des gerahmten Bildes – die Kamera vor dem Auge. Ungewollt im Mittelpunkt ist der Gefährte eines Pflegers, der schlafende Hund Xaver, auf den einer der Patienten andeutungsweise einen Fuß gestellt hat. Das Bild spiegelt wunderbar das ganze Durcheinander im »Haus der Künstler« wider.

klären. Ich hatte Wein getrunken und bin Alkohol nicht gewöhnt – vielleicht war es das. Jedenfalls kam mir der verrückte Einfall, ihm das Angebot zu machen, mit ihm zu schlafen, wenn er mit mir sprechen würde. Ich löschte das Licht, versperrte die Zimmertür, entkleidete ihn, und während er sich neben mich legte, sprach er meinen Namen aus und sagte, daß er mich liebe. Es war, wie man sich denken kann, nur eine kurze Umarmung, nach der er sich wieder ankleidete. Währenddessen fragte ich ihn, weshalb er schweige. Seit dem Tag, an dem er erfahren habe, daß sein Vater Aufseher im KZ Dachau gewesen sei, gab er zu meiner Überraschung zurück. Und plötzlich brach es aus ihm heraus: Er habe Papiere in dessen Schreibtischlade gefunden, aus denen das hervorging. Seine Mutter habe Selbstmord begangen. Sie habe ihn, ihren Sohn, in den Tod »mitnehmen wollen«, müsse aber im letzten Augenblick davon abgekommen sein und habe sich allein mit Schlafmitteln vergiftet. Sie habe einen Abschiedsbrief hinterlassen, den sein Vater an sich genommen und ihm gezeigt habe. Daraus sei ihr Vorsatz ersichtlich. Er weinte einige Minuten stumm, während derer Heinrich klopfte und leise meinen Namen rief. Ich antwortete, ich sei müde, und er ging wieder. Ich fragte Lindner weiter, weshalb er seinen Vormund als Mörder zeichne, und er schwor mir, daß Jenner damals zu Recht angeklagt worden sei. Schon auf dem Land habe er eine junge Frau umgebracht. In der Dunkelheit des Zimmers empfand ich plötzlich Grauen. Ich wußte, daß er die Wahrheit sagte, aber auch, daß er verrückt war. Alle Befunde sprechen von Schizophrenie. Andererseits war es nicht schwer nachzuvollziehen, daß selbst ein gesunder Mensch aus Entsetzen über die Verbrechen seines Vaters, den versuchten Mord der Mutter an ihrem Sohn und deren Selbstmord in eine bedrohliche Krise gerät. Dazu kam noch die Angst vor dem Vormund Jenner, den er für einen Verbrecher hielt.

Plötzlich drängte er darauf zu gehen, und wir versprachen einander, alles für uns zu behalten. Ich schlief jedoch die ganze Nacht nicht. Wie sollte ich Heinrich erklären, daß Lindner mir im Hotelzimmer ein Geständnis gemacht hatte? Er hätte sicher geargwöhnt, daß zwischen uns etwas vorgefallen sei.

Am nächsten Tag verhielt sich Lindner wie gewohnt. Heinrich bat mich, zu Mittag in sein Zimmer zu kommen, wo er mit mir den Vortrag besprechen wollte, und wies Philipp an, sich um Lindner zu kümmern. Sie könnten einen Spaziergang in die Stadt unternehmen, schlug er vor.

Ich fragte mich, wie ich Heinrich davon überzeugen konnte, daß Lindner sprach, ohne mich dabei selbst zu verraten oder meine Stellung zu gefährden. Wie verabredet fand ich mich in seinem Zimmer ein, und wir schliefen miteinander. Dann diskutierten wir den Vortrag, der außergewöhnlich war. Heinrich durchschaute Lindner, ihm fehlte nur noch das Motiv für sein Schweigen, das ich ihm aber nicht verraten konnte. Ich versuchte es mit Andeutungen. Heinrich war von Jenners Integrität jedoch so überzeugt, daß er mir das Wort abschnitt. Er sagte, Lindner hasse Jenner genau wie Stourzh ihn hasse. Was den Vater von Lindner betraf, wußte Heinrich aus der Krankengeschichte, daß er bei der SS gewesen war, hielt diesen Umstand jedoch für das jahre-, ja jahrzehntelange Schweigen nicht entscheidend. Ihm war selbstverständlich aus den Unterlagen auch der Suizid von Lindners Mutter bekannt, nicht aber, daß sie ihren Sohn in den Tod hatte mitnehmen wollen.

Ich versuchte, die möglichen Gründe für den Selbstmord seiner Mutter als Fragen anzudeuten, aber Heinrich war beleidigt, daß ich seinen Vortrag nicht bewunderte, und fing aus Wut und Enttäuschung darüber zu trinken an. Daraufhin zog ich mich in mein Zimmer zurück. Am Abend wollte ich ihn abholen, er erklärte mir aber, daß er an den anderen Vorträgen nicht teilnehmen und statt dessen über meine Einwände nachdenken würde. Hierauf bat er mich zu gehen.

Die Farbe der Erde unter uns ist jetzt Gelb und Rotbraun. Ich erinnere mich, daß Lindner damals auf die Punktreihen in den Feldern hinunterzeigte und auf die hellen Linien der Straßen.

Schon erkennt man die Olivenbäume. Wir schaukeln in geringer Höhe auf das Flugfeld zu, die Räder klopfen heraus, die Bremsklappen sirren, und ich habe Angst vor dem, was auf mich zukommt.

Kapitel 5
Das verschwundene Grab

Peter Zeman, der mich vom Aeropuerto de Madrid Barajas abholt, ist ein höflicher, gepflegter Mann um die Fünfzig. Sein Gesicht ist ausgeprägt wie das eines Bühnenschauspielers, die Nase kräftig, der Mund groß. Da er seine Haare nach hinten gekämmt trägt, dominieren das lebhafte Mienenspiel und ein Ausdruck von Wachheit, der auch dann auf seinen Zügen liegt, wenn er über etwas angestrengt nachdenkt. Auffallend sind sein höfliches, gewandtes Benehmen und die Selbstverständlichkeit, mit der er die schwierige Unternehmung plant. Während wir zum Hotel Inglés fahren, berichtet er, daß heute eine Fotografie von mir in der Morgenausgabe einer Madrider Zeitung erschienen sei. Er greift nach hinten und überreicht sie mir. Zu meiner Überraschung ist es ein Bild, das der Primarius bei einer Betriebsfeier von mir aufgenommen hat, und außerdem ist noch ein Porträt Lindners zu sehen, auf dem er aber fremd aussieht. Immer noch werde nach dem verschwundenen österreichischen Patienten gesucht, heißt es, der seit dem Attentat auf einen Psychiater beim Neurologenkongreß in Toledo abgängig sei. Vor drei Monaten, hätten die Behörden ermittelt, sei Franz Lindner anonym im psychiatrischen Institut Santa Isabel in Leganés aufgenommen worden, aber am nächsten Tag von dort geflüchtet. Eine österreichische Logopädin sowie ein Schriftsteller, der über den künstlerisch tätigen Patienten eine Monographie verfasse, seien heute in Madrid eingetroffen, um die Polizei bei ihren Ermittlungen zu unterstützen. Als besonderes Merkmal des Gesuchten wird seine Stummheit hervorgehoben.

»Sie können die Zeitung behalten«, sagt Herr Zeman lächelnd. Er trägt ein blaues Hemd, Krawatte sowie ein braunes Kaschmirsakko und duftet nach Eau de Cologne.

»Sie sind«, fährt er fort, »mehr oder weniger der Lockvogel, damit Lindner sich bei der Polizei, bei uns oder in einer psychiatrischen Klinik meldet.« Er entschuldigt sich sofort für die Bezeichnung »Lockvogel«.

Ich habe den Schriftsteller übrigens nicht erreicht, weil

er mir keine Telefonnummer hinterlassen hat, aber Herr Zeman teilt mir mit, daß wir im selben Hotel wohnen und er erkrankt sei. »Nichts Schlimmes«, wie er hinzufügt, er sei bereits in ärztlicher Behandlung und es gehe ihm besser. Am Nachmittag wolle er das Sterbehaus von Cervantes, das nicht weit vom Hotel entfernt sei, und die Grabstätte im Kloster der Barfüßigen Trinitarierinnen aufsuchen.

Das Hotel Inglés hat zwei Schaufenster, in einem ist ein kleines Segelschiff und im anderen das Modell des Hotels ausgestellt. Die Fenster meines Zimmers gehen auf den Lichthof hinaus, über dem Schreibtisch ist ein Spiegel angebracht, so daß ich mir beim Notieren zusehen kann. Überall im Hotel, im Foyer, auf den Gängen und in den Fluren ist eine Serie kolorierter und gerahmter Stiche aufgehängt: »Forest's Nationalsport Fox-Hunting.« In meinem Zimmer »Plate 1«: »The Meet« und »Plate 4«: »The Hill«. Auf dem ersten Stich trifft sich die in rote Fracks, weiße Hosen und Zylinder gekleidete Gesellschaft hoch zu Roß am Waldrand, Nummer 4 zeigt den Sprung der Reiter über eine Mauer. Die Bilder machen einen idyllischen Eindruck, so als meditierten die Teilnehmer bei der Ausübung der Jagd.

Als ich mich erfrischt habe, begebe ich mich mit dem Lift in das Foyer, wo Herr Zeman mit dem Schriftsteller auf mich wartet. Ich kann ihm anmerken, daß er sich über die Begegnung freut. Er hält ein schwarzes Notizbuch mit einem Lesebändchen in der Hand, das er gerade in die Brusttasche seines schwarzen Sakkos steckt, und umarmt mich. Aber er läßt sich nicht anmerken, wie vertraut wir uns sind. Zum ersten Mal kann ich ihn bei seiner Arbeit beobachten.

Unterwegs bemerken wir in einem rotgestrichenen Laden mit halb heruntergelassenem Rollo eine Putzfrau, von der man nur den Körper sieht, nicht aber den Kopf. Hände und Füße sind ohne Unterlaß in Bewegung, und wir bleiben stehen, um die kopflose Gestalt zu beobachten, wie sie hin- und hereilt, und der Schriftsteller nimmt die Gelegenheit wahr, sich Notizen zu machen. In der Calle de Cervantes Nr. 2 ist das Sterbehaus. Neben der Eingangstür ein orthopädisches Geschäft. In den beiden Schaufenstern sind verformte Schuhe, Stützen, Bandagen und Einlagesohlen ausgestellt, bizarre Gegenstände der menschlichen Gebrechlichkeit. Auf einem schwarzen Schild steht in weißen Buchstaben »Cervantes 2«, »El Pie de Oro Ortopedia«. Und noch einmal: »Cervantes 2«. Über dem schwarzen Tor die Gedenktafel, der Kopf des Dichters und der armlose Oberkörper mit Halskrause. Darunter sind als Insignien ein Helm, ein Degen und ein Schwert angebracht, wo doch die Schreibfeder die stärkste Waffe des Meisters war. Eine Inschrift verkündet, daß Miguel de Cervantes Saavedra hier gestorben sei.

Der Schriftsteller kann das Haus nur schwer fotografieren: Autos parken davor, ein Müllcontainer mit Bauschutt, Kartons, einem ausgebauten Autositz. Ein paar Schritte weiter eine Bodega und ein Alteisengeschäft.

»In derselben Gasse, Nr. 18, ist übrigens das Museum des Dramatikers Lope de Vega untergebracht«, sagt er, »des größten Dichterfeindes von Cervantes.«

Dafür liegt das Kloster der Barfüßigen Trinitarierinnen, in dem der Leichnam Cervantes' ruht, in der Calle Lope de Vega, die nur ein paar Schritte weit entfernt ist. Das Kloster ist ein abweisender Backsteinbau, seine vergitterten Fenster erinnern an ein Gefängnis.

Die grüne Eisentür steht offen, wir treten ein. Weihrauchgeruch und Dunkelheit. Herr Zeman läutet an einer Glocke vor einem schwach beleuchteten Fenster. Eine Tür wird geöffnet, und der Mesner erklärt uns stotternd, daß es nicht möglich sei, das Grab des Dichters zu besuchen. Er könne höchstens die Nonne, die die Äbtissin vertrete, fragen, ob es erlaubt sei, einen Blick in die Kirche zu werfen. Er führt uns vom dunklen Flur in einen noch dunkleren Vorraum. In der rechten Ecke kann ich mit Mühe ein Fenster mit einem Drehbalken ausmachen. Dort klopft er an, und wir warten stumm. Nach einer Weile meldet sich eine Frauenstimme. Daraufhin zieht der Mesner an einer Kette, und der Balken dreht sich in der Wand. Wir starren jetzt auf ein Stück Holz, das aber keine gitterförmige Öffnung – wie bei einem Beichtstuhl – aufweist. Aus der Finsternis gibt die Frauenstimme Auskunft, daß es nicht möglich sei, die Kirche zu besichtigen, da der Tagesablauf schon begonnen habe.* Die Nonne rät uns, am Abend wieder zu kommen, zur Zeit der Messe, dann könnten wir die Gedenktafel für den Dichter sehen. Doch der Schriftsteller lehnt dankend ab und verläßt den dunklen Vorraum. »Cervantes' Leichnam«, sagt er, »ruht da drinnen, irgendwo in der Kirche.« Im 17. Jahrhundert sei das Gebäude jahrelang umgebaut worden, dabei seien die Pläne des alten Klosters verlorengegangen, und seither wisse man ohnedies nicht mehr, wo sich das Grab befinde.

Wir gehen einmal um das große Bauwerk herum. Die Gehsteige sind mit Hundekot verdreckt. Geparkte Autos,

---

* Man dürfe, erfahre ich später, die Schwestern nicht sehen, da es Klausurnonnen seien, die Kontakte mit der Außenwelt möglichst vermieden. Sie schlafen in Steinnischen auf Decken, im Winter auf Holzunterlagen. Vor allem besticken sie Taufkleider und arbeiten im Gemüsegarten.

Stoßstange an Stoßstange, auf den Dächern Vogelkacke. Es ist kalt, windig, und in einer Nebengasse hupt ein Lieferwagen. Der Fahrer springt heraus, zwei Männer in blauen Schürzen erscheinen und nehmen tote, gerupfte Hühner in Plastikkisten in Empfang, die sie in einen Hinterhof tragen. Ein Schulmädchen, das laut mit sich selbst gesprochen hat, hopst die Straße herunter, jetzt, als es uns sieht, blickt es verschämt zu Boden. Ein paar Schritte weiter die Basílica D. N. P. Jesús de Medinaceli. In den Räumlichkeiten, erzählt Peter Zeman, sei vor einigen Monaten ein Priester erschlagen worden. 24 Stunden später wurde sein Amtskollege im Retiro Park hinter einem Gebüsch gefunden – Selbstmord. Der Fall erregte großes Aufsehen. Der Schriftsteller beginnt sofort eine Theorie zu entwickeln, wie sich der Fall abgespielt haben könnte.

Mit einem schrill-klirrenden Geräusch wird ein Glascontainer in einen Müllwagen entleert und holt uns in die Gegenwart zurück.

Ein Bursche mit einem Plastiksack, den er auf den Boden stellt, sperrt vor uns eine Imbißstube auf. Ich sehe, daß der große Plastiksack in Bewegung ist, gleich darauf klafft er auseinander und gibt den Blick frei auf lebende Fische, die sich schlängeln, zucken und langsam ersticken. Ich weiß nicht, weshalb ich plötzlich mit den Tränen kämpfe, ich wechsle rasch auf die andere Straßenseite.

Lieferwagen und Mopeds rasen die enge Fahrbahn hinunter. An der Hauptstraße treffen wir uns wieder, vor verspiegelten Geschäften, in denen Schinken von den Decken hängen – Kathedralen des Fleisches.

Wir finden ein dunkles Restaurant. Noch nie habe ich einen so greisenhaft-mageren Kellner gesehen. Er trägt eine weiße Jacke, das dünne Haar ist zurückgebürstet und der Körper leicht gebückt. Sein Gebiß ist klapprig, mit zitternden Händen notiert er unsere Bestellung. Auf einem großen Schwarzweißfoto an der Wand liegt ein toter Stier in der Arena, daneben steht der Matador mit dem Degen, hinter der Barriere das Publikum. Weiter vorne Kampffotos mit spektakulären »Würfen« der Mantilla. Der Schriftsteller läßt Rotwein kommen, Shrimps, Oliven, Weißbrot und Tomaten. Er erzählt uns von seinem Besuch im Prado und den großartigen Bildern der Geisteskranken und Hofnarren, die Velázquez gemalt hat, mit einem Wort, seinem Lieblingsthema. König Philipp IV. aus der spanischen Linie der Habsburger ließ, erfahren wir, in seinem Archiv 110 Hofnarren mit Namen verzeichnen, dazu Dutzende Zwerge, Riesen und Schwachsinnige, die ihn auf seiner jährlichen Runde durch Paläste, Landhäuser und Jagdschlösser begleiteten. Der König schätzte die Anwesenheit der körperlich Zurückgebliebenen, da er sich von ihnen deutlich abhob und keinen Vergleich mit ihrer Schönheit zu scheuen brauchte. »Schon Philipp II. hielt sich Hofnarren, Zauberer und Verkrüppelte«, sagt der Schriftsteller. »Seine Kinder hingen besonders an den Zwergen und verwendeten sie als Spielzeug wie junge Hunde.«

Kapitel 6
Die Umarmung

Erst am Abend strömen die Menschen in Madrid auf die Straßen. Die Geschäfte, die zu Mittag die Rolläden geschlossen hatten, sind bis spät in die Nacht geöffnet, und in den ebenerdig gelegenen Wohnungen gehen die Lichter an. Am Tag ist alles eindimensional, erst in der Nacht bekommt die Stadt Tiefe. Die Luft war nachmittags voller flimmernder Pollen, nun sind sie von der Dunkelheit verschluckt. Ganze Stockwerke aus Glasveranden leuchten auf, Restaurants und Straßenzüge, deren Wände mit idyllischen Landschaftsazulejos gefliest sind oder mit Motiven aus der Malerei, kommen zum Vorschein.*

Herr Zeman hat uns längst verlassen, wir stehen auf einem Platz, der umgeben ist von alten Gebäuden mit beleuchteten Fenstern, an denen die gelben Vorhänge nur zur Seite geschoben sind, so daß wir den Eindruck haben, als stünden wir auf einer Bühne und blickten hinauf zu den verglasten Logen. Der Schriftsteller streichelt mir über das Haar und küßt mich. Wir gehen auf sein Zimmer, das ist mir recht, denn ich kann ihn dann verlassen, wann ich will. Wir umarmen uns und verlieren uns in einer Phantasiewelt.

Kapitel 7
Das Irrenhaus

19.5.199-, Madrid
Der Schriftsteller frühstückt nicht. Er nimmt nur seine Schmerztabletten mit einem Glas Wasser. Man kann ihm nichts von der vergangenen Nacht anmerken, jedoch ist er abwesender als sonst.

Um 10 Uhr 30 holt uns Herr Zeman mit einem Mercedes der Botschaft ab, um uns zum Psychiatrischen Insti-

---

* Ich war während meines Romanistik-Studiums mehrmals in Barcelona, nicht aber in Madrid.

tut Santa Isabel in Leganés zu bringen, in dem Franz Lindner vor drei Monaten behandelt wurde. Der Schriftsteller ist schweigsam, sicher auch müde, und er streichelt gedankenverloren meinen Arm, als wir auf der Autobahn die Abzweigung zu dem Vorort nehmen.

Die Anstalt ist von einer Ziegelmauer umgeben. Die Einfahrt in der Calle Luna 1 steht offen. Wir fahren zwischen Baracken mit Werkstätten und einer Gärtnerei an parkenden Autos, Rotbuchen und Akazien vorbei bis zum Hauptgebäude, einem Backsteinbau, der mich mit seinen vergitterten Fenstern an das Kloster der Barfüßigen Trinitarierinnen erinnert. Gegenüber dem Eingang eine Kirche mit sichtbar im Turm hängender Glocke. Patienten in Zivil kommen uns entgegen und starren uns neugierig an, während wir durch den schmalen Hof eilen. Die Sekretärin sitzt vor dem Bildschirm eines Computers und hört sich ungläubig an, daß wir einen Termin mit Direktor Desviat haben, verschwindet im Chefzimmer und bittet uns gleich darauf höflich einzutreten.

Direktor Desviat, ein kleiner, hübscher Mann mit randloser Brille, langem, gescheiteltem Haar und grauem Stopelbart sieht nicht aus wie ein Herr über Irre und Schwachsinnige. Er erhebt sich und bittet uns an den Konferenztisch in der angrenzenden Bibliothek.

Das Krankenhaus werde in einigen Monaten aufgelöst und nur noch für ambulante Behandlungen verwendet, sagt er wie zur Entschuldigung. Es stellt sich heraus, daß er Professor für Neurologie ist und bei Lindners Einlieferung selbst zugegen war. Franz müsse gestürzt sein, berichtet er ohne Umschweife, er sei mit blutiger Nase und aufgeschlagenen Lippen in einem Randbezirk Madrids bewußtlos aufgefunden worden und in Leganés eingeliefert worden, weil er, nachdem er zu sich gekommen sei, auf alle Fragen geschwiegen habe. Er habe einen heruntergekommenen Eindruck gemacht und auch in der Ambulanz auf keine Frage geantwortet. Daher habe sich ein »Interpretor« eingeschaltet, der versucht habe, anhand von Fahrkarten, Zetteln, Geldstücken, Zeitungsartikeln und so weiter, die Lindner bei sich trug, seine Identität festzustellen. Natürlich sei ein Ausweis dabei besonders hilfreich, aber schon ein Wäschestück könne weiterhelfen. Es sei aber bei Lindner nicht gelungen, irgendeinen Anhaltspunkt zu finden, die Kleidungsstücke, die er getragen habe, Jeans und Jeansjacke, Turnschuhe, T-Shirt und Pullover, seien in ganz Europa und natürlich auch in Spanien verbreitet. Lindner habe keine Silbe von sich gegeben, nur den Boden angestarrt.

Daher habe man sich entschlossen, eine Vermißtenanzeige bei der Polizei aufzugeben. Übrigens sei es noch kalt gewesen, Februar, und auch aus diesem Grund schien eine Aufnahme hier in der Anstalt das beste zu sein. Man habe einen Richter eingeschaltet, wie es das Gesetz vorschreibe. Lindner habe einen friedlichen Eindruck gemacht, deshalb habe der Richter seine Einweisung erst für den nächsten Vormittag angeordnet. Schließlich habe man die Verletzungen des Patienten versorgt, jedoch keine Psychopharmaka verabreicht. Aufgrund der Überbelegung habe man Lindner dann nicht im alten Trakt aufgenommen, sondern ihn in den neuen überführt.

Professor Desviat erhebt sich, geleitet uns in den Hof und von dort durch einen Gang in einen Garten mit einem stufenförmigen, roten Steinbrunnen, Tischen und Stühlen, auf denen Kranke hocken und darauf warten, daß etwas geschieht. Anschließend zeigt uns eine Oberärztin die geschlossene Station: lange Gänge, Eisentüren mit Essensklappen. Aber es gibt auch einen Aufenthaltsraum mit Billardtisch und ein Fernsehzimmer.

Das Centro de Salut Mental de Zarzaquemada liegt hinter der Gärtnerei. Die Sekretärin in der Direktion läßt den Fahrer des Wäschereiwagens kommen, der uns begleiten soll. Ich steige mit dem Schriftsteller zu ihm auf den Vordersitz, Herr Zeman folgt uns mit dem Wagen der Botschaft. Der Chauffeur, Herr Martinez, ist ein kleiner, grauhaariger Mann mit Schnurrbart in einem blauen Anzug. Wir fahren durch Alleen an Lagerhäusern vorbei zu einer besprayten Mauer, auf der oben noch ein Drahtzaun angebracht ist. Herr Martinez weist auf eine Frau in einer Lederhose mit blondgefärbtem Haar, die mit einem Patienten diskutiert. Sie sei eine Prostituierte, sagt er. Wenn er mit mir spricht, klopft er mir mit zwei Fingern auf den Oberarm. Schließlich biegen wir hinter einem knatternden Mopedfahrer zur Psychiatrie ab.

Der Ziegelbau ähnelt einer großen Villa und ist von zwei Zäunen umgeben. Ein weißes Eisentor öffnet sich, als der Chauffeur eine Karte aus dem Fenster in einen Automaten steckt. Dahinter ein trostloser leerer Platz mit Folienhäusern, deren Planen zum Teil zerrissen sind; das Gras steht hoch. Einige geparkte Autos unter einer Straßenlampe. Ein weißes Gittertor gibt auf einen Summton hin den Weg frei, nachdem Herr Martinez die Gegensprechanlage betätigt hat. Im Anstaltsgarten Bänke, auf einer sitzt ein Patient mit einem Plastiksack voll Sonnenblumenkerne, deren Schalen er ausspuckt. Eine Katze streunt gelangweilt herum.

Hinter der Bank mit dem Patienten ist ein Topf mit einer Agave umgestürzt, ein Müllkübel ist vollgepropft mit Trinkbechern aus Pappe.

Der Schriftsteller bleibt stehen, betrachtet alles und denkt kurz nach. Nachdem wir das Gebäude betreten haben, werden wir zum Büro des Doktors geführt, eines gutaussehenden dunkelhaarigen Dozenten, der uns mißtrauisch empfängt.

Bevor er noch etwas erklärt, fragt ihn der Schriftsteller, auf welche Weise Lindner habe fliehen können.

Ich übersetze, und der Arzt antwortet, ohne sein Gesicht zu verziehen: »Wie im Kino.« Hierauf erfahren wir, daß sich Franz unbemerkt im Wäschereiwagen versteckt habe und schließlich davongelaufen sei, als der Fahrer angehalten habe, um sein Wasser abzuschlagen.

»Wir liegen am Rand eines großen Getreidefeldes«, fährt der Arzt ungerührt fort und weist mit der Hand auf das gegenüberliegende Fenster. Deshalb gebe es auch so viele Katzen hier, die einerseits Jagd auf Mäuse machten und andererseits Küchenreste erhielten.

»Die Patienten lieben die Katzen«, sagt er.

Er öffnet eine zweite Tür, verläßt den Raum, und wir sehen im anschließenden Behandlungszimmer einen Nackten auf einem Transportbett, der uns erschrocken anschaut.

Inzwischen ist der Psychiater mit Lindners Krankenakte zurückgekehrt und hat die Tür wieder hinter sich geschlossen. Er erklärt uns das gleiche über die Verständigung von Polizei und Richter wie Professor Desviat und zeigt uns dann Schritt für Schritt den Weg, den Lindner nahm: Zuerst wurde er in den »emergency room« gebracht, einen kahlen Raum mit Plastikstühlen und einer

Liege. Die Eingelieferten auf den Stühlen rauchen und lassen dabei die Asche achtlos auf den Boden fallen. Durch eine halboffene Tür sieht man in eine Kammer mit Bett und Infusionsgerät. Zwei Rollstühle sind in einer Ecke abgestellt.

Hier habe Franz eine halbe Stunde verbracht. Anschließend sei er mit dem Lift in den ersten Stock gebracht worden.

Wir halten vor dem Schwesternzimmer, dessen Regale vollgestopft sind mit blauen Plastikbehältern, in denen Medikamente aufbewahrt werden, Plastikverpackungen mit Injektionen, Schachteln, Tuben und Flaschen. Durch ein Glasfenster sieht man in einen weiteren Raum mit Waschbecken, Waage und Meßlatte.

Vor der Eingangstür wird gerade eine Frau von einem Pfleger gefüttert, die zwischen den Bissen protestiert und laute Schreie ausstößt.

Lindner sei hier der Blutdruck gemessen worden. Man habe seine Größe und sein Gewicht erfaßt, führt der Dozent aus.

Nirgendwo ein Bild, nicht einmal ein Wandkalender.

Der Psychiater geht den Flur entlang zum Zimmer 31 und lädt uns ein, einen Blick in die Zelle zu werfen, die mit einem grauen Metallbett und einem zerknitterten orangefarbenen Überwurf, zwei Nachtkästchen und einem Wandschrank möbliert ist. Durch die halbgeöffnete Jalousie kann ich das Gitter vor dem Fenster erkennen. Auf einem der Nachtkästchen steht ein Trinkbecher mit Zigarettenkippen. Außerdem fällt mir ein Feuchtigkeitsfleck in der Wand auf.

Hier sei Lindner für eine Nacht untergebracht gewesen, klärt uns der Arzt auf. Am frühen Morgen müsse er unbemerkt über die Treppe hinunter in den ersten Stock geschlichen sein. Es habe sich herausgestellt, daß die Schwester gerade mit einem anderen Patienten beschäftigt war. Die ganze Nacht über sei »Aufnahme« gewesen, deshalb sei die Glastür zum Untersuchungszimmer nicht versperrt gewesen. Lindner habe sich zuerst zu den eingelieferten Patienten gesetzt und sei dann, als der Wäschewagen vorgefahren sei und der Fahrer die Schmutzwäsche abgeholt habe, unbemerkt aus dem Haus gelaufen und in den Transportteil des Fahrzeugs geschlüpft. Dort habe er sich hinter den Säcken versteckt.

Der Arzt bleibt bei seinen Ausführungen so ernst, als sei Lindner bei seiner Flucht ums Leben gekommen.

Auf dem Gang erklärt uns ein baumlanger junger Mann, die Anstalt sei »full like Istanbul«. Er wiederholt »full like Istanbul« und bittet uns um Zigaretten. Der Arzt bestätigt, daß die Klinik »voll« sei, und der junge Mann wiederholt in einem fort »full like Istanbul«. Sein Haar ist naß frisiert, er hat einen verschnittenen Schnurrbart.

Männer und Frauen schleichen den Gang entlang. Eine Patientin brüllt mich plötzlich an: »Good bye! Good bye!«, und ich bin froh, daß wir wieder das Arbeitszimmer erreichen und Platz nehmen dürfen.

Mir fällt erst nachträglich auf, daß der Psychiater auf unserem Weg gewissenhaft alle Türen hinter sich wieder abgesperrt hat. Ich frage ihn daher, ob Lindners Zimmer nicht verschlossen gewesen sei.

»Doch«, antwortet er, »aber er verlangte eine halbe Stunde vor seiner Flucht, auf die Toilette zu gehen.« In der Zwischenzeit habe ein anderer Patient die Signalglocke betätigt, weshalb Lindners Zelle nicht sofort wieder verschlossen worden war.

Als wir uns verabschieden, blicken wir noch einmal in ein Zimmer. Eine jugendliche Patientin liegt da, eine Decke über die Schulter gezogen, »ein Häufchen Elend«. Ich sehe ihr Gesicht. Es ist klein, die Stirn nieder, Augen und Mund weit aufgerissen. Ein Krankenpfleger kommt und tröstet sie.

Kapitel 8
Im Retiro-Park

Zu Mittag schlafe ich erschöpft in meinem Zimmer, bis der Schriftsteller mich anruft und mich, nachdem ich ihn hereingelassen habe, fragt, ob es stimme, was ich ihm gestern nacht erzählt hätte. Ich weiß jedoch nicht mehr, wie weit ich mit meinen Geständnissen gegangen bin, antworte aber trotzdem mit »Ja«. Daraufhin nimmt er im Fauteuil Platz und blickt die Wand an.

»Er kann tatsächlich sprechen ... du bist dir sicher?« fragt er. »Wiederhole mir bitte, was er gesagt hat.«

»Ich weiß nicht, ob ich die Monographie über Lindner noch schreiben kann«, erklärt er dann. Er könne die Tatsache nicht unter den Tisch fallenlassen, daß Franz gesprochen habe, aber er wolle mich nicht bloßstellen.

»Und Stourzh?« fragt er nach einer Pause.

Ich nicke.

»Du schläfst mit Patienten?« Ich bemerke den verurteilenden Unterton, aber ich nehme mir vor, weiter bei der Wahrheit zu bleiben.

»Es gibt sonst keinen mehr...«

Nach einer Pause, in der er abwesend die Fuchsjagdbilder an der Wand betrachtet, fragt er mich, ob ich glaubte, daß Stourzh verrückt sei.

Ich verneine die Frage.

Er steht schwerfällig auf: »Laß uns spazierengehen.«

Wir gehen nachdenklich zum Retiro-Park, der von Alten und Kindern bevölkert ist. Luftballonverkäufer und Klapptische mit Wahrsagerinnen, Tarotkarten vor sich, die mit Gummiringen an der Platte befestigt sind. Links der See und Ruderboote. Zu meiner Überraschung lädt er mich auf eine Fahrt ein. Karpfen springen, wir halten in der Mitte an und lassen uns treiben. Obwohl wir nicht allein sind, kommen wir uns wie vom Trubel der Menschen entfernt vor.

»In die Sache mit Stourzh und Pollanzy mische ich mich nicht ein«, bricht er das Schweigen. »Pollanzy kennt Stourzh besser als Jenner. Er war sein Psychiater. Eigentlich müßte er Bescheid wissen.«

Damit ist der Fall für ihn erledigt.

Später spazieren wir zu einer Gruppe von Statuen. Dort sitzen Jugendliche auf Stufen, singen, tanzen, schlagen mit den Händen auf Trommeln, ein junger Mann spielt Querflöte.

Unten auf dem grünen Wasser gleiten die blauen Ruderboote mit den weißen Nummern dahin. In der Wiese schlafen Obdachlose.

In dieser Nacht bleibt jeder von uns auf seinem Zimmer.

Kapitel 9
Asmodea

20.5.199-, Madrid
Bevor wir den Prado aufsuchen, zeigt mir der Schriftsteller einen schmalen Kunstband über Francisco Goya, den spanischen Maler des 18. und 19. Jahrhunderts. Ich kenne das Werk und auch das Bild, auf das mich der Schriftsteller hinweist, es stellt den sterbenskranken Künstler im Bett sitzend dar, sein Arzt Dr. Arrieta hinter ihm reicht ihm ein Glas, das vermutlich Medizin enthält. Goya schrieb mit eigener Hand unter das Gemälde: »Für die Geschicklichkeit und Sorgfalt, durch die er ihm das Leben bei seiner akuten und gefährlichen Krankheit rettete, die er Ende 1819 erlitt, mit 73 Jahren.« Es ist die zweite schwere Erkrankung des Malers, weiß ich, schon 27 Jahre zuvor geriet er aus ungeklärten Gründen an den Rand des Todes. Die Krankheit setzte beim ersten Mal plötzlich ein. Sie bestand aus Kopfschmerzen, dröhnenden Ohrengeräuschen, Blindheit, Lähmungserscheinungen des rechten Auges und Gleichgewichtsstörungen, Sprachschwierigkeiten und Verwirrtheit. Mit der Zeit bildeten sich alle Symptome zurück, aber das Hörvermögen kehrte nicht wieder. Goya konnte sich in der Folge nur noch durch Zeichen oder schriftlich ausdrücken und verstand von Gesprächen das, was er von den Lippen anderer abzulesen imstande war. Gleichzeitig quälte ihn ein brausender Lärm in den Ohren, der nie mehr aufhörte. Es ist die Zeit der Visionen, Angst- und Gewaltphantasien, die sein Werk so unverwechselbar machen. Nach der zweiten Erkrankung zog er sich in sein Haus

zurück und malte in zwei Räumen vierzehn Ölgemälde auf den Verputz, die man wegen der vorherrschenden schwarzen Farbe und der düsteren Atmosphäre als »Pinturas Negras«, »schwarze Gemälde«, bezeichnet.

Der Schriftsteller nennt diese Bilder »rätselhaft«.

Er läßt sich vor einem Caféhaus an einem Tisch nieder, bestellt Coca-Cola und Mineralwasser mit Zitronensaft und kratzt sich am Kopf. »Ich möchte dich nicht mit meinen Studien belasten«, sagt er, »aber es gibt eine Schlüsselfigur, einen Dämon, der im biblischen Buch Tobit genannt wird, ›Asmodi‹. Man nimmt an, daß er zuerst bei den Persern auftauchte, als gefallener Engel des bösen Ahriman. In der jüdischen Tradition stiftete er nach dem Testament Salomons Streit zwischen Mann und Frau. Andererseits öffnete er Salomon die Augen über die Vergänglichkeit weltlichen Besitzes ... Bezeichnend für ihn ist aber, daß er aus der Höhe das Treiben der Menschen betrachtet, ihr geheimes Leben voll Unzucht, Gier und Lüge – und voraussieht, wohin es führt.«

»Asmodea« heißt dann auch das erste Bild, zu dem er mich im Prado später führt. Es ist eines der »Schwarzen Bilder« Goyas. Zwei eng aneinandergeklammerte Figuren fliegen in der gelben Luft. Die eine blickt zurück, die andere nach vorn. Während die zurückblickende vermummt ist, so daß man sie nicht erkennen kann, sträuben sich der anderen die Haare, und die Augen drücken Entsetzen aus. Sie weist mit ausgestreckter Hand auf einen Tafelberg, der sich aus einem Felsmassiv erhebt und auf dessen Plateau die Umrisse einer Festung zu erkennen sind. Im Hintergrund bevölkern Reiter die Landschaft, vielleicht sind es Reisende. Vorne, am rechten Bildrand, legen zwei Soldaten ihre Gewehre auf die beiden fliegenden Figuren an. Es ist ein eindrucksvolles und unheimliches Bild, und ich frage den Schriftsteller, ob ich ihn davor fotografieren dürfe.

Der Schriftsteller übergeht meine Frage, aber er läßt es geschehen. Für ihn stellen die Soldaten und die Festung die Wirklichkeit dar und die Doppelfigur den Dämon Asmodi, der in die Vergangenheit und Zukunft schauen könne.

»Die Vergangenheit können wir nicht mehr verstehen, sie ist vermummt, die Gegenwart ist vom Tod bedroht und in jedem Augenblick gefährdet und die Zukunft eine Festung, die wir erst einnehmen müssen.«

Mir erscheinen die Gemälde mehr wie gelbe Bilder, denn als schwarze, wahnsinnsgelbe. Ich liebe natürlich sofort »Der Hund«, das nur aus einem Haufen Erde am unteren Rand besteht, aus dem ein Hundekopf nach oben in ein Gelb schaut.

Goya sei in zwei Welten zu Hause gewesen, sagt der Schriftsteller: der Wirklichkeitswelt und seiner Kopfwelt. Und gleichzeitig auch in zwei Zeiten. Der Gegenwart und der Ewigkeit. Einerseits habe er die Grauen des Krieges gemalt, die königliche Familie, das Irrenhaus, die Inquisition, die bekleidete und die nackte Maja – er sei ein geradezu messerscharfer Realist und Chronist gewesen –, andererseits habe er alles, was ihm widerfuhr, bis auf den Grund durchschaut und in ungeheuerlichen, phantastischen Bildern festgehalten, die man verstehen, aber nicht erklären könne. Sie blie-

ben »sprechende Rätsel« und zielten auf eine andere Form des Verstehens als jene durch die Vernunft. Aber gerade deshalb seien sie für jeden verständlich: Bloßstellungen, Verhöhnungen, Phantasmagorien. Der Maler habe den Wahn der Wirklichkeit erkannt und seine Zeit unerbittlich dargestellt, aber er habe sie auch in seinen Vorlagen für die Teppichmanufakturen idealisiert.

Im dritten Stock betrachten wir den Radierzyklus der »Tauromachie«. Goya sei ein begeisterter Anhänger des Stierkampfes gewesen, erzählt der Schriftsteller. Schon in seinen idyllischen Teppichentwürfen habe er einen »Kampf mit Jungstier« gemalt, auf dem er sich als Torero porträtiert habe. Einmal unterzeichnete er einen Brief mit »Francisco de los Toros«, und er habe in einem anderen Brief geschrieben: »In meiner Jugend war ich Stierkämpfer; mit dem Schwert in der Hand fürchtete ich nichts.« Bei seinen Darstellungen stütze sich Goya auf die Abhandlungen »Historischer Brief über Ursprünge und die Entwicklung des Stierkampfes in Spanien« von Don Nicolás de Moratín und ein ähnliches Werk von José Delgado. Aber er habe sich von den Vorlagen gelöst und

433

Erinnerungen an berühmte Stierkämpfer seiner Jugend lebendig werden lassen.*

Lange Zeit seien die Stiere in Spanien Wildtiere gewesen, sagt der Schriftsteller, die gejagt wurden, speziell von den Mauren. Die spanischen Araber seien es auch gewesen, die mit dem Stierkampf als Ritual begonnen hätten. Goya sei bis an sein Lebensende ein »Aficionado« gewesen, ein begeisterter Liebhaber der Corrida. Trotzdem verleugne er in keinem Blatt die Brutalität des Schauspiels.

Manche Interpreten wollten, erzählt der Schriftsteller weiter, in der Corrida ein Sinnbild des Kampfes der Spanier gegen die napoleonischen Truppen sehen. In populären Grafiken versinnbildlichte der Stier damals tatsächlich die Franzosen und Matador und Toreros das spanische Volk. (Wie dieser Krieg jedoch wirklich aussah, wie fürchterlich, sinnlos und gewalttätig er war, stellte Goya zuvor schon in einem anderen Radierzyklus dar, in »Los Desastros de la Guerra«.) Bereits zu Goyas Zeiten sei der Stierkampf immer wieder verboten und erlaubt worden. Aber die Lust an der Angst, die Goyas Werk beherrsche, die Angstdelirien, Angsteuphorien, Entsetzensbegierden, die in seiner künstlerischen Arbeit zum Vorschein kämen, ähnelten selbst dem Stierkampf, seien die lebenslange Auseinandersetzung Goyas mit dem Tod, dem Wahn, dem Haß, der Gier und der Niedertracht. Der Schriftsteller zeigt auf die Radierung »Geschehenes Unglück auf den Sperrsitzen« (es stellt einen Stier dar, der über

---

* Der Schriftsteller sieht in der Faszination der »Corrida« den Kampf des griechischen Helden Theseus mit dem Minotauros widergespiegelt.

die Barriere gesprungen ist und Zuschauer verletzt und getötet hat).

»Der Fall ereignete sich in Madrid. Es ist ungewiß, ob Goya Zeuge des Ereignisses war. Er selbst schrieb in der Anzeige für die Kupferstichserie, die Szenen seien ›erdacht‹.« Auf einer zweiten Ebene schildere der Künstler jedoch, sagt der Schriftsteller, das Zeremoniell des Stierkampfes, angefangen von der »Suerte de Capa«, dem Vorspiel mit der Capa, das dazu diene, den Stier zu reizen, über die »Suerte de Varas«, den Lanzengang vom gepanzerten Pferd aus, zur »Suerte de Banderillas«, dem Spiel mit den Lanzetten, die in den Nacken des Tieres gestoßen werden, bis zur »Suerte de Matar«, der Todesrunde. Die Blätter seien nicht populär geworden, denn

»es stand«, wie Goya selbst formulierte, »das Schicksal der Stiere im Zentrum« der Radierungen.

Während wir quer durch das Gebäude wandern zum »Garten der Lüste« von Hieronymus Bosch, erwähnt der Schriftsteller nebenbei, daß wir am Nachmittag Herrn Zeman treffen würden.

Ich kenne Hieronymus Boschs Bilder aus Reproduktionen, trotzdem bin ich überwältigt vom Triptychon. Von meinem Studium her weiß ich, daß sich Philipp II., der streng katholisch war, das Gemälde in seinem Schlafzimmer an die Wand hängen ließ. Ich interpretiere jedoch die Paarungen, die Spiele der Nackten, die riesigen Vögel, Früchte und die im Verhältnis dazu kleinen Menschen als eine Vision des ewigen Zeugungsvorganges. Der Schriftsteller, der das Triptychon liebt, behauptet, es enthalte vor allem »verlorenes Wissen«: Anspielungen auf Bibelstellen, Symbole, Gnosis, Alchemie, Sprichwörter, Fabelwesen, Astrologie, Numerologie, das christliche Universum und die Geheimwissenschaften, den Volksmund und die Dämonologie – und doch sei es nicht notwendig, das alles zu kennen, um das Bild zu verstehen. Wenn man die Tafeln des Triptychons zuklappe, sehe man die »Erschaffung der Welt«. Gott sitze als winzige Figur in der universalen Finsternis, wohin er sich zurückgezogen habe, um Platz für die Schöpfung zu machen. Er habe eine »Sphaira«* geschaffen. Und in dieser verschlossen liege der Garten der Lüste.

Zuletzt betreten wir den Saal, in dem Velázquez' »Las Meninas« und sieben seiner Narren- und Zwergenbilder hängen. Man geht auf das große Gemälde zu wie in ein bühnenhaftes Atelier. Die Prinzessin und der Hofstaat in der Mitte – die Behinderten an den Seitenwänden. Sie verstärken noch den Eindruck, in eine Malerwerkstätte einzutreten, vor der die Hofnarren Spalier stehen.

»Das Geheimnis der Wirklichkeit hat auch Velázquez nicht lösen können, aber er hat es dargestellt«, sagt der Schriftsteller. Ich kenne das Gemälde. Es zeigt das Atelier des Malers im Alcázar. Am linken Rand die Rückseite seiner Staffelei, so daß nicht sichtbar ist, woran er gerade arbeitet. Auf dem Bild ist Velázquez mit dem Pinsel und der Palette in den Händen einige Schritte zurückgetreten, um sein Werk prüfend zu betrachten. Vor ihm die Prinzessin Margarita Teresa, die damals sechs Jahre

---

* die Gestalt der himmlischen Sphäre in Form einer vollkommenen Kugel

alt war. Zu Füßen der Infantin kniet das Hoffräulein, die »Menina« Donna Maria Augustina Sarmiento. Fräulein Sarmiento reicht der Infantin gerade ein Tonkrüglein mit Wasser. Auf der anderen Seite die Ehrendame Donna Isabel de Velasco. Neben ihr die Zwergin Mari-Bárbola und der Zwerg Nicolasito Pertusato, der dem vor der Gruppe liegenden Hund einen Fuß auf das Hinterteil gestellt hat. Im dämmrigen Licht hält sich eine kaum erkennbare Wache für die Hoffräulein und die Ehrendame Donna Marcela de Ulloa bereit. Bemerkenswert ist aber besonders der Hintergrund. Im schwarzgerahmten Spiegel werden die Porträts der Eltern der Infantin, König Philipp IV. und Königin Maria Anna von Österreich, wiedergegeben – unscharf wie Geistererscheinungen. Rechts davon auf einer Treppe vor einer geöffneten Tür zu einem hell erleuchteten Raum wartet José Nieto, Kammerherr der Königin.

Velázquez hat ein Bild darüber gemalt, wie er als Maler ein Bild malt ... Aber welches? (Ist er beim Porträtieren des Königspaares von der im Spiel hereinlaufenden Infantin mit ihrem Gefolge überrascht worden? Ist es überhaupt perspektivisch möglich, daß das Königspaar im Spiegel reflektiert wird? Wo hat sich der Maler, als er das Werk schuf, befunden? Er hat ja die Gruppe der Infantin doch nur von der Rückseite sehen können.) Seine ungeheure Wirkung erzielt das Gemälde, das scheinbar eine Momentaufnahme ist, vor allem durch eine kaum merkliche Verrückung der Wirklichkeit und zuletzt auch durch die Unsichtbarkeit dessen, was der Maler gerade darstellt.

Das Ergebnis sei ebenso fragmentarisch, wie wir die Wirklichkeit erfaßten, sagt der Schriftsteller. In der Realität seien wir es gewohnt, fragmentarisch wahrzunehmen und zu begreifen. Von der Kunst hingegen erwarteten wir die erklär- und durchschaubare Schöpfung. Diese habe Velázquez vorgetäuscht und gleichzeitig in Frage gestellt. Auf eine einzigartige Weise sei es ihm gelungen, Kunst und Wirklichkeit als optische Täuschungen ineinanderübergehen zu lassen. Natürlich hat Velázquez einen Spiegel benutzt, vor dem er die dargestellten Personen habe agieren lassen. Wie aber konnte dann das Königspaar im Hintergrund sichtbar werden?

Der Schriftsteller bittet mich um meinen Taschenspiegel, läßt mich mit dem Rücken zum Gemälde stehen und es als Reflexion betrachten. Ich sehe zwar nur Ausschnitte des Bildes, diese aber wunderbar dreidimensional und (noch einmal) seitenverkehrt. Ich schaue und schaue in die Tiefe des Gemäldes.

Im Saal scheint sich jetzt ein neuer Raum zu öffnen und noch ein weiterer. Dann drehe ich mich um. Die Wände sind mit gelben Damasttapeten ausgekleidet, und ich bewundere die herrlichen Pflanzenornamente. Die Decke ist aus Milchglasscheiben, in der Mitte eine dunkle Holzblende, wie der Boden eines Schiffes.

Kapitel 10
Die Arena

»Gestern wurden einem Banderillero vom Horn eines Stieres schwere Verletzungen zugefügt«, sagt Herr Zeman auf der Plaza de Toros in Las Ventas, »er ist in Lebensgefahr.« Jedes Jahr, fährt er fort, sterbe zumindest ein Banderillero in der Arena.

Es ist 19 Uhr, und es regnet. Zeman hat uns nicht nur Karten für die Corrida, sondern vorsorglich auch Regenpelerinen besorgt. Ich bin nervös und sage es dem Schriftsteller.

Was ich nun in meinem Hotelzimmer aufschreibe, ist eine Zusammenfassung der Ereignisse, wie ich sie im Gedächtnis behalten habe.

Die Stierkampfarena ist ein verkleinertes Kolosseum. Sie ist sehr hoch, die beiden obersten Ränge sind überdacht, die unteren nicht. Man gelangt durch entsprechende Tore in die vorgesehenen Sektoren. Als wir eintreten, bleibe ich stehen und überlege umzukehren, aber der Schriftsteller legt einen Arm um meine Schulter. Die Arena ist beeindruckend: Gelber Sand und zwei konzentrische Kreise in der Mitte. Wir setzen uns auf die schwarz numerierten Granitsockel, für die Herr Zeman bei einem der Polstersitzverleiher Schaumgummikissen erstanden hat. Während ein Paso doble-Orchester zu spielen anfängt, erklärt er uns, daß durch das große Tor der Stier in die Arena laufe. Durch das zweite daneben würden die toten Stiere hinausgezogen. Auf der gegenüberliegenden Seite befinde sich hingegen das Tor der Toreros.

Das Publikum sitzt hinter einer Barriere mit vorgebauten Schutzwänden, die für die Stierkämpfer als Fluchtorte lebensnotwendig sind.

Bisher, sagt Herr Zeman, habe man noch keine Spur von Franz Lindner gefunden. Wir müßten auf einen Zufall hoffen ... In Spanien sei ein Obdachloser nichts Besonderes ... Möglich, daß er irgendwo auf dem Land untergetaucht sei, dann werde es schwierig, ihn zu finden.

Unter dem Beifall des Publikums hat inzwischen der Präsident mit seinen Beratern in der königlichen Loge Platz genommen.

Mitten in den Applaus hinein spielt das Paso doble-Orchester einen Tusch, und die Quadrillas (die Matadore und ihre Toreros) ziehen ein.

Kapitel 11
Die Corrida

Der erste Stier ist träge und das Publikum unzufrieden. Es schwenkt die grünen Tücher, pfeift und verlangt seine Auswechslung, doch der Präsident in der Loge widersteht der Aufforderung. Der verunsicherte Matador tritt bei jeder Figur, die er ausführt, einen Schritt vom Stier weg und verärgert dadurch die Zuschauer noch mehr. Schließlich versucht er das Tier zu töten, aber das Ritual gerät zur Abschlachtung. Der Stier geht erst nach dem vierten Degenstich zu Boden. Von dort glotzt er seine Peiniger an. Man zieht ihn am Schwanz, man packt ihn am Horn, man stößt ihn, er steht nicht mehr auf. Zuletzt kniet sich ein Torero neben ihn und verabreicht ihm mit dem Dolch zwei Stiche ins Genick. Die ganze Zeit ertönen Pfiffe, nun legt sich Stille über das Stadion, als das Tier hinausgeschleift wird.

Das Paso doble-Orchester sorgt für einen Neubeginn. Auch der nächste Stier findet keine Gnade vor den »Aficionados«, er braust zwar heran, knickt jedoch beim Angriff auf das Pferd des Picadors mit den Vorderbeinen ein. Außerdem will er aus der Arena laufen, weshalb ihn das Publikum verhöhnt. Mit allen Mitteln locken ihn die Toreros wieder zum Kampfplatz. Der Picador wühlt mit der Lanze in seinem Nacken, die Banderilleros stecken ihre Lanzetten in seinen armen Körper, und der Matador versucht zum Schluß vergeblich, Kontakt mit ihm aufzunehmen. Als er ein rasches Ende machen will, verletzt er sich zu allem Unglück noch am Horn und erleidet einen Riß am Unterarm, der stark blutet. Wieder gerät das Töten des Tieres zur Abschlachtung, abermals tritt Stille ein.

Der dritte Matador ist dunkelhaarig, groß und macht tänzerische Schritte, als führte er einen Flamenco vor. In seine Bewegungen bezieht er den Stier mit ein, sucht von Anfang an seine Nähe, und als der Picador das Tier mit der Lanze malträtiert, gibt er Anweisung aufzuhören. Die Banderilleros sind geschickt, schnell und großgewachsen. Mit ihren langen Armen verwandeln sie den schauerlichen Vorgang in einen Tanz. Hierauf lockt der Matador den Stier in die Mitte des Kreises und führt die Figuren und Kunststücke so nahe an seinem Körper aus, daß seine Kleidung sich mit Blut färbt. Es ist abstoßend und faszinierend zugleich, etwas Existentielles geht von dem Schauspiel aus, und ich bin erstaunt darüber, daß ich beeindruckt bin. Der Matador schwingt die Mantilla wie einen riesigen Fledermausflügel, er täuscht das Tier, verführt und zähmt es scheinbar, obwohl die tödlichen Hörner immer näher kommen. Aus dem Rücken des Stieres quillt Blut, die Banderillas schwanken auf ihm wie Harpunen in einem Walkörper, und doch sieht er damit auch »geschmückt« aus. Der Matador holt seinen Degen von der Barriere und versteckt ihn hinter dem Rücken, während er auf das große schwarze Tier zuschreitet. Einen halben Schritt vor den Hörnern hält er an und wartet, bis es still vor ihm steht, zielt mit zusammengekniffenem Auge und stößt zu. Der Degen bleibt im Nacken stecken, die Toreros versuchen den Stier schwindlig zu machen, aber er fällt nicht. Erst beim dritten Mal knickt er ein und verendet. Schon beim Spiel mit der Mantilla gab es Olé-Rufe, nun bricht das Publikum in Ovationen aus.

Beim vierten Kampf ist wieder die erste Quadrilla an der Reihe. Die Zuschauer verlangen auch diesmal durch heftiges Winken mit den grünen Tüchern, daß der Stier ausgetauscht wird, denn er ist mehrmals mit dem Kopf gegen die Schutzwände geprallt, da er offenbar einen Sehfehler hat. Schließlich trottet er, begleitet von Ochsen mit Glocken, aus der Arena. Der nächste erregt ebenfalls nur Mißfallen, und selbst als der Matador bereit ist, mehr und mehr zu riskieren, steigert sich die Wut der »Aficionados«, bis er nach mehreren Versuchen das Tier endlich umbringt. Das Publikum erhebt sich hierauf verächtlich von den Sitzen und ignoriert die Quadrilla beim Abgang.

Inzwischen wird der Regen stärker, Schirme werden aufgespannt, Pelerinen übergezogen, und in der Mitte der Arena entsteht eine Pfütze.

Auch der nächste Stier muß ausgetauscht werden. Der Präsident läßt sich zwar Zeit, aber das Tier knickt so oft über die Vorderläufe ein, daß in der Loge schließlich das grüne Tuch gezeigt wird. Und abermals findet der Ersatzstier wenig Gefallen. Außerdem ist der Matador noch vom ersten Kampf am Arm verletzt. Die Corrida gerät zur Qual. Zuerst bedient sich der Picador so lange seiner Lanze, bis heftige Proteste ein Ende der Schinderei fordern. Der schwarze Stier glänzt von Blut, das von seinem Körper in den Sand tropft. Auch einem Banderillero unterläuft diesmal ein Fehler. Eine der Lanzetten fällt zu Boden, und der Torero muß einen neuen Versuch wagen. Selbstverständlich begehren die Zuschauer auf. Das Anbringen der kleinen Lanze aber ist gefährlich, denn der Stier versucht den Banderillero, der ihm den Schmerz zufügt, auf die Hörner zu nehmen, weshalb dieser sofort, verfolgt vom wütenden Tier, hinter einer der Holzwände Deckung sucht. Als auch noch der Matador vor dem

Stier zurückweicht und entschuldigend auf seinen Arm weist, um die Ursache für sein Verhalten anzudeuten, erntet er Hohn und Zwischenrufe. Nicht einmal das Töten gelingt ihm wie gewünscht. Jedesmal, wenn er wegen seines verletzten Armes die Stelle hinter dem Genick verfehlt, hört man Pfiffe und Protestrufe. Erst beim fünften Stich bricht das Tier zusammen, und der Matador muß unter Schmähungen die Arena verlassen.

Es ist der Tag des letzten Stierkämpfers. Er läßt den Stier nur kurz vom Picador bearbeiten, auch hindert er die Toreros daran, ihn mit ihren Mantillas zu ermüden, und riskiert um so mehr, je weniger er auf ihn eingeht. Das Publikum reagiert mit Begeisterungsstürmen. Als er den Stier töten will, benötigt auch er drei Versuche. Beim ersten läuft das Tier weiter. Die Banderillas wippen, Blut tropft zu Boden. Beim zweiten Mal wiederholt sich der Vorgang. Zuletzt bricht das Tier endlich über die Vorderbeine zusammen und rollt zur Seite. Weiße Tücher werden geschwenkt, das Publikum erhebt sich von den Sitzen und verlangt eine Trophäe für den Matador.

Es hat zu regnen aufgehört.

Als der Bejubelte mit den Toreros eine Ehrenrunde dreht, fliegen Blumensträuße in die Arena, ein Hut, sie werden angenommen und zurückgeworfen.

Ich drehe mich rasch um und eile voraus.

Kapitel 12
Das Buch

21.5.199-, Madrid
Herr Zeman führt uns in ein Restaurant aus mehreren verschachtelten kleinen Räumen auf zwei Stockwerken. Das Lokal erweckt den Eindruck, als ob man von einem Schrank in den nächsten und übernächsten und überübernächsten gehe und jeden Raum wie durch eine Geheimtür betrete. Und in allen Schränken ist ein gedeckter Tisch bereitgestellt mit Stühlen, so daß man glaubt, allein in einem winzigen Restaurant zu sein. Herr Zeman erzählt uns von seinem Leben in Spanien. Es wird spät.

Im Hotel bittet mich der Schriftsteller, ihn auf sein Zimmer zu begleiten. Er ist zärtlich und liebevoll. Wir sprechen sehr wenig.

Ich bleibe bei ihm, bis er schläft.

Auf dem Tisch liegt ein Manuskript über den El Escorial, das Schloß, das König Philipp II. erbauen ließ und das der Schriftsteller nach meiner Abreise weiter erforschen will.

Ich blättere neugierig darin, um seine Gedanken besser zu verstehen.

Schon der Grundriß des Escorial ist seltsam, lese ich eine seiner Anmerkungen, er hat die Form eines Gitters und soll an das Martyrium des heiligen Laurenzius erinnern, der am Rost über dem Feuer zu Tode kam. Auch der Baubeginn war sorgfältig gewählt. Die Grundsteinlegung fand am sechsten Jahrestag der Schlacht von Saint-Quentin statt, bei der die Spanier die Franzosen besiegt hatten. Das Kloster, lese ich weiter, umfaßt 15 Kreuzgänge, 300 Mönchszellen, 86 Treppen und 9 Türme. Das gesamte Schloß ist 206 Meter breit, 161 Meter lang und 56 Meter hoch. Die inneren Räume sind um 16 Innenhöfe herumgebaut, 86 Freitreppen führen zu 1200 Türen und 2700 Fenstern.

Vor allem die Bibliothek hat es dem Schriftsteller angetan, wie ich aus den Anmerkungen ersehen kann.

Über dem großen Bibliothekssaal gab es einen gleich großen für die verbotenen Bücher, die von der Inquisition beschlagnahmt waren, schreibt der Schriftsteller. Nach dem Tod Philipps II. fiel die Bibliothek dem Schlaf des Vergessens anheim. Die Mönche waren nicht einmal mehr in der Lage, unter ihren Ordensbrüdern einen Bibliothekar ausfindig zu machen, der das Griechische lesen konnte ... Als im Jahr 1671 ein Brand ausbrach, versuchten die Mönche die kostbaren Werke zu retten, indem sie sie aus dem Fenster warfen. Die Bücher aber wurden im Hof von einer Fahne, die in Flammen stand, entzündet.

Ich blättere weiter und finde eine Menge Zettel, handschriftliche Seiten, Exzerpte, vor allem über Philipp II., den Erbauer des Escorial. Ich wußte nicht, daß der König »Audienzfiguren« von sich anfertigen ließ, die er auf einem Balkon oder hinter einem Fenster aufstellte, damit die Leute glaubten, ihn persönlich zu sehen. Die Automaten konnten winken, nicken und andere Gesten ausführen. Während ich das lese, begreife ich die Suche des Schriftstellers, denn das Kapitel hat die Überschrift: »Das öffentlich Sichtbare«.

Philipp II., erfahre ich, besaß eine Sammlung von über 7000 Reliquien, darunter 190 menschliche Köpfe und die Körper von sechs Heiligen, außerdem Zehennägel und Gewandstücke. Die Reliquienbehälter hatten die Formen von Pyramiden, Weltkugeln, Schreinen oder waren Körperteilen der Heiligen, von denen sie stammten, nachgebildet. Seitenweise hat der Schriftsteller Anmerkungen über den König und seinen Palast verfaßt. 20 000 Beamte der Inquisition seien landauf, landab unterwegs gewesen, um dem geringsten Verdacht der Ketzerei nachzugehen, notierte er. Den Autodafés, den Ketzergerichten, steht auf einem anderen Zettel, wohnte der König mit lebhafter Anteilnahme bei. Unzählige Zuschauer füllten die Marktplätze. Mitunter führte Philipp II. selbst den Vorsitz. Er schwärmte von den Hinrichtungen: »Es ist wirklich sehenswert für jemanden, der es noch nicht erlebt hat«, und weiter: Ketzerverbrennungen seien Freudenfeste gewesen. Zur Hochzeit eines Prinzen oder einer Prinzessin sei eine besonders große Anzahl von Verurteilten verbrannt worden, und das Brautpaar hätte sogar die Ehre gehabt, die Scheiterhaufen selbst anzuzünden.

Weitere Details lese ich in einem schmalen Exzerpt, das der Schriftsteller angefertigt hat: Während der Heiligen Messe überwachte Philipp II. pedantisch genau die Einhaltung des Zeremoniells. Ihm fiel sogar auf, wenn beim Gesang ein Wort ausgelassen wurde. Heimlich beobachtete er vom Fenster des Oratoriums aus die Ministranten, ob sie beim Aufräumen des Altars die Leuchter an den richtigen Platz stellten, und ließ sie bei Nachlässigkeiten durch einen seiner Diener ermahnen. Seine Kammerdiener gaben an, daß er immer die gleiche Anzahl Bissen bei seinen Mahlzeiten zu sich nahm und immer auf den gleichen Gerichten bestand. Zu seiner Zeit war er der mächtigste Mann der Welt. Er herrschte unter anderem über Peru, Mexiko, Indien und Südafrika. Der

Tod des Königs war schauerlich. Sein Leib schwoll an, brach auf, die Wassersucht ließ Unterleib, Beine und Arme zu klobigen Fleischmassen werden, die Wunden begannen zu eitern, Maden krochen in ihnen. Man schnitt ein Loch in sein Bett, damit Kot und Urin ablaufen konnten. Der Sterbende ließ seine Kinder kommen, die 31jährige Infantin Elisabeth Klara Eugenie und den 20jährigen Thronerben Prinz Philipp, damit sie seinen verfaulenden Leib betrachteten, während er die Worte sprach: »So endet die Macht – das ist der Mensch zuletzt.«

Kapitel 13
Der Anruf

Zu Mittag machen wir einen Ausflug in die Umgebung von Madrid. Ich bin so müde, daß ich kein Auge für die Landschaft habe. Ich werde erst wieder lebendiger, als wir in einem kleinen Dorf haltmachen. Blühende Kastanienbäume, ein Gasthaus mit goldgerahmten Fotos von Schweinen im Nebel.

Wir sind beide nicht sehr gesprächig und fahren bald wieder nach Madrid zurück, um den entgangenen Schlaf nachzuholen. Am Abend läutet das Telefon, der Schriftsteller meldet sich und sagt: »Lindner ist tot.«

Kapitel 14
Der Bericht des Schriftstellers

Sechs Monate später.

Heute wurde das Urteil im Prozeß gegen Stourzh verkündet, der in die »Anstalt für geistig abnorme Rechtsbrecher« eingeliefert wurde. Der Brand der Hofburg kam nicht zur Sprache, die Anklage auf Brandstiftung wurde, da Philipp leugnete, der Täter zu sein, als nicht beweisbar ausgeschieden. Dr. Pollanzy selbst war es, der den Vorschlag der Einweisung machte. Er hat übrigens seine Arbeit wiederaufgenommen und eine Privatpraxis in seiner Wohnung in der Hofburg eröffnet. In Kürze ist er die erste Adresse der Stadt geworden, die Patienten schenken ihm ihr uneingeschränktes Vertrauen, weil er sie nicht sehen kann.

Ich sitze im Zimmer Franz Lindners im »Haus der Künstler«.

Astrid hat die vorliegenden Manuskripte durchgesehen, und mir bleibt nur noch, die Aufzeichnungen, die sie in Madrid gemacht hat, zu ergänzen.

Peter Zeman fuhr mit uns ein Stück außerhalb der Stadt in die Mancha. Wir erreichten einen Stausee und stiegen aus. Links ein Gebäude, eine hohe Korkeiche, darunter eine Hütte, auf der ein schwarzer Hund stand. Bewegungslos. Erst nach einer Minute stieß er ein Bellen aus. Im Hof Polizeiautos und Uniformierte. Wir treten näher und sehen einen Körper unter einer Plane. Zeman wird vom Kommissar um Identifizierung gebeten, er weist auf mich. Die Plane wird zurückgeschlagen, und darunter liegt, mager und von der Sonne gebräunt, Franz Lindner. Er trägt Jeans,

Turnschuhe und eine Windjacke, seine Augen sind einen Spaltbreit geöffnet, und als ich mich zu ihm hinunterbeuge, erkenne ich, daß sie ihren Glanz verloren haben. Bienen lassen sich auf seinem Haar nieder und fliegen gleich wieder weg. Die Gesichtszüge sind friedlich, auch die Augen machen den Eindruck, als träumte er unter halbgeöffneten Lidern. Ein Bauer hatte ihn in der Hütte unterkommen lassen, dafür hatte Lindner die Betreuung seiner Bienenstöcke übernommen und sich um die Schafe gekümmert. Der Bauer, ein alter, grauhaariger Mann mit zerfurchtem Gesicht erzählt gerade, Lindner sei vor mehr als zwei Monaten zu ihm gekommen. Er habe sich als »Neuseeländer« ausgegeben und als Student der Biologie, der eine Zeit in Spanien verbringe, um Insekten zu erforschen. Trotz seines schlechten Zustandes – er habe gehustet, sei mager gewesen und ungewaschen – habe er einen sympathischen Eindruck auf ihn gemacht. Ja, sie hätten miteinander gesprochen. Oft. Über alles mögliche, vor allem über Tiere. Er sei wie ein Zauberer mit den Bienen umgegangen. Bei diesen Worten kommen dem Mann die Tränen, und er schweigt. Er habe gesagt, er heiße Frank Ryan und komme aus Auckland, fährt er nach einer Pause fort. Sie hätten auch über Auckland gesprochen. Frank habe sich um die Tiere gekümmert und in seiner Freizeit gezeichnet. Wir sollten in die Hütte gehen, uns die Bilder ansehen!

Der Kommissar will auf dem Weg dorthin wissen, wie sie sich kennengelernt hätten, und der Mann sagt: Er habe gerade die Bienen in den Stöcken mit Zucker gefüttert, da habe Ryan ihn angesprochen. Auf englisch. Auch er spreche etwas Englisch. Und Frank habe sofort gewußt, was zu tun gewesen sei. Er habe ihm die Arbeit abgenommen, »ich glaube aus Vergnügen und ganz ohne Imkerhut oder Handschuhe. Er hat immer ohne Schutz gearbeitet!« Die Stiche hätten ihm nichts ausgemacht, da habe er gewußt, daß Frank ein guter Mann sei. Denn nur wer immer mit Bienen zu tun habe, sei gegen Stiche immun und, wer mit Bienen arbeite, könne nur ein guter Mensch sein.

Der Bauer schnäuzt sich, und wir betreten die Hütte. Im selben Augenblick fängt der Hund auf dem Dach zu bellen an, springt herunter und drängt sich laut bellend mit uns hinein. Der Bauer streichelt ihn, worauf das Bellen verstummt und der Hund in ein eigenartiges Winseln verfällt.

»Es ist der Hund, der die Schafe hütet«, sagt der Bauer. Frank sei sehr scheu gewesen. Nie sei er mit in das Dorfgasthaus gegangen. Er habe auch keinen Alkohol getrunken, »keinen Tropfen. Ich brachte ihm Wein, aber er ließ ihn auf dem Tisch stehen, bis ich ihn wieder mitnahm. Er aß nur sehr wenig – gerade, was ich ihm brachte: Brot, Honig, Käse, manchmal etwas Schinken. Ich bin Witwer und koche selbst, daher lud ich ihn hin und wieder zu mir ein. Er war sehr bescheiden. Er hörte gerne zu, aber er erzählte auch Geschichten, vor allem von seinem Vater, der Bienenzüchter in Neuseeland ist ... Ich weiß nicht, ob er gläubig war. Ich sah ihn nie beten, nur wenn ich ein Kreuzzeichen machte, schlug auch er eines ... Vielleicht aus Höflichkeit ... Aber er lebte wie ein Mönch. Er sagte, er liebe die Einsamkeit, sie mache ihm nichts aus.«

Die Hütte besteht nur aus einem Raum: ein Bett, ein

Tisch, zwei Stühle, eine Petroleumlampe, ein kleiner Spiegel. Man hätte mit Propangas kochen können. Neben dem Bett auf dem Bretterboden ein alter Wecker. Hinter der Hütte sehen wir später den Brunnen und das Plumpsklo.

»Woher hatte er Papier und Buntstifte?« fragt Astrid.

Der Bauer hat sich auf einen Stuhl gesetzt, krault den Hund hinter den Ohren und erzählt, daß er Frank einmal gefragt habe, womit er ihm eine Freude machen könne.

»Mit Buntstiften und Papier«, habe er geantwortet. Er habe nur eine Stofftasche, wie sie bei der Armee verwendet würde, als Gepäckstück bei sich gehabt. »Darüber habe ich mich anfangs gewundert«, fährt der Bauer fort, aber Frank habe ihn davon überzeugt, daß er mit möglichst wenig auskommen wolle.

»Er setzte die Bienenkönigin auf seinen Arm und ließ den ganzen Schwarm darauf Platz nehmen. Er sagte, er könne das auch mit dem Kopf so machen, daß der Schwarm sich auf ihm niederlasse, ohne ihn zu stechen ... Ich bat ihn, es nicht zu tun, aber ich glaubte ihm, daß er es konnte.«

Die Blätter zeigen Porträts des Bauern, Zeichnungen der Hütte, des Hundes, von Insekten. Auch Vögel hat Lindner dargestellt und auf dem letzten Blatt sich selbst, mit geschlossenen Augen, Bienen um den Kopf.

Merkwürdigerweise fällt mir ein, daß ich jetzt das Buch über ihn schreiben kann, denn er hat mit dem spanischen Bauern gesprochen, und ich würde niemanden verraten müssen.*

Wir stehen verlegen in der armseligen Hütte. Es ist alles ordentlich zusammengeräumt. Das Bett mit der groben Decke ist gemacht. Auch die Buntstifte liegen fein säuberlich sortiert auf dem Tisch, und die Zeichenblätter sind aufeinandergestapelt.

»Vor drei Tagen wurde er krank. Er hatte Fieber und blieb zu Hause. Er weigerte sich, einen Arzt kommen zu lassen, er bestand darauf, sich selbst zu behandeln. Ich fand ihn heute morgen tot vor der Hütte, als ich nach ihm sehen wollte.«

Wir gehen zurück hinaus ins Freie. Die Plane ist noch immer zurückgeschlagen, und dem alten Bauern laufen die Tränen über die Wangen, bis ein Polizist Lindners Gesicht bedeckt.

Wir haben sofort Primarius Neumann verständigt.

Er ersuchte die spanischen Behörden, nachdem sie den Tod infolge einer Herzmuskelentzündung festgestellt hatten, die durch eine übergangene Influenza

---

* Astrid besteht aber inzwischen darauf, daß ich ihre Aufzeichnungen unverändert wiedergebe.

ausgelöst worden war, ihm das unversehrte Gehirn zu überlassen.

Man überführte den Leichnam, damit er zu Hause begraben würde.

Primarius Neumann obduzierte das Gehirn mit einem Pathologen der Universität Wien und einem befreundeten Neurologen aus Bremen. Erwartungsgemäß wurden keine krankhaften Veränderungen festgestellt.

Ich denke noch oft daran, wie wir die Hütte bei Madrid verließen. Der Stausee schlug im Wind kleine Wellen. Ein schweres gelbes Lastenflugzeug drehte eine Runde und brummte dann mit den beiden Turbomotoren über uns hinweg. Der Hund winselte hinter uns her, blieb stehen und schaute uns bewegungslos nach, bis wir hinter einer der Steinmauern verschwunden waren.

Epilog

Als Astrid abgereist war, zog es mich noch einmal in den Prado, in den Raum, in dem »Las Meninas« ausgestellt sind: das Königspaar und die Prinzessin Margerita Teresa, die Zwerge, die Bedienten, der Hund und der Maler. Und an den Wänden ringsum die Narren.

Ich wußte, daß alles seine Richtigkeit hatte in diesem Saal. Und als ich ging, nahm ich mir vor, ein Buch zu schreiben, über die Könige, die Geisteskranken und die Künstler. – Und nicht zuletzt über mich selbst.

Bibliographie

Andics, Hellmut, *Das österreichische Jahrhundert*. Wien, München, Zürich 1974

Baedeker, *Lissabon*. Ostfildern 2001

Baedeker, *Madeira*. Ostfildern 2001

Baedeker, *Madrid*. Ostfildern 2001

Barthes, Roland, *Arcimboldo*. Genf 1978

Beaujean, Dieter, *Velázquez*. Köln 2000

Brook-Shepered, Gordon, *Um Krone und Reich*. Wien 1968

Brook-Shepered, Gordon, *Zita. Die letzte Kaiserin*. Wien 1993

Broucek, Peter, *Karl I. (IV.)*. Wien, Köln, Weimar 1997

Brown, Dale, *Velázquez und seine Zeit*. Amsterdam o. J.

Buchholz, Elke-Linda, *Francisco de Goya*. Köln 1999

Burmeister, Hans-Peter, *Zentralspanien und Madrid*. Köln 2001

Byron, William, *Cervantes*. München 1982

Canavaggio, Jean, *Cervantes*. Zürich München 1988

Cervantes, *Don Quijote*. Frankfurt am Main 1975

Collis, John Stewart, *Christoph Kolumbus*. München 1991

Columbus, Christoph, *Das Bordbuch*. Stuttgart, Wien 1983

Crespo, Angel, *Fernando Pessoa*. Zürich 1996

Davis, Lee, *Das große Lexikon der Naturkatastrophen*. Graz 2003

DEHIO-Handbuch. Wien I. Bezirk – Innere Stadt. Wien 2003

Dietrich, Anton, *Cervantes*. Hamburg 1984

Feigl, Erich, *Kaiser Karl I. Persönliche Aufzeichnungen, Zeugnisse und Dokumente*. Wien/München 1987

Feigl, Erich, *Kaiserin Zita: Legende und Wahrheit*. Wien/München 1978

Feuchtwanger, Lion, *Die Jüdin von Toledo*. Berlin 2002

Feuchtwanger, Lion, *Goya*. Berlin 1999

Foucault, Michel, *Velázquez. Las Meninas*. Frankfurt am Main, Leipzig, 1999

Fraenger, Wilhelm, *Bosch*. Dresden 1975

Frank, Bruno, *Cervantes*. Frankfurt am Main Berlin 1992

Franzbach, Martin, *Cervantes*. Stuttgart 1991

Gäßler, Ewald, *Francisco de Goya*. Oldenburg 1990

Görlich, Ernst Joseph, *Der letzte Kaiser – ein Heiliger?* Stein am Rhein 1988

Greub, Thierry (Hrsg.), *Las Meninas im Spiegel der Deutungen*. Berlin 2001

Griesser-Peèar, Tamara, *Zita. Die Wahrheit über Europas letzte Kaiserin*. Bergisch-Gladbach 1991

Grunfeld, Frederic V, *Die Könige von Spanien*. München 1983
Günther, Horst, *Das Erdbeben von Lissabon*. Berlin 1994
Hackermüller, Rotraut, *Das Leben, das mich stört*. Wien, Berlin 1984
Hagen, Rose-Marie u. Rainer, *Goya*. Köln 2003
Heinemann, Ellen (Hrsg.), *Lissabon. Ein literarisches Portrait*. Frankfurt am Main 1997
Justi, Carl, *Velázquez: Leben und Werk*. Essen o. J.
Kafka, Franz, *Erzählungen*. Frankfurt am Main 1980
Kern, Hermann, *Labyrinthe*. München 1982
Kesser, Caroline, *Las Meninas von Velázquez*. Berlin, 1994
Klauner, Friderike, *Die Gemäldegalerie des Kunsthistorischen Museums in Wien*. Salzburg, Wien 1978
Krauss, Werner, *Cervantes und seine Zeit*. Berlin 1990
Kriegeskorte, Werner, *Arcimboldo*. Köln 2001
Krüger, Horst, *Poetische Erdkunde*. Hamburg 1978
Kunsthistorisches Museum Wien (Hrsg.), Parmigianino und der europäische Manierismus. Wien 2003
Kunsthistorisches Museum Wien (Hrsg.), Restaurierte Gemälde. Wien 1997
Langenbrinck, Ulli, *Madeira*. Köln 1999
Lea, Henry Charles, *Die Inquisition*. Nördlingen 1985
Lequenne, Michel, *Christoph Columbus*. Ravensburg 1992
Leslie, Jessica/Osang, Rolf, *Lissabon*. Köln 2002
Lichem, Heinz von, *Ein Kaiser sucht den Frieden*. Innsbruck; Wien 1996
López-Rey, José, *Velázquez I/II*. Köln 1996
Marx, Rainer, *Der Platz des Spiegels*. Frankfurt am Main, Leipzig 1999
McGuigan, Dorothy Gies, *Familie Habsburg*. Wien, München, Zürich 1982
Müller, Hartmut, *Franz Kafka*. Düsseldorf 1985
Navratil, Leo, *Gespräche mit Schizophrenen*. München 1978
Navratil, Leo, *Schizophrenie und Kunst*. München 1965
Neuschäfer, Hans-Jörg (Hrsg.), *Spanische Literaturgeschichte*. Stuttgart 2001
Nooteboom, Cees, *Der Umweg nach Santiago*. Frankfurt am Main 1992
Pawel, Ernst, *Das Leben Franz Kafkas*. Reinbeck 1990
Paz, Octavio, *Essays 2*. Frankfurt am Main 1980
Pérez Sánchez, Alfonso E. u. Gállegro, Julián, *Goya. Das druckgraphische Werk*. München 1996
Pessoa, Fernando, *144 Vierzeiler*. Zürich 1995
Pessoa, Fernando, Alberto Caeiro: *Dichtungen* /Ricardo Reis: *Oden*. Zürich 1986
Pessoa, Fernando, *Algebra der Geheimnisse. Ein Lesebuch*. Zürich 1986
Pessoa, Fernando, Alvaro de Campos – *Poesias /Dichtungen*. Zürich 1987

Pessoa, Fernando, *Briefe an die Braut*. Zürich 1995

Pessoa, Fernando, *Das Buch der Unruhe*. Zürich 1985

Pessoa, Fernando, *Die Stunde des Teufels und andere seltsame Geschichten*. Zürich 1997

Pessoa, Fernando, *Dokumente zur Person und Ausgewählte Briefe*. Zürich 1988

Pessoa, Fernando, *Esoterische Gedichte/ Mensagem, Botschaft/ Englische Gedichte*. Zürich 1989

Pessoa, Fernando, *Herostrat – Die ästhetische Diskussion I*. Zürich 1997

Pessoa, Fernando, *Mein Lissabon*. Zürich 1996

Pessoa, Fernando, *Politische und soziologische Schriften*. Wien 1995

Pfandl, Ludwig, *Philipp II. Gemälde eines Lebens und einer Zeit*. München 1981

Pierson, Peter, *Philipp II. Vom Scheitern der Macht*. Graz 1985

Praschl-Bichler, Gabriele, *Das Familienalbum von Kaiser Karl und Kaiserin Zita*. Wien 1996

Prohaska, Wolfgang, *Kunsthistorisches Museum Wien. Die Gemäldegalerie*. London 1984

Rauchensteiner, Manfried, *Der Tod des Doppeladlers*. Graz, Wien, Köln 1993

Rieder, Heinz, *Kaiser Karl*. München 1981

Schickel, Richard, *Goya und seine Zeit*. Amsterdam o. J.

Sévillia, Jean, *Zita. Kaiserin ohne Thron*. München 2000

Siebenhaar, Hans-Peter, *Madrid und Umgebung*. Erlangen 2001

Stevenson, Robert A. M., *Velázquez, Perioden seines Lebens und Schaffens*. Frankfurt am Main, Leipzig 1999

Tabucchi, Antonio, *Die letzten drei Tage des Fernando Pessoa*. München 1998

Tabucchi, Antonio, *Wer war Fernando Pessoa?* München 1992

Vasold, Manfred, *Philipp II*. Reinbek 2001

Venzke, Andreas, *Christoph Kolumbus*. Reinbeck 1992

Wagenbach, Klaus, *Kafka*. Hamburg 1964

Weich, Horst, *Cervantes‹ Don Quijote*. München 2001

Werkmann, Karl von, *Der Tote auf Madeira*. München 1923

Wolf, Norbert, *Velázquez*. Köln 1999

Zessner-Spitzenberg, Hans Karl, *Kaiser Karl*. Salzburg 1953

Ich danke dem Kunsthistorischen Museum Wien, Daniela Bartens, Christian Gastgeber und Gerhard Jelinek – sowie den Archiven von KURIER, NEWS, profil und STANDARD. Die Zeichnungen auf den Seiten 452 und 453 stammen von Günter Brus.

Inhalt

ERSTES BUCH
Das Feuer 7

TEIL 1
Stourzh

Prolog – Krankenbericht 9

Kapitel 1 – In Gugging 17

Kapitel 2 – Rückfälle 22

Kapitel 3 – Der Brand 25

Kapitel 4 – Die Begegnung 42

Kapitel 5 – Kafka 47

Kapitel 6 – Überlegungen 50

Kapitel 7 – Die Schaulust 53

Kapitel 8 – Die Vision 54

Kapitel 9 – Die Restaurationswerkstatt 58

Kapitel 10 – Die Schachpartie 66

Kapitel 11 – Die Brandstätte 78

TEIL 2
Selbstbildnis im Konvexspiegel

Kapitel 1 – Krisis 89

Kapitel 2 – Lindner und Jenner 98

Kapitel 3 – »Der Wahn« 99

Kapitel 4 – Das »Haus der Künstler« *101*
Kapitel 5 – Im Palmenhauscafé *117*
Kapitel 6 – Ein Vorgeschmack auf den Tod *131*
Epilog *136*

ZWEITES BUCH
Der Diebstahl *147*
Die Uhr *149*

Kapitel 1 – Der König und der Psychiater *154*
Kapitel 2 – Hotel »Kaiserin Elisabeth« *159*
Kapitel 3 – Ein biographischer Versuch *163*
Kapitel 4 – Der Kaiser *198*
Kapitel 5 – Die Niederschrift *206*
Kapitel 6 – Der Wortlaut *210*
Kapitel 7 – Die Nacht *229*
Editorisches Nachwort *232*

DRITTES BUCH
Bericht über den Staub *235*
Reisetagebuch

Kapitel 1 – Der Abflug *237*
Kapitel 2 – Die Umarmung *239*
Kapitel 3 – Ein Spion *243*
Kapitel 4 – Sichtbares und Unsichtbares *249*
Kapitel 5 – Erwachen *258*
Kapitel 6 – Die Insel *261*
Kapitel 7 – Der Brief *274*

Kapitel 8 – Gedanken *289*
Kapitel 9 – Die Fotografie *290*
Nachwort *296*

VIERTES BUCH
Der Wahnsinn *297*

Kapitel 1 – Der Schriftsteller *299*
Kapitel 2 – Cervantes und Don Quijote *305*
Kapitel 3 – Fernando Pessoa und die Heteronyme *311*
Kapitel 4 – Auf den Spuren I *332*
Kapitel 5 – Auf den Spuren II *349*
Kapitel 6 – Eine Welt der Muster *361*
Nachwort *364*

FÜNFTES BUCH
Das Verbrechen *367*

Kapitel 1 – Die endoskopische Untersuchung (Koloskopie) *369*
Kapitel 2 – Die Verwandlung *378*
Kapitel 3 – Ein Jahr später *381*
Kapitel 4 – Die Zeitinsel *387*
Kapitel 5 – Der letzte Eindruck *400*
Epilog *402*

SECHSTES BUCH
Die Suche *403*

Kapitel 1 – Die Taschenuhr *405*
Kapitel 2 – El Greco *407*

Kapitel 3 – Das Ende *408*
Kapitel 4 – Das Schweigen *410*
Kapitel 5 – Das verschwundene Grab *414*
Kapitel 6 – Die Umarmung *420*
Kapitel 7 – Das Irrenhaus *421*
Kapitel 8 – Im Retiro-Park *428*
Kapitel 9 – Asmodea *430*
Kapitel 10 – Die Arena *438*
Kapitel 11 – Die Corrida *441*
Kapitel 12 – Das Buch *445*
Kapitel 13 – Der Anruf *448*
Kapitel 14 – Der Bericht des Schriftstellers *449*
Epilog *455*